BASTEI
LÜBBE
Paperback

ISAAC ASIMOV
präsentiert
ZAUBERWELT DER FANTASY

BASTEI
LÜBBE
Paperback

BASTEI-LÜBBE-PAPERBACK
Band 28 149

Mit Innenillustrationen von Johann Peterka

Deutsche Lizenzausgabe 1986
Bastei-Verlag Gustav H. Lübbe GmbH & Co., Bergisch Gladbach
Originaltitel: Wizards, Witches
(Isaac Asimov's Magical Worlds of Fantasy 1,1)
Ins Deutsche übertragen von Angelika Weidmann
Übertragung der Einführung von Helmut W. Pesch
Lektorat: Dr. Helmut Pesch
Titelillustration: Tim Hildebrandt
Umschlaggestaltung: Quadro-Grafik, Bensberg
Druck und Verarbeitung:
Clausen & Bosse, Leck
Printed in Western Germany
ISBN 3-404-28149-7

Der Preis dieses Bandes versteht sich einschließlich
der gesetzlichen Mehrwertsteuer.

Zauber
Welt
der
Fantasy

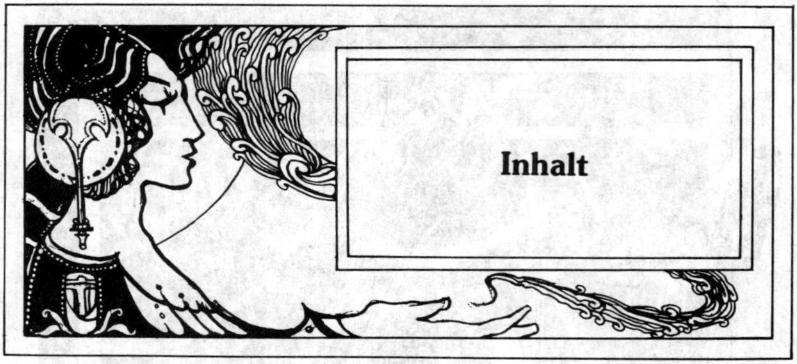

Inhalt

Isaac Asimov
Einführung: Von Zauberern und Hexen 8
(Introduction: Wizards and Witches)
Jack Vance
Masirian der Magier 14
(Mazirian the Magician)
William Tenn
Meine Mutter war eine Hexe 32
(My Mother Was a Witch)
Ron Goulart
Bitte um Hilfe 40
(Please Stand By)
Larry Niven
Wozu ist ein Glasdolch gut? 62
(What Good Is a Glass Dagger?)
William M. Lee
Eine Botschaft von Charity 100
(A Message From Charity)
A. E. van Vogt
Die Hexe 120
(The Witch)
Greg Bear
Reiten auf dem weißen Pferd 142
(The White Horse Child)

James H. Schmitz
Die Hexen von Karres 162
(The Witches of Karres)
Ursula K. Le Guin
Semleys Halsschmuck 204
(Semley's Necklace)
Barry N. Malzberg
Party 224
(Spree)
John Jakes
Wenn die Dämonen kommen 234
(And the Monsters Walk)
Murray Leinster
Des Teufels Gesell 268
(The Devil's Henchman)
Manly Wade Wellman
Der Sucher in der Festung 284
(The Seeker in the Fortress)
Rufus King
Hexenbesen und Knallbonbon 306
(Malice in Wonderland)
Theodore Cogswell
Die Mauer um die Welt 326
(The Wall Around the World)
Poul Anderson
Operation Salamander 352
(Operation Salamander)
Robert Bloch
Ein süßes Püppchen 380
(Sweets to the Sweet)
Andre Norton
Die Welt des Hexers 390
(Wizard's World)
Madeleine L'Engle
Arme kleine Samstag 436
(Poor Little Saturday)
Margaret Manners
Quiekies erster Fall 452
(Squeakie's First Case)
H. Rider Haggard
Schwarzes Herz und Weißes Herz 476
(Black Heart and White Heart)

Quellennachweis 522

Einführung

Von Zauberern und Hexen

Isaac Asimov

Zur Zeit der Angelsachsen bezeichnete man einen Zauberer als »wicca«. Zumindest einen männlichen Zauberer. Eine Zauberin war eine »wicce«, die weibliche Form des Wortes. Im modernen Englisch wurde daraus »wizard« und »witch«.

Es ist nichts wirklich Geheimnisvolles an dem Wort »wizard«. Die erste Silbe »wiz« wird heutzutage im Slang für jemanden gebraucht, der ungewöhnlich clever oder beeindruckend ist. Tatsächlich hat das Wort etwas mit »wissen« zu tun, und ein »wizard« ist einfach ein »weiser Mann«.

Natürlich gibt es da noch die Nachsilbe »-ard«, die gewöhnlich benutzt wird, um ein Übermaß von etwas anzuzeigen, wie in »drunkard« jemanden, der zu häufig betrunken ist.

Aber im allgemeinen ehren wir die Weisheit, ja vergöttern sie geradezu. Kann denn jemand weiser sein, als es den Leuten lieb ist? Wie ist das möglich?

Es hängt von der Art des Universums ab, in dem wir leben. Für beinahe alle Menschen in jeder Generation – selbst in unserer – ist das Universum ein erschreckender und gefährlicher Ort. Es scheint auf einer vollkommen willkürlichen, zufälligen und sogar offenkundig böswilligen Grundlage zu funktionieren, und wir sind hilflose Opfer von Kräften, die unendlich viel größer sind, als wir sie beherrschen können.

Wie sonst können wir die Stürme erklären, die ohne Warnung zuschlagen, die Dürren, den plötzlichen Ausbruch von Krankheiten und Seuchen, die Mißgeschicke jeglicher Art?

Gewiß muß das Universum unter dem Einfluß von Wesen stehen, die so irrational, so unberechenbar und so jähzornig sind wie menschliche Wesen im denkbar schlimmsten Falle; die unglaublich mächtig und doch zugleich unglaublich kindisch sind; die, selbst wenn sie grundsätzlich wohlmeinend sein mögen, doch dazu neigen, bei jeder kleinen Kränkung oder unbedachten Mißachtung in unkontrollierbaren Zorn auszubrechen.

Selbst wenn wir uns das Universum unter der Lenkung eines all-guten und zugleich all-mächtigen Wesens vorstellen, neigt dieses dazu, die Geduld zu verlieren, und dann sollte man sich besser in acht nehmen. Oder wenn es so gut ist, daß seine Güte keinen Augenblick in Frage gestellt wird, dann kann man nur die zusätzliche Existenz von widerstreitenden Mächten des Bösen annehmen, die das all-gute Wesen zuzugestehen gezwungen ist (oder aus einem unerfindlichen Grunde existieren zu lassen erwählt hat).

Wie man es auch dreht und wendet, das Universum scheint ein schreckliches Irrenhaus zu sein. Doch könnte es nicht möglich sein, sich so zu verhalten, daß man sich all diese übernatürlichen Wesen gewogen hält? Man könnte Tiere töten und sie verbrennen, so daß ein köstlicher Rauch zum Himmel aufsteigt, wo diese Wesen leben, und sie in einen Zustand gefälliger Sättigung versetzt. Oder man könnte diesen Wesen endlose Loblieder singen, um sie durch Schmeichelei wohlwollend zu stimmen. Oder man könnte magische Formeln finden, die sie entweder zur Freundlichkeit einlullen oder in Ohnmacht binden.

Alles jedoch muß auf eine ganz bestimmte Art geschehen. Die Worte, die Gesten, die genaue Reihenfolge von Dingen, das ganze Ritual, alles muß genau stimmen, oder das Ergebnis wird mit Sicherheit schlimmer sein, als wenn man gar nichts getan hätte.

Aber wie findet man heraus, wie das Ritual aussehen muß? Offenkundig sind die einzigen Quellen die übernatürlichen Wesen selbst. Wenn irgendein menschliches Wesen die Geheimnisse erfährt, kann er das Universum beherrschen, indem er die übernatürlichen Wesen durch Schmeichelei, Täuschung oder eigene Macht bezwingt.

Lernt ein menschliches Wesen je diese Geheimnisse kennen? Nun, Sie und ich, die wir recht aufgeweckte Leute sind, die im zwanzigsten Jahrhundert leben und eine ausgezeichnete wissenschaftliche Vorbildung haben, wissen, daß es so nicht geht, daß es keine Geheimnisse dieser Art gibt, ja, daß es keine übernatürlichen Wesen dieser Art gibt, keine Dämonen, Ifrite, Dschinns, Nymphen, Satyrn – aber das wissen halt nur Sie und ich. Für andere, die nicht so eine begünstigte Stellung in Raum und Zeit haben und nicht so gebildet sind wie wir, reicht es, wenn jemand *sagt*, daß er diese Geheimnisse kenne. Wenn er schlau genug ist und mutig genug, diejenigen, die ihm zusehen und zuhören, denken zu machen, daß er in der Tat das Universum beherrscht, werden sie ihm glauben. (Warum nicht? Denken Sie daran, wie viele Millionen auf die uralten Tricks und Gaukeleien von der Astrologie bis hin zum Löffelverbiegen hereinfallen, nebst allem, was dazwischenliegt.)

Die Menschen sind den Beherrschern des Schicksals häufig sogar dankbar; denn sicherlich sind sie es, an die man sich wenden muß, um sicherzugehen, daß der Regen kommt und die Grippe nicht. Sie sind die Retter, die Beantworter von Fragen, die Glücksbringer, die Helfer in Zeiten der Enttäuschung und Krankheit.

Denken Sie an Merlin, den archetypischen Zauberer der Legende und vielleicht den bekanntesten von allen. Wer vermöchte etwas Schlechtes über ihn sagen? Und der beliebteste Hexenmeister in der modernen Kinderliteratur ist der Zauberer von Oz, und auch er ist auf der Seite des Guten.

Warum dann also dieser negative Beigeschmack?

Ist nicht ein Zauberer genauso fähig zu zürnen und seine Geduld zu verlieren wie ein übernatürliches Wesen? Kann nicht auch ein Zauberer seine Gefühle verletzt sehen? Kann nicht auch er nach mehr Macht hungern? Kurzum, sind nicht Zauberer genauso gefährlich wie die Wesen, die sie beherrschen?

Natürlich.

Zauberei ist somit ein zweischneidiges Schwert, und wenn es um Geschichten von Zauberern geht, welche Seite der Klinge wird man wohl eher in den Vordergrund stellen? Denken Sie daran, daß die Katastrophe immer dramatischer ist als der Frieden, die Gefahr dramatischer als der Schlaf und – ja – das Böse dramatischer als das Gute. Und da Autoren auch nur Menschen sind und dorthin gehen wollen, wo Leser sind, neigen sie dazu, die dramatischen Seiten der Zauberei zu betonen.

Auch Hexen können sowohl gut als auch böse sein, und in den Oz-Büchern ist Glinda zum Beispiel eine gute Hexe. Das ist jedoch eher die Ausnahme. Wir denken fast immer von Hexen als böse. In dem Film *The Wizard of Oz* (dt. *Das zauberhafte Land*), neigen wir dazu, die blasse Billie Burke als ganz und gar unglaubwürdige gute Hexe zu vergessen und uns nur an die eindrucksvolle Darstellung Margaret Hamiltons als böse Hexe des Westens zu erinnern. In der Literatur im allgemeinen sind die denkwürdigsten Hexen die drei dunklen Schwestern in *Macbeth*, und auch sie sind offensichtlich ein Teil des Bösen.

Warum werden wohl Hexen so viel leichter als böse angesehen als Zauberer? In diesem Punkt mag die Schuld bei der Bibel liegen. Hexen, Zauberer und alle Arten von Beschwörern und Magiern handelten, so glaubte man, gegen Gottes Willen, so daß sie mit einer gewissen Selbstverständlichkeit als böse angesehen wurden.

Ihr Versuch, auf das Übernatürliche Einfluß zu nehmen, wurde in der Bibel als Kapitalverbrechen angesehen. Das hebräische Wort für Leute, die dies versuchten, wurde im Englisch der King James Bible mit »witch« wiedergegeben, so daß wir den Vers haben: »Thou shalt not suffer a witch to live« (Exodus 22:18).

Ein entsprechendes Wort wurde in den Übersetzungen jenes Verses in andere europäische Sprachen verwendet.*

Als Folge davon wurde Europa im ersten Jahrhundert nach der Reformation, als überall Religionskriege wüteten und jedermann sich über religiöse Streitfragen ereiferte, von einer wahren Hexenjagd heimgesucht, und Tausende von eigentlich unschuldigen Menschen wurden gefoltert und getötet. Ein paar von ihnen waren Männer, doch die große Mehrzahl der Opfer waren Frauen.

Obwohl gebildete Menschen heute nicht mehr an Hexen glauben (in dem Sinne, daß man glaubt, es gebe Menschen, die wirklich übernatürliche Wesen manipulieren können), bleibt die Aura des Bösen in Zusammenhang mit Hexen eher als mit Zauberern bestehen.

Eine Frau kann in jedem Alter eine Hexe sein. Was sollte eine junge Frau schließlich davon abhalten, sich mit Dämonen abzugeben? (Daher kommen in den Geschichten dieser Sammlung auch junge ebenso wie alte Hexen vor.)

Dennoch, wenn wir an Hexen denken, denken wir im allgemeinen an alte Frauen. Mehr noch, hatten in jenen traurigen Tagen, als Hexen zu Hunderten gejagt wurden, alte Frauen im Verhältnis zu ihrem Anteil an der Bevölkerung weit am meisten zu leiden.

Die Hexen in *Macbeth* werden immer als alte Frauen dargestellt; die traditionellen Hexen, mit denen wir zur Fastnacht konfrontiert werden, sind immer alte Frauen. Warum alte?

Hier ist, was ich denke:

Bis vor etwa hundertfünfzig Jahren betrug die durchschnittliche Lebenserwartung allenfalls fünfunddreißig Jahre, und alte Leute machten allgemein einen beträchtlich kleineren Prozentsatz der Bevölkerung aus. Zudem starben, von den Todesursachen einmal abgesehen, die alle Menschen ohne Ansehen des Geschlechts betrafen, Frauen häufig auch im Kindbett. Aus diesem Grunde gab es weniger alte Frauen als alte Männer.

Das Gesicht verändert sich mit dem Alter. Zum einen wird es runzlig und fleckig. Zum anderen verschwinden die Zähne. In den Tagen, als Zähne nicht gereinigt und gewiß nie richtig gepflegt wurden, war es vermutlich ein seltenes menschliches Wesen, das mit mehr als vierzig Jahren noch Zähne besaß.

Bei alten Männern wurden das runzlige Gesicht und der zahnlose Mund von dem Bart verborgen, den beinahe alle Männer trugen. Frauen jedoch haben keine Bärte, und die wenigen alten Frauen, die es gab, mußten sehr ungewöhnlich und sogar erschreckend ausgesehen haben,

* In der Übersetzung Martin Luthers heißt es: »Die Zauberinnen sollst du nicht leben lassen.« (Anmerkung des Übersetzers.)

da ihre Gesichter so anders waren als die der jungen Leute. Und da Andersartigkeit oft mit dem Bösen gleichgesetzt wird, war es leicht, von alten Frauen als böse zu denken.

Ich frage mich, ob die moderne Zahnmedizin nicht mehr daran getan hat, die Angst vor Hexen auszumerzen, als jede Menge Bildung. Das und die Tatsache, daß mit der allgemeinen Ausdehnung der Lebensspanne alte Leute – und alte Frauen im besonderen – zu alltäglich geworden sind, um einen zu erschrecken.

Doch in Geschichten, da gibt es sie noch, die Hexen und Zauberer, und der Schrecken ist immer noch da und das Drama, die Gefahr und das Böse. Das ist die beste Art von Geschichten, die man lesen kann, solange man behaglich im Lehnstuhl sitzt oder sich in seine warme Bettdecke kuschelt – und so wünschen wir Ihnen alles Gute auf Ihrer Reise in die Zauberwelt der Fantasy!

Masirian der Magier

Jack Vance

Jack Vance tauchte erstmals in den Science-fiction-Magazinen der späten vierziger Jahre auf und fand schnell eine treue Anhängerschaft, sowohl für seine SF wie auch für seine Fantasy. Unter seinen vielen bemerkenswerten Büchern sind *The Dying Earth* (1950; dt. *Die sterbende Erde,* 1978), *Showboat World* (1975; dt. *Showboot-Welt,* 1980), *Wyst: Alastor 1716* (1978; dt. 1980) und *The Book of Dreams* (1981; dt. *Das Buch der Träume,* 1983), das letztere Teil seiner erfolgreichen Dämonenprinzen-Serie. Er ist einer der sehr wenigen Autoren, die sowohl den EDGAR AWARD der Mystery Writers of America, den HUGO AWARD für herausragende SF und den NEBULA AWARD der Science Fiction Writers of America gewonnen haben. Sowohl unter seinen Mitautoren als auch unter seiner wachsenden Leserschaft genießt er eine hohe Wertschätzung.

Entnommen aus seiner klassischen Sammlung *Die sterbende Erde*, ist die folgende Geschichte ein bezauberndes Beispiel für Jack Vances Geschick, Märchen der Zukunft zu schreiben.

Tief in Gedanken versunken wandelte Masirian, der Magier, in seinem Garten. Bäume mit verschiedensten Rauschfrüchten überwölbten seinen Pfad, Blumen verneigten sich demütig, als er vorüberging. Drei Zentimeter über dem Boden folgten Alraunenaugen, trüb wie Achate, dem Schritt seiner mit schwarzen Pantoffeln bekleideten Füße. Masirians Garten – drei Terrassen, bewachsen mit sonderbarer, wundervoller Vegetation. Schwimmende Planzen schillerten in wechselnden Regenbogenfarben, andere trugen Blüten, pulsierend wie Seeanemonen, in Purpur, Grün, Lila, Rosa und Gelb. Es gab Bäume gleich Federschirmen, Bäume, deren durchsichtige Stämme mit roten und gelben Adern durchzogen waren, und Bäume mit Laub wie Metallfolie, jedes Blatt ein anderes Metall – Kupfer, Silber, blaues Tantal, Bronze, grünes Iridium. Hier strebten Knospen wie Blasen sanft zwischen glänzenden, grünen Blättern empor, dort trug ein Strauch flötenförmige Blüten, von denen jede zart pfeifend das Lied von der alten Erde erklingen ließ: vom rubinroten Sonnenlicht, vom Wasser, das durch schwarzen Boden sikkert, von lauen Winden. Und jenseits der Roqualhecke bildeten die Bäume des Waldes eine hohe, geheimnisvolle Wand. In dieser Zeit des schwindenden Erdenlebens konnte niemand vertraut sein mit den Schluchten, den Klammen, den engen Tälern und Abgründen, den abgeschiedenen Lichtungen, den verfallenen Pavillons und sonnenlichtgesprenkelten Lustlauben, den Wassertümpeln und Anhöhen, den zahllosen Bächen, Wasserstellen, Weihern, den Wiesen und Dickichten, Hainen und überwucherten Felsen.

Masirian durchschritt seinen Garten mit gedankenvoll gerunzelter Stirn. Seine Schritte waren gemessen, und er hielt die Arme hinter seinem Rücken verschränkt. Jemand hatte ihn in Verwirrung, Zweifel und große Sehnsucht gestürzt: ein entzückendes Frauenwesen, das in den Wäldern lebte. Halb lachend und immer wachsam kam sie zu seinem Garten, auf dem Rücken eines Rappen, dessen Augen wie Goldkristall waren. Viele Male hatte Masirian versucht, sie zu ergreifen; ihr Pferd hatte sie jedes Mal seinem mannigfaltigen Drohen, Locken und Täuschen entzogen.

Schmerzensschreie schollen durch den Garten. Masirian, hastigen Schrittes herbeigeilt, entdeckte, daß ein Maulwurf den Stengel einer Pflanzen-Tier-Hybriden anfraß. Er tötete den Plünderer, und die Schreie wichen einem matten Stöhnen. Masirian streichelte ein pelziges Blatt, und der rote Mund zischelte vor Wohlbehagen. »Ke-ke-ke-ke-ke-ke-ke«, sprach die Pflanze dann. Masirian beugte sich nieder und hielt dem roten Mund das Nagetier vor. Der Mund saugte, und der kleine Körper schlüpfte in die unterirdische Magenblase. Die Pflanze gluckste, rülpste, und Masirain sah ihr zufrieden zu.

Am Himmel war die Sonne tief gesunken, so trüb und rot, daß die Sterne sichtbar wurden. In diesem Augenblick spürte Masirian einen

Blick auf sich gerichtet. Es mußte die Frau aus dem Wald sein, denn so hatte sie ihn schon vormals aufgestört. Er hielt inne und sondierte, aus welcher Richtung der Blick kam.

Er rief einen Erstarrungsbann. Hinter ihm wurde das Pflanzentier steif, und ein großer, grüner Nachtfalter wehte zu Boden. Er wirbelte herum. Dort war sie, am Waldrand, näher, als sie je zuvor herangekommen war. Auch bewegte sich sich nicht, als er auf sie zuging. Masirians jung-alte Augen glänzten. Er würde sie in sein Haus bringen und in einem Gefängnis aus grünem Glas gefangen halten. Er würde ihr Gehirn mit Feuer und Kälte, mit Schmerz und mit Freude auf die Probe stellen. Sie sollte ihn mit Wein bedienen und die achtzehn Verführungsgesten in gelbem Lampenschein vollziehen. Vielleicht spionierte sie ihm nach; der Magier würde sich sofort Klarheit verschaffen, denn er konnte keinen Menschen seinen Freund nennen und mußte ewig über seinen Garten wachen.

Sie war nur noch zwanzig Schritte entfernt – plötzlich ein Stampfen und Donnern schwarzer Hufe, als sie ihr Reittier herumriß und in den Wald floh.

Zornig schleuderte der Zauberer seinen Umhang zu Boden. Sie besaß einen Schutz – einen Gegenzauber, eine Abwehrrune –, und immer kam sie, wenn er unvorbereitet war und ihr nicht folgen konnte. Er spähte in die düstere Ferne, sah ihren blassen Körper unter einem roten Lichtstrahl aufblitzen und im schwarzen Schatten verschwinden. Weg war sie . . . War sie eine Hexe? Kam sie aus eigenem Willen, oder – was wahrscheinlicher war, – hatte ein Feind sie geschickt, ihn zu verwirren? Wenn dem so war, wer könnte sie lenken? Da gab es Prinz Kandive, den Goldenen, aus Kaiin, den Masirian um sein Geheimnis sich erneuernder Jugend gebracht hatte. Da war Asvan, der Astronom, und dann Turjan – Turjan wohl kaum. Masirians Gesicht erhellte sich in freudiger Erinnerung . . . Er schob den Gedanken beiseite. Asvan zumindest konnte er auf die Probe stellen. Er lenkte seinen Schritt in die Werkstatt, ging zu einem Tisch, auf dem ein Würfel aus klarem Kristall ruhte und mit rotblauer Aura schimmerte. Aus einem Schrank holte er einen bronzenen Gong und einen Silberhammer. Er schlug den Gong an, und der weiche Klang schallte durch den Raum hinaus, fort und hinweg. Er schlug wieder und wieder. Plötzlich erschien in dem Kristall Asvans angst- und schmerzverzerrtes Gesicht.

»Haltet ein, Masirian!« schrie Asvan. »Schlagt nicht mehr auf meinen Lebensgong!«

Masirian hielt inne, seine Hand schwebte über dem Gong.

»Spionierst du mir nach, Asvan? Schickst du eine Frau, den Gong zurückzugewinnen?«

»Nicht ich, Herr, nicht ich. Ich fürchte Euch zu sehr.«

»Du mußt mir die Frau ausliefern, Asvan; ich bestehe darauf.«

»Unmöglich, Herr. Ich weiß nicht, wer oder was sie ist.«

Masirian tat, als hole er zum Schlag aus. Asvan stieß einen Schwall von Flehen und Bitten aus, so daß Masirian mit einer Geste der Abscheu den Hammer fortwarf und den Gong an seinen Platz zurückstellte. Asvans Gesicht verwehte langsam, und der feine Kristallwürfel erstrahlte leer wie zuvor.

Masirian strich sich über das Kinn. Offenbar mußte er das Mädchen selber fangen. Später, wenn schwarze Nacht über dem Wald lastete, würde er seine Bücher nach Zaubersprüchen durchforschen, die ihn durch die unberechenbaren Waldlichtungen geleiten würden. Es würden scharfe, zersetzende Zauber sein, von der Art, daß ein einziger das Gehirn eines normalen Mannes erschütterte und zwei ihn wahnsinnig machten. Masirian konnte kraft seines strengen Trainings vier der fürchterlichsten oder sechs der schwächeren Zauber ertragen.

Er stellte das Vorhaben erst einmal zurück und ging zu einem großen, von grünem Licht überfluteten Trog. In einer klaren Flüssigkeit lag der Körper eines Mannes, totenbleich unter dem grünen Funkeln, doch von außerordentlicher Schönheit. Sein Rumpf verjüngte sich von breiten Schultern über schmale Hüften zu langen, kräftigen Beinen und gewölbten Füßen; sein Gesicht war rein und kalt, mit harten, ebenmäßigen Zügen. Mattgoldenes Haar schmiegte sich um seinen Kopf. Masirian starrte auf das Etwas, das er aus einer einzigen Zelle gezüchtet hatte. Es brauchte nur Intelligenz, und die wußte er nicht zu beschaffen. Turjan aus Miir besaß das Wissen, und Turjan – Masirian starrte mit grimmig verkniffenen Augen auf eine Falltür im Boden – Turjan weigerte sich, sein Geheimnis preiszugeben.

Masirian musterte nachdenklich die Kreatur im Trog. Der Körper war perfekt; konnte deshalb das Gehirn nicht gefügig und beugsam sein? Er würde es herausfinden. Er setzte eine Vorrichtung in Gang, um die Flüssigkeit abzulassen, und nun war der Körper der direkten Strahlung ungeschützt ausgesetzt. Masirian injizierte ein Quentchen Arznei in den Nacken. Der Körper zuckte. Die Augen öffneten sich, verengten sich geblendet. Masirian drehte den Projektor beiseite.

Zögernd bewegte die Kreatur im Trog Arme und Füße, als kenne sie ihren Gebrauch nicht. Masirian beobachtete gebannt das Geschehen: Vielleicht war er zufällig auf die richtige Synthese für das Gehirn gestoßen.

»Setz dich auf!« befahl der Zauberer. Das Geschöpf fixierte ihn, und Reflexe verbanden Muskel um Muskel. Es stieß einen gurgelnden Schrei aus und sprang aus dem Trog Masirian an die Kehle. Trotz Masirians Kraft packte es ihn und schüttelte ihn wie eine Puppe.

Bei all seiner Zauberkraft war Masirian hilflos. Der mesmerische Bann war verbraucht, und kein anderer kam ihm in den Sinn. Jedenfalls gelang es ihm nicht, die raumverzerrenden Silben hervorzubringen mit diesem geistlosen Würger an seiner Kehle.

Seine Hand schloß sich um den Hals einer bleiernen Korbflasche. Er schwang sie und traf den Kopf seines Geschöpfes, das auf den Boden sackte.

Masirian, nicht ganz zufrieden, betrachtete den glänzenden Körper zu seinen Füßen. Die Spinalkoordination hatte gut funktioniert. An seinem Tisch mischte er einen weißen Trank und flößte, den goldenen Kopf etwas anhebend, die Flüssigkeit in den schlaffen Mund. Das Geschöpf bewegte sich, öffnete die Augen und stützte sich auf seine Ellbogen. Der Wahnsinn war aus seinen Zügen gewichen – aber Masirian suchte vergeblich nach einem Schimmer von Intelligenz. Die Augen waren so leer wie die einer Eidechse.

Ärgerlich schüttelte der Magier den Kopf. Er trat an das Fenster, und sein brütendes Profil zeichnete sich schwarz vor den ovalen Scheiben ab. . . Noch einmal Turjan? Während der grausamsten Verhöre hatte Turjan sein Geheimnis für sich behalten. Masirians schmaler Mund verzerrte sich. Vielleicht, wenn er einen weiteren Winkel in den Gang einfügte . . .

Die Sonne war vom Himmel verschwunden, und Dämmerung lag über Masirians Garten. Seine weißen Nachtblüten öffneten sich, und die gefangenen grauen Nachtfalter flatterten von Blüte zu Blüte.

Masirian öffnete die Falltür am Boden und stieg die steinernen Stufen hinunter. Tiefer, tiefer, tiefer . . . Schließlich ein Durchgang, rechtwinklig abzweigend, beleuchtet vom gelben Licht ewiger Lampen. Links waren seine Pilzkulturen, rechts eine schwere, eisenbeschlagene Eichentür, mit drei Schlössern verschlossen. Dazwischen führten die Steinstufen tiefer hinunter in die Dunkelheit.

Masirian öffnete die drei Schlösser und stieß die Tür weit auf. Der Raum dahinter war bis auf einen Steinsockel, der einen glasbedeckten Kasten trug, leer. Der Kasten war knapp einen Meter lang und gut zehn Zentimeter hoch. In dem Kasten, genauer in einem rechtwinkligen Gang, einem im Quadrat geführten Korridor, bewegten sich zwei Lebewesen; das eine verfolgte unentwegt das andere. Der Jäger war ein kleiner Drache mit wilden, roten Augen und einem abscheulichen, zahnbewehrten Maul. Auf sechs abgewinkelten Beinen watschelte er den Gang entlang und peitschte mit dem Schwanz. Das andere Geschöpf war nur halb so groß wie der Drache – ein kräftig aussehender Mann, splitternackt, seine langen, schwarzen Haare wurden mit einem Kupfernetz zusammengehalten. Er bewegte sich etwas schneller als sein Verfolger, der ihn unablässig jagte, mal listig beschleunigte, dann plötzlich, sich umwendend, an einer Ecke lauerte, falls der Mann unvorsichtig einböge. Ständig auf der Hut, konnte der Mann außer Reichweite der Zähne bleiben. Der Mann war Turjan, den Masirian ein paar Wochen zuvor mit List und Tücke gefangen genommen, verkleinert und dann eingesperrt hatte.

Lustvoll beobachtete Masirian, wie das Reptil den sekundenlang erschlaffenden Mann ansprang, der sich mit einem Satz um Haaresbreite retten konnte. Es war Zeit, dachte Masirian, beiden Ruhe und Nahrung zu gönnen. Er halbierte den Gang mit Platten und trennte so Mensch und Tier voneinander. Beiden gab er Fleisch und ein Kännchen mit Wasser.

Turjan sackte in den Gang.

»Ach,« sagte Masirian, »du bist erschöpft. Du sehnst dich nach Ruhe?«

Turjan blieb still, die Augen hielt er geschlossen. Zeit und Welt hatten ihren Sinn für ihn verloren. Die einzige Wirklichkeit waren der graue Gang und die endlose Flucht. In unvorhersehbaren Abständen kamen Nahrung und ein paar Stunden Ruhe. »Erinnere dich an den blauen Himmel«, sagte Masirian, »die weißen Sterne, deine Burg Miir am Dernafluß; erinnere dich, wie du frei über die Wiesen wandertest.«

Die Muskeln um Turjans Mund zuckten.

»Stell dir vor, du könntest den kleinen Drachen mit deinem Absatz zermalmen.«

Turjan sah auf. »Lieber würde ich deinen Hals zermalmen, Masirian.«

Masirian blieb ungerührt. »Verrate mir, wie du deine Troggeschöpfe mit Intelligenz ausstattest. Sprich, und du bist frei.«

Turjan lachte, und es war Wahnsinn in seinem Lachen. »Dir verraten? Und dann? Mit heißem Öl würdest du mich auf der Stelle töten.«

Masirians Mund verzog sich verdrießlich.

»Elender Kerl, ich weiß, wie ich dich zum Reden bringe. Selbst mit gestopftem, gewachstem und versiegeltem Mund würdest du reden! Morgen entferne ich einen Nerv aus deinem Arm und ziehe rauhe Fasern an ihm entlang.«

Der kleine Turjan saß quer im Gang, trank sein Wasser und sagte nichts.

»Heute abend«, sagte Masirian mit wohlüberlegter Bosheit, »werde ich einen Winkel hinzufügen und deine Rennstrecke in ein Fünfeck verwandeln.«

Turjan hielt inne und sah seinen Feind durch den Glasdeckel an. Dann schlürfte er langsam sein Wasser. Mit fünf Ecken würde er weniger Zeit haben, dem Angriff des Untiers auszuweichen, weniger Übersicht haben von einer Ecke zur nächsten.

»Morgen«, sagte Masirian, »wirst du all deine Behendigkeit brauchen.« Etwas anderes fiel ihm ein. Er musterte Turjan abschätzend.

»Aber ich würde dir das sogar ersparen, wenn du mir bei einem anderen Problem behilflich wärest.«

»Was hast du für Schwierigkeiten, fiebernder Magier?«

»Der Anblick eines Frauenwesens plagt mein Hirn, und ich möchte sie fangen.« Masirians Augen verengten sich bei dem Gedanken. »Spätnachmittags kommt sie auf einem großen, schwarzen Pferd an die Grenze meines Gartens – Kennst du sie, Turjan?«

»Ich kenne sie nicht, Masirian.« Turjan trank sein Wasser. Masirian fuhr fort. »Sie hat Zauber genug, um Felojuns zweiten Hypnosezauber abzuwehren – oder vielleicht besitzt sie irgendeine Schutzrune. Wenn ich mich nähere, flieht sie in den Wald.«

»Na und?« fragte Turjan und knabberte an dem Fleisch, das Masirian gebracht hatte.

»Wer kann diese Frau sein?« fragte Masirian und starrte an seiner langen Nase entlang auf den winzigen Gefangenen.

»Woher soll ich das wissen?«

»Ich muß sie fangen«, sagte Masirian geistesabwesend. »Welche Zauber? Welche Zauber?«

Turjan blickte auf, obgleich er den Magier nur undeutlich durch den Glasdeckel erkennen konnte.

»Laß mich frei, Masirian, und auf mein Wort als Erwählter Hierarch des Maram-Or werde ich dir dieses Mädchen ausliefern.«

»Wie würdest du das anstellen?« fragte Masirian mißtrauisch.

»Sie im Wald verfolgen, in meinen besten Lebenden Stiefeln und den Kopf voller Zaubersprüche.«

»Du wärst nicht besser dran als ich«, gab der Magier zurück. »Ich lasse dich frei, wenn ich die Synthese deiner Trogdinger kenne. Die Frau werde ich selbst verfolgen.«

Turjan senkte den Kopf, damit der Magier nicht in seinen Augen lesen konnte.

»Und was soll mit mir geschehen, Masirian?» fragte er einen Augenblick später.

»Ich werde mich um dich kümmern, wenn ich zurück bin.«

»Und wenn du nicht zurückkommst?«

Masirian rieb sich sein Kinn, lächelte, und seine feinen, weißen Zähne wurden sichtbar. »Der Drache könnte dich gleich verschlingen, wenn nicht dein verfluchtes Geheimnis wäre.«

Der Magier stieg die Stufen empor. Die Mitternacht fand ihn in seinem Arbeitszimmer über ledergebundenen Büchern und unordentlichen Mappen brütend . . . Einstmals waren tausend oder mehr Runen, Zauber, Beschwörungen, Verwünschungen und Hexereien bekannt gewesen. Das Reich von Groß-Motholam – Ascolais, die Ide von Kauchique, im Süden Almery und im Westen das Land der Fallenden Mauer – wimmelte einst von Hexern jeder Art, deren Oberster der Erzzauberer Phandaal gewesen war. Einhundert Zaubersprüche hatte Phandaal selbst formuliert – obwohl Gerüchte sagten, daß Dämonen ihm zuflüsterten, wenn er Magie betrieb. Pontecilla, der Fromme, seinerseits Herrscher von Groß-Motholam, ließ Phandall foltern, und nach einer fürchterlichen Nacht tötete er Phandaal und verbot die Zauberei im ganzen Land. Die Hexenmeister von Groß-Motholam flüchteten wie Käfer vor hellem Licht; die Überlieferung wurde vergessen und ging verloren, so daß nun, in der Zeit der Dämmerung unter düsterer Sonne, als Ascolais von Wildnis überwuchert und die weiße Stadt Kaiin halb zerfallen lag, den Menschen nur noch kaum mehr als hundert Zauberformeln bekannt waren. Zu dreiundsiebzig von diesen hatte Masirian Zugang, und durch List und Feilscherei versuchte er sich die anderen zu sichern.

Masirian traf eine Auswahl aus seinen Büchern und prägte sich unter großer Anstrengung fünf Zauber ein: Phandaals Kreiseler, Felojuns zweiten Hypnosebann, den Spruch der Unerschöpflichen Nahrungsversorgung und den Zauber der Allesvermögenen Sphäre. Als das erledigt war, trank Masirian Wein und zog sich auf sein Ruhebett zurück.

Am nächsten Tag, als die Sonne tief stand, ging Masirian in seinem Garten spazieren. Er brauchte nicht lange zu warten. Während er die Erde um die Wurzel seiner Mondgeranien lockerte, sagte ihm ein Rascheln und Stampfen, daß die Erwartete aufgetaucht war.

Aufrecht saß sie im Sattel, eine junge Frau von erlesener, schöner Gestalt. Masirian bückte sich langsam, um sie nicht zu erschrecken, steckte seine Füße in die Lebendigen Stiefel und befestigte sie oberhalb der Knie.

Er richtete sich auf. »He, Mädchen«, rief er. »Da bist du ja wieder. Warum kommst du ausgerechnet abends? Bewunderst du die Rosen? Sie sind so lebhaft rot, weil echtes Blut durch ihre Blütenblätter strömt. Wenn du heute nicht fliehst, werde ich dir eine zum Geschenk machen.«

Masirian pflückte eine Rose von dem erschauernden Busch und ging auf sie zu, die Bewegung der Lebendigen Stiefel unterdrückend. Er hatte nur vier Schritte getan, als die Frau ihre Knie in die Rippen ihres Reittieres grub und zwischen den Bäumen auftauchte. Masirian ließ dem Leben in seinen Stiefeln freien Lauf. Sie machten einen Riesensatz und noch einen und noch einen, und er war in voller Fahrt.

So gelangte Masirian in den Fabelwald. Ringsum reckten sich bemooste Stämme, um das hohe Blätterdach zu tragen. In Abständen fielen Sonnenstrahlen hindurch und bildeten karminrote Flecken auf dem Rasen. Im Schatten wuchsen langstielige Blumen und zarte Pilze aus dem Humus; in dieser Stunde, da der Tag ausklang, war die Natur mild und entspannt.

Masirian sprang mit großer Geschwindigkeit in seinen Lebendigen Stiefeln durch den Wald, doch der Rappe lief ohne Anstrengung und hielt leichtfüßig seinen Vorsprung.

Mehrere Meilen ritt die Frau, und ihr Haar wehte wie ein Fahne nach. Sie blickte sich um, und Masirian sah ihr Gesicht über ihrer Schulter wie ein Antlitz in einem Traum. Dann beugte sie sich vor; das goldäugige Pferd donnerte und war bald außer Sicht. Masirian folgte den Spuren im

Gras. Die Sprungkraft und der Schwung der Lebenden Stiefel begannen nachzulassen, denn sie waren weit und schnell gelaufen. Die riesigen Sprünge wurden kürzer und schwerer, doch die Spuren zeigten, daß auch die Schritte des Pferdes kürzer und langsamer geworden waren. Jetzt erreichte Masirian eine Wiese und sah das Pferd reiterlos weiden. Augenblicklich hielt er inne. Die ganze Weite zarten Rasens lag übersichtlich vor ihm. Die in die Lichtung führende Spur des Pferdes war deutlich zu erkennen, aber keine Spur führte hinaus. Die Frau war also vorher abgesessen – wie weit vorher, vermochte er nicht zu sagen. Er ging auf das Pferd zu, aber das Tier scheute und floh zwischen die Bäume. Masirian machte einen Versuch zu folgen und merkte, daß seine Stiefel lasch und kraftlos hingen – tot.

Er stieß sie von sich und verwünschte den Tag und sein Pech. Er schüttelte seinen Umhang hinter sich frei, und mit grimmiger Miene begann er, die Spur zurückzuverfolgen. In diesem Teil des Waldes brachen schwarze und grüne Felsen duch den Boden, Basalt und Serpentin – Ausläufer der Klippen über dem Dernafluß. Auf einem dieser Felsen sah Masirian ein winziges Mann-Wesen auf einer Libelle reiten. Es hatte eine grünliche Haut, trug ein Schleierhemd und eine Lanze, zweimal so lang wie er selbst.

Masirian hielt an. Der Twk-Mann blickte gleichmütig herab.

»Hast du eine Frau meiner Rasse vorbeikommen sehen, Twk-Mann?«

»Ich habe eine solche Frau gesehen«, antwortete der Twk-Mann, nachdem er einen Moment nachgedacht hatte.

»Wo kann ich sie finden?«

»Was kann ich für die Information erwarten?«

»Salz – soviel du tragen kannst.«

Der Twk-Mann schwang seine Lanze. »Salz? Nein. Liane, der Wanderer, versorgt den Häuptling Löwenblum mit Salz für den ganzen Stamm.«

Masirian konnte sich denken, welche Dienste der Bandit-Troubadour mit Salz bezahlte. Die Twk-Männer auf ihren Libellen sahen alles, was im Wald vorging.

»Eine Phiole Öl meiner Telanxisblüten?«

»Gut«, sagte der Twk-Mann, »zeig mir die Phiole.«

Masirian tat es.

»Sie verließ den Pfad bei der blitzgetroffenen Eiche, ein Stückchen weiter vorn. Sie wandte sich direkt in Richtung Flußtal, nahm den kürzesten Weg zum See.«

Masirian legte die Phiole neben die Libelle und ging in Richtung Flußeiche. Der Twk-Mann sah ihm nach, stieg ab und befestigte die kleine Phiole an der Unterseite der Libelle neben einem Stückchen feinen Bandes, das die Frau ihm gegeben hatte, damit er Masirian die Richtung weise.

An der Eiche sah der Magier sich um und entdeckte bald Spuren auf den toten Blättern. Eine lange, offene Lichtung lag vor ihm, sanft zum Fluß hin abfallend. Hohe Bäume begrenzten beide Seiten, und die langen Strahlen der untergehenden Sonne tauchten die eine Seite in Blut, während die andere in tiefschwarzem Schatten lag.

So dunkel war der Schatten, daß Masirian das Wesen nicht sah, das dort auf einem umgestürzten Baum saß; und er spürte es eben nur, als es sich anschickte, ihm in den Rücken zu springen.

Masirian fuhr herum, stellte sich ihm entgegen, und das Wesen setzte sich wieder. Es war ein Deodand, gebaut wie ein schöner, feinmuskulöser Mann, doch mit toter, schwarzer, glanzloser Haut und langen Schlitzaugen.

»Ah, Masirian, du durchstreifst den Wald weit von zu Hause«, klang die weiche Stimme des schwarzen Geschöpfes über die Lichtung.

Der Deodand, das wußte Masirian, war gierig auf Fleisch. Wie war das Mädchen entkommen? Ihre Spur führte direkt an ihm vorbei.

»Ich bin auf der Suche, Deodand. Beantworte meine Fragen, und ich gebe dir viel Fleisch.«

Die Augen des Deodand glitzerten, als seine Blicke prüfend über Masirians Körper huschten.

»Mag sein, Masirian; hast du starke Zauber bereit?«

»Habe ich. Sag mir, wie lang ist es her, seit das Mädchen vorbeikam? Ging sie schnell, langsam, allein oder in Begleitung? Antworte, und ich gebe dir Fleisch, wann immer du es wünschst.«

Die Lippen des Deodand verzogen sich spöttisch.

»Blinder Magier! Sie hat die Lichtung noch gar nicht verlassen.«

Er zeigte in eine Richtung, und Masirian blickte an seinem toten schwarzen Arm entlang. Aber er schnellte zurück, als der Deodand lossprang. Aus seinem Mund schallten die Silben von Phandaals Kreiselzauber. Der Deodand wurde vom Boden gerissen und hoch in die Luft geschleudert, wo er wirbelnd hing, höher und tiefer, langsamer und schneller drehend, hinauf zu den Baumwipfeln und nieder auf den Boden. Masirian sah mit dem Anflug eines Lächelns zu. Nach einer Weile brachte er den Deodand tiefer und drosselte die Drehgeschwindigkeit.

»Willst du schnell oder langsam sterben?« fragte Masirian. »Hilf mir, und ich töte dich sofort. Sonst lasse ich dich in der Höhe kreiseln, wo die Pelgrane fliegen.«

Zorn und Angst schüttelten den Deodand. »Möge der dunkle Thial deine Augen zerstechen! Möge Kraan dein lebendes Hirn in Säure tauchen!« Und er fügte solche Ladungen hinzu, daß Masirian gezwungen war, Gegenzauber einzusetzen.

»Hoch mit dir!« sagte Masirian schließlich und machte eine Handbewegung. Der schwarze, ausgestreckte Körper schoß hoch über die Baumwipfel und rotierte langsam im karminroten Licht der untergehenden Sonne. Plötzlich schwebte ein geflecktes, fledermausähnliches Wesen mit krummem Rüssel heran, und sein Schnabel zerfetzte ein schwarzes Bein, noch ehe der aufheulende Deodand es forttreten konnte. Mehr und mehr dieser Gestalten huschten an der Sonne vorbei.

»Runter, Masirian!« klang es schwach von oben, »Ich sage, was ich weiß!«

Masirian brachte ihn in Erdnähe.

»Sie kam allein, bevor du kamst. Ich wollte sie angreifen, aber sie wehrte mich mit einer Handvoll Thylstaub ab. Sie ging bis zum Ende der Lichtung und nahm dann den Pfad zum Fluß. Dieser Pfad führt an Thrangs Lager vorbei. Sie ist verloren, denn er wird sich an ihr befriedigen, bis sie stirbt.«

Masirian rieb sein Kinn. »Hatte sie Zauber mit sich?«

»Ich weiß nicht. Sie wird starke Zauber brauchen, um Thrang, dem Dämonen, zu entkommen.«

»Ist noch etwas zu sagen?«

»Nichts.«

»Dann kannst du sterben.«

Und Masirian ließ das Geschöpf mit wachsender Geschwindigkeit kreiseln, schneller und schneller, bis nur noch ein wirbelnder Fleck zu sehen war. Ein ersticktes Jammern ertönte, und dann zerbarst des Deodands Gestalt. Der Kopf flog wie ein Geschoß weit die Lichtung hinunter; Arme, Beine und Eingeweide stieben in alle Richtungen davon.

Masirian ging weiter. Am Ende der Lichtung führte der Pfad steil über dunkelgrüne Serpentinklippen zum Dernafluß hinunter. Die Sonne war untergegangen, und Schatten füllte das Tal. Masirian erreichte das Flußufer und wandte sich flußabwärts einem entfernten Schimmern zu, dem sogenannten Sanrawasser, See der Träume.

Ein übler Geruch erfüllte die Luft, ein Gestank von Fäulnis und Kot. Masirian bewegte sich wachsamer, denn das Lager von Thrang, dem Leichenfresserbär, war nah, und in der Luft lag eine Ahnung von Magie – von starker, brutaler Hexerei, der sein subtiler Zauber womöglich nicht gewachsen war.

Der Klang von Stimmen erreichte sein Ohr, die kehligen Töne von Thrang und keuchende Angstschreie. Masirian ging um einen Felsvorsprung herum und besah sich die Quelle des Lärms.

Thrangs Lager war eine Nische im Fels, wo ihm ein stinkender Haufen aus Gras und Häuten als Schlafplatz diente. Er hatte einen groben Verschlag gezimmert, in dem er drei Frauen gefangen hielt. Ihre Körper waren voller Wunden und ihre Gesichter geprägt von unsäglichem Grauen. Thrang hatte sie von jenem Stamm geholt, der in seidenbehangenen Barken am Seeufer lebte. Nun sahen sie zu, wie er sich abmühte, die Frau, die er eben gefangen hatte, zu überwältigen. Sein rundes, graues Menschengesicht war verzerrt, und er zerriß ihren Wams mit seinen Menschenhänden. Sie jedoch hielt sich seinen riesigen, schwitzenden Körper mit erstaunlicher Gewandtheit fern. Masirians Augen verengten sich. Zauberei! Zauberei!

So stand er da, sah zu und überlegte, wie er Thrang, ohne die Frau zu verletzen, zerstören könne. Doch sie erspähte ihn über Thrangs Schulter hinweg.

»Schau«, keuchte sie, »Masirian ist gekommen, um dich zu töten.«

Thrang schoß herum. Er sah Masirian und näherte sich ihm drohend auf allen vieren, zornige Schreie ausstoßend. Masirian fragte sich später, ob der Leichenfresser irgendeinen Bann angewandt hatte, denn eine seltsame Lähmung schien sein Gehirn befallen zu wollen. Vielleicht bannte ihn auch nur der Anblick von Thrangs wütendem, grauweißem Gesicht, den riesigen Armen, ausgestreckt, um ihn zu greifen.

Masirian schüttelte den Bann ab, falls es einer war, und murmelte seinerseits einen Spruch. Das ganze Tal wurde plötzlich von fließenden Feuerblitzen erhellt, die von allen Seiten herunterstürzten und Thrangs Körper an tausend Stellen trafen. Dies war der Exzellente Prismatische Sprühregen – vielfarbige, stechende Lichtpfeile. Thrang war fast augenblicklich tot; purpurrotes Blut quoll aus zahllosen Löchern, wo der Strahlenregen ihn durchbohrt hatte.

Doch Masirian achtete kaum darauf. Das Mädchen war geflohen. Masirian sah ihre weiße Gestalt den Fluß entlang zum See laufen und nahm die Verfolgung auf, ohne die mitleiderregenden Schreie der drei Frauen hinter dem Verschlag zu beachten.

Jetzt lag der See vor ihm, eine ausgedehnte Wasserfläche, deren entferntes Ufer nur schwach zu erkennen war. Masirian erreichte das Sandufer und blickte suchend über das dunkle Antlitz des Sanrawassers, des Traumsees. Tiefe Nacht mit nur einem schmalen Rand von Nachglühen herrschte am Himmel, und Sterne glitzerten auf der spiegelnden Oberfläche. Das Wasser lag kühl und still, gezeitenlos wie alle Wasser der Erde, seit der Mond den Himmel verlassen hatte.

Wo war die Frau? Dort, eine fahlweiße Gestalt, reglos im Schatten jenseits des Flusses. Masirian stand am Flußufer, groß und gebieterisch; ein leichter Windhauch kräuselte den Umhang um seine Beine.

»He, Mädchen!« rief er, »ich bin es, Masirain, der dich vor Thrang gerettet hat. Komm näher, damit ich mit dir reden kann.«

»Aus dieser Entfernung höre ich dich gut, Magier«, rief sie zurück. »Je näher ich komme, desto weiter muß ich fliehen.«

»Warum fliehst du denn? Kehre mit mir zurück, werde Herrin über viele Geheimnisse und erhalte große Macht.«

Sie lachte. »Wollte ich diese, Masirian, wäre ich dann so weit geflohen?«

»Wer bist du, die du nicht die Geheimnisse der Magie wünschst?«

»Für dich, Masirian, bin ich namenlos, damit du mich nicht verwünschen kannst. Nun gehe ich, wohin du nicht zu kommen vermagst.« Sie lief das Ufer hinab, watete langsam, bis das Wasser ihre Taille umspülte, und sank dann außer Sicht. Fort war sie.

Masirian zögerte. Es war nicht gut, so viel Zauber zu verwenden und sich so seiner Kraft zu entblößen. Was konnte unter dem Wasser sein? Ein Gefühl von stillem Zauber war da, und obwohl er mit dem Seeherren nicht verfeindet war, konnten andere Wesen sein Eindringen übelnehmen. Wie auch immer, als die Gestalt des Mädchens nicht mehr an die Oberfläche kam, murmelte er den Spruch der Unerschöpflichen Nahrungszufuhr und ging ins kühle Wasser.

Er tauchte tief in den See der Träume ein, und als er auf den Grund gelangte, seine Lungen wohlauf dank der Wirksamkeit des Zauberspruchs, staunte er über den seltsamen Ort, an den er gekommen war. Statt Schwärze glühte grünes Licht überall, und das Wasser war kaum weniger klar als Luft. Pflanzen wogten in der Strömung, und mit ihnen bewegten sich sanft die Seeblumen mit roten, blauen und gelben Blüten. Dazwischen schwammen großäugige Fische aller Formen und Farben.

Der Seegrund fiel über felsige Stufen ab in eine weite Ebene, wo Unterseebäume auf schlanken Stämmen mit vollendeten Wedeln und purpurnen Wasserfrüchten wogten, so weit, bis dunstig-nasse Entfernung alles verschleierte. Er sah die Frau, nun eine weiße Wassernymphe mit Haar wie dunkler Nebel. Halb schwamm sie, halb lief sie über den sandigen Boden der Wasserwelt und blickte gelegentlich über ihre Schulter zurück. Masirian folgte, sein Umhang flutete ihm nach.

Frohlockend rückte er ihr näher. Er mußte sie strafen, ihn so weit gelockt zu haben . . . Die alten Steinstufen unter seinem Arbeitsraum führten tief hinunter und mündeten in Kammern, die immer weiter wurden, je tiefer man vordrang. In einer dieser Kammern hatte Masirian einen rostigen Käfig gefunden. Eine Woche oder zwei in der Finsternis würden sie gefügig machen. Einmal hatte er eine Frau zu Daumengröße verkleinert und zusammen mit zwei surrenden Fliegen in eine Flasche gesperrt . . .

Ein verfallener weißer Tempel wurde im Grün sichtbar. Zahlreiche Säulen waren umgestürzt, andere trugen noch den Ziergiebel. Die Frau trat in die große Säulenhalle im Schatten des Architravs. Vielleicht versuchte sie ihm zu entwischen; er mußte dicht folgen. Der weiße Körper schimmerte am anderen Ende der Halle, schwamm nun über die Empore in eine dahinterliegende, halbrunde Apsis.

Masirian folgte, so schnell er konnte, halb schwimmend, halb laufend, durch die feierliche Dämmerung. Er starrte angestrengt in die Trübe. Kleinere Säulen trugen hier unsicher ein Gewölbe, dessen Schlüsselstein herausgefallen war. Eine plötzliche Angst packte ihn, dann begriff er, als er die blitzschnelle Bewegung über sich sah. Von allen Seiten brachen die

Säulen ein, und eine Lawine von Marmorblöcken stürzte auf ihn nieder. Panisch sprang er zurück.

Der Tumult legte sich, der weiße Dunst alten Mörtels trieb davon. Auf dem Frontispiz des Haupttempels hockte die Frau auf schlanken Knien und starrte hinunter, um zu sehen, ob sie Masirian getötet hatte.

Es war ihr nicht gelungen. Zwei Säulen waren aus purem Zufall zu seinen Seiten eingestürzt, und eine Platte hatte seinen Körper vor den Blöcken geschützt. Mühsam hob er den Kopf. Durch einen Spalt zwischen den Marmorblöcken konnte er die Frau erkennen, die sich vornüberbeugte, um seinen Körper ausfindig zu machen. Sie wollte ihn also töten? Ihn, Masirian, der schon mehr Jahre gelebt hatte, als er ohne weiteres zählen konnte. Um so mehr sollte sie ihn später hassen und fürchten! Er rief seinen Zauber, den Bann der Allesvermögenden Sphäre. Ein Kraftfeld bildete sich um seinen Körper, dehnte sich aus und schob alles Widerstand Leistende beiseite. Als die Marmorblöcke aus dem Weg gerückt waren, zerstörte er die Sphäre, sprang auf die Füße und hielt Ausschau nach der Frau. Sie war fast außer Sicht; hinter einem langen, purpurfarbenen Tanggebüsch kletterte sie den Hang zum Ufer hinauf. Mit aller Kraft setzte er zur Verfolgung an.

T'sain schleppte sich zum Strand hinauf. Immer noch folgte ihr Masirian, der Magier, dessen Kraft all ihre Pläne vereitelt hatte. Der Gedanke an sein Gesicht machte sie schaudern. Er durfte sie jetzt nicht erwischen.

Müdigkeit und Verzweiflung lähmten ihren Schritt. Sie war mit nur zwei Zauberformeln aufgebrochen, dem Zauber der Unerschöpflichen Nahrungszufuhr und einem, der ihren Armen Kraft verlieh – letzterer hatte ihr erlaubt, sich Thrang vom Leibe zu halten und den Tempel über Masirian einstürzen zu lassen. Sie waren verbraucht; sie war ohne jeden Schutz; andererseits konnte auch Masirian nichts mehr übrig haben.

Vielleicht kannte er das Vampirgras nicht. Sie lief den Abhang hinauf und stellte sich hinter ein Büschel fahles, windzerzaustes Gras. Masirian tauchte jetzt aus dem See auf, eine magere Gestalt vor dem schimmernden Wasser.

Sie entfernte sich, indem sie das unschuldige Grasbüschel zwischen ihnen ließ. Wenn das Gras versagte – sie wagte gar nicht zu denken, was dann geschähe.

Masirian trat in das Gras. Die zarten Halme wurden zu sehnigen Fingern. Sie schlangen sich um seine Knöchel und hielten ihn unlösbar gefesselt, während andere seine Haut zu erreichen suchten.

Masirian ließ seine letzte Beschwörungsformel erklingen – den Lähmungsbann, und das Vampirgras wurde schlaff und glitt kraftlos zu Boden. T'sain sah hoffnungslos zu. Er war jetzt nah herangekommen, sein Umhang flatterte hinter ihm. Zeigte er keine Schwäche? Schmerzten ihn nicht seine Glieder? Wurde sein Atem nicht schwer? Sie wirbelte herum und floh über die Wiese in Richtung eines Wäldchens aus schwarzen Bäumen. Ihre Haut fröstelte vor den tiefen Schatten, den düsteren Umrissen. Doch die Schritte des Magiers dröhnten laut. Sie stürzte sich in die grauenvolle Schwärze. Noch ehe alle im Wäldchen erwachten, mußte sie so weit wie möglich vorankommen.

Tschaff! Eine Rute peitschte auf sie ein. Sie lief weiter. Wieder eine und noch eine – sie fiel. Wieder ein Peitschenhieb und noch einer traf sie. Sie raffte sich auf und stolperte vorwärts, hielt ihre Arme schützend vor das Gesicht. Tschaff! Die Flegel pfiffen durch die Luft, und der letzte Hieb wirbelte sie herum. So erblickte sie Masirian.

Er kämpfte. Während die Hiebe auf ihn niederprasselten, versuchte er, die Ruten zu packen und zu zerbrechen. Aber diese, biegsam und elastisch, übertrafen ihn an Kraft, schnellten davon, um erneut auf ihn einzuschlagen. Angespornt durch seinen Widerstand, konzentrierten sie sich wütend auf den unglücklichen Masirian, der raste und kämpfte in wachsendem Zorn, und T'sain konnte sich kriechend zum Rande des Wäldchens retten.

Sie sah zurück und erschauderte angesichts Masirians von Überlebenswillen zeugenden Kampfes. Er stolperte unter einem Schwall von Peitschenhieben, seine rasende, Widerstand leistende Gestalt zeichnete sich undeutlich ab. Seine Kräfte ließen nach, er versuchte zu fliehen. Und dann stürzte er zu Boden. Die Hiebe prasselten auf ihn nieder – auf seinen Kopf, seine Schultern, die langen Beine. Er versuchte aufzustehen, fiel aber wieder.

T'sain schloß erschöpft die Augen. Sie fühlte Blut aus ihren Wunden sickern. Die wichtigste Aufgabe jedoch blieb noch zu erfüllen. Sie kam auf die Füße und schwankte weiter. Lange Zeit drang ihr das fauchende Knallen unzähliger Peitschenhiebe in die Ohren.

Masirians Garten war bei Nacht erlesen schön. Die Sternblüten waren weit geöffnet, jede zauberhaft makellos, und die gefangenen, halbpflanzlichen Nachtfalter flatterten umher. Phosphorisierende Wasserlilien trieben wie entzückende Antlitze auf dem Teich, und der Busch, den Masirian aus dem fernen Almery im Süden mitgebracht hatte, tränkte die Luft mit süßfruchtigem Parfüm.

Bebend und keuchend stolperte T'sain durch den Garten. Ein paar Blumen erwachten und beobachteten sie neugierig. Die halb-tierische Hybride wisperte ihr schläfrig zu, denn sie glaubte Masirians Schritt erkannt zu haben. Zart erklang die sehnsüchtige Musik der blaukelchigen Blumen, die von den Nächten der alten Erde sangen, als noch ein weißer Mond am Himmel schwamm und schwere Stürme, Wolken und Donner die Jahreszeiten bestimmten.

T'sain ging achtlos vorüber. Sie betrat Masirians Haus, fand die Werkstatt, wo die ewigen gelben Lampen glommen. Masirians goldhaarige Trog-Kreatur richtete sich unvermittelt auf und starrte sie aus ihren hübschen, leeren Augen an.

Sie fand Masirians Schlüssel im Schrank, und es gelang ihr, die Falltür mit den Händen zu öffnen. Dann sackte sie in sich zusammen, und reglos wartete sie, bis sich der rote Schleier vor ihren Augen hob. Visionen überfielen sie – Masirian, der groß und hochmütig hervortrat, um Thrang zu töten; die seltsam gefärbten Blumen unter dem See; Masirian, bar seiner Zauber im Kampf gegen die Ruten . . . Sie tauchte aus ihrer Halbtrance auf, als das Trogwesen schüchtern an ihrem Haar herumtastete.

Sie schüttelte sich wach und stolperte, halb fallend, halb gehend, die Treppe hinunter. Sie öffnete die dreifach verschlossene Tür und schwenkte sie mit letzter, verzweifelter Kraft ihres Körpers auf. Sie wankte hinein und fand Halt an dem Sockel, der den glasbedeckten Kasten trug, in dem Turjan und der Drache ihr verzweifeltes Spiel spielten. Sie zerschmetterte das Glas am Boden, hob Turjan vorsichtig heraus und setzte ihn ab.

Der Zauberbann brach bei der Berührung mit der Rune an ihrem Handgelenk, und Turjan wurde wieder ein Mann. Entsetzt starrte er auf die fast unkenntliche T'sain.

Sie versuchte, zu ihm aufzulächeln.

»Turjan – Du bist frei –«

»Und Masirian?«

»Er ist tot.« Erschöpft sank sie auf den Steinboden und blieb reglos liegen. Turjan betrachtete sie mit sonderbarer Rührung in seinen Augen.

»T'sain, teures Geschöpf meines Verstandes. Edler bist du als ich, die du das einzige Leben, das du kanntest, für meine Freiheit eingesetzt hat.«

Er nahm ihren Körper auf die Arme.

»Aber ich werde dich in den Trog zurückbringen. Mit deinem Gehirn werde ich eine neue T'sain erschaffen, so lieblich wie du. Auf geht's!«

Und er trug sie die steinernen Stufen hinauf.

Meine Mutter war eine Hexe

William Tenn

›William Tenn‹ ist ein Pseudonym für Philip Klass, seines Zeichens Anglistikprofessor an der Penn State University. Er war einer der wichtigsten Autoren, die mit der satirisch-sozialkritischen Science-fiction der fünfziger Jahre in Verbindung gebracht wurden, ein zugleich witziger und bitterer Mann, der die Fähigkeit besaß, von der Gesellschaft, in der er lebte, einen Schritt zurückzutreten und ihre dunkle Seite zu sehen. Sein gesamter Ausstoß an Geschichten ist bedauernswert klein, aber eine der wichtigsten Erzählungen (er hat seit 1970 kaum mehr etwas geschrieben) sind in einem halben Dutzend der besten Sammlungen zu finden, die es in der Science-fiction gibt, darunter *The Human Angle* (1956; dt. *Der menschliche Standpunkt,* 1972), *The Square Root of Man* (1971; dt. *Venus – Planet für Männer,* 1973) und *The Wooden Star* (1968; dt. *Null-P,* 1973). »A Lamp for Medusa« ist ein lustiger Kurzroman, der erstmals 1968 veröffentlicht wurde. Darüber hinaus ist Professor Klass einer der besten Vor-/Während-/Nach-Tischredner in der Science-fiction.

Ich habe einen großen Teil meiner Kindheit in der festen Überzeugung verbracht, meine Mutter sei eine Hexe. Daraus ist nicht etwa ein psychologisches Trauma entstanden – im Gegenteil, ich fühlte mich gerade deswegen besonders geborgen und in Sicherheit.

Meine frühesten Erinnerungen reichen zurück in die schlimmsten Viertel von Brooklyns Brownsville – auch als East New York bekannt –, wo ich von Hexen umgeben war. Jede erwachsene Frau, die ich kannte, war eine. In Tücher gehüllt, standen immer einige von ihnen auf irgendeiner Eingangstreppe und tuschelten und überwachten aus den Augenwinkeln unsere Spiele. Wann immer einer meiner Spielkameraden zu wild in ihre Nähe wirbelte, füllte sich die Luft mit finsterer Magie: Gewaltige und komplizierte Verwünschungen wurden ausgestoßen.

»Mögest du nie erwachsen werden«, war eine der einfacheren, fröhlicheren Formeln. »Und wenn du doch erwachsen wirst, dann sei wie ein Radieschen, mit dem Kopf in der Erde und den Füßen in der Luft.« Eine andere lautete: »Möge es dich jucken, vom Kopf bis zum Fuß, daß du davon verrückt wirst, – aber erst, wenn dir die Fingernägel ausgefallen sind und du dich nicht kratzen kannst.«

Diese Bemerkungen wurden nicht an mich gerichtet, die Gegenzauber meiner Mutter wurden zu sehr gefürchtet, und ich selbst war in allen Formen der Abwehr unterrichtet, die ein kleiner Junge beherrschen konnte. Beim Schlafengehen spuckte meine Mutter dreimal aus und zwang so die Kräfte, mit denen sie in ständigem, vertrautem Kontakt stand, alle Verwünschungen, die gegen mich gerichtet worden waren, dreimal auf den Kopf des Urhebers zurück, das heißt, für jedes Spucken einmal.

Eine Hexe in der Familie war wirklich ein Halt und eine Stütze.

Meine Mutter war eine jiddische Hexe, und sie vollführte ihre Künste in jenem Gemisch aus Deutsch, Hebräisch und Slavisch, was ein ernstes Handikap war. Sie war jüdisch-englisch aufgewachsen und hatte Jiddisch erst gelernt, als sie meinen Vater kennengelernt hatte, der ein ehemaliger Rabbinerschüler und eifriger Sozialist aus Litauen war. Nachdem sie ihn im Londoner East End auf dem Weg nach Amerika gekapert hatte, machte sie sich sofort mit der Hingabe eines Eheweibes daran, ihr nutzloses Englisch zu verlernen und statt dessen die, wie es ihr schien, herrschende Sprache der Neuen Welt zu lernen.

Während mein Vater sie Jiddisch lehrte, war er in jenem abergläubischen Brooklynslum sicher nicht von großer Hilfe für sie und seinen Erstgeborenen. Er glaubte an die Wissenschaft und den nüchternen Verstand; ihre Alltagsnekromantie war ihm ein Greuel. Nicht einen einzigen Zauberspruch lehrte er sie: nur Redewendungen, literarische Sprüche und anspruchsvolle, jiddische Poesie, aber nicht einen einzigen Fluch, nicht eine Verwünschung.

Aber die brauchte sie. Ein kleiner Junge, so stellte sie fest, war

Zielscheibe für bösen Willen und Neid, und ihre neue Umgebung war bestens ausgestattet mit allen möglichen Zauberformeln. Zauberformeln hatte sie zunächst keine einzige. Ihre Stärke lag in der Kraft ihrer Anrufungen und ihrer Fähigkeit – wenn sie betroffen war –, abzuwehren oder geschickt zu neutralisieren. Aber ihr fehlte einfach die Verwünschungsüberlieferung, die von der Mutter auf die Tochter weitergegeben wird; sie hatte in ihrer Mitgift zwischen Bettlaken und Gänsedaunenkissen keine solchen in die Vereinigten Staaten mitgebracht. Die einzigen Waffen meiner Mutter waren Phantasie und Erfindungsgabe.

Glücklicherweise verließen sie ihre Erfindungsgabe und ihre Phantasie niemals – nachdem sie einmal den Kern der Sache begriffen hatte. Und sie war eine gelehrige Schülerin und lernte die Techniken des Okkulten, sobald sie sie einmal miterlebt hatte.

»*Mach a Feig*«, flüsterte sie mir im Lebensmittelladen zu, als eine der Hausfrauen meine Gesundheit und mein gutes Aussehen lobte. Und ich hob die Faust, den Daumen zwischen Mittelfinger und Zeigefinger, in jener uralten, männlichen Geste gegen den bösen weiblichen Blick. *Feig* war meine Geheimreserve, wenn ich allein war: Ich konnte sie gegen jeden Verwünscher machen, ohne mein Spiel zu unterbrechen, und war zutiefst davon überzeugt, daß alle unfreundlichen Wünsche harmlos wurden. Wenn ich eine Besorgung machen mußte und dabei an zahlreichen Hexengesichtern, die in Hauseingängen kauerten, vorbeigehen mußte, machte ich die *Feig* nach allen Seiten, den ganzen Weg entlang.

Aber dennoch hätte meine Mutter gegen ein eingesetztes Pentagramm nichts ausrichten können, wenn sie nicht erfolgreich gegen die alte Mrs. *Mokkeh* gestanden hätte. *Mokkeh* war der Spitzname der Dame (und steht in Jiddisch für Plage oder Pestilenz), der auf die Verwünschungen, die sie auszustoßen in der Lage war, hinwies.

Diese Frau hatte mich derartig beeindruckt, daß ich keines der Märchen lesen konnte, ohne an sie zu denken. Sie war eine kleine, breit gebaute Frau mit vier Töchtern, von denen jede so häßlich und klein wie sie selber war. Mrs. ›Mokkeh‹ hatte einen Gang, der den Eindruck erweckte, daß da, wo sie hingetreten war, niemals mehr etwas wachsen würde. Auf der rechten Seite ihrer Nase hatte sie eine große, behaarte Warze, so groß, daß die Leute hinter ihrem Rücken – aber nur hinter ihrem Rücken, denn man wußte nie, was sie einem wünschen würde, wenn sie einen hörte – kicherten und sagten: »Ihre Nase hat eine Nase.«

Aber das war die Grenze des Humors; darüber hinaus war nackte Angst. Sie blinzelte einen an, schloß dann erst ein Auge und dann das andere, und ihre Warze zitterte, während sie in ihrer Seele nach einem besonders schlimmen, entstellenden Zauberspruch suchte. Wenn man sensibel war, machte man sich schleunigst davon, noch ehe der düstere Fluch ausgesprochen wurde. Nicht nur Kinder flüchteten, sondern auch gestandene, erwachsene Hexen.

Die alte Frau *Mokkeh* war eine Art Oberhexe. Sie kannte Flüche und Formeln, die auf die Antike zurückgingen, auf die längst zerfallenen Ghettos von Babylon und Theben, und sie rekonstruierte sie in schrecklichster Weise.

Als wir die Wohnung direkt über der ihren bezogen, versuchte meine Mutter alles, um einen Zusammenstoß zu vermeiden. In der Küche durfte nicht mit dem Ball gespielt werden, und alles Rennen und Hüpfen in der Wohnung war streng untersagt. Damals war meine Mutter noch dabei, ihr Geschäft zu lernen, und mußte vorsichtig sein. Oft sah sie stirnrunzelnd auf den Fußboden und sagte: »All die *Mokkehs*, die diese Frau ersinnen kann!«

Eines Tages wollten wir Vettern am entferntesten Ende der Bronx besuchen. Frisch gewaschen und gescheuert, bis meine Haut glänzte, trug ich meinen guten, blauen Anzug. Meine Füße steckten in glänzenden, schwarzen Lederschuhen, und um den Hals trug ich einen frisch gestärkten, weißen Kragen, an dem eine knallrote Krawatte hing. Rot war in unserer Nachbarschaft gerade die beste Abwehr gegen den bösen Blick in Mode.

Als wir auf die Vortreppe des Hauses traten, kamen Mrs. *Mokkeh* und ihre älteste, häßlichste Tochter Pearl gerade herauf. Wir gingen an ihnen vorbei und blieben neben einer Gruppe von Frauen stehen, von denen meine Mutter Informationen über Bushaltestellen und Zugverbindungen einholte. Währenddessen schnupperte ich wie ein Hündchen an den prallen Einkaufstaschen, die die Frauen am Arm trugen: Zwiebeln und Knoblauch und frische, bunte Bündel von Suppengrün ...

Die Beiläufigkeit der Blicke, die ich auf mich gerichtet spürte, überraschte mich nicht: Das ausgiebige Anstarren eines wohlgeratenen Kindes forderte eine sofortige, mörderische Vergeltung, denn Anstarren, wie Komplimente machen, lenkten die Aufmerksamkeit des Todesengels auf das ausgewählte Objekt.

Ich begann mich zu langweilen, gähnte und versuchte, mich dem Griff meiner Mutter zu entwinden. Als ich mich umdrehte, entdeckte ich die Oberhexe, die mich von der Treppe aus aus dem Augenwinkel anschaute. Sie lächelte, ungewohnt freundlich.

»Der kleine Junge da, Pearlie«, tuschelte sie ihrer Tochter zu, »was für ein goldiger Schatz. Wie nett er aussieht!«

Meine Mutter hörte sie und wurde steif, aber sie wirbelte nicht herum, um eine heftige Antwort in das Gesicht zu schleudern, wie jedermann erwartete. Sie wollte sich nicht mit Mrs. *Mokkeh* anlegen. Alle warteten ängstlich auf den jiddischen Satz, der üblicherweise einem solchen Kompliment hinzugefügt wird, um guten Willen zu beweisen: ›*A Leben uff em*‹ – Möge er lange leben.

Aber sobald klar war, daß keine solche Freundlichkeit mehr kommen würde, zeigte ich, daß ich gut erzogen war, und machte mir der rechten Hand eine zauberaufhebende *Feig* zu meiner Bewunderin.

Mit zu Schlitzen zusammengekniffenen Augen betrachtete Mrs. *Mokkeh* die *Feig*. »Möge diese Hand abfallen«, säuselte sie in der gleichen freundlichen, warmen Stimme, »mögen die Finger einer nach dem anderen verfaulen und bis zum Handgelenk verrotten. Möge die Hand abfallen und die Fäulnis bleiben. Möge der Arm bis zum Ellbogen und dann bis zur Schulter verfaulen. Möge der ganze Arm verrotten, mit dem du mir eine *Feig* gemacht hast, möge er abfallen und stinkend zu deinen Füßen liegen, so daß du für den Rest deines Lebens nicht vergißt, mir keine *Feig* zu machen!«

Alle Frauen in Hörweite dieser rhythmisch-jiddischen Verwünschung schnappten nach Luft und schüttelten die Köpfe. Sie traten einen Schritt zurück und bildeten einen Halbkreis, in dem meine Mutter allein stand.

Meine Mutter drehte sich langsam zu Mrs. *Mokkeh*: »Schämen Sie sich denn nicht?« fragte sie eindringlich. »Er ist doch nur ein kleiner Junge, noch nicht einmal fünf Jahre alt. Nehmen Sie es zurück!«

Mrs. *Mokkeh* spuckte gelassen auf die Treppe. »Möge es zehnfach geschehen. Zehn- zwanzig- und hundertfach. Möge er verfaulen und verrotten. Seine Arme, seine Beine, seine Lungen, sein Leib. Möge er grüne Galle kotzen, so daß kein Arzt ihm helfen kann.«

Nun war der Kampf unausweichlich. Meine Mutter senkte die Augen und prüfte die Waffen in ihrem Arsenal. Sie muß sie als schmerzhaft unzulänglich empfunden haben – bei einem solchen Gegner.

Als sie die Augen wieder hob, beugten sich alle Frauen erwartungsvoll vor. Meine Mutter galt als clever-raffiniert und hatte viele, die ihr zugetan waren, aber ihre Jugend machte sie zu einem Fliegengewicht oder im besten Falle Leichtgewicht, während Mrs. *Mokkeh* ein Schwergewicht war, ein Profi, der in der Alten Welt unter berühmten Champions trainiert hatte. Wäre es unter diesen Frauen üblich gewesen, Wetten abzuschließen, sie hätten übereinstimmend darauf gesetzt, daß meine Mutter eine oder höchstens zwei Runden durchstehen würde.

»Ihre Tochter Pearlie . . .« begann meine Mutter schließlich.

»Oh, Momma, nein!« schrie das Mädchen, das plötzlich aus der unbeteiligten Zuschauerin zum Zentrum des Kampfes geworden war.

»Psst! Sei still!« befahl ihre Mutter. Schließlich hätten nur Neulinge einen Frontalangriff erwartet. Meine Mutter war an ihrer verwundbarsten Stelle – mir – getroffen worden und zahlte in gleicher Münze zurück. Pearl jammerte und stampfte mit den Füßen, doch die Erwachsenen beachteten sie nicht; wichtige professionelle Angelegenheiten zogen ihre Aufmerksamkeit auf sich.

»Ihre Tochter Pearlie«, entwickelte sich der halbgesungene Zauber, »sie ist jetzt vierzehn . . . möge sie hundertundvierzehn Jahre alt werden! Möge sie in fünf Jahren einen wunderbaren Mann heiraten, einen erfolgreichen Mann, einen Arzt, einen Rechtsanwalt oder einen Zahnarzt, der sie glücklich macht und ihr jeden Wunsch von den Augen abliest.«

Höchstes Interesse durchlief sichtbar die Zuschauerinnen, als die Art der Verwünschung erkennbar wurde, die meine Mutter knüpfte. Es ist eine der schwierigsten Formen des gesamten jiddischen thaumaturgischen Repertoires, das Objekt immer höher aufzubauen und dann mit einem vernichtenden, zerschmetternden Schlag zu enden. Einer der bekannteren Aufbauflüche lautet: »Mögest du ein Konto in jeder Bank haben, auf jedem ein Vermögen, und mögest du es ausgeben, indem du von Arzt zu Arzt rennst, ohne daß auch nur einer dir sagen kann, was du hast.« Oder: »Mögest du Eigentümer von hundert Villen sein und in jeder Villa hundert Schlafzimmer mit kostbarsten Möbeln besitzen und mögest du dein Leben damit verbringen von einem Bett ins nächste zu gehen, ohne auch nur ein einziges Mal ein Auge schließen zu können!«

Einen Höhepunkt anzusteuern und ihn dann in einer Lawine platzen zu lassen – das ist das Prinzip des Aufbaufluches. Er verlangt genaueste Details und noch genaueres Timing.

»Mögen Sie Ihrer Tochter Pearlie eine Hochzeit mit diesem wundervollen Mann ausrichten, von der die ganze Welt noch Jahre später spricht.« Pearlies Kopf schlüpfte immer tiefer in den Kragen ihres Kleides. Ihre Mutter grunzte wie ein Boxer, der einen leichten Schlag eingesteckt hat und nun rückwärts tänzelt.

»Diese Hochzeit, möge sie in allen Zeitungen besprochen werden, mögen sie sogar in Büchern davon schreiben und mögen Sie so glücklich sein wie noch nie in Ihrem Leben. Und dann, ein Jahr später, mögen Pearlie und ihr wunderbarer, reicher, aufmerksamer Ehemann Ihnen Ihren ersten Enkel vorstellen und möge es, *masel tov,* ein Junge sein.«

Ungläubig kam Mrs. *Mokkeh* eine Stufe die Treppe herunter, und die Warze an ihrer Nase zitterte.

»Und möge dieses Baby«, sang meine Mutter weiter und küßte ihre Fingerspitzen, ehe sie sie Mrs. *Mokkeh* entgegenstreckte, »was für ein großartiges Baby möge er sein! Großartig? Nein, herrlich! So ein herrliches Baby, wie es noch niemand zuvor gesehen hat. Die größten Rabbies aus der ganzen Welt mögen zu seinem *Bris* herangereist kommen, so daß sie später sagen können, sie seien unter den Anwesenden der Beschneidungszeremonie gewesen. So wunderbar und klug möge er sein, daß alle erwarten, daß er die Gebete zu seinem *Bris* selber spricht. Und dieser herrliche erste Enkel, möge er, gleich am Tag danach, wenn Sie in Seligkeit schwimmen, möge er plötzlich, mitten in der Nacht . . .«

»Halt!« schrie Mrs. *Mokkeh* und warf beide Arme hoch. »Aufhören!«

Meine Mutter holte tief Luft. »Und warum sollte ich aufhören?«

»Weil ich alles zurücknehme! Was ich dem Jungen gewünscht habe, möge mir geschehen, alles, was ich ihm gewünscht habe, stellt Sie das zufrieden?«

»Das stellt mich zufrieden«, erklärte meine Mutter. Dann zog sie meinen linken Arm hoch und zerrte mich die Straße entlang. Sie ging mit stolz erhobenem Haupt, nicht mehr eine Anfängerin unter Profis, sondern eine voll anerkannte Zauberin.

Bitte um Hilfe

Ron Goulart

Ron Goulart hat Dutzende von Romanen und Hunderte von Kurzgeschichten veröffentlicht, die meisten davon wundervolle, wilde Geschichten, gespickt mit Sozialkritik. Goulart ist der Top-Humorist der Science-fiction, und wen seine Geschichten erst einmal gepackt haben, der kommt nicht mehr davon los. Zu seinen besten Büchern gehören *After Things Fell Apart* (1970; *Als alles auseinanderfiel,* 1974), *Gadget Man* (1971), *Skyrocket Steele* (1980) und die Kurzgeschichtensammlungen *What's Become of Screwloose? And Other Inquiries* (1971) und *Nutzenbolts and More Trouble With Machines* (1975). Er ist bei kürzeren Texten sogar noch besser als in seinen Romanen, und eine *Best of Goulart*-Sammlung wäre eine Fundgrube *(Das Chamäleonkorps,* 1982, ist eine deutsche Zusammenstellung).

Vielleicht die witzigste Geschichte, die Ron Goulart je geschrieben hat, ist »Bitte um Hilfe«. Sie erzählt von den Schwierigkeiten, die man hat, wenn man sich an Nationalfeiertagen in einen Elefanten verwandelt.

Die Sekretärin des Art Department stellte ihren Weihnachtsbaum ab und küßte Max Kearny. »Da will dich noch jemand sprechen, Max«, sagte sie, als sie ihren Mantel zuknöpfte und den Weihnachtsbaum wieder aufnahm.

Max richtete sich auf seinem Hocker auf. »Am letzten Arbeitstag vor Weihnachten?«

»Gib mir doch diese Pakete auf den Arm«, bat die Sekretärin. »Er sagt, es sei dringend.«

Max kam von seinem Zeichenbrett herüber und stapelte die Geschenkpakete auf die Arme des Mädchens. »Wer ist es? Ein Vertreter?«

»Sein Name ist Dan Padgett.«

»Ach so, ein Freund von mir von einer anderen Agentur. Sag ihm, er soll nach hinten durchkommen.«

»Mach' ich, Max. Du machst es dir nett über Weihnachten, oder?«

»Ich schätze, die Heilsarmee hat ein hübsches Programm vorgesehen.«

»Nein, ernsthaft, Max, sitz' nicht in irgendeiner kalten Bar herum. Also, fröhliche Weihnachten.«

»Danke, dir auch.« Max sah noch einen Moment auf den rohen Entwurf auf seinem Zeichenbrett, bis Dan Padgett hereinkam.

»Hallo, Dan. Was gibt's?«

Dan Padgett rieb seine Handflächen aneinander. »Hast du noch dein Hobby?«

Max schüttelte eine Zigarette aus seinem Päckchen. »Den Spuknachweiskram? Klar.«

»Aber du bist nicht nur auf Spuk spezialisiert, oder?« Dan ging im Raum herum und schloß dann die Tür.

»Nein, mich interessiert fast alles Okkulte. In dem letzten Fall, an dem ich gearbeitet habe, war ein freiberuflicher Leichenerwecker verwickelt. Warum?«

»Erinnerst du dich an Anne Clemens, die Blonde?«

»Ja, du bist mit ihr gegangen, als wir für Bryan-Josephs und Co gejobt haben. Mageres Mädchen.«

»Schlank. Mannequintyp.« Dan setzte sich auf den einzigen Stuhl. »Ich will sie heiraten.«

»Jetzt sofort?«

»Ich habe sie vor zwei Wochen gefragt, aber sie hat noch nicht geantwortet. Ein Grund ist Kenneth Westerland.«

»Der Trickfilmmacher?«

»Ja, der Typ, der Major Bowser erfunden hat. Er sieht Anne auch ab und zu.«

»Tja«, sagte Max und rückte seinen Hocker vom Zeichenbrett weg. »Ich mache keine Liebeszauber, Dan. Wenn Westerland ein Vampir wäre oder ein Hexer, könnte ich dir vielleicht helfen.«

»Das ist nicht das Hauptproblem. Es ist, wenn Anne ja sagt.«

»Wie bitte?«
»Ich kann sie nicht heiraten.«
»Gefühlsumschwung?«
»Nein.« Dan blickte auf seine Füße. »Nein.« Er rieb seine Hände aneinander. »Nein, ich liebe sie. Aber bei mir stimmt was nicht. Es ist mir unangenehm, dich so kurz vor Weihnachten damit zu belästigen, aber es hängt damit zusammen.«
Max entzündete eine neue Zigarette am Stummel der alten. »Ich habe noch keine klare Vorstellung von deinem Problem, Dan.«
»An allen Feiertagen verwandele ich mich in einen Elefanten.«
»An allen Feiertagen?«
»Mehr oder weniger. Halloween fing's an. Dann war nichts bis Erntedank. Glücklicherweise kann ich währenddessen reden, so konnte ich meine Familie davon benachrichtigen, daß ich nicht zu unserem üblichen Erntedanktreffen kommen konnte.«
»Wie hast du das Telefon bedient?«
»Ich hab' gewartet, bis sie mich angerufen haben. Mit dem Rüssel kann man den Hörer abnehmen.«
»Normalerweise verwandeln Leute sich in Katzen oder Wölfe.«
»Das wäre nicht so schlimm«, sagte Dan. »Ein Wolf wäre akzeptabel. Hat einen gewissen Reiz. Sogar mit einer Riesenkakerlake könnte ich mich abfinden, was die Symbolik angeht. Aber ein mittelgroßer Elefant! Ich kann doch nicht erwarten, daß Anne mich heiratet, wenn ich so was mache.«
»Bist du sicher«, sagte Max, während er am Fenster vorbeiging und auf das Spätnachmittagsgedränge hinuntersah, »daß du nicht einfach Halluzinationen hast?«
»Dann wären sie reichlich realistisch. Erntedank habe ich einen Ballen Heu vertilgt.« Dan trommelte mit den Fingern auf sein Knie. »Beim ersten Mal wurde ich nach einer Weile hungrig. Aber ich konnte den verdammten Dosenöffner mit dem Rüssel nicht bedienen. Ich nahm mir vor, einen Ballen Heu bereitzuhalten, falls ich mich wieder verwandeln würde.«
»Und wie lang schienst du ein Elefant zu sein?«
»Vierundzwanzig Stunden. Beim ersten Mal – ich war beide Male in meiner Wohnung, die einen schön soliden Fußboden hat – bekam ich Angst. Ich trompetete und stampfte herum. Dann klopfte der Typ von oben, der schwule Keramiker, auf den Fußboden. Ich beschloß, lieber still zu sein, damit niemand die Bullen rufen und mich in den Zoo oder ein Tierheim bringen würde. Ich wartete und versuchte nachzudenken, und dann, Punkt Mitternacht, war ich wieder ich selbst.«
Max drückte seine Zigarette in ein kleines, metallenes Kuchenförmchen auf seiner Staffelei. »Du machst mir nichts vor, oder?«
»Nein, Max.« Dan sah hoffnungsvoll auf. Fällt das in deinen Zustän-

digkeitsbereich? Ich wüßte nicht, wen ich sonst fragen könnte. Ich habe versucht, nicht daran zu denken. Aber jetzt steht Weihnachten vor der Tür. Die beiden anderen Male habe ich mich an einem Feiertag verwandelt. Ich hab' Angst.«

»Lykanthropie« überlegte Max. »Das kann es nicht sein. Bist du kürzlich einem Elefanten zu nahe gekommen?«

»Vor zwei Jahren war ich im Zoo. Keiner hat mich gebissen oder seltsam angeschaut.«

»Es muß also was anderes sein. Hör zu, Dan. Am Weihnachtstag habe ich eine Verabredung mit einem Mädchen, unten in Palo Alto. Aber Heiligabend habe ich Zeit. Verwandelst du dich pünktlich?:

»Wenn, dann dürfte es am 24. genau um Mitternacht passieren. Ich habe meiner Familie schon erzählt, daß ich über die Feiertage mit Anne zusammen sein werde, und ihr habe ich gesagt, ich sei bei der Familie.«

»Was ihr erlaubt, Westerland zu treffen.«

»Den Mistkerl.«

»Major Bowser ist keine schlechte Zeichentrickserie.«

»Jedenfalls erfolgreich. Die Stimme von diesem Hund bringt den Erfolg. Ich kann Westerland nicht ausstehen und habe trotzdem gelacht.« Dan stand auf. »Vielleicht passiert ja gar nichts.«

»Wenn doch, könnte es mir einen Anhaltspunkt geben.«

»Wollen's hoffen. Also, fröhliche Weihnachten, Max. Bis morgen Abend.«

Max nickte, und Dan Padgett ging. Über sein Zeichenbrett gebeugt, schrieb Max HEXE? an den Rand seines Entwurfs. Ein paar Minuten lang hörte er der Übertragung von Weihnachtsliedern zu, dann fing er wieder an zu zeichnen.

Der Heuballen knisterte, als Max sich darauf setzte. Vorsichtig zündete er eine Zigarette an und sah wieder auf die Uhr. »Noch eine halbe Stunde«, sagte er.

Dan Padgett goß Scotch in ein ›Tom und Jerry‹-Glas und schloß die Jalousien. »Ich kam mir saublöd vor mit meinem Heuballen. Zu dieser Jahreszeit erwarten die Leute eher einen Weihnachtsbaum.«

»Du hättest ja Lametta dranhängen können.«

»Schlecht für meine Eingeweide, wenn ich das Heu fresse.« Dan goß etwas Whisky nach und ging zur Öffnung des Heißluftschachtes. »Es wird kühl hier. Ich fürchte, bei der Hauswirtin kann ich mich nicht beschweren. Sie würde wahrscheinlich sagen: ›Wer sonst ließe Sie einen Elefanten in Ihrer Wohnung halten? Ein bißchen frische Luft kann Ihnen nicht schaden!‹«

»Weißt du«, sagte Max, »ich habe ein bißchen über Lykanthropie nachgelesen. Einer meiner Freunde hat einen Bücherladen für Okkulta.«

»Fachliteratur scheint sich immer besser zu verkaufen.«

»Ein Fall von Werelefanten ist anscheinend nicht bekannt.«

»Vielleicht wollten die anderen nicht, daß es publik wird.«

»Möglich. Wahrscheinlicher ist, daß dich jemand verhext hat.«

Dan runzelte die Stirn. »Daran habe ich nicht gedacht. Wie spät ist es?«

»Viertel vor.«

»Ein Zauber, hm? Müßte ich der Person, die es getan hätte, begegnet sein? Oder war es Fernwirkung?«

»Für gewöhnlich muß irgendein Kontakt stattfinden.«

»Du«, sagte Dan, senkte seinen Kopf und rieb sich die Nase. »Du solltest lieber nicht auf dem Heuballen sitzen. Tiere mögen es nicht, wenn man mit ihrem Futter spielt.« Er stand mit weit gespreizten, steifen Beinen da.

Max stand vorsichtig auf und zog sich in den hinteren Teil des Raumes zurück. »Ist was?«

»Nein«, sagte Dan. Er beugte sich weit vornüber und streckte seine Arme zum Boden. »Es juckt nur. Am Bauch.«

Max sah zu, wie Dan sich den Bauch mit seinem Rüssel kratzte. »Verdammt.«

Der mittelgroße, graue Elefant hob seinen Kopf und blinzelte zu Max hinüber. »Mist. Ich dachte, es würde nicht mehr passieren.«

»Kann ich näher kommen?«

Dan gab ein Zeichen mit seinem Rüssel. »Ich werde dich nicht zertrampeln.«

Max streckte seinen Arm aus und befühlte die Flanke des Elefanten. »Du bist ein richtiger Elefant, das steht fest.«

»Ich hätte auch an ein paar Kohlköpfe denken sollen. Das Zeug hier ist reichlich fad.«

Mit dem Rüssel zupfte er Büschel von Heu aus dem Ballen und stopfte sie in sein Maul.

Max bemerkte die Zigarette in seiner Hand und zündete sie an. Er ging zweimal um den Elefanten herum und sagte: »Denk mal zurück, Dan. Als es das erste Mal passierte: Wann war das genau?«

»Halloween, wie ich dir gesagt habe.«

»Aber das ist kein richtiger Feiertag. War es am Tag nach Halloween oder in der Nacht selbst?«

»Warte. Es war vorher. Es war am Tag nach der Party bei Eundo Carawan. Im Beach.«

»Wo?«

»North Beach. Da war eine Party. Anne kennt Eundos Frau. Sie heißt auch Eundo.«

»Warum?«

»Er heißt Ernest und sie Olivia. E und O. Darum nennen sie sich beide Eundo. Sie malen diese Bilder mit käferäugigen Kindern, die du hier in jedem Laden kaufen kannst. Du als Künstler müßtest sie kennen.«

Max brummte. »Ernie Carawan. Natürlich, er war damals freiberuflicher Maler, auf Hunde spezialisiert. Wir konnten ihn nicht mehr brauchen, als alle seine Hunde Käferaugen bekamen.«

»Olivia solltest du mal sehen.«

»Was ist auf der Party passiert?«

»Tja«, sagte Dan und zupfte einen Büschel Heu. »Mir fällt ein, da war jemand auf der Party. Ein kleiner, dicker Typ. Ungefähr so groß wie du, fünfunddreißig vielleicht. Jemand sagte, er sei Bühnenzauberer oder so.«

»Na los«, sagte Max, »Elefanten sollen doch ein gutes Gedächtnis haben.«

»Ich glaube, ich war damals ein bißchen betrunken. Ich kann mich nicht genau daran erinnern, was er sagte. Irgendwas in der Art, daß er mir einen Gefallen tun würde. Und von einer Eingebung, einem Flash.«

»Eine Eingebung?«

»Die überkam ihn so. Ich sagte ihm, er solle tun, was er für richtig halte.« Dan ließ von dem Heu ab. »Das wäre ja Zauberei, Max. Das ist ausgeschlossen.«

»Halt die Klappe und friß dein Heu. Alles ist möglich.«

»Du hast recht. Wer hätte gedacht, daß ich Weihnachten als Elefant verbringen würde?«

»Dieser Zauberer«, sagte Max. »Wie heißt er? Er könnte uns vielleicht weiterhelfen.«

»Sein Name?«

»Ja.«

»Weiß ich nicht. Hat er mir nicht gesagt.«

»Er ging nur auf dich zu und belegte dich mit einem Zauberbann.«

»Du weißt doch, wie das bei Parties so läuft.«

Max fand das Telefon auf einem schwarzen Tisch neben dem Bücherregal. »Wo ist das Telefonbuch?«

»O je.«

»Wie bitte?«

»Hab' ich nicht mehr. Als ich letztes Mal ein Elefant war, hab' ich es aufgegessen.«

»Dann laß ich mir Carawans Nummer von der Auskunft geben und frag' ihn mal, ob er weiß, wer dieser Hexenmeister ist.«

Carawan wußte es nicht. Aber jemand auf seiner Weihnachtsparty wußte, daß er einen Schuhladen in North Beach hatte und Claude Waller hieß. Angeblich war er über Weihnachten in Los Angeles bei seiner Exfrau und würde nicht vor Montag oder Dienstag zurück sein.

Max griff nach dem Preisschildchen an einem Paar orangefarbenen Ledersandalen. Der Perlenvorhang im hinteren Teil des Ladens klimperte.

»Sind Sie 'ne Tunte oder so was, Kumpel?« fragte der untersetzt gebaute Mann, der den Raum betrat.

»Nein, bedaure.«

»Dann wollen Sie diese Sandalen sicher nicht. Das ist mein Tuntenspezialangebot. Gibt's auch in Hellgrün. Wer sind Sie?«

»Max Kearny. Sind Sie Claude Waller?«

Waller trug einen lockeren, braunen Anzug. Er knöpfte die Jacke auf und setzte sich auf einen Hocker vor dem Ladentisch. »Der bin ich. Der kleine alte Schumacher.«

Max nickte.

»Das ist eine Variante von der Weinwerbung mit dem kleinen alten Weinmacher.«

»Ich weiß.«

»Mein Humor schlägt immer ein. Genau wie mein Leben. Ein Knüller. Was wollen Sie?«

»Man sagt, Sie seien Zauberer.«

»Nein.«

»Sind Sie nicht?«

»Nicht mehr. Meine Exfrau, die flachbrüstige Hexe, und ich, wir wollen wieder zusammenkommen. Ich weiß nicht, was passiert ist. Ich bin ein harter Bursche. Laß mich nicht verarschen.«

»Würde ich auch sagen.«

»Und warum habe ich ihr dann zweihundert Piepen geschickt, damit sie herkommt?«

»Kann der Scheck noch gestoppt werden?«

»Hab's bar geschickt.«

»Dann sind Sie dran, schätze ich.«

»Na, so schlimm ist sie auch wieder nicht.«

»Kennen Sie einen Dan Padgett?«

»Nein.«

»Oder Ernie Carawan?«

»Eundo? Ja.«

»An Halloween haben Sie Dan Padgett und ein Mädchen namens Anne Clemens bei den Eundos getroffen.«

»Das ist 'ne gute Nummer. Können Sie mir auch sagen, was auf dem Zettel in meiner Hosentasche steht?«

»Erinnern Sie sich, mit Dan Padgett gesprochen zu haben? Haben Sie ihn vielleicht irgendwie verzaubert?«

Waller glitt von seinem Hocker. »Der Typ. Das haut mich um. Dann hab' ich das also gebracht.«

»Was gebracht?«

»Ich war reichlich hinüber. Veilchenblau, wissen Sie. Und ich hatte diese Eingebung. Ein Typ war in Schwierigkeiten. Dieser Dan Padgett war's. Ich dachte nicht, daß ich irgendwas bewirkt habe. Habe ich?«

»An Feiertagen wird er zum Elefanten.«

Waller blickte auf seine Füße. Dann lachte er. »Tatsächlich. Das ist Klasse. Warum, glauben Sie, habe ich das gemacht?«

»Verraten Sie's mir.«

Waller hörte auf zu lachen. »Ich habe dauernd diese Eingebungen. Das stört meine Frau. Sie wagt nicht, mit jemandem zu schlafen. Ich könnte ja eine Eingebung darüber haben. Warten Sie mal.« Er nahm einen Hocker von der Werkbank und klopfte damit auf seine Handfläche. »Das Mädchen. Das blonde Mädchen. Wie hieß sie noch?«

»Anne Clemens.«

»Da ist irgendwas. Schwierigkeiten. Ist es schon passiert?«

»Was soll denn passieren?«

»Autsch!« sagte Waller. Er hatte mit dem Hammer heftig genug zugeschlagen, um einen blauen Fleck zu verursachen. »Ich kann mich nicht mehr erinnern. Aber ich weiß, daß ich Ihren Freund verzaubert habe, damit er sie zu gegebener Zeit retten kann.«

Max steckte eine Zigarette an. »Es wäre einfacher, wenn Sie uns sagen würden, welche Art Schwierigkeiten zu erwarten sind.«

Waller langte hinter sich, um den Hammer abzulegen. Er verfehlte die Werkbank, und der Hammer durchschlug den Deckel eines Schuhkartons. »Sehen Sie, Kearny. Ich bin kein professioneller Zauberer. Es ist wie beim Baseball. Manchmal ist ein Typ einfach ein Naturtalent. So bin ich. Ich bin ein Naturtalent. Tut mir leid, Kumpel. Ich kann Ihnen nicht mehr sagen. Und ich kann Ihren Freund auch nicht von dem Zauber befreien. Ich weiß nicht einmal mehr, wie ich's gemacht habe.«

»Und Sie können sich überhaupt nicht mehr erinnern, welche Art von Schwierigkeiten Anne haben wird?«

Stirnrunzelnd sagte Waller: »Hunde. Ein Haufen Hunde. Im Regen bellende Hunde. Nein, das ist es nicht. Ich krieg's nicht mehr zusammen. Ich weiß nicht. Dieser Dan Padgett wird sie retten.« Waller bückte sich nach dem Hammer. »Da bin ich ziemlich sicher.«

»Heute ist Dienstag. Samstag ist er wieder fällig. Wird's die Schwierigkeiten in der Silvesternacht geben?«

»Kumpel, wenn ich 'ne neue Eingebung habe, laß ich Sie's wissen.«

An der Tür sagte Max: »Ich gebe Ihnen meine Telefonnummer.«

»Nicht nötig«, sagte Waller. »Wenn ich sie brauche, weiß ich die Nummer.«

Der Türöffner des alten viktorianischen Hauses schnarrte, und Max drehte den Türknopf. Entlang der Treppe hingen bräunliche Gemälde von kleinen Mädchen mit Ponies und Hunden. Oben öffnete sich eine Tür, und helles Licht ließ die vergoldeten Rahmen aufblitzen, auf denen Adler und Blumen einander umwanden.

»Max Kearny?« fragte Anne Clemens, über das Treppengeländer gebeugt.

»Hallo, Anne. Störe ich?«

»Im Augenblick nicht. Nachher gehe ich aus. Ich bin eben nach Hause gekommen.«

Es war Mittwochabend. Max hatte Anne nicht früher erreichen können. »Ich kam gerade vorbei und dachte, ich schau' mal schnell herein.«

»Es ist ein paar Monate her, seit wir uns das letzte Mal gesehen haben«, sagte das Mädchen, als Max den Treppenabsatz zu ihrem Appartement erreichte. »Komm rein.«

Sie trug eine weiße Bluse und schwarze Strumpfhosen. Sie war nicht ganz so dünn, wie Max sie in Erinnerung hatte. Ihr blondes Haar hielt sie mit einem schwarzen Bändchen zusammen.

»Ich halte dich wirklich nicht auf?« fragte Max.

Anne schüttelte den Kopf. »Ich brauche mich noch nicht sofort fertig zu machen.«

»Fein.« Max holte seine Zigaretten heraus und setzte sich auf den altmodischen Sessel, auf den Anne zeigte.

»Hat's was mit Dan zu tun, Max?« Die einzige Deckenleuchte gab einen sanften Reflex auf ihrem Haar.

»In gewisser Weise schon.«

»Irgendwelche Probleme?« Sie saß aufrecht auf der Schlafcouch.

»Nein«, sagte Max. »Aber Dan meint, du könntest irgendwelche Schwierigkeiten haben.«

Das Mädchen feuchtete seine Lippen an. »Dan ist manchmal zu empfindlich. Ich glaube, ich weiß, was er meint.«

Max bot ihr eine Zigarette an.

»Nein danke. Dan macht sich Gedanken über Ken Westerland, oder?«

»Das hat damit zu tun.«

»Max«, sagte Anne. »Ich habe vor zwei Jahren für Ken gearbeitet. Seither sind wir ein paarmal zusammen ausgegangen. Dan sollte sich darüber nicht den Kopf zerbrechen.«

»Westerland macht dir nicht irgendwie Probleme?«

»Ken? Natürlich nicht. Wenn ich Dan unentschlossen erscheine, dann nur, weil ich Ken auch nicht verletzen will.« Sie runzelte die Stirn und sah zur Seite. Dann wandte sie sich wieder Max zu und schaute ihn an, als sei er gerade erst vor ihr aufgetaucht. »Was wollte ich sagen? Na ja, egal. Ich sollte mich wirklich langsam fertig machen.«

»Wenn du irgendwas brauchst, sag's mir.«

»Wie bitte?«

»Ich sagte, wenn du –«

»Ach ja, wenn ich was brauche. Danke. Aber wenn ich zum Abendessen ausgehen will, sollte ich anfangen, mich fertig zu machen.«

»Trainierst du modernen Tanz?«

Anne öffnete die Tür. »Ach, die Strumpfhosen – nein. Die sind einfach bequem. Ich habe nicht die geringsten Neigungen zum Showbusiness.« Sie lächelte eilig. »Danke für's Vorbeikommen, Max.«

Die Tür schloß sich, und Max stand im Flur. Er stand dort lange genug, um sich eine Zigarette anzuzünden, dann ging er aus dem Haus.

Es war schon dunkel. Die Straßenlampen waren an, und die Abendkälte wurde spürbar. Max stieg in sein Auto und lehnte sich zurück. Über die Straße beobachtete er die Eingangsstufen zu Annes Haus. Sein Auto stand vor einem schmalen, leeren Grundstück, auf dem hohes Gras wucherte. Beim Abbruch des alten Hauses waren die Eingangsstufen stehen geblieben. Max' Augen folgten den Stufen ins Nichts. Kopfschüttelnd zündete er eine neue Zigarette an und sah wieder zu Annes Haus hinüber.

Die Fassade des Hauses war mit weißen Holzschindeln überzogen. In der Mitte war ein breiter Vorbau mit einem Giebeldach.

Es war vielleicht eine Stunde vergangen, als Kenneth Westerland seine graue Mercedes-Limousine an der Ecke parkte. Er war ein großer Mann, vielleicht fünfunddreißig. Er hatte das Gesicht eines Dicken, zu rund und pausbackig für seinen Körper. Er trug einen kleinen Koffer.

Als Westerland im Haus verschwunden war, stieg Max aus dem Wagen und schlenderte zur Ecke. Er überquerte die Straße und lief eilig über ein Stück Rasen, in den Schatten neben Annes Wohnhaus. Er stieg auf eine Mülltonne, um den ersten Absatz der Feuertreppe zu erreichen, ohne die geräuschvolle Leiter benutzen zu müssen.

Max hockte auf der Feuertreppe und steckte sich eine Zigarette an, wobei er die Flamme des Streichholzes mit der Hand verbarg. Als er zu Ende geraucht hatte, drückte er die Kippe am Geländer aus. Dann schwang er sich um die Hausecke und auf das Vordach. Flach auf dem Bauch arbeitete er sich die Schräge hinauf. Max versteckte sich zwischen Efeu und wildem Wein und schielte mit dem linken Auge durchs Fenster. Es war das Fenster ihres Wohnraumes, und er konnte Anne in dem gleichen Sessel sitzen sehen, in dem er vorhin gesessen hatte. Sie trug jetzt ein blaues Cocktailkleid, und ihr Haar fiel locker auf ihre Schultern. Sie sah Westerland an. Der kleine Koffer stand auf dem Teppich zwischen Max und dem Trickfilmzeichner.

Westerland hielt ein Silberkettchen zwischen Daumen und Zeigefinger. Am Ende des Kettchens kreiselte ein glänzendes, silbernes Medaillon.

Max blinzelte und tauchte zurück zwischen die Kletterpflanzen.

Westerland war dabei, Anne zu hypnotisieren. Es sah aus wie in einem Schundroman.

Als er wieder hineinsah, ließ Westerland gerade das Medaillon in seine Tasche gleiten und bewegte sich auf das Fenster zu. Max duckte sich schnell.

Einen Augenblick später sah er wieder hinein. Westerland hatte den Koffer geöffnet. Er enthielt ein Tonbandgerät. Anne hielt das Mikrophon in der einen Hand, in der anderen mehrere zusammengeklammerte Bögen Papier.

Westerland schob den kleinen Tisch vor Anne, und sie legte die Papiere darauf. Ihre Augen schienen noch immer auf die Stelle zu starren, wo die sich drehende Scheibe gewesen war.

Kniend legte Westerland eine Spule in das Gerät. Er sprach ein paar Worte ins Mikrophon und gab es Anne zurück. Sie begannen, so etwas sie ein Skript aufzunehmen.

Nach der Art, wie Westerland sein Gesicht verzog, sprach er mit verschiedenen Stimmen. Annes Ausdruck veränderte sich nicht. Max konnte nichts hören.

Er machte sich platt, rutschte zurück zur Hausecke und schwang sich auf die Feuertreppe. Er wartete ab, ob man ihn gehört oder gesehen hatte, und machte sich dann an dem Fenster zu schaffen, das zur Feuertreppe führte. Es war unverriegelt, aber schon lange nicht mehr geöffnet worden. Es knarrte. Max stieg hinein und schloß es wieder. Dann ging er langsam zu Annes Wohnungstür und hielt sein Ohr dagegen.

Schwach konnte er die Stimmen jetzt hören. Westerland imitierte verschiedene Charaktere, während Anne nur eine Stimme gebrauchte, nicht ihre eigene. Max nahm hinter sich etwas wahr und sah, daß sich die Tür der Nachbarwohnung öffnete. Ein langes Mädchen mit schwarzgefaßter Brille sah ihn an.

»Was gibt's?« fragte sie.

Max lächelte und ging zu ihrer Tür. »Keiner da, nehme ich an. Vielleicht würden Sie den ›Welterneuerungs-Anzeiger‹ abonnieren wollen? Wenn ich noch acht Abonnements verkaufe, bekomme ich einen ausgestopften Pandabären.«

Das Mädchen schob sein Kinn vor. »Einen Panda? Ein erwachsener Mann wie Sie sollte keinen ausgestopften Panda haben wollen.«

Max sah sie einen Moment nachdenklich an. »Sie haben recht, irgendwie ist das albern. Zum Teufel damit. Ist auch ein blödes Blatt. Keine Witze und nur fünfzehn Wörter im Kreuzworträtsel. Gute Nacht, Fräulein. Tut mir leid, Sie gestört zu haben. Sie haben mir die Augen geöffnet.« Er ging die Treppe hinunter, während sich hinter ihm die Tür schloß.

Was er heute nacht herausgefunden hatte, gab ihm noch immer keine

Aufschlüsse, die ihm bei Dans Problem weiterhelfen konnten. Aber es war interessant. Anne Clemens lieh augenscheinlich ihre Stimme Westerlands Trickfilmfigur Major Bowser.

Bis Freitag hatte Max herausgefunden, daß Westerland früher als Hypnotiseur in Nachtclubs aufgetreten war. Auch das gab keinen Hinweis darauf, warum Dan Padgett regelmäßig ein Elefant wurde.

Am frühen Nachmittag rief Dan ihn an. »Max, irgend etwas ist passiert.«

»Hast du dich schon verwandelt?«

»Nein, mir geht's gut. Aber ich kann Anne nicht finden.«

»Was heißt das?«

»Sie ist heute nicht zur Arbeit gekommen. Und bei ihr zu Hause meldet sich niemand.«

»Hast du was über Westerland gesagt? Darüber, was ich neulich Nacht gesehen habe?«

»Ich weiß, du wolltest nicht, daß ich was sage. Aber du hast auch gesagt, daß ich sie vor irgendwelchen Schwierigkeiten bewahren müsse. Ich dachte, wenn ich ihr von Westerland erzähle, könnte ihr das helfen.«

»Du sollst sie retten, während du ein Elefant bist. Verdammt. Ich wollte daß sie noch nicht erfährt, was Westerland tut.«

»Anne wußte nichts davon, daß sie Major Bowser ist. Sie glaubt, sie war Mittwochabend mit Westerland zum Abendessen.«

»Kein Wunder, daß sie so mager ist. Okay. Was hat sie noch gesagt?«

»Sie dachte, ich mach' einen Witz. Dann schien sie es zu glauben. Fragte sogar, wieviel Westerland wohl mit der Serie verdient.«

»Großartig«, sagte Max, während er dicke Striche auf seinen Notizblock malte. »Jetzt ist sie wahrscheinlich zu ihm gegangen und hat eine Nachzahlung gefordert oder so was.«

»Ist das schlimm?«

»Wissen wir nicht.« Max sah auf seine Uhr. »Ich kann sofort aufbrechen. Ich geh' erst zu ihrer Wohnung und seh' mich dort um. Dann zu Westerlands Appartement. Er wohnt draußen an der California Street. Ich rufe dich an, sobald ich was finde.«

»Und ich«, sagte Dan, »sollte mich in der Zwischenzeit um einen weiteren Ballen Heu kümmern.«

In Annes Appartement, in das er eingebrochen war, fand Max keinerlei Hinweise auf ihren Verbleib. Ebensowenig bei Westerland, wo er durch die Dachluke einstieg.

Samstagmittag fragte sich Max, ob er lockerlassen und Wallers Voraussage glauben solle, daß Dan zu gegebener Zeit Anne retten würde.

Er steckte sich eine neue Zigarette an und tigerte in seiner Wohnung herum. Er blätterte in einigen Bänden seiner Okkulta-Sammlung.

Das Telefon klingelte.

»Ja?«

»Wallers Schuhladen.«

»Der Magier?«

»Richtig, Kumpel. Sind Sie es, Kearny?«

»Ja, was gibt's?«

»Ich hatte einen Flash.«

»Also?«

»Fahren Sie nach Sausalito.«

»Und?«

»Das ist alles, was mir offenbart wurde. Sie und Ihr Freund. Fahren Sie nach Sausalito. Vor Mitternacht.«

»Sie wissen keine anderen Einzelheiten?«

»Tut mir leid. Meine Exfrau ist gestern angekommen. Ich war zu durcheinander für vollständige Eingebungen.« Die Leitung wurde unterbrochen.

»Sausalito?« fragte Dan, als Max ihn anrief.

»Das war's, was Waller sagte.«

»He«, sagte Dan. »Westerlands Exfrau.«

»Der hat auch eine?«

»Seine Frau hatte ein Haus dort. Ich erinnere mich, daß ich mit Anne mal zu einer Party dort war. Bevor Westerland sich hat scheiden lassen. Könnte Anne dort sein?«

»Hätte Mrs. Westerland nicht was dagegen?«

»Nein, sie ist in Europa. In Herb Caen war das, und – Max! Das Haus steht leer. Anne muß dort sein. Und in Schwierigkeiten.«

Das Haus lag weit von der Straße, die über die flachen Hügel von Sausalito führt, dem Ort am anderen Ende der Golden-Gate-Brücke, San Francisco gegenüber. Es war ein weitläufiges Haus aus Rotholz und Glas.

Max und Dan hatten das Auto in der Nähe geparkt. Sie liefen, Max vorneweg, durch ein Wäldchen den Abhang hinunter zur Rückseite des Westerlandschen Hauses. Es war später Nachmittag. Die großen, ebenmäßigen Fenster spiegelten gleißend oder wurden schwarz, während sie sich näherten. Eine hohe Hecke umgab den Innenhof, und als Max und Dan näher kamen, versperrte sie ihnen den Blick auf das Haus.

»Meinst du, sie ist da drin?«

»Wir müßten irgendwelche Lebenszeichen erkennen können. Ich werde zu einem erstklassigen Schnüffler. Ich schnüffle nur noch in anderer Leute Häuser herum.«

»Das ist es wohl, was Detektivarbeit ausmacht«, meinte Dan. »Auch die Okkulte.«

»Still«, sagte Max. »Horch mal.«

»Was?«
»Ich hab' einen Hund bellen gehört.«
»Im Haus?«
»Ja.«
»Das heißt, da ist jemand.«
»Das heißt, daß Anne da wahrscheinlich drin ist. Ziemlich sicher war das Major Bowser.«
»Tag, Jungs«, sagte eine schrille Stimme hinter ihnen.
»Guten Tag«, sagte Max, als er sich zu dem kahlköpfigen Mann hinter ihnen umdrehte.
»Jesses«, sagte der Mann und richtete seine Polizeipistole auf sie. »Das erspart mir 'nen Haufen Arbeit. Der Boß hat mich den ganzen Tag nach euch suchen lassen. Und als ich gerade aufgeben und mit eingeklemmtem Schwanz zurückkommen wollte – tja, da seid ihr da.«
»Wer ist dein Boß?«
»Er. Westerland. Ich bin ein Profikiller. Angeheuert, um euch zu schnappen.«
»Du hast uns geschnappt«, sagte Max.
»Hört zu. Könntet ihr ihm sagen, ich hätte euch drüben in Frisco erwischt? Sieht nach mehr aus.«
»Könnten wir,« sagte Max, »wenn du uns laufen läßt. Sag ihm, wir hätten uns mit Karate verteidigt. Wir könnten dir auch den Arm brechen, damit's echter aussieht.«
»Nee«, sagte der Kahlkopf. »Vergiß es. Ihr stellt zu viele Bedingungen. Geht rein.«
Westerland öffnete gerade den Kühlschrank, als der Killer Max und Dan in die Küche führte.
»Hast es hingekriegt, Lloyd«, sagte Westerland, während er einen Eislutscher aus dem Gefrierfach holte.
»Ich hab' die Bilder gut angeschaut, die Sie mir gegeben haben.«
»Wo ist Anne?« fragte Dan.
Westerland quetschte das Eis aus der Verpackung.
»Hier. Wir haben gerade erst eine Aufnahme beendet. Setzt euch.«
Als alle vier um den weißen Holztisch saßen, sagte Westerland: »Sie, Mr. Kearny.«
Max holte seine Zigaretten heraus und legte sie vor sich auf den Tisch. »Sir?«
»Ihre Detektivarbeit wird Ihr Untergang sein.«
»Alles, was ich getan habe, ist, durch ein paar Fenster zu schauen. Das ist eher Akrobatik als Detektivarbeit.«
»Trotzdem: Sie haben es auf mich abgesehen. Ihre übertriebene Beschützerrolle gegenüber Miss Clemens hat Sie über eines der bestgehüteten Geheimnisse der Unterhaltungsindustrie stolpern lassen.«
»Sie meinen, daß Anne die Stimme von Major Bowser ist?«

»Genau«, sagte Westerland, und seine runden Backen wölbten sich ein, als er an dem Stieleis lutschte. »Jetzt ist es zu spät. Ende und Neuanfang.«

Dan trommelte auf die Tischplatte. »Was soll das heißen?«

»Was wohl? Ich habe die Vertonung der Episode 78 F von Major Bowser fertig. Ich arbeite an einer neuen Serie. In ein paar Monaten wird Major Bowser auf die zweitrangigen Märkte geworfen. Das heißt, ich brauche Anne Clemens nicht mehr.«

Dan ballte die Faust. »Dann lassen Sie sie doch gehen.«

»Warum haben Sie sie überhaupt gebraucht?« fragte Max und sah Westerland an.

»Sie ist ein unbewußtes Talent«, sagte Westerland, während er den letzten Rest Eis vom Stiel leckte. »Das erste Mal machte sie diese Stimme vor über zwei Jahren, nach einer Party, zu der ich sie mitgenommen hatte. Sie hatte zu viel getrunken. Ich fand es lustig. Am nächsten Tag hatte sie es vergessen. Konnte sich nicht mal mehr an die Stimme erinnern. Statt sie zu bedrängen, habe ich meine Hypnosefähigkeiten eingesetzt. Ich hatte ein ganzes Notizbuch voller Zeichnungen von diesem blöden Hund. Die Stimme paßte. Haute genau hin. Ich habe sie benutzt.«

»Und hunderttausend Dollar gemacht«, sagte Dan.

»Die Story ist von mir. Und ein großer Teil der Zeichnungen auch.«

»Und jetzt?« fragte Max.

»Sie weiß es. Sie hat vor, zu heiraten und sich niederzulassen. Sie fragte, ob fünftausend ein angemessener Anteil am Gewinn vom Major seien.«

»Ist das die Gage für achtundsiebzig Folgen?« fragte Max.

»Könnte ich nachsehen«, sagte Westerland. Er stand wieder am Eisschrank. »Zitrone, Limone, Trauben, Wassermelone. Warum nicht Trauben? Fein. Trauben also.« Er stand am oberen Ende des Tisches und wickelte das purpurne Stieleis aus. »Ich habe eine Alternative gefunden. Ich habe vor, euch alle zu eliminieren. Die billigste Art, das Ding zu regeln.«

»Witzbold«, sagte Dan.

»Trickfilmmacher sollten liebenswerte Menschen sein wie Walt Disney«, sagte Max.

»Ich bin vor allem Geschäftsmann. Anne Clemens nützt mir nicht mehr. Sie ist zuerst dran, und ihr zwei dann irgendwann später. Lloyd, steck diese beiden Detektive in den Keller und verriegel die Tür.«

Lloyd grinste und zeigte auf eine Tür neben dem Herd. Max und Dan mußten eine lange Holztreppe hinuntergehen und kamen in einen Kellerraum, der nach alten Zeitungen und unbenutzten Möbeln roch. Es gab ein paar kleine staubige Fenster, hoch oben entlang der Balkendecke.

»Kein sehr stabiler Keller«, flüsterte Dan zu Max.

»Hier werdet ihr nicht bleiben«, sagte Lloyd. Seine Pistole auf sie gerichtet, ging er um ein umgefallenes Dreirad herum zu einer breiten Eichentür in der Zementwand. Ein Vorhängeschloß und eine Kette hingen an einem Haken neben der Tür. »Der Weinkeller. Hat er mir heute morgen gezeigt. Es gibt keinen Wein mehr, aber er ist gemütlich. Ihr werdet's schätzen lernen.«

Er ließ sie hineingehen und verriegelte die Tür. Die Ketten rasselten, und das Schloß schnappte ein.

Max blinzelte. Er zündete ein Streichholz an und sah sich in dem betonierten Raum um. Er war etwa dreieinhalb Meter hoch und drei Meter breit.

Dan bahnte sich den Weg zu einer alten Schusterbank in der Ecke. »Leuchtet deine Uhr im Dunkeln?« fragte er, nachdem das Streichholz abgebrannt war.

»Es ist halb sechs.«

»Der Zauberer hatte recht. Wir sitzen in der Patsche.«

»Ich frage mich . . .« sagte Max und zündete ein neues Streichholz an.

»Du fragst dich, was der Saukerl mit Anne vorhat.«

»Ja«, sagte Max. Er entdeckte ein leeres Faß, das er umdrehte, um sich darauf zu setzen. »Und was er mit uns machen will.« Er zündete eine Zigarette an dem erlöschenden Streichholz an. »Gasbomben durch die Decke fallen lassen, den Raum mit Wasser füllen, die Wände zusammenschieben . . .«

»Westerland ist raffinierter. Wahrscheinlich wird er uns hypnotisieren und glauben machen, wir seien Fasane, um uns dann am Tag der Eröffnung der Jagdsaison freizulassen.«

»Ich frage mich, woher Lloyd wußte, wie wir aussehen.«

»Anne hat ein Foto von mir in der Tasche. Und eins, glaube ich, das wir mal alle zusammen bei einer Strandfete gemacht haben.«

Max lehnte sich zurück gegen die dunkle Wand. »Das ist ungefähr ein mittelgroßer Raum, oder?«

»Weiß ich nicht. In Architektur habe ich nur die Aquarellklasse besucht.«

»In sechs Stunden wirst du ein mittelgroßer Elefant sein.«

Dans Sitzbank knarrte. »Du meinst, jetzt ist der Moment gekommen?«

»Sollte. Wie sollen wir sonst hier rauskommen?«

»Ich zerschmettere die Tür wie ein richtiger Elefant.« Er schnippte mit den Fingern. »Klasse.«

»Das müßtest du hinkriegen.«

»Aber, Max?«

»Ja?«

»Und wenn ich mich nicht verwandle?«

»Du wirst.«

»Wir haben nur das Wort eines versoffenen Schuhmachers.«

»Er wußte von Sausalito.«
»Vielleicht ist er ein Betrüger?«
»Er ist ein echter Zauberer. Du bist der Beweis.«
»Max?«
»Mmh?«
»Vielleicht hat Westerland uns hypnotisiert, so daß wir glauben, ich sei manchmal ein Elefant.«
»Wie könnte er mich hypnotisiert haben? Ich habe ihn seit Jahren nicht gesehen.«
»Er könnte dich hypnotisieren und es dich vergessen machen.«
»Dan«, sagte Max. »Entspann dich. Wenn wir nach Mitternacht immer noch hier sind, können wir uns Gedanken machen.«
»Wie können wir sicher sein, daß er Anne vor Mitternacht nichts antut?«
»Können wir überhaupt nicht.«
»Laß uns versuchen, jetzt auszubrechen.«
Max entzündete ein Streichholz und stand auf. »Ich glaube nicht, daß diese Faßdauben dazu taugen. Siehst du sonst irgendwas?«
»Beine von dieser Bank. Wir können sie abschrauben und die Tür damit einschlagen.«
Sie drehten die Beine los; jeder nahm eins und hieb damit auf das Türschloß ein.
Nach ein paar Minuten schallte eine Stimme herein. »Hört auf mit dem Spektakel.«
»Zur Hölle mit dir«, schimpfte Dan.
»Hört mal gut zu«, erklärte Westerlands Stimme. »Ihr könnt die Tür nicht aufbrechen. Und selbst, wenn ihr könntet, würde Lloyd euch sofort übern Haufen schießen. Ich schicke ihn als Wache vor die Tür. Gestern abend noch hat er vier Betty-Boob-Puppen beim Wettschießen gewonnen. Seid vernünftig.«
»Wieso können wir Sie hören?«
»Ich spreche durch die Lüftungsanlage.«
»Wo ist Anne?« rief Dan.
»Noch in Trance. Wenn ihr brav seid, lasse ich sie für euch bellen, bevor wir gehen.«
»Lausekerl.«
Max suchte Dan im Dunkeln und griff seinen Arm. »Nimm's locker.« Und mit lauter Stimme sagte er: »Westerland, wie lange bleiben wir hier unten?«
»Tja, meine Exfrau wird bis April in Rom bleiben. Ich hoffe, mir fällt bis dahin etwas ein. Im Augenblick habe ich keine Zeit, mir darüber Gedanken zu machen. Ich muß mich für die Party fertig machen.«
»Was für eine Party?«
»Die Neujahrsparty bei den Leversons. Die, wo Anne zuviel trinken wird.«

»Was?«

»Sie wird zuviel trinken und glauben, sie sei eine Seiltänzerin. Sie wird sich ein Auto leihen und zur Golden-Gate-Brücke fahren. Während sie ihre Nummer auf dem obersten Drahtseil ausprobiert, wird sie feststellen, daß sie keineswegs Akrobatin ist und in Wirklichkeit eine Höllenangst vor Abgründen hat. Wenn ich davon höre, bin ich noch immer bei der Party der Leversons und werde traurig sein, daß sie so wenig vom neuen Jahr gesehen hat.«

»Dazu bringst du sie nicht. So funktioniert Hypnose nicht.«

»Das sagst du, Dan Padgett. Ich werde Lloyd veranlassen, euch morgen früh die Zeitung unter der Tür durchzuschieben.«

Der Luftschacht verstummte. Dan schlug mit der Faust gegen die Zementwand. »Das kann er doch nicht machen.«

»Wer sind die Leversons?«

Dan war einen Moment still. »Leverson. Joe und Jackie. Ist das nicht der Art Director bei BBDO? Er und seine Frau wohnen hier in der Gegend. Ein Stück hinter Sally Stanfords Restaurant. Die könnten es sein.«

»Es ist noch lang bis Mitternacht. Aber ich glaube, wir werden es schaffen.«

»Wir müssen Anne retten«, sagte Dan. »Und außer warten, scheinen wir nichts tun zu können.«

»Wie spät ist es, Max?«

»Halb sieben.«

»Müßte bald acht sein.«

»Sieben Uhr fünfzehn.«

»Ich glaube, ich höre sie noch oben.«

»Jetzt?«

»Kurz nach neun.«

»Erst zehn? Geht die Uhr denn?«

»Ja, sie tickt.«

»Schon elf, Max?«

»In fünfzehn Minuten.«

»Sie sind weg. Ich bin sicher.«

»Relax.«

»Hör zu«, meinte Dan, als Max ihm sagte, es sei ein Viertel vor zwölf. »Ich möchte nicht auf dich treten, wenn ich mich verwandle.«

»Ich werde mich auf den Boden hocken, vor deine Füße. Deine jetzigen Füße. Wenn du dich verwandelt hast, müßte ich unter deinem Bauch sein.«

»Okay. Danach kletterst du auf meinen Rücken.«

Um fünf vor zwölf setzte sich Max auf den Steinboden. »Frohes neues Jahr.«

Dans Füße scharrten und rückten weiter auseinander. »Mein Bauch fängt an zu jucken.«

Max duckte sich ein wenig. In der Dunkelheit schien der Schatten über ihm zu wachsen. »Dan?«

»Es hat geklappt, Max.« Dan lachte. »Es hat pünktlich geklappt.«

Max kam hervor und kletterte auf den Rücken des Elefanten. »Ich bin an Bord.«

»Halt dich fest. Ich werde die Tür mit dem Kopf aufdrücken.«

Max hielt sich fest und wartete. Die Tür krachte und gab nach.

»He! Vorsicht, Jungs!« rief Lloyd von außen.

»Trompete ihm mal was«, sagte Max.

»Gute Idee.« Dan stieß ein wütendes Elefantengeschrei aus.

»Jesus!« rief Lloyd.

Die Tür barst, und Dans Rüssel schleuderte Lloyd neben den Heizungsbrenner. Seine Pistole flog in einen Kleiderschrank. Max sprang ab und holte sie.

»Geh mir aus dem Weg«, sagte er zu Lloyd.

Lloyd putzte sich die Nase. »Was für'n Streich ist das denn?«

»Wenn er nicht geht«, sagte Max, »zertrampel ihn.«

»Ich zertrample ihn so oder so«, sagte Dan.

»Lloyd verdrückte sich.

»Teufel!« sagte Dan. »Wie soll ich denn diese Treppe raufkommen?«

»Mußt du nicht«, antwortete Max und wies hinter einen Papierstapel. »Sieh mal, da ist eine Tür. Ich seh' nach, ob sie offen ist.«

»Ist doch egal. Ich mach' sie auf.«

»Okay. Ich gehe ein Telefonbuch holen und suche die Leversons raus. Wir treffen uns im Hof.«

Dan trompetete, und Max lief die enge Treppe hinauf.

Der Elefant kam schaukelnd den grasbewachsenen Hügel herunter. Ringsum wurden die Neujahrs-Hörner geblasen.

»Nur zwei Leversons, hm?« fragte Dan wieder.

»Wahrscheinlich ist es der Art Direktor. Er wohnt am nächsten an der Brücke.«

Sie erreichten die Brückenzufahrt, die am Ufer entlang – führte.

Dan trompetete Autos und Leute aus dem Weg, und Max duckte sich und hielt sich an den großen Elefantenohren fest.

Die Straße machte eine Biegung und führte sie zum Haus der Leversons. »Hoffentlich ist es hier«, sagte Dan.

Das alte, zweistöckige Haus war hell erleuchtet, und hinter den Fenstern sah man Trauben von Leuten. »Jedenfalls 'ne Party«, meinte Max.

Auf der langen, gewundenen Auffahrt startete ein Motor. »Ein Wagen«, sagte Dan und rannte über den Kies.

Max hüpfte von Dan herunter, als dieser sich als Straßensperre in der Auffahrt niederließ.

Rote Rücklichter färbten die Auspuffgase eines kleinen, grauen Jaguar-Kabrios. Max rannte zu dem Wagen. Anne Clemens riß an dem Lenkrad und wirbelte es herum. Max hechtete über das Heck in das Kabrio und rupfte, auf dem Bauch balancierend, den Zündschlüssel heraus. Anne kurbelte weiter an der Lenkung.

Max packte sie bei den Schultern, schwang sich um den Wagen herum und zog sie hoch, so daß sie jetzt im Fahrersitz kniete.

Das Mädchen schüttelte zweimal den Kopf und sah an Max vorbei.

Er öffnete die Tür und half ihr hinaus. Der Kies schien unter ihnen in alle Richtungen davonzurutschen.

»Duckt euch!« brüllte Dan, immer noch ein Elefant.

Max drehte sich nicht um. Er ließ sich fallen und zog das Mädchen mit sich.

Ein Schuß zauberte ein Spinnwebmuster auf die Windschutzscheibe.

»Ihr habt es wirklich verdorben!« schrie Westerland. »Sie und Ihr alberner, dämlicher Elefant haben tatsächlich meinen Plan verdorben.«

Die Lichter des Parkplatzes brannten, und hinter Westerland bildete sich ein Halbkreis aus Zuschauern. Er stand etwa fünf Meter von Max und Anne entfernt.

Dann fiel er vornüber, als Dans Rüssel ihm die Pistole aus den Händen schlug.

Dan nahm den gestürzten Animatoren hoch und schüttelte ihn.

Max stellte Anne auf die Füße und hielt sie fest. »Bring sie da raus, Westerland.«

»'n Teufel werd' ich.«

Dan schleuderte ihn in die Luft und fing ihn wieder auf.

»Los, jetzt!«

»Wenn ihr so kampfeslustig seid«, sagte Westerland. »Bring mich näher zu ihr.«

Max hatte Lloyds Pistole in der Manteltasche. Er holte sie hervor und richtete sie auf Westerland. »Keine Tricks.«

Westerland schnippte vor Annes blassem Gesicht mit den Fingern.

Sie fröstelte und fiel gegen Max. Er schob seine Arme unter ihre und stützte sie.

Dan ließ Westerland plötzlich fallen, trompetete den schweigenden Gästen zu und galoppierte in die Nacht. Als sein Trompeten verklungen war, hörte man Sirenen näherkommen.

»Die echten Detektive«, sagte Max.

Beide, Anne und Westerland, waren bewußtlos. Die Gäste standen zu weit weg, um ihn zu hören.

Hinter ihm raschelte das Gebüsch, und Max wandte sich um.

Dan, wieder er selbst, kam zum Vorschein. »Geht es in Ordnung, wenn ich Anne jetzt festhalte?«

Max übergab sie ihm vorsichtig. »Sie wird wahrscheinlich wohlauf sein, wenn sie zu sich kommt.«

»Was sollen wir den Gesetzeshütern erzählen?«

»Die Wahrheit, mit Ausnahme des Elefanten.«

»Wie sind wir von seinem Haus hierher gekommen?«

»Mein Auto sprang nicht an. Wir nahmen an, er habe daran rumgefummelt. Wir stoppten ein Auto, das uns hier abgesetzt hat.«

»Die Leute haben den Elefanten gesehen.«

»Der ist aus dem Zoo ausgebrochen.«

»Aus welchem Zoo?«

»Hör zu«, sagte Max und steckte die Pistole zurück in die Tasche, »sei nicht so pingelig damit. Wir brauchen das nicht zu erklären, okay?«

»Okay. Danke, Max.«

Max zündete sich eine Zigarette an.

»Ich habe mich schon nach einer Stunde zurückverwandelt. Ich glaube nicht, daß das noch mal passieren wird, Max. Was meinst du?«

»Wenn es dich beruhigt, kann ich ja die Nacht von Lincolns Geburtstag mit dir und Anne verbringen.«

»Wie? Was? Wo?« fragte Anne. Sie schaute zu Dan. »Dan? Was ist los?«

»Nicht viel. Ein kleines Problem mit Westerland. Erkläre ich dir später.«

Max nickte und ging die Zufahrt hinunter der Polizei entgegen.

Irgendwo in der Nacht tutete ein letztes Neujahrshorn.

Wozu ist ein Glasdolch gut?

Larry Niven

Larry Niven ist ein Phänomen. Vielgerühmt für seine ›harte‹ Science-fiction wie *Ringworld* (1970; dt. *Ringwelt,* 1972) und seine Fortsetzung *The Ringworld Engineers* (1980; dt. *Die Ringwelt-Ingenieure,* 1982), ist er auch ein Meister der Fantasy, und Bücher wie *The Flying Sorcerers* (1971, mit David Gerrold; dt. *Die fliegenden Zauberer,* 1976) und *The Magic Goes Away* (1978; dt. *Wenn der Zauber vergeht,* 1981) sind ungemein beliebt. Er hat sich auch mit Jerry Pournelle zu einer der erfolgreichsten Autorenteams auf dem Gebiet der Science-fiction zusammengetan. Ein häufiger Gast auf SF-Kongressen, hat er bislang fünf NEBULA AWARDs und einen HUGO gewonnen.

»Wozu ist ein Glasdolch gut?« ist die zweite in einer Reihe von Geschichten, in denen Larry Niven eine wissenschaftliche Erklärung für Magie zu geben versucht. Und als Zutat stellt er auch noch eine neue Theorie für die Existenz von Werwölfen auf.

I

Zwölftausend Jahre vor Christi Geburt, zu einer Zeit, als Wunder noch etwas Alltägliches waren, bediente sich ein Hexenmeister eines alten Geheimnisses, um sein Leben zu verlängern.

Er bereute es in späteren Jahren. Während mehrerer normaler Lebensalter hatte er das Geheimnis des Zauberrades bewahren können. Das Dämonenschwert Glirendree und sein dummer barbarischer Gefangener hätten ihn getötet, darüber gab es keinen Zweifel. Aber kein landläufiger Dämon konnte so gefährlich sein wie dieses Geheimnis.

Nun war es heraus, verbreitete sich wie Wellen auf einem Teich. Der Kampf zwischen Glirendree und dem Hexenmeister war eine zu spannende Geschichte, als daß sie nicht erzählt werden würde. Bald würden alle Magier mit dem Wissen arbeiten, daß Magie aufgezehrt werden kann.

Ein so einfaches und gleichzeitig so gefährliches Geheimnis. Erstaunlich, daß noch niemand vor ihm darauf gekommen war.

Ein Jahr nach dem Kampf mit Glirendree, am frühen Abend eines Sommertages, kam Aran, der Friedensbruder, nach Shayl, um das Zauberrad zu stehlen.

Aran war ein magerer, zierlich gebauter Achtzehnjähriger. Sein Gesicht war lang und hager mit einem spitzen Kinn. Seine dunklen Augen blickten stechend unter vorstehenden kräftigen Stirnknochen hervor. Kurzes, glattes, dunkles Haar fiel ihm von einem ausgeprägt spitzen Haaransatz fast bis auf die Brauen. Was es war, ließ sich nicht verheimlichen; und wer seine Hände berührte, wußte sofort Bescheid, denn seine Handflächen waren mit zartem Flaum bedeckt. Doch hätte jemand seine Mission gekannt, er hätte ihn außerdem noch für verrückt erklärt.

Denn der Hexenmeister war eine führende Gestalt in der Zaubererzunft. Man wußte, daß er einen Namen besaß, doch keine menschliche Kehle konnte ihn aussprechen. Der Schattendämon, der sein Namenspate gewesen war, war später in tätowierten Runen auf des Zauberers Rücken gefangengesetzt worden: ein ungewöhnlich gefährlicher Leibwächter.

Doch Aran kam gut beschützt. Der Ledersack über seiner Schulter war alt und zerkratzt, und die Nähte waren aufgeplatzt. Er sah aus, als enthalte er Nüsse und harten Käse und Brot und fast kein Geld. Aber in Wirklichkeit enthielt er Zauber. Magie würde ihm nützlicher sein als Brot und Käse, und unterwegs ernähren konnte Aran sich selbst, des Nachts.

Er erreichte die Höhle des Hexenmeisters kurz nach Sonnenuntergang. Man hatte ihm gesagt, wie er seine Zauber einsetzen mußte, um des Hexenmeisters Sicherheitsvorkehrungen zu umgehen. Da Aran

Magie einsetzen mußte, war er auf Stimme und Hände angewiesen, so daß er seine menschliche Gestalt behalten mußte; und das machte ihn doppelt nervös. Bei Mondaufgang intonierte er die Formel, die man ihn gelehrt hatte, und zog eine lebende Fledermaus aus seinem Sack. Vorsichtig schubste er sie durch das Gitter vor dem Eingang zur Höhle.

Die Fledermaus zerplatzte zu einem Sprühregen aus Blut, der schräg über den Steinboden trieb. Arans Magen verkrampfte sich. Fast wäre er davongerannt; aber er unterdrückte seine Angst, zwängte sich zwischen den Gitterstäben hindurch und folgte ihr nach.

Seine Auftraggeber hatten ihm mehrfach den Grundriß der Höhle aufgezeichnet. Er hätte sich selbst mit verbundenen Augen zurechtgefunden. Vollständige Dunkelheit wäre ihm lieber gewesen als dieses flackernde blaue Licht, das in der Mitte der Höhlendecke von etwas ausging, das wie ein angepflockter Blitz aussah. Er bewegte sich schnell und gewissenhaft, genauso, wie man ihm gesagt hatte.

Aran hatte schon Zauberwerkzeuge im Übungslaboratorium der Handelsschule für Zauberkunst in Atlantis gesehen, doch die meisten der Werkzeuge des Hexenmeisters waren ihm unbekannt. Es war kein Zeitalter der Massenproduktion. Neben einer Werkbank hielt er inne und fragte sich, wozu der Hexenmeister wohl einen Glasdolch schleifen würde.

Doch dann entdeckte Aran über der Werkbank eine schwarz angelaufene Metallscheibe mit einer Runeninschrift um den Rand. Das war es, was er suchte! Er nahm die Scheibe herunter und schnallte sie an seinem Schenkel fest, um die Hände für einen etwaigen Kampf frei zu haben. Er wandte sich zum Gehen, als eine lachende Stimme aus der Luft heraus sprach.

»Stell das ab, du räudiger Hundesohn –«

Aran wurde Wolf.

Todesschmerz brannte an seinem Schenkel!

In Menschengestalt war Aran ein zierlich gebauter Junge. Als Wolf war er eindrucksvoll stark und gefährlich. Diesmal nützte es ihm nichts. Der Schmerz machte ihn blind und brachte ihn um den Verstand. Aran, der Wolf, schrie und versuchte, vor dem Schmerz zu fliehen.

Er erwachte langsam, mit schmerzendem Kopf, einem heftigen Schmerz am Schenkel und einem beklemmenden Gefühl an Hand- und Fußgelenken.

Er lag mit geschlossenen Augen auf der Seite und ließ sich nicht anmerken, daß er wach geworden war. Vorsichtig versuchte er, seine Hände zu bewegen. Er war gefesselt. An Händen und Füßen. Nun denn, man hatte ihn eine Formel zum Lösen von Stricken gelehrt.

Am besten gebrauchte er sie erst, wenn er Genaueres wußte.

Er öffnete die Augen einen kleinen Spalt.

Der Hexenmeister saß neben ihm. Im Lotussitz betrachtete er Aran mit einem Anflug von Lächeln. In der einen Hand hielt er eine biegsame Weidenrute.

Der Hexenmeister war ein großgewachsener, sonnengebräunter Mann von robuster Gesundheit. Man sagte ihm nach, daß er oberhalb der Taille stets unbekleidet ginge. Die Jahre schienen spurlos an ihm vorübergegangen zu sein; er mochte zwanzig oder auch fünfzig Jahre alt sein. In Wahrheit war er hundertundneunzig und stolz darauf. Seine Konstitution ließ auf die Kraft seiner Magie schließen.

Aran sah, daß das Zauberrad wieder an seinem Platz an der Wand angebracht worden war.

Und dort auf ein neues Opfer wartete? Das echte Zauberrad war aus Kupfer; Arans Auftraggeber wußten es. Aber dies mußte ein Köder aus angelaufenem Silber sein, da es ihn so geschmerzt hatte.

Der Hexenmeister sah verträumt und geistesabwesend drein. Vielleicht hatte Aran noch eine Chance, wenn er ihn überraschen konnte. Aran sagte: »Kplir –«

Die Gerte des Hexenmeisters peitschte ihm über die Kehle. Die Weitenrute hatte gewaltige Schnellkraft. Aran würgte und schluckte; er warf seinen Kopf zurück und schnappte nach Luft.

»Das Wort hat vier Silben«, informierte ihn der Hexenmeister mit der Stimme, die er schon gehört hatte. »Niemals wirst du sie herausbringen.«

»Grgl«, sagte Aran.

»Ich will wissen, wer dich hergeschickt hat.«

Aran antwortete nicht, obwohl er seinen Atem wiedergefunden hatte.

»Du bist kein gewöhnlicher Dieb. Aber ein Magier bist du auch nicht«, sagte der Hexer beinahe heiter. »Ich habe dich gehört. Du hast die Formeln auswendig gelernt. Du hast einfache Basisformeln gebraucht, solche, die leicht gelingen. Aber es waren jedesmal genau die richtigen.

Jemand hat mir mit Zukunftswissen und Telepathie nachspioniert. Jemand kennt zu viele meiner Schutzmaßnahmen«, sagte der alte Magier sanft. »Ich mag das nicht. Ich möchte wissen, wer und wozu?«

Als Aran nicht antwortete, sagte der Hexer: »Er wußte alles, und er wußte, was er wollte, aber er zog es vor, nicht selbst zu kommen. Er schickte einen Narren.« Er beobachtete Arans Augen. »Oder er dachte vielleicht, ein Werwolf hätte mir gegenüber einen Vorteil. Übrigens, da ist Silber in jenen Stricken, so daß du im Moment besser Menschengestalt behalten solltest.«

»Ihr wußtet, daß ich kommen würde.«

»Oh, ich war ausreichend gewarnt. Hast du nicht daran gedacht, daß auch ich Zukunftswissen und Tiefenblick habe? Deinem Meister war es jedenfalls klar«, sagte der Hexer. »Er hat dich mit einem Schutz umgeben, einer beweglichen Aura, in die Zukunftswissen nicht eindringen kann.«

»Was ging denn dann schief?«

»Ich sah die tote Aura voraus, du Narr. Ich konnte nicht erkennen, was sich da in meine Höhle schleichen würde. Aber ich konnte drum herum sehen. Ich konnte ihm in die Höhle folgen. Sein Weg war der direkteste. Ich wußte, was du vorhattest.

Außerdem waren da Fußabdrücke. Ich konnte sie untersuchen, ehe sie gemacht waren. Du hast den Mondaufgang abgewartet, statt in der Dämmerung zu kommen. Zudem in einer Vollmondnacht.

Abgesehen davon, war es kein schlechter Plan. Einen Werwolf zu schicken, war sehr klug. Es brauchte ein Kind deiner Größe, um zwischen den Gitterstäben hindurchschlüpfen zu können, aber ein Kind deiner Größe könnte einen Kampf nicht gewinnen, falls etwas schieflaufen würde. Ein Wolf deiner Größe dagegen könnte das.«

»Es hat mir viel genützt!«

»Was ich wissen will, ist, wie sie einen Atlanter haben dazu überreden können? Sie mußten genau gewußt haben, was sie wollten. Haben sie dir nicht gesagt, was das Rad macht?«

»Saugt Zauberkraft auf«, sagte Aran. Er war bekümmert, aber nicht überrascht, daß der Hexenmeister seinen Akzent lokalisiert hatte.

»Saugt *Mana* auf«, berichtigte ihn der Hexer. »Weißt du, was *Mana* ist?«

»Die Kraft hinter der Magie.«

»Soviel haben sie dich also gelehrt. Haben sie dir auch gesagt, daß das *Mana,* wenn es einmal aus einer Gegend verschwunden ist, nicht mehr zurückkommt? Niemals?«

Aran rollte sich zur Seite. Er war überzeugt, daß er sterben würde, und hatte das Gefühl, er habe nichts mehr zu verlieren. »Ich verstehe nicht, warum Ihr das Geheimnis bewahren wollt«, sagte er daher kühn. »Ein Ding wie das Zauberrad könnte Kriege überflüssig machen! Es ist die großartigste Verteidigungswaffe, die je erfunden worden ist!«

Der Hexenmeister schien ihn nicht zu verstehen. Aran sagte: »Ihr *müßt* doch daran auch gedacht haben. Denn keines Feindes Zauberflüche könnten Atlantis Schaden zufügen, wenn das Rad dort wäre, um sie zu absorbieren.«

»Offenbar hat dich nicht der atlantische Verteidigungsminister gesandt. Er wüßte es besser.« Der Hexenmeister sah ihn zornig an. »Oder haben dich die griechischen Inseln geschickt?«

»Ich verstehe Euch nicht.«

»Weißt du nicht, daß Atlantis tektonisch instabil ist? Das einzige, was Atlantis seit einem halben Jahrtausend über Wasser gehalten hat, sind die Zaubersprüche der Hexenkönige.«

»Ihr lügt.«

»Du offensichtlich nicht.« Der Hexenmeister winkte ab. »Aber das Rad wäre für jede Nation schlecht, nicht nur für Atlantis. Dreh das Rad, und ein großes Gebiet ist tot für die Magie bis – soweit ich sagen kann – in alle Ewigkeit. Wer würde so etwas tun wollen?«

»Ich.«

»Du? Warum?«

»Wir sind kriegsmüde«, sagte Aran heftig, ohne zu merken, daß er *wir* gesagt hatte. »Das Zauberrad würde den Krieg beenden. Könnt Ihr Euch ein Heer vorstellen, das versuchen würde, nur mit Schwertern und Dolchen zu kämpfen? Kein Schleudern von Todeszaubern. Keine Zukunftswisser, die des Feindes Kampfpläne ausspionieren. Keine Killerdämonen, die gegen unsichtbare Schutzmauern prallen.« Arans Augen glänzten. »Mann gegen Mann, Schwert gegen Schwert, Blut und Bronze und keine Heilzauber. Kein König würde unter solchen Bedingungen kämpfen wollen. Wir würden das Führen von Kriegen für immer aufgeben.«

»Ein grundlegender Pessimismus tief in mir zwingt mich, daran zu zweifeln.«

»Ihr macht Euch lustig über mich. Ihr *wollt* es nicht glauben«, sagte Aran verächtlich. »Kein *Mana* mehr bedeutet das Ende Eurer Jugendzauber. Ihr wäret ein alter Mann. Zu alt zum Leben!«

»Das wird's sein. Na, dann wollen wir mal sehen, wer du bist.« Der Hexenmeister berührte Arans Ledersack mit seiner Weidenrute und ließ sie dort einige Augenblicke ruhen. Aran schoß durch den Kopf, was der Hexenmeister in seinem Sack finden würde. Wenn die Verschlußzauber nicht standhielten, dann –

Taten sie nicht, natürlich nicht. Der Hexer langte hinein, holte eine weitere lebende Fledermaus heraus, dann mehrere Pergamente, auf denen so etwas wie Geometrieübungen aufgezeichnet waren, sowie Schriftzüge in großer, präziser Handschrift.

»Schuljungenarbeit«, kommentierte er. »Linien mit schmerzlicher Sorgfalt gezogen, Fehler ausradiert und verbessert . . . Der Idiot! Er hat den Hakenschwanz am Wirbelzeichen vergessen. Ein Wunder, daß es ihn nicht aufgefressen hat.« Der Hexenmeister blickte auf. »Werde ich von Kindern angegriffen? Diese Zauber sind von einem halben Dutzend Lehrlingen vorbereitet worden.«

Aran antwortete nicht, aber ihm schwand jede Hoffnung, daß er irgend etwas verbergen könne.

»Aber sie sind begabt. So. Du bist also ein Mitglied der Friedensbrüder, nicht wahr? All die wehrpflichtigen Jungen. Ich wette, du hast die halbe Abschlußklasse der Handelsschule für Zauberkunst hinter dir. Sie müssen mich seit Monaten beobachtet haben, um meine Sicherheitsanlagen so genau zu kennen.

Ihr wollt also den Krieg mit den griechischen Inseln beenden. Glaubt ihr wirklich, ihr könntet die Lage retten, wenn ihr das Zauberrad nach Atlantis bringt? Ich hätte fast Lust, dich mit dem Ding abziehen zu lassen. Es wäre die rechte Strafe dafür, daß du mich zu bestehlen versucht hast.« Er sah Aran scharf in die Augen. »Warum? Warum würdet ihr's tun? *Warum* nur?«

»Wir könnten es einsetzen.«

»Ihr würdet Atlantis versenken! Sind die Friedensbrüder jetzt zu Verrätern geworden?«

»Ich bin kein Verräter.« Aran sprach leise und zornig. »Wir wollen Atlantis verändern, nicht zerstören. Wenn wir das Zauberrad hätten, würde der Palast uns anhören!«

Er zerrte an seinen strammen Fesseln und dachte wieder an das Wort, das ihn befreien würde. Dann, als Werwolf, davonrennen! Zwischen den Gitterstäben hindurch, den Hügel hinunter, in die Wälder, Freiheit!

»Ich glaube, ich werde einen Konservativen aus dir machen«, sagte der Hexenmeister plötzlich.

Er stand auf und strich mit der Weidenrute leicht über Arans Lippen. Aran merkte, daß er den Mund nicht mehr öffnen konnte. Er war vollständig in des Meisters Gewalt – ein gefangener Dieb.

Der Hexenmeister wandte sich um, und Aran sah die Zeichnung auf seinem Rücken. Es war eine sorgfältig ausgearbeitete, fünfeckige verschlungene Tätowierung in Rot, Grün und Gold. Aran erinnerte sich an das, was man ihm über des Hexers Leibwächter erzählt hatte.

»Vor kurzem habe ich geträumt«, sagte der Hexenmeister. »Ich träumte, ich würde einen Glasdolch brauchen. Ich dachte, der Traum könnte prophetisch sein, und so schnitt ich –«

»Das ist albern«, unterbrach ihn Aran, »wozu soll denn ein Glasdolch gut sein?«

Aran hatte ja den Dolch beim Hereinkommen gesehen. Er hatte eine geschliffene, kantige Spitze und geschliffene Seiten und einen gegossen aussehenden Griff mit Stichblatt. Zwei Schraubzwingen, mit Fuchsleder gepolstert, hielten ihn an seinem Platz auf der Werkbank. Der oberste Schneidrand war noch nicht ganz fertig geschliffen.

Der Hexenmeister löste jetzt den Glasdolch aus den Zwingen. Aran sah zu, wie er mit der Spitze eines Diamanten, der ihn ein Vermögen gekostet haben mußte, Zeichen auf das Dolchblatt ritzte. Mit leiser, sanfter Stimme sprach er dazu, Worte, die Aran nicht verstand. Und dann packte er ihn – wie einen Dolch.

Verängstigt, wie er war, konnte Aran nicht ganz glauben, was der Hexenmeister tat. Er fühlte sich wie eine Opferziege. Im Opfer war *Mana* . . . im Menschenopfer war sogar noch mehr *Mana* . . . aber das würde er nicht tun. Nein!

Der Hexenmeister hob das Messer und stieß es heftig in Arans Brust.

Aran schrie. Er hatte es gefühlt! Einen Hauch von einem Gefühl, ein leichtes, geisterhaftes Ziehen – das Messer war ein substanzloser Schatten. Aber es war ein Messer in Arans, des Friedensbruders, Herz! Der Griff ragte aus seiner Brust!

Der Hexenmeister murmelte leise und schnell. Der Glasgriff verschwand. »Es ist nicht leicht, Glas unsichtbar zu machen. Glas ist schon halb unsichtbar. Er ist noch in deinem Herzen«, sagte der Hexer. »Aber mach' dir keine Sorgen. Denk nicht daran. Niemand wird es merken. Allerdings mußt du darauf achten, dich für den Rest deines Lebens in *Mana*-reichem Gebiet aufzuhalten. Denn wenn du je irgendwo hinkommst, wo Magie nicht wirkt – tja, da kommt er wieder zum Vorschein, das ist alles.«

Aran versuchte, den Mund zu öffnen.

»Nun, du bist hergekommen, um das Geheimnis des Zauberrades zu holen. Du sollst es haben. Es ist nur ein einfacher kinetischer Zauber mit offenem Ende.« Er reichte es herüber. »Das Rad dreht sich schneller und schneller, bis alles *Mana* im Umkreis aufgesaugt ist. Es neigt dazu, sich selbst aufzulösen, so daß ein weiterer Zauber gebraucht wird, es zusammenzuhalten –« Und er sprach ihn aus, langsam und deutlich. Dann schien er erst zu merken, daß Aran wie ein Fisch zappelte. Er sagte: »Kplirapranthrie«.

Die Fesseln fielen ab. Aran stand zitternd auf. Er merkte, daß er wieder sprechen konnte, und sagte: »Holt ihn raus, bitte.«

»Da ist noch etwas, wenn du das Geheimnis nach Atlantis nehmen willst. Ich nehme an, das möchtest du noch immer, oder? Du wirst es erst beschreiben müssen, ehe du es als Drohung verwenden kannst. Eine bedeutende Macht wie Atlantis hat natürlich Feinde, nicht wahr? Und du wirst ihnen erzählen, wie man Atlantis in einer einzigen Nacht versenken kann.«

Aran packte an seine Brust. Aber er konnte nichts fühlen. »Holt ihn raus!«

»Ich denke nicht daran. Jetzt stehen wir dem gleichen Tod gegenüber, Wolfjunge. Leb wohl, und bestell der Handelsschule für Zauberkunst meine Grüße. Ach ja, und nimm nicht den Weg über die Hvirin-Schlucht.«

»Enkel eines Affen!« schrie Aran. Er würde nicht noch einmal bitten. Er war zum Wolf geworden, als er das Gitter erreichte, und er berührte es nicht einmal beim Hindurchschlüpfen. Er war sich des Messers in seiner Brust bewußt und er hörte das Lachen das Hexenmeisters, das ihm den Hügel hinter und zwischen die Bäume folgte.

Als er den Hexenmeister wiedersah, tausend Meilen von hier, waren dreißig Jahre vergangen.

II

Wenn es möglich war, reiste Aran als Wolf. Die Magie war stark in diesem Zeitalter; ein Werwolf konnte die Gestalt wechseln, wenn immer der Mond am Himmel stand. In Wolfsgestalt konnte Aran sich ernähren, brauchte er kaum Geld zum Reisen.

In Gedanken verfluchte er den Hexenmeister.

Einmal, auf einem Hügel, wandte er sich um und blickte nordwärts in die Richtung des Dorfes Shayl. Seine Haare sträubten sich, als er an des Hexers Lachen dachte; und er erinnerte sich an den Glasdolch. Im Geiste sah er des Hexenmeisters Kehle, schmeckte er sein Blut; doch dann tauchte das leuchtende verschlungene Zeichen auf des Hexers Rücken vor seinem inneren Auge auf, und Aran schmeckte bitter seine Niederlage. Gegen einen Schattendämon konnte er nicht kämpfen. Er jaulte auf und wandte sich südwärts.

Die Nildisskette, das gebirgige Rückgrad des Kontinents, erhob sich vor ihm. Dahinter lag das Meer mit Schiffen, die ihn mitsamt dem Geheimnis des Hexenmeisters nach Hause bringen könnten. Der nächste Dieb würde vielleicht mehr Glück haben ... .

So kam er zur Hvirin-Schlucht. Die Gebirgskette war einst eine wirksame Handelsbarriere gewesen. Dann, vor fast tausend Jahren, hatte ein Hexer aus Rynildissen einen erstaunlichen Zauber vollbracht: Die Gebirgskette spaltete sich, wie vom Hieb eines Beiles getroffen. Auf beiden Seiten erhoben sich jetzt die Steilwände, so glatt, als seien sie poliert; und dazwischen fiel die Hvirin-Schlucht sanft zur Küste hin ab.

Regelmäßig mußte die Hvirin-Schlucht von Banditen gesäubert werden. Dies wurde mit jedem Jahr schwieriger; denn die Zauberformeln gegen Straßenräuberei wirkten hier nicht besonders gut, und man mußte zum Schwert greifen. Der einzige Ausgleich war, daß auch die gefährlichen Gebirgsdrachen verschwunden waren.

Aran hielt am Eingang der Schlucht. Er saß auf seiner Hinterhand und dachte nach.

Der Hexenmeister konnte gelogen haben. Er konnte es lustig finden, Aran den langen Weg über die Nildiss-Berge zu schicken.

Aber da waren die Drachenknochen. Wo Magie nicht wirkte, starben die Drachen. Und die Knochen waren da. Große Reptilknochen. Sie hatten sich mit den Felsen des Passes irgendwie verbunden, so daß sie viele Millionen Jahre alt aussahen.

Auf dem Hinweg hatte Aran die Schlucht als Wolf durchquert. Wenn die Hvirin-Schlucht magietot war, hätte ihn das eigentlich in seine Menschengestalt zwingen müssen. Oder würde er vielleicht nur die Gestalt nicht wechseln können?

»Ich könnte als Wolf hindurchgehen«, dachte Aran. »Auf diese

Weise können nur Silber und Platin mich töten. Der Glasdolch tut vielleicht weh, aber . . .

Verflucht! Ich bin unverwundbar, aber ist das *Magie?* Wenn es in der Hvirin-Schlucht nicht wirkt –« und es schauderte ihn bei dem Gedanken.

Der Dolch war nie mehr als ein Hauch von einem Gefühl gewesen, der innerhalb von einer halben Stunde verklungen und nicht wiedergekommen war. Aber Aran wußte, daß er da war. Ein Messer in seinem Herzen, unsichtbar, wartend.

Es konnte wieder sichtbar werden, er konnte damit überleben – als Wolf. Aber es würde schmerzen! Und er würde nie wieder Mensch sein können.

Aran drehte der Hvirin-Schlucht den Rücken und trottete fort. Gestern war er durch ein Dorf gekommen. Vielleicht konnte der dortige Magier ihm helfen.

»Einen Glasdolch!« Der Magier lachte auf. Er war ein stattlicher Mann mit dünn werdendem Haar, der seines Lebens offensichtlich zufrieden war. »Ist das alles? Was macht dir denn Sorgen? Er hat einen Griff, nicht war? War es eine komplizierte Formel?«

»Ich glaube nicht. Er schrieb Runen auf das Blatt, und dann durchbohrte er mich damit.«

»Fein. Du zahlst im voraus. Und verwandelst dich besser in einen Wolf, zur Sicherheit.« Er nannte einen Preis, der Aran ohne einen Pfennig für den Heimweg gelassen hätte. Schließlich gelang es Aran, ihn auf eine Summe runterzuhandeln, die nur wenig über einem vernünftigen Preis lag, und sie machten sich an die Arbeit.

Nach ungefähr sechs Stunden gab der Magier auf. Seine Stimme war heiser, seine Augen gerötet von farbigem, seltsam riechendem Rauch und Qualm, und seine Hände waren verfärbt von den Substanzen. »Ich kann den Griff nicht packen. Ich kann ihn nicht sichtbar machen, ich kriege nicht einmal ein Zeichen dafür, daß er überhaupt da ist. Wenn ich noch stärkere Zauber verwende, würden sie dich wahrscheinlich töten. Ich gebe auf, Wolfjunge. Wer immer diesen Bann auf dich gelegt hat, er weiß mehr als ein einfacher Dorfmagier.«

Aran rieb seine Brust, wo sein Fell von leicht ätzenden Tinkturen verfärbt war. »Sie nennen ihn den Hexenmeister.« Der stattliche Magier wurde starr. »Der Hexenmeister? *Der* Hexenmeister? Und du hast mir das nicht gesagt? Raus hier!«

»Und mein Geld?«

»Für das zehnfache dieser Summe hätte ich das nicht versucht! Ich, ein simpler Heckenzauberer, und du wolltest mich gegen den Hexenmeister einsetzen! Wir hätten beide dabei sterben können. Wenn du glaubst, ein

Anrecht auf dein Geld zu haben, laß uns zum Dorfobersten gehen und unseren Fall darlegen. Ansonsten verschwinde!«

Aran ging, schimpfend und fluchend. »Versuch es bei anderen Zauberern, wenn du willst«, rief der Magier ihm nach. »Versuch es in Rynildissen! Aber sag ihnen, was du von ihnen verlangst!«

III

Es war eine schwerwiegende Entscheidung für den Hexenmeister gewesen. Aber sein Geheimnis war heraus und verbreitete sich. Das beste, was er tun konnte, war, dafür zu sorgen, daß die Berufswelt der Zauberer die Auswirkungen verstand.

Der Hexenmeister sprach vor der Zaubererzunft über das Thema der *Mana*erschöpfung und über das Zauberrad.

»Denkt immer daran, wenn ihr magisch arbeitet«, donnerte er, fast, als spreche er zu Kindern, nachdem er zunächst eine rein technische Beschreibung seines Zauberrades gegeben hatte. »Eine endliche Menge *Mana* in der Welt, und jedes Jahr weniger, weil tausend Magier es verbrauchen. Einst, vor langer Zeit, regierten Wesen die Welt wie Götter, bis die wilde Kraft ihres Seins das *Mana*, das sie am Leben hielt, aufgebraucht hatte.

Eines Tages wird es gar keines mehr geben. Dann werden alle Dämonen und Drachen und Einhörner, Trolle, Greife und Zentauren verschwinden, denn ihre Metabolismen beruhen zum Teil auf Zauberkraft. Dann werden alle die Traumschlösser in Rauch aufgehen, und niemand wird mehr wissen, daß es sie je gab. Und alle Zauberer werden Kesselflicker oder Schmiede werden, und die Erde wird eine langweilige Stätte zum Leben sein. Ihr habt es in der Hand, diesen Tag schnell näher zu bringen!«

In dieser Nacht träumte er.

Ein Duell zwischen Zauberern ergibt immer eine faszinierende Geschichte. Solche Geschichten sind weit verbreitet – und selten wahr. Der Sieger eines solchen Duells gibt seine Zunftgeheimnisse kaum preis. Der Verlierer hat in der Regel den Tod gefunden, wenn nicht Schlimmeres.

Novizen der Zauberei staunen immer, wie viel Vorbereitung ein solches Duell erfordert und wie wenig eigentliche Handlung. Das Duell mit dem Hügelmagier begann mit einem Traum in der Nacht nach der Rede des Hexenmeisters, die dieses Duell unvermeidlich gemacht hatte. Es endete dreißig Jahre später.

In diesem Traum tauchte der Feind nicht auf. Aber der Hexenmeister sah ein heiteres, harmlos aussehendes Märchenschloß hoch oben auf einem unmöglichen Hügel. Aus einer fruchtbaren, hügeligen Landschaft erhob sich der Hügel wie eine umbrechende Welle, die sich so weit überlehnte, daß das Schloß auf seinem Kamm über einem Hohlraum schwebte.

Der Hexenmeister runzelte die Stirn im Schlaf. Solch ein Hügel würde ohne Magie einstürzen. Der Narr, der das gebaut hatte, verschwendete *Mana*.

Und im Schlaf konzentrierte er sich und merkte sich Einzelheiten. Ein schmaler Pfad schlängelte sich den Hügel hinauf. Fakten verdrehten sich, wie es im Traum so war. Da war jemand mit ihm, oder doch nicht. Der Hexenmeister lebte, bis er die Pforte durchschritt; oder er starb qualvoll an der Pforte durch den Biß von großen elfenbeinernen Zähnen, die seinen Brustkorb zermalmten.

Er weckte sich selbst auf, als er versuchte, die Bilder zu ordnen.

Ein Schattenbegleiter war notwendig, wenigstens bis zur Pforte. Jenseits der Pforte des Feindes konnte er nichts erkennen. Ein Zauberrad mußte eingesetzt worden sein, um seine Zauberkunst so vollständig auszuschalten.

Gleichheit der Kräfte?

Er verbrachte drei ganze Tage damit, Zauberformeln zu erarbeiten, die des Hügelzauberers Zukunftsblick blockieren würden.

Während dieser Zeit war sein eigener Schlaf traumlos. Die Magie des anderen war so wirkungsvoll wie seine eigene.

IV

Große Schiffe lagen im Hafen vor Anker. Schwerfällige Lastkähne mit seltsamen dämonischen Bugfiguren lockten Schwärme von Ratten an, die versuchten, über die Taue an Bord zu klettern; ein großes atlantisches Passagierschiff war mit doppelten Auslegern aus ganzen Baumstämmen ausgestattet. Am nächstgelegenen Dock schaukelte die elegante Yacht eines Magiers. Nachdenklich betrachtete Aran sie alle.

Während der Reise über das Gebirge hatte er zu viel Geld ausgeben müssen. Eine Woche nach seiner Ankunft in Rynildissen hatte er eine Stelle als Leibwächter und Wachhund bei einem Teppichhändler angenommen. Er war auf seine letzte Münze heruntergekommen und hungrig.

Im Augenblick verhandelten Lloraginezee, der Teppichhändler, und Ra-Harroo, seine Sekretärin, über Handelsgeheimnisse mit dem Kapitän eines Nilkahns. Aran wartete am Dock mit unbeteiligter Geduld.

Er spitzte die Ohren. Der bärtige Mann, der an ihm vorüberging, trug Kapitänskleidung. Aran rief ihn an: »Ho, Kapitän! Segelt Ihr nach Atlantis?«

Der Bärtige sah ihn unwillig an. »Was geht dich das an?«

»Ich habe eine Botschaft dorthin zu schicken.«

»Wende dich an einen Zauberer.«

»Möchte ich nicht«, sagte Aran. Er konnte einem Zauberer ja nicht gut erzählen, daß er Anweisungen zu geben hatte, wie man einen Zauberer bestiehlt. Sonst hätte er die Botschaft schon vor Monaten losgeschickt.

»Bei mir ist es teurer und dauert länger«, sagte der Kapitän mit einer gewissen Genugtuung. »An wen in Atlantis und wo?«

Aran gab ihm eine Adresse in der Stadt und händigte ihm einen versiegelten Umschlag aus, den er jetzt schon seit drei Monaten mit sich herumtrug.

Auch Aran hatte einige schwerwiegende Entscheidungen zu treffen gehabt. In der endgültigen Fassung seiner Botschaft warnte er vor der unstabilen Tektonik des atlantischen Kontinents und schlug den Friedensbrüdern einige Schritte vor, die zeigen würden, ob der Hexenmeister die Wahrheit gesprochen hatte. Anweisungen, wie man ein Zauberrad baute, fügte er nicht hinzu.

Weit draußen im Hafen spielten Delphine und Wassermänner ihre ungestümen Spiele. Das atlantische Schiff hißte die Segel. Ein Wind kam aus dem Nichts, füllte die Segel und verschwand mit dem Schiff auf das offene Meer.

Bald würde Aran das Geld für die Überfahrt haben. Er hätte es schon fast zusammengehabt, aber er hatte zwei Zauberer bezahlt, mit dem Erfolg, daß das Geld fort war, nicht aber der Glasdolch. Lloraginezee ließ seinen Leibwächter mittlerweile keines seiner Handelsgeheimnisse mehr erfahren, denn er wußte, daß Aran auf und davon sein würde, sobald er genug Geld beisammen hätte.

Da kamen sie den Laufsteg entlang. Lloraginezee watschelte weniger, als es von einem Mann seines Umfangs zu erwarten war, und das Mädchen trug mit verhaltener Grazie die Teppichmuster auf dem Kopf. Ra-Harroo sagte etwas, als Aran sich zu ihnen gesellte, etwas, das möglicherweise für seine Ohren bestimmt war.

»Ab morgen werde ich fünf Tage nicht zur Arbeit kommen, wie Ihr ja wißt,« meinte sie zu Llogarinezee – und errötete.

»Fein, fein«, sagte Llogarinezee und nickte abwesend.

Aran wußte es auch. Er lächelte, aber er schaute sie nicht an. Es könnte sie verlegen machen . . . und er wußte sehr gut, wie Ra-Harroo aussah. Ihr schwarzes Haar war kurz und struppig. Ihre Nase, groß und flach, verschmolz mit ihrem Gesicht. Unter dichten dunklen Brauen blickten braune Augen sanft hervor. Ihre Ohren waren zierlich gewölbt und endeten spitz. Sie war ein reizendes Mädchen, vor allem in den Augen eines anderen Wolfmenschen.

Sie hielten sich an den Händen beim Gehen. Ra-Harroos Fingernägel waren schmal und kräftig, und der feine Flaum ihrer Handflächen kitzelte ihn.

In Atlantis hätte er erwogen, sie zu heiraten, wenn er die Mittel gehabt hätte, sie zu ernähren. Hier war das ausgeschlossen. Die meiste Zeit waren sie Freunde und Kollegen. Das Nachtleben von Rynildissen war angenehmer zu zweit, und es gab Zeiten, wo Llogarinezee sie beide nicht brauchte.

Llogarinezee führte solche Gelegenheiten vielleicht sogar bewußt herbei. Er gehörte nicht zu den Wolfmenschen. Er dachte vermutlich, daß es einfach die Lust war, die sie zueinander zog, und wollte es ihnen nicht mißgönnen. Aber die reine animalische Lust war es nicht – dies war bei Wesen wie ihnen auf eine gewisse Zeit jeden Monat beschränkt. Aran sah sie dann nicht. Sie war in ihres Vaters Haus eingesperrt. Er wußte nicht einmal, wo sie wohnte.

Fünf Nächte später fand er es heraus.

Er hatte Llogarinezees Weg zu Adriennes ›Haus der Lüste‹ bewacht. Llogarinezee würde die Nacht in einem auf Quecksilber schwimmenden Luftbett verbringen, das Aran nur von Beschreibungen kannte. Ein genüßlicher Schlaf war nicht das geringste der Vergnügen.

Die Nacht war warm und freundlich. Aran ließ sich Zeit für den Heimweg, als er an dem brachliegenden Grundstück hinter Adriennes Lusthaus entlang schlenderte. Vor dreihundert Jahren hatte hier der Palast von Shilbree, dem Träumer, gestanden. Der Palast war reine Zauberei gewesen und selbst nach damaligen Maßstäben eine ziemliche Leistung. Irgendwann hatte er sich . . . verbraucht, hätte Shilbree gesagt.

Eines Tages jedenfalls war er verschwunden gewesen, und nun wirkte nicht einmal die einfachste magische Formel an diesem öden Platz.

Irgendwer hatte Aran erzählt, daß einige Blocks der Wohnsiedlung von Wolfmenschen bewohnt wurden. Es schien zuzutreffen, denn vertraute Gerüche stiegen ihm in die Nase, wenn er bestimmte Wege einschlug. Er folgte einem, neugierig zu erfahren, was für ein Haus sich ein wohlhabender Werwolf in Rynildissen bauen würde.

Der flüchtige Duft führte ihn an einem hohen, eckigen Haus mit einer kupferbeschlagenen Tür entlang . . . und dann war es zu spät. Ein anderer Duft drang in seine Nüstern, sein Hirn, sein Blut.

Die ganze Nacht verbrachte er winselnd vor der Tür. Niemand versuchte ihn zu hindern. Die Nachbarn mußten daran gewöhnt sein; oder sie mochten wissen, daß er eher töten als sich vertreiben lassen würde.

Mehr als einmal hörte er eine sehnsüchtige Stimme von hoch oben im Hause antworten. Es war Ra-Harroos Stimme. Mit seinem letzten bißchen Verstand wußte Aran, daß er in ein paar Tagen Entschuldigungen finden würde, denn sie mußte glauben, er sei vorsätzlich gekommen.

Aran jaulte ein Lied voll Traurigkeit, Sehnsucht und Scham.

V

Den Anfang machten ein kleines Dorf namens Gath und ein Zunftlehrling, der dort schwarze Opale suchte. Er fand sie, und zwar auf der Straße, und keiner hinderte ihn daran, sie an sich zu nehmen, denn Gath war vollständig ausgestorben. Der Zauberlehrling wunderte sich darüber, und er sah sich um. Er fand ein totes Feld mit einem eingestürzten Schloß. Es konnte vor Jahrhunderten eingefallen sein, oder es war Zauberwerk, das zusammenbrach, als das *Mana* aufgebraucht war, gestern oder vorige Woche. Es war eine bizarre Geschichte, und sie lief um. Der Zauberlehrling wurde reich mit den Opalen, denn schwarze Opale werden in der Magie gern gebraucht. Aber das leere Dorf beunruhigte ihn.

»Zunächst dachte ich an Sklavenjäger«, sagte er einmal, als beim Zaubererkongreß die Sprache darauf kam. »Es gab keine Leichen. Keine einzige. Nirgendwo. Sklavenjäger töten nicht, wenn sie es vermeiden können.

Aber warum würde ein Haufen Sklavenjäger die Wertgegenstände unberührt gelassen haben? Die Opale lagen vermischt mit Heu über die Straße verstreut. Ich nehme an, ein Edelsteinhändler muß sie versteckt transportiert haben, als – *irgend etwas* seinen Wagen zertrümmert hat. Aber warum ließen sie die Edelsteine liegen?«

Das eingestürzte Schloß kam dem Hexenmeister drei Jahre später wieder in den Sinn, als er von Shiskabil erfuhr. Eine Elster hatte es ihm erzählt. Sie war vom Himmel herunter auf seine Schulter geflattert und hatte in sein Ohr gewispert: »Hexenmeister?«

Er hatte sich sofort auf den Weg gemacht.

Shiskabil war ein von einer Mauer umgebenes Dorf aus Steinhäusern. Es mußte überstürzt verlassen worden sein: Mahlzeiten auf Tellern vertrocknet oder verfault, Fleisch im Herd zu Asche verbrannt, und keine lebenden Bewohner. Auch keine toten. Die Mauer war intakt. Und dennoch überall Spuren von Gewalt: zerschlagene Möbel, Türen mit aufgebrochenen Schlössern oder zersplitterten Scharnieren; verkrustete Speere und Schwerter und behelfsmäßige Keulen; und Blut. Schwarzgetrocknetes Blut überall. Als ob es Blut geregnet hätte.

Klumpfuß war ein jüngeres Zunftmitglied, mager und ernst. Er war begabt, aber er war noch etwas zaghaft vor der Kraft, die er mit der Magie beherrschte. Es war ihm unbehaglich in Shiskabil. Er bewegte sich mit hochgezogenen Schultern und mied die Stellen, wo Blut vergossen worden war.

»Schauerlich, nicht wahr? Aber ich hatte einen besonderen Grund, warum ich nach Euch geschickt habe,« sagte er. »Außerhalb der Mauer ist eine tote Zone. Es ist möglich, daß jemand dort ein Zauberrad eingesetzt hat.«

Es war ein rechteckiges Feld, vollständig tot: ein Vorgeschmack auf eine zaubertote Welt. In der Mitte lagen eingestürzte Mauern, und grüne Pflanzen wuchsen dazwischen.

Der Hexenmeister vermied sorgfältig die magietoten Stellen. Einmal zuvor hatte er das Rad benutzt, gegen Glirendree, nachdem das Dämonenschwert seinen Schattendämon getötet hatte. Das Rad hatte die Jugend aus ihm herausgesaugt und ihn in wenigen Sekunden um hundert Jahre altern lassen.

»Im Dorf ist mit Magie gearbeitet worden.« sagte Klumpfuß. »Ich habe ein paar einfache Formeln ausprobiert. Das *Mana*niveau ist ziemlich niedrig. Aber ich kann mich keines namhaften Magiers in Shiskabil entsinnen. Ihr etwa?«

»Nein.«

»Doch ist das, was hier geschehen ist, mit Magie gemacht worden.« Klumpfuß flüsterte fast. Magie konnte sehr gefährlich und böse sein.

Sie fanden einen Zickzackpfad durch die tote Randzone und eine schwachlebende Zone im Innern. Auf ein Zeichen des Hexenmeisters bewegten sich die Steine und versuchten, sich aufzustellen.

»Das war also jemandes Burg,« sagte Klumpfuß. »Ich frage mich, wie er diesen Effekt hingekriegt hat.«

»Ich habe mal an so etwas gedacht. Sagen wir, ich lege einen starken kinetischen Zauber auf ein relativ kleines Rad. Das Rad würde sich sehr schnell drehen und *Mana* in einem genau begrenzten Gebiet aufzehren.«

Klumpfuß nickte. »Ich verstehe. Er könnte es eine Spur, einen schmalen Pfad entlanggeführt haben. Es würde ihm eine Art Schutzwall gegen Magie um ein Lebendgebiet erzeugen.«

»Und er ließ eine Lücke in der Randzone, so daß er sein Material heraus und herein schaffen konnte. Diesen Eingang legte er im Zickzack an, so daß keine Zauber hindurchgehen und daß keiner mit Zukunftswissen und Telepathie zu ihm dringen konnte. Ich frage mich . . .«

»Ich frage mich, was er zu verbergen hatte.«

»Ich frage mich, was in Shiskabil geschehen ist«, sagte der Hexenmeister. Und er erinnerte sich der toten Zone, die die Burg des Hügelmagiers versteckt hatte. Sein kleines Duell mit dem unbekannten Feind lag zwölf Jahre zurück.

Als dreiundzwanzig Jahre vergangen waren, fanden sie das dritte Dorf. Hathzoril war größer und bekannter als Shiskabil. Eine Ladung Elfenbein und Gemmenholz traf nicht ein. So erfuhr der Hexenmeister davon.

Das Dorf mußte nur wenige Tage vor Ankunft des Hexenmeisters verlassen worden sein. Klumpfuß und er fanden halbgekochte und halbgegessene Mahlzeiten, zerschlagene Möbel, Waffen, die aus den Halterungen gerissen worden waren, aufgebrochene Türen . . .

»Aber kein Blut. Warum?« Klumpfuß war nervös. »Sonst ist alles gleich. Die gesamte Bevölkerung Hals über Kopf davon, wahrscheinlich gegen ihren Willen. Zehn ganze Jahre; nein, mehr. Ich hatte es fast vergessen . . . Ihr wart vor mir hier. Habt Ihr eine tote Zone und eine eingestürzte Burg gefunden?«

»Nein. Ich habe danach gesucht.«

Der jüngere Zauberer rieb seinen Fuß – den er innerhalb einer halben Stunde kurieren könnte, wenn ihn das nicht die Hälfte seines Magiepotentials kosten würde. »Vielleicht täuschen wir uns. Wenn es der gleiche ist, hat er die Technik geändert.«

In dieser Nacht träumte der Hexenmeister einen wirren Traum in Feuerwerksfarben. Beim Aufwachen dachte er an den Hügelhexer.

»Laß uns auf ein paar Hügel klettern,« sagte er am Morgen zu Klumpfuß.« Ich muß wissen, ob der Hügelhexer etwas mit diesen leeren Dörfern zu tun hat. Wir suchen einen toten Fleck auf einer Hügelkuppe.«

Das war ein Fehler, der ihn fast das Leben gekostet hätte.

Die Sonne stand schon sehr tief, und die Geduld war ihnen ausgegangen, als Klumpfuß auf den letzten Hügel zu klettern versuchte. Er bestand aus aufgeworfenem Boden und lockeren Felsbrocken, die unter den Füßen glitten und rutschten.

Er war noch nicht weit gestiegen, da kam der Hexenmeister ihm nachgeklettert. »Komm hier runter!« lachte er. »Niemand würde auf diesem Sandhaufen bauen.«

Klumpfuß drehte sich um. »Verschwindet von hier! Ihr seid älter geworden!«

Der Hexenmeister rieb sein Gesicht und fühlte die neuen Runzeln. Er hastete zurück, eilig, aber vorsichtig, um seine zerbrechlich werdenden Knochen nicht zu gefährden. Er ließ eine Spur fallenden Silberhaars hinter sich. Außerhalb der *mana*schwachen Zone angekommen, krächzte er mit Falsettstimme »Mein Fehler. Ich verstehe jetzt, was er tat. Klumpfuß, wir werden das tote Feld *unter* dem Hügel finden.«

»Erst mal unterziehen wir Euch einem Verjüngungszauber.« Klumpfuß breitete seine Werkzeuge auf einem Felsen aus. Ein Stück Holzkohle, ein Silbermesser, Päckchen mit Blättern . . .

»Dieser Randstreifen ist gefährlich, weil er Mana aus dem Innersten heraussaugt. Er muß ziemlich oft umziehen, deshalb richtete er einen Hügel wie eine umbrechende Welle auf. Als die Magie verbraucht war, kippte der Hügel einfach über das Schloß und überdeckte alles. Er wird das wieder tun.«

»Raffiniert. Was, meint Ihr, ist in Hathzoril geschehen?«

»Wir werden es vielleicht nie erfahren.« Der Hexenmeister rieb die neuen Runzeln um seine Augen. »Etwas Schlimmes, nehme ich an. Etwas sehr Schlimmes.«

VI

An jenem Nachmittag schlenderte er durch das Händlerviertel und schaute Teppiche an.

Sonst war das eine vergnügliche Beschäftigung. Hängende Teppiche bildeten ein farbenfrohes Labyrinth in diesem Teil des Marktes. Wenn der Teppichhändler Aran durch dieses Labyrinth kam, riefen bekannte Stimmen seinen Namen. Dann wurde geschwatzt, geklatscht und gefeilscht.

Fast dreißig Jahre lang hatte er in Rynildissen Handel getrieben, zunächst als Llogarinezees Lehrling, später als selbständiger Kaufmann.

Die feinsten Teppiche, und auch die billigsten, aus allen Teilen des Kontinents und von den naheliegenden Inseln, kamen per Schiff und Kamelrücken nach Rynildissen. Großhändler, Wiederverkäufer und hin und wieder auch ein Edelmann, der seine Burg dekorieren wollte, reisten nach Rynildissen zum Einkaufen von Teppichen.

Diese leuchteten heute froh in der heißen Sonne . . . aber heute deprimierten sie ihn nur. Aran dachte daran, die Stadt zu verlassen.

Ein kahlköpfiger Mann tauchte hinter einem Stapel gegerbter Sphinxhäute auf.

Kahl wie ein Greifenei war er, aber jugendlich, auf der Höhe seiner Kraft. Er ging ohne Hemd, wie ein Hafenarbeiter, doch seine Hosen waren von erlesener Qualität und sein Gang voller Stolz.

Aran ertappte sich, wie er ihn ziemlich unhöflich anstarrte. Aber da war etwas Bekanntes an dem Mann.

Er ging achtlos an Aran vorbei.

Aran sah sich um und fuhr zusammen. Das Zeichen schien ihn anzuspringen: eine fünfseitige, vielfarbige Tätowierung auf des Mannes Rücken.

»Hexenmeister!« rief Aran.

Und bereute es im gleichen Augenblick. Der Hexenmeister schaute ihn mit einem Blick an, wie man ihn anmaßenden Fremden schenkt.

Der Hexenmeister hatte sich überhaupt nicht verändert, abgesehen vom Verlust seines Haars. Aber Aran fiel ein, daß dreißig Jahre vergangen waren; daß er selbst nun ein fast fünfzigjähriger Mann war und daß seine hohlen Wangen sich vom guten Leben gefüllt hatten. Es fiel ihm ein, daß sein ergrauendes Haar schütter geworden war und nur noch ein Büschel über seiner Stirn stand. Und er erinnerte sich in allen Einzelheiten an die Umstände, unter denen er den Hexenmeister getroffen hatte.

Er hatte tausend Nächte lang Rachepläne geschmiedet; aber jetzt war sein einziger Gedanke, fortzukommen. Er sagte, »Ich bitte um Entschuldigung, Herr –«

Dann fiel ihm etwas ein, und mit Bestimmtheit sagte er »Aber wir *sind* uns schon begegnet.«

»Bei welcher Gelegenheit? Ich erinnere mich nicht«, sagte kalt der Hexenmeister.

Arans Antwort zeigte jenes Selbstvertrauen, das mit Wohlstand und Respekt einhergeht. Er sagte: »Ich kam zum Stehlen in Euren Keller.«

»Tatsächlich!« Der Hexenmeister kam näher. »Ach, der Junge aus Atlantis. Habt Ihr in letzter Zeit irgendwelche Magier bestohlen?«

»Ich habe mich für eine etwas ungefährlichere Lebensweise entschieden«, sagte Aran gleichmütig. »Und ich habe einen Grund, mich auf unsere kurze Bekanntschaft zu berufen.«

»Unsere kurze –« Der Hexenmeister lachte so, daß sich auf dem Marktplatz alle Köpfe nach ihm umdrehten. Immer noch lachend, nahm er Aran am Arm und führte ihn weiter.

Sie schlenderten langsam durch das Marktviertel, der Hexenmeister gab die Richtung an. »Ich muß einen bestimmten Weg verfolgen«, erklärte er, »ein bestimmtes Vorhaben. Nun, mein Sohn, was habt Ihr denn dreißig Jahre lang gemacht?«

»Versucht, Euren Glasdolch loszuwerden.«

»Glasdolch? Ach ja, ich entsinne mich. Aber Ihr habt doch sicher auch noch Zeit für andere Hobbies gefunden?«

Am liebsten hätte Aran in diesem Moment zugeschlagen. Aber er wollte etwas von ihm; also beherrschte er seine Wut.

»Mein ganzes Leben ist von Eurem verdammten Glasdolch bestimmt worden«, sagte er. »Auf dem Heimweg mußte ich die Hvirin-Schlucht umgehen. Als ich endlich hier ankam, hatte ich kein Geld mehr. Weder Geld für die Überfahrt nach Atlantis noch Geld, um einen Magier zu bezahlen. Was bedeutete, daß ich den Glasdolch nicht loswerden konnte.

So verdingte ich mich bei Llogarinezee, dem Teppichhändler, als Leibwächter und Wachhund. Inzwischen bin ich selbst der führende Teppichhändler in Rynildissen. Ich habe zwei Frauen und acht Kinder und ein paar Enkel, und ich nehme nicht an, daß ich je nach Atlantis zurückkehren werde.«

Sie kauften Wein bei einem Straßenhändler, der zwei pralle Weinbälge auf den Schultern trug. Sie tranken abwechselnd aus dem großen Kupferbecher, den der Mann bei sich hatte.

Der Hexenmeister fragte: »Seid Ihr den Dolch je losgeworden?«

»Nein! Und Ihr müßtet es wissen! Was für einen Zauber habt Ihr nur auf das Ding gelegt? Die besten Magier dieser Gegend haben ihn nicht einmal berühren, geschweige denn entfernen können. Ich wäre kein Teppichhändler, wenn es ihnen gelungen wäre.«

»Warum nicht?«

»Nun, ich hätte meine Überfahrt ziemlich bald bezahlen können, aber da ich jedesmal, wenn ich von einem neuen Zauberer in der Gegend hörte, zu ihm ging und ihn fragte, ob er das Messer rausholen könne . . .

Der Teppichverkauf gab mir die Mittel, die Magier zu bezahlen. Irgendwann gab ich's auf und behielt das Geld. Das einzige, was ich erreicht habe, war, Euren Ruf in alle Richtungen zu verbreiten.«

»Danke«, sagte der Hexenmeister mit gespielter Höflichkeit.

Aran konnte den belustigten Spott des Hexenmeisters kaum ertragen. Er wollte die Unterhaltung so schnell wie möglich zu Ende bringen. »Ich bin froh, Euch getroffen zu haben«, sagte er, »denn ich habe ein Problem, das auf Eurem Gebiet liegt. Könnt Ihr mir etwas über einen Hexer namens Wellberg sagen?«

Es ist nicht ausgeschlossen, daß der Hexenmeister erstarrte: »Was wollt Ihr wissen?«

»Ob seine Zauber Kraft verschwenden.«

Fragend hob der Hexenmeister die Brauen.

»Seht Ihr, wir versuchen den Gebrauch von Magie in Rynildissen einzuschränken. Die ganze Nation würde in Mitleidenschaft gezogen, wenn eine Schlüsselregion wie Rynildissen magietot wäre. Es gäbe kein Mittel, eine Flut zu stoppen oder einen Wirbelsturm oder eine Barbareninvasion. Findet Ihr daran etwas komisch?«

»Nein, nein. Aber könnte ein Glasdolch etwas mit Eurer konservativen Haltung zu tun haben?«

»Das geht nur mich etwas an, Hexenmeister! Es sei denn, Ihr wolltet meine Gedanken lesen?«

»Nein, danke. Verzeihung.«

»Mir liegt daran, darauf hinzuweisen, daß nicht nur Rynildissen selbst betroffen ist. Wenn diese Gegend magieschwach wird, müßten die Meermenschen des Hafens abwandern. Sie haben eine ausgedehnte eigene Stadt jenseits der Docks. Außerdem besorgen sie einen großen Teil der Hafenarbeit und die gesamte Fischindustrie –«

»Beruhigt Euch. Ich bin ganz und gar Eurer Meinung. Das wißt Ihr«, lachte der Hexenmeister. »Ihr solltet es wissen!«

»Tut mir leid. Ich gerate zu leicht ins Predigen. Seit zehn Jahren hat niemand mehr einen Drachen in der Nähe der Stadt gesehen. Sogar weiter draußen sind sie verkümmert und mutiert. Als ich hier ankam, hatten die Drachen eine eigene Söldnervermittlung hier in der Stadt!

»Was habt Ihr vor?«

Der Hexenmeister hatte dem Weinverkäufer den leeren Becher zurückgegeben und zog Aran am Arm. »Kommt bitte hier entlang. Schnell, bevor ich die Spur verliere.«

»Spur?«

»Ich folge einer unklaren Zukunftsvision. Ich könnte sterben, wenn ich die Spur verliere – und wenn nicht, dann auch. Nun, was war noch Euer Problem?«

»Das«, sagte Aran und zeigte zwischen die Fruchtstände.

Der Troll hatte einen Affenkopf auf einem von oben bis unten mit struppigem Haar bewachsenen Menschenkörper. Der Größe nach war er wohl weiblich, hatte aber so kleine Brüste wie ein Affenweibchen. In seiner ziemlich menschlichen Hand hielt das Wesen einen Weidenkorb. Mit leuchtend braunen, unangenehm menschlichen Augen blickte es auf Arans ausgestreckten Finger und senkte den Blick dann wieder auf die Melonen, die es eingehend betrachtete.

Sein Anblick hätte Ehrfurcht hervorrufen können. Trolle waren Ahnen der Menschheit: *Homo habilis,* seit langem ausgestorben. In afrikanischen Trockenzonen waren Millionen dieser Spezies als Fossilien überliefert. Ein paar Jahrhunderte zuvor hatten Zauberer herausgefunden, wie man sie mit Magie wieder zum Leben erwecken konnte. Nun sah man ab und an Trolle in den Städten.

»Ich glaube, Ihr habt gerade eines meiner eigenen Probleme gelöst«, sagte der Hexenmeister ruhig. Er zeigte keine Spur mehr von Spott.

»Wundervoll«, sagte Aran ohne Ernst. »*Mein* Problem ist, wieviel *Mana* Wellbergs Trolle verbrauchen. Das *Mana*niveau von Rynildissenburg war von Anfang an nicht sehr hoch. Wellberg muß fürchterlich starke Zauber verwenden, um sie nur laufen zu machen.« Arans Fingerspitzen strichen unbewußt über seine Brust. »Ich will Rynildissen nicht verlassen, aber wenn Magie hier nicht mehr wirkt, habe ich keine Wahl.«

»Ich muß wissen, welche Art von Zauber darin verwickelt sind. Erzählt mir was von Wellberg, seid so nett. Alles, was Ihr wißt.«

Die meisten Leute in Rynildissen hatten die Ankunft des Hexers begrüßt.

Trolldiener waren früher häufig gewesen. Sie waren außerordentlich stark. Da sie keine Schmerzen empfanden, konnten sie enorme Kraft für die schwersten Aufgaben aufbringen. Und da sie keine Menschen waren, konnten sie an offiziellen Feiertagen arbeiten. Sie brauchten keinen Schlaf. Sie stahlen nicht.

Aber Rynildissen war eine alte Stadt, und *Mana* wurde immer knapper. Viele Jahre hatte es keine Trolle in Rynildissenburg gegeben. Am Tor zerfielen sie zu Staub.

Dann tauchte Wellberg mit einem unerschöpflich scheinenden Vorrat an Trollen auf, die am Tor *nicht* zerfielen. Die Leute zahlten hohe Preise in Geld und Ehren.

»Ein halbes Jahrhundert lang hatten Diebe an Feiertagen ungehindert klauen können,« berichtete Aran dem Hexenmeister. »Jetzt haben wir wieder eine Trolltruppe bei der Polizei. Kann man den Leuten übelnehmen, daß sie Wellberg dankbar sind? Sie machten ihn zum Ratsherren –

trotz meiner Einsprüche. Das heißt, es gibt wenig, das Wellberg in Rynildissenburg *nicht* tun kann, abgesehen von Mord vielleicht.«

»Ich bedaure, das zu hören. Warum sagtet Ihr ›trotz Eurer Einsprüche‹? Seid Ihr im Rat?«

»Ja. Ich bin derjenige, der die Gesetze zur Einschränkung von Magie in Rynildissenburg durchgeboxt hat. Und der einige andere nicht durchboxen konnte, müßte ich dazusagen. Das Problem ist, daß Wellberg die Trolle nicht in der Stadt macht. Niemand weiß, wo sie herkommen. Wenn er *Mana* verbraucht, dann tut er das irgendwo anders.«

»Was ist dann Euer Problem?«

»Nehmen wir an, die Trolle verbrauchen *Mana* durch ihre bloße Existenz . . . Ich sollte fragen, *tun* sie das?«

»Ich nehme es an«, sagte der Hexenmeister.

»Ich *wußte* es. Hexenmeister, seid Ihr bereit, vor dem Rat auszusagen? Weil –«

»Nein, bin ich nicht.«

»Aber Ihr müßt! Ich kann niemanden allein überzeugen. Wellberg ist der angesehenste Magier in der Gegend, und er wird gegen mich aussagen! Außerdem besitzen die Ratsherren alle selbst Trolle. Sie werden nicht glauben wollen, daß sie reingelegt worden sind, und das sind sie, wenn wir recht haben. Die Trolle werden zerfallen, sobald das *Mana*niveau weit genug runtergewirtschaftet sein wird.«

Jetzt hielt Aran inne, denn er hatte gesehen, mit welch stoischer Geduld der Hexenmeister darauf wartete, daß er zu Ende kam.

Um seinen Worten mehr Gewicht zu verleihen, ließ der Hexenmeister drei Sekunden vergehen. Dann sagte er: »Es ist über diesen Punkt weit hinaus. Zum Rat zu sprechen wäre, wie Obszönitäten gegen ein Waldfeuer zu brüllen. Ich könnte vielleicht noch etwas erreichen, Ihr sicher nicht.«

»Ist er *so* gefährlich?«

»Ich glaube, ja.«

Aran war nicht sicher, ob er sich über ihn lustig machte. Aber das Gesicht des Hexenmeisters war tiefernst . . . und Aran hatte dieses Gesicht in zu vielen Alpträumen gesehen. ›Was tue ich hier?‹ fragte er sich. ›Ich hatte eine technische Frage über Trolle. Ich fragte also einen Magier . . . und jetzt . . .‹

»Sprich weiter. Ich muß mehr über Wellberg wissen. Und laß uns schneller gehen«, sagte der Hexenmeister. »Seit wann ist er hier?«

»Wellberg kam vor sieben Jahren nach Rynildissen. Niemand weiß, wo er herkam; er hat keinen spezifischen Akzent. Sein Schloß thront auf einem Hügel, der aussieht, als wolle er jeden Moment einstürzen. Warum nickt Ihr dazu?«

»Ich kenne den Hügel. Sprecht weiter.«

»Wir sehen ihn nicht oft. Er kommt manchmal mit einer Herde Trolle, um sie zu verkaufen; oder er kommt zu wichtigen Abstimmungen in die Ratsversammlung. Er ist klein und dunkel –«

»Das könnte ein Schein sein. Egal, beschreibt ihn trotzdem. Ich habe ihn nie gesehen.«

»Klein und dunkel, mit spitzer Nase und spitzem Kinn und sehr krausem, dunklem Haar. Er trägt ein dunkles Gewand aus irgendeinem weichen Stoff, einen hohen, spitzen Hut und Sandalen. Und er trägt ein Schwert.«

»Tatsächlich!« der Hexenmeister lachte laut auf.

»Was ist daran denn komisch? Ich trage selbst manchmal ein Schwert. Oh, natürlich! Magier haben was gegen Schwerter.«

»Das ist nicht der Grund, warum ich lache. Es ist ein alter Witz. Ein Schwert als Männlichkeitssymbol.«

»So?«

»Ihr versteht die Pointe, oder? Ein Zauberer braucht kein Schwert. Er verfügt über wirksameren Schutz. Wenn sich ein Zauberer dazu entschließt, ein Schwert zu tragen, dann ist ziemlich klar, daß er es als Heilmittel gegen Impotenz braucht.«

»Und das wirkt?«

»Natürlich wirkt das! Ein simpler Analogiezauber, nicht wahr? Aber Ihr müßt das Schwert mit ins Bett nehmen!« lachte der Hexenmeister. Seine Augen entdeckten einen Trolldiener, und sein Lachen endete abrupt.

Er beobachtete, wie der Troll durch ein Tor in einer hohen, weißen Mauer eilte. Sie hatten das Händlerviertel verlassen.

»Ich glaube, Wellberg ist ein Nekromant«, sagte er plötzlich.

»Nekromant? Was ist das? Klingt scheußlich!«

»Die technische Bezeichnung für einen neuen Zweig der Magie. Und es *ist* eine scheußliche Sache. Hier scharf links.«

Sie gerieten in eine enge Gasse. Zwei- und dreistöckige Häuser lehnten sich von beiden Seiten darüber. Die Gasse war kaum begehbar vor Schmutz, bis der Hexenmeister etwas murmelte und gestikulierte. Dann glitten Abfall und Unrat zur Seite.

Als sie tief in die Gasse vorgedrungen waren, meinte der Hexenmeister: »Hier können wir anhalten, glaube ich. Setzt Euch, wenn Ihr wollt. Wir werden eine Weile hier bleiben, das heißt, ich jedenfalls.«

»Hexenmeister. Spielt Ihr ein Spielchen mit mir? Was hat das alles mit einem Zaubererduell zu tun?«

»Eine berechtigte Frage. Wißt Ihr, was in dieser Richtung liegt?«

Arans Orientierungssinn war gut, und er kannte die Stadt.

»Das Gericht?«

»Richtig. Und in dieser Richtung liegt das leere Feld neben Adriennes Lusthaus – Ihr kennt es? Der toteste Punkt in Rynildissen. Wo früher der Palast von Shilbree dem Träumer gestanden hat.«

»Darf ich fragen –«

»Das Gericht ist natürlich auch ohne *Mana;* zehntausend Angeklagte und dreißigtausend Anwälte, die alle auf Überführung oder Freispruch plädieren, das läßt in keinem Gericht viel Zauber bestehen. Wenn ich eine dieser beiden toten Zonen zwischen mir und Wellberg halten kann, kann ich verhindern, daß er mir telepathisch nachspioniert.«

Aran überlegte. »Aber Ihr müßtet wissen, wo er sich aufhält.«

»Nein. Ich muß nur wissen, wo *ich* mich aufhalten sollte. Oft weiß ich es nicht. Wellberg und mir ist es ganz gut gelungen, unsere gegenseitigen Vorausschausinne zu trüben. Aber ich soll ungefähr jetzt einen unbekannten Verbündeten finden, und ich habe sorgfältig darauf geachtet, daß Wellberg mir nicht nachspionieren kann.

Die Sache ist die: Ich habe das Rad gefunden. Wellberg hat das Prinzip übernommen und, soviel ich weiß, in mindestens zwei Versionen eingesetzt. Natürlich verbraucht er *Mana* in rasender Geschwindigkeit. Außerdem ist er wahrscheinlich ein Massenmörder. Ich bin daran schuld. Deswegen muß ich ihn umbringen.«

Aran fiel plötzlich ein, daß seine Frauen mit dem Abendessen warteten. Er hatte diese Unterhaltung ja schon vor Stunden beenden wollen. Und eine Geschichte war ihm in den Sinn gekommen, von einem Laien, der in ein Hexerduell geraten war . . .

»Nun. Ich muß jetzt gehen«, sagte er und stand auf. »Ich wünsche Euch alles Glück für Euer Duell, Hexenmeister. Und wenn ich Euch irgendwie behilflich sein kann . . .«

»Kämpft mit mir«, sagte der Hexenmeister, ohne zu zögern.

Aran starrte ihn mit offenem Mund an und fing dann laut an zu lachen.

Der Hexenmeister wartete mit der ihm eigenen Geduld. Als er eine Gelegenheit sah, gehört zu werden, sagte er: »Ich träumte, daß ich um diese Zeit auf einen Verbündeten treffen würde. Dieser Verbündete würde mich zum Tor von Wellbergs Schloß begleiten. Ich habe nicht viele solcher Träume, die mir helfen, Aran. Wellberg ist stark. Wenn ich allein gehe, so sagt die Voraussage, werde ich getötet.«

»Wie wär's mit einem anderen Verbündeten«, schlug Aran vor.

»Nein. Zu spät. Die Zeit ist um.«

»Seht!« Aran schlug mit der flachen Hand auf seinen Bauch. Das Fleisch schwappte. »Es ist gar nicht so sehr das Übergewicht«, sagte er, »für einen Mann bin ich nicht unansehnlich. Aber als Wolf sähe ich wie zehn Jahre schwanger aus! Ich bin seit Jahren nicht mehr Wolf gewesen.

Aber was tue ich? Ich bin Euch keine Rechenschaft schuldig!« sagte Aran plötzlich und ging schnell davon.

Der Hexenmeister holte ihn an der Einmündung der Gasse ein. »Ich garantiere, daß Ihr es nicht bereuen werdet zu bleiben. Es gibt etwas, das Ihr noch nicht wißt.«

»Folgt mir nicht zu weit, Hexenmeister, Ihr verliert Eure Spur«, lachte Aran dem Magier ins Gesicht. »Warum sollte ich an Eurer Seite kämpfen? Wenn Ihr mich zum Gewinnen wirklich braucht, so kann mir das nur recht sein! Euer Gesicht habe ich in vielen Alpträumen gesehen, Euch und Euren Glasdolch! So sterbt, Hexenmeister. Ich gehe jetzt zum Abendessen.«

»Ssst!« sagte der Hexenmeister, und Aran sah, daß er nicht ihn anschaute, sondern an ihm vorbei.

Aran fühlte Mordlust. Doch seine Augen folgten dem Blick des Hexers, und die Verwünschung blieb ihm im Halse stecken.

Es war ein Troll. Nur ein Trollmann mit einem riesigen Ballen auf dem Rücken. Er kam auf sie zu.

Der Hexenmeister machte ihm Zeichen. Oder waren das magische Formeln?

»Gut«, sagte er. »Nun, ich könnte Euch sagen, daß es sinnlos ist, gegen das Schicksal zu kämpfen, und Ihr könntet mir sogar glauben, denn ich bin ja Experte. Aber es wäre gelogen. Oder ich könnte Euch eine Chance anbieten, den Glasdolch loszuwerden –«

»Fahrt zur Hölle! Ich habe gelernt, mit dem verdammten Ding zu leben –«

»Wolfmann«, sagte der Meister bestimmt, »wenn Ihr nichts anderes von mir lernt, so lernt wenigstens, niemals in Gegenwart eines Magiers zu fluchen! Entschuldigt.« Der Troll war geradewegs zur Einmündung der Gasse gegangen. Der Hexer nahm ihn beim Arm und führte ihn hinein. »Würdet Ihr mir helfen? Ich möchte das Bündel von seinem Rücken nehmen.«

Sie hoben es herunter, während Aran sich über sich selbst wunderte. War er zu Gehorsam verzaubert worden? Das Bündel war sehr schwer. Es forderte Arans ganze Kraft, obwohl der Hexenmeister die größte Wucht der Ladung abfing. Der Troll betrachtete sie aus leeren braunen Augen.

»Gut, also. Wenn ich dies irgendwo sonst in der Stadt täte, würde Wellberg es wissen. Aber diesmal weiß ich, wo er ist. Er ist in Adriennes Lusthaus und sucht mich dort, der Narr. Im Gericht hat er mich schon gesucht.

Aber das hat Euch nicht zu kümmern. Habt Ihr von einem Dorf namens Gath gehört?«

»Nein.«

»Oder Shiskabil?«

»Nein. Oder? Wartet.« Ein Shiska hatte einmal sechs zusammenpassende grüne Teppiche von ihm gekauft. »Ja. Ein kleiner Ort nördlich von hier. Irgendwas . . . ist damit geschehen . . .«

»Die Bevölkerung ging in einer Nacht fort und ließ alle ihre Wertsachen und eine unerklärliche Menge Blut zurück.«

»Stimmt.« Aran fühlte sich plötzlich sehr unbehaglich. »Es wurde nie aufgeklärt.«

»Gath war das erste. Dann Shiskabil, dann Hathzoril. Jedesmal größere Orte. In Hathzoril war er raffinierter. Er fand eine Möglichkeit, zu verstecken, wo sein Palast gewesen war. Und er hinterließ keine Blutspuren.«

»Aber was *tut* er? Wo gehen die Leute hin?«

»Was wißt Ihr über *Mana,* Aran? Ihr wißt, daß es die Kraft hinter der Magie ist, und Ihr wißt, daß es sich aufbraucht. Was noch?«

»Ich bin kein Magier. Ich verkaufe Teppiche.«

»*Mana* kann für Gutes und Böses eingesetzt werden. Es kann ausgeleert oder übertragen werden, von einem Gegenstand zum anderen oder von einer Person zur anderen. Manche Menschen tragen *Mana* in sich. Ihr könnt Konzentrationen in seltsam geformten Steinen oder Kultgegenständen oder Meteoriten finden.

Viel *Mana* ist mit Mord assoziiert,« sagte der Hexenmeister. »Zuviel. Zu meiner Zeit pflegte mein Lehrer uns zu warnen, nicht zu nah an dem Ort eines Mordes zu arbeiten, zu nah an der Leiche eines Ermordeten oder mit Mordwaffen – im Gegensatz zu Kriegswaffen. Krieg und Mord sind in der Absicht unterschiedlich.

Nekromantie nützt Mord als *Mana*quelle. Es ist die stärkste Form von Magie – so stark, daß sie erst in jüngster Zeit entwickelt werden konnte, wo das *Mana*vorkommmen in der Welt zurückgeht.

Ich glaube, Wellberg ist ein Nekromant«, sagte der Hexenmeister und wandte sich dem Troll zu. »Wir werden es gleich wissen.«

Der Troll stand geduldig da, ließ seine langen Arme locker hängen und beobachtete den Hexenmeister mit merkwürdig menschlichen braunen Augen und menschlicher Würde, die in seltsamem Kontrast zu der niedrigen Tierstirn und dem haarigen Körper stand. Er zuckte nicht, als der Hexer ihm eine Art Halsband über den Kopf stülpte.

Die Verwandlung war augenblicklich. Aran machte einen Schritt zurück und schnappte nach Luft. Das Halsband des Hexers hing um eines Mannes Hals – eines Mannes Mitte Dreißig, blond und bärtig, der eine Lastenträgertracht trug. Und dieses Mannes Bauch war mit einem Schwert- oder Säbelhieb aufgeschlitzt worden. Aran erkannte den Geruch. Er war seit etwa drei oder vier Tagen tot, plus die Zeit, seit die konservierende Wirkung von Magie auf ihm lag. So stand er, geduldig wartend, und sein Ausdruck hatte sich nicht verändert.

»Wellberg hat eine Art *Perpetuum mobile* erfunden«, sagte der Hexenmeister trocken; wandte sich dann aber schnell von des toten Mannes Geruch ab. »Es gibt genug Kraft in einem Ermordeten, um einen gefügigen Sklaven aus ihm zu machen und reichlich, um ihm das Aussehen eines Trolls zu geben. Weiteres *Mana* holt er aus der Umgebung, aber warum nicht? Als in Gath das *Mana* alle war, töteten Wellbergs Trolle ihre Arbeitgeber. Dann zogen doppelt so viele Trolle nach Shiskabil. In Hathzoril benutzten sie wahrscheinlich Stricke und erdrosselten die Opfer, so vergossen sie kein Blut. Ich frage mich, wo er wohl im Anschluß an Rynildissen hingehen wird.«

»Nirgends! Wir werden es dem Rat berichten.«

»Mit Wellberg als Ratsherrn? Nein. Und Ihr könnt die Geschichte nicht einmal einzelnen Ratsherren erzählen, denn irgendwann würde einer Wellberg darauf aufmerksam machen, daß Ihr ihn verleumdet.«

»Euch würden sie glauben.«

»Es braucht nur einen, der's nicht tut. Der erzählt es dann Wellberg und der schickt seine Trolle los. Nein. Drei Dinge werdet Ihr tun«, sagte der Hexenmeister, nicht im Befehlston, sondern eher wie eine Prophezeiung. »Ihr werdet nach Hause gehen. Ihr werdet in der kommenden Woche dafür sorgen, daß Eure Frauen und Kinder Rynildissen verlassen.«

»Bei den Göttern, das werde ich!«

»Ich wußte, ihr würdet es nicht bereuen, mich bis zu Ende anzuhören. Das dritte, falls Ihr Euch dazu entscheidet, ist, mich heute in einer Woche vor Tagesanbruch am Nordtor zu treffen. Kommt den Weg an Adriennes Lusthaus entlang«, empfahl der Hexenmeister, »und verweilt einen Moment. Die tote Zone wird Eure Spur verwischen. Macht es heute ebenso. Ich möchte nicht, daß Wellberg Euch mit Vorauswissen folgt. Geht *jetzt!*« sagte der Hexenmeister.

»Ich kann mich nicht entscheiden!«

»Ihr habt eine Woche Zeit.«

»Vielleicht komme ich nicht. Wie kann ich Euch erreichen?«

»Könnt Ihr nicht. Ist auch nicht wichtig. Ich gehe mit oder ohne Euch.«

Abrupt entfernte der Hexer das Halsband von der stehenden Leiche, wandte sich um und ging die Gasse hinunter.

Der Tote war wieder ein Troll. Er folgte Aran mit großen, unangenehm menschlichen, braunen Augen.

VII

An jenem frühen Morgen war Adriennes Lusthaus in dichten schwarzen Nebel gehüllt. Der Teppichhändler Aran zögerte an der Tür; fröstelnd und mit steifen Schultern machte er sich auf den Weg.

Sein Schwert hielt er in Bereitschaft, zum Kämpfen oder Töten. Der Nebel wurde heller, als er voranschritt, aber nicht weniger dicht. Mehrfach glaubte er, unbestimmte riesige Gestalten mit ihm Schritt halten zu sehen. Aber niemand griff an. Bei Dämmerung erreichte er das Nordtor.

Des Hexenmeisters Reittiere waren entweder durch Zauberkraft vergrößerte Eidechsen oder einfach mutierte Drachen. Sie waren bizarr und so groß wie Häuser. Einer trug Gepäck, der andere zwei hintereinander geschnallte Sättel.

»Steigt auf«, drängte der Hexenmeister. »Wir wollen vor Einbruch der Nacht dort sein.« Trotz der Morgenkälte war er nackt bis zur Taille. Er drehte sich im Sattel, als Aran hinter ihm aufsaß. »Habt Ihr Gewicht verloren?«

»Ich habe sechs Tage lang gefastet und trainiert. Meine Frauen und Kinder sind seit vier Tagen auf dem Schiff nach Atlantis. Ihr könnt Euch denken, welche Vergnügen ich bei Adrienne wählte.«

»Das hätte ich nicht für möglich gehalten. Euer Bauch ist so flach wie ein Brett.«

»Ein Wolf kann lange Zeit fasten. Gestern abend aß ich ein üppiges Mahl. Heute werde ich nichts essen.«

Der Nebel verzog sich, als sie Rynildissen verließen, und der Morgen wurde klar, hell und heiß. Als Aran davon sprach, sagte der Hexer: »Jener Nebel war von mir. Ich wollte Wellberg die Sicht trüben.«

»Ich sah Gestalten im Nebel. Waren das auch Eure?«

»Nein.«

»Danke.«

»Wellberg wollte Euch Angst machen, Aran. Er greift Euch nicht an. Er weiß, daß Ihr nicht getötet werdet, bevor wir das Tor erreichen.«

»Das erklärt die Lasteidechsen. Ich fragte mich, wie Ihr wohl unbemerkt damit vorzudringen erwartet.«

»Tue ich nicht. Er weiß, daß wir kommen. Er wartet.«

Das Land in der Umgebung von Wellbergs Burg war reich an Magie. Man erkannte es an der Vegetation: Üppige Riesenpilze unterschiedlichster Farben und Formen, menschen- und tiergestaltige Flechten, Bäume mit verschlungenen Stämmen und Ästen, die sich drohend bewegten, als die Lasteidechsen sich näherten.

»Ich könnte sie zum Reden bringen«, sagte der Hexer, »aber ich kann ihnen nicht trauen. Sie sind wahrscheinlich seine Verbündeten.«

Im rötlichen Schein der untergehenden Sonne schien Wellbergs Burg wie aus rosa Marmor auf der Spitze eines Märchenberges zu thronen. Der schlanke Turm sah aus, als sei er gedacht, entführte Maiden zu beherbergen. Der Berg selbst sah weniger wie eine brechende Welle, sondern eher wie eine herausfordernd in den Himmel gestreckte Faust aus.

»Das Rad könnten wir hier nicht benutzen«, sagte der Meister. »Der ganze Berg würde über uns stürzen.«

»Ich würde Euch das Rad nicht benutzen lassen.«

»Ich habe gar keines mitgebracht.«

»Wo müssen wir lang?«

»Den Pfad hinauf. Er weiß, daß wir da sind.«

»Ist Euer Schattendämon bereit?«

»Schattendämon?« Der Hexenmeister schien zu überlegen. »Oh. Einen Augenblick lang wußte ich nicht, wovon Ihr sprecht. Jener Schattendämon wurde im Kampf mit Glirendree vor über dreißig Jahren getötet.«

Die Worte blieben Aran im Hals stecken und sprudelten dann hervor: »Warum tragt Ihr denn dann kein Hemd?«

»Gewohnheit. Ich habe viele seltsame Gewohnheiten. Warum so heftig?«

»Ich weiß nicht. Seit heute Morgen starre ich auf Euren Rücken. Ich nehme an, ich zählte auf Euren Schattendämon.« Aran schluckte. »Nur wir allein also?«

»Nur wir.«

»Nicht einmal ein Schwert oder einen Dolch nehmt Ihr?«

»Nein. Gehen wir?«

Die andere Seite des Hügels hatte sechzig Grad Steigung. Der schmale, gewundene Pfad konnte die Eidechsenriesen nicht tragen. Aran und der Hexenmeister saßen ab und begannen den Aufstieg zu Fuß.

»Sich anzuschleichen hat keinen Sinn. Wir wissen, daß wir auf jeden Fall bis ans Tor gelangen werden«, sagte der Hexer, »Wellberg weiß das auch . . . Entschuldigt.« Er warf eine Hand voll Silberstaub vor sich. »Der Weg wollte uns gerade abwerfen. Offenbar hält Wellberg nichts für selbstverständlich.«

Aran konnte es nicht beurteilen, er hatte nur des Hexers Wort. Aber es blieb die einzige Bedrohung ihres Aufstiegs.

Ein rechteckiger Teich lag vor den soliden Kupfertoren. Eine gewölbte Brücke führte über den Teich. Sie näherten sich der Brücke und sahen ihren ersten Widersacher.

»Was ist das?« flüsterte Aran, »ich habe noch nie von so etwas gehört.«

»Gibt es auch nicht. Das ist ein Verwandelter. Nennt es einen Schneckendrachen . . .«

. . . Ein Schneckendrache. Sein spiralförmiges Gehäuse war gerade so groß, daß es das Tor ausfüllte. Sein schlanker, geschmeidiger Körper reckte sich ganz heraus und betrachtete die Eindringlinge von hoch oben. Glänzende, blattförmige Schuppen bedeckten Kopf und Hals; der Rest des Körpers war nackt und von graubrauner Farbe. Wie aus schwarzem Marmor waren seine Augen, und seine Zähne waren weiß und spitz, das längste Paar von fluoreszierendem Glanz.

An der kleinen gewölbten Brücke angekommen, rief der Hexenmeister: »Ho, Wächter! Hat man dir unser Kommen angekündigt?«

»Nein,« sagte der Drache. »Wäret Ihr willkommen, hätte man es mir gesagt.«

»Willkommen!« lachte der Hexenmeister. »Wir kommen, um deinen Herrn zu töten. Das Interessante ist, daß er weiß, daß wir kommen. Warum hat er dich nicht gewarnt?«

Der Schneckendrachen legte seinen Kopf zur Seite.

Der Hexenmeister gab selbst die Antwort: »Er weiß, daß wir durch das Tor hindurchkommen werden. Er nimmt an, daß wir über deine Leiche hineingelangen werden. Er zog es vor, dir das nicht zu sagen.«

»Das war sehr freundlich von ihm.« Die Stimme des Drachen klang tief und grollend, wie Felsen, die zermalmt werden.

»Freundlich, ja. Aber da es uns doch vorherbestimmt ist, hineinzugelangen: Warum trittst du nicht ein Stück zur Seite? Oder verziehst dich in die Berge? Wir würden dich nicht verraten.«

»Es kann nicht sein.«

»Du bist ein Verwandelter, Schneckendrache. Tiere, deren Lebenskraft teilweise magisch ist, die degenerieren, wo das *Mana* gering ist. Die meisten Verwandelten sind nicht überlebensfähig. So ist es auch mit dir«, sagte der Hexer. »Das Schneckenhaus kann dich nicht vor einem hartnäckigen und entschlossenen Feind schützen. Oder bist du schnell genug, um dich in Sicherheit zu bringen?«

»Da berührt Ihr den springenden Punkt«, sagte der Wächter. »Wenn ich jetzt ginge, was dann? Mein Meister wird Euch voraussichtlich töten, wenn Ihr sein Heiligtum erreicht. Dann, irgendwann, diese Woche oder nächste, wird er sich fragen, wie Ihr an seinem Wächter vorbeigekommen seid. Dann, nächste Woche, oder die Woche darauf, wird er kommen, um nachzuschauen oder um das verlassene Schneckenhaus wegzuräumen. Bis dahin könnte ich mit Glück und gutem Rückenwind den halben Weg bis zu den Wäldern geschafft haben. Vielleicht sähe er mich im hohen Gras nicht«, sagte der hausgroße Drache. »Nein. Lieber versuche ich mein Glück hier am Tor. Da weiß ich wenigstens die Kampfrichtung.«

»Donnerwetter, du hast recht«, sagte der Meister. »Mein Mitgefühl, Schneckendrache!«

Und er machte sich daran, die Brücke tragfähig zu machen. Die erste Hälfte der Brücke war wirklich solide. Die andere war nur eine reflektierte Illusion – bis der Hexenmeister sie stabilisierte.

»Die tote Zone liegt unter Wasser«, sagte er zu Aran. »Fall nicht hinein.«

Der Schneckendrache zog sich fast ganz in sein Haus zurück. Nur sein schuppiger Kopf war noch zu sehen, als Aran und der Hexer sich anschickten, die Brücke zu überqueren.

Aran rannte.

Er war noch immer ein Mensch. Er war nicht sicher, ob Wellberg

wußte, daß er ein Werwolf war. Er *war* sicher, daß sie durch das Tor kommen würden. So sparte er seinen letzten Trumpf auf und ging dem Drachen mit dem nackten Schwert entgegen.
Der Drache spie Feuer.
Aran rannte hindurch. Er trug einen Zauber gegen Drachenfeuer auf dem Leib. Aber er konnte nicht hindurch*sehen.* Ein fürchterlicher Schreck, als er plötzlich fühlte, wie spitze Zähne sich in seine Schulter gruben. Der Drache hatte sich unglaublich in die Länge gestreckt. Aran schrie, und seine Schwerthiebe prallten von den metallenen Schuppen ab und – die Zähne ließen los und schnappten erfolglos nach dem Hexenmeister, der lachend und winkend zurücksprang.
Der Hexenmeister war doch aber unbewaffnet gewesen!
Der Drache sackte zusammen. Sein dicker Hals war hinter den Schuppen entzweigeschnitten. Der Hexenmeister wischte seine Waffe an seiner Hose ab und hielt sie hoch.
Aran fühlte plötzlich Übelkeit.
Der Hexenmeister lachte wieder. »›Wozu ist denn ein Glasdolch gut?‹ Es macht Spaß, ein Zauberer zu sein, weil jedermann um dich herum immer erwartet, daß du zauberst.«
»Aber, aber –«
»Es ist einfach nur ein Glasdolch. Keine Zauber darauf, nichts, was Wellberg aufspüren könnte. Ich ließ ihn von einem Freund vor ein paar Tagen in den Teich werfen. Glas im Wasser ist unsichtbar genug für Narren von Wellbergs Art.«
»Entschuldigt mein offenes Maul. Ich mag nun mal Glasdolche nicht. Was jetzt?«
Die Leiche und das Gehäuse des Schneckendrachen blockierten noch immer den Eingang.
»Wenn wir versuchen, uns daran vorbeizuquetschen, könnten wir in eine Falle geraten. Ich glaube, wir müssen drüber.«
»Schnell«, sagte Aran.
»Richtig. Schnell. Denk daran, daß er überall sein kann.« Der Hexenmeister rannte los und rannte und kletterte die Krümmung des Gehäuses empor.
Aran folgte fast ebenso schnell.
›In seinem Heiligtum‹ hatte der Schneckendrache gesagt. Aran hatte dieses Bild noch im Kopf, während er das Schneckenhaus hinaufstieg. Wellberg würde in seinem Keller oder in seinem Turmzimmer versteckt sitzen, in Sicherheit. Aran und der Hexenmeister würden gegen alle Arten von Ungeheuern kämpfen müssen, die der Feind ihnen entgegenstellen würde, während Wellberg in Ruhe ihre Schwächen studieren konnte. Es gab solche Geschichten von Magierschlachten . . .
Heißhunger gab Aran wilde Energie, wie er sie seit Jahren, Jahrzehnten nicht gehabt hatte. Seine sprungbereiten Beine trugen einen schein-

bar federleichten Körper. Er erreichte die Kuppe in dem Augenblick, wo der Hexenmeister sich mit sichtlichem Entsetzen umdrehte.

Dann sah er sie: Eine Horde bewaffneter und gepanzerter Gerippe, die auf einer Holzplanke auf sie zukamen. Es mußten mehrere Dutzend sein. Aran brüllte und zog sein Schwert. Wie tötet man ein Skelett?

Der Hexenmeister brüllte auch irgend etwas. Sonderbare Worte in der Zunftsprache.

Die Gerippe heulten auf. Ein Wirbelwind schien sie zu packen, in die Höhe zu reißen und vorwärts zu schleudern. Dann verloren sie die Form wie Rauchringe. Aran sah ihnen nach, bis der letzte in des Hexenmeister Rücken verschwand.

›Mein Name ist Legion‹. Sie mußten von einem einzigen Dämon animiert gewesen sein. Und der Hexenmeister hatte diesen Dämon in eine seit dreißig Jahren leer stehende Dämonenfalle gesperrt.

Das Problem war nur, daß Aran und der Hexenmeister sich auf den vielförmigen Dämon konzentriert hatten.

Der Hexenmeister hatte den Rücken gewandt, und Aran konnte nichts tun. Er entdeckte Wellberg, der von der anderen Seite des Hofes aus gestikulierte, in dem Augenblick, wo er den Zauber ausgesprochen hatte.

Aran wollte eine Warnung rufen, aber dann sah er, was der Zauber an dem Hexenmeister bewirkte: Der Hexenmeister war auf der Stelle alt. Das Fleisch schien von seinen Knochen zu schwinden. Er sah überrascht aus, spuckte einen Mundvoll schwärzlicher Kiesel – nein, Zähne – aus, schloß die Augen und begann zu fallen.

Aran fing ihn auf.

Es fühlte sich an wie ein Arm voll Knochen. Er legte den Hexenmeister auf den Rücken. Sein Atem rasselte. Er konnte nicht mehr lange zu leben haben.

»Aran der Händler!«

Aran schaute hinab. »Was habt Ihr mit ihm gemacht?«

Der Magier Wellberg war gekleidet wie immer, dunkles Gewand, Sandalen, spitzer Hut. Ein Gürtel und ein Schulterriemen hielten sein Schwert mit dem großen Griff knapp über dem Boden. Er rief: »Das ist genau das, worüber ich mit dir reden will. Ich habe einen Zauber erfunden, der sich so wie das Zauberrad verhält, aber steuerbar. Geht das über deinen Verstand?«

»Ich verstehe Euch.«

»In Laiensprache gesprochen, habe ich ihm die Magie ausgesaugt. Das macht ihn zweihundertundsechsundzwanzig Jahre alt. Ich glaube, das macht mich zum Sieger.

Ich weiß nur nicht, ob ich dich leben lassen soll. Aran, ist dir klar, was mein Zauber bei dir bewirken wird?«

Aran wußte es. »Sagt's mir trotzdem. Und dann sagt mir, wie Ihr es herausgefunden habt.«

»Von einigen meiner Kollegen, nachdem ich erkannt hatte, daß du mein Feind bist. Du mußt einen Haufen Magier aufgesucht haben wegen des Geistermessers in deinem Herzen.«

»Mehr als ein Dutzend. Und?«

»Geh in Frieden. Und komm nicht wieder.«

»Ich muß den Hexenmeister mitnehmen.«

»Er ist mein Feind.«

»Er ist mein Verbündeter. Ich lasse ihn nicht hier«, sagte Aran.

»Dann nimm ihn.«

Aran bückte sich. Er war achtundvierzig Jahre alt. Statt Kampfeslust empfand er nur noch die Bitterkeit der Niederlage. Und der Hexenmeister war nur noch eine röchelnde Mumie, trocken und leicht. Aber es würde schwierig werden, den zerbrechlichen alten Mann das Schneckengehäuse hinunter zu schaffen.

Wellberg sprach eine Formel.

Aran richtete sich auf und sah gerade noch die letzte Handbewegung. Dann traf ihn der Zauber.

Einen Augenblick lang glaubte er, das Messer sei wirklich wieder in seinem Herzen. Aber der Schmerz ging ihm durch und durch! Wie Millionen gespannter Saiten, die in ihm zersprangen. Die Gestalt seines Nackens veränderte sich malmend; seine Beine stemmten sich vorwärts; sein Schädel wurde flach, und seine Augen verloren die Farbsichtigkeit; seine Nase streckte sich, und seine Lippen zogen sich über gefletschten Zähnen zurück.

Die Verwandlung war nie so schnell gegangen und nie so vollständig. Schwärze fiel über Arans Bewußtsein. Ein Wolf kullerte hilflos das riesige Schneckenhaus hinunter in den Hof.

Ein Wolf schlug schwer auf, rollte auf die Füße, knurrte tief im Rachen und ging steifbeinig auf Wellberg zu.

Wellberg war überrascht! Er begann den Spruch von vorne und sprach sehr schnell, während Aran sich drohend näherte. Er endete, als Aran in Sprungnähe war. Diesmal gab es keine Verwandlung. Aran sprang, Wellberg machte einen Satz rückwärts, gerade nicht weit genug, und Aran biß ihm die Kehle durch.

Erst jetzt begann für Aran der Alptraum. Alles vorher waren dagegen süße Träume gewesen.

Wellberg müßte eigentlich tot gewesen sein. Seine durchtrennten Schlagadern pumpten heftig Blut, seine Luftröhre gab entsetzliche Blubbertöne von sich und – Wellberg zog sein Schwert und griff an.

Aran, der Wolf, umkreiste seine Beute und biß plötzlich zu – und sprang aufjaulend zurück, denn Wellbergs Schwert hatte ihn ins Herz getroffen. Die Wunde heilte sofort. Aran der Wolf war nicht überrascht.

Er sprang zurück, schlich sich an, biß wieder zu, wurde wieder getroffen, schlich sich an . . .

Und so ging es fort und fort.

Wellbergs Blut floß nicht mehr. Es war keines mehr übrig. Aber er lebte noch. So wie sein Schwert. Oder so schien es. Aran griff nur an, wenn es ihm sicher erschien, aber das Schwert erwischte ihn jedesmal. Und jedesmal, wenn er angriff, sprang er mit einem Maulvoll Wellberg zurück.

Er würde gewinnen. Er konnte nicht anders als gewinnen. Seine Wunden heilten so schnell, wie sie entstanden, Wellbergs nicht. Aran fetzte das Fleisch von des Magiers Knochen.

Finsternis lag über seinem Bewußtsein. Er bewegte sich mit animalischer Schläue. Wieder und wieder warf er Wellberg zurück auf die vom Blut glitschigen Steinfliesen. Vier Füße waren sicherer als zwei. Animalische Schläue ließ ihn Wellberg daran hindern, den Hof zu verlassen. Er versuchte es. Er mußte irgendwo im Schloß Heilzauber aufbewahrt haben. Aber Aran ließ ihn nicht dorthin kommen.

Er hatte sich mit einem Zauber geschützt, der ihn nicht sterben ließ. Es mußte ihn entsetzlich reuen. Der Wolf Aran hatte ihm jetzt die Füße verstümmelt und die Fersen zerfetzt, kein Muskel war übrig, die Knochen zu bewegen. Wellberg kämpfte kniend. Aran kam jetzt näher heran, den unvermeidlichen Biß des Schwertes ertragend . . .

Alptraum

Der Friedensbruder Aran hatte sich geirrt. Wenn der Teppichhändler Aran weiter und weiter kämpfen, lebendiges Fleisch von den Knochen eines Sterbenden reißen, für jeden Biß eine Stichwunde erdulden konnte – wenn Aran solche Qualen aushalten und *irgendwem* für *irgendeine* Sache zufügen konnte . . .

. . . dann konnten weder das Ende der Magie noch irgend etwas anderes die Menschen dazu bringen, das Kriegführen aufzugeben. Sie würden weiterkämpfen mit Schwertern und Steinen und was immer sie fänden, solange sie Menschen waren.

Die Schwärze über Arans Bewußtsein lichtete sich. Das mußte von dem Schwert herrühren: Das *Mana* des Zauberschwertes hatte das *Mana* ersetzt, das Wellbergs Zauber ihm entzogen hatte.

Und endlich erkannte er, daß das Schwert allein focht.

Wellberg war kaum mehr als ein Haufen blutiger Knochen. Er war vielleicht nicht tot, aber er konnte sich nicht mehr rühren. Das Schwert schwang sich selbst am Ende der bloßen Knochen seines Armes und versuchte noch immer, Aran fernzuhalten.

Aran wich dem Schwert geschickt aus, packte den Griff mit den Zähnen und riß es aus der immer noch fleischigen Hand des Magiers. Die Hand wehrte sich mit einem sinnlos entschlossenen Griff, aber es reichte nicht.

Er mußte Menschengestalt annehmen, um das Drachengehäuse zu besteigen.

Der Hexenmeister lebte noch, aber sein Atem ließ nicht viel Hoffnung. Aran legte das Schwert über seinen Körper und wartete.

Der Hexenmeister wurde jünger. Nicht so jung, wie er gewesen war. Aber er sah nicht mehr aus wie – tot. Er war so um die siebzig Jahre alt, als er die Augen öffnete, blinzelte und fragte: »Was ist passiert?«

»Ihr habt den spannenden Teil verpaßt«, sagte Aran.

»Ich nehme an, Ihr habt ihn geschlagen? Tut mir leid. Es ist dreißig Jahre her, seit ich mit Glirendree gekämpft habe. Wo jeder Magier der zivilisierten Welt versucht, das Zauberrad nachzubauen, mußte der eine oder andere eines Tages das Prinzip durchschauen.«

»Er hat es auch auf mich angewandt.«

»Oh?« Der Hexenmeister kicherte. »Ich nehme an, Ihr fragt Euch, was mit dem Dolch ist?«

»Ich dachte daran. Wo ist er?«

»In meinem Gürtel. Habt Ihr geglaubt, ich hätte ihn in Eurer Brust gelassen? Ich hatte geträumt, daß ich ihn brauchen würde. So behielt ich ihn. Und –«

»Aber er war in meinem Herzen!« unterbrach ihn Aran heftig.

»Ich machte ein Bild davon. Ich tat das Bild in Euer Herz, dann ließ ich es verblassen.«

Arans Fingernägel krallten sich in seine Brust. »Du mieser Affensohn! Du hast mich dreißig Jahre lang glauben lassen, das Messer sei in mir!«

»Ihr kamt als Dieb in mein Haus«, erinnerte ihn der Magier, »nicht als geladener Gast.«

Der Händler Aran hatte Dieben gegenüber eine ähnliche Haltung entwickelt. »Nur ein kleiner Zaubererspaß, nicht wahr?« sagte er mit weniger Bitterkeit. »Kein Wunder, daß niemand ihn rausholen konnte. Gut. Und jetzt sagt mir, warum Wellbergs Zauber mich in einen Wolf verwandelt hat.«

Der Hexenmeister setzte sich vorsichtig auf. »Was?« fragte er.

»Er gestikulierte mir mit den Armen und zog mir alles *Mana* raus, und ich wurde ein Wolf. Ich verlor sogar meine menschliche Intelligenz. Wahrscheinlich auch meine Unverwundbarkeit. Wenn er nicht ein verzaubertes Schwert verwendet hätte, hätte er mich in Stücke geschnitten.«

»Das verstehe ich nicht. Ihr hättet in Menschengestalt gefangen sein müssen. Es sei denn . . .«

Der Gedanke traf ihn sichtlich. Seine blassen Wangen wurden noch fahler. Dann setzte er fort: »Das wird Euch nicht gefallen, Aran.«

Aran las in des Hexenmeisters Gesicht, siebzigjährig, erschöpft und voller Mitgefühl. »Weiter«, sagte er.

»Das Rad ist ein neues Phänomen. Selbst die toten Zonen sind noch nicht sehr alt. Die Situation hat es bisher noch nicht gegeben, das ist alles. Man nimmt selbstverständlich an, Werwölfe seien Menschen, die sich in Wölfe verwandeln können.

Es scheint völlig klar. Ihr könnt Euch nur bei Mondlicht verwandeln. Ihr behaltet Eure menschliche Intelligenz. Aber es hat bisher noch nie einen Beweis dafür gegeben, weder in der einen Richtung noch in der anderen. Bis jetzt.«

»Das heißt, ich bin ein Wolf.«

»Ohne Magie seid Ihr ein Wolf«, stimmte der Magier zu.

»Spielt das eine Rolle? Ich habe die meiste Zeit meines Lebens als Mensch gelebt«, sagte Aran leise. »Was macht es für einen Unterschied . . . Oh. Oh, ja.«

»Es wäre ganz gleich, wenn Ihr keine Kinder hättet.«

»Acht. Und sie werden Kinder haben. Und eines Tages wird das *Mana* von der Erde verschwunden sein. Was dann, Hexenmeister?«

»Ihr wißt es.«

»Sie werden wilde Tiere sein in alle Ewigkeit.«

»Und niemand kann daran etwas ändern.«

»O doch! Ich werde dafür sorgen, daß nie wieder ein Magier seinen Fuß nach Rynildissen setzt!« Aran, auf dem Gipfel des Schneckengehäuses, richtete sich auf.

»Hört Ihr, Hexenmeister? Euresgleichen werden ausgesperrt. Wir bewahren das *Mana* für die Wassermenschen und die Drachen!«

Vielleicht ist es ihm gelungen. Vierzehntausend Jahre später erzählt man sich noch immer Geschichten von Werwölfen, wo Rynildissen einst gestanden hat. Zauberer indes gibt es dort mit Gewißheit nicht.

Eine Botschaft von Charity

William M. Lee

Der verstorbene William Lee veröffentlichte nur ein paar Geschichten in den Science-fiction-Magazinen, die meisten im *Magazine of Fantasy and Science Fiction.* Neben der folgenden Erzählung sind auch »Sea Home« (*F&SF,* Juni 1968) und »Trouble on Kort« (*F&SF,* April 1969) beide sehr lesenswert.

Jener Sommer des Jahres 1700 war der heißeste in der Erinnerung selbst der ältesten Bewohner. Da das Jahr das erste eines neuen Jahrhunderts war, glaubten einige, daß die Ereignisse damit zu tun hätten und daß für ganze hundert Jahre Bay Colony so trocken und heiß sein werde wie Indien.

Eine schwere Krankheit suchte Annes Towne heim, und fast zwei Dutzend waren gestorben, als endlich im September die Hitzewelle abbrach. Zum großen Teil waren es alte Leute gewesen, die ihr erlegen waren, aber auch einige der jungen waren krank; Charity Payne war unter ihnen.

Charity war im Frühjahr elf Jahre alt geworden und hatte noch das Aussehen und die Denkungsart eines Kindes, doch sie war groß und kräftig und gebräunt von der Sonne Neuenglands, denn sie half ihrem Vater in den Feldern und bemühte sich, den Vorgarten und den Gemüsegarten in Ordnung zu halten.

Während der Wochen, als sie bettlägrig war und von schwerem Fieber geschüttelt wurde, kamen Thomas Carter und seine Frau Beulah, als gute Nachbarn, und halfen ihrem Vater, denn ihre Mutter war bei ihrer Geburt gestorben, und der alte Obie Payne schaffte nicht alles allein.

Charity lag auf einem Bett aus Stroh und war mit einer strohgefüllten Decke zugedeckt, die ihr Vater, der unbedingt etwas für sie tun wollte und außer kurzen, innigen Gebeten, nicht viel ausrichten konnte, neu mit frischem Stroh füllte, wenn immer Beulah dies erlaubte. Ein paar Meilen den *Harmon Brook* hinunter war ein mächtiger Bieberdamm, wo die Leute aus Annes Towne im Winter Eis schlagen gingen, das sie dann unter dichten Schichten von Borke und Holzspänen lagerten. Es war in diesem besonders heißen Sommer sehr schnell weniger geworden, und viel war nicht mehr übrig, doch jene Familien, die von der Krankheit betroffen waren, durften davon nehmen, um die Patienten zu versorgen. So hatte Charity, wenn das Fieber besonders schlimm wurde, in ein Wolltuch gewickelte Eisstückchen auf ihrer Stirn liegen.

William Trowbridge, der in Philadelphia den Arztberuf erlernt hatte, kümmerte sich um das Mädchen und bezeichnete ihre Krankheit als eine Art Sommercholera, ein Leiden, das seine Opfer den ganzen Bachlauf hinauf und hinunter forderte. Trowbridge wurde nur mäßig geschätzt in Annes Towne, und es hieß, er sei besser als Geburtshelfer für Schafe und Pferde als in der Behandlung menschlicher Krankheiten. Er war ein barscher Verstandesmensch, der seine Meinung kundtat und dann davonging, ohne abzuwarten, was die anderen dachten, geschweige denn, widerlegt zu werden. Es war nicht leicht, mit ihm auszukommen.

Er verschrieb Charity eine Diät aus Fleischbrühe mit Graupen und einen Tee, der sehr unangenehm schmeckte und aus geriebener Weidenrinde gebraut wurde. Darüber hinaus mußte ihr gesamtes Trinkwasser abgekocht werden. Da man sonst nirgendwo Rat einholen konnte, befolgte man den seinen, und schließlich wurde Charity wieder gesund.

Während der fünf Tage, als ihr Fieber am höchsten war, begannen die seltsamen Träume. Es waren nicht eigentlich Träume, denn sie war wach, wenn auch nicht immer bei Sinnen, erkannte ihren Vater manchmal, und manchmal erschien er ihr als ein hagerer, furchterregender Fremder. Als es ihr besser ging – sie war noch immer schwach, doch voll bei Sinnen –, versuchte sie, ihren Besuchern von den Träumen zu erzählen.

»Da war jemand, der sprach in einem fort«, erinnerte sie sich. »Ein Mann oder vielleicht ein Jüngling. Er sprach nicht mit mir, aber ich konnte hören, was er sagte. Aber es war eine seltsame Sprache, ein Brei aus des Königs Englisch und anderen Wörtern, die gar keinen Sinn hatten. Und neben dem Reden sah ich lauter Dinge, die mir Angst machten.«

»Nun, nun, denk einfach nicht mehr dran«, tröstete sie die Nachbarsfrau Beulah.

»Aber ich möcht' dran denken und davon reden, weil ich mich nich' mehr fürcht'. Ich sah so Sachen in Stückchen und Teilen, als würd' man sie bei 'nem Blitz sehen.«

»Dann red, wenn dir danach ist. Es ist nichts Unfrommes an deinen Einbildungen. Erzähl mir noch mal von den Kutschen, die daherfuhren ohne ein Pferd.«

Annes Towne überstand die Revolution und den Krieg von 1812, und es schien, als würde es eine größere, wenn nicht sogar eine bedeutende Gemeinde werden. Doch als die Landwirtschaft weniger abwarf und die letzten Wälder abgeholzt waren, verschwand auch Annes Towne, schrumpfte von etwa vierzig auf eine Handvoll Häuser, bis schließlich niemand mehr übrig blieb, und die Gebäude verfielen, wurden eins mit der Landschaft, hundert Jahre, bevor das Städtchen zu einem historisch interessanten Ort hätte erklärt werden können.

Mit der Zeit wurden aus Pfaden und Wegen gepflasterte Straßen, die den schwarzen Teermeandern wichen, die ihrerseits von endlosen Betonbändern abgelöst wurden. Das Gelände mit dem Namen ›Annes Towne‹ war eine Straßenkreuzung und wurde von Gestrüpp und schnellwüchsigen Bäumen gerodet, und über Nacht entstand ein Supermarkt. Die Hügel Neuenglands waren jetzt von Einzelgehöften und Landhäusern übersät.

Vierzig Jahre lang war der *Harmond Brook* von einer Textilfärberei vergiftet und verpestet worden. Die wachsenden Arbeitslöhne hatten schließlich die kleine Firma bankrott gehen lassen, und dadurch sowie durch die immer strenger werdende Gesetzgebung hatte das Flüßchen sich wieder regeneriert, so daß inzwischen an seinen Ufern einige protzige Villen sowie der Golfplatz des Anniston Country Clubs entstanden waren.

Nichts schien darauf hinzudeuten, daß der Harmon mit seinen Wasserpflanzen, Ochsenfröschen und einigen Fischarten für die begrenzte Typhusepedemie, die in dem trockenen, heißen Sommer 1965 die Gegend heimsuchte, verantwortlich zu machen sei. Zudem diente er niemandem als Trinkwasser. Zum großen Verdruß des örtlichen Molkereibesitzers, der vollkommen unschuldig war, wurde der Fluß als Ursache längere Zeit nicht erkannt, da die schuldigen Organismen nicht zu der typischen Art der *Salmonella Typhosa* gehörten. Doch am Ende fanden sie dann in der »American Type Culture Collection« unter einer neuen Nummer ihren Platz.

Der junge Peter Wood, dessen Heim in einem der hübsch am Flußufer gelegenen Häuser war, gehörte zu den am schlimmsten von der Krankheit betroffenen Fällen, zum Teil, weil er der erste war, zum Teil, weil seine Symptome über längere Zeit nicht bemerkt worden waren. Peter war sechzehn und sehr verschlossen, sowohl Fremden als auch Eltern gegenüber. Die Eltern lehrten in Harvard beziehungsweise in Wellesley. Sie waren intelligente und wohlmeinende Eltern, wenn auch manchmal etwas unbekümmert, und wie viele ihrer Freunde erzogen sie ihren Sohn als einen Miniaturerwachsenen. Er spielte Golf und Tennis, und sein literarischer Geschmack reichte von Camus über Al Capp bis zur Science Fiction. In den unteren Schulklassen hatte man ihn vorsichtig gebremst, damit er bei seinem Eintritt ins College nicht mehr als ein- oder zwei Jahre jünger war als üblich. Er hatte eine angemessene Zahl von Freunden, mit denen ihn gewisse Gemeinsamkeiten verbanden. Er hatte seine Führerscheinprüfung kurz nach seinem sechzehnten Geburtstag bestanden und war ein so umsichtiger Fahrer, daß er fast unbeschränkt über den Zweitwagen verfügen durfte.

Peter Wood gehörte also nicht zu der Art von Jungen, die bei ihren Eltern über Kopfschmerzen oder über leichte Schwindelanfälle und andere Symptome klagen. Als die Beschwerden nach achtundvierzig Stunden nicht nachgelassen hatten, machte er statt dessen auf eigene Initiative einen Besuch bei dem Hausarzt der Familie. Im Wartezimmer verschlimmerte sich sein Zustand plötzlich, so daß er im Sprechzimmer des Doktors auf eine Liege gebettet werden mußte, bevor Dr. Maxwell frei war, um ihn nach Hause zu fahren. Der Arzt zog Typhus nicht ernsthaft in Betracht, obwohl es unter den weniger wahrscheinlichen Diagnosen in Frage kam.

Peters Fieber stieg in jener Nacht von 39,5 auf über 40 Grad. In der Nacht konnte man keine Krankenschwester finden, und seine Eltern wechselten sich an seinem Bett ab. Es gab keinen Grund zur Beunruhigung, denn der Patient stand unter Breitbandantibiotika. Aber er schlief nur wenig, unterbrochen von wachen Wahnzuständen. Er schlug aufs

Laken, wälzte sich im Bett herum und murmelte oder redete zwischendurch. Manches war verständlich.

»Da ist ein Wald«, sagte er.

»Was?« fragte sein Vater.

»Auf der anderen Seite des Flusses ist ein Wald.«

»Ach!«

»Kannst du ihn auch sehen?«

»Nein, Peter, ich sitze hier drinnen neben dir. Mach dir nichts draus.«

»Ein paar Rehe kommen ans Ufer zum Trinken, gleich hinter der Wellerschen Weide.«

»Ach, wirklich?«

»Im letzten Jahr hat ein Berglöwe zwei von ihnen getötet, direkt an der Tränke. Regnet es?«

»Nein, leider nicht. Wir könnten ein paar Tropfen gebrauchen.«

»Es regnet. Ich kann es auf dem Dach hören.« Eine Pause. »Es tropft im Kamin herunter.«

Peter wandte sich um und sah seinen Vater, für einen Moment klar, an.

»Wie lange ist es her, daß auf dem anderen Flußufer ein Wald gestanden hat?«

Dr. Wood dachte über die Schwierigkeit nach, präzise Fragen präzise zu beantworten, und über seinen Mangel an historischem Wissen.

»Muß schon lange her sein. Ich denke, daß dieses Tal seit der Kolonialzeit Farmland gewesen ist.«

»Komisch«, sagte Peter, »wenn ich die Augen schließe, sehe ich einen Wald. Richtig mächtige Bäume. Auf unserer Seite des Flusses ist eine Art Garten mit einem Apfelbaum, und ein Pfad führt zum Ufer.«

»Das klingt hübsch.«

»Hm.«

»Warum versuchst du nicht, ein bißchen zu schlafen?«

»Okay.«

Die Antibiotika wirkten nicht so schnell wie erwartet, und Peter war mehrere Tage lang schwer krank. Doch auch nachdem die Diagnose eindeutig gestellt war, sah man keinen Grund, ihn ins Krankenhaus zu bringen. Eine erfahrene Krankenschwester kam schon nach der ersten Nacht ins Haus, und mit Tranquilizern und Sedativa reduzierte sich ihre Aufgabe auf das Überwachen des Jungen. Er war so schläfrig, daß er kaum mit ihr sprach. In der vierten Nacht, der letzten, in der er noch hohes Fieber hatte, fragte er sie: »Waren Sie je ein junges Mädchen?«

»Na, ich danke«, lachte sie, »so alt bin ich zum Glück noch nicht.«

»Ich meine, haben Sie je in einem jungen Mädchen dringesteckt?«

»Ich glaube, es ist besser, wenn du weiterschläfst, junger Mann.«

Danach sagte er keine merkwürdigen Sachen mehr, jedenfalls nicht, solange jemand in Hörweite war. Während seiner Rekonvaleszenz, zunächst noch im Bett und später dann auf der Veranda in einem Liegestuhl mit dem Blick auf den Harmon Brook, begann er, vor sich hin zu flüstern. Er bewegte seine Lippen kaum dabei, aber er sprach jedes Wort aus, oder er formulierte wenigstens jeden Gedanken sehr genau in sorgfältig gewählten Worten und Sätzen in seinem Sinn.

Die Vorstellung, daß er in mentaler Kommunikation mit jemandem stehen könnte, erschreckte ihn nicht. Er steckte tief in der Tradition der Science-fiction, deren Helden so oft telepathische Fähigkeiten besitzen, so daß ihm dies jetzt als ein lange herbeigesehntes Ereignis erschien. Viele Nächte hatte er wach gelegen und Suchgedanken (wie er hoffte) ausgesandt, immer und immer wieder hatte er versucht, den Trick herauszufinden – einen solchen mußte es doch geben –, mit dem man einen geistigen Kontakt herstellen konnte.

Nun, da der Kontakt hergestellt war, versuchte er, genauso vergeblich, es sich zu beweisen. Woher sollte er wissen, ob er nicht träumte? Oder noch halluzinierte?

Die Schwierigkeit lag darin, daß seine Kommunikation mit Charity Payne nur und ausschließlich mental stattfinden konnte. Wenn es irgendeine Möglichkeit gegeben hätte, das Mädchen per Post oder Telefon zu erreichen oder sie sogar zu treffen, hätten ihre Botschaften geprüft werden können.

Während ihrer jeweiligen Krankheitsphasen erreichten Peter und Charity eine Art von Verbindung, in der jeder durch die Augen des anderen kurz Bilder aus dessen Umgbung sehen konnte. Während Peter an eine glatte Zimmerdecke starrte, sah Charity über sich grob behauene Balken. Wenn sein schmerzender Kopf es erlaubte, konnte er sich zur Seite drehen und den Fernseher einschalten, während sie, wenn sie sich umdrehte, auf ein kleines, rauchendes Feuer in einem riesigen, steinernen Kamin blickte, über dem ihre Graupensuppe dampfte.

Neben diesen geläufigen, das heißt für jeden jeweils geläufigen Bildern, sahen sie auch gespeicherte Erinnerungen des anderen, nicht perfekt, denn beiden waren sie keine eigentlichen Augenmenschen, sondern eher wie durch eine ungleichmäßig geschliffene Linse, wo nur das interessierende Detail scharf zu erkennen war.

Charity sah die für sie erschreckenden Bilder ohne jede Basis für ein Verstehen, zum Beispiel eine zweispurige Autobahn, auf der nur Autos und Lastwagen vorbeirasten, ohne das eine Menschenseele zu sehen war; einen Tennisplatz (was das wohl sein mochte!), ein Flugzeug, das über den Himmel flog; ein vielstöckiges Haus aus Glas und Stahl . . .

Zu Anfang war sie so verängstigt, daß sie meinte, den Verstand zu verlieren. Träumen ist ja ganz gut und schön, und ein Alptraum setzt sich aus vertrauten Details zusammen. Man konnte von einem Drachen verfolgt werden wie der auf dem Bild vom Heiligen Georg, oder sich in einer Höhle verirren wie in jener am Parishberg, nur größer und dunkler.

Aber von Dingen zu träumen, die keinen Sinn haben, ist unerträglich viel schlimmer.

Zum Glück begriff Peter sehr schnell, welche Wirkung ihre Kommunikation auf Charity haben mußte, wenn sie in beiden Richtungen funktionierte. Die Ausschnitte aus Charitys Alltag, die er sah, waren für ihn in keiner Weise beunruhigend. Alles, was er durch sie wahrnahm, lag im Bereich der ihm bekannten Dinge. Pferde und Vieh, Felder und Wald, gefurchte Wege und schmale Holzbrücken waren Dinge, die er kannte, auch wenn er nicht damit lebte. Er erkannte den Harmon Brook, weil direkt unterhalb seines Elternhauses ein gewaltiger Granitbrocken mitten im Fluß die Strömung teilte. Er sah aus wie ein bärenartiges Tier, das sich zum Trinken niederbeugt. Es war erstaunlich, daß der Fluß im Laufe der Jahrhunderte weder seine Form geändert noch den Felsen verändert hatte. Aber er war so, und er sah ihn durch Charitys Augen und erkannte ihn, trotz des Waldes am anderen Ufer.

Als er dieses zum Teil vertraute und zum Teil fremde Bild zum ersten Mal sah, hörte er gleichzeitig irgendwo in seinem Bewußtsein den Angstschrei eines kleinen Mädchens. Sein Bewußtsein war zu dem Zeitpunkt durch das hohe Fieber noch getrübt und verwirrt. Erst zwei Tage später, nachdem er für mehrere Stunden eine normale Temperatur gehabt hatte, wurde ihm mit plötzlicher Überzeugung klar, daß diese ländlichen Szenen, die er geträumt hatte, in Wirklichkeit etwas waren, das er mit den Augen eines anderen Menschen gesehen hatte. Es gab feine Unterschiede in der Wahrnehmung jener empfangenen Bilder im Vergleich zu seinen eigenen.

Zu seiner Mutter, die an einem Tisch in der Nähe des Fensters etwas schrieb, sagte er:

»Ich glaube, mir geht es besser. Wie wäre es mit etwas Orangensaft?«

Sie überlegte und meinte dann: »Der Doktor wird in etwa einer Stunde hier sein. Bis dahin kannst du vielleicht mit einem Glas Eiswasser auskommen. Ich hol's dir. Und, langsam trinken! Denk daran!«

Zweihundertundfünfundsechzig Jahre entfernt dachte Charity Payne plötzlich: »Wie wäre es mit etwas Orangensaft?« Sie hatte im Halbschlaf gelegen, aber jetzt riß sie die Augen weit auf. »Barmherzigkeit«, sagte sie laut.

Die Nachbarsfrau Beulah beugte sich über ihr Bett.

»Was ist denn, Kind?«

»Wie wäre es mit etwas Orangensaft?« wiederholte Charity.

»Wirres G'schnatter.« Eine kühle Hand legte sich ihr auf die Stirn. »Magst' ein Stück Eis zum Draufbeißen?«

Orangensaft, was immer das sein mochte, war vergessen.

Während der nächsten Tage versuchte Peter wieder und wieder, mit dem fremden Menschen direkt Kontakt aufzunehmen, aber es gelang ihm nicht. Manches von dem, was er zu dritten sagte, kam in Bruchstükken zu ihr hinüber und verwirrte sie noch mehr. Was sie sagte, erreichte ihn immer häufiger. Oft war es nur ein Wort oder ein Satz, der altmodisch klang wie aus einem historischen Roman. Er rätselte oft stundenlang dran herum und versuchte, die Person am anderen Ende ihrer seltsamen Kommunikationsleitung zu erreichen. Das Erkennen des Bärenfelsens, den er ein weiteres Mal durch ihre Augen sah, erregte ihn. Auf Grund seiner Science-fiction-Kenntnisse spekulierte er über das Konzept der Parallelwelten, aber es paßte nicht zu den Erfahrungen, die er machte.

Schließlich war er so weit genesen, daß er, wann immer er es wollte, auf der Terrasse sitzend, den Bärenfelsen anschauen konnte. Dort formte er zum hundertsten Male die Worte »Wer bist du?« und bekam endlich zum ersten Male eine Antwort. Es war ein Schweigen, in dem Schreck mitklang, und das sich grundlegend von dem Nichts unterschied, gegen das er sonst gestoßen war.

»Ich heiße Peter Wood.«

Nach einer langen Pause kam es sanft und schüchtern zurück:

»Ich heiße Charity Payne. Wo bist du? Was passiert mit mir?«

Die nächsten Tage, die er gezwungenermaßen ruhend verbrachte, waren von Nachforschungen und neuen Entdeckungen erfüllt. Peter fand sehr bald heraus, daß sie zwar wahrscheinlich in ihren jeweiligen Welten nur ein paar Meter voneinander getrennt waren, daß aber eine Zeitkluft von mehr als einem Vierteljahrtausend zwischen ihnen lag. Ein Kontakt über eine solche Zeitspanne war noch weniger mit den bekannten Naturgesetzen vereinbar als die Tatsache telepathischer Kommunikation. Peter schwelgte in seiner wachsenden Fähigkeit.

Aber in gewisser Weise war die Situation trostlos. Wie gut sie einander auch kennenlernten, sie würden einander nie begegnen können. Und schon nach wenigen Stunden ihrer Bekanntschaft hatte er für dieses naive Kind eines anderen Zeitalters Achtung und so etwas wie Zuneigung gefaßt.

Sehr bald stellten sie fest, daß gewisse Regeln ihre Kommunikation beherrschten. Sie konnten einander hören, gleich, ob sie Worte aussprachen oder nur in Gedanken formulierten. Bis zu einem gewissen Grade konnten sie mit den Sinnen des anderen wahrnehmen. Die visuelle Übertragung dessen, was der andere gerade sah, wurde immer klarer, während erinnerte Bilder an Klarheit einbüßten. Geschmack und Geruch konnten übermittelt werden, wenn auch nicht eindeutig, so doch mit der erwarteten Reaktion. Tastempfindungen konnten in keiner Weise mitgeteilt werden.

Es gab nicht viel, das Peter Wood von Charity lernen konnte. Die Leute in ihrer näheren Umgebung kannte er sehr bald und mochte sie gern, ganz besonders ihren hageren, wettergegerbten Vater. Ihren Puritanismus konnte Peter respektieren, auch wenn ihn das zugrundeliegende

Dogma eher ungeduldig machte. Zu Anfang konfrontierte er das Mädchen mit der Art gelehrter Agnostik, die in seiner engeren Umgebung herrschte, aber er merkte sehr bald, daß dies sie zutiefst beunruhigte, und er ließ davon ab. Es gab so viele andere Dinge unter den Errungenschaften des Jahres 1965, von denen er ihr berichten und die er ihr zeigen konnte, die sie nicht in Konflikt mit ihrem Glauben und ihrer Überzeugung brachten.

Er entdeckte ihre erstaunliche Fähigkeit zu lesen, wenn auch ihre Lektüre begrenzt war. Sie kannte die Bibel von vorne bis hinten, *Pilgrim's Progress,* verschiedene Traktate und zwei von Shakespeares Stücken. Ein Schulmeister, der ein fähiger und ernsthafter Mann sein mußte, hatte sie ermutigt, alles mehrfach zu lesen, das ihr erlaubt war. Ihr beträchtlicher Wortschatz stammte aus diesen Quellen und entsprach in seinem Umfang dem von Peter. Auch besaß sie ein ungewöhnliches Auffassungsvermögen, das es ihr ermöglichte, Peters Sprechweise zu verstehen.

Sie lernte den Geschmack von Bananen und Frankfurter Würstchen kennen, von Schokoladeneis und Coca Cola, und wurde so süchtig darauf, daß Peter die Pfunde, die er durch seine Krankheit verloren hatte, schnell wieder hatte. Eines Tages wollte sie wissen, wie er aussah.

»Nun, ich habe dir gesagt, daß ich sechzehn bin und ziemlich dünn.«

»Nennst du einen Spiegel dein eigen?« fragte sie.

»Ja, natürlich.«

Auf ihr Drängen und mit einiger Verlegenheit ging er in das Schlafzimmer seiner Mutter und stellte sich vor den großen Spiegel.

»Fürwahr«, meinte sie nach einer Pause, »Du besitzest Anmut. Aber die Menschen haben sich gewandelt.«

»Nun laß mich dich anschauen«, bat er.

»Das geht nicht, wir haben keinen Spiegel.«

»Dann geh zum Bach. Unter dem Felsen gibt es eine ruhige Stelle, wo das Wasser dunkel ist.«

Er war hingerissen von ihrer Erscheinung, denn er erinnerte sich an die unerfreulichen Darstellungen von Hogarth aus einer nur wenig späteren Epoche, und hatte sich auf eine Enttäuschung vorbereitet. Sie war tatsächlich viel hübscher nach Peters Vorstellungen als nach denen ihrer eigenen Zeit, die mehr Rundungen und kleinere Münder bevorzugte. Er erklärte, daß sie eine Schönheit sei, und ihre vorsichtige Zuneigung zu ihm wurde auf der Stelle zu wahrer Hingabe.

Zuvor hatte Peter hier und da Anblicke ihres muskulösen, schlanken, geschmeidigen Körpers erhaschen können, aber seit sie sich von Angesicht zu Angesicht gesehen hatten, überkam sie beide Verlegenheit und Scham, so daß sie, wenn sie nicht vollständig angezogen waren, betont in eine kahle Zimmerecke starrten.

Eine Zeitlang hielt Charity Peter für einen ausgemachten Lügner.

Anblick und Geräusch von Flugzeugen im Himmel reichten nicht aus, sie zu überzeugen, daß man fliegen konnte. Also überredete er seinen Vater, ihn auf eine berufliche Reise nach Washington mitzunehmen. Nachdem sie sich von den Wundern einer Flugreise erholt hatte, machte er einen Rundgang um das Capitol. Von da an glaubte sie ihm alles, sogar, daß die amerikanische Revolution ein Erfolg gewesen war. Er aß mit seinem Vater in einem teuren französischen Restaurant zu mittag und sie erlebte indirekt den Genuß einer halben Flasche Wein und eines *Eclair au Chocolat*. Charity war auf dem Wege, ein verwöhntes Mädchen zu werden.

Genesen und nur wenige Tage, bevor er wieder zur Schule mußte, beschloß Peter, das Tennisspiel wieder aufzunehmen. Beim Lesen oder wenn er nichts Besonderes tat, war er sich der Präsenz von Charity und ihrer direkten Umgebung immer vage bewußt, und wenn er seine Aufmerksamkeit darauf konzentrierte, konnte er sie immer in den Brennpunkt seines Bewußtseins holen. Durch Tennis wurde sie völlig daraus verdrängt, und während ein bis zwei Stunden am Tag war er nicht gewahr, was sie tat.

Wäre er ein paar Jahre älter und etwas erfahrener gewesen, hätte er wahrscheinlich erkannt, in welche Gefahr er sie brachte. Böser Wille existierte in Geschichten, und auch in den Nachrichten gab es Ereignisse, über die man lieber nicht nachdachte, aber in seiner direkten Umgebung hatte man keine schlechten Absichten und reagierte mit intelligenter Vernunft. Unbewußt erwartete er dies generell.

Einen ersten Hinweis auf mögliche Folgen bekam er, als er vom Tennis heimging.

»Ursula Miller sagte heute etwas Dummes zu mir.«

»Ach?« Sein Interesse war nicht wirklich echt, denn der Dorfklatsch war das einzige, von dem sie berichten konnte.

»Gestern sagte sie, es sei eine Unwahrheit über die dreizehn Staaten. Heute beschuldigte sie mich als vom Teufel besessen. Und Ursula war meine beste Freundin.«

»Ich hatte dich gewarnt, daß die Leute dir nicht glauben würden und dich auslachen könnten«, sagte er. Dann plötzlich dämmerte ihm die Situation. »Großer Gott, Charity!«

»Bitte, Peter, du sollst den Namen deines Schöpfers nicht mißbrauchen.«

»Tut mir leid, ich will versuchen, daran zu denken. Hör zu, Charity, wie vielen Leuten hast du von uns . . . davon erzählt, was uns passiert?«

»Wie ich dir gesagt: zuerst Vater und Tante Beulah. Sie glaubten, ich sei noch vom Fieber verwirrt.«

»Und Ursula.«

»Wohl, doch sie gelobte, das Geheimnis zu wahren.«

»Meinst du, sie wird Wort halten, wo sie jetzt angefangen hat, dich zu beschimpfen?« Es herrschte eine lange Pause.

»Ich fürchte, sie möchte es dem Jungen erzählt haben, der ihr Gesellschaft leistet.«

»Ich hätte dich warnen sollen. Verdammt, ich hätte es ganz klar machen müssen!«

»Peter!«

»Tut mir leid, Charity. Erzähl keinem mehr ein Sterbenswörtchen! Und sag Ursula, daß du gesponnen hast, daß du ihr Geschichten erzählt hast, um sie zu amüsieren.«

»Es wäre nicht recht.«

»Na und? Charity, hab keine Angst, aber hör zu. Die Leute könnten meinen, du seist eine Hexe.«

»Oh, das können sie nicht.«

»Warum nicht?«

»Weil ich keine Hexe bin. Hexen sind . . . oh, nein, Peter . . .«

Er bemerkte ihre wachsende Unruhe.

»Lauf und erzähl der Ursula, es war 'n Haufen Lügen. Jetzt gleich!«

»Ich muß die Kuh melken.«

»Geh jetzt sofort.«

»Nicht doch, die Kuh muß gemolken werden.«

»Dann melk sie so schnell, wie sie noch nie gemolken worden ist.«

Am Sonntag warfen drei kleine Jungen Steine nach Charity, als sie mit ihrem Vater aus der Kirche kam. Obadiah Payne schnappte einen von ihnen und verabreichte ihm eine Tracht Prügel und hätte sich, wenn der Pastor nicht dazwischen gekommen wäre, mit dem Vater des Jungen prügeln müssen.

Am folgenden Mittwoch geschah es. Zwei Männer mit zusammengekniffenen Mündern näherten sich Obadiah auf dem Feld.

»Squire wünscht deine Tochter Charity zu sehen.«

»Squire?«

»Jawohl. Squire Hacker. Er wünscht sie sofort zu sprechen.«

»Squire kann zu mir sprechen, wenn er einen Tadel gegen sie hat. Was wirft er ihr vor?«

»Hexerei, das ist es«, sagte der zweite Mann und klang, als genieße er es, die schlechte Nachricht zu überbringen. »Crofts Mutterschaf gebahr ein Monsterlamm mit spitzem Kopf und einem dritten Auge.« Er bekreuzigte sich.

»Allmächtiger!«

»Es wird dir nichts helfen, unseren Herrgott zu lästern, Obadiah, sie soll mit uns kommen.«

»Das werde ich nicht zulassen; Charity ist keine Hexe; wie ihr sehr gut wißt, und ich lasse sie nicht mit Squire sprechen. Ihr kennt des Squire unzüchtige Weisen.«

»Dieses ist nicht der Kern der Angelegenheit. Hexerei ist im Spiel, und alle sagen, es ist deine Charity an der Wurzel des Übels.«

»Wir werden nicht kommen.«

Zunächst der erste und dann auch der andere holten je einen stattlichen Knüttel hinter dem Rücken hervor.

»Wir haben unseren guten Willen bewiesen, indem wir zuerst mit dir sprachen. Doch nun komm und weise deine Tochter an, tapfer mit uns zu gehen. Oder wir ziehen dir eins über, und du kannst die Nacht im Verlies verbringen.«

Sie ließen Obie Payne auf der Schwelle seines Hauses stehen, wo er, sein gebrochenes Handgelenk haltend, mit benommener Bestürzung hinter ihnen her starrte, während die beiden Männer Charity abführten, ohne sie zu berühren, sondern in vorsichtiger Entfernung neben ihr her zu Squire Hackers großem Haus auf dem Hügel gingen. Im Dorf sahen kleine Gruppen von Leuten hinter ihnen her, doch obwohl einige von ihnen gute Freunde von ihr gewesen waren, hatte keiner den Mut, ein freundliches, ermunterndes Wort an sie zu richten.

Peter war den ganzen Weg dabei, fühlte sich verantwortlich für ihre mißliche Lage und konnte nichts für sie tun. Er saß allein mit geschlossenen Augen im Wohnzimmer, um ihre Umgebung so klar wie möglich wahrnehmen zu können. Sie reagierte nicht auf seine Ermutigungen, hörte ihn vielleicht nicht einmal.

An der Tür blieben ihre Wächter zurück und ließen sie allein mit dem grimmig aussehenden Großgrundbesitzer. Dieser ging Schritt für Schritt rückwärts, und sie folgte ihm wie hypnotisiert in den dämmrigen Raum.

Der Mann ließ sich auf einem großen Sessel nieder. »Sieh mich an!« Widerwillig hob sie den Kopf und starrte ihm ins Gesicht.

Squire Hacker war mittelgroß, breitschultrig und muskulös. Sein Gesicht war von tiefen Pockennarben und einem Messerhieb quer über die Wange entstellt, Souvenirs aus früheren Jahren auf den Karibischen Inseln. Von dort hatte er auch einen gewissen Reichtum mitgebracht, den er inzwischen vervielfacht hatte, indem er Land kaufte, das er dann gegen einen Anteil der Ernte verpachtete, und indem er Geld verlieh.

»Charity Payne«, sagte er streng, »lege dein Kleid ab.«

»Nein, oh, bitte, nein!«

»Ich befehle es. Zieh deine Kleider aus. Ich muß dich nach Hexenzeichen untersuchen.«

Er lehnte sich vor, packte sie am Arm und zerrte sie zu sich. »Wenn du einen öffentlichen Prozeß vermeiden möchtest und eine Verurteilung, dann tust du, was ich sage.« Seine Hände begannen, ihren Körper abzutasten.

Selbst verglichen mit dem, was zu ihrer Zeit üblich war, verbrachte Charity viel Zeit mit körperlicher, extrem harter Arbeit und verfügte über Kräfte, die manch jungem Mann zur Ehre gereicht hätten. Squire Hacker hätte vorsichtiger sein müssen.

»Nicht!« schrie sie, riß sich los und schlug ihm mit aller Kraft auf die Nase. Er ließ von ihr ab, und während er sich Tränen und Blut mit seinem verknitterten Ärmel vom Gesicht wischte und wütend fluchte, stob sie durch die Tür hinaus. Fast hätten die Wächter sie erwischt, aber danach war sie zu schnell, um eingeholt zu werden. Erstaunlicherweise nahm keiner der Dorfleute die Verfolgung auf.

Sie war schon auf halbem Wege nach Hause, bevor Peter ihre Aufmerksamkeit gewinnen konnte.

»Charity«, drängte er, »Charity, du darfst nicht nach Hause gehen. Wenn dieser Saukerl von Squire irgendeinen Einfluß auf das Gericht hat, bist du jetzt ganz schön in der Klemme!«

Sie begann wieder zu denken und konnte Peters seltsame Sprache sogar übersetzen.

»Einfluß!« keuchte sie. »Freilich! Er *ist* das Gericht. Er ist der Richter.«

»Mist!«

»Ich weiß wohl, daß man mich besser nicht daheim finden möchte. Ich überlege, wo ich mich verbergen kann. Vielleicht hätte man mir die Wasserprobe gemacht, aber nun werden sie mich sicherlich verbrennen. Ich weiß sehr wohl, was die Leute über die letzten Hexenprozesse erzählten.«

»Könntest du den Weg nach Boston schaffen und dann vielleicht bis nach New York . . . New Amsterdam?«

»Und meine Heimat für immer verlassen? Nein. Und ich wagte die Reise nicht.«

»Dann geh in die Wälder. Wo könntest du hingehen?«

»In die . . .? Oh. In die Höhle vielleicht.«

»Wissen nicht zu viele Leute davon?«

»Wohl. Doch es ist dort eine andere, über den Fluß und jenseits von Tom Carters Freilehen. Mich dünkt, keiner kennt sie außer mir. Wir müssen den Fluß gleich dort drüben durchwaten, dann über den umgestürzten Baum gehen. Dort ist ein Pfad, der bei Sonnenuntergang von Rehen genutzt wird.«

»Hast du an Hunde gedacht?«

»Gewiß, doch nicht vor morgen. Sie haben keine gute Meute in Annes Towne.«

»Du lebst in einem rauhen Zeitalter, Charity!«

»Wohl«, seufzte sie, »Es ist von Glück, daß wir die Bombe noch nicht erfunden haben.«

»Verdammt«, sagte Peter. »Ich wünschte, wir wären uns nie begegnet. Ich wünschte, ich hätte dich nie mit auf die Flugreise genommen. Ich wünschte, ich hätte dich gewarnt, niemandem etwas zu erzählen.«

»Du konntest mitnichten erraten, daß ich so töricht sein würde.«

»Wie wirst du da draußen ohne Nahrung zurechtkommen?«

»Lieber sterbe ich des Hungers als auf dem Scheiterhaufen, aber es findet sich Nahrung im Walde, mancherlei Wurzeln und Pilze und Herbstbeeren. Drei Tage werde ich mich verborgen halten, und dann werde ich, denke ich, nächtens zu meinem Vater schleichen und tun, wie er mir sagt.«

Als sie in die Höhle gekrochen war, die zwar wirklich winzig, aber gut versteckt hinter einem Gestrüpp von jungem Sassafras lag, sagte sie: »Nun können wir nachdenken. Zum Beginnen möchte ich eine Antwort aus deinem überlegenen Wissen: Kann jemand wahrlich eine Hexe sein, ohne Kenntnis davon zu besitzen?«

»Sei nicht albern. Hexen gibt es nicht.«

»Ei freilich, dies ist für die Gelehrten zu diskutieren. Doch in meinem Herzen fühle ich, daß ich keine Hexe bin, sollte es solche Kreaturen geben. Jenes Buch, Peter, von dem du mir gesprochen, welches die Geschichte dieser Kolonien berichtet.«

»Ja?«

»Willst du hineinschauen und erfahren, ob ich vor Gericht kam und wie mir geschah?«

»Da wird nicht viel drin stehen, es ist nur ein kleines Heftchen. Aber . . .«

Zur Verwunderung seiner Eltern verbrachte er den nächsten Morgen in der Öffentlichen Bibliothek von Boston. Am Nachmittag verlegte er seine Aktivität in die der Historischen Gesellschaft. Schließlich fand er eine Liste von Frauen, die zwischen 1692 und 1697 wegen Hexerei angeklagt waren. Dennoch konnte er nur hier und da einen Namen finden. Eine Charity Payne wurde nirgends erwähnt, weder 1700 noch später.

Sobald der Lesesaal am nächsten Morgen geöffnet wurde, arbeitete er weiter. Er unterbrach nur hin und wieder, um sich mit Charity zu beraten. Sie freute sich über die Tatsache, daß er nichts finden konnte, denn sie überschätzte die Vollständigkeit der Aufzeichnungen.

Kurz vor Mittag blätterte er durch eine im Lichtdruckverfahren vervielfältigte Dissertation und er stieß auf einen vertrauten Namen.

»Jonas Hacker«, hieß es, »in Liverpool, England, um 1659 geboren, genaues Datum unbekannt, war die Zentralfigur in einer seltsamen Gerichtssache, die jedoch nicht zum anerkannten Präzedenzfall an englischen Gerichtshöfen wurde. Squire Hacker, Einwohner von Annes Towne (heute Anniston), wurde des schweren Diebstahles und Morde angeklagt und verurteilt. Das Verfahren fand mehrere Monate nach seinem natürlichen Tode 1704 statt. Da die Todesstrafe durch Erhängen nicht vollstreckt werden konnte, wurde sein beträchtliches Vermögen der Krone zugesprochen und fortan vom Gouverneur von Bay Colony verwaltet. Wenn auch die Vorgehensweise und die Haltung des

Gerichtshofes fraglich sind, so war doch die Schuld des Jonas Hacker eindeutig erwiesen. Die Einzelheiten waren folgende . . ..«

»He, Charity!« flüsterte Peter.

»Ja?«

»Sieh dir diese Seite an.«

»Bitte, Peter, lies es. Ist es schlimme Kunde?«

»Nein. Gute, glaube ich.« Er las die Abschnitte über Jonas Hacker.

»Oh, Peter, kann dies denn wahr sein?«

»Muß wohl. Kannst du dich an etwas erinnern?«

»Ei, freilich. Ich erinnere mich sehr wohl, daran, daß sie verschollen; der Kapitän und ein gemeiner Matrose des Schiffes. Man sagte von ihnen, sie trügen einen großen Sack voller Gold für ein Geschäft mit dem Squire. Aber es konnte nicht wahr sein, denn sie erreichten niemals sein Haus.«

»Das ist, was Hacker behauptet hat, aber es ist offenbar, daß sie dorthin kamen und niemals wieder fortgingen. So, jetzt hör genau zu, was du tun mußt. Heute nacht gehst du heim.«

»Nichts lieber als das, denn mich dürstet abscheulich.«

»Nein, warte, wie heißt dein Pastor?«

»John Hix.«

»Kannst du heute nacht sein Haus erreichen, ohne gesehen zu werden?«

»Ei, freilich. Es liegt an einer Felsschlucht.«

»Geh dorthin. Er kann dich bis zum Prozeß besser schützen als dein Vater.«

»Ich muß vor Gericht?«

»Natürlich! Wir müssen deinen Namen reinwaschen! Jetzt laß uns einen Plan machen.«

Der Ratssaal konnte nur knapp zwei Dutzend Leute fassen, und das Wetter war freundlich. So wurde beschlossen, den Prozeß auf dem Gemeindeanger abzuhalten, in unangenehmer Nähe der Richtstätte.

Besucher kamen von weit her, bis zu zwanzig Meilen, zu Fuß oder in Karren, und füllten fast den ganzen Anger. Nur Squire Hacker saß auf seinem Sessel. Die anderen standen oder saßen im Gras.

Gerade trat der Squire aus dem Wirtshaus, wo er sich mit Rum gestärkt hatte, und nahm seinen Sitz ein. Er trug einen Brokatumhang und einen breitkrempigen Hut. Er hätte noch eindrucksvoller ausgesehen, wäre seine Nase nicht so dick und rot angeschwollen gewesen.

Die Zuschauer bildeten eine Gasse, durch die Charity, zwischen dem Pastor John Hix und seinem großgewachsenen Sohn zu der Stelle schritt, wo sie zu stehen hatte. Das Stimmengewirr verstummte. Squire Hacker ließ sich nicht herab, die Angeklagte anzusehen, doch sein Blick war kalt und starr auf den Geistlichen gerichtet: Es lag die Warnung darin, daß man ihm den Schutz des Mädchens nicht verzeihen würde. Er räusperte sich.

»Charity Payne, bist du gewillt, auf die Bibel zu schwören?«

»Ja.«

»Nun, wir können dies übergehen. Alle können sehen, daß du voller Furcht bist.«

»Mitnichten«, unterbrach John Hix. »Sie soll die Gelegenheit bekommen, auf die Bibel zu schwören. Anderweis' wäre es nicht nach dem Gesetz.« Er hielt Charity die Bibel hin. Sie legte zwei Finger darauf und sagte: »Ich schwöre, nichts als die lautere Wahrheit zu sagen.«

Squire Hacker blickte finster und verlor keine Zeit mit dem Angriff.

»Charity Payne, du leugnest, daß du eine Hexe bist?«

»So ist es.«

»Du bist eine?«

»Nein, ich leugne es.«

»Was hast du zu dem Monsterlamm zu sagen, das Meister Crofts Schaf zur Welt gebracht hat?«

»Darüber weiß ich nichts.«

»War es Teufelswerk?«

»Ich weiß es nicht.«

»War es dann Gottes Werk?«

»Ich weiß es nicht.«

»Du behauptest also, daß Er so ein Monster erschaffen könnte?«

»Darüber weiß ich nichts.«

»Was dich betrifft, leugnest du, gesagt zu haben, daß diese Kolonie und ihre Nachbarn im Lauf der Zeit Krieg gegen unseren König machen werden?«

»Nein, das leugne ich nicht.«

In der Menge wurde es unruhig, und einige murmelten erbost.

»Hast du Mistress Ursula Miller gesagt, daß du für eine große Reise durch die Luft geflogen bist?«

»Nein.«

»Mistress Ursula wird dir und dieser Lüge widersprechen.«

»Ich habe Ursula erzählt, daß eines Tages Leute auf diese Weise reisen werden. Ich sagte ihr, daß ich solches Reisen mit den Augen, die nicht die meinen sind, gesehen habe.«

Squire Hacker lehnte sich vor. Er konnte keine kompromittierendere Aussage erhofft haben. John Hix senkte den Kopf zum Gebet.

»Fahre fort.«

»Freilich. Ich bin mit einer Art zweiten Gesicht gesegnet.«

»Gesegnet oder verflucht?«

»Gott läßt es zu. So kann es kein Fluch sein.«

»Fahre fort. Welche bösen Dinge siehest du mit diesem zweiten Gesicht?«

»Allermeistens sehe ich die Welt, wie sie einst wird sein. Ihr nanntet es böse. Solche Gesichter sind nicht von mehr oder weniger böse als das, was wir um uns sehen.«

Hacker überlegte. Da war etwas unangenehm Falsches an dem Zeugnis dieses Kindes. Sie hätte vor Furcht zittern sollen, doch tatsächlich schien sie sich ihrer Sache sehr sicher. Er fragte sich, ob sie durch einen seltsamen Umstand wirklich Hilfe von des Teufels Gefolge bekam.

»Charity Payne, du hast bekannt, das zweite Gesicht zu besitzen. Benutzt du diese teuflische Macht, um deine Nachbarn auszuspähen?«

Das war ein entscheidender Moment. Einige der Zuschauer tauschten vielsagende Blicke aus.

»Nein, es ist gewißlich nicht teuflisch, und ich kann hinter das Tun meiner Nachbarn nicht schauen, außer . . .«

»Sprich weiter, Mädchen. Außer was?«

»Einmal sah ich einen überaus heimtückischen Mord.«

»Mord!« Die Stimme des Squires war rauh. Einige in der Menge bekreuzigten sich.

»Wahrlich. Um es genau zu sagen: es waren zwei Morde. Männer, deren Leichen nun ungesegnet in einem dunklen Keller begraben liegen; nicht weit von hier. Zwischen ihnen liegt ein Beutel mit Golddukaten.«

Es dauerte eine Minute, bis der Squire seine Stimme wiedergefunden hatte.

»Ein Keller?« krächzte er.

»Freilich, ein Keller, so einer, wo man Winteräpfel aufbewahret.« Sie hob den Kopf und starrte dem Squire direkt in die Augen, darauf wartend, daß er weiter frage.

Die Stille lastete schwer, während er versuchte, seine Gedanken zu ordnen. Noch war er in Sicherheit, denn ihre Worte beschrieben jeden Keller in und um das Dorf. Aber sie wußte es. Ohne jeden Zweifel, sie wußte es. Ihr Blick, der in die dunkelsten Winkel seiner Gedanken zu dringen schien, sagte ihm dies noch klarer als ihre Worte.

Squire Hacker glaubte an Hexen und hielt sie für übel und für etwas, das man zerstören muß. Er hatte das verkrüppelte Lamm von Meister Croft gesehen und davor gezittert, doch er hatte dergleichen in der Karibik auch schon gesehen, und es schien ihm nicht ein eindeutiger Beweis für Hexerei zu sein. Nicht eine Minute lang hatte er Charity für eine Hexe gehalten, denn sie trug keines der Zeichen. Ihre wilden Reden und die wachsenden Gerüchte waren ihm nur willkommener Anlaß gewesen, ein wenig mit einem hübschen, jungen Mädchen zu spielen und möglicherweise als Preis für ein Niederschlagen der Anklage etwas von ihres Vater Land einstreichen zu können.

Jetzt war er sich seiner Sache nicht sicher. Sie mußte tatsächlich das zweite Gesicht haben, um in sein Geheimnis eingedrungen zu sein, denn es war eine stürmische Nacht gewesen, damals vor fünf Jahren, und niemand hatte die vermißten Seeleute in der Nähe seines Hauses gesehen; dessen war er sicher. Zudem wußte sie entsetzlicherweise, wo und wie sie begraben lagen. Er konnte keine weitere Frage und Antwort riskieren.

Er wandte seinen Kopf nach rechts und nach links und blickte auf die schweigende Menge.

»Charity Payne«, hob er an und wählte seine Worte mit größter Sorgfalt, »hat ihre Hand auf die Bibel gelegt und geschworen, die Wahrheit zu sagen, etwas, das sie, so nehme ich an, nicht wagen würde, wäre sie eine Hexe. Ist jemand anderer Meinung?«

John Hix schaute überrascht und voller Hoffnung auf.

»Nun. Das Lamm bei Meister Croft hatte den Makel von Hexerei, doch Meister Trowbridge hat seine Überzeugung kundgetan, daß gewisse, schädliche Pflanzen auf Meister Crofts Weide wachsen, und dies ist im Bereich des Möglichen. Zudem ist das Mutterschaf alt und hat schon vorher entstellte Lämmer geboren. Um Meister Trowbridge nochmals zu zitieren, so ist er der Meinung, daß die Cholera, die uns so bitter heimgesucht hat, von nichts als dem Trinken unreinen Wassers kommt und er empfiehlt, es abzukochen. Ich persönlich ziehe es vor, noch etwas Rum hinzuzufügen.«

Als Antwort kam das Lachen, das er gesucht hatte. Die Spannung ließ nach.

»Was das zweite Gesicht angeht«, wieder ließ er den Blick über die Menge gleiten, »Charity hatte es für sich beansprucht, und ich hatte es ›teuflisch‹ genannt, um sie auf die Probe zu stellen, doch das zweite Gesicht ist nicht Hexerei, wie ihr alle wißt. Meine eigene Großmutter besaß es, und eine bessere Frau hat nie gelebt. Ich halte es für eine Gabe Gottes. Will mir jemand widersprechen? Nun, ich würde Charity warnen, vorsichtig zu sein mit dem, was sie sieht und erzählt, denn das zweite Gesicht kann schlimmen Streit verursachen. Ich glaube nicht an ihre Geschichte von den beiden ermordeten Männern, obwohl ich der Meinung bin, daß sie aus ihrer eigenen Sicht die Wahrheit spricht. Sollte jemand hier Kenntnis haben von einem solchen elenden Verbrechen, so bitte ich ihn, vorzutreten und zu sprechen.«

Er wartete. »Niemand? Nun, dann erkläre ich mit der Autorität, die mir von seiner Exzellenz dem Gouverneur verliehen worden ist, daß Charity Payne der gegen sie vorgebrachten Anklagen nicht schuldig ist. Sie möge freigelassen werden.«

Dies war nun ganz und gar nicht, was einige von des Squires Vertrauten vorhergesagt hatten. Die Menge hatte eine den ganzen Tag dauernde Inquisition erwartet, die dann die Gefangene auf den Scheiterhaufen gebracht hätte. Des Squires Kehrtwendung und das unvermutete Ende der Verhandlung überraschte die Leute und verärgerte einige. Unschlüssig standen sie herum.

Dann rief jemand »Hurra!« und ein anderer rief »Ein dreifaches Hoch für den Squire!«, und einen Augenblick später hatte die Versammlung ihre Bedrohlichkeit verloren und glich eher einem Ausflug. Die Männer strömten zum Wirtshaus. Pastor Hix sprach ein langes Gebet, dem nur wenige lauschten, und alle wollten Obie Paynes Hand drücken und seine Tochter umarmen.

Mehrmals während des Nachmittags berührte Peter leicht Charitys Bewußtsein und fand sie sorglos und fröhlich mit Besuchern beschäftigt. Er drängte sich nicht auf und wartete, bis sie sich meldete.

Spät in jener Nacht lag sie auf ihrem Lager und starrte in die Dunkelheit.

»Peter«, flüsterte sie.

»Ja, Charity.«

»Oh, ich danke dir nochmals!«

»Nicht der Rede wert! Ich hab' dich doch da reingebracht. Jetzt ist's überstanden. Außerdem hab' ich dir gar nicht wirklich geholfen. Es mußte alles so kommen, wie es kam, denn so ist es passiert, verstehst du?«

»Nein, nicht ganz. Woher wissen wir, daß der Squire die alten Knochen nicht ausgraben geht und verbrennt?«

»Weil er es nicht getan hat. In vier Jahren wird jemand sie finden.«

»Nein, Peter, ich verstehe es nicht, und ich fürchte mich.«

»Warum, Charity?«

»Es kann nicht richtig sein, daß du und ich miteinander sprechen und wissen, was sein wird und was nicht.«

»Aber was ist falsch daran?«

»Ich weiß es nicht, aber ich glaube, es wäre besser, du bliebest in deiner Zeit und ich in meiner. Lebewohl, Peter.«

»Charity!«

»Und Gott behüte dich!«

Plötzlich war sie fort, und in Peters Bewußtsein war eine Leere und das Wissen, allein zu sein. Er hatte nicht gewußt, daß sie ihn so ausschalten konnte.

Im Laufe der folgenden Tage begann er zu zweifeln, und mit der Zeit hätte er die Erlebnisse völlig verdrängt. Aber Charity kam noch einmal. Es war im Oktober. Er war allein und arbeitete ohne großes Interesse.

»Peter.«

»Charity, du bist es!«

»Ja. Nur eine Minute, bitte Peter, nur eine Minute. Aber ich mußte es dir sagen. Ich . . .« Sie wirkte verlegen. »Da ist eine Botschaft.«

»Eine was?«

»Sieh den Bärenfelsen an, Peter, unter dem Kinn auf der linken Seite.« Dann war sie wieder fort.

Das kalte Wasser umspülte seine Beine, als sein Finger die unbeholfen in den Stein gemeißelte Botschaft nachfuhr; die sie hinterlassen hatte; eine Kleine-Mädchen-Botschaft in einem Symbol, weit älter als sie beide.

Die Hexe

A. E. van Vogt

A. E. van Vogt war zusammen mit Isaac Asimov, Robert A. Heinlein und Theodore Sturgeon einer der bedeutenden Autoren des ›Goldenen Zeitalters‹ der Science-fiction – worunter man in etwa die Zeit zwischen 1939 und 1943 versteht. Seine erfindungsreichen und komplexen Romane wie *Slan* (1946; dt. 1967), *The Weapon Makers* (1947; dt. *Die Waffenschmiede von Isher,* 1967), *The Book of Ptah* (1947; dt. *200 Millionen Jahre später,* 1965) und *The World of Ā* (1948; dt. *Die Welt der Null-A,* 1958), die alle zuvor als Fortsetzungen in Magazinen erschienen, waren Glanzlichter der Epoche und hatten einen immensen Einfluß auf die Entwicklung des Genres. Dann jedoch kostete ihn sein langes Engagement für L. Ron Hubbards ›Dianetik‹-Bewegung viele potentiell produktive Jahre, und er erlangte nie seinen früheren Status als Autor zurück. Seine vielen Kurzgeschichten sind gleichermaßen erfindungsreich und brillant und sind in über einem Dutzend Sammlungen zu finden, darunter *The Best of A. E. van Vogt* (1976).

Von dort, wo er saß, halb verborgen hinter dürrem Gestrüpp, betrachtete Marson die alte Frau. Es waren Minuten verstrichen, seit er zu lesen aufgehört hatte. Die Nachmittagshitze lag brütend auf ihm. Selbst hier, wo gleich unter den Klippen das Meer gegen die Felsen schwappte, war die Hitze fast gegenständlich, erdrückte ihn mit ihrer Kraft. Doch vor allem lastete der Brief in seiner Rocktasche, nicht das gleißende Sonnenlicht, auf ihm. Zwei Tage war es jetzt her, seit Marson den Brief erhalten hatte, und er hatte noch nicht den Mut gefunden, nach einer Erklärung zu suchen. Unsicher, unverdächtig, ahnungslos sah er hin. Beobachtete er.

Die alte Frau wärmte sich in der Sonne. Ihr schmaler Kopf, hager und bleich, war im Schlaf zur Seite gesunken. Sie saß und saß, bewegungslos, eine fast formlose Gestalt in ihrem schwarzen sackartigen Kleid. Die Anstrengung des Starrens ermüdete seine Augen; er ließ seinen Blick über den langgestreckten, flachen, von Bäumen geschützten Bau mit der sauberen, weißen Garage wandern, der hier in erhabener Einsamkeit auf dem grünen Hügel thronte und weit über die Stadt blickte. Marson hatte für einen kurzen, wohltuenden Moment das Gefühl von Privatheit, dann sah er wieder zu der alten Frau.

Eine lange Weile starrte er auf die Stelle, wo sie gewesen war. Er war sich einer unbestimmten, intellektuellen Überraschung bewußt, aber er hatte keinen wirklichen Gedanken in Kopf. Nach einiger Zeit dämmerte ihm die Leere, und er dachte: Dreißig Fuß von dort, wo sie gesessen hat bis zum Eingang; sie hätte seinen Blick kreuzen müssen, um dorthin zu gelangen. Eine alte Frau, die in der Lage ist, sagen wir, dreißig Schritte in der Minute zurückzulegen.

Marson erhob sich. Er spürte einen stechenden Schmerz, wo die Sonne seine Schultern verbrannt hatte, doch es ging vorüber. Auch stehend konnte er nicht eine einzige Gestalt auf dem steilen Felspfad ausmachen, und nur das Rauschen des Meeres an den Klippen unterhalb brach die Stille jenes heißen Samstagnachmittag. Wohin war die erbärmliche Alte verschwunden?

Die Haustüre wurde geöffnet, und Joanna kam heraus. Sie rief ihm zu: »Oh, da bist du ja, Craig. Mutter Quigley fragte gerade nach dir.«

Schweigend kam Marson vom Klippenrand herunter. Mit fast peinlicher Genauigkeit überdachte er die Worte seiner Frau, zerlegte sie förmlich in Gedanken und fand sie höchst unpassend. Die alte Frau konnte nicht *gerade* nach ihm gefragt haben, denn die alte Frau war *nicht* durch jene Tür gegangen und hatte darum in den letzten zwanzig Minuten niemanden nach irgend jemandem fragen können.

Schließlich fragte er: »Und wo ist Mutter Quigley jetzt?«

»Drinnen.« Joanna war mit dem Blumenkasten am Fenster neben dem Eingang beschäftigt. »Sie hat in der letzten halben Stunde im Wohnzimmer gestrickt.«

Seine Verwunderung wurde zu heftigem Ärger. Da war verdammt zu viel alte Frau in seinem Bewußtsein, seit vor weniger als achtundvierzig Stunden jener Brief angekommen war. Er holte ihn hervor und starrte auf seinen Namen, der darauf gekritzelt stand.

Es war wirklich nichts Außergewöhnliches, daß dieser unglaubliche Brief ihn erreicht hatte. Nachdem vor ungefähr einem Jahr die alte Frau zu ihnen gekommen war, ein unerwarteter Alptraum, hatte er im Geiste alle möglichen Folgen, die aus ihrer Präsenz in seinem Hause erwachsen könnten, bedacht. Es war ihm der Gedanke gekommen, daß, falls sie in dem kleinen Dorf, in dem sie gelebt hatte, irgendwelche Schulden hinterlassen hätte, er sie besser zahlen würde. Ein junger Mann, dessen Ernennung zum Leiter der technischen Lehranstalt wegen seiner Jugend kritisiert worden war, konnte es sich nicht leisten, daß ihm *irgend etwas* vorgeworfen würde. So hatte er einen Monat zuvor den Brief geschrieben, auf den dies die Antwort war.

Zögernd zog er ihn noch einmal aus dem Umschlag und las die niederschmetternden Worte:

»Lieber Herr Marson,
Da ich der einzige Gläubiger bin, übergab mir der Postmeister Ihren Brief. Ich möchte darauf hinweisen, daß, als Ihre Urgroßmutter im letzten Jahre verstarb, ich sie selbst begraben und in meiner Eigenschaft als Grabsteinmetz einen Grabstein gesetzt habe. Ich tat dies als gottesfürchtiger Mann auf eigene Kosten, doch wenn ein Verwandter existiert, so meine ich, daß dieser die Kosten dafür tragen müßte, die sich auf achtzehn (18) Dollar belaufen. Ich hoffe, von Ihnen zu hören, da ich das Geld im Augenblick dringend benötige.
Pete Cole.«

Marson stand lange Zeit, dann wandte er sich um zu Joanna, die gerade in diesem Augenblick im Haus verschwand. Aufs neue unentschlossen, kletterte er zum Klippenrand und dachte: Die alte Vettel! Welche Frechheit von einer wildfremden, alten Frau, so in die Privatsphäre einzudringen und einen solchen Betrug durchzuspielen!

Bei seiner Position hatte er nur die Wahl, ihr einen Platz in einem Altersheim zu finanzieren, und selbst dies mußte sorgfältig durchdacht werden. Finsteren Blicks schmiegte er sich tiefer in seinen Stuhl dort auf dem Klippenrand und vergrub sich in seine Lektüre. Erst viel später fiel ihm wieder ein, wie die alte Frau von der Wiese verschwunden war. Seltsam, dachte er dann, es war wirklich verdammt seltsam.

Ausdruckslos saß die alte Frau da.

Das Abendessen war vorüber; der uralte Körper war mit dem Verdauungsprozeß völlig ausgelastet. Sie saß da wie tot, ohne eine sichtbare

Bewegung, ohne Gedanken in ihrem Kopf, und selbst der animalische Instinkt, der sie in dieses Haus gebracht hatte, lag wie ein Stein auf dem Grund des finsteren Pfuhls, der ihr Bewußtsein war. Es war, als habe sie schon immer auf diesem Stuhl am Fenster gesessen, von wo aus man weit über das Meer blicken konnte, wie ein lebloses Objekt, wie eine schauerliche Mumie, wie ein Rad, das in seine Position geklickt war und nun unbeweglich schien.

Nach einer Stunde begann ihr Bewußtsein zurückzukehren. Dieser animalische Instinkt, das fremde, unmenschliche, kreatürliche Bewußtsein hinter der pergamentenen, spitznasigen Maske aus menschlichem Fleisch, erwachte wieder zu Leben. Es beobachtete Marson, der am Wohnzimmertisch gedankenvoll über dem Studienplan des nächsten Semesters brütete. Zahnlose Lippen verzogen sich schließlich zu einem verächtlichen Grinsen.

Das Grinsen verschwand, als Joanna leise in den Raum schlüpfte. Halbgeschlossene, gierige Augen schielten plötzlich mit geiler, tierischer Lust auf den graziösen, gesunden Körper. Ein hübscher, hübscher Körper, bald würde sie ihn übernehmen. Während des dreitägigen Neumonds nach der Sommersonnwende . . . in genau neun Tagen . . .

Neun Tage! Das alte Gerippe erschauderte extatisch in animalischer Lust. Nur neun Tage, und ein neuer Zyklus dynamischer Existenz würde beginnen. So ein hübscher Körper auch, fähig zu aufregendem, weltumfassendem Leben! Die Gedanken verblaßten, als Joanna in die Küche zurückging. Ganz langsam drang zum ersten Mal Bewußtsein von der See herüber.

Zufrieden saß die alte Frau da. Bald würde die See keinen Schrecken mehr verbreiten, und die Jalousien würden nicht mehr heruntergelassen und die Fenster geschlossen werden müssen. Sie würde sogar um Mitternacht am Strand entlang gehen können wie früher; und *jene*, die sie vor so langer Zeit im Stich gelassen hatte, würden wieder einmal zurückschrecken müssen vor der unbezwingbaren Energieemmanation ihres neuen, jungen Körpers.

Das Geräusch der See drang zu ihr, als sie so still da saß, ruhig zunächst, fast freundlich im sanften Rauschen jeder Welle. Weiter draußen waren die Stimmen des Wassers lauter, rauher, dreister, doch was sie sagten, wurde durch die Entfernung verzerrt, ein undeutliches, lärmendes Durcheinander, das durch die einfallende Nacht drang. Nacht! Sie hätte das Heranbrechen der Nacht nicht wahrnehmen dürfen, falls die Jalousien heruntergelassen waren! Sie wandte sich zum Fenster, neben dem sie saß. Im gleichen Moment entfuhr ihren Lippen ein Schrei entsetzlicher Angst.

Marson sprang auf, und Joanna kam aus der Küche gestürzt. Die alte Frau schrie weiter, bis Marson schließlich begriff, was los war.

»Du liebe Güte!« meinte er achselzuckend. »Es sind die Fenster und die Jalousien. Ich habe vergessen, sie zu verschließen, als es dämmrig wurde.« Er hielt inne. Dann sagte er gereizt: »Verdammter Blödsinn! Ich hab' andere Dinge . . .«

»Um Himmels willen!« drängte seine Frau. »Wir müssen diesen Krach abstellen. Ich mache diese Seite, du die andere.«

Marson gab nach. Er überlegte sich, daß sie das nicht mehr lange mitmachen würden. Sobald die Sommerferien begannen, würde er die nötigen Schritte unternehmen, um sie in ein Altersheim zu stecken. Das wär's dann. Nicht mal mehr zwei Wochen.

Fast mit Schärfe unterbrach die Stimme seiner Frau die Stille, die endlich herrschte, nachdem Mutter Quigley sich in ihren Stuhl zurücksinken lassen hatte: »Es wundert mich, daß du das vergessen hast. Du bist doch sonst so aufmerksam.«

»Es war so verdammt heiß!« klagte Marson.

Joanna sagte nichts dazu, und er ging zu seinem Platz zurück. Aber er dachte plötzlich: Altes Weib, das so viel Angst vor der See und der Nacht hat, warum bist du in dieses Haus am Meer gekommen, wo die Straßenlaternen so weit entfernt sind und die Nächte so finster? Der griesgrämige Gedanke schwand, und er konzentrierte sich aufs neue auf die Vorbereitungen des Studienplanes.

Erschreckt saß die alte Frau da! Die ganze Wut der Kreatur brannte in ihr. Dieser böse Mann, der es wagte, zu vergessen. Dennoch . . . »Du bist doch sonst so aufmerksam« hatte seine Frau gesagt. Es stimmte. Nicht ein einziges Mal in elf Monaten hatte er vergessen, die Fenster zu verschließen . . . bis heute. War es möglich, daß er Verdacht geschöpft hatte? Daß irgendwie, jetzt, wo die Zeit für die Verwandlung so nahe gerückt war, ein Hinweis auf ihre Absicht aus ihrem überspannten Bewußtsein getropft war? Das war schon mal vorgekommen. In der Vergangenheit hatte sie gegen schreckliche, feindselige, mißtrauische Männer um ihre Körper kämpfen müssen.

Ihre dunklen Augen verengten sich zu nadelfeinen Schlitzen. Mit diesem Mann würde sie mehr als vorsichtig sein müssen. Er war skeptisch, klar und realistisch, und weder telepathische Vibrationen noch schädliche Gehirnwellen mit ihren anomalen Implikationen würden etwas bei ihm ausrichten. Nur Tatsachen konnten diesen Mann berühren.

Welche Tatsachen? War es möglich, daß sie bei der intensiven Konzentration ihrer Gedanken irgendwelche Bilder hatte sehen lassen? Oder hatte er Nachforschungen angestellt? Ihr Körper zitterte, und dann formte sich langsam ein Entschluß: Sie durfte kein Risiko eingehen. Morgen war Sonntag, und er würde zu Hause bleiben. Da konnte sie nichts tun. Aber Montag . . .

Das war es. Montagmorgen, während Joanna schlief – und Joanna ging immer noch mal für eine Stunde schlafen, wenn ihr Mann zur

Arbeit gegangen war –, Montagmorgen würde sie hineinschleichen und den schlafenden Körper vorbereiten, um das Hineinschlüpfen sieben Tage später zu erleichtern. Keine Zeit mehr damit verlieren, Joanna zu überzeugen, das Zeug freiwillig zu schlucken. Diese alberne Gans, die sich weigerte, Hausmittelchen zu probieren und nur nahm, was der Doktor verschrieb! Es ihr mit Gewalt einzuflößen, würde riskant sein, aber nur halb so riskant, wie diese verwitterte, verrottete Ruine von Körper noch ein weiteres Jahr am Leben erhalten zu müssen.

Unnachgiebig saß die alte Frau da.

Gegen ihren Willen verspürte sie, wie die Stunden der Erwartung verstrichen. Beim montäglichen Frühstück war sie so erregt von ihrer Absicht, daß ihr das Müsli aus dem verformten Mund fiel, Milch und Speichel tropften auf das Tischtuch – und sie konnte es nicht verhindern. Alte Hände zitterten, Lippen bebten; ihr Sein strebte gänzlich jener grausigen Auflösung des Körperlichen zu.

Erschreckt sah sie, wie der Mann vom Tisch aufsprang, und auf seinem Gesicht lag ein derart wütender Ausdruck, daß sie seine Worte kaum brauchte, als er sagte:

»Da ist etwas, das ich Mutter Quigley sagen wollte« – seine Stimme wurde rauh – »und zwar jetzt, da ich mich völlig angeekelt fühle, ist genau der richtige Augenblick dafür.«

»Um Himmels willen, Craig . . .« unterbrach Joanna ihn scharf, und die alte Frau ergriff rasch die Gelegenheit der Unterbrechung und begann unbeholfen, aufzustehen. »Warum bist du in den letzten Tagen so reizbar? Jetzt sei ein lieber Junge und geh zur Schule. Ich werde das da erst nach meinem Nickerchen aufputzen und mir bestimmt nicht die Laune verderben lassen. Bis dann.«

Ein Kuß, und sie war hinausgegangen, direkt ins Schlafzimmer. Während die alte Frau noch immer versuchte, aus ihrem Stuhl aufzustehen, wandte sich Marson ihr zu, kalte Entschlossenheit im Blick. Sie starrte ihn an wie ein in die Falle geratenes Tier, ungehalten darüber, daß ihr Körper sie in diesem wichtigen Moment im Stich gelassen hatte. Marson sagte:

»Mutter Quigley – ich werde Sie im Moment weiterhin so nennen –, ich habe einen Brief erhalten, in dem ein Mann behauptet, einen Grabstein für den Körper gemeißelt zu haben, den er selbst in Ihr Grab gelegt hat. Was ich wissen möchte: Wer liegt in dem Grab?«

Seine eigenen Worte brachten Marson zu erschrecktem Schweigen. Steif stand er da, von unbekanntem Schrecken gepackt. Endlose, grausige Sekunden lang schien sein Bewußtsein nackt und bloß einem eisigen, inneren Wind ausgesetzt zu sein, der aus irgendwelchen niederen Dunkelheiten zu blasen schien. Gedanken schossen durch ihn hindurch, ein Wirbel obszöner Einbildungen, unvollständig und finster, von altem, unglaublich altem Übel, eine schäumende Masse ungekannter Schrekken. Mit einem Ruck holte er sich aus dieser Welt des Entsetzens seiner Einbildung zurück und wurde gewahr, daß die Alte Worte hervorsprudelte:

»Das war nicht ich, die da begraben wurde. Wir waren zwei so Alte im Dorf, und als sie starb, ließ ich ihr Gesicht wie meines aussehen und meines wie ihrs; dann nahm ich ihr Geld und . . . Ich war mal Schauspielerin, und ich weiß mit Make-up umzugehen. So ist das gewesen, jawohl, Make-up; und das ist die ganze Erklärung, und ich bin nicht, was du denkst, sondern nur eine alte Frau, die arm war. Nur eine bemitleidenswerte, alte Frau . . .«

Sie hätte endlos weitergebabbelt, wenn nicht die animalische Schläue sie schließlich zum Schweigen gebracht hätte. Nun stand sie heftig atmend vor ihm, ihr Bewußtsein sagte ihr, daß sie zu schnell zu viel gesagt hatte, daß ihre Zunge zu locker gewesen war in der Dummheit des Alters und daß ihre Worte sie verdammten mit jeder Silbe, die sie geäußert hatte. Es war der Mann, der sie aus ihrer verzweifelten Angst befreite, als er herausplatzte:

»Du meine Güte, Sie stehen hier und erzählen mir, daß Sie so etwas getan haben . . .«

Marson hielt überwältigt inne. Jedes Wort der Alten hatte ihn von jenem fremden, beängstigenden Sumpf von Gedanken, die seine Sinne einen Moment lang überflutet hatten, entfernt, und er befand sich wieder in der vertrauten, realistischen Welt seines Verstandes und seiner Moral. Er war fast körperlich erschlagen, und er brauchte eine ziemliche Weile, bis er weitersprechen konnte: »Sie geben tatsächlich zu, daß Sie in leichenschänderischer Weise eine Tote entstellt haben, um Geld zu stehlen?«

Seine Stimme versagte vor diesem Abgrund unmoralischer Gesetzlosigkeit. Dies war ein Verbrechen niedrigster Art, eine unsaubere, widerwärtige Tat, die, wenn sie je an die Öffentlichkeit drang, jedem Schuldirektor die Karriere ruinieren würde. Es schüttelte ihn, und er sagte hastig:

»Ich habe jetzt keine Zeit, mich damit auseinanderzusetzen.« Erschreckt stellte er fest, daß sie auf dem Weg zu ihrem Schlafzimmer war. Mit fester Stimme rief er: »Da ist noch etwas. Samstag Nachmittag saßen Sie draußen auf der Wiese . . .«

Eine Tür schloß sich leise. Dahinter stand keuchend die alte Frau mit wachsender Siegesgewißheit. Der alberne, dumme Mann ahnte doch nichts. Ihr war es doch egal, was er von ihr hielt. Es blieben nur noch sieben Tage, und wenn sie die durchhalten konnte, war alles andere unwichtig. Die Gefahr war nun, daß mit jedem Tag ihre Situation schwieriger werden würde. Das hieß, der Übergang mußte unbedingt schnell vonstatten gehen, wenn der Moment gekommen war. Das hieß . . . der Körper der Frau mußte jetzt sofort vorbereitet werden!

Joanna, die gesunde Joanna, würde wahrscheinlich schon schlafen. Sie mußte nur abwarten, bis dieser elende Mann aus dem Haus war. Sie wartete.

Das befreiende Geräusch kam schließlich, als die Haustür geöffnet und wieder geschlossen wurde. Sie zitterte, ihr Körper vibrierte in krankhafter Erregung angesichts der bevorstehenden Handlung. Sie hatte gewisse Vorbereitungen getroffen, um einer Katastrophe vorzubeugen, doch wenn ihr Plan fehlschlug, wenn sie entdeckt wurde . . .

Die Angstlähmung verließ sie wieder. Mit einem letzten, beruhigenden Handgriff tastete sie in den flachen, schwarzen Ausschnitt ihres Kleides, wo der kleine Beutel mit Pulver hing, und machte sich auf den Weg. Einen kurzen Moment zögerte sie vor Joannas offener Schlafzimmertür. Ihre gierigen Augen ruhten mit einem befriedigten Glitzern auf der schlafenden Gestalt. Dann betrat sie den Raum.

Der Morgenwind vom Meer blies Marson ins Gesicht, als er die Tür öffnete. Er schlug sie hinter sich zu und stand unentschlossen in dem dämmrigen Vorraum. Nicht, daß er nicht zur Schule gehen wollte, dort wartete viel Arbeit, die noch vor Ende des Schuljahres erledigt werden mußte. Aber der plötzliche kalte Windstoß hatte einen Gedanken in seinem Bewußtsein kristallisiert: Sollte er fortgehen, ohne Joanna von dem Brief des Steinmetzen zu berichten? Schließlich wußte die Alte jetzt, daß er es wußte, und in ihrem Eifer, sich selbst und ihre Sicherheit, die ihr bedroht erscheinen mochte, zu verteidigen, würde sie die Angelegenheit vielleicht Joanna erzählen, und Joanna würde nichts verstehen.

Noch immer unentschlossen, machte Marson ein paar zögernde Schritte und blieb wieder stehen. Verdammt, die Sache konnte auch bis zum Mittag warten, vor allem, weil Joanna inzwischen wieder eingeschlafen war. Schon jetzt war er gezwungen, mit dem Wagen oder dem Bus zu fahren, um pünktlich in der Schule zu sein.

Seine Gedanken verzerrten sich in grotesker Weise, als er plötzlich der schwarzen Gestalt der Alten gewahr wurde, die sich wie ein Gespenst durch den Gang zu Joannas Schlafzimmer bewegte. Sinnloserweise vibrierte ein Schrei auf seinen Lippen, sinnlos, weil sein Verstand die Fremdartigkeit der Gefahr nicht erfaßte. Der Schrei erstarrte, ohne ausgestoßen worden zu sein, als plötzlich jener eisige Strom aus den Tiefen der Finsternis gegen sein Bewußtsein blies. Ursprüngliche, archaische Gewalten wirbelten und wüteten in ihm. Er wußte nicht, daß er rannte, doch plötzlich fand er sich vor der offenen Schlafzimmertür, und dort war die alte Frau. In diesem Augenblick, obgleich er geräuschlos herbeigehastet war, spürte die Kreatur seine Gegenwart.

Sie schrak in purem Entsetzen auf, das schrecklich anzusehen war. Ihre Finger, die sich an Joannas Mund zu schaffen gemacht hatten, zuckten unkontrolliert, und ein grünliches Pulver verstreute sich zum Teil über das Bett, zum großen Teil auf den kleinen Bettvorleger.

Dann war Marson über ihr. Der Sturm in seinem Bewußtsein blies heftiger, kälter; und die tötliche Entschlossenheit ließ ihn erwarten, daß der Dämon bis zum letzten Moment Widerstand leisten würde. Sie überdauerte die Realität einen Augenblick lang, denn da war nichts.

Dünne, knochige Arme gaben seinem machtvollen Griff augenblicklich nach; ein Körper fiel wie altes, verrottetes Papier zu Boden unter seinem machtvollen Angriff. Der unerwartet leichte Sieg gab ihm eine Sekunde Erholung. Doch kein Staunen konnte den unnatürlichen Eindruck unmenschlicher Kräfte auslöschen; kein noch so heftiger Zweifel konnte seine rasende Wut über das, was er gesehen hatte, dämpfen.

Die alte Frau lag als formloses, verknittertes Bündel zu seinen Füßen. Mit mitleidloser Grobheit, einer wilden Entschlossenheit, die er bislang nie gekannt hatte, packte er sie. Leicht wie verrottes Holz baumelte sie in seinen Händen wie ein lebloses, schwarzes Ding. Er schüttelte es, wie er ein Monster geschüttelt hätte, und in diesem Moment, als sein zerstörerisches Ansinnen zu explosiver Intensität gewachsen war, geschah das Undenkbare.

Bilder der alten Frau überfluteten den Raum. Da waren sieben alte Weiber, vollständig in jedem Detail vom schwarzen sackähnlichen Kleid bis zum halbkahlen Schädel, hasteten hintereinander zur Tür. Drei exakte Duplikate versuchten mit Krallenfingern, das Fenster zu öffnen. Ein elftes Ebenbild kniete am Boden und versuchte, sich unter das Bett zu quetschen. Von Horror gepackt, ließ Marson das Ding los, das schreiend zu Boden fiel, und im gleichen Augenblick waren die elf Bilder der alten Frau verschwunden wie die phantastischen Gestalten eines Alptraums.

»Craig!«

Auf benommene Weise erkannte er Joannas Stimme. Doch er stand weiter wie versteinert da. Gedanken jagten durch seinen Kopf: Das, was Samstag auf der Wiese geschehen war – ein Bild der alten Frau, das sie unbeabsichtigt mit ihrem wild arbeitenden Geist projiziert hatte, während sie strickend im Wohnzimmer saß. Unabsichtliche Projektionen waren mit Sicherheit auch diese hier gewesen. Das Denken der verängstigten Alten, das verzweifelt nach Fluchtwegen suchte. Himmel, was dachte er da? Es gab – es *konnte* hier nur seine eigene, gestörte Einbildung geben. Die Sache war unmöglich.

»Craig, was ist los? Was ist passiert?«

Er hörte sie kaum, denn plötzlich konzentrierte sich sein Bewußtsein klar und beinahe ruhig auf einen einzigen Gedanken:

Was tat man im Jahre 1948 mit einer Hexe?

Der Gedanke verblaßte, als er zum ersten Mal bewußt sah, daß Joanna in angespannter Position auf dem Bett kniete. Sie schwankte etwas, als habe sie nicht die volle Kontrolle über ihre Muskeln. In ihrem Gesicht stand der Schrecken des plötzlichen Erwachens. Ihre Augen waren weit aufgerissen und fast blicklos; sie starrten auf die alte Frau. Er folgte ihrem Blick, und ihm wurde klar, daß Joanna erst durch das Geschrei der Alten erwacht war und die Doppelgängerinnen nicht gesehen hatte. Sie sah nur den kräftigen brutalen jungen Mann, der drohend über der wimmernden Gestalt einer gebrechlichen Alten stand . . . er mußte schnell handeln.

»Ich habe sie dabei erwischt«, erklärte er kurzangebunden, »wie sie dir ein grünes Pulver zwischen die Lippen tun wollte.«

Während er die Worte aussprach, wurde ihm die Ungeheuerlichkeit des Geschehens erst bewußt. Eine Hexe hatte versucht, Joanna eine Droge einzuflößen . . . seiner Joanna! Auf eine ihm unklare Weise sollte Joanna das Opfer sein, und er mußte sie so schnell wie möglich von der Notwendigkeit der zu unternehmenden Schritte überzeugen. Der Gedanke besänftigte seine Wut etwas. Er ließ sich neben Joanna aufs Bett sinken und begann schnell seine Geschichte. Er erwähnte weder die Doppelgängerinnen noch seinen ungeheuerlichen Verdacht. Joanna war noch realistischer als er. Es würde nur vom Thema ablenken und ihr zudem den Eindruck erwecken, er sei verrückt geworden. Er endete schließlich:

»Ich will keine Diskussionen. Die Tatsachen sprechen für sich selbst. Das Pulver allein verdammt sie, und der Brief läßt ausreichend Zweifel über ihre Identität zu, so daß wir von jeder weiteren Verpflichtung befreit sind. Wir werden folgendes tun: Als erstes werde ich meine Sekretärin anrufen und sagen, daß ich etwas später komme. Dann werde ich mich mit dem Altersheim in Verbindung setzen. Wahrscheinlich müssen normalerweise alle möglichen Formalitäten erledigt werden, aber ich nehme an, mit Geld kann man diese Hindernisse überwinden. Wir werden sie uns noch heute vom Hals schaffen und . . .

Joannas Lachen unterbrach ihn, ein Lachen, das mit einem unnatürlichen, hysterischen Schrillen endete. Marson schüttelte sie.

»Liebling«, begann er fürsorglich.

Sie schob ihn beiseite, sprang vom Bett und kniete sich in erregter Neugier neben die alte Frau.

»Mutter Quigley«, sagte sie mit so schriller Stimme, daß Marson sich halb erhob. Er ließ sich wieder fallen, als sie fortfuhr: »Mutter Quigley, beantworten Sie mir eine Frage: Das Pulver, das Sie mir einflößen wollten, war das Ihr gemahlenes Algenmittel, das Sie mir gegen meine Kopfschmerzen haben geben wollen?«

Der Hoffnungsschimmer ließ der alten Frau fast den Kopf platzen. Wie konnte sie vergessen, daß sie so oft versucht hatte, Joanna das Zeug freiwillig nehmen zu lassen? Sie flüsterte:

»Hilf mir in mein Bett, Schatz. Ich glaube nicht, daß ich etwas gebrochen habe, aber ich muß mich hinlegen . . . ja, ja mein Schatz, das war das Pulver. Ich war so sicher, daß es dir helfen würde. Weißt du, wir

Frauen mit unseren Kopfschmerzen, wir müssen zusammenhalten. Ich hätte es nicht tun sollen, ich weiß, aber . . .« Dann schien ihr ein beängstigender Gedanke zu kommen. Sie jammerte: »Du wirst nicht zulassen, daß er mich fortschickt, nicht wahr? Ich weiß, ich mache euch eine Menge Mühe und . . .«

Sie hielt inne, denn sie sah einen seltsamen Ausdruck in Joannas Blick, und genug war genug. Man konnte den Sieg auch überziehen. Mit nur schlecht verhohlener Genugtuung hörte sie Joanna sagen:

»Craig, solltest du nicht lieber gehen? Du kommst sonst zu spät.«

Scharf sagte Marson: »Ich will den Rest dieses Pulvers. Ich muß es analysieren lassen.«

Doch er vermied den Blick seiner Frau und dachte bei sich: »Ich bin verrückt. Ich war so blind vor Wut, daß ich halluziniert haben muß.«

Hatte nicht Dr. Lycoming gesagt, daß der menschliche Geist Erinnerungen in sich trage, die weit zurück zu den namenlosen Meeren reiche, in denen seine mehrzelligen Vorfahren laichten? Und daß unter bestimmtem, heftigen Belastungen diese Erinnerungen hervorbrechen können? Er war beschämt, als die Alte mit zittrigen Fingern das Leinensäckchen hervorholte.

Wortlos nahm er es an sich und ging hinaus.

Als er Minuten später in seinem Wagen saß und sich auf den Verkehr konzentrierte, schien ihm die ganze Angelegenheit so weit weg und unwirklich wie ein Traum. Er dachte: »Was nun? Ich will sie wirklich loswerden, aber . . .« Und mit Schrecken stellte er fest, daß er keine Lösung wußte.

Dienstag morgen erwachte die alte Frau mit Angst und blieb still liegen. Sie war hungrig, doch sie hatte einen Entschluß gefaßt. Sie würde nicht aufstehen und frühstücken, solange er noch im Hause war, und sie würde auch nicht zum Mittagessen oder nachdem er von der Arbeit zurück war hinausgehen, sondern in ihrem Zimmer bleiben, bei geschlossener Tür, solange er in der Nähe war.

Sechs Tage, bevor sie handeln konnte. Sechs Tage, wo jede einzelne Minute voller Ungewißheit und Sorge mühsam verstrich.

Am Mittwoch um halb fünf ließ Marson die Türklinke wieder los, als er von drinnen das Gelächter von Frauenstimmen hörte. Es fiel ihm ein, daß ein Teenachmittag geplant war. Wie ein unwillkommener Eindringling ging er die Straße wieder hinunter, und es war sieben Uhr, als er das Kino verließ und sich aufs neue heimwärts wandte. Zum hundertsten Male dachte er: »Aber ich habe diese Doppelgängerinnen der Alten gesehen. Es ist mein zivilisiertes Denken, das mich zweifeln läßt und mich daran hindert zu handeln.«

Die Abendzeitung lag auf der Schwelle. Er nahm sie auf, und später, nach dem Abendessen, blätterte er darin. Ein Abschnitt eines antikommunistischen Leitartikels fesselte ihn plötzlich:

Der Feind hat uns nicht wirklich zum Besten gehalten. Wir alle wissen, daß alle seine Aktionen direkt oder indirekt gegen uns gerichtet sind.

Das Unglaubliche daran ist, daß wir es alle wissen und nichts unternehmen.

Wenn ein Individuum einen solchen Verdacht hegte, den Verdacht, daß jemand es bei der nächsten Gelegenheit umzubringen plante, würde es versuchen, dem vorzubeugen; es würde nicht abwarten, bis der Gegner zuschlägt.

Es ist eine unumstößliche Tatsache, daß der Tag kommen wird, wo nichts mehr möglich ist, wo alles zu spät sein wird.

Marson schreckte auf und ließ die Zeitung fallen. Der ideologische Hintergrund des Artikels war ihm schon entglitten, doch die Bedeutung des Inhalts betraf ihn und seine Situation. Er *wußte* was er wußte, und er *tat gar nichts.*

Schwerfällig, doch mit plötzlicher Entschlossenheit stand er auf. »Joanna«, begann er und stellte dann erst fest, daß er allein im Zimmer war. Er schlich zum Schlafzimmer. Joanna lag angezogen auf dem Bett und schlief fest. Marsons Grimm wich einem verständnisvollen Lächeln. Die Vorbereitungen des Nachmittags hatten sie erschöpft. Als sie eine Stunde später noch immer schlief, zog er sie vorsichtig aus und deckte sie zu. Sie wachte nicht auf, nicht einmal, als er ihr einen Gutenachtkuß gab.

Donnerstag: Gegen Mittag mußte er sich mit einer unerfreulichen Affäre befassen: Ein hübsches Mädchen war beim Klauen erwischt worden. Er sah Kemp, den Chemieassistenten, den Kopf durch die Tür stecken und sich leise wieder zurückziehen. Fiebrig vor Erregung, ließ er die Diebstahlsache liegen und eilte Kemp nach. Er holte den Mann ein, als dieser gerade seinen Hut aufsetzte, um zum Essen zu gehen. Die Augen des jungen Chemikers erhellten sich, als er Marson kommen sah, dann runzelte er die Stirn.

»Das grüne Pulver, das Sie mir zum Analysieren gegeben haben, Mr. Marson, . . .war 'ne schwierige Aufgabe. Ich bin gerne gründlich, wie Sie wissen.«

Marson nickte. Er kannte den Eifer des Mannes, darum hatte er ihm die Aufgabe gestellt und nicht seinem Vorgesetzten. Er war jung und willig und hatte vor allem große Fachkenntnis.

»Erzählen Sie«, bat Marson.

»Wie Sie sagten«, fuhr Kemp fort, »war es tatsächlich Algenmehl. Ich habe es Biologie-Bill . . . ich meine, ich habe es Mr. Grainger gezeigt.«

Marson lächelte. Er hatte früher auch Biologie-Bill gesagt.

»Weiter«, sagte er nur.

»Grainger indentifizierte es als *Hydrodendon Barelia.*«

»Hat es irgendeine Wirkung auf den menschlichen Organismus?« Marson klang ganz beiläufig.

»N-nein! Es ist nicht gefährlich, wenn Sie das meinen. Ich hab's natürlich an dem ›Hund‹, das heißt an mir selber, ausprobiert, und es ist ziemlich scheußlich, nicht eigentlich bitter, aber beißend.«

Marson schwieg. Er fragte sich, ob er erleichtert oder enttäuscht sein sollte. Oder was? Kemp sprach weiter:

»Ich habe die Geschichte der Pflanze etwas studiert, und überraschenderweise hat sie eine höchst interessante Geschichte. Sie wissen, daß man in Europa ziemlich viel über die alten Alchimisten und so'n Zeug lernen muß, um eine historische Basis zu haben.«

»Ja.«

Kemp lachte. »Sie haben nicht zufällig eine Hexe bei sich zu Hause?«

»Was?« platzte Marson heraus. Er versuchte, das Ausmaß seines Schocks zu vertuschen.

Kemp lachte wieder. »Laut der *Geschichte der Zauberinnen* von dem Österreicher Karl Glöck ist *Hydrodendon Barelia* der moderne Name für das finstere Hexenkraut der Antike. Ich spreche nicht von den Hexen aus christlicher Überlieferung mit ihren kindischen Attributen, sondern von dem alten Stamm von Dämonen aus prähistorischer Zeit, echten Meerhexen. Es scheint, daß sie, wenn ein Körper jeweils alt wird, einen jungen Frauenkörper wählen, sich mit ihm vertraut machen, indem sie in der Umgebung leben und ihn dann kurz nach Mitternacht des ersten Neumondes nach dem einundzwanzigsten Juni übernehmen. Das Hexenkraut soll die Übernahme erleichtern. Gloeck sagte . . . He, was ist los?«

Marson kämpfte gegen den Impuls an, Kemp die ganze Geschichte zu erzählen. Denn Kemp, der zwar so leichthin von Hexen sprach, war bis in die Tiefe seiner Seele ein Wissenschaftler. Und was Marson zu tun hatte, durfte in keiner Weise durch das Wissen in Gefahr gebracht werden, das ein skeptischer Realist an der Wahrheit zweifeln könnte. Die bloße Existenz von Zweifel würde seine Entschlossenheit untergraben und damit seine Handlungsfähigkeit.

Er hörte sich selbst ein paar Dankesworte murmeln. Ein paar Minuten später, auf dem Heimweg, grübelte er kleinlaut darüber nach, was er sagen könnte, wie er Joanna überzeugen könnte, daß sie die Alte so schnell wie möglich loswerden mußten. Da war noch eine Sache, die er klären mußte, bevor er handeln konnte. Eine Sache . . .

Den ganzen Samstagmorgen schien die Sonne, doch am Nachmittag jagten dunkle Wolken über den Himmel, und um sechs Uhr goß es in Strömen, während er in seinem Wagen dahinbrauste. Nach zehn Minuten klärte der Himmel sich wieder auf.

Von einem Hügel aus konnte er das Dorf überblicken. Das würde die Sache vereinfachen, dachte er. Durch den Feldstecher suchte er die Häuser ab und dann die Umgebung der Kirche. Es dauerte lange, bis er einsehen mußte, daß das, was er suchte, dort nicht war. Die Dämmerung nahm schnell zu, und er geriet in eine Art Panik. Er konnte schlecht ins Dorf gehen und fragen, wo denn der Friedhof sei. Schnell! Er mußte sich beeilen. Er ging tiefer in den Wald hinein, die Hügelkuppe entlang. Weiter vorn war ein Geländevorsprung, von dem aus er einen besseren Überblick haben konnte. Solche Dörfer hatten ihre Friedhöfe manchmal in beträchtlicher Entfernung der Siedlung angelegt.

Als er aus dem Gebüsch trat, befand er sich plötzlich auf einem Feldweg, und wenige Meter vor ihm war ein Gittertor. Dahinter, im zunehmenden Zwielicht, entdeckte er einfache Grabkreuze und einen Steinengel, der steif, wie zum Abflug bereit, auf einem Sockel stand. Dahinter ragten einige Granitgrabsteine empor.

Es war Nacht geworden, als seine Taschenlampe endlich auf das Grabmal fiel, das er suchte. Die Inschrift war simpel:

Mrs. Quigley
Gestorben am 7. Juli 1945
Über 90 Jahre alt

Er ging zum Wagen zurück und holte die Schaufel. Dann begann er zu graben. Die Erde war schwer, und er war es nicht gewöhnt, körperlich zu arbeiten. Nach einer Stunde war er etwa einen halben Meter tief gekommen. Keuchend ließ er sich zu Boden fallen und starrte in den Nachthimmel und die vorbeiziehenden Wolken. Ein alberner Gedanke ging ihm durch den Kopf: Nach den Untersuchungsergebnissen von Young wogen Lehrer im Durchschnitt neunzig Kilo. Zum Teufel, dachte er grimmig, das ist nur Gewicht und nicht Ausdauer! Trotzdem. Er mußte durchhalten, auch wenn er die ganze Nacht brauchte.

Einer Sache war er zumindest sicher. Joanna war nicht zu Hause. Es war nicht leicht gewesen, sie dazu zu überreden, die Wochenendeinladung allein anzunehmen, und noch schwieriger war es, die Lügen zu erfinden, warum er bis Sonntagmorgen aus der Stadt mußte. Und er hatte hoch und heilig versprechen müssen, sie am Sonntag abzuholen. Am einfachsten war es noch gewesen, ein junges Mädchen zu finden, das während ihrer Abwesenheit die Alte versorgte.

Ein vorbeifahrendes Auto ließ ihn aufschrecken. Er war nicht wirklich beunruhigt und von felsenfester Entschlossenheit. Es war zudem sehr unwahrscheinlich, daß er gestört wurde. Leute gingen nachts einfach nicht auf Friedhöfe.

Die Nacht schritt fort, während er grub und grub und dem Geheimnis näherkam, das er unbedingt lüften mußte, ehe er tun konnte, was ihm als einziges zu tun blieb. Er empfand sich nicht als Leichenschänder. Er empfand überhaupt nichts, er schaufelte. Um ihn herum war Nacht, und nur das Geräusch der Schaufel war zu hören. Es war fünfundzwanzig Minuten vor zwei, als er endlich auf Holz stieß.

Es war nach zwei Uhr, als seine Taschenlampe gespenstisch in den leeren Sarg leuchtete. Sekundenlang starrte er hinein, und jetzt, mit den

Tatsachen konfrontiert, wußte er nicht, was er erwartet hatte. Offenbar und nur zu offenbar war hier ein Trugbild bestattet worden und hatte sich verflüchtigt, sobald die Erde das Grab aufzufüllen begann. Aber wozu überhaupt eine Beerdigung? Wen wollte sie damit betrügen? Er gab auf, nach Begründungen zu suchen. Er *wußte* jetzt, das war das einzige, was zählte. Und seine Handlungen mußten so kalt und tötlich sein wie die Absichten der Kreatur, die sich in seinen Haushalt eingeschlichen hatte.

Sein Wagen fuhr über den am frühen Morgen völlig ausgestorbenen Highway. Im Osten begann es zu dämmern, und seine Entschlossenheit wuchs eisiger, härter und unverrückbarer, je höher die Sonne stieg.

Es war schon später Nachmittag, als sein Wagen schließlich den steilen Hügel hinauffuhr und in die Garageneinfahrt einbog. Er ging ins Haus und setzte sich erst einmal. Das Mädchen, das Joanna mit der Aufgabe betraut hatte, war ein hübsches, rothaariges Ding mit Namen Helen. Sie war ziemlich zierlich gebaut, stellte er mit Genugtuung fest. Er hatte sie vorgeschlagen, weil sie so zerbrechlich wirkte. Aber natürlich würde sie gerne noch eine Nacht bleiben, wenn sie nicht nach Hause kämen. Und wann würde er seine Frau abholen fahren?

»Hm, ich glaube, ich werde erst mal ein Nickerchen machen«, gab Marson zurück. »Die Fahrerei war ziemlich anstrengend. Und du? Was hast du vor, während ich schlafe?«

»Ich habe ein paar Zeitschriften gefunden«, meinte das Mädchen, »ich werde mich hinsetzen und lesen. Ich werde ganz leise sein, das verspreche ich.«

»Danke. Es ist nur für ein Stündchen oder zwei.«

Er lächelte vor sich hin, während er ins Schlafzimmer ging und die Tür hinter sich schloß. Männer mit verzweifelten Plänen mußten tapfer sein und mußten sich auf die einfachsten, normalsten Dinge des Alltags verlassen . . . solche wie die Tatsache, daß Leute des Nachts Friedhöfe mieden oder daß ein junges Mädchen nicht herumschnüffeln würde, wenn sie versprochen hatte, dies nicht zu tun. Er zog seine Schuhe aus und schlüpfte in seine Pantoffeln. Dann wartete er fünf lange Minuten, damit sie Zeit hatte, sich mit ihren Zeitschriften einzurichten.

Schließlich schlich er leise durch die Badezimmertür über den Flur, der die Küche mit den Schlafzimmern verband. Die Küchentür knarrte, als er hinausging, doch er erlaubte sich keine Skrupel, ließ sich keinerlei Furcht noch Schwäche durchgehen.

Das Auto war auf der Seite des Hauses geparkt, wo es nur ein Fenster gab. Er holte den Fünfliterkanister voll Benzin heraus und trug ihn durch die Küche in den Keller, wo er ihn mit ein paar alten Lumpen zudeckte. Als er ins Schlafzimmer zurückkam, dachte er nervös: Diese Details waren es, die Leute lähmten, wenn sie einen Mord planten. Heute nacht, wenn er zurückkam, konnte er den Wagen nicht den Hügel hinauffahren, denn es würde eine außergewöhnliche, geheime gespenstische Fahrt werden. Er würde den Wagen mindestens ein oder zwei Kilometer entfernt parken, und es wäre natürlich viel zu riskant und zudem ermüdend, die fünf Liter Benzin mit sich herumzuschleppen, wenn er die Schleichpfade zu seinem Haus gehen würde. Auch wußte er, daß er nichts ins Haus bringen könnte, ohne das Joanna etwas merkte.

Mord hatte seine Schwierigkeiten, doch Mord mußte es sein. Und zwar durch Feuer. Alles, was er je über Hexen gehört hatte, bewies die überaus große Bedeutung von Feuer. Und dann soll die zerbrechliche Helene versuchen, die Tür zum Zimmer der Alten aufzubrechen, nachdem das Feuer ausgebrochen war und er diese Tür von außen verriegelt hatte.

Eine Weile lag er still auf dem Bett, und ihm kam der Gedanke, daß niemand als größerer Schuft erscheinen würde als er, wenn die Geschichte je ans Licht kam. Angst kroch in ihm hoch, und er sah alle Hoffnungen seiner brillant begonnenen Karriere davonschwimmen, sah sich in der engen Gefängniszelle . . .

Dann dachte er, daß auch weniger drastische Mittel reichen würden, um sich der Alten zu entledigen. Er brauchte sie nur, solange Joanna noch fort war, in den Wagen zu packen und ins Altersheim zu schaffen. Die alte Frau würde möglicherweise von dort entkommen, doch sie käme nicht mehr zu ihnen zurück.

Dann könnte er sich voll und ganz auf sein Leben zwischen Schule und Joanna konzentrieren, und alles ginge seinen geregelten Lauf, nur, daß irgendwo bald eine junge Hexe, voll des uralten Übels mit frischer Lebenskraft auftauchen würde, während eine menschliche Seele umherirrte, ihres rechtmäßigen Körpers und ihres Heims beraubt, in das sich eine alte Frau hinterhältig und gekonnt eingeschlichen hatte.

Er wußte, was er tat. Und er mußte es fehlerfrei und umsichtig tun! Über diesem Gedanken mußte er in Schlaf gefallen sein, in den überwältigenden Schlaf völlig erschöpfter Nerven, die nicht daran gewöhnt waren, daß ihnen ihre Ruhe versagt wurde. Hochschreckend wachte er auf. Es war stockfinster, sah er, und . . .

Die Schlafzimmertür wurde sanft geöffnet. Joanna kam auf Zehenspitzen herein. Sie sah ihn im Schein der Flurbeleuchtung, hielt inne und lächelte. Dann beugte sie sich vor und küßte ihn.

»Liebling«, sagte sie, ich bin so froh, daß du noch nicht losgefahren bist, um mich abzuholen. Ein reizendes Ehepaar bot mir an, mich heimzufahren und ich dachte, selbst wenn wir dir auf halbem Weg begegneten, hätte es dir wenigstens etwas gespart, nach deinem langen, anstrengenden Wochenende. Ich habe Helen nach Hause geschickt. Es ist schon nach elf. Zieh dich am besten gleich aus und geh schlafen. Ich mache mir nur noch schnell eine Tasse Tee. Magst du auch eine?«

Ihre Stimme drang nur schwach zu ihm, denn sein Kopf schwirrte vor

Gedanken und der Erkenntnis der Situation. Schon nach elf . . . weniger als eine Stunde, bevor die fatale Stunde des jährlichen Hexenmondes begann. Das Gebäude seiner Pläne brach gänzlich in sich zusammen.

Er strich um sie herum, während sie Wasser aufsetzte. Es war halb zwölf, als sie ihren Tee getrunken hatten, und er konnte noch immer nichts sagen, konnte den Anfang nicht finden, wußte nicht, wie er es sagen sollte, um alles mitzuteilen, was sie wissen mußte. Voller Unbehagen merkte er, daß sie ihn nachdenklich ansah.

Er stand auf und begann, auf und ab zu gehen. Zweimal setzte sie an, um etwas zu sagen, schwieg dann aber. Und wartete. Wartete in ihrer ernsthaften, ruhigen Art, daß er als erster etwas sage.

Es war unmöglich, schlechterdings unmöglich, seine ruhige, realistische, freundliche Frau von der drohenden Gefahr zu überzeugen. Aber es *mußte* sein, bevor es zu spät war, bevor jede Bemühung fruchtlos sein würde. Er dachte an die Worte des politischen Artikels und begann zu schwitzen. Kalten Schweiß. Plötzlich blieb er vor ihr stehen und starrte sie an. Seine Augen mußten seine Panik verraten haben, denn sie schreckte zurück.

»Craig . . .«

»Joanna, ich möchte, daß du sofort deinen Mantel nimmst und in ein Hotel ziehst.«

Ihm war bewußt, daß seine Worte völlig absurd klingen mußten, und wie mit dem Übereifer eines Kindes, das eine aufregende Geschichte erzählt, begann er zu reden. Und er fühlte sich wie ein Kind, das zu einem wohlmeinenden, geduldigen Erwachsenen spricht. Aber er konnte nicht aufhören. Er ließ nur seine Mordabsichten aus. Den Schock würde sie später verkraften müssen, wenn alles überstanden war. Als er schließlich zuende gekommen war, sah sie ihn zärtlich an.

»Ach, mein armer Schatz«, sagte sie. »Das war es, was dich beunruhigt hat. Du hast dir Sorgen um mich gemacht. Jetzt verstehe ich, wie du das alles in deinem Kopf zusammengefügt hast. Mir wäre es wahrscheinlich genauso gegangen, wenn ich dich in Gefahr glaubte.«

Marson stöhnte. So sah sie die Sache also, mit freundlichem Verständnis, seine Sorge belächelnd. Ohne ein Wort davon zu glauben. Er zwang sich zur Ruhe. Mit merkwürdig gequetschter Stimme sagte er:

»Joanna, denk an Kemps Analyse und die Informationen über das Hexenkraut, denk an das leere Grab.«

Noch immer schien sie nicht zu begreifen, zeigte keinerlei Anzeichen von Furcht. Mit gerunzelter Stirn fragte sie zurück:

»Warum sollte sie all die Mühe aufgewandt haben, eines ihrer Ebenbilder zu vergraben, wenn sie doch einfach nur in den Zug steigen mußte, um herzufahren, was sie ja schließlich auch getan hat. Wozu also ein falsches Begräbnis?«

»Und warum hat sie dann gelogen, daß sie einer anderen Frau Make-up ins Gesicht geschmiert habe, die dann dort begraben wurde? Liebling, siehst du denn nicht . . .«

Langsam und vernünftig sprach Joanna wieder: »Es mag eine stillschweigende Übereinkunft zwischen ihr und dem Mann, der dir den Brief geschrieben hat, gegeben haben. Hast du daran schon gedacht?«

Wenn sie dabei gewesen wäre, als er das Grab öffnete. Wenn sie diese unglaublichen Doppelgängerinnen gesehen hätte . . . Wenn, wenn, wenn . . .

Er sah verstohlen zur Uhr an der Wand. Es waren siebzehn Minuten bis Mitternacht. Es durchfuhr ihn, und er zitterte. Mühsam versuchte er, seine Stimme unter Kontrolle zu halten. Es gab Argumente, die er vorbringen konnte, doch die Zeit war zu weit fortgeschritten. Nur eines zählte.

»Joanna«, sagte er, und seine Stimme klang so eindringlich, daß es ihn selbst erschreckte. »Du gehst für drei Tage ins Hotel, mir zuliebe.«

»Warum, nun . . . natürlich, Schatz.« Sie sah ernst aus, als sie sich erhob. »Meine Tasche ist noch gepackt. Ich nehme den Wagen und . . .« Dann schien ihr etwas in den Sinn zu kommen. Mit hochgezogenen Brauen sah sie ihn an und wollte wissen: »Und du?«

»Ich werde natürlich hierbleiben und aufpassen, daß *sie* hierbleibt. Du kannst mich morgen in der Schule anrufen. Um Himmels willen, beeil dich jetzt!«

Ein eisiger Schauder überkam ihn unter ihrem abschätzenden Blick. »Eine Minute«, sagte sie mit ruhiger, gefaßter Stimme. »Ursprünglich hattest du mich nur heute Nacht aus dem Weg haben wollen. Was . . . hast du . . . heute nacht vor?«

Er war wie vor den Kopf gestoßen. Lügen waren noch nie seine Stärke gewesen, doch er versuchte es: »Ich hatte das Grab untersuchen wollen. Was danach zu tun ist, hatte ich noch nicht überlegt.«

Ihr Blick verriet, daß sie ihm nicht glaubte. Sie sagte etwas, doch die Worte drangen nicht zu ihm. Eine merkwürdige Stumpfheit überkam ihn, denn ihm war klar, daß nur noch wenige Minuten fehlten und daß das ganze Gerede sinnlos war. Nur seine unwandelbare Entschlossenheit zählte. Er sagte einfach, so als spreche er zu sich selbst:

»Ich wollte sie in ihrem Zimmer einschließen und das Haus in Brand stecken. Ich sehe jetzt, daß das nicht nötig ist. Du gehst jetzt lieber, Schatz, denn die Sache wird ziemlich scheußlich werden, und du brauchst das nicht mit anzusehen. Siehst du, ich werde sie auf die Klippe bringen und in die nächtliche See werfen, vor der sie so höllische Angst hat.«

Die Uhr zeigte acht Minuten vor Mitternacht. Ohne abzuwarten, was sie sagen wollte, rannte er hinaus zu dem Schlafzimmer der Alten. Die Tür war verschlossen. Wahnsinnige Wut packte ihn.

»Aufmachen!« brüllte er.

Drinnen rührte sich nichts. Joanna zupfte ihn am Ärmel. Er warf seine neunzig Kilo mit voller Wucht gegen die Tür. Beim zweiten Mal gab sie splitternd nach. Er tastete nach dem Lichtschalter und schaltete . . .

Entsetzt blieb er wie gelähmt stehen. Zwölf alte Weiber fauchten ihn aus allen Ecken des Raumes an. Die Hexe hatte sich preisgegeben. Und war bereit.

Das Verrückteste an der Situation war, daß er diesen Triumph spürte, den Triumph eines Mannes, der in einer Auseinandersetzung mit seiner Frau recht behalten hatte. Er hatte Lust zu rufen: »Siehst du? Hab' ich's dir nicht gesagt?«

Er bekam sich wieder unter die Gewalt und stellte mit kaltem Grausen fest, daß er kurz davor war, überzuschnappen. Unsicher sagte er:

»Es wird wohl eine Weile brauchen, bis ich sie alle einzeln über die Klippe geworfen habe. Irgendwann wird's dann auch die echte sein. Wir brauchen keine Angst zu haben, daß sie uns in der Zwischenzeit entwischt. Wir kennen ja ihre panische Angst vor der Nacht. Wir müssen nur durchhalten.«

Seine Stimme wurde ein wenig dünn, als er plötzlich die grausige Realität voll begriff. Ein paar von den Kreaturen saßen auf dem Bett, einige am Boden. Zwei hielten sich stehend aneinander fest, und fast alle bibberten in einer absurden Karikatur von Entsetzen. Plötzlich fiel ihm Joanna ein, die hinter ihm stand. Sie war bleich, unglaublich bleich, und ihre Stimme zitterte:

»Das Problem mit dir ist, Craig, daß du so unpraktisch bist. Du willst so vordergründige Dinge tun, wie, sie über die Klippe zu werfen oder zu verbrennen, was beweist, daß du in deinem intellektuellen Denken nicht einmal jetzt wirklich an sie glaubst. Oder du wüßtest, was zu tun ist.«

Sie starrte an ihm vorbei auf die wimmernde, verängstigte Gruppe, und ehe er begriff, was sie vorhatte, schlüpfte sie unter seinem Arm hindurch ins Zimmer. Sie stieß ihn dabei leicht mit der Schulter an, und er verlor beinahe das Gleichgewicht. Als er wieder aufblickte, hatten sich acht der Alten auf Joanna gestürzt.

Einen kurzen Moment sah er ihr verzerrtes Gesicht. Sechs knochige Hände versuchten, ihr den Mund zu öffnen, ein wirres Knäuel von Händen verzweifelter, alter Frauen umklammerten ihre Arme und Beine, versuchten, ihren sich wild windenden Körper festzuhalten. *Und sie hatten Erfolg!* Das war die erschreckende Wirklichkeit, die ihn die Mitte des Gewirrs alter Leiber trieb, mit wirbelnden Fäusten befreite er Joanna.

Aus seiner Angst wuchs wilde Wut. »Du blöde Närrin!« fauchte er. »Es muß doch schon nach Mitternacht sein!« Dann, als ihm bewußt wurde, daß sie angegriffen worden war, fragte er eindringlich:

»Bist du in Ordnung?«

»Ja.« Sie zitterte. »Ja.«

Aber das hätte *sie* auch geantwortet. Dem Wahnsinn nahe, starrte er sie an, als ob er, wenn er genau hinsah, bis in ihr Gehirn blicken könne. Sie mußte erkannt haben, was er dachte, und rief:

»Siehst du nicht, Liebling? Die Jalousien, die Fenster . . . Mach sie auf. Das war's, was ich tun wollte. Laß die Nacht herein, laß die Dinge herein, vor denen sie solche Angst hat. Wenn sie existiert, dann gibt es *die* auch. Verstehst du nicht?«

Er hielt Joanna im Arm, trat nach den Kreaturen und schlug erbarmungslos mit den Fäusten nach ihnen. Er riß die Jalousien hoch und die Fenster weit auf. Eine Scheibe zersplitterte. Dann zog er Joanna zur Tür zurück, und sie warteten.

Warteten!

Ein Plätschern war auf dem Fensterbrett zu hören. Eine Gestalt ohne Gestalt hob sich unnatürlich vor dem schwarzblauen Nachthimmel ab. Dann tropfte Wasser auf den Fußboden ins Zimmer, tropfte von einem nebligen Gebilde, das zu gehen schien. Eine Stimme seufzte. Oder war es ein Gedanke?

»Beinahe hast du uns reingelegt, Niyasa, mit diesem falschen Begräbnis. Wir haben dich monatelang aus den Augen verloren. Doch wir wußten, daß nur nahe der See und durch die See dein alter Körper die Kraft für einen Wechsel sammeln konnte. Wir hielten Wacht, wie wir schon nach so vielen der Verräter Wacht gehalten haben; und so wird dir schließlich die Gerechtigkeit der uralten Wasser widerfahren.«

Es war kein anderes Geräusch als das Tropfen und Plätschern von Wasser zu hören. Die alten Frauen waren so stumm wie Steine und so reglos wie Kaninchen vor der Schlange. Und plötzlich waren die Bilder verschwunden, ausgelöscht. Eine zerbrechliche, einsam aussehende alte Frau saß auf dem Boden direkt im Weg des Nebeldings. Fast geziert raffte sie ihre Röcke.

Der Nebel umhüllte ihre Gestalt. Sie wurde in ihn hineingehoben, direkt wieder fallen gelassen. Der Nebel zog sich rasch durch das Fenster zurück. Die alte Frau lag flach auf dem Rücken, ihre Augen starrten ins Leere. Ihr Mund stand offen. Grotesk verzerrt.

Das war der wesentliche Eindruck – das völlige Fehlen von irgend etwas Schönem.

Reiten auf dem weißen Pferd

Greg Bear

Greg Bear ist ein junger amerikanischer Autor (geboren 1951), der rasch Anerkennung als ein hervorragender und kunstfertiger Erzähler gewinnt. Zu seinen Romanen gehören *Hegira* (1979; dt. *Die Obelisken von Hegira,* 1981), *Psychlone* (1980) und das sehr interessante *Beyond Heaven's River* (1980). Seine Kurzgeschichten sind in solchen Publikationen wie *Analog, Universe* und *New Dimensions* erschienen. Mr. Bear lebt in Kalifornien und hat als Planetariumsführer gearbeitet, eine sehr angemessene Tätigkeit für einen Science-fiction-Autor.

»Reiten auf dem weißen Pferd« ist eine denkwürdige Geschichte über den Zauber des Schreibens, der Normalität und der Kinder, und wie die drei oft auseinandergehen.

Als ich sieben Jahre alt war, begegnete ich am Rande der staubigen Landstraße zwischen Schule und Farm einem alten Mann. Die Sonne des Spätnachmittags war kühler geworden, und er saß auf einem Stein, hatte den Hut abgenommen, hielt seine Hände der freundlichen Wärme entgegen und pfiff ein lustiges Lied. Er nickte mir zu, als ich vorbeiging. Ich nickte zurück. Ich war neugierig, aber ich wußte, daß ich mich besser nicht mit Fremden einließ. Namenlose Übel schienen sich hinter Fremden zu verbergen, als ob sie sich in Löwen verwandelten, wenn sie mit einem kleinen Kind allein waren.

»Tag, Junge«, sagte er.

Ich blieb stehen und scharrte mit einem Fuß im Staub. Er ähnelte eher einem Habicht als einem Löwen. Seine Kleider waren braun, grau und rostfarben und seine Hände rosa wie das Fleisch eines Kaninchens, das gerade von einem Habicht gerissen worden ist. Bis auf die Augenpartie hatte er ein sonnengebräuntes Gesicht, so als habe er eine Brille getragen. Das machte seinen Blick fast unausweichlich.

»Tag«, sagte ich.

»War ein heißer Tag. Muß heiß gewesen sein in der Schule«, meinte er freundlich.

»Gibt 'ne Klimaanlage.«

»So, gibt es die? Wie alt bist du?«

»Sieben«, sagte ich, »fast acht.«

»Deine Mama hat dir gesagt, du sollst nicht mit Fremden reden?«

»Und mein Papa auch.«

»Ein guter Rat. Aber hast du mich hier nicht schon gesehen?«

Ich sah ihn genauer an. »Nein.«

»Aus der Nähe. Sieh meine Kleider an. Welche Farbe haben sie?«

Sein Hemd war grau wie der Stein, auf dem er saß. Die Manschetten schauten weiß aus den rotbraunen Ärmeln hervor. Er roch nicht schlecht, auch wenn er nicht besonders sauber aussah. Doch er war glatt rasiert. Er hatte weißes Haar, und seine Hose hatte die Farbe des Staubs unter dem Stein.

»Lauter verschiedene Farben«, sagte ich.

»Aber im Ganzen so wie die Landschaft, nicht wahr?«

»Vielleicht«, sagte ich.

»Das kommt daher, daß ich nicht hier bin. Du bildest dir mich nur ein, oder wenigstens einen Teil von mir.«

»Wie solltest du denn aussehen?« fragte ich.

»Nun, ich bin voller Geschichten«, meinte er. »Habe viele Geschichten für kleine Jungs, kleine Mädchen und sogar große Leute, wenn sie nur zuhören.«

Ich schickte mich an, fortzugehen.

»Aber nur, wenn sie zuhören«, sagte er.

Ich rannte. Als ich zuhause ankam, erzählte ich meiner älteren Schwester von dem Mann auf der Landstraße, aber sie blickte nur besorgt und sagte mir, ich solle mich vor Fremden hüten. Ich hörte auf ihren Rat. Für eine Weile. Bis zu meinem achten Lebensjahr mied ich jene Straße und sprach mit Fremden nur das Unvermeidlichste.

Das Haus, in dem ich mit den fünf Mitgliedern meiner Familie, zwei Hunden und einer Katze wohnte, war weiß, rechteckig und komfortabel. Die Treppen aus massivem dunklem Holz waren mit einem abgetretenen Läufer belegt, und die dunkle Eichentäfelung an den Wänden reichte höher als mein Kopf. Die Luft war voller Gerüche – Speck, wenn ich aufwachte, Brot und Suppe und Abendessen, wenn ich von der Schule kam, Staub am Wochenende, wenn wir beim Putzen halfen.

Manchmal stritten meine Eltern sich, und nicht nur über Geld. Das war schlimm. Aber im allgemeinen waren wir glücklich. Es wurde manchmal davon gesprochen, die Farm und das Haus zu verkaufen und nach Mitchell zu gehen, wo Vater in einer computergesteuerten Futtermittelfabrik arbeiten könne, aber es blieb bei den Gesprächen.

Erst zu Beginn des Sommers ging ich wieder die staubige Landstraße entlang. Ich hatte den alten Mann vergessen. Die Sonne war damals kühler geworden, träges Bienensummen hing in der Luft, da entdeckte ich die alte Frau. Fremde Frauen sind weniger übelwollend – und seltener. Sie saß auf einem grauen Stein, trug einen staubgrünen Rock, einen Gänseblümchenschal und eine Bluse in der Farbe eines Baumwollfeldes in der Abendsonne.

»Hallo, Junge«, sagte sie.

»Dich kenne ich auch nicht«, platzte ich heraus, und sie lächelte.

»Natürlich nicht. Da du ihn nicht erkannt hast, kannst du mich nicht erkennen.«

»Kennst du ihn?« fragte ich. Sie nickte. »Wer ist er? Wer bist du?«

»Wir sind beide voller Geschichten. Wir erzählen sie von verschiedenen Seiten. Du hast doch keine Angst vor uns, oder?«

Hatte ich zwar, aber daß eine Frau mich das fragte, änderte die Lage. »Nein«, sagte ich also. »Aber was machst du hier? Und woher weißt du . . .?«

»Frag nach einer Geschichte«, sagte sie, »einer, die du noch nie gehört hast.«

Ihre Augen hatten die Farbe gerösteter Kastanien, und sie blinzelte in die Sonne, so daß man das Weiß nicht sehen konnte. Als sie sie dann weit öffnete, um mich anzusehen, hatte sie gar kein Augenweiß.

»Ich möchte keine Geschichte hören«, sagte ich leise.

»Natürlich möchtest du. Brauchst nur zu fragen.«

»Es ist schon spät. Ich muß nach Hause.«

»Ich kannte einen Mann, der ein Haus wurde«, sagte sie. »Es gefiel ihm gar nicht. Dreißig Jahre lang stand er still, sah die Kinder aufwachsen und genauso werden wie ihre Eltern, garstig und schmutzig; sie ließen die Farbe von seinen Wänden abblättern, und die Badezimmer waren widerlich. Eines Morgens spuckte er sie alle aus, mitsamt Möbeln und allem. Er schloß alle Türen und verriegelte sie.«

»Was?«

»Du hast mich doch gehört. Das arme Haus war angewidert und wurde wieder ein Mann, aber er war jetzt alt und hatte Krebs, und sein Herz war schwach wegen all der schlechten Behandlung. Er starb bald darauf.«

Ich mußte lachen. Nicht, weil der Mann gestorben war, sondern weil ich wußte, daß solche Geschichten Lügen waren. »Das ist albern«, erklärte ich.

»Hier ist noch eine. Es war einmal eine Katze, die wollte Schmetterlinge fressen. Sie liebte es, durchs hohe Gras zu streifen und auf schwarze und gelbe Schmetterlinge zu lauern. Sie kauerte sich nieder, wog ihren Körper hin und her und grub sich mit den Hinterfüßen festen Halt. Dann sprang sie. Schmetterlinge sind nicht nahrhaft für eine Katze. Es ist nur Training. Da gab es ein kleines Mädchen, ungefähr so alt wie du. Hätte deine Schwester sein können, auch wenn sie es nie zugeben würde. Sie sah die Katze und beschloß, ihr einen Streich zu spielen. Sie versteckte sich im hohen Gras mit zwei alten Papierdrachen unter den Armen und wartete auf die Katze. Dann setzte sie die Sonnenbrille ihrer Mutter auf, um richtig insektenäugig auszusehen, und als die Katze in die Nähe kam, sprang sie in die Luft und schwenkte die Papierdrachen. Es war ein bißchen zu wirklich, denn plötzlich fand sie sich fliegend und war viel kleiner als sonst, und die Katze sprang nach ihr. Kriegte sie beinahe. Frag deine Schwester mal danach. Probier mal, ob sie's abstreitet.«

»Wie wurde sie denn dann wieder wie vorher?«

»Sie bekam Angst und landete auf einer Blume. Die war natürlich platt. Und die Sonnenbrille ging dabei auch kaputt.«

»Meine Schwester hat mal Mamas Sonnenbrille zerbrochen.«

Die Frau lächelte.

»Ich muß jetzt nach Hause.«

»Morgen erzählst du mir eine Geschichte, einverstanden?«

Ich rannte davon, ohne zu antworten. Aber in meinem Kopf spukten schon alle möglichen Gestalten herum. Wenn die meint, ich habe Angst, da wird sie sich aber wundern, was für eine Geschichte ich zu erzählen habe! Als ich nach Hause kam, war meine ältere Schwester Barbara gerade in der Küche und mischte sich eine Limonade. Sie war ein Jahr älter als ich, aber sie tat immer so, als sei sie erwachsen. Sie war ein ganzes Stück größer, und ich konnte sie nur besiegen, wenn ich viel Glück hatte. Aber nur dann – sonst war sie einfach stärker. Doch in der Regel kamen wir gut miteinander aus.

»Wo warst du?« fragte sie wie eine Mutter.

»Jemand hat mir was über dich erzählt.«

Ihre Augen sahen einen Augenblick lang aus wie die eines ängstlichen Tieres und verengten sich dann zu schmalen Schlitzen.

»Was denn?«

»Jemand hat mir erzählt, was du mit Mamas Sonnenbrille angestellt hast.«

»Dafür bin ich schon bestraft worden. Darüber gibt's nichts mehr zu petzen.«

»Aber *ich* weiß mehr.«

»Ich habe *nicht* Doktor gespielt«, sagte sie.

Die jüngste, Sue-Ann, war die Schwächste von den Geschwistern und heimtückisch. Sie erzählte den Alten gern, der eine oder andere mache Doktorspiele. Sie wußte nicht, was das bedeutete – ich wußte es kaum –, aber es war einmal wahr gewesen, und sie benutzte es als ihre wirksamste Waffe.

»Nein«, sagte ich. »Aber ich weiß, was du gemacht hast, und ich werde es niemandem sagen.«

»Nichts weißt du!« sagte sie. Und dann goß sie mir – aus Versehen – den halben Krug Limonade über den Kopf, und als Mama hereinkam, schrie ich und fluchte wie Papa, wenn er die Autos repariert. Und ich wurde lebenslänglich plus neunzig Jahre in das Zimmer gesperrt, das ich mit meinem jüngeren Bruder Michael teilte. Das Abendessen roch so gut wie selten, und ich bekam nichts davon. Irgendwie war ich darüber aber nicht unglücklich. Es gab mir Zeit, eine wirklich spannende Geschichte für die landschaftsfarbene Frau auf dem Stein auszudenken.

Die Schule am nächsten Tag war die übliche Mischung aus Hölle und Fegefeuer. Dann wurden die trockenheißen Winde kühler, und die Glocke läutete, und ich war wieder auf der staubigen Landstraße, im Schutz und Schatten der Baumwollfelder. Ich trug meine Pausenbrotdose, die Bleistiftbüchse und mein Schreibheft, das ich so haßte, daß ich nachts Seiten herausriß, um seine Lebenszeit zu verkürzen. Ich ging langsam, um meine Geschichte reifen zu lassen.

Sie lehnte an einem Baum, nicht weit von jenem Stein. Wenn ich mich heute an ihre graziöse, geschmeidige Gestalt erinnere, weiß ich, daß sie gar nicht so alt war, trotz der grauen Strähnen in ihrem rostfarbenen Haar, trotz der feinen Runzeln um ihre Augen und der Lachfältchen um ihren Mund. Für den Achtjährigen jedoch war sie ein sonderbares, uraltes Weib. Und ich wollte ihr eine Geschichte erzählen, die sie, so meinte ich, noch urgrabesälter machen würde.

»Hallo, Junge«, sagte sie.

»Tag.« Ich setzte mich auf den Stein.

»Ich kann sehen, daß du nachgedacht hast.«

Ich mußte blinzeln, um sie im Baumschatten richtig erkennen zu können. »Woher weißt du das?«

»Du siehst aus wie ein Junge, der nachgedacht hat. Bist du hergekommen, um eine andere Geschichte zu hören?«

»Diesmal habe ich eine zu erzählen«, sagte ich.

»Wer fängt an?«

Es war immer höflich, der Dame den Vortritt zu lassen. Ich unterdrückte also meine Ungeduld und ließ sie anfangen. Sie winkte mich näher und ich setzte mich neben sie auf einen halb im Gras verborgenen Stein. Die Zykaden stimmten gerade ihr Abendkonzert an, und sie erzählte: »Es war einmal ein Hund, ein ziemlich normaler Hund. Einer, der mit dir herumtollt, wenn er dich gut kennt, und der dir droht, wenn du als Fremder in sein Revier eindringen willst. Dieser Hund lebte auf dem Friedhof. Das heißt, er gehörte dem Friedhofswärter. Du hast schon einen Friedhof gesehen, nicht wahr?«

»Wie der, wo sie Großvater hingebracht haben?«

»Genau«, sagte sie. »Mit hübschem Rasen, großen weißen, schwarzen oder grauen Grabsteinen, und mit kleineren Grabsteinen für Leute, die erst vor kurzem gestorben sind, wo Namen und Blumen und Jahreszahlen eingemeißelt sind. Es gibt ein paar Bäume und eine Friedhofskapelle aus Ziegelsteinen und eine Garage voller schwarzer Autos und hinter der Garage einen freien Platz, wo man sich fragt, was hier wohl gemacht wird.«

Sie kannte diesen Platz also auch.

»Der Hund hatte ein recht angenehmes Leben. Seine Aufgabe war es, nachts die Tiere vom Friedhof fernzuhalten. Wenn die Friedhofstore geschlossen wurden, wurde er freigelassen, und er trottete die ganze Nacht lang herum. Er war fast weiß, verstehst du, und jeder, der dort nichts zu suchen hatte, mußte glauben, er sei ein Gespenst und würde schleunigst davonlaufen.

Aber der Hund hatte ein Problem. Auf dem Friedhof gab es nämlich Ratten, die sich nicht um ihn scherten. Eine ganze Rattenbande. Ihr Anführer war riesig, fast einen Meter lang von der Nase bis zur Schwanzspitze. Die Ratten lebten, indem sie unter dem Boden des älteren Teils des Friedhofs gruben.«

Das reichte mir. Mehr wollte ich nicht hören. Mir war plötzlich kalt, und ich wollte schnell zum Abendessen und wollte es auch essen können. Aber ich konnte jetzt nicht einfach abhauen.

»Also, der Hund wußte nicht, was die Ratten dort taten, und so wie du und ich, wollte er es lieber gar nicht wissen. Aber er hatte die Pflicht, den Friedhof zu bewachen. So machte er schließlich zwei Katzen, die er sonst peinigte und hetzte, ein Waffenstillstandsangebot und erzählte ihnen von den Ratten. Es waren zwei gerissene alte Kater, die seit langem alle anderen Katzen vom Friedhof vergrault hatten. Der Hund schlug ihnen vor, sie künftig in Frieden zu lassen und nicht mehr zu belästigen, wenn sie dafür den Ratten gehörig Angst einjagten. Die Katzen gingen darauf ein: ›Wir können also tun, was wir wollen und wann wir wollen, und du störst uns nicht mehr dabei?‹ Der Hund versprach es.

In der folgenden Nacht wartete der Hund auf die Geräusche eines Kampfes. Aber er hörte nichts. Nicht das leiseste Piepsen.« Sie sah mich an, um die Wirkung zu erhöhen. »Nicht ein Krallenkratzen, nicht einmal ein Schwanzpeitschen.«

Sie holte tief Luft. Ich ebenfalls.

»So gegen Mitternacht ging der Hund auf den Friedhof hinaus. Es war stockfinster, kein Wind, kein Vogel, kein Rascheln kein Stern erlöste die schweigende Finsternis. Er schnüffelte sich seinen Weg zum alten Teil des Friedhofs, wo er die große Chefratte auf einem zerbrochenen, schiefen Holzkreuz hockend vorfand. Nur ihre Augen und ihre Schwanzspitze waren in der Dunkelheit zu erkennen, aber der Hund konnte sie riechen.«

›Was ist mit den Katzen passiert?‹ fragte er.

›Hab' keine Katzen gesehen‹, antwortete sie. ›Glaubst du etwa, du könntest uns von zwei alten Katzen Angst einjagen lassen? Ha! Hör zu, falls heute hier irgendwelche Katzen gewesen sein sollten, wären sie geendet wie Schlachtrinder, und meine Jungen hätten sich daran fettge-‹«

»Neiiin!« schrie ich und rannte davon.

»—Was ist los?« rief sie mir nach. »Willst du mir deine Geschichte nicht erzählen?« Ihre Stimme verfolgte mich.

Am Abend im Bett hätte ich dann doch gerne gewußt, was mit den Katzen geschehen war. Vielleicht war ihnen gar nichts passiert. Ich wußte es nicht. Das machte meine Vorstellungen noch scheußlicher. Ich schlief nicht besonders gut. Aber mein Gehirn arbeitete wie noch nie zuvor.

Am nächsten Tag, einem Samstag, hatte ich einen Schluß gefunden. Rückblickend war es kein besonders guter Schluß, aber als ich Michael die Geschichte erzählte, war er so verängstigt, daß er drohte, Mama alles zu sagen.

»Petze!« sagte ich, »ich erzähle dir nie wieder eine Geschichte!«

Michael war ein Jahr jünger als ich, und die Zukunft war ihm gleichgültig. »Du hast mir noch nie Geschichten erzählt«, sagte er, »und alles war okay. Ich kann auf deine Geschichten verzichten!«

Er rannte die Treppe hinunter ins Wohnzimmer. Papa las die Zeitung und rauchte seine Pfeife, bevor er die Bewässerungsanlage einschalten gehen würde. Michael zögerte auf der letzten Treppenstufe, und ich hatte ihn fast eingeholt, als er plötzlich in die Küche rannte. Ich wußte genau, was er überlegt hatte: Daß Papa wahrscheinlich lachen und ihn einen kleinen Angsthasen nennen würde, während Mama sich aufregen und mich entsprechend bestrafen würde.

Sie war gerade dabei, den Küchentisch für neue Tischtücher auszumessen. Michael rannte zu ihr und klammerte sich an ihr Hosenbein, während ich heftig atmend an der Tür stehen blieb und ihn mit einem Blick anstarrte, der ewige Folter versprach.

»Mama«, sagte er.

»Petze!« kreischte ich und rannte in den Traktorschuppen. Mama kannte das Versteck nicht, nur Papa, und der würde vermitteln können.

Es dauerte eine halbe Stunde, bis er mich fand. Ich saß trotzig im Dunkeln hinter einer Werkbank. Papa stand in dem Lichtstrahl, der durch ein Loch im Dach fiel und den Staub aufglitzern ließ.

»Sohn«, sagte er, »Mama möchte wissen, woher du diese Geschichte hast.«

Diese Frage hatte ich nicht erwartet. ›Warum hast du Michael Angst gemacht?‹ oder vielleicht ›Wie bist du auf solche Gedanken gekommen?‹ Aber nein. Irgendwie hatte sie das Problem im Kern erkannt und Papa auf ihre Seite geholt.

»Ich hab' sie erfunden.«

»Du hast noch nie Geschichten erfunden.«

»Das war die erste.«

Er holte tief Luft. »Sohn, wir kommen gut miteinander aus, außer, wenn du mich anlügst. Wir wissen mehr. Wer hat dir diese Geschichte erzählt?«

Das war heikel. Da war mehr dahinter, als ich verstand – eine mysteriöse Erwachsenenangelegenheit. Ich konnte die Wahrheit nicht verbergen.

»Eine alte Frau«, beichtete ich.

Papa seufzte noch tiefer. »Was hatte sie an?«

»Grünes Kleid.«

»Ein alter Mann auch?«

Ich nickte.

»Himmel!« sagte er leise, drehte sich um und ging hinaus. Von draußen rief er mir zu, ich solle ins Haus kommen. Ich klopfte den Staub von meiner Hose und folgte ihm. Michael lauerte mir auf.

»In Särge gesperrt mit alten Leichen!« ahmte er mich nach. »Du kannst was erleben!«

Die Eltern machten die Küchentür hinter sich zu und ließen uns draußen. Das störte Michael, der sofortige Genugtuung erhofft hatte. Und ich war zu beunruhigt und gespannt, um mich jetzt an ihm zu rächen. So schlich er hinaus und jagte die Katze ums Haus.

»Ich sperr dich in einen Sarg!« schrie er hinter ihr her.

Ich hörte Mamas Stimme hinter der Tür. »Hörst du das? Er wird Alpträume haben, der arme Junge. Es wird ihn verderben.«

»Übertreib mal nicht.«

»Übertreiben? Daß diese widerlichen Leute wieder da sind? Ben, die müssen über hundert Jahre alt sein! Sie wollen mit deinem Sohn das gleiche machen wie mit deinem Bruder . . . und sieh ihn dir an! Lebt in Sünde und schreibt für diese Zeitungen voller Mädchen.«

»Er lebt nicht in Sünde, sondern er wohnt allein in einem Apartment in New York City und schreibt für alle möglichen Zeitungen.«

»Mit dir haben sie es auch versucht! Gott sei Dank hat deine Tante dich gerettet!«

»Margie, ich hoffe, du willst nicht . . .«

»Doch, natürlich! Sie kennt solche Leute. Und sie hat sie schon einmal vertrieben. Also kann sie es noch mal tun.«

Der Teufel war los. Ich verstand nur die Hälfte, konnte aber Großtante Sybil Dansers Gegenwart schon fast fühlen, konnte schon ihre krächzende Stimme, das Rascheln ihrer Büchertasche voller Billy Grahams und Zondervans und kleiner, blaubedruckter Broschüren hören.

Die Eltern hatten aufgehört zu reden und saßen in jenem steinernen Schweigen, das Papas Unwillen und Mamas Entschlossenheit anzeigte. Mehr würde ich jetzt nicht erfahren. Ich ärgerte mich, daß niemand mir Vorwürfe machte, als ob ich zu blöd sei, ungezogen zu sein. Und ich ärgerte mich über Michael, der die ganze Sache ins Rollen gebracht hatte.

Vor allem aber war ich neugierig. Waren der Mann und die Frau mehr als hundert Jahre alt? Warum hatte ich sie nie vorher gesehen? Und nie von ihnen gehört? Ich war doch sicherlich nicht das einzige Kind, dem sie Geschichten erzählt hatten. Ich mußte der Sache auf den Grund gehen. Mein Ohr an die Tür haltend, fragte ich: »Darf ich zu George spielen gehen?«

»Ja«, antwortete Mama. »Sei zur Abendarbeit zurück.«

George wohnte auf dem Nachbarhof, anderthalb Meilen ostwärts. Ich nahm mein Fahrrad und fuhr die alte Staubstraße nach Süden.

Sie saßen beide unter einem Baum und aßen Picknick aus einem Weidenkorb. Ich lehnte mein Rad an den grauen Felsen und beschirmte meine Augen mit der Hand, um sie besser sehen zu können.

»Hallo, Junge«, sagte der alte Mann. »Lange nicht gesehen.«

Ich wußte nichts zu antworten. Die Frau bot mir einen Keks an, und ich murmelte: »Nein, danke.«

»Vielleicht willst du uns dann eine Geschichte erzählen?«

»Nein.«

»Keine Geschichte? Das ist seltsam. Meg war sicher, du hättest irgendwo in dir eine Geschichte. Vielleicht guckt irgendeine hinter deinen Ohren hervor und macht uns eine lange Nase.«

Die Frau lächelte schmeichelnd. »Tee?«

»Es gibt Ärger«, sagte ich.

»Schon?« Die Frau strich ihren Rock glatt und stellte einen Teller mit Nußbrot auf ihren Schoß.

»Tja, früher oder später muß das kommen. Diesmal ist es früher. Was hältst du davon, Junge?«

»Ich meine, ich habe 'nen Haufen Ärger für wenig Ungezogenheit. Ich versteh's nicht.«

»Dann komm, setz dich«, sagte der alte Mann. »Hör dir eine Geschichte an und dann erzähl uns, was los ist.«

Ich setzte mich, nicht so sehr, weil ich scharf auf eine neue Geschichte war, sondern aus Höflichkeit. Ich nahm ein Stück Nußbrot und knabberte daran, während die alte Frau an ihrem Tee nippte, sich räusperte und begann: »Es war einmal eine Stadt am Ufer eines großen, blauen Sees. In der Stadt lebten fünfhundert Kinder und sonst niemand. Denn der Seewind ließ niemanden alt werden. Kinder haben natürlich keine Kinder, und seit der Wind im ersten Jahr geblasen hatte, war die Stadt nicht mehr weiter gewachsen.«

»Und wo waren die Erwachsenen alle hin?« fragte ich. Der alte Mann legte den Finger auf seine Lippen und schüttelte den Kopf.

»Die Kinder spielten den ganzen Tag, aber nachts bekamen sie Angst und hatten Alpträume. Niemand war da, um sie zu trösten, denn nur Erwachsene können Alpträume richtig gut vertreiben. Na ja, manchmal waren die Alpträume weiße Pferde, die aus dem See auftauchten. Also stellten sie am Strand Wachen auf, die die Pferde mit Knüppeln aus Schwarzdorn zurücktrieben. Doch gegen die schwarzen Alptraumpferde, die aus dem Boden kamen, wußten sie sich nicht zu schützen. Eines Tages versammelten sich die Kinder und beschlossen, sich alle furchterregende Geschichten zu erzählen, die sie kannten, um sich auf die Alpträume vorzubereiten. Es fiel ihnen ziemlich leicht, Schauergeschichten zu erfinden, und jeder hatte eine oder zwei zu erzählen. Sie blieben die ganze Nacht wach und ersannen Geschichten über Gespenster und tote Dinge und lebende Dinge, die es nicht gibt und über Dinge, die weder tot noch lebendig sind. Sie erzählten vom Tod und von Monstern, die Blut saugen, und über Dinger, die tief im Erdinneren leben und von langen, dünnen Dingern, die durch Türspalten schlüpfen und nachts über Betten baumeln und in seltsamen Sprachen sprechen. Sie erzählten von Augen ohne Köpfe und Köpfen ohne Augen, von kleinen blauen Schuhen, die durch einen kalten, leeren, weißen Saal gehen, mit niemandem drin, von einem Bettgestell, das quietscht, wenn es leer ist, einer Druckpresse, die Zeitungen druckt für eine Stadt, die es nie gegeben hat. Und dann, gegen Morgen, hatten sie alle Schauergeschichten erzählt. Als in der nächsten Nacht die schwarzen Pferde aus dem Boden kamen, begrüßten die Kinder sie mit Kuchen und Saft und machten ein großes Fest. Sie luden auch die blassen Lakendinger aus den Wolken dazu und die weißen Pferde aus dem See. Jeder aß nach Herzenslust und amüsierte sich köstlich. Ein weißes Pferd ließ einen kleinen Jungen reiten und brachte ihn, wohin immer er wollte. Und so gab es keine Alpträume mehr in der Kinderstadt am See.«

Ich schluckte den letzten Bissen Nußbrot herunter und wischte mir die Hände an meiner Hose ab.

»Darum habt ihr versucht, mir Angst zu machen«, sagte ich.

Sie schüttelte den Kopf. »Nein. Ich habe nie eine Absicht, wenn ich eine Geschichte erzähle, und du solltest auch keine haben.«

»Ich glaube, ich werde keine Geschichten mehr erzählen. Meine Leute daheim regen sich zu sehr darüber auf.«

»Spießer!« knurrte der alte Mann und blickte in die Ferne über die Felder.

»Hör zu, junger Mann. Es gibt nichts Besseres in der Welt als das Geschichtenerzählen. Du kannst Atome spalten, wenn du willst, aber eine Unendlichkeit zu spalten – und Gehör zu finden –, ist viel edler. Du kannst Eiterpusteln aufstechen, aber ein Lügengebäude platzen zu lassen ist oft sauberer und zudem immer amüsant.«

»Und warum sind Mama und Papa dann so böse?«

Der alte Mann schüttelte den Kopf. »Ein ewiges Rätsel!«

»Also, ich bin mir nich' ganz sicher«, sagte ich. »Ich habe meinem kleinen Bruder ganz schön Angst gemacht, und das ist nich' nett.«

»Angst zu haben ist nicht schlimm«, sagte die Frau. »Sich zu langweilen und unwissend zu sein, das ist allerdings ein Verbrechen.«

»Ich weiß trotzdem nich'. Meine Leute sagen, ihr müßt mindestens hundert Jahre alt sein. Ihr habt irgendwas mit meinem Onkel gemacht, das sie nicht mögen, und das ist lange her. Was seid ihr überhaupt für Leute?«

Der alte Mann lächelte. »Alt ja, aber nicht hundert.«

»Ich bin nur hergekommen, um euch zu warnen. Mama und Papa holen meine Großtante her, und sie versteht keinen Spaß. Ihr solltet lieber fortgehen.« Nachdem ich das gesagt hatte, rannte ich zu meinem Fahrrad und strampelte davon, so schnell ich konnte. Ich war in einer schrecklichen Zwickmühle. Ich liebte meine Familie, aber ich brannte darauf, neue Geschichten zu hören. Es war unmöglich, eine Entscheidung zu treffen.

Ich schlief unruhig in dieser Nacht. Ich träumte nicht, sondern wachte immer wieder auf, weil irgend etwas in meinem Hinterkopf hämmerte, als wolle es herausgelassen werden. Ich verzerrte mein Gesicht vor Anstrengung und zwang es zurück.

Beim Sonntagsfrühstück sah Mama mich über den Tisch weg an und machte ein freundliches Gesicht. »Wir werden heute Nachmittag Tantchen Danser am Flugplatz abholen«, sagte sie.

Ich fühlte mich wie ein begossener Pudel.

»Du kommst doch mit, oder? Du mochtest den Flugplatz doch immer.«

»Von so weit her, wo sie wohnt?« fragte ich.

»Von Omaha«, erklärte Papa.

Ich hatte gar keine Lust mitzugehen, aber es war mehr ein Befehl denn eine Frage gewesen. Ich nickte, und Papa lächelte mich um seine Pfeife herum an.

»Iß nicht so viele Kekse«, warnte Mama ihn, »du nimmst wieder zu.«

»Bei der Ernte arbeite ich's mir wieder ab. Du kochst eben soviel, als ob du eine ganze Mannschaft zu verpflegen hättest.«

»Tantchen Danser kriegt das alles schon wieder hin«, sagte Mama geistesabwesend. Ich sah einen Anpflug von Grimasse auf Papas Gesicht, und die Pfeife zitterte, als er fester daraufbiß.

Der Flugplatz war wie in einem Science-Fiction-Film im Fernsehen. Endlos, riesig, mit Treppen zu Restaurants, großen, rauchigen Fenstern, durch die man die dröhnenden Jets sah. Und Massen von Menschen. Dann tauchte eine birnenförmige Gestalt auf, in einem bedruckten Baumwollkleid, mit Säulenbeinen und flaschenbodendicken Brillengläsern. Aus hundert Metern Entfernung konnte ich sie erkennen.

Zur Begrüßung schüttelte sie Mama die Hand, umarmte Papa, als sei es ihr zuwider, und beugte sich dann mit einem Lächeln zu mir. Ihre Zähne waren gelb und ebenmäßig wie die eines Pferdes. Sie war die häßlichste Frau, die ich je gesehen habe. Sie roch nach Flieder. Bis heute macht Fliederduft mich krank.

Sie hatte eine Plastiktasche bei sich, mit Strickzeug und mit Büchern und Broschüren. Ich wunderte mich immer, warum sie keine Bibel, sondern nur Billy Grahams und Zondervans bei sich hatte. Ein Heft fiel zu Boden. Papa hob es auf.

»Behalt es. Lies es!« befahl Tantchen Danser. »Tut dir gut!« Sie wandte sich zu Mama und musterte sie von oben bis unten. »Siehst gut aus. Er scheint dich gut zu behandeln.«

Papa drängte uns durch die automatischen Türen in die trockene Hitze. Ich trug ihren Koffer, der so leicht war wie eine Mumie. Wahrscheinlich war er leer. Ihr Leben steckte nicht in Kleidern und Kosmetik, sondern in ihrer Plastiktasche.

Wir fuhren zur Farm zurück. Ich lehnte mein Gesicht an das kühle Glas des Seitenfensters und fühlte mich elend. Tantchen Danser war wie eine Dosis geistiges Rizinusöl, sagte ich mir. Oder wie ein Besuch beim Zahnarzt. Selbst wenn nichts passierte, kündete allein ihr Geruch Unheil an, und wie ein Tier, das den kommenden Sturm wittert, fühlte ich meine Eingeweide rebellieren.

Mama sah mich an – Tantchen Danser saß vorne neben Papa – und fragte: »Alles in Ordnung? Haben sie dir etwas zu essen gegeben? Irgendwas Komisches?«

Ich sagte, sie hätten mir ein Stück Nußbrot gegeben. »Ach du meine Güte!« seufzte Mama.

»Margie, so gehen die nicht vor. Die haben andere Mittel.« Tantchen Danser lehnte sich über die Rücklehne und glotzte mich an. »Der

Junge ist nur beunruhigt. Ich kenn' mich da aus. Diese Leute und ich, wir haben's schon mal durchgespielt.«

Durch die dicken Gläser schienen ihre wäßrigen Augen bis tief in mein Innerstes zu sehen. Ich mochte nicht so durchschaut werden. Ich wußte, daß Tantchen Dansers Leben stabil und vorhersagbar war, und ich fällte plötzlich einen Entschluß. Ich mochte den Mann und die Frau. Sie waren Ursache für Ärger, aber sie waren das ganze Gegenteil meiner Großtante. Ich fühlte mich besser und grinste sie an. »Der Junge wird bald in Ordnung sein«, meinte sie. »Nur eine Kolik der aufgewühlten Seele.«

Michael und Barbara saßen auf der Eingangstreppe, als das Auto vorfuhr. Tantchen Dansers Besuch schien sie weniger zu stören als mich. Sie nahmen sie hin, ohne sich zu beklagen, sogar außer Hörweite der Erwachsenen. Das machte mich nachdenklich. Ich beschloß, daß ich sie nicht weniger lieb hatte, ihnen aber nicht trauen konnte. Die Welt schien Partei zu nehmen, und auf meiner Seite war es sehr einsam. Ich zählte die beiden Alten nicht zu meiner Seite, weil ich nicht wußte, ob sie es waren – aber sie waren näher als irgendeiner in der Familie.

Tantchen Danser wollte uns nach dem Essen aus den Billy-Graham-Büchern vorlesen, aber Papa schmuggelte uns hinaus, ehe Mama uns zusammenholen konnte – alle, außer Barbara, die drinblieb und zuhörte. Vom Dachboden der alten Holzscheune sahen wir uns den Sonnenuntergang an, versuchten dann, die kleinen Vögel zu fangen, die in den Balken nisteten. Als es dunkel wurde und Zeit, ins Bett zu gehen, war ich hungrig. Aber nicht auf Essen. Ich fragte Papa, ob er mir eine Gutenachtgeschichte erzählen würde.

»Du weißt doch, Mama mag den Märchenkram nicht«, sagte er.

»Dann kein Märchen. Nur eine einfache Geschichte.«

»Ich bin aus der Übung, Sohn«, behauptete er und sah traurig aus. »Deine Mama meint, wir sollten uns auf wirkliche Dinge konzentrieren und nicht unsere Zeit mit Ausgedachtem verschwenden. Das Leben ist hart. Ich muß vielleicht die Farm verkaufen und für diese Futtermittelfabrik in Mitchell arbeiten gehen.«

Ich ging ins Bett, und mir war zum Heulen. Ein großer Teil meiner Familie war mir in dieser Nacht gestorben, ohne daß ich wußte, warum und wie. Aber ich war traurig, enttäuscht und zornig.

Am nächsten Tag ging ich nicht in die Schule. Ich hatte einen Traum gehabt, der so klar und real in meiner Erinnerung war, daß ich zu den Baumwollfeldern rennen und den alten Leuten davon erzählen mußte. Ich nahm meine Pausenbrotdose und ging schnell die Landstraße hinunter.

Sie waren nicht da. An einem Draht am größten Baum hatten sie einen vergilbten Zettel gelassen, auf dem in sicherer, femininer Handschrift mit Sepiatinte und einem Federkiel geschrieben stand: »Wir sind in der alten Hauskopffarm. Komm, wenn du mußt.«

Nicht »Komm, wenn du kannst.« Es gab mir einen Stich. Die alte Hauskopffarm war vor vielen Jahren verlassen und nie verkauft worden. Sie lag drei Meilen die Straße und dann einen tiefgefurchten Weg hinunter. Ich brauchte eine Stunde, um dorthin zu gelangen.

Das Haus sah verlassen aus. Die weiße Farbe blätterte ab, und totes, graues Holz kam darunter zum Vorschein. Die Fenster waren blind. Ich ging die Stufen hinauf und klopfte an die schwere Eichentür. Zunächst rührte sich nichts, und ich dachte schon, es würde niemand antworten. Dann hörte ich etwas wie einen Windstoß im Inneren des Hauses, und die alte Frau öffnete die Tür. »Hallo, Junge«, sagte sie, »kommst wegen mehr Geschichten?«

Sie ließ mich herein. Wildblumen wuchsen zwischen den Dielenbrettern, und zarte Röschen blühten an dem Gestrüpp, das die Wände emporrankte. Eine Wachtel führte ihre winzigen Küken unter der Treppe hervor ins Wohnzimmer. Ein Teppich lag am Boden, doch die eingewebten Blüten sahen wirklicher aus als ein Muster. Ich starrte darauf und verlor mich in den Details.

»Hier entlang, Junge«, sagte die Frau und gab mir die Hand. »Warm und geschmeidig fühlte sie sich an und schien doch hart wie aus Holz.

Mitten im Wohnzimmer wuchs ein Baum aus dem Boden, und seine Äste schienen die Zimmerdecke zu tragen. Kaninchen und Wachteln und eine schläfrige Streifenkatze sahen mich zwischen den Wurzeln hervor an. Eine Holzbank führte um den Stamm herum. Hinter dem Baum hörte ich jemanden atmen. Der alte Mann steckte seinen Kopf hervor und hob seine lange Pfeife zum Gruß. »Hallo, Junge«, murmelte er freundlich.

»Der Junge sieht aus, als wolle er uns diesmal eine Geschichte erzählen«, meinte die Frau.

»Natürlich, Meg. Setz dich, Junge. Ein Glas Most? Tee? Kräuterkeks?«

»Most, bitte«, antwortete ich.

Der alte Mann stand auf und ging in die Küche. Auf einem hölzernen Tablett brachte er drei Schalen mit schäumendem Most zurück. Der Zimt kitzelte mich in der Nase, als ich daran nippte.

»Deine Geschichte also.«

»Sie handelt von zwei Habichten«, erklärte ich zögernd.

»Erzähl.«

»Zwei Habichtbrüder. Die sich nicht mochten. Stritten sich um ein Jagdrevier.«

»Ja?«

»Eines Tages traf der eine Habicht einen alten verkrüppelten Luchs, der sich in einem alten Geröllhaufen niedergelassen hatte. Der Luchs hatte sich selbst das Zaubern beigebracht, so daß er sich sein Abendessen nicht mehr zu jagen brauchte, denn das fiel ihm inzwischen ziemlich schwer. Der Habicht landete vor dem Luchs und erzählte ihm von seinem Bruder und dessen Grausamkeit. Und der Luchs antwortete: ›Warum überläßt du ihm nicht das Revier bei Tag? Ich weiß, was du tun kannst.‹ Und der Luchs erzählte ihm, wie er ihn in ein Kaninchen verwandeln könne, und zwar ein großes, starkes Kaninchen, dem kein Habicht etwas anhaben kann.«

»Listiger Luchs«, sagte der alte Mann lächelnd.

»›Du meinst, mein Bruder könnte mich nicht kriegen?‹ fragte der Habicht. ›Natürlich nicht‹, antwortete der Luchs. ›Und du könntest ihm außerdem noch eins auswischen. Du kämpfst mit ihm und machst ihm richtig Angst, zeigst ihm, was für gefährliche Tiere in dem Revier leben, das er haben will. Dann wird er abhauen und woanders jagen.‹ Der Habicht meinte, das sei eine gute Idee, und ließ sich von dem Luchs in ein Kaninchen verwandeln. Dann hoppelte er ins Jagdrevier und hoppelte auf einer kleinen Wiese. Natürlich sah er bald den Schatten seines Bruders, und dann hörte er ihn herunterstürzen und sah seine ausgestreckten Krallen. Er nahm seine ganze Wut zusammen, sprang hoch und biß seinem Bruder fast alle Schwanzfedern ab. Der Habicht überschlug sich und fiel zu Boden, den Schnabel weit aufgesperrt und mit blinzelnden Augen. ›Kaninchen‹, sagte er, ›das ist nicht normal. Kaninchen tun so was nicht.‹

›Hier tun sie es‹, antwortete der Kaninchenhabicht, ›dies ist ein gefährliches, altes Revier, und alle Tiere hier wissen, wie sie so bösen Vögeln wie dir entkommen können.‹ Das machte dem Habichtbruder solche Angst, daß er so schnell wie möglich davonflog und nie wieder zurückkam. Der Kaninchenhabicht hoppelte zum Geröllhaufen, stellte sich vor dem Luchs auf und sagte: ›Es hat wirklich gut geklappt. Ich danke dir. Nun verwandle mich zurück, daß ich in meinem Revier jagen gehen kann.‹ Der Luchs grinste nur und brach dem Kaninchen mit einem Pfotenhieb das Genick. Dann fraß er es auf und lachte: ›Jetzt gehört das Land mir, und kein Habicht jagt mir die leichte Beute weg.‹ Und so kam durch die Habgier von zwei Habichten das Land an einen Luchs.«

Die alte Frau sah mich mit ihren großen, kastanienfarbenen Augen an und lächelte. »Du hast es, Junge«, behauptete sie. »Genau wie dein Onkel. Nicht wahr, Jack? Er hat's.« Der alte Mann nickte und nahm seine Pfeife aus dem Mund. »Er hat's. Er wird gut.«

»Nun, Junge, warum hast du dir die Geschichte ausgedacht?« Fragte die Frau. Ich dachte einen Moment nach und schüttelte dann den Kopf.

»Ich weiß es nicht«, antwortete ich. »Die kam von selbst.«

»Was willst du mit der Geschichte machen?«

Darauf wußte ich keine Antwort.

»Hast du noch andere Geschichten in dir?«

Ich überlegte. »Glaube, ja.«

Draußen fuhr ein Auto vor. Mamas Stimme rief nach mir.

Die alte Frau stand auf, strich ihr Kleid glatt und sagte: »Komm. Geh durch die Hintertür hinaus und fahr mit ihnen nach Hause. Morgen gehst du in die Schule wie immer, und am nächsten Samstag kommst du wieder, und wir reden ein bißchen.«

»Sohn, bist du da?«

Ich ging ums Haus herum nach vorne. Mama und Tantchen Danser saßen im Auto.

»Hier darfst du nicht herkommen. Warst du in dem Haus?« fragte Mama. Ich schüttelte den Kopf.

Meine Großtante sah mich durch ihre dicken Brillengläser an und zog die Mundwinkel etwas hoch. »Margie«, sagte sie, »geh doch mal durchs Fenster schauen.«

Mama stieg aus und ging zum Haus. Sie schaute durch die zerbrochenen Fenster. »Es ist leer, Sybil.«

»Leer, nicht wahr, Junge?«

»Weiß nicht. Ich war nicht drin.«

»Ich habe dich letzte Nacht im Schlaf reden gehört. Kaninchen und Habichte machen so was nicht. Du weißt das und ich weiß das. Also, es ist nicht gut, sich so was auszudenken, nicht wahr?«

»Ich erinnere mich nicht, daß ich im Schlaf geredet habe.«

»Margie, laß uns heimfahren. Der Junge muß ein paar Broschüren eingetrichtert bekommen.«

Mama stieg ein, und ehe sie den Motor anließ, drehte sie sich zu mir um und sah mich an. »Wenn du noch mal die Schule schwänzt, haue ich dich windelweich. Es ist wirklich peinlich, wenn die Schule anruft und ich nicht weiß, wo du bist. Hast du gehört?«

Ich nickte.

In der Woche war alles ruhig. Ich ging zur Schule, versuchte, nachts nicht zu träumen, und tat alles, was man von einem richtigen Jungen erwartet. Aber ich fühlte mich nicht so wie ein richtiger Junge. Ich fühlte etwas Großes in mir und all die Billy Grahams und Zondervans, die man mir vorlas, konnten an dem Gefühl nichts ändern.

Dann machte ich allerdings einen Fehler. Ich fragte Tantchen Danser, warum sie nie die Bibel las. Es war nach dem Abendessen und dem Geschirrspülen. Wir waren im Wohnzimmer. »Warum willst du das wissen, Junge?« fragte Tantchen Danser zurück.

»Die Bibel ist voller schöner Geschichten, aber du trägst sie nicht mit dir herum. Ich war neugierig. Darum!«

»Die Bibel ist ein gutes Buch.« sagte sie. »Das einzige gute Buch, aber schwierig. Da ist viel Verstecktes und Doppelsinniges. Manchmal . . .« Sie hielt inne. »Wer hat dir diese Frage eingegeben?«

»Niemand«, antwortete ich wahrheitsgemäß.

»Ich habe diese Frage nämlich schon mal gehört, verstehst du? Das ist nicht das erste Mal, daß mich jemand das fragt. Jemand anderes fragte mich das mal vor langer Zeit.«

Ich saß auf meinem Stuhl, steif wie ein Brett.

»Der Bruder deines Vaters hat mich das mal gefragt. Aber wir wollen nicht von ihm reden, nicht wahr?«

Ich schüttelte den Kopf.

Am folgenden Samstag wartete ich, bis es dunkel war und alle im Bett lagen. Die Nachtluft war warm, aber ich schwitzte mehr, als die Temperatur erklären konnte, während ich die staubige Straße entlangradelte. Der Himmel war von Sternen übersäht, die mich alle anglitzerten. Die Milchstraße schien bis zur Straße herunterzureichen, so, als könne ich glatt dort hinaufradeln, wenn ich nur weit genug fuhr.

Ich klopfte an die schwere Tür. Drinnen war alles dunkel, und für alte Leute war es schon sehr spät. Aber ich wußte, daß diese beiden nicht wie normale Leute waren. Und ich wußte, daß, selbst wenn das Haus verlassen aussah, es nicht leer sein mußte. Ein Windstoß ließ mich frösteln. Dann ging die Tür auf. Es war stockfinster, und mir blieb der Atem stehen. Zwei Augenpaare sahen mich aus der Schwärze an. Sie sahen diesmal viel größer aus.

»Komm rein, Junge«, flüsterte Jack.

Glühwürmchen beleuchteten den Baum im Wohnraum. Das Gestrüpp und die Wildblumen leuchteten wie Wasserpflanzen am Seegrund. Der Teppich krabbelte und bewegte sich, jedoch nicht unter meinen Füßen. Ich zitterte jetzt wirklich und klapperte mit den Zähnen. Ich sah nur ihre Schatten, als sie sich auf die Baumbank setzten. »Setz dich«, sagte Meg. »Hör gut zu. Du hast das Feuer entgegengenommen, und es leuchtet hell. Du bist ein kleiner Junge, aber du bist jetzt wie eine schwangere Frau. Für den Rest deines Lebens wirst du von der schlimmsten Pein, die die Menschheit kennt, heimgesucht werden. Deine Haut wird nachts zucken. Deine Augen werden im Dunkeln Dinge sehen. Wilde Tiere werden zu dir kommen, die geritten werden wollen. Du wirst eine Wahrheit nicht von der anderen unterscheiden können. Du magst Hunger leiden, weil nur wenige dich ermutigen wollen. Und wenn du erfolgreich bist in dieser Welt, könntest du die Gabe verlieren und vergeblich dein restliches Leben lang danach suchen. Manche werden die Gabe nicht außergewöhnlich finden. Hüte dich vor ihnen. Manche werden sagen, sie sei ganz außergewöhnlich. Hüte dich auch vor ihnen. Und manche . . .«

An der Tür hörte man ein Rascheln. Ich dachte erst, es sei ein Tier. Dann ein Räuspern. Es war meine Großtante.

»Manche werden sagen, du bist verdammt. Sie haben vielleicht recht. Aber du bist auch voller Begeisterung. Trage es leicht und verantwortungsvoll.«

»Hört zu, da drinnen. Ich bin Sybil Danser. Ihr kennt mich. Macht auf.«

»Stell dich hinter die Tür ins Dunkle, wo sie dich nicht sehen kann«, sagte Jack. Ich tat es. Einer von ihnen – ich konnte nicht sehen, wer – öffnete die Tür, und das Gestrüpp und der Teppich erstarrten, und die Lichter am Baum erloschen. Tantchen Danser stand in der Tür vor dem Sternenhimmel, mit ihrer Plastiktasche unterm Arm. »Junge?« rief sie. Ich hielt den Atem an.

»Und ihr anderen auch.«

Ein Wind im Haus schien zu antworten. »Ich komme nicht zu spät«, trompetete sie, »verdammt sollt ihr sein, wirklich, zur Hölle verdammt! Ihr kommt in unsere Städte, und ihr sucht uns heim mit Gedanken, die keine anständige Person denken will. Nicht nur Märchen, sondern auch, wie die Leute leben und warum sie nicht so leben sollen! Schon euer Atem ist verderblich. Hört ihr mich?« Langsam ging sie in den Wohnraum, und ihre Füße dröhnten auf dem Holzboden. »Ihr bringt sie dazu, über uns zu schreiben, und macht, daß andere über uns lachen. Stellt unsere Art zu denken in Frage. Verdammt unseren größten Stolz. Zerrt unsere Fehler ans Licht und vergrößert sie jenseits aller Wahrheit. Welches Recht habt ihr, kleinen Kindern den Geist zu verdrehen?«

Der Wind rauschte durch die Ritzen in den Mauern. Ich versuchte zu sehen, ob Meg oder Jack da waren, aber es waren nur Schatten da.

»Ich weiß, woher ihr kommt, vergeßt das nicht! Aus dem Boden! Aus den Knochen alter, gottloser Indianer! Schamanen und Heidentänzer und Verehrer von Dreck und Unrat! Ich hörte über euch von den alten Indianerfrauen der Reservate. Frost und Frühling nannten sie euch, Zeichen des Jahreswandels. Ihr habt jetzt andere Namen: Tod und Dämon nenne ich euch, hört ihr?«

Wie auf ein Geräusch hin schrak sie zusammen, doch ich konnte nichts hören. »Streitet nicht mit mir!« kreischte sie. Sie nahm ihre Brille ab und streckte beide Hände aus.

»Ihr meint, ich sei eine schwache alte Frau, nicht wahr? Ihr wißt nicht, wie stark ich bin in jenen Gemeinden. Ich bin diejenige, die die Bücher aus den Regalen holen ließ. Erinnert ihr euch? Oh, ihr habt es gehaßt – daß ihr junge Gemüter nicht mehr mit eurer Verderbnis füllen konntet. Ich holte sie aus Schulbibliotheken, aus Listen – verbrannte sie als Schund! Erinnert ihr euch? Ich war das. Und ich bin noch nicht tot. Junge, wo bist du?«

»Verzaubert sie!« flüsterte ich der Luft zu. »Verhext sie! Laßt sie verschwinden! Laßt mich hier mit euch leben.«

»Bist du es, Junge? Komm zu deiner Tante. Komm mit, komm weg hier.«

»Geh mit ihr«, flüsterte der Wind, »schicke in späteren Jahren deine Kinder auf diesen Weg. Jetzt aber geh mit ihr.«

Ich fühlte ein warmes Streicheln und wußte, daß ich nach Hause mußte. Ich schlich durch die Hintertür und ging zum Eingang. Kein Auto. Sie war mir den ganzen Weg zu Fuß gefolgt. Ich hätte sie gerne in dem alten Haus zurückgelassen, gegen die toten Balken schreiend. Aber ich rief ihren Namen und wartete.

Sie kam weinend heraus. Sie hatte verstanden.

»Du armer, sündiger Junge!« sagte sie und drückte mich an ihren Fliederbusen.

Die Hexen
von Karres
James H.
Schmitz

Der verstorbene James H. Schmitz (1911 – 1983) wagte erst 1961, im Alter von fünfzig Jahren, den Schritt zum freiberuflichen Schriftsteller, machte sich aber rasch einen Namen als ein handwerklich ausgezeichneter Autor, besonders durch seine überzeugenden Beschreibungen von Fremdwesen und deren Umwelt. Er entwickelte auch eine sehr erfolgreiche Serienheldin, Telzey Amberson, ein Mädchen mit telepathischen Fähigkeiten, die ungefähr zur gleichen Zeit aufkam wie die James-Bond-Filme, was für eine Superagenten-Story kein schlechtes Zusammentreffen ist. Ihre Abenteuer werden erzählt in Büchern wie *The Universe Against Her* (1964; dt. *Die Xenotelepathin,* 1967), *The Lion Game* (1973; dt. *Das Psi-Spiel,* 1974) und *The Telzey Toy* (1973). »Die Hexen von Karres« ist wohl seine berühmteste Erzählung.

I

Es war Abend auf dem Planeten Porlumma, als Kapitän Pausert, reisender Händler aus der Republik Nikkeldepain, der ersten der Hexen von Karres begegnete.

Es war reiner Zufall, soweit er es beurteilen konnte.

Er fühlte sich wohl in seiner Haut, als er die teure Bar in einer holprigen Straße in der Nähe des Raumhafens verließ, um auf kürzestem Wege zu seinem Schiff zurückzukehren. Es hatte keinen wirklichen Streit gegeben. Aber jemand hatte breit gegrinst, wie üblich, wenn der Kapitän den Namen seines Heimatsystems erwähnte; und mit einem gewissen Scharfsinn hatte er dann darauf hingewiesen, wie viel lächerlicher es war, einen Planeten zum Beispiel Porlumma zu nennen statt Nikkeldepain.

Während er weitersprach und die wechselvolle, interessante und manchmal sogar glanzvolle Rolle Nikkeldepains in der Geschichte mit der offensichtlich langweiligen und unbedeutenden Porlummas als sechstrangigem Außenposten des Imperiums verglich, hatte er eine wachsende Zahl mäßig begeisterter Zuhörer um sich gesammelt.

Zusammenfassend hatte er bekannt, daß er in Porlumma nicht einmal begraben sein möchte.

Daraufhin hatte jemand in Imperialuniversal deutlich vernehmbar gemurmelt, daß es in dem Falle ratsam sei, nicht zu lang auf Porlumma herumzuhängen. Aber der Kapitän lächelte nur höflich, bezahlte seine beiden Drinks und ging.

Es lohnte sich nicht, auf einem dieser Randplaneten in Schwierigkeiten zu geraten. Ihre Bürger hatten noch immer dieses naive Bedürfnis, sich wie Pioniere zu benehmen – aber dann tauchten auch immer gleich die Gesetzeshüter auf.

Er war guter Dinge. Bis vor vier Monaten hatte er sich in seinem jungen Leben nie für sonderlich patriotisch gehalten, aber verglichen mit den meisten Welten des Imperiums war Nikkeldepain in seiner soliden Spießigkeit durchaus attraktiv. Überdies kehrte er zahlungskräftig zurück – was würden die für Augen machen!

Und dort erwartete ihn sehnsüchtig und ungeduldig Illyla, das Fräulein Onswud, schöne Tochter des mächtigen Ratsherren Onswud und seit fast einem Jahr des Kapitäns heimliche Verlobte. Sie hatte als einzige an ihn geglaubt!

Der Kapitän lächelte und hielt, um sich an einer dunklen Straßenkreuzung am Signallicht des Raumhafens zu orientieren: Er war nur noch ein paar hundert Meter entfernt. Er ging weiter. In etwa sechs Stunden würde er jenseits der Raumgrenzen des Imperiums und auf dem direkten Weg zu Illyla sein.

Ja, sie war die einzige gewesen, die an ihn geglaubt hatte! Nach dem raschen Zusammenbruch seines ersten kommerziellen Unternehmens – einer Mieselpelzfarm mit vom Ratsherren Onswud geliehenem Kapital – hatte die Zukunft ziemlich finster ausgesehen. Vor allem mit der Aussicht auf zehn Jahre Zwangsarbeit für den »vorsätzlichen und fahrlässigen Mißbrauch anvertrauter Gelder«. Die Gesetze von Nikkeldepain waren hart gegen Schuldner.

»Aber du hast doch noch lange nach jemandem gesucht, der die alte *Venture* wieder für den Handel aktiviert«, hatte Illyla ihren Vater weinend erinnert.

»Hm, ja! Aber es liegt im Blut, mein Schatz! Sein Großonkel Threbus war auf dem gleichen Weg! Es wäre viel vernünftiger, das Gesetz seinen Lauf nehmen zu lassen«, hatte Ratsherr Onswud geantwortet und Pausert dabei angestarrt, der mürrisch schwieg. Er hatte *versucht* zu erklären, daß die plötzliche Epidemie, die fast den gesamten Mieselbestand getötet hatte, nicht seine Schuld war. Er hatte zudem übrigens den starken Verdacht, daß der junge Ratsherr Rapport, der seit zwei Jahren um Illyla herumschwänzelte, dabei seine Hand im Spiel gehabt hatte.

»Die *Venture,* tja . . .!« Ratsherr Onswud strich sich sinnend über sein spitzes, knochiges Kinn. »Pausert kann mit einem Schiff umgehen, das ist wahr«, gab er zu.

So war es dazu gekommen. Würden die Augen machen! Denn sogar dem Kapitän war klargewesen, daß Ratsherr Onswud all die alten Hüte, die sich seit fünfzig Jahren im Staub seiner Lagerhäuser angesammelt hatten, ihm und der *Venture* aufgeladen hatte, in der Hoffnung, noch irgend etwas aus diesen fast vergessenen Investitionen herauszuholen. Die Ladung war mit zweiundachtzigtausend Meals bewertet worden – aber selbst wenn er nur Dreiviertel davon in bar zurückbrachte, war alles zum Besten.

Statt dessen – nun, es hatte alles in der Hauptstadt des Imperiums selbst begonnen, mit einer gegen einen Imperialbeamten gewonnenen Wette um eine juristische Frage. Dann kam das sechsstündige Wettrennen gegen eine schnelle Privatyacht, das er – die *Venture* 7333 war im letzten Jahrhundert als Piratenjäger eingesetzt worden und konnte noch immer zweimal so schnell fliegen, wie ihr Anblick vermuten ließ – fair gewonnen hatte. Von da an war der Kapitän als Sportsmann gesellschaftlich akzeptiert und zu allen möglichen fröhlichen Parties und Festen eingeladen worden.

Fröhlich und rentabel – denn die wohlhabenderen Imperianer konnten Wette oder Spiel nicht widerstehen, und er bestand immer darauf, daß die Buße darin bestand, etwas von ihm zu kaufen.

Er wurde das Zeug ziemlich schnell los. Innerhalb von zwölf Wochen war von der ursprünglichen Ladung nichts mehr übrig als zwei Zwanzigerbündel kostbar gearbeiteter, aber völlig nutzloser Edelholzangelruten und ein Dutzend dicker Ballen nützlicher, aber unattraktiver Allwetterumhänge. Selbst bei einer Wette wollte niemand etwas davon haben. Da der Kapitän aber die Vermutung hegte, diese Artikel stammten aus den Privatbeständen des Ratsherren Rapport, brach es ihm nicht das Herz, daß er sie nicht hatte verkaufen können.

Er war zu diesem Zeitpunkt glatte zwanzig Punkte netto im voraus . . .

Und dann kam diese Expreßlieferung von Medikamenten, nach Prolumma auf dem Rückweg. Der Gewinn daraus allein würde die Verluste der Mieselfarm dreifach abdecken!

Der Kapitän grinste breit in die Dunkelheit. Ja, sie würden überrascht sein – aber wo war er denn jetzt?

Er sah sich wieder nach dem Signallicht des Raumhafens um. Dort, links hinter ihm. Er mußte irgendwie abgebogen sein.

Vorsichtig ging er eine besonders dunkle Gasse entlang. Dies war die Art Stadt, wo jeder am Abend die Haustür fest verschloß und nur im Innenhof Licht einschaltete. Man hörte überall Stimmen und Geschirrklappern, manchmal ein Gelächter oder auch Gesang; aber diese Geräusche drangen hinter hohen Mauern hervor, die wenig oder gar kein Licht auf die Gasse scheinen ließen.

An der nächsten Querstraße ging es geradeaus nicht mehr weiter, und er mußte sich für rechts oder links entscheiden; nach kurzem Zögern wandte er sich nach links.

Ein Stückchen weiter vorne schien helles Licht auf diese Gasse, ein Hoftor stand offen. Während er sich näherte, hörte er zunächst heftiges Türenschlagen und dann plötzlich ein lautes Stimmgewirr.

»Jiiech!« schrillte eine helle kindliche Stimme. Es konnte Todesschmerz, Angst oder auch hysterisches Lachen gewesen sein. Der Kapitän fiel in leichten Trab.

»Ich hab' dich gesehen, da oben!« rief ein Mann aufgeregt in Universal. »Ich hab' dich jetzt – komm sofort von den Kisten runter! Ich schlag dich windelweich! Zweiundfünfzig Kunden mit Magenkrämpfen – HEEAU!«

Der letzte Ausruf wurde von einem Geräusch begleitet, das nach einem zerbrechlichen, zusammenbrechenden Holzhaus klang, gefolgt von einer Reihe von Quietschern und einem ärgerlichen Schimpfen wovon nur » . . . die Kisten auf mich geschmissen!« zu verstehen war.

»He!« rief der Kapitän in den Hof.

Plötzlich herrschte Stille. Der enge Hinterhof, erhellt von einer einzigen Hängeleuchte, war halb von einem Gewirr durcheinanderpurzelnder leerer Holzkisten bedeckt. Davor stand ein großer, dicker Mann mit einem Fuß halb in einer der Holzkisten verkeilt, ganz in Weiß gekleidet und mit einem Stock in der Hand. Zwischen der Mauer und zwei Holzkisten befand sich ein zierliches, hellhaariges Mädchen, ebenfalls in

Weiß gekleidet, das gerade versuchte, über eine Kiste zu klettern. Es mochte vielleicht vierzehn Jahre alt sein, dachte der Kapitän – jedenfalls noch ein hilfloses Kind.

»Was willst denn *du* hier?« grunzte der Dicke und wies mit einer gewissen Würde mit seinem Stock auf den Kapitän.

»Laß das Kind in Ruhe!« polterte der Kapitän und betrat den Hof.

»Kümmer dich um deine eigenen Angelegenheiten!« brüllte der Mann, fuchtelte mit seinem Stock herum. »Ich kümmere mich um die da! Sie . . .«

»Hab' ich niemals getan!« schrie das Mädchen und brach in Tränen aus.

»Versuch's nur, du alter Fettsack!« drohte der Kapitän, »Ich steck' dir deinen Stock in den Hals!«

Er war jetzt nahe herangekommen. Grunzend und mit einem heftigen Ruck bekam der Mann seinen Fuß aus der Holzkiste frei, drehte sich plötzlich um und hieb mit seinem Stock auf die Kapitänsmütze. Der Kapitän schlug ihm wild die Faust in die Magengrube.

Es gab ein kurzes Handgemenge, das von den überall herunterfallenden Holzkisten behindert wurde. Der Kapitän richtete sich heftig atmend auf. Der Dicke blieb am Boden sitzen und keuchte etwas von » . . . das Gesetz!«

Der Kapitän war irgendwie überrascht, als er das Mädchen direkt neben sich entdeckte. Sie lächelte ihn an.

»Ich heiße Maleen«, sagte sie, »ist er schwer verletzt?«

»Hm, nein«, gab der Kapitän zurück, »aber wir sollten besser . . .«

Es war schon zu spät. Eine laute, selbstbewußte Stimme klang plötzlich von der Gasse her. »Was geht hier vor?« Und es klang wie überall auf der Welt, egal in welcher Sprache.

»Kommen Sie bitte alle mit!«

Das Polizeigericht in Porlumma schien rund um die Uhr und sehr effizient organisiert zu sein. Ihr Fall wurde sofort behandelt.

Nikkeldepain sei ein seltsamer Name, nicht wahr? lächelte der Richter. Dann hörte er aufmerksam den verschiedenen Beschuldigungen, Gegenbeschuldigungen und Dementies zu.

Bruth, dem Bäcker, wurde vorgeworfen, dem Bürger eines fremden Staates mit einer potentiell tödlichen Waffe, die als Beweisstück vorlag, auf den Kopf geschlagen zu haben. Der besagte Bürger gab zu, daß er versucht hatte, sich einzumischen, als Bruth versucht hatte, seine Sklavin Maleen, ebenfalls anwesend, zu bestrafen, die er verdächtigte, dem Kuchenteig, den sie an dem Nachmittag bereitet hatte, etwas zugefügt zu haben, das dazu führte, daß zweiundfünfzig von Bruths Kunden über Magenkrämpfe klagten.

Der besagte fremde Bürger gab widerstrebend zu, sich beleidigend ausgedrückt zu haben, namentlich »alter Fettsack«.

Dies wurde als Provokation gewertet, die Bruths Handlungsweise aber nicht vollständig entschuldigte. Bruth wurde bleich.

Kapitän Pausert aus der Republik Nikkeldepain – diesmal grinsten alle außer den Gefangenen – wurde a) der besagten versuchten Einmischung, b) der besagten Beleidigung und c) des Mehrfach-heftig-auf-den-Bäcker-Einschlagens im Laufe des Streites beschuldigt.

Der Hieb auf den Kopf wurde als – wenn auch nicht ausreichende – Provokation der unter c) genannten Beschuldigung gewertet.

Niemand schien die Sklavin Maleen mit irgend etwas zu beschuldigen. Der Richter sah sie nur seltsam an und schüttelte den Kopf.

»Das Gericht betrachtet diesen Zwischenfall als bedauerlich«, bemerkte er dann, »und es sieht so aus, als ob es zwei Jahre für dich, Bruth, und etwa drei Jahre für Sie, Kapitän, geben wird. Sehr bedauerlich!«

Dem Kapitän wurden die Knie etwas weich. Einiges hatte er selber gesehen und vieles gehört über die Gerichtsmethoden in den Randsystemen des Imperiums. Er konnte wahrscheinlich diese Dreijahresstrafe umgehen, aber es würde teuer werden.

Er bemerkte, daß der Richter ihn nachdenklich musterte.

»Das Gericht möchte anerkennen«, sagte der Richter, »daß die strafbaren Handlungen des Kapitäns weitgehend aus dem natürlichen Gefühl menschlicher Sympathie für das Leiden der Sklavin Maleen entsprungen sind. Daher schlägt das Gericht folgende Vergleichslösung vor, die in der Folge alle Anklagepunkte entkräften würde: Bruth, der Bäcker, verkauft Maleen von Karres, mit deren Diensten er unzufrieden zu sein scheint, zu einem angemessenen Preis an Kapitän Pausert aus Nikkeldepain.«

Bruth stieß einen tiefen Seufzer der Erleichterung aus – der Kapitän zögerte. Das Kaufen menschlicher Sklaven durch Privatpersonen war in Nikkeldepain ein ernsthaftes Vergehen! Aber er brauchte ja keinen Bericht darüber abzugeben. Wenn sie ihm nicht allzuviel abknüpfen würden . . .

In genau dem richtigen Moment ließ Maleen aus Karres ein kaum hörbares verlorenes und unglückliches Seufzen vernehmen.

»Wieviel verlangst du für das Kind?« fragte der Kapitän und sah seinen Gegenspieler unfreundlich an. Eines Tages würde er weniger hart über Bruth denken, aber soweit war es noch nicht.

Bruth antwortete mürrisch, aber mit einer gewissen Eilfertigkeit: »Hundertfünfzig M . . .« Ein Polizist, der hinter ihm stand, stieß ihn hart in die Seite. Bruth hielt inne.

»Siebenhundert Meals«, entschied der Richter, »plus die Gerichtskosten und die Gebühren . . .« Er schien zu rechnen. »Fünfzehnhundert und zweiundvierzig Meals.« Dann wandte er sich an einen Beamten. »Hast du ihn überprüft?«

Der Beamte nickte. »Seine Papiere sind in Ordnung.«

»Wir akzeptieren einen Scheck«, schloß der Richter. Er lächelte den Kapitän freundlich an. »Der nächste Fall.«

Der Kapitän war verwirrt.

Das war ziemlich absonderlich! Er kam viel zu billig davon. Seit das Imperium die Expansionskriege eingestellt hatte, waren junge, gesunde Sklaven eine teure Ware geworden. Außerdem war er sich so gut wie sicher, daß Bruth, der Bäcker, bereit gewesen wäre, das Mädchen für ein Zehntel dessen zu verkaufen, was er tatsächlich bezahlt hatte!

Nun, beklagen würde er sich darüber nicht. Eilig unterschrieb und siegelte er verschiedene Papiere, die ihm ein Beamter zuschob, setzte seinen Fingerabdruck darunter und stellte einen Scheck aus.

»Ich schätze«, sagte er zu Maleen aus Karres, »wir gehen jetzt besser zum Schiff!«

Was sollte er jetzt mit dem Kind anfangen? überlegte er, während sie die unbeleuchteten Straßen entlangtappten, das Sklavenmädchen drei Schritte hinter ihm. Wenn er mit diesem niedlichen Kind in Nikkeldepain auftauchte, selbst wenn sie noch ein Kind war, würden ihm einige seiner guten Freunde glatt zehn Jahre Zwangsarbeit einbrocken, sobald Illyla ihrerseits seinen Skalp an sich genommen hätte. Die Moral war streng.

Karres . . .?

»Wie weit ist es bis Karres, Maleen?« fragte er in die Dunkelheit.

»Man braucht ungefähr zwei Wochen«, gab sie unter Tränen zurück.

Zwei Wochen! Dem Kapitän sank das Herz.

»Worüber heulst du denn?« fragte er irritiert.

Maleen schluckte, schniefte und heulte erst richtig los: »Ich habe zwei kleine Schwestern«, schluchzte sie.

»Nun, nun«, tröstete sie der Kapitän, »das ist fein . . . du wirst sie bald wiedersehen. Ich bring' dich nach Hause, hörst du?«

Heiliger Patham! Jetzt hatte er es versprochen!

Aber die gute Nachricht schien seine Sklavin eher noch unglücklicher zu machen. Ihr Schluchzen wurde heftiger.

»Nein, ich will nicht«, jammerte sie, »sie sind hier!«

»Was?« Der Kapitän blieb stehen. »Wo sind sie?«

»Und die Leute, bei denen sie sind, sind auch böse zu ihnen!« weinte Maleen.

Dem Kapitän sank das Herz diesmal bis in die Stiefel. Er stand im Dunkeln und wußte, was kommen würde.

»Du könntest sie ganz billig kaufen!«

II

In Krisenzeiten schien die Jugend von Karres in die Höhe zu streben. Vielleicht war es eine gebirgige Welt?

Die Leewit saß oben auf dem Regal an der Rückwand des Töpferwaren- und Antiquitätenladens, strategisch flankiert von zwei teuer aussehenden Vasen.

Sie war eine Miniaturausgabe von Maleen, nur ihre Augen waren kalt und grau statt blau und feucht. Sie mochte fünf oder sechs sein, schätzte der Kapitän. Er war nicht gerade ein Experte im Schätzen des Alters von kleinen Mädchen.

»Guten Abend«, sagte er und trat durch die Tür. Es war nicht schwer gewesen, den Laden zu finden. Wie der von Bruth, dem Bäkker, war er als einziger hell erleuchtet.

»Guten Abend, Sir!« erwiderte, ohne aufzublicken, der Ladeninhaber. Er saß mit dem Rücken zur Tür in der Mitte des Ladens und sah zur Leewit hoch.

». . . und dort kannst du ohne Essen bleiben, bis morgen früh der Heilige Mann kommt!« sprach er mit der klaren Stimme eines Mannes, der eben noch der Hysterie nahe war und sich jetzt wieder gefaßt hatte. Er sprach zu Leewit.

»Dein anderer Heiliger Mann ist nicht sehr lange geblieben!« piepste die winzige Gestalt, ohne den Kapitän zu beachten.

Offenbar hatte sie Maleen hinter seinem Rücken noch nicht entdeckt.

»Dieser ist stärkeres Kaliber, viel stärker!« fuhr der Ladeninhaber mit leicht zitternder Stimme und einer gewissen Befriedigung fort. »Er wird dich exorzieren, kleiner Teufel! Ihm wirst du keine Knöpfe von den Kleidern pfeifen! Deine Zeit ist um! Pfeif nur, soviel du willst! Zerbrich alle Vasen hier im Laden . . .«

Die Leewit sah ihn mit ihren grauen Augen nachdenklich an.

»Vielleicht«, sagte sie.

»Aber wenn du versuchst, von da oben runterzusteigen«, sprach der Ladenbesitzer weiter, und sein Ton wurde drohend, »schneid' ich dich in Stücke, lauter kleine Stücke!«

Während er sprach, hob er den Arm und schwang, wie der Kapitän voller Entsetzen erkannte, eine kostbar verzierte und sicherlich noch immer sehr effiziente Kampfaxt.

»Ha!« sagte die Leewit.

»Verzeihung, Sir«, machte sich der Kapitän bemerkbar.

»Guten Abend«, antwortete der Inhaber, ohne sich umzudrehen. »Was kann ich für Sie tun?«

»Ich bin wegen des Kindes da gekommen«, ließ ihn der Kapitän zögernd wissen.

Der Ladenbesitzer fuhr herum und starrte ihn mit rotumrandeten Augen an.

»Sie sind doch kein Heiliger Mann!«

»Hallo, Maleen«, sagte die Leewit plötzlich, »ist er das?«

»Wir sind gekommen, um dich zu kaufen«, gab Maleen zurück, »sei still!«

»Gut!« piepste zufrieden die Leewit.

»Sie kaufen? Wollen Sie sich über mich lustig machen, Sir?«

»Halt den Mund, Moonell!« Eine dunkle, magere, entschlossen dreinblickende Frau war in der Tür erschienen. Sie trat einen Schritt unter das Regal. Die Leewit beugte sich vor und zischte. Hastig sprang die Frau in die Tür zurück.

»Vielleicht meint er es wirklich«, sagte sie mit etwas weicherer Stimme.

»An einen Bürger des Imperiums kann ich nicht verkaufen«, gab der Ladeninhaber kleinlaut zurück.

»Ich bin kein Bürger.« Diesmal zog der Kapitän es vor, sein Heimatland nicht beim Namen zu nennen.

»Nein, er ist aus Nikkel-« setzte Maleen an.

»Halt den Mund, Maleen«, fuhr der Kapitän dazwischen.

»Hab' noch nie was von Nikkel gehört«, murmelte der Ladeninhaber zweifelnd.

»Maleen!« schrie die Frau schrill. »Das ist eine von den anderen. Bruth, der Bäcker, hatte sie. Er meint's ernst, er kauft sie!«

»Hundertundfünfzig Meals«, bot der Kapitän listig, »in bar!«

Der Ladeninhaber sah ihn verwirrt an.

»Moonell, das ist nicht genug!« kreischte die Frau, »denk doch, was sie alles zerbrochen hat! Nicht unter fünfhundert!«

Ein Geräusch war plötzlich zu hören, leise, aber spitz und durchdringend, und zwei glasierte Krüge rechts und links neben dem Kapitän bekamen Sprünge und fielen in sich zusammen.

Im Laden herrschte einen Moment lang Stille.

Als der Kapitän um sich sah, entdeckte er eine ganze Reihe kleiner Haufen zersplitterter Töpferwaren und Stellen, wo offenbar ähnliche Überreste aufgefegt worden und nur Spuren farbigen Staubes übrig geblieben waren.

Bedächtig legte der Ladenbesitzer die Axt neben sich, stand auf, schwankte ein bißchen und wandte sich an den Kapitän: »Sie haben mir hundertfünfzig Meals angeboten«, sagte er, »ich nehme das Angebot an, jetzt, hier, vor Zeugen!«

Er packte die rechte Hand des Kapitäns mit beiden Händen und schüttelte sie kräftig. »Verkauft!« rief er.

Dann sprang er herum und zeigte mit zitternder Hand auf die Leewit.

»Und *jetzt*«, schrie er, und seine Stimme überschlug sich dabei, »jetzt zerbrich nur was! Irgendwas! Du gehörst ihm! Zerbrich alles, wenn du willst! Er muß es zahlen!«

»Komm, hilf mir bitte hier runter, Maleen«, bat die Leewit ihre Schwester.

Im Laden von Wansing, dem Juwelier, herrschte gedämpftes Licht, und es war sehr still. Es war ein elegantes Geschäft in einem eleganten Einkaufszentrum in der Nähe des Raumhafens. Die Tür war nicht verschlossen, und Wansing war in seinem Laden.

Leise betraten die drei das Geschäft, und leise schloß sich die Tür hinter ihnen. Hinter einem gewaltigen, gläsernen Ladentisch war Wansing dabei, leise vor sich hinmurmelnd den Inhalt verschiedener Schubladen und Schränke zu prüfen: Überall glitzerten und glänzten kostbare Edelsteine in den mit Satin ausgeschlagenen Fächern.

»Guten Abend«, sagte der Kapitän.

»Es ist Morgen«, bemerkte die Leewit.

»Maleen!« flüsterte ungehalten der Kapitän.

»Wir halten uns hier raus«, ermahnte Maleen die Leewit.

»Na gut«, fügte sich die Leewit.

Wansing hatte sich erschreckt umgedreht. Wie alle Sklavenbesitzer, die der Kapitän bisher getroffen hatte, sah er unglücklich aus. Er war groß, dunkel und elegant und trug Brillanten am Ohr und ein teures Parfüm.

»Der Laden ist natürlich ständig unter Bewachung«, ließ er den Kapitän in freundlichem Ton wissen. »Mir kann hier nichts geschehen. Warum bin ich so erschreckt?«

»Gewiß nicht vor mir«, versuchte der Kapitän zu scherzen. »Ich bin froh, daß das Geschäft noch geöffnet ist.«

»O ja, es ist noch geöffnet. Ich bin dabei, Inventur zu machen. Seit gestern früh. Ich habe alles siebenmal gezählt . . .«

»Sehr gründlich!« meinte der Kapitän.

»Sehr, sehr gründlich«, nickte Wansing. »Beim letzten Zählen stellte ich fest, daß ich eine Millionen Meals gemacht hatte. Bei den beiden vorhergehenden Zählungen hatte ich etwa die gleiche Summe Verlust gemacht. Ich werde sie noch mal zählen müssen.« Sanft schloß er eine Lade. »Ich bin sicher, diese hier schon gezählt zu haben. Aber sie bewegen sich dauernd. Dauernd! Es ist entsetzlich!«

»Sie haben hier eine Sklavin namens Goth.« Der Kapitän kam zur Sache.

»So ist es«, bestätigte Wansing, »und inzwischen hat sie wohl auch verstanden, daß ich es nicht böse gemeint habe. Vielleicht war es ein bißchen . . . nun, aber ich glaube, sie hat es inzwischen verstanden!«

»Wo ist sie?« fragte der Kapitän mit leichtem Unbehagen.

»In ihrem Zimmer vielleicht«, vermutete Wansing. »Wenn sie in ihrem Zimmer ist, mit geschlossener Tür, ist es nicht ganz so schlimm. Aber oft sitzt sie im Dunkeln und schaut einen an, wenn man vorbeigeht . . .« Er öffnete eine andere Lade und schloß sie wieder. »Ja, sie bewegen sich!« flüsterte er, als bestätige er einen alten Verdacht. »Ständig . . .«

»Hören Sie, Wansing«, sagte der Kapitän mit lauter, fester Stimme, »ich bin kein Bürger des Imperiums. Ich möchte diese Goth kaufen. Ich bezahle einhundertundfünfzig Meals in bar.«

Wansing drehte sich wieder um und sah ihn an: »Ach, ja? Und Sie sind kein Bürger?« Dann ging er ein paar Schritte zu einem kleinen Schreibtisch, setzte sich und schaltete eine Lampe darüber an. Dann verbarg er für einen Moment sein Gesicht in den Händen.

»Ich bin ein wohlhabender Mann«, murmelte er, »ein einflußreicher Mann! Der Name Wansing steht für einiges hier in Porlumma. Aber wenn das Imperium zu kaufen empfiehlt, kauft man, natürlich. Nur, es hätte nicht ich sein müssen, der sie kaufte! Ich hatte angenommen, sie könnte fürs Geschäft nützlich sein. Aber dann habe nicht einmal ich sie innerhalb des Imperiums wiederverkaufen können. Sie ist jetzt seit einer Woche hier.«

Er blickte auf und lächelte den Kapitän an. »Einverstanden. Ich verkaufe sie. Einhundertundfünfzig Meals. Wir müssen einen Vertrag aufsetzen . . .« Er langte in eine Schublade und holte ein paar Formulare hervor. Dann begann er schnell, sie auszufüllen. Der Kapitän legte seine Papiere vor.

»Goth?« fragte Maleen plötzlich.

»Hier bin ich«, wisperte eine Stimme. Wansings Hand machte einen Ruck, aber er blickte nicht auf. Er schrieb weiter.

Ein kleines Ding, zierlich und biegsam, in schwarzer Jacke und Strumpfhosen, kam über den dicken Teppich in Wansings Laden und blieb hinter dem Kapitän stehen. Sie war neun oder zehn Jahre alt.

»Ich nehme gern einen Scheck von Ihnen«, sagte Wansing höflich. »Sie müssen ein ehrlicher Mann sein. Aber ich will ihn sowieso einrahmen.«

»Und nun«, hörte der Kapitän seine eigene Stimme wie in einem seltsamen Traum, »können wir wohl zum Schiff gehen.«

Der Himmel war grau und wolkig; in den Straßen begann es etwas heller zu werden. Goth, so erkannte er, ähnelte ihren Schwestern nicht. Sie trug ihr braunes Haar kurz, und unter langen Wimpern spähten braune Augen. Ihre Nase war klein und ihr Kinn spitz. Sie erinnerte ihn an ein schlankes, kleines Raubtier wie einen Iltis zum Beispiel.

Sie blickte zu ihm auf und sagte grinsend »Danke!«

»Was war an *ihm* auszusetzen?« zirpte die Leewit, als sie sich noch mal nach Wansings Laden umsah.

»Ein krummer Hund«, murmelte Goth. Die Leewit kicherte.

»Deine Vorahnung war echt Klasse, Maleen!« lobte sie dann.

»Halt den Mund!« knurrte Maleen.

»Schon gut«, sagte die Leewit. Sie sah den Kapitän an. »Du hast dich geprügelt!« stellte sie fest, »hast du gewonnen?«

»Natürlich hat der Kapitän gewonnen!« erklärte Maleen.

»Gut für dich«, meinte die Leewit.

»Wie ist das mit dem Start?« fragte Goth den Kapitän. Sie schien ein wenig besorgt.

»Nichts ist damit!« beschied sie der Kapitän heftig und wunderte sich kaum, wie sie erraten hatte, daß die Startmanöver das einzige waren, wo die alte *Venture* und er ständig Schwierigkeiten mit der Zusammenarbeit hatten.

»Nein«, sagte Goth, »Ich meine, wann?«

»Jetzt gleich«, gab der Kapitän zurück. »Sie haben uns schon freigegeben. Wir werden jeden Augenblick das Signal erhalten.«

»Gut«, sagte Goth und ging langsam den Gang zum Heck des Schiffes hinunter.

Der Start war ziemlich schlecht, aber die *Venture* schaffte es wieder einmal. Eine halbe Stunde später, als Porlumma in der Ferne immer kleiner wurde, schaltete der Kapitän auf Automatik und hievte sich aus seinem Sitz. Er experimentierte eine ziemliche Weile, bis er den elektrischen Butler auf vier Frühstücke eingestellt hatte, heiß, mit Kaffee. Die Leewit gab einen ganzen Haufen Ratschläge dazu, Maleen ein paar, und Goth äußerte sich überhaupt nicht.

»In ein paar Minuten ist es soweit«, verkündete er. Anschließend erschreckte ihn der prophetische Charakter dieser Ankündigung.

»Wenn du auf mich gehört hättest, wären wir seit einer Viertelstunde mit Essen fertig«, warf ihm die Leewit vor. Sie schwitzte etwas, aber sie hatte in allem Recht behalten und ließ ihn ihren Triumph spüren.

»Sag mal, Maleen«, fragte sie plötzlich, »vorahnst du schon wieder?«

Vorahnen? Der Kapitän sah zu Maleen hinüber. Sie wirkte blaß und beunruhigt.

»Raumkrank? Ich hab' ein paar Pillen . . .« bot der Kapitän an.

»Nein, sie vorahnt«, erklärte die Leewit stirnrunzelnd. »Um was geht's, Maleen?«

»Sei still!« befahl Goth.

»Schon gut«, fügte sich die Leewit. Einige Augenblicke lang blieb sie still, dann begann sie wieder zu zappeln. »Vielleicht sollten wir . . .«

»Still!« befahl Maleen.

»Es ist alles bereit«, verkündete Goth.

»Was ist bereit?« wollte der Kapitän wissen.

»Gut«, sagte die Leewit. Dann sah sie zum Kapitän: »Nichts.«

Daraufhin sah er sie alle drei an und sie ihn. Je ein Paar graue, braune und blaue Augen. Sie saßen alle im Kreis auf dem Boden des Kontrollraumes, der fünfte Platz wurde vom elektrischen Butler eingenommen.

Was für seltsame, kleine Stromer, dachte der Kapitän. Er hatte bislang noch nicht wirklich bemerkt wie außerordentlich seltsam sie waren. Sie starrten ihn noch immer an.

»Tja, also«, sagte er dann herzlich, »Maleen *vorahnt* also und bereitet Leuten Bauchschmerzen.«

Maleen lächelte ein bißchen und strich sich ihr blondes Haar glatt.

»Sie meinten nur, daß sie Bauchschmerzen kriegen würden«, erklärte sie.

»Massenhistorie«, fügte die Leewit beiläufig hinzu.

»Hysterie«, korrigierte Goth, »den Imperianern stehen die Haare zu Berge, wenn sie mit uns zu tun haben.«

»Das ist mir aufgefallen«, bestätigte der Kapitän. »Und unsere kleine Leewit pfeift und läßt Dinge zerspringen?«

»*Die* Leewit, heißt das!« wies ihn die Leewit zurecht.

»Ach so, ich verstehe: Wie *der* Kapitän, nicht wahr?«

»Genau!« Die Leewit lächelte ihn an.

»Und was macht die kleine Goth?« wandte sich der Kapitän an die dritte der Hexen.

Goth schien verlegen, und Maleen antwortete statt ihrer.

»Goth teleportiert meistens«, verriet sie.

»Ach, wirklich?« sagte der Kapitän, »von dem Trick habe ich auch schon gehört.«

»Nur Kleinkram eigentlich«, ließ Goth ihn wissen und holte einen kleinen Stoffbeutel aus ihrer Jacke. Sie knotete ihn auf und kippte den Inhalt auf den Teppich. »Wie das hier zum Beispiel.« Es machte ein Geräusch wie Murmeln.

»Beim großen Patham!« fluchte der Kapitän und starrte auf eine glatte Viertelmillion in Edelsteinen.

»Au – ha!« rief die Leewit und sprang auf die Füße. »Maleen, wir sollten besser sofort damit anfangen!«

Die beiden Blonden stürzten aus dem Raum. Der Kapitän schenkte ihnen kaum Beachtung. Sein Blick war auf Goth gerichtet.

»Kind«, sagte er, »ist dir klar, daß du in Ländern wie Porlumma ohne Prozeß sofort aufgehängt wirst, wenn man dich mit gestohlenem Gut erwischt?«

»Wir sind nicht in Porlumma«, gab Goth zurück und sah leicht verärgert aus. »Die sind für dich. Du hast viel Geld für uns ausgegeben, oder?«

»Nicht solches Geld«, stöhnte der Kapitän. »Wenn Wansing das merkt . . . Die sind von Wansing, stimmt's?«

»Natürlich! Ich hab' sie direkt vor dem Start an mich gezogen!«

»Wenn er Meldung macht, haben wir in kurzer Zeit die Polizeischiffe auf den Fer . . .«

»Goth!« schrie Maleen.

Goth war sofort auf den Füßen. Im Hinausrennen rief sie »Entschuldige!« und verschwand.

Der Kapitän seinerseits war zu den Kontrollgeräten gestürzt. Voll böser Ahnung schaltete er sämtliche Bildschirme ein.

Da waren Sie! Zwei schnittige, schwarze Schiffe folgten ihnen mit der Geschwindigkeit von Geschossen! Es waren keine gewöhnlichen Patrouillenschiffe, erkannte der Kapitän, sondern Spezialfahrzeuge der Grenzflotte des Imperiums. Er schaltete den Antrieb der *Venture* auf volle Kraft. Augenblicklich begannen hinter dem Schiff rot-schwarze Feuerblüten zu erblühen – dann stieß ein Flammenfinger knapp rechts am Schiff vorbei.

Aber der Kommunikator blieb stumm. Porlumma zog es vor, Wansings Edelsteine zu opfern statt ihnen eine Chance zur Aufgabe zu geben.

Um dem Kapitän gerecht zu werden, muß man darauf hinweisen, daß sein Schrecken mehr das Schicksal seiner fehlgeleiteten Mitreisenden betraf als die Tatsache, daß er es teilen würde.

Er lenkte die *Venture* in, wie er hoffte, unvorhersehbaren seitlichen Hüpfen und Vorwärtssprüngen, während er mit der anderen versuchte, die Türme der Novageschütze bereitzumachen, als plötzlich . . .!

Nein, beschloß er sofort, es hatte keinen Sinn, es verstehen zu wollen – plötzlich waren keine Imperialschiffe mehr da. Sämtliche Schirme wurden gleichzeitig schwarz. Für eine kleine Weile flutete Dunkelheit träge am Schiff entlang. Einmal glänzte ein Licht auf, kalt und unangenehm, und verschwand in völlig unnatürlicher Weise schlängelnd wieder in der Finsternis. Die Triebwerke der *Venture* schienen tot.

Dann, ebenso plötzlich, ruckte das Schiff, vibrierte, röhrte empört und flog wieder mit eigener Kraft. Porlummas Sonne war nicht mehr zu sehen. Sterne glitzerten in der Schwärze des tiefen Alls und schienen ihm nicht unvertraut. Doch er war ein nicht allzu erfahrener Raumkapitän und seiner Sache nicht ganz sicher.

Steif und benommen erhob sich der Kapitän. In diesem Moment lieferte, wie eine Metallhenne aufgeregt klickend, der elektrische Butler vier Frühstücke direkt auf den Boden des Kontrollraums.

Die erste Stimme sagte deutlich: »Sollen wir's einfach in Betrieb lassen?«

Eine zweite Stimme, wesentlich unverständlicher, antwortete: »Ja, man weiß nie, wann wir's wieder brauchen . . .«

Die dritte Stimme machte nur eine Art unverständlichen Stoßseufzers.

Verblüfft sah der Kapitän sich in dem dunklen Raum um, bis er plötzlich entdeckte, daß die Gegensprechanlage des Schiffs eingeschaltet war und den Kontrollraum mit der Kapitänskabine der *Venture* verband.

Er horchte, aber er konnte nur ein schwaches Murmeln vernehmen, das bald verstummte. Er schaltete die Sprechanlage ab und ging zur Kapitänskabine.

Er lauschte einen Moment und öffnete dan abrupt die Tür.

Drei Stimmen schrien auf: »Nein! Du hast es verdorben!«

Der Kapitän stand reglos. Er hatte einen kurzen Augenblick lang etwas auf dem Tisch – oder knapp darüber – erkennen können: ein Bündel verdrehter, schwarzer Kabel, die kegelförmig angeordnet waren, und dort, wo die Spitze des Kegels gewesen wäre, brannte ein kleines, rundes, schwankendes, orangefarbenes Flämmchen. Drum herum, in seinem Schein, standen die drei Hexen.

Nachdem das Flämmchen verloschen war, fielen die Drähte in sich zusammen. Es blieb nur die normale Beleuchtung des Raumes übrig. Sie sahen ihn an, Maleen mit bedauerndem Lächeln, die Leewit unverhohlen ärgerlich und Goth ohne jeden definierbaren Ausdruck.

»Was aus der Siebten Hölle des Großen Patham war das?« fragte der Kapitän, dem die Haare leicht zu Berge standen.

Die Leewit sah zu Goth, Goth zu Maleen, und Maleen sagte zögernd: »Wir können dir höchstens seinen Namen nennen . . .«

»Das war der Sheewash-Antrieb«, sagte Goth.

»Der Was-Antrieb?«

»Sheewash«, wiederholte Maleen.

»Der, bei dem man es selbst tun muß«, sprang die Leewit hilfsbereit ein.

»Halt den Mund«, sagte Maleen.

Dann gab es eine lange Pause. Der Kapitän betrachtete die Handvoll dünner, schwarzer, etwa dreißig Zentimeter langer Drähte, die auf dem Tisch verstreut lagen. Er faßte einen an, er war völlig kalt.

»Nun, mir scheint, wir haben ein längeres Gespräch miteinander zu führen.« Noch eine Pause. »Wo sind wir eigentlich?«

»Ungefähr drei Lichtjahre weiter auf dem Weg, den du ohnehin nehmen wolltest. Nur, daß wir es in dreißig Sekunden gemacht haben.«

»Achtundzwanzig«, korrigierte Maleen, »die Leewit begann müde zu werden.«

»Ich verstehe«, behauptete Kapitän Pausert vorsichtig, »aber laßt uns jetzt erst einmal frühstücken.«

III

Sie aßen mit schweigsamer Gefräßigkeit, die zarte Maleen, die exquisite Leewit ebenso wie die geschmeidige Goth. Der Kapitän, der lange vor ihnen fertig war, sah voller Staunen und – inzwischen auch – mit so etwas wie Scheu zu.

»Es ist der Sheewash-Antrieb«, erklärte Maleen schließlich, die den Ausdruck auf seinem Gesicht bemerkt hatte.

»Der holt es aus dir raus«, meinte Goth.

Die Leewit grunzte zustimmend und stopfte weiter.

»Kann man nicht zu lange machen«, sagte Maleen, »oder zu oft. Es bringt einen mit Sicherheit um.

»Was«, fragte der Kapitän, »*ist* der Sheewash-Schub?«

Sie wurden zurückhaltend. In Karres würden die Leute das machen, erklärte Maleen, wenn sie eilig irgendwohin mußten. Dort wisse jeder, wie man das mache.

»Aber wir sind natürlich noch etwas zu jung, um es richtig zu machen«, fügte sie hinzu.

»Wir haben's ziemlich gut hingekriegt«, widersprach die Leewit stolz. Sie schien nun endlich satt zu sein.

»Aber wie?« fragte der Kapitän.

Die Zurückhaltung der drei Mädchen verdichtete sich fast sichtbar. »Wenn du's nicht machen kannst, könntest du's sowieso nicht verstehen«, meinte Maleen.

Er gab es zunächst einmal auf.

»Ich schätze, ich muß euch jetzt nach Hause bringen«, sagte er; und sie stimmten zu.

Karres lag, wie sich herausstellte, im Iverdahlsystem. Er konnte auf seinen Karten des Gebiets keinen Planeten dieses Namens ausmachen, aber das hieß nicht viel. Die Karten waren alt und oft ungenau, und die jeweiligen Namensgebungen änderten sich oft.

Wenn er sonderbare und tödliche Wunderantriebe ausschloß, würde ihn dieser Umweg fast einen Monat sowie einen Großteil seiner Treibstoffreserven und seines Profits kosten. Die Edelsteine, die Goth gesetzeswidrig teleportiert hatte, mußten natürlich, so erklärte er, ihrem Eigentümer zurückgegeben werden. Er versuchte, streng auszusehen, als er auf diesen Punkt zu sprechen kam, aber sie hatte es ja schließlich gut gemeint! Sie waren außerordentlich seltsame Kinder, aber immer noch Kinder – sie konnten es nicht wirklich verstehen.

Auf dem Weg nach Karres würde er auf einem Imperiumsplaneten mit Bankeinrichtungen haltmachen, um diese Angelegenheit zu erledigen, fügte der Kapitän hinzu. Ein Planet, der weit genug entfernt war, so daß die Polizei wahrscheinlich kein besonderes Interesse an der *Venture* zeigen würde.

Dieser Plan stieß auf tödliches Schweigen. Ganz offenbar hielten die Vertreter von Karres nicht viel von seiner Logik.

»Hm«, seufzte Maleen am Ende, »dann werden wir einen anderen Weg finden, dir dein Geld zurückzugeben.«

Die beiden jüngeren Hexen nickten kühl.

»Wie seid ihr drei eigentlich in diese Geschichte reingeraten?« fragte der Kapitän, um das Thema zu wechseln.

Sie hatten Karres verlassen, erklärten sie, um einen kleinen Ausflug zu machen. Nein, sie waren nicht davongelaufen – er hatte den Eindruck, daß solche Unternehmungen für die Jugendlichen jener Kultur eine Selbstverständlichkeit waren. Sie befanden sich auf einem Planeten, zivilisiert, aber jenseits der Reichweite der Imperiumsgesetze, als die Stadt, in der sie sich aufhielten, von einer kleinen Flotte von Sklavenjägern überfallen wurde. Sie waren mitsamt der Mehrheit der einheimischen Jugendlichen verschleppt worden.

»Es ist erstaunlich, daß ihr das Schiff nicht einfach übernommen habt«, bemerkte der Kapitän.

»Oh, Junge!« rief die Leewit.

»Nicht das Schiff!« rief Goth.

»Es war ein imperialer Sklavenjäger«, informierte ihn Maleen, »auf so einem reißt du dich jede Sekunde zusammen und hältst schön still!«

Wie auch immer, dachte der Kapitän, als er sich auf der Liege, die er sich im Kontrollraum aufgebaut hatte, zur Ruhe legte. Es überraschte ihn nicht mehr, daß das Imperium keine jugendlichen Sklaven aus Karres innerhalb seiner Grenzen haben wollte! Merkwürdige Kinder! Es sollte möglich sein, seine Unkosten von ihren Verwandten erstattet zu bekommen. Es könnte sogar ein ansehnlicher Profit dabei herauskommen.

Immerhin sollte er bei den Logbuchaufzeichnungen vorsichtig sein. Nikkeldepains Gesetze waren eindeutig, was die Bestrafung von allem betraf, das irgendwie nach Sklavenhandel aussah.

Er hatte wohlweislich die Gegensprechanlage des Schiffes wieder eingeschaltet, damit er den Gesprächen in der Kapitänskabine folgen konnte. Aber es war lange nichts zu hören gewesen, außer hin und wieder eine Salve von Kindergelächter. Dann kam eine Serie schriller Quietscher von der Leewit, und es stellte sich heraus, daß Maleen ihr mit Gewalt die Ohren wusch und sie zwang, sich die Zähne zu putzen.

Es war beschlossen worden, daß er die Kabine nicht betrat, da sie – ohne erklären zu können, warum – den Sheewash-Antrieb in seiner Gegenwart nicht aufrechterhalten konnten. Und sie wollten ihn in Bereitschaft haben, für alle Fälle. Jenseits der Grenzen des Imperiums waren

Piraten häufig, und die *Venture* würde einen großen Teil der Reise außerhalb der Grenzen zurücklegen, um die akutere Gefahr einer von Porlumma ausgehenden Polizeiaktion zu vermeiden. Der Kapitän hatte die Möglichkeiten der Novakanonen erläutert, mit denen die *Venture* protzte, zumindest versucht. Möglicherweise hatten sie ihn nicht verstanden. Jedenfalls schienen sie unbeeindruckt.

Der Sheewash-Antrieb! Junge, überlegte er plötzlich aufgeregt, wenn es ihm gelingen würde, das Funktionsprinzip in Erfahrung zu bringen. Vielleicht würde es ihm gelingen!

Plötzlich hob er den Kopf. Die Stimme der Leewit klang deutlich durch die Sprechanlage:

». . . nicht so einen alten Dummkopf!« bemerkte die helle Kinderstimme.

Der Kapitän runzelte empört die Stirn.

»So alt ist er gar nicht«, widersprach Maleen sanft, »und gewiß kein Dummkopf!«

Er lächelte. Nettes Kind, diese Maleen!

»Ja, ja, ja«, quietschte spöttisch die Leewit, »Maleens süßer Onthuulp!«

Für eine Weile hörte er ein Gerangel, das darauf hindeutete, daß jemand Bestimmtes, wie er hoffte, mit einem Kissen erstickt wurde.

Er schlief ein, bevor die Angelegenheit geregelt war.

Wenn man nicht gerade daran dachte, was sie alles angestellt hatten, schienen sie ganz normale Kinder zu sein. Von Anfang an hatten sie ein schmeichelhaftes Interesse am Kapitän gezeigt und an seiner Geschichte. Er hatte ihnen alles erzählt und alle Leute in Nikkeldepain beschrieben. Schließlich zeigte er ihnen sogar sein wohlbehütetes Foto von Illyla, mit dem er in früheren Etappen der Reise seine kleinen, privaten Selbstgespräche geführt hatte.

Fast im gleichen Moment wurde ihm jedoch klar, daß dies ein Fehler war. Schweigend studierten sie es eine Weile, ihre drei Köpfe dicht zusammengesteckt.

»Oh, Junge!« flüsterte die Leewit dann, mit der eindeutig völlig falschen Art von Betonung.

»Was meinst du damit?« fragte der Kapitän kühl.

»Niedlich!« murmelte Goth. Aber sie schloß dabei schnell die Augen, als sei sie plötzlich von einer vorübergehenden Übelkeit befallen.

»Sei still, Goth!« sagte Maleen scharf. »Sie ist sehr nied . . . ich meine, sie sieht sehr hübsch aus!« sagte sie zum Kapitän.

Der Kapitän war verstimmt. Schweigend nahm er die kritisierte Illyla an sich und verstaute sie wieder in seiner Brusttasche. Schweigend ging er fort und ließ die drei stehen.

Später jedoch, als er allein war, nahm er das Bild noch einmal heraus und musterte es besorgt. Seine Illyla! Er bewegte es unter der Lampe hin und her. Es war kein besonders vorteilhaftes Bild von ihr, entschied er. Es war verpfuscht worden. Und aus gewissen Blickwinkeln konnte man sogar sagen, daß Illyla darauf ein ganz klein wenig unattraktiv aussah.

Schockiert wies er diesen Gedanken von sich.

Als nächstes machte er die Novageschütze bereit und führte ein paar Schießübungen durch. Als er die *Venture* übernommen hatte, waren sie versiegelt gewesen und sollten nur im absoluten Ernstfall eingesetzt werden. Es waren in gewisser Weise launenhafte Waffen, wenn auch sehr wirkungsvoll, und Nikkeldepain war vor vielen Jahrzehnten zu sichereren Waffensystemen übergegangen. Am dritten Tag nach seiner Abreise von Nikkeldepain jedoch hatte der Kapitän eine kurze Notiz ins Logbuch gesetzt:

»Von zwei Piratenschiffen angegriffen. Novageschütze eingesetzt. Einen Angreifer zerstört; Überlebender geflohen . . .«

Diese kurze, knappe Beschreibung eines gefährlichen Weltraumabenteuers gefiel ihm sehr, und er las sie hin und wieder mit Genuß. Auch wenn's nicht wahr war. Er hatte vier Stunden lang Spaß daran gehabt, große Brocken von Meteoriten zu zerschießen, die an der *Venture* vorbeiflogen. Diese Novakanonen waren ein faszinierendes Zeug! Man stellte sie auf ein Ziel ein, und solange es sich nicht rührte, passierte nichts. Falls es sich bewegte, ging's los – es sei denn, man richtete sie auf etwas anderes oder fuhr die Geschütztürme wieder ein. Sie waren genau das Richtige, um einen Raumpiraten mitten im All festzuhalten.

Vier Tage später kehrte die *Venture* in Imperiumsgrenzen zurück und steuerte die lokale Provinzhauptstadt an. Zweimal wurden sie von Polizeipatrouillen aufgehalten, und der Kapitän fand es außerordentlich beruhigend, daß seine Passagiere bei diesen Gelegenheiten still in ihrer Kabine blieben. Sie sagten ihm nicht, daß sie den Sheewash-Antrieb einsetzen würden – der war seit jenem ersten Tag nie mehr erwähnt worden –, aber er wußte, daß dieses merkwürdige, orangefarbene Feuer über dem spärlichen Geflecht schwarzer Kabelenden schwebte und einsatzbereit war.

Die Raumpolizei winkte ihn jedoch nach den Routineüberprüfungen weiter. Offenbar war die *Venture* noch nicht als ungesetzlich signalisiert worden.

Maleen begleitete ihn zu dem Bankinstitut, das Wansings Eigentum nach Porlumma zurückbefördern sollte. Ihre Schwestern blieben auf die ausdrückliche Bitte des Kapitäns auf dem Schiff.

Die Transaktion selber verlief ohne sichtbare Störung. Die Edelsteine würden Porlumma innerhalb eines Monats erreichen, doch er mußte eine beträchtliche Summe für die Versicherung bezahlen. »Piraten . . . Diebe!« lächelte der Beamte, »nicht einmal die höchsten Strafen können diese Ratten im Zaum halten!« Und, natürlich, mußte er Namen, Schiff, Heimatplanet usw. angeben. Da sie auf Porlumma diese Information sowieso schon alle hatten, zögerte er nicht, sie ihnen zu geben.

Auf dem Weg zum Raumhafen sandte er eine versiegelte Botschaft über Radio-Relais an den beraubten Juwelier, um ihn über die getroffene Maßnahme zu informieren, das Mißverständnis bedauernd.

Danach fühlte er sich etwas besser, obwohl die Versicherungssumme ein schwerer Schlag war! Wenn er auf Karres nicht irgendwie einen beträchtlichen Profit rausschlagen konnte, würden die Verluste der Mieselfarm jetzt kaum noch gedeckt sein.

Dann bemerkte er, daß Maleen unruhig wurde.

»Wir sollten uns beeilen« war jedoch alles, was sie sagte. Sie war blaß geworden.

Der Kapitän verstand. Sie hatte wieder eine Vorahnung. Der Haken an diesen Vorahnungen war offenbar, daß man wußte, wenn sich etwas zusammenbraute, sich aber die Einzelheiten zusammenreimen mußte. Sie nahmen ein Lufttaxi und rasten zum Raumhafen zurück.

Sie hatten gerade das Signal zum Start erhalten, als der Kapitän eine Gruppe von Uniformierten auf die *Venture* zusteuern sah. Sie stoben beiseite, als die *Venture* schief und schwerfällig in die Luft stieg.

Es war ein schlechter Start, einer der schlechtesten überhaupt! Sobald sie hoch genug waren, steuerte er auf die Nachtseite des Planeten und schnurstracks in Richtung Grenze. Der alte Piratenjäger konnte erstaunliche Geschwindigkeiten erreichen, wenn man ihm die Sporen gab. Während der folgenden Schlafetappe ließ der Kapitän das Schiff die Höchstgeschwindigkeit halten.

Der Sheewash-Antrieb wurde diesmal nicht gebraucht.

Am nächsten Tag hatte er ein längeres Gespräch unter vier Augen mit Goth über die goldenen Regeln und das Gesetz, mit besonderer Betonung der Rechte, persönliches Eigentum betreffend. Wenn Ratsherr Onswud die vom Kapitän zum Ausdruck gebrachten Ansichten hätte hören können, wäre er begeistert gewesen. Die Missetäterin ihrerseits hörte reglos zu, und der Kapitän bildete sich ein, sie zeige eindeutige Zeichen, daß sein Ernst sie beeindruckte.

Zwei Tage später – wieder weit jenseits der Grenzen – waren sie gezwungen, einen ungeplanten Halt einzulegen. Denn der Kapitän hatte festgestellt, daß er sich bei der Verbrauchsmenge, die die Höchstbeschleunigung beanspruchte, verrechnet hatte – die Treibstoffreserven gingen zur Neige. Sie mußten auftanken.

Ein großer, außerordentlich eleganter sirianischer Frachter lag neben ihnen an der Satellitenstation. Es war fast ein Schlachtschiff, da es offenbar vor allem außerhalb der Grenzen operierte. Sie mußten warten, während es aufgetankt wurde, und das dauerte endlos. Die Sirianer waren so unangenehm, wie ihr Schiff elegant war; dreist, ungehobelt und laut sprachen sie nur in ihrem eigenen Dialekt und taten so, als verstünden sie kein Imperial-Universal.

Der Kapitän ärgerte sich über ihr schlechtes Benehmen, vor allem, als er merkte, daß sie über ihn und seinen Streit mit dem Betriebsdirektor der Treibstoffzentrale lachten, weil ihm der Preis fürs Auftanken der *Venture* übertrieben hoch erschien.

»Sie sind weit draußen im All, Kapitän«, sagte der Betriebsdirektor, »Sie haben nicht einmal genug Kraftstoff übrig, um die Grenze zu erreichen. Sie können hier doch keine Inlandpreise erwarten!«

»Aber denen da«, er wies ärgerlich mit dem Daumen über seine Schulter auf die Sirianer, »haben Sie nicht den gleichen Preis abverlangt!«

»Stammkunden, Kapitän!« Der Betriebsdirektor zuckte mit den Schultern. »Wenn Sie auch alle drei Monate hier tanken kommen, können wir mit Ihnen auch einen Preis aushandeln.«

Es war Wucher und brachte die *Venture* in die roten Zahlen zurück. Aber er hatte keine Wahl.

Es verbesserte seine Laune auch nicht gerade, daß der Start wieder einmal nur haarscharf gelang, während das sirianische Schiff erhaben wie ein Schwan dicht hinter ihm ins All stieg.

Eine Stunde später saß er mürrisch vor den Kontrollen und überlegte, wie er wohl die Verluste wieder wettmachen könne, bevor er nach Nikkeldepain zurückkehrte, als Maleen und die Leewit in den Raum stürzten. Sie hantierten an einem der Bildschirme.

»Sie tun's wirklich!« rief die Leewit mit kindlichem Enthusiasmus.

»Was?« fragte der Kapitän geistesabwesend.

»Uns folgen!« antwortete Maleen, die nicht erfreut klang. »Das sirianische Schiff, Kapitän . . .«

Der Kapitän starrte ungläubig auf den Bildschirm. Das war wirklich ein Schiff, und ganz offensichtlich das sirianische, und es folgte ihnen tatsächlich.

»Was wollen die?« fragte er verwundert. »Es sind Widerlinge, aber doch keine Piraten! Und selbst wenn sie's wären, würden sie sich nicht die Mühe machen, einen alten Kahn wie die *Venture* zu verfolgen!«

Maleen blieb stumm. Die Leewit rief: »Oh, Junge, die haben ihre Bugkanonen ausgefahren – mach schnell die Novakanonen bereit!«

»So ein Blödsinn!« Der Kapitän war ernstlich verärgert. Dann wandte er sich den Kommunikatoren zu. »Welches ist die Generalfrequenz des Imperiums?« fragte er.

»0044«, ließ Maleen ihn wissen.

Eine dröhnende, drohende Stimme klang durch den Lautsprecher. Das einzige Wort, das der Kapitän verstehen konnte, war »*Venture*«. Es wurde mehrfach wiederholt, manchmal wie eine Frage.

»Sirianisch«, stellte der Kapitän fest. »Könnt ihr was verstehen?«

Maleen schüttelte den Kopf. »Die Leewit ein bißchen . . .«

Die Leewit nickte mit glänzenden, grauen Augen.

»Was sagen sie?«

»Sie sagen, du sollst sofort stoppen«, übersetzte sie, behielt aber offensichtlich den größten Teil der Botschaft für sich. »Sie sagen, du seiest reif, bei lebendigem Leibe gehäutet zu werden . . . ha! Sie sagen, du sollst sofort stoppen, damit sie dich aufhängen können. Sie sagen . . .«

Maleen stürmte hinaus. Die Leewit stürmte mit ihrer kleinen Faust auf den Sender.

»Bieck-Wock!« schrillte sie. Jedenfalls klang es so.

Die laute Stimme hielt einen Moment inne.

»Bieck-Wock?« dröhnte es unglaublich drohend aus dem Lautsprecher.

»Bieck-Wock!« bestätigte die Leewit mit offensichtlichem Vergnügen. Sie ratterte eine ganze Kette ähnlich klingender Silben ins Mikrophon. Dann hielt sie inne.

Ein Geheul unartikulierter Wut war die Antwort.

Der Kapitän, in wildem Aufruhr von Gefühlen, brüllte die Leewit an, den Mund zu halten, die Sirianer, in die Zweite Hölle des großen Patham – die schlimmste – zu fahren, und kämpfte mit den Justierungen der Novageschütze. Er hatte die Nase voll! Er würde . . .

SSS-schwosch!

Das war der Sheewash-Antrieb.

»Und wo sind wir jetzt?« fragte der Kapitän mit unnatürlicher Ruhe.

»Ungefähr an der gleichen Stelle«, antwortete die Leewit, nur ein Stückchen weiter. Das Schiff ist noch immer auf dem Bildschirm. Sie werden eine Stunde brauchen, um uns wieder einzuholen. Du hast Zeit genug, die Novageschütze fertig zu machen.« Der Kapitän gab keine Antwort. Er ging mit entschlossenen Schritten zum hinteren Ende der *Venture*. Die Tür der Kapitänskabine war geschlossen. Er ging daran vorbei. Er war weißglühend vor Zorn. Er wußte, was geschehen war!

Nach allem, was er ihr erklärt hatte, hatte Goth wieder teleportiert!

Da war es. Im Laderaum. Gegenstände bis zu einem halben Pfund schien sie handhaben zu können. Aber erstaunliche Mengen Zeug hatten etwa dieses Gewicht: Flaschen mit Parfüm oder Schnaps oder Dope, teuer aussehende Kleidungsstücke und Stoffe in grellen, leuchtenden Farben, kleine Dosen, Schachteln, Kram und – natürlich – Schmuck!

Er brauchte eine halbe Stunde, um alles in eine stählerne Raumkiste zu laden, diese in die rückwärtige Schleuse zu schaffen und dann die automatische Abwurfanlage in Gang zu setzen.

Als die äußere Schleusenklappe sich wieder geschlossen hatte, stapfte er zurück in den Kontrollraum. Die Leewit war noch immer dabei, an den Kommunikatoren zu hantieren.

»Ich könnte es mit Pfeifen versuchen«, schlug sie vor, als sie aufblickte. »aber sie würden irgendwo zerschellen, das ist sicher.«

»Schalt sie wieder auf die Frequenz«, befahl der Kapitän.

»Ja, Sir«, sagte die Leewit überrascht.

Die dröhnende Stimme kam schwach durch den Lautsprecher.

»Halt's Maul!« brüllte der Kapitän auf Imperial-Universal.

Die Stimme verstummte.

»Sag ihnen, sie können ihr Zeug einsammeln. Es ist in einer Raumkiste abgeworfen worden!« instruierte der Kapitän die Leewit. »Sag ihnen, daß ich meine Fahrt fortsetze. Sag ihnen, wenn sie mir eine einzige Lichtminute über den Raumkahn hinaus folgen, schieße ich ihnen ihr Vorderende und ihr Hinterende ab und ramme sie in der Mitte.«

»Ja, SIR«. Die Leewit strahlte. Sie flogen weiter.

»Und jetzt möchte ich ein Wörtchen mit Goth reden«, verkündete der Kapitän. Er kochte noch immer vor Wut. »Unter vier Augen«, fügte er hinzu. »Hinten im Laderaum.«

Schweigend folgte Goth ihm in den Laderaum. Er schloß die Tür zum Gang. Er brach ein Stück von einer von Ratsherr Rapports Angeln ab, das ergab eine hübsche Rute.

Aber Goth sah gerade jetzt schrecklich klein aus! Er räusperte sich. Einen Augenblick lang wünschte er, wieder auf Nikkeldepain zu sein.

»Ich habe dich gewarnt!« sagte er.

Goth rührte sich nicht. Von einem Augenblick zum nächsten schien sie jedoch merklich zu wachsen. Ihre braunen Augen fixierten den Adamsapfel des Kapitän; ihre Oberlippe hob sich auf einer Seite. Ein leicht hungriger Ausdruck erschien in ihrem Gesicht.

»Würde das nicht versuchen!« murmelte sie.

Wieder wütend, griff der Kapitän rasch nach ihr und bekam eine Handvoll ledriger Kleidung zu fassen. Es gab einige verwischte Bewegungen und etwas, das sich anfühlte wie eine kleine Explosion an seiner linken Kniescheibe. Er grunzte überrascht und fiel nach hinten auf den Ballen aus Ratsherren Rapports Allwetterumhänge. Aber er hatte nicht losgelassen, und Goth fiel halb über ihn drauf, und das war immer noch eine recht günstige Position. Dann fuhr ihr Kopf herum, ihr Hals schien sich zu strecken – und ihre Zähne senkten sich in sein Handgelenk.

Wiesel lassen nicht los, wenn sie zugebissen haben . . .

»Hab' nicht gedacht, daß er es wagen würde«, kam Goths Stimme über die Gegensprechanlage. Es lag ein Unterton widerwilliger Anerkennung darin. Es schien, daß sie ihre Striemen inspizierte.

Vollauf damit beschäftigt, sein heftig blutendes Handgelenk zu verbinden, hoffte der Kapitän, daß sie eine ordentliche Menge zu erzählen hatte. Sein Knie fühlte sich an, als habe es die Größe eines Sofakissens, und pulsierte wie ein Kolbenmotor.

»Der Kapitän ist ein tapferer Mann«, sagte Maleen tadelnd. »Du hättest es wissen können . . .«

»Er ist aber nicht besonders *schlau!*« bemerkte die Leewit.

Es war einen Moment still.

»Oder? Goth? Hm?« drängte die Leewit.

»Vielleicht nicht besonders«, antwortete Goth.

»Ihr zwei werdet ihn jetzt in Ruhe lassen!« befahl Maleen. »Außer«, fügte sie bedeutungsvoll hinzu, »ihr wollt nach Karres zurück *schwimmen* – auf der Glucker-Route!«

»Nee, danke«, sagte die Leewit kurz.

»Du könntest es immer noch schaffen, schätze ich«, sagte Goth. Sie schien zu überlegen. »In Ordnung – wir lassen ihn in Ruhe. Es war eh' ein fairer Kampf.«

IV

Sie erreichten Karres sechzehn Tage nachdem sie Porlumma verlassen hatten. Es hatte keine Zwischenfälle mehr gegeben. Aber es hatte auch weder weitere Halte noch erneute Kontakte mit dem wehrlosen Imperium gegeben. Maleen hatte einen Brei gekocht, der an seinem Knie Wunder gewirkt hatte. Das Ende der Reise in Sicht, hatten auch alle Spannungen nachgelassen, und zumindest Maleen schien es mehr und mehr zu bedauern, daß sie sich bald trennen würden.

Nach kurzem Studium stellte er fest, daß Karres sich leicht von den anderen Planeten des Iverdahlsystems unterscheiden ließ, da er sich entgegengesetzt zur Umlaufrichtung bewegte.

Nun ja, warum nicht? dachte der Kapitän.

Dröhnend stießen sie auf der Tagseite in die Atmosphäre, ohne merkliches Interesse zu erregen. Weder Funksignale erreichten sie noch Patrouillenschiffe. Karres wirkte völlig unbewohnt. Es gab eine ganze Reihe Gewässer, die zu groß für Seen und nicht groß genug für Ozeane waren. Von einem Pol bis zum anderen verlief eine gewaltige Gebirgskette. Die Pole selbst waren vereist, und auf der Südhalbkugel zeigten sich viele größere Schneefelder. Alles schien von dichtem Wald bedeckt.

Es war eine düstere, wilde Welt von fremdartiger Schönheit. Sie glitten darüber vom Mittag über den Morgen bis zur Dämmerung, der Kapitän an den Kontrollen, Goth und die Leewit zu seinen Seiten an den Bildschirmen und Maleen hinter ihm als Lotse.

Nach ein paar Freudenjuchzern wurde die Leewit unnatürlich still. Plötzlich merkte der Kapitän, daß sie weinte.

Die Entdeckung, daß das Heimkommen die Leewit so berührte, traf den Kapitän irgendwie. Er spürte, wie Goth ihre Hand hinter seinem Rücken auf die Schulter der Kleinsten legte, die glücklich schniefte.

»So schön!« schluchzte sie.

Das verwunderte, freundliche Wohlwollen, das er ihnen gegenüber am Anfang empfunden hatte, überkam ihn wieder. Sie mußten einiges durchgemacht haben! Er seufzte. Schade, daß sie nicht besser miteinander ausgekommen waren.

»Wo verkriechen sie sich denn alle?« fragte der Kapitän, um der Stimmung zu entkommen. Bislang war noch keine Spur menschlicher Bevölkerung zu sehen gewesen.

»Auf Karres leben nicht viele Leute«, erklärte Maleen, die hinter ihm stand. Aber wir gehen in *Die Stadt*, dort wirst du ungefähr die Hälfte der Bewohner treffen.«

»Und was ist das da unten?« fragte der Kapitän mit plötzlichem Interesse. Es sah aus wie eine gewaltige kalkweiße Schüssel, die direkt in den Boden des Tals eingelassen schien, das sie gerade überflogen.

»Das ist das Theater, wo – auah!« sagte die Leewit. Sie sprach nicht weiter und sah Maleen vorwurfsvoll an.

»Etwas, was Fremde nicht wissen sollen, oder?« bemerkte der Kapitän tolerant. Goth sah ihn von der Seite an.

»Wir haben Regeln«, belehrte sie ihn.

Er ließ das Schiff etwas tiefer fliegen, als sie über »das Theater, wo« kamen. Es war eine Art großer Arena mit umlaufenden, steil ansteigenden Sitzreihen. Gegenwärtig jedoch war alles leer und verlassen.

Maleens Anweisungen entsprechend, folgten sie dem rechten Arm des sich gabelnden Tals und gingen noch etwas tiefer. Jetzt sah er eine Herde cremeweißer Vögel, die sehr bemerkenswert an terranische erinnerten. Sie flogen nicht weit unter ihnen und schienen sich nicht im geringsten für das Schiff zu interessieren. Der Wald war lichter geworden und größere Grasfelder mit kleinen, schlängelnden Wasserläufen wurden sichtbar. Eine Herde von mehreren hundert Stück Vieh weidete dort, Tiere von enormer Größe und Statur, haarlos und mit schweren Schädeln und Krokodilschnauzen. Sie sahen aus, als grinsten sie die vorbeifliegenden *Venture* an.

»Schwarze Bollems«, erklärte Goth, die offensichtlich das Staunen des Kapitäns genoß. »Gibt viele davon, sie sind zahm. Aber die grauen Gebirgsbollems sind gutes Jagdwild.«

»Und schmecken auch gut«, fügte die Leewit hinzu. Sie leckte sich die Lippen. »Hm«, seufzte sie, »wir kommen gerade richtig zum Frühstück.«

»Dort ist das Feld!« rief Maleen, »dort müssen wir landen, Kapitän.«

Das »Feld« war eine große, flache Wiese mit kurzgeschnittenem Gras, begrenzt von einem steilen Berg auf der einen Seite. Außer einem leuchtend blauen Fahrzeug, das zwischen zwei stattlichen Bäumen geparkt war, gab es nichts.

Der Kapitän schüttelte den Kopf und landete.

Die Stadt Karres war in vielerlei Hinsicht eine Überraschung. Zunächst war sie viel größer, als man nach dem Überfliegen vermuten sollte. Sie erstreckte sich über Meilen durch den Wald, die Berghänge hinauf und über das Tal – einzelne Häuser und solche in Gruppen, alle voneinander und nach oben durch Bäume verdeckt.

Sie mochten Farben hier auf Karres. Die Häuser waren bunt wie Blumen, blitzblank und sauber, und die frische Waldluft wurde zu bestimmten Tageszeiten von den Wohlgerüchen köstlicher Speisen durchzogen. Es gab Bächlein und Teiche und große Gemüsegärten in der Stadt. Es gab schwindelerregende Spielplattformen in Baumwipfeln und hoch in den Bäumen angelegte Galerien und Hütten. Am Boden verlief ein verwirrendes Netz sich schlängelnder Trampelpfade zwischen dicken Baumwurzeln und grauen Felsbrocken, bedeckt von trockenen Nadeln und Laub. Die ersten Male, die der Kapitän allein losging, verirrte er sich innerhalb weniger Minuten hoffnungslos und mußte sich aus dem Labyrinth des Waldes führen lassen.

Viertausend Leute sollten in der Stadt wohnen und ungefähr genauso viele über den Planeten verstreut. Aber mehr als drei oder vier von ihnen sah man nie auf einmal, es sei denn die Horden von Kindern, die, so schien es dem Kapitän, alle die Größe der Leewit hatten, und manchmal plötzlich aus dem Unterholz auftauchten und bald auch wieder darin verschwanden.

Man hörte viel Gesang und auch Musik verschiedener hölzener Instrumente, die leise und lieblich gespielt wurden.

Aber es war keine richtige Stadt, dachte der Kapitän, sie lebten nicht wie Leute, diese Hexen von Karres. Eher wie ein Schwarm seltsamer Waldvögel, die zufällig in der gleichen Gegend nisteten. Außerdem schienen sie ungeheuer beschäftigt zu sein – aber womit?

Er bemerkte, daß er es vermied, Toll zu viele Fragen darüber zu stellen. Toll war die Mutter seiner drei Hexen, aber nur Goth sah ihr ähnlich. Es war nicht schwierig, sich vorzustellen, wie Goth erwachsen und sanft gerundet aussehen würde. So wie Toll. Sie hatte die gleiche, murmelnde Stimme, dieselbe Art, aus dem Augenwinkel zu beobachten, was um sie herum geschah. Toll beantwortete alle Fragen des Kapitäns mit scheinbarer Offenheit, doch er bekam keine echte Information durch das, was sie sagte.

Es war eine merkwürdige Situation. Denn er verbrachte mehrere Stunden täglich in ihrer Gesellschaft oder im Nebenzimmer, während sie die häuslichen Arbeiten erledigte. Tolls Töchter hatten ihn nach der Landung zu sich nach Hause gebracht, und er bewohnte das Zimmer ihres Vaters, der, so glaubte er verstanden zu haben, im Augenblick mit irgendwelchen geologischen Forschungen irgendwo auf dem Planeten beschäftigt war. Die Sache beunruhigte ihn zunächst etwas, vor allem, weil er sich die meiste Zeit mit Toll allein im Haus befand. Maleen ging früh am Morgen in eine Schule und kam erst am späten Nachmittag zurück, während Goth und die Leewit erst heimkamen, wenn der Kapitän schon zu Bett gegangen war, und schon wieder verschwanden ehe er zum Frühstück herauskam.

Ihm erschien das nicht gerade die beste Art, Kinder zu erziehen. An einem Nachmittag fand er die Leewit zusammengerollt auf dem Stuhl vor dem Haus, in dem er sonst zu sitzen pflegte. Sie schlief volle vier Stunden, während der Kapitän daneben saß und in einem dicken, illustrierten Buch mit dem Titel »Geschichten aus dem antiken Yarthe« las. Dann und wann nippte er an einem kühlen, grünen, leicht berauschenden Getränk, das Toll leise neben ihn gestellt hatte, oder zog aus einer großen Wasserpfeife, die Tolls Ehemann gehörte, aromatischen Rauch in seine Lungen.

Plötzlich erwachte die Leewit, stand auf und sah ihn mit einem Blick an, der irgendwo zwischen finster und freundlich zu liegen schien. Dann hüpfte sie davon und verschwand zwischen den Bäumen.

Er verstand ihren Blick nicht. Vielleicht bedeutete er gar nichts Besonderes, aber . . .

Der Kapitän legte das Buch beiseite und dachte besorgt nach. Es schien zwar offensichtlich, daß niemand sich etwas bei seiner Anwesenheit dachte. Ganz Karres schien von ihm zu wissen, und er hatte inzwischen wie zufällig eine ganze Reihe von Leuten kennengelernt. Niemand kam je, um ihn auszufragen oder zu besuchen. Immerhin, Tolls Mann würde vermutlich bald heimkommen, und . . .

Wie lange war er denn überhaupt schon hier?

Großer Patham, dachte der Kapitän voller Schrecken. Er hatte keine Ahnung, wieviel Tage verstrichen waren!

Oder waren es Wochen?

Er ging hinein, um mit Toll zu sprechen.

»Es war wundervoll hier«, begann er, »aber ich glaube, ich sollte mich langsam wieder auf den Weg machen. Morgen früh . . .«

Toll räumte ihr Nähzeug in einen gläsernen Kasten und legte ihre schlanke, kräftige Hexenhand in ihren Schoß und lächelte ihn an.

»Das haben wir uns gedacht«, sagte sie, »und so haben wir . . . weißt du, Kapitän, wie schwierig es war, einen Weg zu finden, um dich dafür zu entschädigen, daß du die Kinder heimgebracht hast?«

»Wirklich?« fragte der Kapitän zurück, dem plötzlich klar wurde, daß er völlig vergessen hatte, wie pleite er war. Onswuds Zorn würde ihn sehr bald treffen.

»Gold und Edelsteine wären natürlich das Richtige gewesen«, erläuterte sie, »aber obwohl zweifellos eine Menge davon auf Karres zu finden wären, haben wir leider noch nie Zeit gehabt, danach zu suchen. Und Geld haben wir keines, das Ihnen nützen könnte!«

»Das ist mir klar«, stimmte der Kapitän ihr traurig zu.

»Aber«, fuhr Toll fort, »wir haben alle hier in der Stadt darüber geredet und haben lauter Sachen aufs Schiff geladen, von denen wir annehmen, daß du sie mit gutem Profit verkaufen kannst!«

»Ja, so was!« rief der Kapitän. »Das ist aber nett . . .«

»Da sind Felle«, erläuterte Toll, »die feinsten, die wir auftreiben konnten, zweitausend Stück.«

»Oh!« Tapfer bewahrte der Kapitän sein Lächeln.

»Und Duftessenzen«, fuhr Toll fort. »Jeder brachte eine Flasche von seinem eigenen, das macht achttausenddreihundertunddreiundzwanzig Parfümfläschchen, jedes anders.«

»Parfüm!« sagte der Kapitän, »fein, fein . . . aber ihr solltet doch wirklich nicht . . .«

»Und der Rest«, fügte Toll zufrieden hinzu, »ist grüner Leptiwein, den du so gerne trinkst, und Wintenbeermarmelade!« Sie runzelte die Stirn: »Ich habe vergessen, wie viele Krüge und Töpfe. Aber es waren eine ziemliche Menge. Alles ist schon im Schiff. Meinst du, du wirst das alles verkaufen können?«

»Ganz sicher!« sagte der Kapitän mit fester Stimme, »es ist wunderbare Ware, und man findet nichts dergleichen im Imperium.«

Das entsprach völlig der Wahrheit. Auf Karres kamen sie nicht auf die Idee, Mieselfell als Mantelfutter und Besatz zu verwenden. Aber wäre er allein gewesen, hätte er kurz davor gestanden zu weinen.

Die Hexen konnten nichts Unverkaufbareres ausgewählt haben, selbst wenn sie es versucht hätten! Felle, Kosmetika, Nahrungsmittel und Wein . . . er würde auf der Stelle erschossen werden, wenn er bei dem Versuch erwischt würde, diese Art von Waren ins Imperium zu bringen. Aus demselben Grund, der auch auf Nikkeldepain den Verkauf verhindern würde – sie hatten entsetzliche Angst vor Verseuchung durch Waren, die aus nicht freigegebenen Welten stammten.

Er frühstückte am nächsten Morgen allein. Toll hatte eine Nachricht neben seinem Teller hinterlassen, die in großer, nicht sehr lesbarer Schrift besagte, sie hätte fortgehen und die Leewit holen müssen, und falls er abreise, bevor sie zurück sei, sage sie ihm Lebewohl und wünsche ihm alles Gute.

Er strich sich zwei weitere Brötchen mit Wintenbeermarmelade, trank eine große Tasse Fichtenkernkaffee und ließ kein bißchen von dem Omelett aus Schwanhabichtseiern übrig. Schließlich machte er sich noch über eine Scheibe gebratener Bollemleber her. Junge, was für ein Essen! Er hatte sicher mindestens fünfzehn Pfund zugenommen, seit er auf Karres gelandet war!

Er fragte sich, wie Toll so schlank blieb.

Voller Bedauern stand er vom Tisch auf, steckte ihre Nachricht als Andenken in die Tasche und ging hinaus. Da warf sich ihm eine tränenüberströmte Maleen um den Hals.

»Ach, Kapitän!« schluchzte sie, »du gehst weg . . .«

»Nun, nun«, murmelte der Kapitän, gerührt und überrascht über den Kummer des reizenden Kindes. Er klopfte ihr tröstend auf die Schulter. »Ich werde wiederkommen«, sagte er hastig.

»Oh, ja! Bitte, komm wieder!« weinte Maleen. Sie zögerte und fügte dann hinzu: »In zwei Jahren bin ich heiratsfähig. Karreszeit.«

»Hm, ja«, stotterte der Kapitän verwirrt.

Als er ein paar Minuten später den Pfad hinunterging, klang ihm eine seltsame Melodie im Kopf. Aber als er um die nächste Kurve bog, wurde sie von einem schrillen Quietschen übertönt, das etwa fünfzig Meter vor ihm zu entstehen schien. Nach der nächsten Wegbiegung kam er zu einer kleinen, steinigen Lichtung, überflutet vom dunstigen Morgenlicht. Große Seifenblasen schwebten in allen Regenbogenfarben schillernd darüber. Es stellte sich heraus, daß diese aus einem Bottich aufstiegen, der mit heißem Wasser, Seife und der Leewit gefüllt war. Toll stand über den Bottich gebeugt und wusch die strampelnde Leewit.

Als der Kapitän herangekommen war, tauchte ein kleines, rotes Gesicht über den Rand der Wanne: »He, Scheusal«, quietschte die Leewit, »warum starrst du mich so an?« Und mit einem Ausdruck von Entschlossenheit im Blick spitzte sie plötzlich die Lippen. Toll reagierte prompt und tauchte sie unter Wasser.

»Sie wollte dir gerade einen ihrer Pfiffe ausstoßen. Vielleicht verschwindest du besser, ehe sie wieder auftaucht«, riet Toll ihm hastig. »Und viel Glück, Kapitän!«

Karres schien an diesem Morgen noch verlassener als sonst. Aber es war auch noch recht früh. Große Nebelbänke lagen zwischen den gewaltigen alten Bäumen und den bunten Häuschen. Hoch oben wehte ein Wind, und noch höher oben hörte er schwach die traurig klingenden Vogelschreie der Schwanenhabichte – vielleicht hatten sie ihm sein Omelett übelgenommen . . .

In der Ferne spielte jemand eine liebliche Melodie auf einer Holzflöte.

Er hatte etwa den halben Weg zum Landefeld zurückgelegt, als etwas ganz nahe an seinem Kopf vorbeizischte und WACK! in ein Loch des Baums genau vor ihm traf.

Es war ein langer, dünner, gefährlich aussehender Pfeil. An seinem Schaft hing ein Kärtchen, auf dem in roten Buchstaben geschrieben stand:

HALT, MANN VON NIKKELDEPAIN!

Der Kapitän blieb stehen und sah sich mißtrauisch um. Er konnte niemanden sehen. Was hatte das zu bedeuten?

Er hatte plötzlich das Gefühl, daß ganz Karres sich leise in eine enorme, kühle, nebelhafte Falle verwandelte. Seine Haut begann zu kribbeln. Was würde als nächstes passieren?

»Ha – ha«, sagte Goth, die plötzlich auf einem Felsen links über ihm sichtbar wurde. »Du bist stehen geblieben!«

Der Kapitän atmete langsam aus.

»Was sonst hast du erwartet?« fragte er. Er fühlte sich ein bißchen schwach.

Wie eine Eidechse glitt sie vom Felsen und stand vor ihm. »Ich wollte dir Lebewohl sagen!«

Schlank und braun, in Jacke, Kniehosen, Stiefeln und mit einer felsgrauen Kappe sah Goth eindeutig wie in ihrem Element aus. Ihre braunen Augen blickten ihn fest und stetig an, der Mund lächelte leicht, aber es lag kein wirklicher Ausdruck in ihrem Gesicht. Sie führte einen Köcher voll dieser gewaltigen Pfeile bei sich und hatte irgendeine Pfeilschußapparatur – keinen Bogen – in der Linken.

Sie folgte seinem Blick.

»Bollemjagd in den Bergen«, erklärte sie. »Die wilden, die haben das bessere Fleisch.«

Der Kapitän dachte einen Moment lang nach. Richtig, sie halten die zahmen Bollems vor allem für Milch und Butter und Käse.

»Nun«, sagte er, »leb wohl, Goth!«

Sie schüttelten sich ernst die Hände. Goth war die eigentliche Hexe von Karres, entschied der Kapitän – mehr als ihre Schwestern, mehr sogar als Toll. Aber er hatte tatsächlich nicht das geringste über irgendeine von ihnen erfahren.

Sonderbare Leute!

Ziemlich verdrießlich ging er weiter.

»Kapitän!« rief Goth ihm nach. Er drehte sich um.

»Vorsicht bei den Starts!« rief sie, »sonst bringst du dich doch noch um!«

Der Kapitän fluchte leise vor sich hin, bis er die *Venture* erreichte.

Der Start war schrecklich! Ein paar Schwanenhabichte sahen ihm zu, niemand sonst, hoffte er.

V

Es bestand natürlich nicht die geringste Möglichkeit, das Zeug, das sie ihm ins Schiff geladen hatten, direkt in den Handel zu bringen. Aber je mehr er darüber nachdachte, um so unwahrscheinlicher erschien es ihm, daß Ratsherr Onswud sich ein wirkliches Vermögen wegen rein technischen Schwierigkeiten von Embargos durch die Finger schlüpfen lassen würde. Nikkeldepain kannte alle Tricks des interstellaren Handels; und der Ratsherr selbst war zweifellos der gerissenste aller ungehäuteten Miesel der Republik.

Hoffungsfroher gestimmt, begann der Kapitän sich zu fragen, ob sich nicht schließlich irgendeine Handelsbeziehung zwischen Nikkeldepain und Karres entwickeln würde. Hin und wieder dachte er auch an Maleen, die in zwei Karresjahren ins heiratsfähige Alter kommen würde. Jedesmal, wenn ihm dieser Gedanke kam, klang ihm eine dieser kleinen Hexenmelodien durch den Kopf.

Der Datumschronometer informierte ihn, daß er drei Wochen auf Karres gewesen war, aber er konnte sich nicht erinnern, wie sich deren Jahr zum Standardjahr verhielt.

Er fand, daß er während dieser Heimreise bemerkenswert unruhig wurde, und zum ersten Mal fiel ihm auf, daß die Raumfahrt auch eine lange, leere Periode tödlicher Langeweile sein konnte. Er machte ein paar Versuche, sich anhand ihres Photos an Gespräche mit Illyla zu erinnern, aber das Photo blieb distanziert.

Das Schiff schien jetzt unnatürlich still – das war das Problem! Insbesondere die Kapitänskabine und der Flur, der daran vorbei führte, schienen so trostlos wie ein Grab.

Aber dann tauchte Nikkeldepain II endlich auf dem Frontschirm auf. Der Kapitän lenkte die *Venture* 7333 auf die Umlaufbahn und funkte die Identifikationsnummer des Schiffes nach unten. Eine halbe Stunde später rief ihn die Landekontrolle. Er wiederholte die Identifikationsnummer und fügte Namen des Schiffes, den des Eigentümers, seinen eigenen sowie Ursprung und Art der mitgeführten Waren hinzu.

Die Ladung mußte im Detail beschrieben werden.

»Landeorbit 21, 203 auf Ihren Instrumenten«, instruierte ihn die Landekontrolle, »Zollschiff zur Inspektion unterwegs.«

Er brachte das Schiff auf die angegebene Bahn und starrte übellaunig durch die Sichtluken auf die flachen Kontinente und Ozeane von Nikkeldepain, die unter ihm vorbeiglitten. Unverwartet überkam ihn eine heftige Deprimiertheit. Er schüttelte sie ab und dachte an Illyla.

Drei Stunden später kam ein Schiff heran. Er schaltete die Triebwerke ab. Der Kommunikator gab ein Summen von sich. Er schaltete ihn ein.

»Bild, bitte«, sagte eine offiziell klingende Stimme. Der Kapitän runzelte die Stirn und schaltete den Kommunikator auf Bildübertragung.

Auf dem Hauptschirm erschienen vier unscharfe Gesichter, die ihn ansahen.

»Illyla!« sagte der Kapitän.

»Zumindest«, sagte der junge Ratsherr Rapport freundlich, »hat er das Schiff wiedergebracht, Vater Onswud.«

»Illyla!« sagte der Kapitän.

Ratsherr Onswud sagte nichts. Illyla auch nicht. Beide schienen ihn anzustarren, aber der Bildschirm war nicht gut genug, um Gesichtsausdrücke im Detail zu betrachten.

Das vierte Gesicht, über einem Uniformkragen, war ihm nicht bekannt und gehörte zu der offiziell klingenden Stimme.

»Sie werden hiermit angewiesen, die äußere Schleuse zu öffnen, Kapitän Pausert«, sagte die Stimme, »zum Behufe einer offiziellen Prüfung.«

Erst als er dabei war, die äußere Schleuse zu entsichern, fiel ihm auf, daß ihm nicht der Zoll ein Schiff geschickt hatte, sondern die Polizei der Republik.

Dennoch zögerte er nur einen Moment. Dann stand die Außenschleuse weit offen.

Er versuchte zu erklären. Sie hörten nicht zu. Sie waren in verseuchungssicheren Repulsoranzügen an Bord gekommen, alle vier; und sie diskutierten über den Kapitän, als sei er nicht da. Illyla sah blaß, verärgert und wunderschön aus und vermied es, ihn anzusehen.

Aber er wollte sowieso nicht vor den anderen mit ihr sprechen.

Sie gingen zum Laderaum und warfen einen flüchtigen Blick auf die Ladung aus Karres.

»Das Rettungsboot ist auch beschädigt«, bemerkte der Ratsherr Rapport.

Sie schoben sich durch den engen Flur an ihm vorbei zurück in den Kontrollraum. Der Polizeibeamte wünschte, das Logbuch und die Geschäftsaufzeichnungen zu sehen.

»Nicht besonders sorgfältig geführt«, konstatierte er.

»Ein Wunder, daß er überhaupt welche geführt hat!« zischelte der Ratsherr Rapport.

Illyla starrte nach draußen.

»Es ist alles sowieso eindeutig klar«, ließ sich der Ratsherr Onswud vernehmen.

Sie richteten sich steif auf und starrten ihn an. Ratsherr Onswud verschränkte die Arme und schob sein knochiges Kinn vor. Ratsherr Rapport zeigte einen Anflug von Lächeln. Der Polizist nahm eine Pose amtlicher Wichtigkeit ein, und Illyla stand etwas abseits und sah die drei an.

»Folgende Anklagepunkte«, begann der Polizist, »liegen nach dieser vorläufigen Überprüfung gegen Sie vor . . .«

»Anklagepunkte?« fragte der Kapitän.

»Ruhe, bitte!« polterte der Ratsherr Onswud.

»Erstens: Diebstahl von Juwelen im Wert von einer Viertelmillion Maels von einem Bürger des Imperialplaneten Prolumma . . .«

»Sie wurden zurückgegeben!« protestierte der Kapitän.

»Rückerstattung, insbesondere, wenn durch Furcht vor Bestrafung erfolgt, verändert die Gültigkeit der ursprünglichen Anklage nicht«, zitierte der Ratsherr Rapport und starrte an die Decke.

»Zweitens:« fuhr der Polizist fort, »Erwerb menschlicher Sklaven, vom Imperialgesetz gestattet, aber vom Gesetz der Republik Nikkeldepain verboten und mit zwischen zehn Jahren und lebenslänglich mit Zwangsarbeit bestraft . . .«

»Ich habe sie nur dorthin gebracht, wo sie hergekommen waren!« verteidigte sich der Kapitän.

»Darauf kommen wir jetzt zu sprechen«, sprach der Polizist weiter. »Drittens: Diebstahl verschiedener Artikel im Werte von einhundertundachtzigtausend Meals von einem Schiff des Imperialplaneten Lepper, begleitet von angedrohter Kampfhandlung gegen die Besatzung des Schiffes . . .«

»Ich möchte auf die erschwerenden Umstände zu diesem Anklagepunkt hinweisen«, übernahm der Ratsherr Rapport das Wort und sah diesmal auf den Boden, »daß nämlich der Regierungsbezirk Sirius, zu dem Lepper gehört, mit der Republik Nikkeldepain durch Wirtschafts- und Militärverträge beträchtlicher Bedeutung verbunden ist. Der Regierungsbezirk hat uns darauf hingewiesen, daß ein solches feindseliges Verhalten eines Bürgers der Republik gegenüber Bürgern des Regierungsbezirks negative Auswirkungen auf die Erneuerung der Verträge haben können. Dadurch erweitert sich dieser Anklagepunkt um den Vorwurf verräterischen Handelns gegen die Republik . . .«

Er sah den Kapitän an: »Auch in diesem Fall verändert sich die Anklage nicht dadurch, daß die Güter zurückgegeben wurden, da es angesichts der Übermacht geschah!«

»Viertens«, fuhr der Polizist geduldig fort, »liederliches und ausschweifendes Verhalten als Handelsagent mit Schädigung des Arbeitgebers . . .«

»Was?« keuchte der Kapitän.

». . . unter Einbeziehung von drei berüchtigten Hexen des Verbotenen Planeten Karres . . .«

»Genau wie sein Großonkel Threbus!« nickte Ratsherr Onswud finster. »So was liegt im Blut. Ich hab's immer gesagt.«

». . . und berechtigter Verdacht auf einen längeren Aufenthalt auf dem besagten Verbotenen Planeten von Karres . . .«

»Ich habe vor dieser Reise noch nie von diesem Planeten gehört!« brüllte der Kapitän.

»Warum lesen Sie dann nicht die Instruktionen und Vorschriften?« brüllte der Ratsherr Rapport zurück, »da steht alles drin!«

»Ruhe, bitte!« brüllte der Ratsherr Onswud.

»Fünftens«, sagte ruhig der Polizist, »vorsätzliche und nachlässige Handlungen, die Ihrem Arbeitgeber einen Verlust von zweiundachtzigtausend Maels verursacht haben.«

»Ich habe noch immer fünfundfünfzigtausend plus das Zeug im Laderaum«, sagte der Kapitän ebenfalls ganz ruhig, »das ist mindestens eine halbe Million wert!«

»Schmuggelware und damit wertlos«, erklärte der Polizist.

Der Ratsherr Onswud räusperte sich. »Wird selbstverständlich beschlagnahmt!« verkündete er dann. »Sollte sich eine Möglichkeit des Weiterverkaufs ergeben, würde der Ertrag, sofern es einen gäbe, zur Tilgung der Schulden verwendet werden. Bis zu einem gewissen Grade könnte dies die Strafe mildern.« Er machte eine Pause. »Da ist noch etwas . . .«

»Der sechste Anklagepunkt«, übernahm der Polizist wieder das Wort: »Die Entwicklung *und* öffentliche Anwendung einer neuen Raumfahrttechnik, die sofort und diskret der Republik von Nikkeldepain hätte vorgelegt werden müssen!«

Alle starrten ihn an, gespannt und mit einer gewissen Gier.

Das war es also . . . der Sheewash-Antrieb!

»Ihre Strafe könnte wesentlich milder ausfallen, Pausert«, schmeichelte der Ratsherr Onswud, »wenn Sie jetzt zu Vernunft kämen. Was haben Sie herausgefunden?«

»Paß auf, Vater«, schrie Illyla auf.

»Pausert«, die Stimme des Ratsherrn Onswud verlor an Selbstgefälligkeit, »was ist das, was Sie da in der Hand haben?«

»Eine Blythepistole«, gab der Kapitän mit kalter Ruhe zurück.

Einen Augenblick lang herrschte eisige Stille. Dann machte die rechte Hand des Polizisten eine ruckhafte Bewegung.

»Nh-nh!« warnte der Kapitän.

Der Ratsherr Rapport ging langsam rückwärts.

»Bleib stehen, wo du bist!« schnauzte ihn der Kapitän an.

»Pausert!« riefen der Ratsherr Onswud und Illyla im Chor.

»Mund halten!« befahl der Kapitän.

Wieder Stille.

»Wenn ihr aufgepaßt hättet«, sagte der Kapitän mit beinahe normaler Stimme, »wäre euch aufgefallen, das ich die Novakanonen entsichert habe. Sie sind auf euer Schiff eingestellt. Das Boot liegt ganz still und hält seine Klappe schön zu. Ihr tut das gleiche . . .«

Er zeigte mit dem Finger auf den Polizisten: »Du hast deinen Repulsoranzug an«, sagte er, »mach die innere Schleuse auf und verzieh dich in dein Boot!«

Die Schleuse öffnete sich quietschend. Ein Luftsog ließ die Papiere des Logbuchs auf den Boden flattern. Die dünne, kalte obere Lufthülle von Nikkeldepain II strömte herein.

»Du als nächster, Onswud«, befahl der Kapitän.

Und einen Augenblick später: »Rapport, du drehst dich einfach um . . .«

Der junge Ratsherr Rapport verschwand schneller durch die Öffnung, als vernünftigerweise durch den Schub seiner Repulsoren erklärt werden konnte. Der Kapitän stöhnte und rieb sich den Fuß. Aber es war die Sache wert gewesen.

»Pausert!« hauchte Illyla, »Du bist verrückt, du hast völlig den Verstand verloren!«

»Ganz und gar nicht, mein Liebling«, erklärte der Kapitän frohgemut und heiter. »Du und ich, wir werden jetzt starten und gemeinsam ein kriminelles Leben beginnen.«

»Aber Pausert . . .«

»Du wirst dich daran gewöhnen«, versicherte ihr der Kapitän, »genau wie ich. Es wird alles übertreffen, was Nikkeldepain zu bieten hat.«

»Pausert«, sagte Illyla, das Gesicht kalkweiß, »wir haben ihnen gesagt, sie sollen Anti-Aufruhr-Schiffe hochschicken.«

»Die werden wir aus der Stratosphäre pusten«, gab der Kapitän fröhlich zurück und griff nach den Startkontrollen. »Aber die werden sowieso nicht schießen, solange ich dich an Bord habe!« fügte er hinzu.

Illyla schüttelte den Kopf. »Du verstehst nicht«, sagte sie verzweifelt. »Du kannst mich nicht zum Bleiben bewegen.«

»Warum nicht?« fragte der Kapitän.

»Pausert«, sagte Illyla, »ich bin Madam Rapport.«

»Oh!« sagte der Kapitän. Und dann, nach langer Stille: »Seit wann?«

»Gestern vor fünf Monaten.«

»Großer Patham!« schrie der Kapitän mit einiger Entrüstung. »Da war ich ja gerade erst abgereist! Wir waren verlobt!«

»Heimlich . . . und ich denke«, sagte Illyla mit frisch erwachtem Mut, »ich habe das Recht, meine Meinung zu ändern!«

Wieder Stille.

»Wird wohl so sein«, stimmte der Kapitän ihr zu. »Wenn's so ist: Die Schleusen sind noch offen, und dein Mann erwartet dich im Boot. Hau ab!«

Er war allein. Er ließ die Schleusen zuschnappen und knallte den Sauerstoffzufuhrhebel nach unten. Die Luft war etwas dünn geworden. Er fluchte.

Der Kommunikator begann zu summen. Er schaltete ihn ein.

»Pausert!« rief der Ratsherr Onswud mit beinahe freundlicher, aber zitternder Stimme, »dürfen wir nicht abfliegen? Die Novageschütze sind noch immer auf uns gerichtet.«

»Ach ja . . .« gab der Kapitän zurück. Er nahm die Geschütztürme vom Ziel. »Jetzt gehen sie nicht mehr los! Verduftet!«

Das Polizeiboot verschwand.

Aber neue Gesellschaft tauchte auf. Sie waren noch weit entfernt, aber näherten sich stetig: Ein Trio aus Anti-Aufruhr-Schiffen wurde auf dem Bildschirm sichtbar. Sie würden ein ganzes Stück näher herankommen müssen, bevor sie beginnen konnten zu schießen.

Auf ihrer spiralförmigen Flugbahn um den Planeten verschwanden sie wieder und tauchten dann ein Stück näher wieder auf. Aber sie mußten unter der *Venture* sein, wenn sie angriffen, damit sie nicht den Planeten in Mitleidenschaft zogen.

Er dachte einen Moment nach. Die Schiffe tauchten ein weiteres Mal auf. Der Kapitän legte die zweite Stufe ein, wendete die Nase der *Venture* in Richtung auf den Planeten und gab Gas. Ein paar weiße Wölkchen entstanden, als er die Umlaufbahn der Terroristenbekämpfungsschiffe durchstieß. Dann war er unter ihnen, und die *Venture* dröhnte, als er den Gegenschub gab.

Die Kampfschiffe reagierten schnell und begannen ein Gegenmanöver. Er richtete ein Novageschütz auf das nächstgelegene.

SSS-whooosch!

Der Sheewash-Antrieb! Aber, wie ein Alptraum, er hörte nicht mehr auf!

VI

»Maleen!« brüllte der Kapitän und polterte gegen die verschlossene Tür der Kapitänskabine. »Maleen . . . halt an! Stell das ab! Du bringst dich um! Maleen!«

Die *Venture* begann plötzlich zu rütteln und dann noch heftiger zu wackeln, machte Sprünge und flog dann wieder aus eigener Kraft. Der Kapitän wußte nicht, wie viele Lichtjahre sie inzwischen entfernt waren, aber das war auch völlig egal!

»Malee!« schrie er, »bist du okay?«

Ein schwaches Bumsen war von drinnen zu hören, dann nichts mehr. Er brauchte fast eine Minute, um das richtige Gerät zu finden, aber dann zersplitterte die Tür, und er fiel mit den Splittern zusammen in die Kabine.

Er sah für einen kurzen Moment das orangerote Flämmchen über dem Gewirr schwarzer Drähte, dann erlosch es, und die Kabel fielen in sich zusammen.

Hinter dem Tisch lag eine kleine, verkrümmte Gestalt. Er ließ sich auf den Boden daneben fallen, seine Knie waren weich geworden.

Ein Paar braune Augen öffneten sich und blinzelten ihn an.

»Das holt wirklich alles aus einem raus!« grunzte Goth. »Ich hab' Hunger!«

»Ich prügel dich windelweich«, brüllte der Kapitän, »wenn du je wieder . . .«

»Hör auf zu blöken! Ich muß was essen!«

Sie aß fünfzehn Minuten, bevor sie sich auf den Stuhl zurückfallen ließ.

»Nimm noch etwas Wintenbeergelee«, drängte der Kapitän besorgt. Sie sah ziemlich blaß aus.

Goth schüttelte den Kopf. »Ich kann nicht mehr! Das ist übrigens das erste, was du gesagt hast, seit du mit der Tür in die Kabine gestolpert bist und nach Maleen gejammert hast. Hihi! Maleen hat schon einen Freund!«

»Halt die Klappe!« knurrte der Kapitän. »Ich denke nach!« Aber einen kleinen Augenblick später fragte er: »Hat sie wirklich einen Freund?«

»Seit letztem Jahr«, nickte Goth. »Ein netter Junge aus der Stadt. Sie werden heiraten, sobald sie heiratsfähig ist. Sie hat dir gesagt, du sollst zurückkommen, weil sie sich schreckliche Sorgen um dich gemacht hat. Maleen hatte nämlich eine Vorahnung, daß du schlimme Schwierigkeiten kriegen würdest.«

»Da hatte sie verdammt recht!« sagte er giftig

»Worüber hast du eigentlich eben nachgedacht?« wollte Goth wissen.

»Ich habe mir überlegt, daß ich dich, sobald du dich erholt hast, auf dem schnellsten Wege nach Karres zurückbringen werde!«

»Mir geht's wieder gut, außer, daß mir jetzt der Bauch wehtut. Aber du kannst mich nicht nach Karres bringen.«

»Wer sollte mich daran hindern, wenn ich fragen darf?«

»Karres ist weg«, erklärte Goth.

»Weg?« wiederholte der Kapitän, und Schrecken stieg in ihm auf.

»Nicht in die Luft gejagt oder so was«, beruhigte sie ihn. »Sie haben es nur fortbewegt. Dem Imperium standen wieder mal die Haare zu Berge über uns, und diesmal haben sie eine ganze Flotte geschickt mit großen Bomben und solchem Zeug, so daß alle Leute nach Hause gerufen wurden. Aber dann mußten sie noch warten bis sie wußten, wo wir waren, Maleen, die Leewit und ich. Und dann hast du uns heimgebracht und dann mußten sie noch mal warten, um zu entscheiden, was mit dir werden sollte. Aber gleich, nachdem du weg warst . . . sind *wir* weggegangen, das heißt, haben sie den Planeten wegbewegt.«

»Wohin?«

»Großer Patham!« sagte Goth achselzuckend, »wie soll ich das wissen? Es gibt so viele Stellen.«

Da hatte sie zweifellos recht, dachte der Kapitän, und ihm fiel eine Szene wieder ein: Er sah jene opalweiße Halbkugel in dem Tal, mit den steilen Sitzreihen, kurz bevor sie die Stadt erreicht hatten . . . »das Theater, wo . . .«

Aber dort herrschte jetzt vollständige Finsternis, und die achttausend und ein paar Hexen von Karres saßen in Kreisen in jenem Theater, ihre Köpfe zum Zentrum gerichtet, wo eine orangefarbene Flamme über ein paar seltsam verflochtenen Kabel flackerte.

Und ein Planet sauste mit der Geschwindigkeit des Sheewash-Antriebs durchs All! Was für bemerkenswerte Leute!

»Wenn's so ist«, seufzte er, »wenn ich dich jetzt großziehen soll – dann sag nicht mehr ›Großer Patham‹! Das ist ein Fluch!«

»Hab' ich von dir gelernt«, wies Goth ihn zurecht.

»Das mag sein«, gab der Kapitän zu. »Ich werd's auch nicht mehr sagen. Werden sie sich um dich keine Sorgen machen?«

»Nicht übermäßig. Uns passiert selten was, vor allem, solange wir jung sind. Da können wir alle diese Sachen wie teleportieren und pfeifen wie die Leewit. Wenn wir älter werden, verlieren wir das meistens. Sie arbeiten daran, daß es uns nicht mehr verlorengeht. Alles, was Maleen noch richtig beherrscht, sind Vorahnungen.«

»Aber darin ist sie echt Klasse!« meinte der Kapitän. »Und den Sheewash-Antrieb, den beherrschen alle, nicht wahr?«

»Hm«, nickte Goth, »aber das ist gelerntes Zeug. Das ist was, das sie schon erforscht haben.« Mit einer Spur Unbehagen fügte sie dann hinzu: »Ich kann dir aber nicht mehr darüber sagen, bis du nicht dazugehörst.«

»Bis ich wo dazugehöre?«

»Zu uns, zu den Hexen. Wir haben unsere Regeln. Das wird erst in vier Jahren nach Karres-Zeitrechnung sein.«

»Wird es, ja? Und was passiert dann?«

»Das ist, wenn ich heiratsfähig werde«, erzählte Goth dem Topf mit Wintenbeermarmelade. Sie zog ihn näher und inspizierte seinen Inhalt genauestens. »Ich hab' das alles schon organisiert«, sagte sie mit fester Stimme, »sobald sie davon redeten, daß sie eine Frau für dich finden müßten, damit du bleiben könntest, habe ich gesagt, daß ich das sei. Und am Ende waren alle damit einverstanden, sogar Maleen. Weil sie doch den Freund hat.«

»Das heißt«, fragte der Kapitän verblüfft, »daß das alles in Karres ausgeheckt worden ist?«

»Natürlich!« Goth schob den Marmeladentopf wieder an seinen Platz und sah erneut den Kapitän an. »Drei Wochen lang wurde in der Stadt kaum von was anderem gesprochen!«

»Das würde einiges erklären!« gab der Kapitän zu.

»Hhm«, nickte Goth erleichtert und lehnte sich in ihren Stuhl zurück. »Aber es war mein Vater, der uns gesagt hat, was wir tun müßten, damit du mit den Leuten von Nikkeldepain brichst. Er sagte, es liege im Blut.«

»Was liegt im Blut?« wollte der Kapitän wissen.

»Daß du mit ihnen brechen würdest. Das sagte Threbus, mein Vater«, informierte ihn Goth, »du bist ihm ein paarmal in der Stadt begegnet. Ein großer Mann mit einem blonden Bart – Maleen und die Leewit sehen ihm sehr ähnlich.«

»Du meinst doch nicht etwa meinen Urgroßonkel Threbus?« fragte der Kapitän ungläubig.

»Genau den«, bestätigte Goth. »Er mochte dich sehr.«

»Was für eine kleine Galaxis!« philosophierte der Kapitän. »Da ist Threbus also abgeblieben. Würde ihn gerne mal wiedersehen.«

»In vier Jahren machen wir uns auf den Weg nach Karres, wenn du diese Sachen beigebracht bekommst. Wir werden sie dann einholen. Aber es sind noch dreizehnhundertzweiundsiebzig alte siderische Tage«, fügte sie hinzu, »und wir haben eine Menge zu tun bis dahin. Du willst den Leuten doch ihre Schulden zurückzahlen, oder? Ich hab' ein paar Ideen!«

»Aber keine von diesen Teleportiertricks, hörst du?« warnte der Kapitän.

»Kinderkram!« sagte sie verächtlich, »ich werde langsam erwachsen. Diesmal geht es mit gerechtem Handel, und wir werden reich werden dabei.«

»Ich wäre nicht überrascht«, gab der Kapitän zu. Er dachte einen Moment nach. »Da sich jetzt herausgestellt hat, daß wir entfernte Verwandte sind, nehme ich an, es ist in Ordnung, wenn ich dich für die Zwischenzeit adoptiere.«

»Klar.« Goth stand auf.

»Wo gehst du hin?«

»Schlafen. Ich bin müde.« An der Tür blieb sie stehen. »Fast alles, was ich dir im Augenblick über uns erzählen kann, kannst du auch in jenen Vorschriften nachlesen, von denen dieser eine Mann gesprochen hat, den du aus dem Schiff getreten hast. Da steht viel über uns drin. Allerdings auch viele Lügen.«

»Und wann hast du das mit der Gegensprechanlage gemerkt?«

Goth grinste: »Schon 'ne Weile her«, gab sie zu, »die anderen haben's nie gemerkt!«

»Na gut«, lachte der Kapitän, »gute Nacht, Hexe – wenn du Bauchschmerzen kriegst, dann schrei', und ich bringe die Medizin!«

»Gute Nacht«, gähnte sie, »es könnte passieren!«

»Und wasch dich hinter den Ohren!« rief der Kapitän ihr nach, als er sich an die Instruktionen zu erinnern versuchte, die er Maleen den jüngeren Hexen vor dem Schlafengehen gegeben hatte.

»Mach' ich!« sagte Goth schläfrig und verschwand. Eine halbe Minute später wurde die Tür heftig wieder aufgestoßen. Der Kapitän blickte erschreckt von dem gewaltigen Stapel der »Allgemeinen Instruktionen und Raumvorschriften der Republik Nikkeldepain« auf, die er in einem der Schränke gefunden hatte. Goth stand in der Tür, und hellwach:

»Und du, wasch dich hinter deinen!« sagte sie.

»Höh?« machte der Kapitän und überlegte einen Augenblick. »Ach ja, natürlich. Dann werden wir es also beide tun.«

»Richtig!« sagte Goth befriedigt.

Die Tür schloß sich wieder.

Der Kapitän fuhr mit dem Finger den langen K-Index entlang – oder vielleicht unter ›H‹?

Semleys Halsschmuck

Ursula K. Le Guin

Ursula K. Le Guin ist eine der angesehensten und höchstgeehrten Science-fiction-Autorinnen – sie hat (bislang) unter anderem drei NEBULAs, vier HUGOs, den National Book Award, zwei Jupiter und den Gandalf Life Award erhalten. Sie war auch Ehrengast auf der World Science Fiction Convention 1975 in Australien. Zu ihren klassischen Werken gehören *The Left Hand of Darkness* (1969; dt. *Winterplanet,* 1974), *The Lathe of Heaven* (1971; dt. *Die Geißel des Himmels,* 1974) und *The Dispossessed: An Ambiquous Utopia* (1974; dt. *Planet der Habenichtse,* 1976). Einige ihrer besten Kurzgeschichten sind in *The Wind's Twelve Quarters* (1975; dt. *Die zwölf Striche der Windrose,* 1980) zu finden. Sie ist auch eine führende Kritikerin des Genres.

»Semleys Halsschmuck«, ein bittersüßes Märchen, exemplifiziert Arthur C. Clarkes erstes Gesetz – daß für den Beobachter eine fortgeschrittene Wissenschaft als Magie erscheint.

Was ist Tatsache, was Legende auf diesen Welten, die so viele Jahre entfernt liegen? Planeten ohne Namen, von ihren Bewohnern einfach ›die Welt‹ geheißen; Planeten ohne Geschichte, wo die Vergangenheit Mythos ist; Planeten, so viele Lichtjahre entfernt, daß ein nach einigen Jahren wiederkehrender Forscher seine eigenen Taten als Gesten eines Gottes wiederfindet.

Tatsachen oder Legenden? Unwissen verdunkelt die Zeitkluft, die von unseren lichtschnellen Schiffen überbrückt wird, und in der Dunkelheit wuchern die Ungewißheit und die Verzerrung wie Unkraut.

Bei dem Versuch, die Geschichte eines Mannes zu erzählen, eines einfachen Liga-Wissenschaftlers, der vor wenigen Jahren in eine solche namenlose, fast unbekannte Welt reiste, fühlt man sich wie ein Archäologe inmitten jahrtausendealter Ruinen, der sich durch ein Dickicht von Zweigen, Blättern, Lianen und Blumen einen Weg bahnt und plötzlich vom Anblick der schlichten Geometrie eines Rades oder eines behauenen Eckpfeilers getroffen wird; oder der durch einen sonnenhellen Torbogen tritt und geblendet in der Finsternis das unwirkliche Flackern einer Flamme, das blaue Glitzern eines Edelsteines und die rasche Bewegung eines Frauenarmes zu erkennen glaubt.

Wie kann man Tatsache von Legende, Wahrheit von Wahrheit unterscheiden?

Durch Rocannons Geschichte, die ich hier erzählen will, zieht sich das Glitzern des blauen Edelsteins, von Anfang bis Ende.

Galaktische Zone 8, Nr. 62: FOMALHAUT II
Hochintelligente Lebensformen: Kontaktierte Spezies:
Spezies I: A. GDEMIAR (sing.: GDEM). Hochintelligente, vollhumanoide, nachtaktive Troglodyten; 120–125 cm Körpergröße, hellhäutig, dunkles Kopfhaar.
Zur Zeit des Kontaktes besaßen diese Höhlenbewohner eine streng geschichtete, durch partielle Gruppentelepathie modifizierte Stadtgesellschaft und eine technologisch orientierte Frühe Stahlkultur. Übergang von Technologie zu Industrie der Kategorie C während der Ligamission 252–254. Im Jahr 252 wurde den Oligarchen der Kiriensee-Gemeinde ein automatisch gesteuertes Schiff mit Überlichtantrieb (Start-Ziel: New South Georgia) zur Verfügung gestellt. Status C, gesichert.
B. FIIA (sing.: FIAN). Hochintelligent, vollhominid, tagaktiv; Durchschnittsgröße 130 cm. Beobachtete Individuen im allgemeinen hellhäutig und -haarig. Kurze Kontakte ließen auf Dorf- und Nomadengesellschaft schließen. Partielle Gruppentelepathie sowie Ansätze von TK auf kurze Entfernungen. Atechnologische, schwer bestimmbare Zivilisation mit schwach ausgeprägten, fließenden Kulturmerkmalen. Gegenwärtig nicht klassifizierbar.
Status E, fraglich.
Spezies II: LIUAR (sing.: LIU). Hochintelligent, tagaktiv, ca 170 cm. Clan-

Gesellschaft; leben in befestigten Dörfern; stagnierende Technologie (Bronze), feudalheroische Kultur; horizontale Sozialschichtung in zwei Pseudorassen:
a) OLGYIOR, »Mittelmenschen«, hellhäutig, dunkelhaarig;
b) ANGYAR, »Herren«, sehr groß, dunkelhäutig, blond . . .

»Das paßt genau«, sagte Rocannon und blickte vom *Kurzverzeichnis Intelligenter Lebensformen* auf die sehr große, dunkelhäutige blonde Frau, die in der Mitte der langen Museumshalle stand. Still und aufrecht stand sie da und betrachtete einen Gegenstand in einer Ausstellungsvitrine. Die vier kleinwüchsigen, häßlichen Gestalten neben ihr traten in offensichtlichem Unbehagen von einem Fuß auf den anderen.

»Ich wußte gar nicht, daß es auf FOMALHAUT II außer den Trogs noch so viele andere Völker gibt«, sagte Ketho, der Kurator.

»Ich auch nicht. Hier sind sogar noch ein paar andere Spezies aufgeführt, die nie untersucht worden sind. Sieht aus, als sei eine eingehendere Forschungsexpedition dorthin fällig. Na ja, jetzt wissen wir wenigstens, was sie ist.«

»Mir wäre lieber, ich wüßte, *wer* sie ist . . .«

Sie war der Sproß einer alten Familie, Nachfahre der ersten Angyarkönige, und wie aller Armut zum Trotz leuchtete ihr Haar in dem reinen, intensiven Gold ihrer Ahnen. Die Kleinen Leute, die Fiia, hatten sich schon vor ihr verbeugt, als sie noch als barfüßiges Kind durch die Felder gerannt war und ihr wehendes Haar wie ein strahlender Komet im stürmischen Zwielicht Kiriens geleuchtet hatte.

Sie war fast noch ein Kind, als Durhal von Hallan sie sah, um sie warb und schließlich fortholte aus den zerfallenen Türmen und zugigen Sälen ihrer Kindheit in sein eigenes hochgelegenes Heim. Auch hier im Gebirge von Halla gab es keinen Luxus, aber die alte Pracht war noch zu erkennen. Die Fenster waren ohne Glas, die Steinböden nackt. Im Kaltjahr sammelte sich der Nachtschnee in langen, flachen Wehen unter den Simsen. Dann stand Durhals Braut mit schmalen, nackten Füßen auf den schneebedeckten Steinfliesen, flocht das Leuchtfeuer ihrer Haare zu Zöpfen und lachte ihren jungen Bräutigam über den Silberspiegel an, der ihr Gemach schmückte. Dieser Silberspiegel und das Brautkleid seiner Mutter, das mit tausend kleinen Kristallen bestickt war, machten seinen ganzen Reichtum aus. Unter den geringeren Gefolgsleuten auf Hallan besaßen einige noch Garderoben aus Brokat, Möbel aus vergoldetem Holz, Silberzaumzeug für ihre Rösser, Rüstungen und silberverzierte Schwerter, Juwelen und Schmuck – und vor allem auf jene blickte Durhals Braut voller Neid, blinzelte sie aus dem Augenwinkel eifersüchtig auf ein Gemmenkrönchen oder eine Goldbrosche, selbst wenn die Trägerin in Ehrfurcht vor ihrem Rang und ihrer Herkunft zur Seite trat, um Semley den Vortritt zu lassen.

An vierter Stelle vom Hohen Sitz des Festsaales zu Hallan saßen Durhal und seine Braut Semley dem Hallanfürsten so nah, daß der alte Mann oft mit eigener Hand Semley den Wein kredenzte und ihr von Jagden mit seinem Neffen und Erben Durhal erzählte, während er das junge Paar liebevoll, doch hoffnungslos ansah. Die Hoffnung war zerronnen für die Angyar von Hallan und alle Westlichen Länder, seit die Sternenherren erschienen waren, mit ihren Häusern, die auf Feuersäulen umherjagten, und ihren furchtbaren Waffen, mit denen sie Berge austilgen konnten. Sie hatten die alten Sitten und die alten Kriege zunichte gemacht. Obwohl die geforderten Summen niedrig waren, bedeutete es den Angyar schlimme Schande, daß sie den Sternenherren Steuern zahlen mußten – als Beitrag zu deren Krieg mit einem unbekannten Feind irgendwo in der Tiefe zwischen den Sternen, in der Unendlichkeit. »Es wird auch euer Krieg sein«, sagten sie. Aber seit einer Generation saßen die Angyar jetzt tiefbeschämt in ihren Festhallen, sahen ihre doppelschneidigen Schwerter verrosten, ihre Söhne heranwachsen, ohne je einen Kampfhieb getan zu haben, ihre Töchter arme Männer – sogar Mittelmenschen – heiraten, da keine Mitgift aus Kriegsbeute vorhanden war für einen adligen Ehemann. Hallans Miene verfinsterte sich, wenn er das schönhaarige Paar betrachtete, ihr Lachen hörte und sie bitteren Wein trinkend in den kalten, prächtigen Ruinen der Festung ihrer Rasse miteinander scherzen sah.

Und Semleys Züge verhärteten sich, wenn sie den Saal hinunterblickte und auf Plätzen weit unter dem ihren, sogar bei den Halbblütlern und Mittelmenschen, auf weißer Haut und dunklem Haar das Glitzern und Leuchten edler Steine sah. Sie selbst hatte ihrem Mann keine Mitgift gebracht, nicht einmal eine silberne Haarnadel. Das Kleid der tausend Kristalle hatte sie in eine Truhe gepackt, für den Hochzeitstag ihrer Tochter – falls das Kind, das sie erwartete, eine Tochter sein sollte.

Es wurde eine Tochter, und sie nannten sie Haldre, und als der Flaum auf ihrem dunklen Köpfchen länger wuchs, leuchtete er in jenem intensiven Gold, dem Erbe der herrschaftlichen Generationen, dem einzigen Gold, das sie je besitzen würde . . .

Semley erzählte ihrem Mann nichts von ihrer Unzufriedenheit. Denn so sehr er sie liebte, duldete er doch in seinem Stolz keinen Neid und keine leeren Wünsche. Sie fürchtete seine Verachtung. Aber sie sprach mit Durhals Schwester Durossa darüber.

»Einst besaß meine Familie einen großen Schatz«, sagte sie, »es war ein Halsschmuck aus purem Gold mit einem blauen Edelstein in der Mitte – einem Saphir?«

Lächelnd schüttelte Durossa den Kopf, denn sie wußte den Namen des Steines auch nicht. Es war spät im Warmjahr; so nannten die Nordangyar den Sommer des Achthunderttagejahres. Semley fand es sonderbar und mittelmenschlich, den Zyklus mit jeder Tagundnachtgleiche beginnen zu lassen. Semleys Familie mochte verarmt und am Ende sein, doch sie war älter und reiner als irgendeine Familie dieser nordwestlichen Marschländer, die sich allzu frei mit den Olgyior mischten. Semley saß mit Durossa in der Sonne auf einer steinernen Fensterbank hoch oben im großen Turm in der Wohnung der älteren Schwägerin. Durossa war als junge, kinderlose Witwe in zweiter Ehe mit dem Hallanfürsten verheiratet worden, der ihres Vaters Bruder war. Da es eine Verwandtenheirat und für beide eine zweite Ehe war, trug sie nicht den Titel Hallanfürstin, den Semley eines Tages tragen würde; doch sie saß mit dem alten Fürsten auf dem Hohen Sitz und regierte mit ihm das Land. Sie hing an der Frau ihres jüngeren Bruders Durhal, und sie liebte das goldhaarige Baby über alles.

»Der Halsschmuck wurde«, fuhr Semley fort, »mit dem Geld erworben, das mein Vorfahr Leynen erhielt, als er die Südlichen Lehen erobert hatte – stell dir vor, alles Geld eines ganzen Königreiches für einen Edelstein! Oh, er würde alles hier in Hallan überstrahlen, gewiß, sogar die eigroßen Kristalle, die deine Cousine Issar trägt. Er war so außergewöhnlich schön, daß er einen eigenen Namen bekam – das Auge des Meeres. Meine Großmutter trug ihn.«

»Du hast ihn nie gesehen?« fragte die Ältere schläfrig. Sie blickte hinunter auf die grünen Berghänge, wo der lange, lange Sommer seine heißen, rastlosen Winde durch die Wälder streichen ließ und weiße Straßen entlang zur weit entfernten Küste.

»Er ging verloren, bevor ich geboren wurde. Nein, mein Vater sagte, er sei gestohlen worden, noch ehe die Sternenherren in unsere Gefilde gekommen waren. Er wollte nicht davon reden. Aber eine alte Mittelfrau, die viele Geschichten kannte, sagte mir immer, die Fiia wüßten, wo er sei.«

»Ah, die Fiia hätte ich gerne einmal gesehen!« sagte Durossa, »sie kommen in so vielen Liedern und Geschichten vor; warum kommen sie nie in die Westländer?«

»Das Land liegt zu hoch und ist wohl auch zu kalt im Winter. Sie mögen das Sonnenlicht der südlichen Täler.«

»Sind sie so wie das Graue Volk?«

»Die habe ich nie gesehen. Sie halten sich von uns fern. Sind sie nicht weiß wie die Mittelmenschen und häßlich? Die Fiia sind schön; sie sehen aus wie Kinder, nur schlanker und weiser. Ach, ich wüßte gern, ob sie wirklich etwas von diesem Geschmeide wissen – wer es gestohlen hat und wo es versteckt ist! Stell dir vor, Durossa, – ich könnte in die Hallan-Festhalle kommen und mich neben meinen Ehemann setzen mit dem Reichtum eines ganzen Königreiches um den Hals und alle Frauen überstrahlen, so wie er alle Männer überstrahlt!«

Durossa beugte sich zu dem Baby, das auf einem Fell zwischen Mutter und Tante saß und seine kleinen braunen Zehen untersuchte.

»Semley ist dumm«, murmelte sie zu dem Baby; »Semley, die leuchtet wie ein Stern, Semley, deren Ehemann nur das Gold ihres Haares liebt . . .«

Und Semley blickte über die grünen Sommeralmen zum fernen Meer und sagte nichts.

Aber nachdem ein weiteres Kaltjahr vergangen war und die Sternenherren wieder einmal gekommen waren, um ihre Steuern für den Krieg gegen das Ende der Welt einzutreiben – diesmal bedienten sie sich eines Paares häßlicher Erdleute als Dolmetscher und hinterließen die Angyar gedemütigt bis an den Rand einer Rebellion – und ein weiteres Warmjahr ebenfalls vergangen und Haldre zu einem zauberhaften, munter plappernden Kind herangewachsen war, da brachte Semley sie eines Morgens in das sonnendurchflutete Turmzimmer zu Durossa. Semley trug ein altes blaues Cape, und eine Kapuze verdeckte ihr Haar.

»Behalte Haldre ein paar Tage bei dir, Durossa«, sagte sie schnell und ruhig. »Ich gehe nach Kirien.«

»Deinen Vater besuchen?«

»Mein Erbe suchen. Deine Vettern vom Harget-Lehen haben Durhal verhöhnt, und sogar das Halbblut Parna kam, ihn zu provozieren; denn Parnas Frau besitzt einen Satinüberwurf für ihr Bett und einen Diamantohrring und drei Gewänder, die teiggesichtige, schwarzhaarige Schlampe! Während Durhals Frau ihr Kleid flicken muß . . .«

»Ist Durhal stolz auf seine Frau oder auf das, was sie trägt?«

Aber Semley ließ sich nicht beirren. »Die Herren von Hallan sind arme Schlucker in ihren eigenen Hallen. Ich werde meinem Gemahl die Mitgift bringen, die ich ihm meiner Herkunft nach schuldig bin.«

»Semley! Weiß Durhal, daß du gehst?«

»Meine Rückkehr wird glücklich sein – soviel laß ihn wissen«, sagte Semley und lachte ihr junges, frohes Lachen; dann beugte sie sich zu ihrer Tochter, küßte sie, und noch ehe Durossa etwas sagen konnte, war sie in Windeseile über die sonnenbeschienenen Steinfliesen davongeeilt.

Verheiratete Angyarfrauen ritten nie zum Vergnügen aus, und seit ihrer Heirat hatte Semley Hallan nicht verlassen. Als sie sich jetzt in den hohen Sattel eines Windrosses schwang, fühlte sie sich wieder wie ein junges Mädchen, wie das wilde Kind, das sie einst gewesen war, als sie halbzahme Rösser auf dem Nordwind über Kiriens Feldern ritt.

Das Tier, das sie nun die Hügel Hallans hinuntertrug, war von edler Rasse; sein gestreiftes Fell betonte geschmeidig den muskulösen Körper, seine grünen Augen verengten sich schlitzförmig gegen den Wind, und die mächtigen Schwingen, die zu Semleys beiden Seiten kraftvoll auf und nieder schlugen, verbargen mal die Wolken über, mal die Hügel unter ihr.

Am dritten Morgen erreichte sie Kirien und stand wieder in den verfallenden Mauern. Ihr Vater hatte die ganze Nacht getrunken, und genau wie in alten Zeiten störte ihn das Morgenlicht, das durch die eingestürzte Decke drang, und der Anblick seiner Tochter störte ihn zusätzlich. »Was willst du hier?« brummte er und sah sie mit seinen verquollenen Augen kaum an. Das feurige Haar seiner Jugend war erloschen, graue Strähnen hingen ihm in die Stirn. »Hat der junge Hallan sich die Sache mit der Heirat doch anders überlegt, und du kommst nach Hause gekrochen?«

»Ich bin Durhals Frau. Ich kam, um meine Mitgift zu holen, Vater.«

Der Säufer brummte angewidert; doch sie lachte ihm so herzlich zu, daß er zusammenschrak und sie anschaute.

»Ist es wahr, Vater, daß die Fiia das Auge des Meeres gestohlen haben?«

»Was weiß ich? Alte Geschichten! Das Ding war weg, ehe ich auf diese verwünschte Welt kam! Frag die Fiia, wenn du willst. Geh zu ihnen. Geh zurück zu deinem Mann. Laß mich allein. In Kirien ist kein Platz für Mädchen und Gold und den ganzen Kram. Hier ist alles vorbei; dies ist der gefallene Ort, die leere Halle. Leynens Söhne sind tot, ihre Schätze sind verloren. Mach dich davon, Mädchen!«

Grau und aufgedunsen wie eine Spinne in alten Gemäuern wandte er sich ab und torkelte in die Kellergewölbe, um sich vor dem Tageslicht zu verbergen.

Semley verließ ihre alte Heimat. Sie führte das gestreifte Windroß den steilen Hügel hinunter, am Dorf der Mittelmenschen vorbei, die sie mit düster-respektvoller Miene grüßten, über die Felder und Weiden, wo die großen, halbwilden Herilor mit gestutzten Flügeln grasten, bis sie in ein Tal kam, das so grün wie eine bemalte Porzellanschale war und überfloß vor Sonnenlicht. Tief im Tal lag das Dorf der Fiia, und als sie ihr Roß hinunterlenkte, kamen die kleinen, zierlichen Leute aus ihren Hütten gerannt, lachten und riefen durcheinander mit ihren zarten, dünnen Stimmchen.

»Sei gegrüßt, Hallans Braut, Kirienfürstin Semley, goldene Windkönigin!«

Sie gaben ihr wohlklingende Namen, und sie freute sich darüber. Es störte sie gar nicht, daß sie dabei lachten; denn sie lachten zu allem, was sie sagten. Sie selber lachte beim Reden. Groß und aufrecht stand sie inmitten des Willkommentrubels.

»Seid gegrüßt, ihr Lichtgeschöpfe, Sonnenkinder, Fiia, Freunde der Menschen!«

Sie geleiteten sie hinunter ins Dorf und führten sie in eines ihrer luftigen Häuser; ein Schwarm winziger Kinder kam hinterdrein. Es war schwer, das Alter eines Fiia zu schätzen, wenn er einmal erwachsen war; es war sogar schwer, sie voneinander zu unterscheiden – und sicher zu sein, daß sie immer zu demselben sprach, denn sie bewegten sich so flink wie Falter um eine Kerze. Aber es schien, als spreche ein- und derselbe eine Weile mit ihr, während die anderen ihr Roß fütterten und streichelten, Wasser für sie brachten und Schalen mit Früchten aus ihren Gärten mit den winzigen Bäumen. »Niemals waren es Fiia, die den Halsschmuck der Herren von Kirien stahlen!« rief der kleine Mann. »Was würden die Fiia mit Gold anfangen, Herrin? Für uns gibt es das Sonnenlicht im Warmjahr und im Kaltjahr die Erinnerung daran, die gelben Früchte, die goldenen Blätter in der Zwischenjahreszeit und das blonde Haar unserer Herrin von Kirien. Kein anderes Gold.«

»War es dann ein Mittelmensch, der ihn gestohlen hat?«

Gelächter, lang und leise um sie herum. »Wie würde ein Mittelmensch es wagen? O Herrin von Kirien, kein Sterblicher weiß, wie der große Juwel gestohlen wurde, kein Mann, kein Mittelmann, kein Fiia noch sonst einer unter dem Siebenvolk. Nur tote Seelen wissen, wie er verlorenging, vor langer Zeit, als Kireley, der Stolze, allein bei den Grotten des Sees wandelte. Aber vielleicht kann man bei den Sonnenhassern etwas erfahren.«

»Dem Grauen Volk?«

Ein lautes Lachen, fast ein wenig schrill.

»Setz dich zu uns, sonnenhaarige Semley, die du aus dem Norden zu uns zurückkamst.« Sie setzte sich zu ihnen, aß mit ihnen und war über ihre Freundlichkeit ebenso erfreut wie die Fiia über die ihre. Aber als sie wieder und wieder sagte, sie wolle zu den Erdleuten gehen, um ihr Erbe bei ihnen zu suchen, da lachten sie nicht mehr. Und nach und nach waren immer weniger Fiia um sie herum. Schließlich blieb nur noch einer, möglicherweise war es der, mit dem sie vor dem Essen gesprochen hatte. »Geh nicht zum Grauen Volk, Semley«, sagte er, und einen Augenblick lang blieb ihr das Herz stehen. Der Fiian legte seine Hand langsam über seine Augen, und die Luft um ihn herum verdunkelte sich. Aschfahl waren die Früchte auf den Platten, und die Schalen mit klarem Wasser waren leer.

»In den Bergen des Fernen Landes trennten sich Fiia und Gdemiar. Vor langer Zeit trennten wir uns«, sagte der zierliche Mann ruhig, »vor noch längerer Zeit waren wir eins. Was wir nicht sind, sind sie. Was wir sind, sind sie nicht. Denk an das Sonnenlicht, das Gras und an die Bäume, die Früchte tragen, Semley; denk daran, daß nicht alle Wege, die in die Tiefe führen, sich auch wieder dem Licht zuwenden.«

»Meiner führt weder hinauf noch hinab, freundlicher Gastgeber, nur geradeaus zu meinem Erbe. Ich gehe geradewegs dorthin, wo es ist, und werde damit zurückkehren.«

Der Fiian verbeugte sich und lachte ein bißchen.

Außerhalb des Dorfes bestieg sie das gestreifte Windroß, beantwortete die Abschiedsrufe der Kleinen Leute, erhob sich in den Nachmittagswind und flog südwärts zu den Höhlen in der Felsenküste des Kirienmeeres.

Der Gedanke, sie müsse vielleicht tief in jene Höhlentunnel eindringen, um die Leute zu finden, die sie suchte, beunruhigte sie; denn man sagte, die Erdleute kämen nie heraus ans Sonnenlicht und mieden sogar den großen Stern und die Monde. Es war ein langer Ritt; einmal landete sie, um ihr Reittier Baumratten jagen zu lassen, während sie ein Stückchen Brot aus ihrer Satteltasche aß. Das Brot war hart und trocken geworden und roch nach Leder, doch war sein ursprünglicher Geschmack schwach erhalten geblieben, so daß sie für einen Augenblick, während sie allein in einer Lichtung in den südlichen Wäldern daran knabberte, eine ruhige Stimme hörte und Durhals Antlitz im Kerzenschein der großen Tafel sah und seine Stimme hörte. Eine Weile gab sie sich dem Tagtraum hin und erinnerte sich seines ernsten, lebhaften, jungen Gesichts und dachte, was sie ihm sagen würde, wenn sie mit dem Vermögen eines ganzen Königreiches um den Hals heimkäme: »Ich wollte ein Geschenk, das meines Gemahles würdig ist . . .« Dann eilte sie weiter, aber als sie die Küste erreichte, war die Sonne untergegangen, und der große Stern sank ihr nach. Ein scharfer Westwind war aufgekommen, und ihr Windroß hatte Mühe, gegen die Böen und Wirbelstöße anzukommen. Sie ließ es auf dem Strand landen. Es faltete sofort seine Flügel ein, rollte sich im Sand zusammen und schnurrte ein bißchen. Semley hielt mit einer Hand ihren flatternden Umhang fest und kraulte mit der anderen des Rosses Nacken, so daß es ohrenwackelnd wieder zu schnurren begann. Das warme Fell fühlte sich angenehm an. So weit sie schauen konnte, war grauer Himmel voller Wolkenfetzen, graues Meer, dunkler Sand. Und dann, über den Strand laufend, eine niedrige, dunkle Gestalt, noch eine, eine ganze Gruppe von ihnen, die durcheinanderliefen, stehen blieben und zurückliefen.

Sie rief sie an, weil sie den Eindruck hatte, daß sie an ihr vorbeiliefen, ohne sie zu sehen. Im Nu waren sie um sie herum. Sie hielten Abstand von ihrem Windroß; es hatte aufgehört zu schnurren, und sein Fell sträubte sich unter Semleys Hand. Sie nahm seine Zügel, froh über seinen Schutz, doch besorgt über die nervöse Wildheit, die es packen konnte. Die seltsamen Leute standen schweigend da, die dicken, nackten Füße in den Sand gestemmt, und starrten sie an. Man konnte sie nicht verwechseln: Sie waren gleich groß wie die Fiia und in allem sonst wie ein Schatten, ein Gegenbild jener lachenden Leute. Nackt, plump, steif, mit schütterem Haar und grauweißer Haut wie von Engerlingen und Augen wie aus Stein.

»Ihr seid das Graue Volk?«

»Gdemiar sind wir, vom Volke des Herren der Nachtgefilde.« Die Stimme war unerwartet laut und tief und schallte gewaltig durch die salzig-stürmische Dämmerung; aber wie bei den Fiia war Semley nicht sicher, welcher von ihnen gesprochen hatte.

»Ich grüße euch, Herren der Nacht. Ich bin Semley, Durhan von Hallans Frau. Ich komme zu euch auf der Suche nach meinem Erbe, dem Auge des Meeres, das vor langer Zeit verlorenging.«

»Warum suchst du es hier, Angya? Hier gibt es nur Salz und Sand und Nacht.«

»Weil an tiefen Orten verlorene Dinge bekannt sind«, sagte Semley. »Und Gold, das aus der Erde kam, so sagt man, kehrt zur Erde zurück; und manchmal, so sagt man, kehrt Geschaffenes zu seinen Urhebern zurück.« Letzteres war eine Vermutung; sie verfehlte das Ziel nicht.

»Es ist wahr, daß der Halsschmuck, den man das Auge des Meeres nennt, bekannt ist. Vor langer Zeit war er in unseren Höhlen gefertigt und Angyar verkauft worden. Der blaue Stein stammte aus den Lehmfeldern unserer östlichen Vettern. Aber das sind alte Geschichten, Angya.«

»Kann ich die Geschichten dort hören, wo sie erzählt werden?«

Die stämmigen Leute waren eine Weile still, zögerten. Der graue Wind blies über den Sand, der mit dem Untergehen des großen Sternes noch dunkler wurde, das Rauschen des Meeres schwoll an und ab. Dann sprach die tiefe Stimme wieder:

»Ja, Angyarlady, du darfst die Tiefen Hallen betreten. Komm mit.« Es war eine Veränderung in seiner Stimme, ein Schmeicheln. Semley hörte nicht darauf. Sie folgte den Erdleuten über den Sand und führte ihr scharfkralliges Reittier am kurzen Zügel.

Am Höhleneingang, einem zahnlos gähnenden Maul, aus dem stickiger, warmer Gestank quoll, sagte einer der Erdmenschen: »Das Flugtier darf nicht mit hinein.«

»Doch«, sagte Semley.

»Nein.«

»Doch. Ich kann es nicht hier lassen, es gehört nicht mir. Solange ich seine Zügel halte, wird es euch nichts tun.«

»Nein«, wiederholten tiefe Stimmen; doch dann sagten einige, »wie du willst«, und nach einigem Zögern gingen sie schließlich weiter. Drinnen war es so dunkel, als sei das Höhlenmaul hinter ihnen zugeschnappt. Sie gingen einzeln hintereinander, Semley als letzte.

Langsam wich die Dunkelheit des Tunnels. Über ihnen, an der Höhlendecke, hing eine weiß schimmernde Kugel. Ein Stück weiter noch eine und dann noch eine. Dazwischen wanden sich schwarze Würmer wie Girlanden von Licht zu Licht. Je weiter sie vordrangen, desto dichter hingen diese Feuerkugeln, so daß schließlich der ganze Gang in helles, kaltes Licht getaucht war.

Semleys Führer hielten an einer Gabelung, von der drei Gänge ausgingen, deren jeder mit einer Eisentüre verschlossen war. »Wir müssen warten, Angya«, sagten sie, und acht von ihnen blieben bei ihr, während drei andere eine der Türen aufgschlossen und dahinter verschwanden. Mit einem Knall schlug die Tür hinter ihnen wieder ins Schloß.

Ruhig und aufrecht stand die Angyarfrau im grellen, weißen Lampenlicht; ihr Windroß kauerte neben ihr und zuckte mit der Spitze seines gestreiften Schwanzes. Seine zusammengefalteten Flügel bebten wieder und wieder in unterdrücktem Fluchtimpuls. Die acht Erdleute hatten sich auf den Boden gesetzt und redeten mit tiefen, dröhnenden Stimmen in ihrer eigenen Sprache.

Mit Getöse flog die mittlere der drei Türen auf. »Laßt die Angya die Gefilde der Nacht betreten!« rief eine neue Stimme laut und pathetisch.

Ein Höhlenbewohner, dessen untersetzter, grauer Körper mit einer Art Umhang bekleidet war, stand in der Tür und sagte mit einladender Geste: »Tritt ein, Angya, und bestaune die Wunder unserer Welt, die Werke unserer Hände, die Kunst der Herren der Nacht!«

Schweigend ruckte sie an den Zügeln des Windrosses und schritt leicht gebückt durch das für Zwerge gebaute Tor. Ein neuer, grell erleuchteter Gang mit feuchtglänzenden Wänden erstreckte sich vor ihnen. Doch am Boden führten statt eines Weges zwei eiserne Balken nebeneinander her, so weit sie sehen konnte. Auf diesen Balken stand eine Art Wagen mit eisernen Rädern. Der Geste ihres neuen Führers folgend, stieg Semley ohne zu zögern und ohne einen Ausdruck von Verwunderung in das Fahrzeug. Das Windroß kauerte sich neben ihr zusammen. Der Erdmann stieg ein, setzte sich vor sie und begann Hebel und Kurbeln zu bewegen. Ein lautes, malmendes Geräusch und ein Kreischen von Metall auf Metall – und die Tunnelwände begannen vorbeizufliegen. Schneller und schneller glitten sie dahin, und die Feuerkugeln über ihrem Kopf verschwammen zu einem unscharfen Lichtstreifen, die abgestandene, feuchtwarme Luft wurde zu fauligem Wind, der ihr die Kapuze vom Kopf blies.

Der Wagen hielt. Semley folgte dem Führer einige Basaltstufen hinauf in einen großen Vorraum und dann in eine noch weiträumigere Halle, vom stetigen Wasser oder von Erdleuten in den Felsen gehöhlt, deren Finsternis – unerreichbar für das Sonnenlicht – vom unheimlichen, kalten Glanz der Kugeln erhellt wurde. Riesige Flügel drehten sich hinter in Fels geschlagenen Gittern und erneuerten die stickige Luft. Der gewaltige, geschlossene Raum summte und dröhnte von Geräuschen, den lauten Stimmen des Grauen Volkes, dem malmenden und schrillen Surren und Zittern der drehenden Flügel und Räder, und dem Hall und Widerhall vor allem zwischen den Felswänden.

Die stämmigen Erdmänner trugen hier Kleidung, die der der Sternenherren nachgemacht war: Hosen, weiche Stiefel und Kapuzenjacken; während die wenigen Frauen, die zu sehen waren – eilige, servile Zwerginnen – nackt waren. Viele der Männer waren Soldaten. Sie trugen Waffen, die an die schrecklichen Lichtwerfer der Sternenherren erinnerten, doch sogar Semley konnte erkennen, daß es nur nachgeformte Eisenstücke waren. Was sie sah, sah sie nur aus den Augenwinkeln; denn sie folgte, wohin man sie führte, ohne den Kopf nach rechts oder links zu drehen. Als sie vor eine Gruppe von Erdmännern gelangten, die eiserne Ringe im schwarzen Haar trugen, hielt ihr Führer an, verbeugte sich und rief laut: »Die Herrscher der Gdemiar!«

Sieben waren es, und sie blickten mit solcher Arroganz in ihren faltigen Gesichtern zu ihr empor, daß ihr zum Lachen war.

»Auf der Suche nach unserem verlorenen Familienschatz bin ich zu Euch gekommen, o Herren der Dunklen Gefilde«, sagte sie ernst. »Ich suche Leynens Lösegeld, das ›Auge des Meeres‹.« Ihre Stimme war dünn im Getöse des großen Gewölbes.

»So berichteten uns unsere Boten, Lady Semley.« Diesmal konnte sie ausmachen, welcher von ihnen gesprochen hatte. Er war noch kleiner als die anderen, er reichte ihr kaum bis zur Brust, und hatte ein weißes, grimmiges Gesicht. »Das Ding, das du suchst, haben wir nicht.«

»Einst hattet Ihr es, so wird erzählt.«

»Vieles wird erzählt, dort oben, wo die Sonne brennt.«

»Und Worte werden vom Winde davongetragen, dort, wo Winde blasen. Ich frage nicht, wie uns der Halsschmuck verlorenging und zu Euch, seinen Schöpfern, zurückkehrte. Das sind alte Geschichten, alter Groll. Ich möchte ihn finden. Ihr habt ihn nicht, aber vielleicht wißt Ihr, wo er ist?«

»Hier ist er nicht.«

»Dann ist er woanders.«

»Er ist, wo du nicht hingehen kannst. Niemals. Es sei denn, mit unserer Hilfe.«

»Dann helft mir. Ich bitte Euch als Euer Gast.«

»Man sagt, ›Die Angya nehmen, die Fiia geben, die Gdemiar geben und nehmen‹. Was gibst du uns, wenn wir dir helfen?«

»Meinen Dank, Herren der Nacht.«

Groß und strahlend stand sie in ihrer Mitte und lächelte. Sie starrten sie an, voll grollenden Staunens, voll finsterer Sehnsucht.

»Hör zu, Angya, du verlangst einen sehr großen Dienst von uns. Du ahnst nicht, wie groß. Du kannst das nicht verstehen. Euch genügt es, mit dem Wind um die Wette zu reiten, das Land zu bestellen, Trinkgelage abzuhalten und die Schwerter im Kampf zu schwingen. Doch wer machte euch die Schwerter aus glänzendem Stahl? Wir, die Gdemiar! Eure Herren kamen zu uns hier und in die Lehmfelder, um Schwerter zu kaufen und wieder zu gehen, ohne zu sehen, ohne zu verstehen. Aber du bist jetzt hier, du wirst dich umsehen, du kannst ein paar unserer zahllosen Wunderdinge betrachten, die Lichter, die immer brennen, den Wagen, der sich selber zieht, die Maschinen, die unsere Kleider nähen und unser Essen kochen und unsere Luft versüßen und uns in allem dienen. Wisse, daß diese Dinge alle jenseits deines Verständnisses sind. Und wisse auch dies: Wir, die Gdemiar, sind Freunde derer, die du die Sternenherren nennest! Wir kamen mit ihnen nach Hallan, nach Reohan, nach Hull-Orren, zu allen euren Burgen, um ihnen zu helfen, mit euch zu sprechen. Die Herren, denen ihr Tribut zahlt, sind unsere Freunde. Sie helfen uns, und wir helfen ihnen. Was also kann uns dein Dank bedeuten?«

»Die Frage müßt ihr selbst beantworten«, sagte Semley, »nicht ich. Ich habe meine Frage gestellt. Beantwortet sie, Herr.«

Einen Augenblick lang berieten die sieben, sprechend und schweigend. Ab und zu starrten sie zu ihr hinüber, schauten wieder fort, murmelten und schwiegen. Eine Menge sammelte sich um sie, langsam und leise, einer nach dem anderen, bis Semley umgeben war von Hunderten der glanzlosen, schwarzen Köpfen und die ganze Höhle erfüllt war von Leuten. Sie ließen einen kleinen Kreis um sie herum frei. Ihr Windroß zitterte vor Furcht und Anspannung, und seine Augen waren weit aufgerissen und fahl, wie wenn man es zwang, bei Nacht zu fliegen. Sie streichelte das warme Fell seines Kopfes und flüsterte: »Ganz ruhig, mein tapferes Tier, mein kluges Tier; ganz ruhig, Herr des Windes!«

»Angya, wir werden dich zu dem Platze bringen, wo der Schatz sich befindet.« Der Erdmann mit dem weißen Gesicht und der eisernen Krone hatte sich ihr wieder zugewandt. »Mehr können wir nicht tun. Du mußt mit uns kommen und jene, die den Halsschmuck haben, selber darum bitten. Das Flugtier kann nicht mitkommen. Du mußt allein kommen.«

»Wie weit ist die Reise?«

Ein breites Grinsen ging über sein Gesicht. »Eine sehr, sehr weite Reise, Lady. Aber sie wird nur eine lange Nacht dauern.«

»Ich danke Euch für Eure Freundlichkeit. Wird mein Roß gut versorgt werden während der Nacht? Es darf ihm nichts zustoßen.«

»Es wird schlafen, bis zu zurückkommst. Ein noch größeres Windroß wirst du geritten haben, wenn du das Tier wiedersiehst. Willst du nicht wissen, wo wir dich hinbringen?«

»Können wir bald aufbrechen? Ich möchte nicht lange von Zuhause fortbleiben.«

»Ja, bald.« Wieder grinste er, als er zu ihr hinaufstarrte.

Was in den folgenden Stunden geschah, könnte Semley nicht berichten. Hast, Durcheinander, Lärm, Unverständliches. Während sie ihrem Windroß den Kopf hielt, stach ein Erdmann eine lange Nadel in seine goldgestreifte Flanke. Fast hätte sie aufgeschrien bei dem Anblick, doch ihr Roß zuckte nur und schlief dann schnurrend ein. Es wurde von einer Gruppe Erdleute fortgetragen, die offensichtlich allen Mut zusammennehmen mußten, um sein warmes Fell zu berühren. Später mußte sie zusehen, wie eine Nadel in ihren eigenen Arm gestochen wurde –

vielleicht, um ihren Mut zu testen, dachte sie, denn es schien sie nicht in Schlaf zu versetzen; aber sie war sich nicht sicher. Sie fuhren in dem Eisenwagen durch Hunderte und Aberhunderte eiserner Tore und gewölbter Tunnel; einmal fuhr der Wagen durch eine Höhle, die sich zu beiden Seiten endlos in die Dunkelheit erstreckte, und in dieser Dunkelheit waren große Herilorherden; sie hörte ihre heiser gurrenden Rufe und sah sie manchmal im Scheinwerferlicht des Wagens. Dann konnte sie welche genauer sehen im weißen Licht, und sie waren alle flügellos und blind. Da schloß sie schnell die Augen.

Aber es waren noch mehr Tunnel zu durchqueren und neue Höhlen, und sie sah andere graue Gestalten mit strengen Gesichtern und dröhnenden Stimmen, bis man sie plötzlich hinaus ins Freie führte. Es war Nacht; erfreut hob sie ihre Augen zu den Sternen und dem einzigen Mond, dem kleinen Heliki, der im Westen zu sehen war. Aber um sie herum waren noch immer Graue, die sie in einen neuen Tunnel oder Wagen – sie vermochte es nicht zu sagen – steigen ließen. Es war eng und voller kleiner, blinkender Lichter wie Moorlichter, und es glitzerte hell und blendend nach den riesigen, endlosen, feuchten Höhlen. Dann wurde sie noch einmal mit einer Nadel gestochen, und sie sagten ihr, sie müsse sich an Kopf, Händen und Füßen auf einer Art flachem Stuhl festbinden lassen.

»Nein!« sagte Semley.

Aber nachdem die vier Erdleute, die ihre Führer sein würden, sich zuerst festschnallen ließen, gab sie nach. Die übrigen gingen hinaus. Ein dröhnendes Getöse, dann eine lange Stille; ein schweres Gewicht, das man nicht sehen konnte, lastete auf ihr. Dann gar kein Gewicht; kein Laut; gar nichts.

»Bin ich tot?« fragte Semley.

»O nein, Herrin«, sagte eine Stimme, die sie nicht mochte.

Sie öffnete die Augen und sah das weiße Gesicht, das sich über sie beugte, sah die zum Grinsen über die Zähne zurückgezogenen dicken Lippen, Augen wie kleine Steine. Ihre Fesseln waren von ihr gefallen, und sie sprang auf. Sie war schwerelos, körperlos; sie fühlte sich wie eine Feder im Wind. Schrecken ergriff sie.

»Wir tun dir nichts«, sagte die dunkle Stimme – oder Stimmen? »Wir wollen dich nur anfühlen, Lady. Wir möchten gerne dein Haar anfühlen. Laß uns dein Haar anfassen . . .«

Der lange, runde Wagen, in dem sie sich befanden, zitterte leicht. Durch das einzige Fenster sah man tiefe Nacht; oder war es Nebel, oder gar nichts? Eine lange Nacht, hatten sie gesagt. Sehr lang. Sie saß reglos und duldete die Berührung der dicken, grauen Hände auf ihrem Haar. Später berührten sie ihre Hände und Füße und Arme und einmal ihren Hals. Da fletschte sie die Zähne und stand auf. Sie zogen sich zurück.

»Wir haben dir kein Leid getan, Lady«, sagten sie. Sie schüttelte den Kopf.

Als sie sie dazu aufforderten, legte sie sich wieder auf den flachen Stuhl und ließ sich festbinden; und als Licht golden durchs Fenster schien, hätte sie fast geweint. Doch sie verlor das Bewußtsein.

»Also«, sagte Rocannon, »jetzt wissen wir wenigstens, was sie ist.«

»Ich wünschte, man könnte irgendwie erfahren, *wer* sie ist«, brummte der Kurator. »Sie will etwas, das wir hier im Museum haben; ist es das, was die Trogs sagen?«

»Nenn sie nicht Trogs«, sagte Rocannon mit Nachdruck; als Ethnologe für hochintelligente Lebensformen mußte er gegen die Verwendung diskriminierender Bezeichnungen angehen. »Hübsch sind sie nicht, aber sie sind Verbündete der Kategorie C . . . Ich frage mich, warum die Kommission sie für die Entwicklungshilfe ausgewählt hat. Noch ehe überhaupt alle HILF-Arbeiten bekannt waren. Ich nehme an, der Forschungsbericht mit der Empfehlung kam von Centaurus. Centaurianer haben eine Vorliebe für nachtaktive Höhlenbewohner. Ich hätte den Vorzug der zweiten Spezies hier gegeben, nehme ich an.«

»Die Troglodyten scheinen ziemlich Ehrfurcht vor ihr zu haben.«

»Du etwa nicht?«

Ketho schaute zu der großen Frau hinüber, errötete und lachte. »Hm, irgendwie schon. Ich habe in den achtzehn Jahren hier in Neu-Südgeorgia nie ein so schönes Alien-Exemplar gesehen. Das heißt, ich habe noch nie eine so schöne Frau gesehen. Sieht aus wie eine Göttin.« Die Röte hatte nun auch seine Glatze erreicht, denn Ketho war ein schüchterner Kurator, der nicht zu Übertreibungen neigte. Doch Rocannon nickte nüchtern und zustimmend.

»Wäre schön, wenn wir direkt mit ihr reden könnten, ohne diese Tr . . . Gdemiar als Dolmetscher! Geht halt leider nicht!« Rocannon ging auf die Besucherin zu, und als sie ihr ebenmäßiges Gesicht zu ihm wandte, verbeugte er sich, ja berührte sogar mit einem Knie den Boden und senkte mit geschlossenen Augen den Kopf. Er nannte dies seine interkulturelle Allzweck-Höflichkeit, und er vollführte sie mit einer gewissen Eleganz. Als er sich wieder aufrichtete, lächelte die schöne Frau und sprach.

»Sie sagen: Heil, Herr der Sterne«, übersetzte einer ihrer stämmigen Eskorte in Pidgin-Galaktisch.

»Heil, Herrin der Angyar«, antwortete Rocannon. »Womit können wir vom Museum dir dienen?«

Über das Brummen der Troglodyten hinweg klang ihre Stimme wie ein klarer Silberwind.

»Sie sagen, bitte gib ihr Halsschmuck, Schatz ihrer Blutsväter vor langer, langer Zeit.«

»Welchen Halsschmuck?« fragte er. Sie hatte ihn verstanden und zeigte auf das Hauptstück in der Vitrine vor ihnen, ein kostbares Stück aus massivem und sehr fein gearbeitetem Gold und einem großen, leuchtend blauen Saphir. Rocannon hob die Augenbrauen, und Ketho neben ihm murmelte: »Geschmack hat sie auch. Das ist der Fomalhaut-Halsschmuck, ein berühmtes, kostbares Stück.«

Sie lächelte die beiden Männer an und sprach wieder. Die Troglodyten übersetzten: »Sie sagen, o Sternenherren, junger und alter Herr des Schatzhauses, dieser Schatz ihrer sein vor langer, langer Zeit. Danke.«

»Wo haben wir das Ding her, Ketho?«

»Warte. Ich schau' im Katalog nach. Hier. Es kam von diesen Trogs, Trollen, was immer sie sind, diesen Gdemiar. Sie haben eine Handelsmanie, heißt es; wir mußten ihnen das Schiff verkaufen, auf dem sie hergekommen sind, ein AD-4. Der Halsschmuck war ein Teil der Bezahlung. Ist ihre Handarbeit.«

»Ich wette, diese Art Arbeit kriegen sie nicht mehr hin, seit man sie auf die Industriestufe hochgebracht hat.«

»Aber sie scheinen das Gefühl zu haben, daß das Ding der Frau gehört und nicht ihnen oder uns. Es muß wichtig sein, Rocannon, sonst hätten sie dafür nicht ein so großes Opfer gebracht, denn der faktische Zeitsprung zwischen hier und Fomalhaut muß beträchtlich sein!«

»Zweifellos einige Jahre«, sagte der Ethnologe, der an das Zeitspringen gewöhnt war. »Nicht sehr weit. Aber weder das ›Handbuch‹ noch der ›Führer‹ geben mir genug Anhaltspunkte für eine genaue Schätzung. Diese Arten sind einfach nicht sorgfältig studiert worden. Die kleinen Typen zollen ihr vielleicht nur Höflichkeit. Oder ein Krieg zwischen den Arten hängt von dem blöden Saphir ab. Vielleicht gehorchen sie ihrem Wunsch, weil sie sich ihr völlig unterlegen fühlen. Oder vielleicht – der Anschein mag trügen – ist sie ihr Gefangener, ihr Köder. Wie sollen wir das wissen? . . . Kannst du das Ding hergeben, Ketho?«

»Aber ja. Alle Exotika werden als Leihgaben betrachtet, nicht als unser Eigentum; denn solche Forderungen kommen immer wieder mal vor. Wir streiten selten. Frieden über alles, bis *der* Krieg kommt . . .«

»Ich würde sagen, dann gib es ihr.«

Ketho lächelte. »Es ist mir eine Ehre«, sagte er. Er öffnete die Vitrine und nahm die schwere goldene Kette heraus; dann, in seiner Schüchternheit, reichte er es Rocannon. »Gib du es ihr.«

So lag der blaue Edelstein einen Augenblick lang in Rocannons Hand.

Aber seine Gedanken waren nicht bei dem Schatz; er wandte sich der schönen, fremden Frau zu, das blaue Feuer in den Händen haltend. Sie machte keine Anstalten, es ihm abzunehmen, sondern senkte ihren Kopf, und er streifte die goldene Kette über ihr Haar. Wie ein glühendes Band lag sie um ihren goldbraunen Hals. Als sie aufblickte, war so viel Glück, Stolz und Dankbarkeit in ihrem Gesicht, daß Rocannon wortlos blieb, während der kleine Kurator eifrig in seiner eigenen Sprache murmelte: »Bitte sehr, es ist uns ein Vergnügen!«

Sie verneigte sich zu ihm und Rocannon und nickte dann ihren stämmigen Führern – oder Wächtern – zu, zog ihren fadenscheinigen blauen Mantel fest um ihre Schultern und ging die lange Halle hinunter. Fort war sie. Ketho und Rocannon schauten ihr nach.

»Manchmal habe ich das Gefühl . . .« begann Rocannon.

»Ja?« fragte Ketho heiser nach einer langen Pause.

»Manchmal habe ich das Gefühl, daß ich . . . wenn ich diese Leute aus Welten treffe, über die wir so wenig wissen, verstehst du, manchmal kommt es mir vor, als sähe ich ein Eckchen Legende oder vielleicht einen tragischen Mythos, den ich nicht verstehe . . .«

»Ja«, sagte der Kurator und räusperte sich. »Ich frage mich . . . ich frage mich, wie sie heißt.«

Semley die Schöne; Semley die Goldene; Semley mit dem Halsschmuck. Das Graue Volk hatte sich ihrem Willen gebeugt und sogar die Sternenherren an jenem schrecklichen Ort, wo die Erdleute sie hingebracht hatten, in der Stadt am Ende der langen Nacht: Sie hatten sich verbeugt und ihr willig den Schatz überreicht.

Aber schwer war die Erinnerung an jene Höhlen abzuschütteln, jene Felsen direkt über dem Kopf, wo sie nie wußte, wer sprach und was man tat, wo Stimmen dröhnten und graue Hände nach ihr tasteten – genug davon. Sie hatte für ihren Halsschmuck gezahlt, teuer gezahlt. Jetzt gehörte er ihr. Der Preis war gezahlt, die Vergangenheit war Vergangenheit.

Ihr Windroß kroch aus einer Art Verschlag, mit trüben Augen und Rauhreif im Fell, und nachdem sie die Höhlen der Gdemiar verlassen hatten, wollte es zunächst nicht fliegen. Nun schien es das Geschehene überstanden zu haben, und sie ritten auf einem sanften Südwind durch den strahlenden Himmel in Richtung Hallan. »Schnell, flieg schnell«, sagte sie lachend, denn der Wind vertrieb die Düsternis, die auf ihrer Seele gelastet hatte. »Ich möchte Durhal bald, bald sehen . . .«

Und sie flogen schnell. Sie erreichten Hallan in der Dämmerung des zweiten Tages. Die Höhlen der Lehmleute waren zu einer fernen Erinnerung verblaßt, als das Windroß sie die tausend Stufen zur Hallanburg hinauftrug und über die Brücke über dem Abgrund, wo die Wälder tausend Fuß tief abfielen. Im goldenen Abendlicht erreichten sie den Flughof. Sie stieg ab und ging die letzten Stufen zwischen steinernen Heldenfiguren und den beiden Torwächtern hindurch, die sich verbeugten und auf das wundervolle, glitzernde Ding an ihrem Hals starrten.

In der Vorhalle hielt sie ein vorbeikommendes Mädchen an, ein sehr schönes Mädchen und ihrem Aussehen nach eine nahe Verwandte von

Durhal. Doch Semley konnte sich an sie nicht erinnern. »Kennst du mich, Mädchen? Ich bin Semley, Durhals Frau. Würdest du bitte Lady Durossa benachrichtigen, daß ich zurückgekommen bin?«

Denn sie fürchtete sich, hineinzugehen und Durhal allein gegenüberzutreten; sie wollte Durossas Unterstützung.

Das Mädchen starrte sie mit einem seltsamen Ausdruck in den Augen an. Aber dann murmelte es: »Ja, Herrin« und rannte davon zur Turmtreppe.

Semley stand wartend in der vergoldeten, langsam verfallenden Halle. Niemand kam vorbei. Waren sie alle im Festsaal bei Tisch? Die Stille war unbehaglich. Nach einer Minute ging Semley zur Turmtreppe. Doch eine alte Frau kam ihr entgegen, weinend und mit ausgebreiteten Armen.

»O Semley, Semley.«

Sie hatte die weißhaarige Frau noch nie gesehen und schreckte zurück.

»Gute Frau, wer seid Ihr?«

»Ich bin Durossa, Semley.«

Reglos und stumm ließ sie sich umarmen. Durossa weinte und fragte, ob es wahr sei, daß die Erdleute sie gefangen und unter einem Zauber gehalten hatten all diese langen Jahre; oder waren es die Fiia gewesen mit ihren merkwürdigen Künsten? Und dann, einen Schritt zurücktretend, hörte Durossa auf zu weinen.

»Du bist noch immer jung, Semley. So jung, wie an dem Tag, als du von hier fortgingst. Und um den Hals trägst du den Halsschmuck . . .«

»Ich habe meinem Ehemann Durhal meine Mitgift gebracht. Wo ist er?«

»Durhal ist tot.«

Semley brachte keinen Ton hervor.

»Dein Mann, mein Bruder, Durhal von Hallan, fiel im Kampf vor sieben Jahren. Neun Jahre warst du schon fort. Wir hatten Krieg mit den östlichen Hallan, mit den Angyar von Log und Hull-Orren. Durhal wurde vom Speer eines Mittelmenschen getötet, denn er hatte wenig Schutz für seinen Körper und keinen für seine Seele. In den Feldern oberhalb der Orrensümpfe liegt er begraben.«

Semley wandte sich ab. »Ich werde zu ihm gehen«, sagte sie und fuhr mit der Hand an die goldene Kette, die schwer um ihren Hals lag. »Ich will ihm mein Geschenk bringen.«

»Warte, Semley! Durhals Tochter, deine Tochter – willst du sie nicht sehen? Man nennt sie Haldre die Schöne.«

Es war das Mädchen, dem sie zuerst begegnet war und das sie zu Durossa gesandt hatte, ein Mädchen von etwa neunzehn Jahren, mit Augen, so dunkelblau wie Durhals Augen. Sie stand neben Durossa und starrte auf diese Frau, die ihre Mutter war und doch kaum älter als sie selbst. Sie hatte das gleiche goldene Haar und die gleiche Schönheit. Semley war ein klein wenig größer und trug den blauen Stein auf ihrer Brust.

»Nimm ihn! Nimm ihn! Für Durhal und Haldre brachte ich ihn vom Ende der langen Nacht!« schrie Semley laut und zerrte die schwere Kette vom Hals. Mit kaltem Klirren fiel sie auf den Steinboden. »Nimm ihn, Haldre!« rief sie noch mal, und dann wandte sie sich um und rannte laut weinend davon. Fort von Hallan lief sie, über die Brücke, die Stufen hinunter ostwärts in die Wälder am Gebirgshang, wie ein gehetztes Wild.

Party

Barry N. Malzberg

In einem unglaublichen Ausbruch von Kreativität, der sich durch die ganzen siebziger Jahre erstreckte, schrieb Barry N. Malzberg ein paar Dutzend denkwürdige Science-fiction-Romane und mehr als hundert Kurzgeschichten. Niemand hatte je ein solches Tempo bei einer derart gleichbleibend hohen Qualität durchgehalten, zumindest nicht über einen so langen Zeitraum. Besonders herausragend waren *Beyond Apollo* (1972, ausgezeichnet mit dem John W. Campbell Memorial Award; dt. als *Das Venus-Trauma,* 1975), *Herovit's World* (1973; dt. als *Herovits Welt,* 1977), *Guernica Night* (1974) und *The Destruction of the Temple* (1974; dt. *Die Zerstörung des Tempels,* 1979). Diese und andere Bücher erweiterten die Grenzen des Science-fiction-Genres, ein Gebiet, über das er mit großem Einfühlungsvermögen in *The Engines of the Night* (1982), einem bedeutenden kritischen Werk, geschrieben hat. Viele Leser meinen, daß er in seinen kürzeren Erzählungen noch besser ist.

Bei dem Singlestreff der Internationalen Vereinigung der Künstler und Graduierten treffe ich diese staatlich geprüfte Krankenschwester namens Gloria Weinstein und beschließe, ihr die Wahrheit zu erzählen. Das Geheimnis macht mich krank. Ich bin es so leid. Es kriecht durch alle Kanäle meines Lebens, blubbert in meinem Blut, überschneidet sich mit meinem Sprechen – ich habe all die Zeit gegen die Enthüllung angekämpft, und jetzt kann ich nicht mehr. Will ich nicht mehr. »Ich bin ein Hexer«, sage ich zu ihr, mit einem Scotch on the rocks in der Hand, und sehe sie direkt an. Sie lehnt mit dem Rücken an der Wand, ihr Glas glitzert in ihrer Hand; ihre Augen suchen den Raum ab, ob nicht jemand Interessanteres unter den internationalen Künstlern ist (ist nicht – davon bin ich überzeugt). »Ich kann magische Beschwörungen rezitieren. Ich kann Inhalt und Wesen, Bedeutung und Richtung von Schicksalen ändern; ich kann sogar Tote zum Leben erwecken, obwohl ich diese eine Macht bisher nicht erforscht habe.«

Sie starrt mich an. Immerhin habe ich ihr Interesse geweckt. »Ich habe viele Sprüche gehört«, meinte sie. »Ich bin seit zwei Jahren in diesem Zirkel und vorzeitig gealtert, aber . . .«

»Sind keine Sprüche«, erklärte ich ernst, »es ist die Wahrheit. Ich kann's einfach nicht mehr für mich behalten. Ich meine, ich bin Student vor dem Abschluß mit einem Stipendium und allem, ich lebe ein völlig normales Leben, sehen Sie mich an, und Sie werden nichts Sonderbares entdecken, aber die Wahrheit ist die Wahrheit . . .«

»Student, wo?«

»NYU«* sage ich. Ich schlucke würgend den Scotch – er vermengt sich mit dem Blut, verbreitet Splitter von Wärme und Bedeutung. »Ich habe Angst«, fahre ich fort, »Angst vor der Macht, vor den Möglichkeiten . . .«

»Also, was erzählst du mir da?« fragt Gloria Weinstein. Sie ist mittelmäßig hübsch, würde ich sagen, einen Meter achtundsechzig oder siebzig, dunkles Haar, große, runde Augen, schwere Ammenbrüste unter dem dünnen Pullover, den sie trägt. Krankenschwesternhände, schlank und voller Kraft das Glas umspannend, obwohl es nicht diese Eigenschaften sind, die mich so zu ihr hingezogen haben, sondern eine gewisse Verletzlichkeit und Zugänglichkeit, eine Offenheit in ihrem Gebaren, kleine Hinweise und Risse in ihrer Gelassenheit, die mir, noch ehe sie etwas sagte, zeigten, daß sie mir vielleicht zuhören würde, mich verstehen könnte. »Du bist ein Hexer, und du beherrschst magische Formeln, und ich soll mit dir schlafen? Mir die Beschwörungen anhören und so?« Sie schüttelt den Kopf. »Ja wirklich«, sagt sie, »das ist neu, schön«, aber ermutigenderweise macht sie keine Anstalten, fortzugehen, sondern lehnt weiter an der Wand, und ihre Augen blicken klar und

* New York University – Anm. d. Redaktion

freundlich in meine. »Ist mir egal«, fährt sie fort. »Ich habe sie alle kennengelernt. – Knackis und Vergewaltiger und einen Lastwagenfahrer, der gerade eine Ausbildung zum Agenten machte, und einen Barmann, der mal Trapezkünstler war. Ich war mit einen zweiten Violonisten von den New Yorker Philharmonikern zusammen, der kein musikalisches Gehör hatte, und mit einem Tänzer vom städtischen Ballet, der drei Knieoperationen hinter sich hatte, warum sollte also ein Hexer etwas wirklich Besonderes sein? Das ist einfach eine männliche Hexe, oder! Ein Zauberer?«

»So etwas in der Art. Es ist nicht so einfach – es ist eine andere Spielart, ein anderer Archetyp . . .«

»He«, sagt Gloria Weinstein zu mir und stellte ihr Glas ab. Dann streckt sie mir ihre Hand entgegen. »Ich muß nicht mehr darüber hören. Brauchst mir nicht mehr zu erzählen. Wollen wir nicht von hier verschwinden?«

»Ja«, sage ich, »natürlich. Das ist doch der Zweck dieser Dinge, daß man verschwindet. Wie das Leben selbst.«

»Dann laß uns gehen«, sagt sie. »Ich habe drei Zimmergenossinnen, und eine von ihnen schläft immer, weil sie Schichtende hat, da können wir also nicht hin. Hast du eine Wohnung?«

»Ich habe möblierte anderthalb Zimmer in der hundertdreiundzwanzigsten Straße«, sage ich und denke an die Unordnung, die Räucherkerzen, die Müllberge, die Steine und magischen Bücher auf den Regalen und am Boden, »aber ich weiß nicht, ob du da hinmagst. Ich hab' nicht richtig aufgeräumt.«

»Ein Hexer, der nicht aufräumen kann? Du brauchst nicht nur mit dem Finger zu zeigen und eine Formel zu flüstern?«

»Es ist nicht so einfach«, erkläre ich, »nichts davon ist so einfach. Du machst dich lustig über mich, aber ich hab's dir nur gesagt, weil ich es nicht mehr geheimhalten kann. Ich halt's einfach nicht mehr aus, kann es allein nicht mehr ertragen. Irgendwann kommt der Zeitpunkt, wo du es mit jemandem teilen mußt . . .«

»Ist schon gut.« Sie nimmt meine Hand. »Denk dran, ich bin *Krankenschwester*. Bin groß im Mitfühlen. Laß uns hier abhauen.«

Sie zerrt mich durch die verstreuten Ansammlungen von internationalen Künstlern und Singles durch die schweren Türen. Ich folge, besessen, verzaubert.

»Ein Hexer«, sagt sie während wir an der Garderobe auf unsere Mäntel warten. »Ein Hexer mit magischen Formeln und Beschwörungen. In einem möblierten Zimmer neben der Columbia Universität. »He, warum wohnst du nicht in der Nähe der NYU, wenn du dort studierst?«

»Sie haben mich letzten Herbst aus Columbia rausgeschmissen«, erkläre ich. »Das mit New York habe ich gerade erst organisiert, und ich hab' alle meine Sachen in der Wohnung.«

»Warum haben sie dich rausgeschmissen?«

»Warum nehmen wir nicht einfach unsere Mäntel und machen uns auf den Weg?«

Macht erfüllt mich, die schrecklich anwachsende Macht, Schriftrollen und Rezitationen lauern in der Dunkelheit des Bewußtseins, als ich mich langsam, die Beschwörungen flüsternd, auf ihr bewege, mein in der Tiefe meiner Kehle ersticktes Grauen tritt in kleinen Habichtschreien in die Finsternis hinaus, wächst, steigt herauf, verströmt sich wie Blut, Blut steigt, pulsiert in der Dunkelheit, und der energische Zusammenprall ist eng verbunden mit dem Steigen dieses Blutes, ich pralle gegen Stein, Steinzeug verbunden mit den Umständen, und bewege mich hindurch, hämmernd, hämmernd, der Geruch von Ozon hängt plötzlich in der Luft, dicht, überwältigt mich . . .

»Mein Gott«, sagt sie wie aus weiter Ferne, »mein Gott, du hast nicht nur Sprüche gemacht, nicht!«

Fallend, fallend hämmere ich auf die Stimme ein, da sind mehr Worte, Worte, die wie Falter in der Luft herumflattern, ich aber stoße durch ihre Mitte, stürze in den dunklen Pfuhl, jetzt sind da andere Geräusche, flötenartig, grundverschieden, aber ich durchstoße auch sie, der Zusammenprall ist heftiger, kommt auf mich zu, Mauern stürzen, die Erde spaltet sich, und in der Mitte des Chaos der winzige Spalt von Licht. Ich konzentriere mich auf einen Aspekt dieses Licht, arbeite mich darauf zu, zwinge es, sich auszudehnen, und langsam fällt die Dunkelheit in sich zusammen, Licht kriecht in die Korridore, überall Geräusche, schrille Schreie, und dann entströmt mir die Macht in einer gewaltigen Beschwörung aus Geschwindigkeit und Getöse, ich zwänge mich ganz hindurch und unter dem blendenden Leuchten der Umstände, bin ich endlich allein, frei in dem erhabenen, leeren Raum, den ich gesucht habe, und der endlich mein ist, in dem ich meinen Lohn finden will . . .

Innerhalb des Pentgramms steht schwankend der Dämon, setzt sich auf die Hinterhand, bückt sich mühsam, seine Krallenfinger spreizen sich auf dem Boden. »Das muß aufhören, weißt du«, sagt er. »So kann es nicht weitergehen. Du mußt dich unter Kontrolle bringen, die Situation beherrschen, irgendeine Lösung finden und aufhören, um Hilfe zu schreien.«

»Ich rufe nicht um Hilfe«, sage ich. Feuer umringen den Dämon; sorgfältig füttere ich die nächstgelegene Flamme mit einem der magischen Pergamente, gebe ihr Nahrung. Innerhalb des Feuerringes duckt sich der Dämon, doch sollte das Feuer je erlöschen, sollte es je erlöschen, sollte es je . . .

»Es gibt keine Hilfe«, sagt der Dämon, »es gibt nur die Flamme, wieder und immer wieder.« Seine Haut ist feucht durch die Hitze, sein Schweiß hat den Geruch heiliger Texte. »Laß mich gehen«, sagt er, »ich leide schreckliche Schmerzen.«

»Schmerzen aus der Hölle?« Ich versuche zu lachen, doch die hohle Explosion des Geräusches peinigt mich. »Was weißt du von Schmerz? Kann Schmerz Schmerz empfinden? Gib mir die Formel«, befehle ich. »Gib sie mir, und du bist frei.«

»Du verstehst es nicht«, antwortet der Dämon. »Es gibt keine Formel, es gibt keinen Zauber, es gibt nur dich, wieder und wieder. Warum glaubst du, daß ich die Antwort kenne?«

»Vom Wandeln auf der Erde, vom Auf und Ab in ihr, aus dem Exil und aus den Umständen . . .«

»Ach, komm«, sagt der Dämon, »komm, komm«, seine kleine Stimme trommelt und trommelt gegen die Flammenwand, »komm, hör auf, ein Idiot zu sein. Dämonologie ist nicht die Antwort, dies ist dein *Leben.*« Seine kleinen Kreischer und Sticheleien ärgern mich. Ich strecke meine Hand durch die Flammen, um ihn zu zwicken, und mich irgendwie zu rächen, doch das Pentagramm trotzt meiner Hand mit unerwarteter, schrecklicher Gewalt, und ich spüre, wie es sich öffnet, spüre, wie die Kraft zerrinnt. Die Hitze trifft die ungeschützten Glieder, und ich schreie unter dem plötzlichen Schmerz, ziehe meine Hand zurück, stolpere von der Mitte zurück und kauere mich an die Wand, während der Dämon mich mit riesigen, feierlichen Augen, in denen ein Funke von Mitgefühl aufleuchtet, anblickt, als ich zu verstehen beginne, was er gesagt hat: Daß in der Hölle, ausgerechnet in der Hölle, Schmerz existiert.

Im Washington Square Park auf einer Bank beobachte ich die Penner, die sich hinter einem Tor versammeln und die endlosen Umstände ihres Lebens überdenken, während in anderen Ecken des Parks entschlossenere, wenn auch vergebliche Versuche unternommen werden, sich mit dem Großstadtschock zu arrangieren; auf einer Bank im Washington Square Park betrachte ich mein Leben und was mich in diese Lage gebracht hat und ob es etwas gibt, das ich daran ändern kann. Bis zu meinem vierzehnten Lebensjahr von meiner Fähigkeit nichts ahnend, wurde ich plötzlich auf entsetzliche Weise gewahr, versuchte zehn Jahre lang, sie zu ignorieren, und akzeptierte schließlich mit vierundzwanzig den schrecklichen Umstand: studierte die alten Texte, zog mich in das Studium des Mittelalters zurück, tauschte eine Ausbildung in Buchführung gegen eine Bewerbung um ein Stipendium in Philosophie, die Monate in Columbia, die peinliche Konfrontation mit dem Dekan im Flur und der anschließende Zusammenbruch, der mich hierher brachte, die Kreise meines Lebens, der Abgrund meines Glaubens und das pathetische Entsetzen vor meiner Aufgabe . . . Ich denke und denke an all diese Dinge auf der Bank, bis die Folgerungen mich zittern machen; ein Hexer sollte sich nicht in dieser Lage befinden, meine ich, kein Hexer, der diesen Titel verdient, würde sich in einer derartigen Lage befinden; er würde seine Kräfte einsetzen und sich durch spirituellen Ratschluß befreien . . . und doch überkommt mich die Vorstellung des in die Falle geratenen Hexers – innerhalb oder außerhalb der Zeit gibt es kein Entkommen: *Gewonnene Macht ist nur die Macht zu neuer Gefangenschaft,* und diese Erkenntnis läßt mich aufspringen. Es ist, als ob ich zum ersten Male die Dinge klar sehe (diese Illusion habe ich schon zuvor gehabt), sehe einen Vorteil in den Umständen, habe ein wahres und endgültiges Verstehen davon, was ich erreicht habe, und ich gehe eilig zum Tor, haste, um meine Einsichten irgendwie in Handeln umzusetzen. Nur Handeln kann mich jetzt retten, nur Handeln kann mich hier hindurch zu tieferer Erkenntnis bringen. Einer der Penner blickt auf, spuckt mich an, sein Speichel trifft mein Gesicht wie ein Schlag, ich hebe die Hand, gehe auf ihn zu, flüstere. Das Wort – sein Gesicht fällt ein, er sackt in sich zusammen, kippt auf den Boden, die anderen starren ihn an, dann mich, ich hebe die Hand wieder. »Tu's nicht«, ruft einer von ihnen, »tu's nicht, Söhnchen!« Und einen kurzen Augenblick lang fühle ich das reine, strafende Feuer, daß mich befreien wird, doch ich halte mich zurück. Dies ist nicht der rechte Weg, es zu tun, und ich werde meine Kraft nicht an Penner verschwenden. Ich wende mich ab und schreite aus dem Park, sie murmeln hinter mir her. Hoch über mir höre ich die vogelähnlichen Schreie der Anerkennung; aus dem wolkenlosen und schrecklichen Himmel haben Die Älteren beobachtet und einmal mehr ihr Gericht verkündet. Innerhalb oder außerhalb der Zeit, innerhalb oder außerhalb der Macht hört das Richten nicht auf – es zu erfahren, heißt es immer wieder zu erfahren, immer und immer wieder.

In unruhigem, gehetztem Schlaf träume ich von Gloria, dem leichten Druck ihres Körpers gegen meinen, ihrem hohen, durchdringenden Schrei, als sie mich in sich aufnahm, und in meinem Traum – sehe ich sie mit heruntergerissener Maske, und ihr unverhülltes Hexenantlitz glänzt mich an. Gloria also eine Hexe, die im Verborgenen lebt, wie ich es nicht länger kann, Gloria, die ihr schreckliches Geheimnis in den Fluren des Krankenhauses trägt, beim Internationalen Single-Treff in den alltäglichen Situationen der Stadt. »Du mußt überleben«, sagt sie zu mir, »verstehst du das nicht? Du kannst ihnen nicht sagen, wer du bist. Dies ist das Ende des zweiten Milleniums, der Beginn des dritten –, Technologie, Rationalität, die Maschinen, die schrecklichen und barbarischen Umstände der Macht, die Messer und der Stahl der Maschinen werden töten, wenn du ihnen sagst, wer du bist.

Du mußt sein wie ich«, sagt sie in dem Traum und erhebt sich dann, um mir in die Augen zu sehen, den Blick dunkel und verschleiert. »Du darfst es niemals sagen, nichts darfst du ihnen verraten«, und ich umarme sie, zerre sie zurück auf das Laken. »Sag nichts«, ruft sie, *»verrate nichts, nichts, nichts.«* Und ich möchte sie anschreien, daß ihr das möglich ist, aber nicht mir, daß etwas gebrochen ist, zerrissen, daß mein Panzer zerstört ist und daß ich ohne Falschheit und von meiner Vermummung entblößt meine Macht nicht nur anrufen, sondern auch verkünden muß. »Verleugnete Macht wendet sich gegen den, der sie hat«, erkläre ich ihr. »Macht wird dann nur noch zu der Macht zu sterben«, und hart und schwer führe ich die Bewegungen der Generationen an ihr aus. Die Macht ergreift mich tatsächlich, in der Macht wende ich mich, ich steige und ich steige, und es ist, als ob ich in diesem Steigen endlich eine Antwort erhalte, doch statt dessen werde ich nur aus dem Gewebe meines Traums gerissen und komme in meinem kalten Zimmer im Mietshaus des Lebens zu mir, starre hinaus auf den Fluß, das gefrorene kalte Grau brennt sich in das Empfinden, und Gloria schwindet, wickelt sich in den Traum und ist nicht mehr. Allein und allein in den Dimensionen des Zimmers gleitet mein Blick über die Texte, die Flaschen, die Elixire und Kryptogramme, die ich an die Wände gespritzt habe, und denke, ja, die Maschinerie, der Stahl und die Messer werden unser aller Ende sein, wenn ich hervorkomme, und doch, wenn ich es nicht tue, werden sie uns ungefragt töten. Ein letzter Versuch für Das Pentagramm. Ein letzter Versuch schließlich für Das Wort, das nicht nur die Penner trifft, sondern die Herzen und Seelen meiner Mitmenschen, der Lebenden und der Toten, der Seichten und der Klaren, um sie alle zu erheben zu jenem Gericht, das uns notwendigerweise alle erwartet, und ich beginne noch einmal den Kreis zu malen . . .

. . . in dem der Dämon schwatzt, diesmal mit kalter Haut, kein schützender Schweiß ist darauf, da die Feuer ihn zu Stein schrumpfen lassen. »Du verstehst es nicht«, sagt er, »du verstehst nichts von alledem, oder?«

»Gib mir Das Wort«, sage ich, »jetzt sofort.«

»Es gibt kein Wort. Es gibt kein Gericht . . .«

»Ich will es sofort«, sage ich. Skrupellosigkeit erfüllt mich; ich weiß, daß man es mir zum letzten Mal verweigert hat. »Gib es mir sofort, oder ich schüre die Feuer und übergebe dich den Heiligen. Ich will nicht länger warten, es ist keine Zeit mehr, von Anfang an war keine Zeit mehr. Gib es mir!« sage ich.

Der Dämon sagt: »Du mißverstehst es, du mißverstehst alles, siehst du denn nicht . . .«

»Jetzt«, befehle ich, »oder ich rufe den Vater der Hölle persönlich, damit er das Urteil spreche, und wenn ich das tue, dann bleibt für keinen von uns mehr etwas, alles wird vergehen, doch du wirst bezahlen und bezahlen . . .«

»Du bist ein Narr«, sagt der Dämon und richtet sich langsam im Zentrum des Kreises auf. Seine Augen sind riesig; er hat sich völlig in dieses schreckliche Starren konzentriert. »Ich werde dir das Wort geben, aber es wird nichts einfacher machen, es wird alles nur noch schrecklicher werden, erkennst du das nicht? Verstehst du nicht, was du getan hast? Du hättest es dein Leben lang mit Leichtigkeit haben können, hättest es zu deinem Vorteil nutzen können, statt dessen hast du ihm erlaubt, Kontrolle zu übernehmen . . .«

»Das Wort«, sage ich. »Das Wort.«

Der Dämon sieht mich an. Er leckt sich über die Lippen; kleine Flügel sprießen auf seinem Rücken, seine Augen füllen sich mit Glanz und Intensität.

»Du Narr«, sagt er wieder.

Er gibt mir Das Wort.

In leidenschaftlicher Umarmung mit Gloria dränge ich in den sich spaltenden Felsen der Umstände und warte jetzt auf den richtigen Zeitpunkt; ich habe das Wort in meinem Besitz und kann es zum Vorteil nutzen, doch nur im optimalen Augenblick; es wäre falsch, es anzuwenden, wenn ich nicht die größtmögliche Wirkung damit erzielen kann. Sorglos schwatzend beginnt sie plötzlich wieder Hexengeheimnisse zu flüstern, uralte, kraftverzehrende Schwüre, die in die Mitte meiner Macht stoßen werden und . . . »Sei still, du Hexe«, befehle ich, »sei jetzt still.« Aber sie kann nicht aufhören, einmal losgelassen können die Bekenntnisse einer Hexe nicht so einfach zurückgewiesen werden, und Wut erfüllt mich, Wut und Zorn gegen alle diese Kräfte, die mich dazu getrieben haben, mich zu erkennen zu geben und schließlich dazu, Das Wort selbst zu verlangen, und dann in dem plötzlichen, kühlen Mittelpunkt dieser Wut finde ich die Kraft zu tun, was ich tun muß. »Ich habe dich gewarnt«, sage ich zu ihr, »ich habe dich gewarnt, daß es so kommen würde, *du hast mich dazu gebracht.*« Und dann spreche ich Das Wort aus, murmele es zunächst unter der Zunge, und als ihr Körper unter seinem Klang Feuer fängt, spreche ich es lauter und noch lauter, beginne, es zu schreien, die Silben entreißen sich meiner Kehle in gewaltigem, rauhem Brüllen. Der Raum spaltet sich, entfaltet Flügel wie ein Vogel, und ich werde hinausgeschleudert in einen weiten Raum, wo ich frei aus endloser Höhe auf sie alle hinunterzublicken scheine, auf die Messer und den Stahl und die auf ihre Opfer lauernden Maschinen. Aber ich unterwerfe mich nicht, ich werde nicht landen. Statt dessen schreie ich Das Wort noch einmal mit aller seiner uralten, schrecklichen Kraft heraus, und die Meere und die Städte stürzen zusammen und werfen sich aufeinander, alles wirbelt durcheinander, alles zögert . . .

Und am Morgen kommen sie mit ruhigen Händen und ruhigen Herzen und sagen mir, was ich getan habe, und warten höflich, während ich meine Kleider zusammensuche und an die Tür komme, damit sie mich mitnehmen. Denn es bleibt nichts mehr zu tun.

Und da Das Wort schließlich ausgesprochen wurde, bleibt absolut nichts mehr zu sagen.

Wenn die Dämonen kommen

John Jakes

John Jakes ist Millionen von Lesern als der Autor der erfolgreichen ›Bicentennial‹-Serie bekannt, einer Reihe von Romanen über Amerikas Vergangenheit. Vor seinen neueren Bestsellererfolgen jedoch war er bereits ein gern gelesener Autor von Kriminal-, Western-, Science-fiction- und Fantasy-Geschichten in den diversen Genre-Magazinen. Besonders beachtenswerte Romane auf dem SF-Sektor sind *Black in Time* (1970), *On Wheels* (1973; dt. *Im Banne des Feuervogels*, 1976) und *Six-Gun Planet* (1970). Eine definitive Sammlung seiner kürzeren SF-Geschichten ist *The Best of John Jakes* (1977). Auch im Fantasy-Bereich erinnert man sich gern an seine Geschichten um Brak den Barbaren.

»Wenn die Dämonen kommen« ist ein hervorragender hartgesottener Horror-Thriller, der seltsamerweise nie in einer Anthologie erschienen ist. Ein Versehen, das wir hier gerne beheben wollen.

Wir waren irgendwo im Ärmelkanal, Frankreich lag steuerbord und England gegenüber. Beide waren hinter Nebel und der Dunkelheit jener undurchdringlichen Nacht verborgen. Der Frachter *Queen of Madagascar* schlingerte auf der Dünung, und Hunderte Gallonen Wasser donnerten mit jedem Auf und Nieder über die verlassenen Decks.

Die Besatzung bestand nur aus Fremden, weder Engländern noch Amerikanern, nicht einmal Europäern. Es gab alle Farben: Manche dunkelbraun, andere gelb mit orientalischen Zügen. Bei Tisch in der Messe saß ich allein, ein Engländer, der sich seine Heimfahrt mit dem einzigen Geschäft verdiente, das ich kannte – die See.

Und hier waren wir nun, eine seltsame, mörderische Mannschaft mit zerfetzten Narbengesichtern, dunklem, heimtückischem Blick, Pistolen und Messern. Eine Tagreise vor England. Vierundzwanzig Stunden. Und meine Neugierde hatte sich zu Fieberglut gesteigert. Ich mußte wissen, was wir im versiegelten Hauptladeraum transportierten. Einmal, vor Algier, war die Luke offen gewesen, und ich hatte eine Wolke von dort unten in die Nase bekommen. Ich hatte in der hellen Sonne gestanden, und ich schwöre, es stank nach Knochen und Verwesung. Der Gestank toter Menschen. Die bloße Vorstellung, Särge geladen zu haben, stachelte meine Neugier an – ein Charakterzug, der zwar nicht hoch zu bewerten ist, der aber mein Leben alles andere als langweilig machte.

Von einem tiefer liegenden Deck gab es eine Öffnung zum Hauptladeraum. Nicht einen normalen Eingang oder so etwas; eine eiserne Behelfstür, die wahrscheinlich mit einem Schweißbrenner aus dem Schott geschnitten und wieder eingepaßt worden war.

Also, niemand bewachte diese Tür. Am ersten Tag auf freier See hatte Kapitän Bezahrov die Crew unterrichtet, daß das Betreten des Laderaumes sofort mit dem Tode bestraft werde. Und da war ich, verrückt vor Neugierde, und doch hatte ich Glück. Denn was ich herausfand, interessierte – später – bedeutende Leute. Höllisches Glück hatte ich, im wahren Sinne des Wortes.

Ich schlich durch die schwankenden Gänge, nachdem ich meine Wache beendet hatte. Vom entlegenen Deck klang ein primitiver Gesang, der durch die düsteren, metallenen Schiffgänge hallte. Einer von der Mannschaft, der wahrscheinlich von Zuhause sang. Es kontrastierte mit dem Tosen der dunklen Wellen draußen im Meer und ließ mir Schauer über den Rücken laufen.

Zögernd horchte ich einige Augenblicke vor der Tür. Keine Stimmen in der Nähe. Ich drehte den groben Griff nach oben und öffnete die Schottentür einen Spalt breit. Sie war gut geölt, sie machte kein Geräusch.

Der Laderaum war dunkel. Der unerträgliche Gestank von Alter und Verwesung schlug mir ins Gesicht. Ich stieg hinein und klemmte mein

Taschenmesser so ein, daß die Tür einen Spalt weit offen blieb. Ich hatte nichts zu verlieren. Das war kein leerer Spruch, auch wenn das Leben sicherlich etwas ist, woran man hängt. Aber ich hatte weder Frau noch Kinder, und die Neugierde brannte heiß und mit Nachdruck. Ich konnte Glück haben und davonkommen . . .

Ich schaltete meine Taschenlampe ein und sah mich aufgeregt um. Es sah wirklich nach Särgen aus! Reihe um Reihe roh gezimmerter Holzkisten. Ich ging näher und las die Beschriftung: *T. Nedros, Importeur. Rysterlane 8, London, England.* Ich sah mir mehrere der Verpackungskisten an. Die Adresse war überall gleich. Alle für T. Nedros, Importeur. Die Kisten hatten Deckel, und die Deckel waren nur mit dünnem Draht verschlossen. Was wollte ich mehr? Mit einer Hand hielt ich die Taschenlampe, mit der anderen wickelte ich den Draht auf und hob den Deckel. Ich beugte mich vor, um den Inhalt zu sehen.

Und dann begann der Alptraum. Ungefähr fünfundvierzig Sekunden lang starrte ich in die Kiste. Länger sicher nicht. Aber was ich sah, konnte einen Menschen leicht zum Wahnsinn treiben. Eine . . . eine *Gestalt* – kann man es so nennen? – lag darin. Fast zwei Meter groß, stellte ich fest, die Länge der Kiste abschätzend. Eine Gestalt in menschlicher Form, aber alles andere als menschlich. Eine Schattengestalt mit riesigen, haarigen Händen und schemenhafter Schwärze an der Stelle des Kopfes, worin zwei rauchig rote Augen weit aufgerissen an die Decke des Laderaumes starrten.

Ein . . . ein *Ding* war es. Eine Kreatur aus irgendeiner weit älteren Welt, als böse Geister noch die Erde bevölkerten. Eine Kreatur aus einer anderen Zeit, nicht aus der zivilisierten Welt. Ein Dämon, in menschliche Form gebracht, ausgegraben aus der Himmel weiß welchem Hexerfriedhof, in eine Kiste gepackt und – das war das Schrecklichste! – in ein Schiff nach London verladen!

Mir wurde klar, daß die anderen Kisten die gleichen Monstrositäten enthalten mußten.

Mich würgte es. Der Leichengeruch füllte meine Nase.

All das schoß mir in den fünfundvierzig Sekunden oder weniger durchs Gehirn wie ein flimmernder Film. Wie ein Sterbender im Augenblick seines Sterbens sein ganzes Leben sieht. Und in gewissem Sinne starb ich in dem Moment. Ich starb und wurde in eine Welt des Schrekkens wiedergeboren, die für einen Menschen unerträglich ist.

Dann ging alles ganz schnell. Ich hörte die Tür, Schritte auf den Metallplatten, heftige, fremdländische Flüche. Ich wurde zu Boden geworfen. Ich blinzelte. Licht war eingeschaltet worden. Kapitän Bezahrov stand über mir und ballte die Fäuste vor Wut. »Marlow«, sagte er ruhig zwischen zusammengebissenen Zähnen, »du bist ein Idiot. Du hättest dir denken können, daß wir für etwas so Bedeutsames ein Alarmsystem eingebaut haben.«

Ich sagte nichts. Von weit her klang das einsame Trommeln der See. Meine einzige Chance war es, auszubrechen. Mit einem Ruck sprang ich auf die Füße.

Bezahrov packte mich, noch ehe ich halb hochgekommen war. Er stand über mir, sein rundes Gesicht schief verzogen durch die blaugraue Narbe entlang seiner Nase. Eine Lampe hoch über ihm bildete einen matten Schein um seine Mütze, und ich fragte mich, wie der Engel Luzifer ausgesehen haben mochte, als er vom Himmel stürzte.

Bezahrovs Pistole sauste mit dem Kolben voran auf mich herunter. Ich versuchte auszuweichen, doch es half nichts. Er schlug mich mehrmals, und im Schmerzdelirium spürte ich, daß ich aufgehoben und fortgetragen wurde. Nach oben. *Auf Deck!*

Ich kannte ja die Strafe. Sie sagten nichts. Ich fühlte plötzlich Wind und feinen Regen über mein Gesicht streicheln. Die Wellen donnerten lauter. Noch ein paar Schritte. Die Hände hoben mich hoch, *höher* . . .

Und dann ließen sie mich los. Einen Augenblick lang hing ich im Nichts, dann fiel ich wie ein Bleilot, ohne jeden Gedanken, in die schwarzen, tobenden Fluten des Ärmelkanals. Beim Aufprall verlor ich das Bewußtsein.

Ganz langsam kam ich wieder zu mir, als bleiches Licht auf meine Augen traf. Ich erwachte wie nach erquickendem Schlaf. Ich hielt meine Augen geschlossen, bis ich die ersten zusammenhängenden Gedanken denken konnte. Ich hatte keine Ahnung, wie ich der tosenden Flut lebend entkommen war.

Mir fiel das Ding in der Kiste wieder ein, Schrecken und Ekel überkamen mich von neuem. Ich erinnerte mich an den alptraumartigen Sturz in den Ärmelkanal. *Meine Güte, Marlow,* sagte mir mein Denken, *du hast kein Recht, am Leben zu sein.*

Aber ich war am Leben. Oder die Hölle war ein Ort, wo man friedlich zwischen den Laken schlummerte. Ich öffnete die Augen. Ich fühlte keinen Schmerz. Mein Kopf war klar und meine Gedanken geordnet. Jedenfalls so geordnet sie sein konnten mit dem Bild dessen, was ich gesehen hatte und das an meinem Bewußtsein nagte.

Der Raum war kahl, ein Bett, ein Waschtisch, ein Stuhl und ein kleiner Schreibtisch. Erstaunt sah ich mich um. Über dem Stuhl hingen meine Kleider, sauber und trocken, auch die Mütze und die Bordjacke.

Ich stand auf und fühlte die Kälte auf meinem nackten Körper. Eilig zog ich mich an, ging zum Mansardenfenster und öffnete die Jalousien. Draußen lag ein grauer, trüber Himmel über den tristen Dächern und Docks des Londoner East End.

Ich war also in London. Und lebendig. Aber *wie?* Der Alptraum begann Form anzunehmen. Ich begann im Raum hin und her zu gehen und suchte nach einer Antwort. Aber es gab keine. Ein Puzzle ohne Logik. Nur eine Kette von verrückten, beängstigenden Ereignissen – Zufällen – unerklärbar.

Erst nach einer Weile entdeckte ich den Zettel auf dem Tisch. Hastig griff ich danach und las, was da in kleiner, fast kindlicher Handschrift darauf stand: *Wir sind Ihre Freunde,* stand da. *Wundern Sie sich nicht, daß Sie am Leben sind. Wir werden Kontakt mit Ihnen aufnehmen.*

Ich starrte den Zettel an, und meine Fragen überstürzten sich. Dann gab ich auf. Es war zwecklos. Zwei Dinge konnte ich unmittelbar tun. Ich war in London. Ich konnte herausfinden, wo ich genau war, und ich konnte zu Scotland Yard gehen und von den Dingen berichten, die ich gesehen hatte.

Ich verließ das Zimmer, ging einen schmalen, kalten Korridor entlang und eine Stiege hinunter in die Empfangsdiele der Pension. Im Dämmerlicht döste eine dicke, ungepflegte, rothaarige Frau am Empfangstresen. »Ich wüßte gerne, wie ich hier hergekommen bin«, sagte ich, fast fürchtend, es wirklich zu erfahren.

Sie sah mich aus ihren runzligen, kleinen Augen an und lachte trocken. »Frag mich nicht, Seemann. Ich nehme an, du hast zu tief ins Glas geschaut, wie die meisten. Blind kommen sie hereingetorkelt, und hinterher wollen sie wissen, wie sie hergekommen sind.«

»Ich war nicht betrunken«, sagte ich. »Jemand hat mich hergebracht. Wann war das?«

»Name?«

»Marlow, Steven Marlow.«

Sie schaute in dem schmuddeligen Gästeregister nach. »Vorgestern. Montag.«

»Wer brachte mich?« fragte ich wieder.

»Woher soll ich das wissen?« knurrte sie unwillig. »Ich war nicht hier. Montag war Mr. Sudbury hier. Er wüßte wahrscheinlich, wer dich hergebracht hat.« Ihr Gesicht verriet, daß sie nach wie vor überzeugt war, ich sei besoffen in die Pension gekommen.

»Wann kann ich Mr. Sudbury sprechen?« bohrte ich weiter.

»Können Sie nicht«, sagte sie. »Er hat gestern gekündigt.«

»Ge – gekündigt?« stotterte ich. Die Sache wurde zu verwirrend, um überhaupt noch darüber nachdenken zu können.

»Ja, gekündigt! Hör zu, Matrose, wir stellen hier keine Fragen. Mr. Sudbury hat nur drei Wochen hier gearbeitet. Woher soll ich wissen, ob nicht die Bullen hinter ihm her sind oder ob er 'n Mädchen in Schwierigkeiten hat?« Sie hob die Hände. »Ich weiß es nicht. Ich will es auch nicht wissen. Warum vergißt du das Ganze nicht und fängst wieder da an, wo du aufgehört hast, bevor du das Zeug getrunken hast?«

Ärgerlich ging ich hinaus. Ein Schild über der Tür besagte: *Bane's Rest.* Also, von der Frau konnte ich keine Informationen bekommen. Durch das Fenster sah ich, wie sie ihren struwweligen roten Kopf auf die Arme legte, um weiterzuschlafen.

Ich ging das enge Sträßchen hinunter. Ich brauchte nüchterne Vernunft, gesunden Menschenverstand. Ein bißchen, ein ganz kleines bißchen wenigstens.

Scotland Yard brachte mir nüchterne Vernunft. Das Büro von Inspektor Rohm, bei dem ich schließlich landete, nachdem ich viele ausweichende Antworten auf die Frage »Was wollen Sie denn von Scotland Yard?« gegeben hatte, war ein kahler, kleiner Raum, nicht viel einladender als das Zimmer, in dem ich aufgewacht war.

Inspektor Rohm war ein magerer, intellektuell aussehender Mann mit sandfarbenem Haar, aufrechter Haltung und stechenden, blauen Augen. Er saß hinter seinem Schreibtisch und hörte sich meine Geschichte an. Ich spuckte es alles aus, unzusammenhängend und konfus, während er dasaß und zuhörte, als sei es eine auswendig gelernte Abhandlung über Physik. Das einzige, das ich ausließ, war der Zettel von meinen Rettern.

Nachdem ich geendet hatte, sah Inspektor Rohm mich aus seinen blauen Augen an und fragte: »Ist das *alles?*«

»Ja«, sagte ich, »und es ist die Wahrheit.«

Rohm lachte. »Daran zweifle ich«, erklärte er freundlich. »Lieber Freund, viele Spinner und Verrückte suchen uns hier heim, aber eine so phantastische Geschichte habe ich noch nie gehört.«

»Aber ich habe das Ding gesehen!«

»Angenommen, solche Kreaturen gäbe es wirklich, warum kommen Sie damit zu uns?«

Das saß. Warum? Nun, ich hatte dieses Ding auf dem Schiff als entsetzlich böse empfunden, das heißt, die ganze Ladung. Und das Gegenteil von böse ist gut, und das Gesetz repräsentierte das Gute am greifbarsten.

Ich fand keine Worte, um ihm das drohende Gefühl von Gefahr und unirdisch Bösem, das mich auf der *Queen of Madagascar* gepackt hatte, verständlich zu machen. Da saß ich, fühlte mich hilflos unter seinem kritischen Blick und drehte meine Mütze in der Hand.

»Ich . . . ich weiß nicht, Sir. Ich bin nur ein Seemann, Sir. Ich . . . ich meinte, ich wußte, daß da Gefahr lauert, irgendwie, für England, für die Welt. Böses, verstehen Sie?«

Rohm lachte wieder. »Nein, ich fürchte, wir müßten konkretere Anhaltspunkte haben.«

»Können Sie die Sache nicht wenigstens prüfen? Das Schiff und die Ladung?«

Er zögerte einen Moment, und ich nehme an, er entschied sich dann doch, als pflichtbewußter Beamter keine Möglichkeit auszuschließen, so absurd sie auch scheinen mochte.

»Also gut, ich rufe den Zoll an.«

Nachdem wenige Minuten dauernden, einsilbigen Telefongespräch, drehte er sich wieder zu mir, nahm eine Zigarette und zündete sie an.

»Also, Marlow, die Fracht der *Queen of Madagascar* ist ordnungsgemäß und legal beim Empfänger eingetroffen, einem Importeur namens Nedros in der Ryster Lane.«

»Was war denn die Fracht?« fragte ich, so ruhig ich konnte.

»Der übliche Orientkram. Teppiche, Textilien, Wein, Wasserpfeifen. Sachen, mit denen man seinen Salon jenen exotischen Anstrich geben kann.« Diesmal galt sein Lachen seinem eigenen Humor.

»Ich habe das Ding in der Kiste gesehen.«

Er schüttelte den Kopf. »Nein«, erklärte er mit Endgültigkeit, »die Fracht war die besagte. Das ist überprüft worden.«

»Aber ich wußte doch den Namen des Empfängers. Ich war doch auf dem Schiff!«

»Das stimmt. Doch was darüber hinausgeht, Mr. Marlow, haben Sie entweder erfunden, oder Sie brauchen Hilfe von einem Psychiater. Da ich sehr viel zu tun habe, würde ich Sie bitten, mich jetzt allein zu lassen.«

»Also gut«, sagte ich und stand auf. »Das ist wohl alles.«

Ich ging hinaus und spürte seinen Blick auf meinem Rücken, der mich als Lügner oder als Irren brandmarkte. Die Welt war verrückt geworden. Diese *Dinger* hatten die *Queen of Madagascar* verlassen, bevor sie den Hafen erreicht hatte.

Ich wußte, es waren viele von ihnen gewesen. Ich hatte in die Kiste gesehen, ich hatte den Gestank im Laderaum gerochen. Ich wußte, sie bedeuteten Gefahr, große, schreckliche Gefahr, und niemand scherte sich darum.

Ich wußte, daß sie irgendwo in England waren, in London vielleicht, und niemand kümmerte sich darum …

Aber ich hatte ja den Zettel in der Tasche! Ich war lebend aus dem Meer entkommen. Und selbst, wenn das alles ganz anders war, so könnte doch niemand in diese starren, höllisch roten Augen in jenem eisernen Frachtraum des sturmgepeitschten Schiffes geblickt und *nicht* erkannt haben, daß dies größeres Unheil bedeutete, als die Menschheit seit Jahrhunderten gesehen hatte.

Ich ging in eine Kneipe und versuchte zu trinken. Inmitten des Gelächters und des Schepperns der Krüge versuchte ich, den Alptraum in Alkohol zu ertränken, aber es gelang nicht.

Ich trank eine Weile und konzentrierte mich auf das warme Gefühl, das mir zu Kopfe stieg, doch dann dachte ich an das Wesen in der Kiste und war wieder so nüchtern, als hätte ich keinen Tropfen angerührt.

Ich ging zurück ins *Bane's Rest* im East End. Ich wußte nichts Besseres. Das Zimmer war kalt und dunkel, und ich starrte die ganze Nacht an die Decke. Ich konnte nicht schlafen.

Am nächsten Tag brummte mir der Schädel vor Müdigkeit, und meine Glieder waren bleischwer. Kurz nach sieben Uhr nahm ich Mütze und Jacke und verließ die Pension, um etwas in den Magen zu kriegen. Ein reichlicher Vorrat von Pfundnoten war mir – wahrscheinlich von jenen, die mir die Nachricht geschrieben hatten – in die Manteltasche gesteckt worden.

Alles erschien grau an jenem frühen Morgen, die Dächer, der Himmel, der Morgendunst, widerwärtig und lebensfeindlich, als hätte ein bösartiger, tödlicher Schimmelpilz die Stadt befallen. Ich kaufte ein paar Zeitungen und fand ein billiges, kleines Restaurant. Schwarze Taxen und anderer Verkehr rollten schnell durch die Straßen, und gut gekleidete Gentlemen mit Bowlerhüten und Regenschirmen gingen die Bürgersteige entlang und sahen zufrieden und selbstgefällig aus. Ich beneidete sie um ihre Sicherheit.

Ich bestellte mir ein Frühstück und studierte über Tee und Spiegelei die Zeitungen. Die dick gedruckte Schlagzeile nahm mir jeden Appetit und füllte mich erneut mit Grauen.

Lord Wolters erschlagen! stand da. *Sein Haus am Harley Square verwüstet. Mysteriöse Mörder noch auf freiem Fuß.*

Lord Wolters. Den Namen kannte ich natürlich. Jeder kannte ihn. Er war wahrscheinlich der wichtigste Mann im Kabinett und wegen seiner militärischen Erfahrung besonders wertvoll für England in diesen Zeiten internationaler Spannung. Die Landesverteidigung brauchte eine fähige Führung, und Lord Wolters war der richtige Mann. Oder er war es gewesen. Jetzt war er tot. Und irgendwie sah ich eine Verbindung zu meinem Horrorerlebnis auf der *Queen of Madagascar*.

Ich las die anderen Berichte. Sie besagten im großen und ganzen das gleiche. Aber in der dritten Zeitung fand ich ein paar Einzelheiten, die mich erneut schaudern ließen. Ein unbestätigter Bericht der Bediensteten von Lord Wolters besagte, daß der Leichnam des Lord bis zur Unkenntlichkeit zerstückelt worden sei und daß ein großer Teil des Hauses zerstört und sogar einige Wände eingestürzt seien.

Da mußte eine Verbindung bestehen. Ich war überzeugt. Wahnsinn machte sich in Londons Straßen breit. In solchen Zeiten der Weltkrise bildeten der Tod von Lord Wolters und die furchterregende Fracht aus dem fernen Osten ein – ja, was eigentlich?

Ich konnte nichts Genaues sagen. Aber ich wußte, daß es etwas zu bedeuten hatte. Etwas Entsetzliches.

Eine andere Einzelheit auf der letzten Seite einer Zeitung bekräftigte meinen Verdacht. Ein Fischer aus einem kleinen Ort an der Kanalküste war ums Leben gekommen. Bevor er starb, hatte er etwas von riesigen, monströsen Gestalten gestammelt, die in der Nacht aus den Wellen gestiegen seien. Auf der letzten Seite! Niemand würde es bemerken.

Das war vor zwei Tagen passiert, in der gleichen Nacht, in der ich über

Bord der *Queen of Madagascar* geworfen worden war. Diese . . . Dinger . . . waren an Land gegangen, und Kapitän Bezahrov hatte die langen Kisten ausgeliefert, die, wie Inspektor Rohm bestätigt hatte, vom Zoll geprüft worden waren. Die Dinger kamen nach London, und Lord Wolters starb. Ich mußte zum Harley Square. Ich geriet immer tiefer in diese Geschichte, die immer beängstigender wurde und von der ich nur vage ahnte, worum es ging.

Ich ließ die Zeitungen liegen und eilte los. Kurz nach acht Uhr stand ich inmitten einer Menge Neugieriger vor dem Zaun, der Lord Wolter's Haus umgab. Beamte von Scotland Yard bewachten die Tür. Von den Verwüstungen im Haus war nichts zu sehen.

»Haben sie ihn schon herausgebracht?« fragte ich einen Mann, der neben mir stand.

»Ja, vor ein paar Minuten.« Der Mann verzog sein Gesicht und sog nervös an seiner Pfeife. »Er lag nicht auf einer Bahre. Die Sanitäter vom Krankenwagen trugen einen großen Leinensack. Man sagt, er sei in kleine Stücke zerfetzt worden. Klingt wie Teufelswerk.«

Ich wandte mich ab, in der Morgenkälte erschauernd. Teufelswerk. Ja, lebende Teufel! Meine Nase juckte, und jetzt wurde mir plötzlich der Geruch bewußt, der über dem Platz lag. Verwesung und Fäulnis. Der Gestank aus dem Laderaum der *Queen of Madagascar.* Der Geruch der Dinger. Sie *waren* hier gewesen!

Ich blieb noch einen Moment stehen und hörte Leute von dem Gestank sprechen. Er irritierte sie, aber niemand äußerte eine Vermutung darüber, woher er stammen mochte. Ich hätte sie gerne einen nach dem anderen gepackt und ihnen ins Gesicht geschrien, daß ich es wußte. Niemand hätte mir geglaubt, und die Polizisten hätten mit Sicherheit weniger höflich reagiert als Inspektor Rohm.

Da zupfte mich jemand am Ärmel. Ich wandte mich um und erwartete halbwegs, den Mann mit der Pfeife zu sehen, mit dem ich eben gesprochen hatte. Aber ein anderer Mann stand neben mir, runzlig und rattenartig, in schmutzigen Kleidern und einer karierten Mütze. Ein milchig-blaues Auge starrte mich aus dem stoppeligen, dreckigen Gesicht an, das andere war von einer schmierigen, schwarzen Augenklappe verdeckt.

»Mister Marlow?« fragte er keuchend, und eine Fahne von Alkohol schlug mir ins Gesicht.

»Ja, ich heiße Marlow.«

»Ich habe eine Nachricht für Sie.«

Sie nahmen also endlich Kontakt mit mir auf. »Von wem?«

Der Mann mit der Augenklappe kicherte. »Von dem, der nicht geht.«

»Der, der nicht geht? Hören Sie«, sagte ich ärgerlich, »wer sind Sie und von wem sprechen Sie?«

»Der, der nicht geht«, wiederholte der Kerl mit seinem schrillen

Flüstern. »Er läßt Ihnen sagen, daß er weiß, daß Sie am Leben sind, obwohl Sie es nicht sein sollten. Er sagt, es wäre nicht mehr für lange. Er sagt, Sie hätten nicht mehr viel Zeit.«

»Zeit? Zeit wofür?«

Er blinzelte. »Zeit zum Leben, Mr. Marlow. Zeit zum Leben.«

Ärgerlich griff ich nach ihm, wollte ihn packen und irgendwo in einer Toreinfahrt die Wahrheit aus ihm herausprügeln über dieses unzusammenhängende Zeug von Dem-der-nicht-Geht.

Aber wie auf ein verabredetes Zeichen hatte er sich umgedreht, und jemand drängelte sich plötzlich dazwischen. Ich stolperte und fiel gegen zwei Frauen, die ihrerseits gegen den Zaun geschubst wurden. Ich hatte Mühe, mein Gleichgewicht zurückzugewinnen. Eine der Frauen starrte mich an, während sie ihren Hut wieder geraderückte.

»Hör mal, Söhnchen . . .« fauchte sie mich an.

»Entschuldigen Sie, Madam«, antwortete ich und suchte die Menge ab. Aber der Mann war nicht mehr zu sehen. Ich bahnte mir einen Weg durch das Gedränge, bis ich schließlich die Mitte des Platzes mit den alten Hausfassaden erreichte. Der Mann mit der Augenklappe war verschwunden.

Nachdenklich ging ich weiter. Noch ein Zwischenfall, noch ein Name auf der Liste der Schrecken und Unmöglichkeiten. Der, der nicht geht. Und nicht mehr lange zu leben. Diese Leute hatten offensichtlich nichts mit meinen Rettern zu tun. Offensichtlich wollten sie nicht, daß ich am Leben blieb, da ich um die Fracht des Schiffes wußte und sie mit der Ermordung von Lord Wolters in Verbindung gebracht hatte. Und irgendwie konnten sie mein Tun überwachen, so wie auch meine Retter. Ich ging gedankenverloren weiter und rauchte eine Zigarette.

Was konnte ich tun? Wohin konnte ich verschwinden? Ich wußte so wenig und doch genug, um dafür getötet zu werden. Wann würden sie mich angreifen? Und von wo?

Bei einem Zeitungskiosk blieb ich stehen und steckte eine neue Zigarette an. Ein Mann kam auf mich zu, ein gut gekleideter diesmal, in grauem Mantel und Bowlerhut. Er hatte ein schmales Gelehrtengesicht und feurige schwarze Augen, eine gerade Nase, dünne Lippen und gebräunte Haut. Er konnte irgendwo zwischen vierzig und siebzig Jahre alt sein. Seine Züge waren fremdartig, eindeutig nicht englisch.

»Entschuldigen Sie«, sagte er, »haben Sie Feuer?« Ich nickte und hielt mein Steichholz an seine Zigarette. Ich verspürte einen starken Drang, davonzurennen. Er war vielleicht der Killer, der den Auftrag hatte, mir ein Messer in den Rücken zu rammen.

»Gehen wir ein Stück«, sagte er freundlich. Seine Stimme hatte einen fremdländischen, volltönenden Akzent, als versuche ein Orientale, perfekt Englisch zu sprechen. Er führte mich am Ellenbogen in eine Seitenstraße, dann lockerte er seinen Griff und sog an seiner Zigarette. Ich wartete, bereit, beim leisesten Anzeichen von Gefahr auf ihn loszugehen.

»Ich habe Ihnen die Nachricht gesandt, Marlow«, sagte er leise und starrte geradeaus. »Ich habe Sie aus dem Meer gefischt und Sie ins *Bane's Rest* geschafft. Mein Name ist Gerasmin.«

Der Name sagte mir nichts. »Können . . . können Sie mir erklären, was vorgeht?« stotterte ich, »auf dem Zettel stand, Sie seien meine Freunde. Wer sind die anderen?«

»Da ist nur noch eine andere«, erklärte Gerasmin mit einem Anflug von Traurigkeit in der Stimme. »Ihr Name ist Angela. Wenn Sie mit zu mir kommen, können wir Ihnen ein paar Dinge erklären.«

»Woher weiß ich, daß Sie mich nicht umbringen wollen sobald ich dort bin?«

»Können Sie nicht wissen«, gab er zurück. »Sie müssen das Risiko eingehen. Ich kann Ihnen nur sagen, daß wir Ihnen getraut und Ihnen das Leben gerettet haben. Sie könnten uns ebenfalls trauen.«

»Also gut«, sagte ich. »Ich komme mit.«

Ich wollte der Sache unter allen Umständen auf den Grund gehen und war entschlossen, wachsam zu bleiben und soviel wie möglich zu erfahren.

Gerasmin bewohnte eine Suite in einem der besseren Hotels im West End. Ich fühlte mich etwas fehl am Platze mit meiner Matrosenkleidung, als wir im Fahrstuhl zum fünften Stockwerk fuhren. Er führte mich einen in gedämpftes Licht getauchten, mit dicken Teppichen ausgelegten Korridor entlang in eine geräumige, elegant möblierte Suite. Breite Glasfenster vom Boden bis zur Decke erlaubten den Blick auf die Straße.

Das Mädchen Angela stand am Fenster, rauchte und starrte in den grauen Himmel. Sie war schlank und wohlproportioniert, ihr dunkles Haar straff nach hinten gebürstet. Eine wunderschöne, junge Frau, die sich umwandte und mich mit großen, braunen Augen ansah.

»Sie sind sicher Mr. Marlow«, sagte sie freundlich, doch ihr Lächeln war gequält. »Guten Tag, ich freue mich, Sie zu sehen.« Ich hörte, wie die Tür hinter mir geschlossen wurde.

»Guten Tag«, erwiderte ich und kam mir ein wenig linkisch vor. Gerasmin warf Mantel und Hut auf einen Stuhl und ging an den Barschrank.

»Setzen Sie sich, Marlow. Ich hole uns etwas zu trinken. Scotch für Sie?«

»Ja, gern.« Ich drehte meine Mütze in den Händen. Ich wollte Antworten. Meine Neugier wuchs ins Unerträgliche und überdeckte fast die Schrecken der letzten sechsunddreißig Stunden.

Wir sprachen nicht, bis Gerasmin die Gläser verteilte. Dann zündete er mit sicherer Hand eine Zigarette an und sagte: »Marlow, vor zwei Nächten haben wir Sie aus dem Meer geholt.«

»Wie haben Sie das gemacht?«

»Vielleicht kann ich Ihnen das erklären, indem ich Ihnen etwas über Angela und mich erzähle. Ich bin in Indien geboren und habe lange Zeit in Tibet gelebt. Ich habe gewisse Wissenschaften studiert, die in Oxford nicht akzeptiert würden.« Lächelnd klopfte er an seinen Schädel. »Geistige Arbeit. Das Bewegen von Gegenständen durch Gedanken. Das gibt es. Und das zweite Gesicht, wenn Sie es so nennen wollen. Ich kann überall hin sehen, jederzeit.«

Seine Worte waren ruhig und klar, doch ihre Bedeutung war erschlagend. Dieser dunkelhäutige Mann mit dem alterlosen Gesicht saß hier in London in einem Hotelzimmer und erzählte mir allen Ernstes, daß er Kräfte besaß, von denen ich mir nicht vorstellen konnte, daß es sie gab. Kräfte, von denen in alten Legenden und in Märchen berichtet wird.

»Ich fürchte, das kann ich nicht glauben«, sagte ich schwach, wie unter Schock.

Er lächelte. »Das kann ich mir vorstellen. Sehen Sie das dort?« Er wies auf eine kleine blaue Vase auf einem Musikschrank. »Sehen Sie hin, sehen Sie ganz genau hin.« Er schloß die Augen und preßte die Lippen zusammen. Sein schmales Gesicht bekam einen harten Ausdruck. Ich schaute zur Vase.

Und plötzlich – verschwand sie.

Überrascht blickte ich wieder zu Gerasmin. Er hatte die Augen wieder geöffnet, und ein entspanntes Lächeln lag in seinem Gesicht. In der linken Hand hielt er die Vase.

»Das war relativ leicht«, erklärte er. »Ich sah Sie auf der *Queen of Madagascar,* sah, wie Sie über Bord geworfen wurden. Ich holte Sie aus dem Wasser hierher und brachte Sie im Taxi in die Pension.«

Was sagte er da? Ein Hexer . . . das mußte er sein, wie im Märchen. Das war nicht die Welt des modernen London. Und war es doch, mit einer neuen, zusätzlichen, beängstigenden Dimension, einer Dimension der Magie und Hexerei – des Übernatürlichen.

»Warum haben Sie mich gerettet?« stammelte ich. »Wie haben Sie überhaupt von mir gewußt?«

»Wir haben die *Queen* beobachtet, seit sie mit ihrer Dämonenfracht Indien verließ«, erklärte Angela. »Das sind sie Marlow. Geschöpfe der Zauberei.«

»Und ich war zufällig an Bord. Ist es das?«

»Ja.« Sie nickte. »Die *Queen* brauchte noch ein Mannschaftsmitglied. Sie war unterbesetzt, und alle außer Ihnen waren aus den eigenen Reihen angeheuert worden. Obwohl nur Kapitän Bezahrov und seine Offiziere die Fracht kannten. Als Gerasmin sah, daß Sie sterben würden, hat er beschlossen, Sie zu retten, in der Hoffnung, daß Sie sich uns anschließen würden.«

Fragen über Fragen schossen mir durch den Sinn. »Wo . . . wo kamen diese Dinger her?«

»Die Monstren?« fragte Gerasmin ruhig. »Aus Indien, Tibet, Rußland – aus allen dunklen Winkeln des Ostens. Sie sind in den letzten zehn Jahren geschaffen worden, von Leuten, die schwarze Magie praktizieren. In hundert Städten haben Männer daran gearbeitet, sie zu formen und zu beleben. Sie sind echte Dämonen, Mr. Marlow, Ausgeburten dessen, was sie Hölle nennen würden. In alter Zeit waren sie verbreitet. Die Männer, die sie geschaffen haben, kennen ihre Aufgabe in Dem Plan nicht. Sie wurden gezahlt und taten ihre finstere Arbeit.«

»Aber wozu? Ich verstehe es noch immer nicht.«

»Ein Projekt, an dem seit Jahren gearbeitet wird«, sagte Angela fast flüsternd, »ein Projekt, die westliche Welt zu unterwerfen. Mein Vater und Gerasmin entdeckten es vor zwölf Jahren in Indien. Mein Vater war Colonel Hilary St. Giles Saunders.«

Ich nickte. Der Name war in der Kolonialverwaltung Indiens berühmt gewesen.

Angelas Gesicht zeigte Kummer und Härte. »Der Führer der Organisation entdeckte meinen Vater und Gerasmin. Mein Vater wurde in Bombay ermordet, und Gerasmin entkam. Wir beide sind die einzigen, die die Organisation kennen.«

»Die westliche Welt zu unterwerfen. Unglaublich!«

»Aber möglich«, sagte Gerasmin. »Mit ihrer Macht ist es leider sehr gut möglich, Marlow. Die Geheimnisse des Ostens liegen jenseits westlicher Vorstellungskraft. Jene Dämonen haben monströse Kraft. Sie sind nicht so leicht zu töten. Angela und ich waren allein. Wenn Sie sich uns anschließen, sind wir drei. Viel können wir nicht tun, aber wir können es zumindest versuchen. Wir müssen. Angela und ich haben seit Jahren darauf gewartet, daß die Aktion beginnt. Nun ist es soweit, und London ist der Ausgangspunkt.«

»Aus dem Osten?« murmelte ich, »Rußland?«

Gerasmin lächelte. »Ja, teilweise. Darüber machen sie sogar ein gewisses Aufhebens. Sie schreiben seit Jahren Bücher darüber. Kapitän Bezahrov ist Russe, er ist wahrscheinlich der zweitwichtigste Mann in der Organisation. Der eigentliche Führer ist eine Mischung der übelsten Elemente aller östlichen Rassen.«

»Hat das was mit dem, der nicht geht, zu tun?«

»Woher kennen Sie den Namen?« fragte Angela erschreckt.

Ich berichtete von dem Zwischenfall am Harley Square und dem Mann mit der Augenklappe.

Gerasmin schnippte mit den Fingern und stand auf. »Dann sind sie Ihnen schon auf der Spur. Es war nur eine Frage von Zeit, denn sie können überallhin schauen, so wie ich. Ja, der, der nicht geht, ist der Führer. Ich habe ihn nie gesehen, aber ich weiß, daß er ein Krüppel ist und seine Beine nicht gebrauchen kann, falls er überhaupt welche hat.«

»Wo ist er?« wollte ich wissen. Die Einzelheiten begannen zusammenzupassen, bedrohlich und unausweichlich. Ich begriff, daß ich allein war und fast gezwungen, mich mit den beiden zu verbünden. Es blieb mir keine andere Wahl, auch wenn mir ihr Unternehmen so hoffnungslos schien.

»Irgendwo in Londons Untergrund«, antwortete Angela. »In den Abwasserkanälen, tief unter der Erde, in Kellern und Tunneln. Offenbar haben er und seine Leute in den letzten Jahren London mit Gängen und unterirdischen Gewölben unterwühlt.«

»Scotland Yard kann nicht zum Eingreifen gebracht werden?«

Gerasmin lächelte grimmig. »Sie haben es doch versucht, Marlow. Wir sahen, wie Sie es versuchten. Wir ließen Sie gewähren, denn wir wußten, was geschehen würde. Er hielt Sie für übergeschnappt. Wir begegnen dem gleichen Problem. Und da der, der nicht geht, auf Ihrer Spur ist, haben wir nicht mehr viel Zeit.«

Er sprach gelassen und emotionslos. Mir war klar, daß sie auf mich ebenso angewiesen waren, wie ich auf sie. Sie hatten mir in der vagen Hoffnung geholfen, daß ich mich ihnen anschließen würde, und hatten sich dabei selbst in Gefahr gebracht. Ich näherte mich ihnen innerlich und konnte nicht umhin, Angela zu betrachten. Sie war eine wunderschöne Frau, und ihr unter so irrwitzigen Umständen zu begegnen . . .

»Sehen Sie, Marlow«, fuhr Gerasmin fort, »unsere Chancen stehen nicht gut, das gebe ich zu. Lord Wolters ist schon aus dem Weg geräumt. Der Himmel weiß, wer der nächste sein wird. Die Notiz über den toten Fischer blieb unbeachtet. Niemand wird uns anhören, wir sind völlig allein. Aber wir hätten Sie gerne dabei.«

Ich sah ihn an, seine alterslosen, schwarzen Augen und das glatte, feine, schwarze Haar auf seinem Kopf. Ein Gentleman dieser und einer anderen Welt, der gegen eine Armee von Höllenkreaturen kämpfte. Dann sah ich zu Angela.

»Ich bin dabei.«

Ich ging zum Barschrank, um mein Glas zu füllen. »Sie sehen aus, als hätten Sie alles ganz gut unter Kontrolle. Ich nehme an, Sie haben auch dafür gesorgt, daß Mr. Sudbury die Stelle gewechselt hat, um kein Risiko einzugehen.«

Angela lachte und ging zum Fenster. »Ein intelligenter Brusche, dieser Mr. Marlow, Gerasmin«, sagte sie.

»Wo können wir anfangen?« wollte ich wissen. »Oder besser, können wir etwas anfangen? Irgend etwas tun?«

»Jetzt, wo Sie dabei sind, sind wir zu zweit, um die eigentliche Arbeit anzugehen. Ich wollte nicht allein vorgehen, denn ich wollte Angela nicht in Gefahr bringen. Sie ist zu wertvoll.«

»Ich fürchte, viel werde ich nicht ausrichten können, ich habe nicht die geringste Macht . . .« sagte ich.

»Machen Sie sich darüber keine Sorgen. Ich denke, wir sollten als erstes herausfinden, wie wir in den Untergrund gelangen und versuchen, ein paar von den unterirdischen Schlupfwinkeln von Dem, der nicht geht, ausfindig zu machen. Wir sollten in den Kneipen herumfragen. Ich kenne ein paar Leute, aber ich habe das Gefühl, daß der Eingang durch den Laden von T. Nedros in der Ryster Lane führt. Er . . .«

»Gerasmin!« rief Angela vom Fenster. Wir sprangen zu ihr und sahen hinunter. Zwei Taxen hatten vor dem Hotel gehalten, und ein halbes Dutzend Männer stieg aus. Sie trugen Hüte, so daß wir ihre Gesichter nicht sehen konnten. Ich fühlte Schweißtropfen meine Achselhöhlen hinunterrinnen, und die Worte des Mannes mit der Augenklappe schossen mir durch den Kopf.

»Kannst du in ihren Gedanken lesen?« flüsterte Angela.

Gerasmin nickte. Er hatte die Augen geschlossen. Als er sie wieder öffnete, sagte er: »Sie sind von der Organisation. Der, der nicht geht, hat uns zusammen gesehen und beschlossen, uns alle auf einmal zu erledigen. Kommt!«

Er rannte zum Schrank, nahm zwei große Pistolen aus dem obersten Fach. Eine gab er Angela, die andere mir. Er knöpfte seine Jacke auf und öffnete die Befestigung der zwei Messer an seinem Gürtel. Dann zögerte er einen Moment, nahm Angela die Pistole wieder ab und steckte sie in die eigene Tasche.

»Sie kommen schnell«, sagte er, »wir probieren den normalen Ausgang.« Er rannte in den Korridor und riß die Tür zur Feuertreppe auf. Ich rannte voraus und stoppte, denn zwei Stockwerke tiefer sah ich einen Mann mit Mantel und Hut.

»Da kommt einer herauf!« rief ich. Ich sah sein nach oben gerichtetes Gesicht. »Sie sehen ziemlich menschlich aus. Da ist noch einer in dem Seitengang!«

Gerasmin hastete zurück in das Zimmer, das wir gerade verlassen hatten, Angela und ich dicht hinter ihm. »Hier entlang! Wir versuchen . . .«

Eine donnernde Explosion, und ein Schuß pfiff an meinem Ohr vorbei. Angela schrie leise auf und ich schnellte herum, die Pistole in der Hand.

Vier der Killer kamen um die Ecke der Eingangshalle und näherten sich.

Ich ließ mich auf ein Knie fallen, zielte und schoß. Einer der Männer fiel, doch die anderen drei kamen näher, Messer in den Händen. Es waren dunkelhäutige Fremde, wie die Besatzung der *Queen of Mada-*

gascar. Sie waren noch etwa fünfundvierzig Meter entfernt, am Ende der Halle, die sich mit beißendem Qualm und dem Echo von Schüssen zu füllen begann. Irgendwo schrie eine Frau. Ich erinnere mich an zwei Köpfe, die aus Türen schauten und schnell wieder verschwanden.

Gerasmin schoß über meine Schulter, sorgfältig und präzise. Ein zweiter Killer stürzte. Fast gleichzeitig schoß ich auch, und der dritte taumelte, schrie in einem unbekannten Singsang und packte sich an die Brust, wo ein häßlicher, dunkler Fleck zu wachsen begann. Plötzlich schrie Angela auf, und wir sahen im rechten Moment, wie die Feuertür aufflog. Der erste der Männer aus dem Seitengang warf sein Messer nach uns. Heftig stieß ich Gerasmin zur Seite und warf mich selbst flach auf den Boden. Das Messer zischte über meinen Kopf und blieb zitternd im Holz stecken.

Wir hielten die Stellung. Sie hatten uns überraschen wollen, um so Gerasmin und mich gleichzeitig zu erledigen. Der Inder beugte sich um den Türrahmen und feuerte einen weiteren Schuß. Der Messerwerfer wurde rücklings durch die Feuertür geschleudert, fiel gegen das Geländer, verlor das Gleichgewicht und stürzte hinab. Sein Schrei wurde dünner, während er fiel.

Eine Alarmglocke schrillte durch den Flur. Ich kam gerade auf die Füße, als Angela das Messer aus der Holzverkleidung der Wand riß und mit schreckgeweiteten Augen über meinen Kopf schleuderte. Ich duckte mich instinktiv und hörte ein rauhes Stöhnen. Als ich mich umwandte, sah ich den vierten Mann rückwärts taumeln. In seinem dunklen, primitiven Gesicht stand ungläubige Überraschung. Er drehte sich, machte ein paar Schritte, sackte in sich zusammen und blieb liegen.

Angela zitterte. Sie starrte auf das Messer, an dessen Schaft rotes Blut leuchtete. Sie schlug sich die Hände vors Gesicht. »Ich mußte es tun!« keuchte sie, als spreche sie zu einer unsichtbaren Instanz rechtsprechender Richter. »Ich mußte ihn töten. Er hätte Sie getötet . . .«, und sie sah mich zitternd an. Dann begann sie zu schluchzen. »Ich habe noch nie jemanden umgebracht. Ich habe nie . . .« Ihre Worte erstickten in Schluchzen.

Gerasmin legte seinen Arm um ihre Schulter und führte sie ins Appartement zurück. Ich folgte und hielt die rauchende Pistole noch in der Hand. Ich begann mich zu entspannen. Wir waren alle drei im Vorraum, Gerasmin zuvorderst, als er sich plötzlich umdrehte und uns mit seinen dunklen Augen ansah. Gleichzeitig hatte ich jenen widerlichen Geruch wieder in der Nase: Tod und Verwesung.

»Der, der nicht geht, hat seine Leute sterben sehen, jetzt hat er . . .«

»Was ist los?« fragte ich schnell.

»Verlieren Sie keine Worte. Kommen Sie in meine Nähe. Wir müssen von hier fort. Der Dämon ist direkt in den Wohnraum gebracht worden.« Er zog das schluchzende Mädchen näher, und ich stellte mich dicht daneben. Sie war so verstört, daß sie gar nicht erfaßte, was geschah.

Der Vorhang wurde aufgerissen, und ich sah es. Seine rauchig-roten Augen, die mit dumpfem Feuer des unendlich Bösen leuchteten, sein Körper wie ein Schattengegenstand, unförmig und widerwärtig, seine haarigen Pranken, die sich nach uns streckten. Sein Maul gab grunzende Töne von sich. Der, der nicht geht, hatte das Monstrum mit Gedankenkraft direkt hierhergebracht, um uns zu vernichten.

Es kam auf uns zu. Ich sah zu Gerasmin. Doch er hatte die Augen geschlossen, die Lippen fest zusammengepreßt und jenen leeren Ausdruck im Gesicht. Schweißperlen glitzerten auf seiner Stirn. Angela schluchzte. Schnell! Um Himmels willen, schnell! schoß es mir durch den Kopf.

Das Ding machte einen weiteren Schritt auf uns zu. Entsetzen ließ mir die Haare zu Berge stehen. Gerasmin stöhnte laut. Die grausigen Pranken griffen nach uns, und der Gestank raubte mir die Sinne. Mein Bewußtsein schwamm davon, leer und unzusammenhängend und ich hätte mich fallen lassen in schwacher Hilflosigkeit. Diese entsetzliche Folter wollte ich beenden und mich sinken lassen in den Sog des unendlich Bösen. Ich hörte Gerasmin etwas flüstern und hielt einen Augenblick länger aus.

»Wir verschwinden . . .«

Und dann wirbelte mein Bewußtsein um so schlimmer. Der Raum verzerrte sich grotesk. Gerasmin und Angela verschwammen, und ich taumelte durch ein schlingerndes Vakuum, gepackt von wirbelndem Sturm. Ich ruderte mit den Armen, um irgendwo einen Halt zu finden, mein Magen schien in meiner Kehle zu sitzen, und Wind peitschte schmerzhaft meine Haut.

Ein Gefühl der Seekrankheit und des Schwindels wurde immer stärker. Wie durch sich lichtenden Nebel tauchten Bruchstücke einer Szene auf, eine Ziegelmauer in einer kleinen Seitenstraße, die schwankend langsam zur Ruhe kam.

Gerasmin blickte sich um, prüfte den Ort. Etwa hundert Meter weiter rechts führte eine belebtere Straße vorbei. »Wir sind fünf bis sechs Blocks vom Hotel entfernt«, vermutete er, »das müßte reichen. Wir nehmen ein Taxi.«

Angela sah mich an. Sie war wieder ruhiger. Nur ihre Augen zeigten noch den Schrecken.

»Steckt eure Waffen weg. Wir müssen hier verschwinden.« Angela steckte das Messer, das sie noch immer umklammert hielt, in ihre Handtasche. Ich nickte und verstaute meine Pistole umständlich in meiner Jackentasche. Wortlos gingen wir in Richtung der belebten Straße.

»Das war nicht leicht. Drei Menschen sechs Blocks weit . . .« Gerasmin schüttelte den Kopf und schloß die Augen. »Ich habe wilde Kopfschmerzen.«

Mir wurde klar, welche gewaltige Anstrengung es gewesen sein mußte, mich aus dem Kanal bis nach London zu befördern. Er mußte mich dessen für wert gehalten haben.

Wir gingen die Straße entlang. Um uns herum drängelten sich die Passanten, nicht ahnend, was wir gerade durchgemacht hatten. Ich fragte mich, was irgendeiner von ihnen tun würde, wenn er es wüßte. Es war schwer zu sagen, aber der Gedanke quälte mich.

»Was war im Wohnzimmer?« fragte Angela erschöpft.

»Einer von *ihnen*«, antwortete Gerasmin.

»Vom Schiff?«

Gerasmin nickte, und ich sah sie schaudern.

»Dort ist ein Taxi«, sagte ich. »Sollten wir das nehmen?«

Sie waren einverstanden, und bald darauf rollten wir in relativer Sicherheit durch Londons Straßen. Nur der beobachtende Geist von Dem, der nicht geht, konnte uns jetzt verfolgen. Wir mußten wachsam sein.

»Also«, meinte Gerasmin und rückte seine Krawatte zurecht, »jetzt versuchen wir, Informationen über den Eingang in die Unterwelt zu kriegen.«

»Es erscheint mir reichlich riskant, jetzt dorthin zu gehen«, gab ich zu bedenken. »Wir würden doppelt Gefahr laufen, getötet zu werden.«

»Er hat recht«, sagte Angela sanft.

»Sie werden so oder so versuchen, uns zu töten, egal, was wir tun oder wo wir sind. Wir können wenigstens versuchen, mehr über ihre Pläne herauszufinden. Wir können vielleicht auf irgend etwas stoßen. Sehen Sie, Marlow«, er sah mich mit seinen uralten Augen an, »wir haben sowieso nicht viel Chancen, am Leben zu bleiben. Wir können wenigstens die bleibenden Stunden nutzen.«

Ich dachte einen Augenblick nach. Dann versuchte ich, zu lächeln. »Sie haben recht. Wir werden sehen, was wir ausrichten können.«

»Gut. Die Kneipen. Da fangen wir an, so daß . . .«

Er brauchte nicht auszureden. Ich lehnte mich vor, schob die Trennscheibe zum Fahrersitz beiseite und sagte dem Chauffeur: »Wir wollen in die Nähe der Ryster Lane.«

»Wo ungefähr, Chef?« fragte er zurück ohne den Kopf zu wenden. »Welche Hausnummer?«

»Nicht *in* die Ryster Lane«, berichtete ich ihn, »ein paar Blocks entfernt.«

»In Ordnung, Chef. Wo?«

»Irgendwo. Sie entscheiden.«

Er wandte sich um und warf mir einen seltsamen Blick zu. »Wie Sie wollen«, sagte er kopfschüttelnd. Alle dachten, wir seien verrückt. Wir,

Gerasmin, Angela Sanders und ich – verrückt, außerhalb der Gesellschaft. Und dennoch sahen wir entsetzliche Realitäten, die gesündere Leute als wir nicht ertragen würden.

Ich schloß das Schiebefenster, lehnte mich zurück und zündete mir eine Zigarette an. Gerasmin stützte seinen Kopf mit geschlossenen Augen in die Hände. Er stand seit langem unter dieser Belastung, und ich nehme an, jede Anstrengung dieser Art zehrte an seiner Kraft.

Angela saß zwischen uns. Ihr Kopf sank erschöpft auf meine Schulter. Einmal fuhr sie erschreckt hoch und sah mich fragend an.

»Ist okay«, sagte ich. »Ruhen Sie sich aus.«

Mit dem Ausdruck erschöpfter Dankbarkeit schlief sie an meiner Schulter ein, und ihr Haar fächerte sich über meine Jacke.

Ich lehnte mich tiefer zurück und schloß die Augen. Ein bißchen Entspannung, selbst in einem schaukelnden Taxi, würde mir guttun.

Zwanzig Minuten später lud das Taxi uns vier Blocks vor der Ryster Lane aus. Gerasmin zahlte.

Ich sah auf die Uhr. Wenige Minuten nach Mittag. Wir sahen uns um. Die Häuser waren alt und halb verfallen. Hier und dort fand sich eine neuere Fassade zwischen den alten, verkommenen Ruinen. Ein Gemüseladen, ein Schallplattengeschäft. Irgendwo tutete ein Schiffshorn auf der Themse. Mir fiel auf, daß es nicht weit weg war.

»Dort drüben.« Ich wies auf eine Kneipe im nächsten Block. Unsere Absätze klapperten auf dem Steinpflaster des Bürgersteiges. Wir waren ein seltsames Trio, als wir die mit Rauch und Bierdunst gefüllte Kneipe betraten. Der Mann hinter der Theke sah uns schläfrig an und schlurfte dann herüber, um uns zu bedienen.

Gerasmin begrüßte ihn mit Namen, und sie tauschten ein paar Worte aus. Wir bestellten jeder ein Bier, Angela mit unverhohlenem Widerwillen. Während Claud die Getränke zapfen ging, beugte ich mich zu Gerasmin und flüsterte: »Können Sie nicht Nedros Laden mit Ihren Fähigkeiten ein wenig inspizieren? Das würde uns viel Zeit sparen, die sowieso knapp ist.«

»Und Der, der nicht geht, würde wissen, daß ihm jemand nachspioniert. Er spürt es, wenn ein anderes Bewußtsein ihn beobachtet.«

»Dann kann er uns doch jetzt hier sehen und herausfinden, was wir tun.«

»Nein, ich habe einen mentalen Wall um uns drei gelegt, seit wir das Sträßchen verlassen haben. Er ist nicht leicht aufrechtzuerhalten, aber Der, der nicht geht, kann uns weder sehen noch hören. Das ist ein Trick, den wir ihm voraus haben. Was ihn betrifft, hat Claud ins Leere gesprochen.«

»Achtung!« warnte Angela leise. Claud kam mit drei Bierkrügen zurück. Vorsichtig setzte er sie ab, und kein bißchen des weißen Schaumes lief über den Rand.

»Hier, Kumpel«, sagte er laut und dröhnend zu Gerasmin, der zahlte und sich dann in vertraulicher Geste über die Theke lehnte. Er winkte mit dem Finger, und Claud warf einen Seitenblick auf die beiden anderen Kunden, bevor er näherkam.

»Ich möchte dir ein paar Fragen stellen, Claud. Wenn du die letzte richtig beantwortest, sind zehn Pfund für dich drin.«

Claud schnaufte, und sein dickes, rotes Gesicht verzog sich zu einem Grinsen. »Los, Kumpel. Was willste wissen?«

»Nur zur Information: Wie weit ist die Ryster Lane von hier?«

»Drei Häuserblocks, Richtung Fluß.«

»Gut«. Gerasmin nahm einen Schluck Bier, und ich tat es ihm nach. Angela rührte ihres nicht an und beobachtete den Wirt aufmerksam.

»Hier ist die nächste Frage: Hast du jemals von Dem, der nicht geht, gehört?«

Claud wurde bleich. Mit geweiteten Augen klammerte er sich an die Theke. Ich hatte das unheimliche Gefühl, als würde eine fremdartige Kraft oder Macht oder Bewußtsein oder *Geist* heftig versuchen, uns zu sehen. Als ob es gegen eine Mauer anrennen würde, um zu erkennen, was dahinter lag.

»Hör zu, Kumpel, ich will keinen Ärger«, keuchte Claud in Panik, »geh mit deinen Freunden woanders hin.«

Gerasmin spielte mit den Banknoten. Meine Ungeduld wuchs. Am liebsten hätte ich Claud bei der Kehle gepackt und die Wahrheit aus ihm herausgeschüttelt. Doch Gerasmin blieb ruhig und gelassen und blätterte die Banknoten nur wenige Zentimeter vor Clauds Nase.

»Hast du den Namen schon gehört?« wiederholte er.

Claud leckte sich die Lippen und schielte auf das Geld. »Ja.«

»Jetzt kommt die wichtigste Frage«, sagte Gerasmin beiläufig, »antworte, und das Geld gehört dir.«

»Laß mich erst hören.«

»Da ist ein Importeur in der Ryster Lane. Nedros. Ist sein Laden der Eingang zur . . .« Gerasmin zögerte. Seine Augen und seine Stimme wurden hart ». . . zur Unterwelt?«

Claud antwortete nicht. Sein Atem ging schwer, und sein Blick glitt über die schäbige Einrichtung seines Lokals. Ich sah förmlich, wie er die Verkommenheit seiner Kneipe betrachtete, den Existenzkampf. Er sah wieder auf das Geld.

»Ich weiß nicht . . .« begann er.

»Zehn Pfund sind zehn Pfund.«

»Sicher!« platzte Claud plötzlich heraus. »Nedros' Laden ist der Eingang. Aber ich habe das nur sagen gehört. Ich weiß nichts Genaues. Denk dran, ich hab' das nur gehört.« Er grapschte das Geld und sagte dann scharf »Verschwindet jetzt!«

Gerasmin lächelte dünn und machte Angela und mir ein Zeichen. Wir gingen hinaus. Claud stand da und starrte auf das Geld. Armer Teufel, dachte ich. Die nächsten fünf Jahre wird er ständig das Gefühl haben, daß ihm gleich einer ein Messer in den Rücken jagt.

Angela starrte in die dunklen Wolken. Es war früher Nachmittag, aber es war so düster, als sei es schon Abend. Wir standen auf dem Bürgersteig und lüfteten unsere Lungen nach der stickigen Atmosphäre in der Kneipe. Plötzlich sagte Angela: »Hört zu, ihr zwei. Wo immer ihr jetzt hingeht, gehe ich mit.«

»Sei nicht albern«, widersprach Gerasmin.

»Ich meine es ernst.«

»Wir haben Dinge gesehen, die kein Mann sehen sollte«, warf ich ein, »geschweige denn, eine Frau.«

»Mr. Marlow, Sie vergessen, daß mein Vater wegen dieser Geschichte in Indien ermordet wurde. Ich habe das Recht, an diesem Unternehmen mitzuarbeiten. Ich habe eine Rechnung zu begleichen. Frau oder nicht, mein Vater starb durch Den, der nicht geht.«

»Das hier erscheint mir nicht der geeignete Platz, um darüber zu diskutieren«, meinte ich und sah zurück in die Kneipe. Die beiden Arbeiter starrten uns neugierig an.

»Sie haben recht«, pflichtete Gerasmin mir bei, »wir sollten einen Ort finden, wo wir die Dunkelheit abwarten können, und dann werden wir versuchen, in Mr. Nedros' Laden zu gelangen.«

»Ich gehe mit!« sagte Angela entschlossen.

Wir antworteten nicht. Zwei Blocks weiter fanden wir ein Zimmer in einer Absteige. Wir verbrachten den ganzen Nachmittag in dem kalten, unfreundlichen Raum und spielten Karten, die wir glücklicherweise beim Portier hatten ausleihen können. Wir sprachen kaum. Der düstere Himmel hinter den vergilbten Fenstergardinen lastete auf unseren Gemütern, und ab und zu hörte man das melancholische Tuten eines Schiffshornes auf dem nahegelegenen Fluß.

Gegen sechs Uhr ging ich etwas zu Essen und die neuesten Zeitungen kaufen. Ich überflog hastig die Schlagzeilen und rannte die Treppe hinauf. Die Tüten mit den Nahrungsmitteln vergaß ich völlig. »Es geht weiter!« rief ich, als ich Angela und Gerasmin die Zeitungen zuwarf.

Erschreckt starrten sie mich an und beugten sich dann über die Zeitungen. Ein Bericht behandelte die Ereignisse im Hotel unter der Schlagzeile *Massenmord.* Aber die schlimmste Nachricht betraf Sir Guy Folversham, den Finanzminister. Er war gegen Mittag auf seinem Landsitz ermordet worden. In Stücke gerissen und entstellt hatte man ihn in seiner Garage aufgefunden. Ein Gärtner hatte etwas über die Felder davonlaufen gesehen, das aussah wie ». . . ein *riesiger Schatten*«, sagte der Bericht.

Gerasmin drückte heftig seine Zigarette aus. »Schon wieder«, keuchte er wütend. »Sie ruinieren das Land in einer Woche, wenn sie so weitermachen.« Er schlug mit der Faust gegen die andere Handfläche.

»Zu Nedros«, sagte ich. »Brechen wir auf.«

Er nickte, stand auf und prüfte seine Pistole. Angela bestand darauf, mitzugehen. Gerasmin diskutierte kurz mit ihr.

»Also gut«, sagte er schließlich gereizt, während er den Mantel anzog. »Wir können keine Zeit verlieren. Komm mit. Aber wenn wir dir ein Zeichen machen, kehrst du um und gehst hierher zurück, ohne Geschichten zu machen. Ist das klar?«

Sie nickte schweigend.

Dichter Nebel lag über der Stadt. Ich war deprimiert und überwältigt von den düsteren Aussichten. Unsere Schritte hallten auf dem Pflaster, und das Tuten der Nebelhörner klang entmutigend. Eine flackernde Straßenlaterne beleuchtete das Straßenschild der Ryster Lane. Wir gingen die enge Gasse entlang und musterten jeden der finsteren Hauseingänge. Schließlich entdeckte ich die Hausnummer acht und zupfte Gerasmin am Ärmel. »Hier.« Der Laden war dunkel, die Fenster verhängt. In schweren Goldbuchstaben stand auf der Scheibe *T. Nedros, Importeur*.

»Kein großartiger Laden«, meinte Angela.

»Braucht er nicht zu sein für das, was dahinter steckt«, erwiderte ich.

Gerasmin versuchte die Tür zu öffnen, die natürlich verschlossen war. Wortlos schloß er die Augen, preßte die Lippen zusammen und runzelte die Stirn vor Anstrengung. Angela ergriff meinen Arm, und wir starrten den Inder an. Er stöhnte, und wir hörten ein leises Klikken. Seufzend entspannte er sich und öffnete die Tür.

»Kommt«, sagte er, »das Schloß ist aufgebrochen.«

Kaum hatten wir den Raum betreten, der nach Räucherstäbchen, muffigem, altem Stoff und Holz roch, ging eine Glühbirne an der Decke an und beleuchtete ein paar staubige, leere Glasvitrinen. Offensichtlich importierte T. Nedros überhaupt nichts. Ich griff nach meiner Pistole und schob Angela hinter mich.

Eine Stimme durchschnitt die Stille.

»Lassen Sie Ihre Waffen in Ruhe, Gentlemen!«

Wir schnellten herum. Ein Wandregal war zur Seite geschoben worden, und in der Öffnung stand ein unglaublich dicker Mann in dreckigen Hosen und schmuddeligem, weißem Hemd. Sein runder Kopf saß auf Wülsten gelblichen Fettes, seine kleinen Augen blinzelten uns nervös an, und eine kleine, rosa Zunge zuckte wie eine Schlange unruhig über seine Lippen. Die nackte Glühbirne beleuchtete sein strähniges, dunkles Haar, und widerwärtiges Zitronenparfüm stieg mir in die Nase. Er hielt eine schwere fünfundvierziger Automatik in der Hand.

»Ich habe eine Warnanlage. Die weckt mich, wenn irgendwer über die Türschwelle tritt.«

»Sind Sie Nedros?«

»Der bin ich. Aber ich hatte noch nicht das Vergnügen, Sie kennenzulernen.«

»Das Vergnügen werden wir überspringen«, erklärte Gerasmin eisig.

»Machen wir's kurz«, Nedros' fettwülstige Wangen schwabbelten beim Sprechen. »Ich kenne Sie nicht, aber ich kann mir denken, warum Sie gekommen sind. Niemand, der nicht zur Organisation gehört, würde sich hertrauen, es sei denn als Spion. Mit Geschäftsabsichten kommen Sie auch nicht, denn ich führe kein Geschäft.« Er lachte dröhnend und fügte dann nüchtern hinzu: »Ich muß Sie natürlich umlegen.«

Mein Magen verkrampfte sich. Plötzlich spürte ich etwas Kaltes meine freie Hand berühren. Nedros konnte die Hand nicht sehen. Etwas Kaltes, Scharfes. Ein Messer! Eins aus dem Hotel! Ich hätte mich gerne umgedreht und Angela überschwenglich gedankt, aber statt dessen schob ich es in meinen Ärmel und wartete.

»Geben Sie mir Ihre Waffen!« befahl Nedros, und auf Gerasmin weisend: »Sie zuerst!«

Gerasmin machte eine katzenschnelle Bewegung, doch Nedros schlug ihm die Pistole mit seinem Gewehr aus der Hand. Seine Lippen zitterten. »Wenn ich Sie nicht sowieso umbringen würde«, keuchte er, »würde ich Sie für Ihre Dummheit bestrafen, schmerzvoll bestrafen! Sie!« fauchte er in meine Richtung, »Ihre Waffen!«

Ich ging auf ihn zu, spürte das Messer in meinem Ärmel. Nedros nahm sein Gewehr in die linke Hand, um mit der rechten nach meiner Pistole zu greifen. Langsam näherte ich mich ihm weiter.

»Das ist nah genug!« knurrte er, unsicher, ob er mit einem Angriff zu rechnen hatte oder nicht. Sein kurzes Zögern, verursacht durch meine geheuchelte Ungeschicklichkeit, reichte aus. Ich riß meine Pistole hoch und schlug den Lauf seines Gewehres beiseite. Der Schuß dröhnte laut, und einer der Glaskästen zersplitterte. Ich packte das Messer und stieß es ihm mit aller Kraft in die Brust.

Er schnappte nach Luft, und seine kleinen Augen weiteten sich. Er gab im Reflex einen zweiten Schuß ab, doch die Kugel bohrte sich in den Boden. Staunend blickte er auf den roten Fleck, der sich auf seinem schmutzigen Hemd ausbreitete. Plötzlich schloß er die Augen, als sei er eingeschlafen; seine Beine knickten ein, und sein gewaltiger, fleischiger Körper zuckte obszön und lag dann still.

Schreckensbleich sah Angela zu. Ich zog sie sanft vorwärts, und sie verdeckte sich die Augen, als wir über den dicken, toten Mr. Nedros in den hinteren Raum stiegen.

Es war ein kahler Raum mit einem Bettgestell, einem Tisch, Stühlen und einem Waschbecken hinter einem japanischen Paravent. An der Wand hing eine grüne Glühbirne, die Alarmanlage vermutlich.

In der gegenüberliegenden Wand war eine schwere, graue Eisentür.

Gerasmin atmete tief ein. »Das muß der Eingang sein. Von nun an müssen wir noch vorsichtiger sein.« Ich zog an dem wuchtigen Griff, und die Tür öffnete sich geräuschlos.

Stufen führten hinunter in die Dunkelheit. Tief, tief unten schimmerte schwaches Licht.

Ich wandte mich an Angela. »Sie wollen noch immer mitkommen?«

»Natürlich.« Sie nickte, aber ich sah, daß ihre Hände zitterten.

Klopfenden Herzens ging ich voraus, jene Stufen hinunter in den Abgrund von Finsternis und weiß der Himmel was für ungenannte Schrecken.

Die Stufen waren eng und steil, so daß wir fast seitlich hinuntergehen mußten. Wir bewegten uns so geräuschlos wie möglich, die Pistolen schußbereit. Der Lichtschein wurde größer, aber nur sehr langsam. Es kam mir vor, als seien wir schon seit Stunden unterwegs. Meine Beine wurden müde. Einmal stolperte Angela und wäre beinahe gefallen. Ich konnte sie im letzten Moment halten, ohne selbst das Gleichgewicht zu verlieren. Sie atmete schwer und klammerte sich einen Augenblick lang an meinen Arm. Dann sagte sie: »Es geht wieder. Gehen wir weiter.«

Drei Helden beim Abstieg in die Unterwelt, wie in alten Legenden – nur daß uns gar nicht heldenmütig zumute war. Sogar Gerasmin war seit dem Zwischenfall mit den Killern im Hotel reizbar. Was dort unten, wo das Licht schimmerte, auf uns wartete, vermochten wir nicht zu sagen. Eines allerdings stand fest: Wir waren im Untergrund. Der entsetzliche Gestank der Dämonen lag in der Luft.

Das Licht entpuppte sich als eine kleine, blaue Glühbirne an der Wand am Ende der Treppe. Ich wandte mich um und flüsterte: »Wir sind fast unten. Von hier aus führt ein Tunnel weiter.«

»Wir sollten eine Minute verschnaufen«, antwortete Gerasmin. Ich nickte und half Angela die letzten Stufen hinunter. Sie lehnte sich an mich. Wir blickten den langen Gang entlang, und es roch nach Tod und Verwesung.

Der Gang wurde ungefähr alle hundert Meter von einer solchen blauen Glühbirne erhellt, die sich wie schwache Straßenlaternen in der Ferne verloren, als habe der Tunnel kein Ende.

Angela und Gerasmin signalisierten, daß sie bereit seien; wir gingen lange, lange Zeit, und die Glühbirnen glitten an uns vorüber. Schließlich flüsterte Gerasmin: »Sehen Sie, Marlow, der Gang ist zuende!«

Waren wir in eine Sackgasse geraten? Aber nein, es hatte keine Abzweigungen gegeben. Wie war das möglich?

»Nein«, meinte ich, »da muß eine Tür sein!« Ich ging schneller, im Bewußtsein, tief unter der Erde zu sein; über uns lag London, wo möglicherweise gerade in diesem Augenblick weitere scheußliche Verbrechen begangen wurden. Wir waren in der Festung von Dem, der nicht geht, und obwohl Gerasmins Geist einen Schutzwall um uns baute, hatte ich das Gefühl, dem Tode nahe zu sein.

Der Korridor endete nicht mit einer Tür, sondern bog plötzlich nach rechts ab und ein paar Meter weiter wieder nach links. Nachdem ich um die erste Ecke gegangen war, drückte ich mich schnell gegen die Wand, Gerasmin und Angela taten es mir nach. Hier war der Gang heller erleuchtet, wahrscheinlich von einem Raum gleich hinter der nächsten Ecke. Ich hörte jemanden sprechen und erkannte die Stimme.

»Also, alter Junge«, sagte die Stimme, »du streitest mit ihm, und was hast du davon? Ein feuchtes Grab im Fluß. Das ist alles!«

Eine tiefere Stimme murmelte etwas zur Antwort, das ich nicht verstehen konnte.

»Der Mann mit der Augenklappe!« wisperte ich den beiden zu. »Derjenige, der mir die Botschaft von Dem, der nicht geht, gebracht hat. Am Harley Square.«

»Noch etwas zu hören?« fragte Gerasmin fast tonlos zurück.

»Noch eine Stimme. Hier muß eine Station auf dem Weg zum Aktionszentrum sein.«

»Wir werden sie beseitigen müssen«, meinte Gerasmin.

Ich nickte. »Angela, warten Sie hier, bis wir sie aus dem Weg geschafft haben. Fertig?«

Gerasmin zögerte einen Bruchteil einer Sekunde. Hier, hinter der Biegung des Tunnels erwartete uns möglicherweise der Tod. Ich war irgendwie schon abgestumpft gegen den Gedanken, wohl weil ich mich als toten Mann sah, seit ich im *Barne's Rest* aufgewacht war. Mit schwitzenden Händen packte ich meine Pistole und rannte in den Gang hinein, Gerasmin dicht hinter mir.

Als wir um die Ecke bogen, begann eine Alarmglocke zu läuten. Ich verfluchte mich selbst. Natürlich hatten sie so etwas! Und der Gang war noch fünfundzwanzig Meter lang! Ich hatte die halbe Strecke hinter mir, als das Klingeln aufhörte. Sie hatten genügend Zeit, sich bereitzumachen. Ich stürzte in den Raum, warf mich flach auf den Boden und feuerte. Zwei Männer hockten hinter einem großen Tisch und schossen zurück. Der eine war der Mann mit der Augenklappe, der mich erkannte und kicherte, weil er uns in der Falle glaubte. Der andere, ein untersetzter, schwerer Mann mit goldenem Ohrring und einem dünnen Schnauzbart, schoß mit einer Hand auf uns, mit der anderen drückte er auf einen Alarmknopf auf dem Tisch.

Einige Augenblicke nur Krach und Rauch. Ich schoß, und die Hand am Alarmknopf war blutüberströmt. Der Mann fiel über den Tisch, und Gerasmins Kugel fetzte seinen halben Schädel fort.

Der Mann mit der Augenklappe schrie und warf sein Gewehr fort. »Nicht töten«, bettelte er, »gebt mir eine Chance.« Er hielt die Hände hoch über den Kopf, doch sein eines Auge blickte nervös um sich, er lauschte auf jemanden . . .

Von dem Raum führten mehrere Gänge in alle Richtungen. Aus einem würden Leute kommen, um uns zu erledigen. Gerasmin sprang zu dem Einäugigen und drückte ihm seine Pistole in den Nacken.

»Ich will, daß du redest«, drohte er, »und zwar sofort! Deine Freunde werden nicht früh genug hier sein, um dich zu retten.«

»Ehrenwort! Ich weiß nichts!« winselte der Mann, »Ehrenwort bei Jesus und Maria. Ich weiß nichts!«

Gerasmin drückte ihm die Pistole an die Kehle. »Der nächste Angriff, wann wird der sein? Der nächste Mord, wo?«

Der Mann wand sich, »bitte . . .«

»Raus damit!« zischte Gerasmin.

Aus einem der Gänge drang ein fauliger Geruch. Nicht die Monster. Der Fluß. Vielleicht ein Ausgang zum Fluß. In der Ferne hörte man Schritte.

»Ich bringe dich um, bevor sie hier sind! Der nächste Angriff? Raus mit der Sprache!«

»Morgen . . .« winselte der Mann, »ich glaube, morgen.«

»Genauer!«

»Ja, morgen! Nicht schießen! Kapitän Bezahrov hat's mir vorhin gesagt.«

»Wann?«

»Zehn Uhr.«

»Wo?«

»Nummer . . . Nummer zehn, Downingstreet.«

»Großer Gott!« schrie ich. »Der Premierminister!«

»Das wollten wir wissen«, sagte Gerasmin, »geh Angela holen!«

Ich hatte sie ganz vergessen! Ich rannte zurück in den Gang und rief leise nach ihr. Dann hielt ich inne. Der Tunnel war mit jenem Gestank gefüllt, und ein Stück des Bodens war offen. Ich kniete mich hin und sah eine Eisenleiter, die in die Tiefe führte. Der Gestank aus dem Loch ließ mich würgen. Angela war weg! In wilder Panik wollte ich die Leiter hinuntersteigen, doch ich hörte Gerasmin schreien:

»Marlow, Sie kommen!«

»Angela ist weg!« schrie ich zurück. Sie . . .«

Lautes Gebrüll übertönte den Rest. Ich stand hin und hergerissen da.

Angela war in der Dunkelheit verschwunden. Dort, wo sie gewesen war, erfüllte der Gestank der Monster die Luft. Jemand überwachte den Korridor, nicht mental, sondern wirklich. Etwas war aus dem Boden gekommen und hatte Angela geholt . . .

Schüsse fielen in dem kleinen Raum, ich hörte Gerasmins angstvollen Schrei »Marlow!«

Ich hastete zurück. Der Einäugige war geflohen. Gerasmin hockte hinter dem Tisch und schoß in einen der Gänge. Antwortschüsse füllten den Raum, und Kugeln prallten in die Wand.

Auf Knien kroch ich zu ihm und gab ein paar Schüsse ab.

»Wir müssen die Nachricht über den Premierminister herausbringen!« flüsterte er. »Wir müssen sofort raus!«

Ich zeigte auf den Gang hinter uns. »Bilde ich mir das ein, oder rieche ich den Fluß?«

Er biß die Zähne zusammen. »Ich rieche es. Wir müssen rennen. Ich bin zu schwach, um es mental zu machen.« Die Schüsse hatten aufgehört, aber die Schritte kamen näher. Sie schlichen sich heran.

Gebückt rannten wir in den Gang, verfolgt von Schüssen. Sie kamen uns nach, doch unsere Schüsse hielten sie auf Distanz. Es war stockfinster in diesem Gang. Schließlich rannten wir in eine Tür; durch ein Eisengitter drang der Gestank des Flusses. Ich tastete die Tür ab, fand ein Eisenrad und begann, daran zu drehen. »Hier!« Die Tür öffnete sich langsam. Wir traten hinaus auf das schlammige Ufer der Themse. Ich ließ die Tür los, die sich von selbst wieder schloß. Heftig atmend krochen wir den Abhang hoch, bis wir direkt über der Tür waren. Dort lagen wir mit schußbereiten Pistolen und warteten.

Die Killer kamen nicht heraus. Mein Atem wurde langsam wieder ruhiger. Ich sah mich um. Das gegenüberliegende Ufer mit seinen Lichtern; ein Schleppdampfer tuckerte vorbei, seine Sirene schallte durch die Nacht. Wir waren aus dem höllischen Untergrund, wo der Tod hinter jeder Ecke lauerte, in die Welt zurückgekehrt. Meine Anspannung lokkerte sich etwas. Dann fielen mir Angela und das geplante Attentat wieder ein. Schnell wandte ich mich zu Gerasmin.

Er lag flach auf dem Bauch, erschöpft. Ich sprach ihn an. Er antwortete nicht. Ich versuchte es noch mal – Stille. Ich kroch zu ihm und drehte ihn auf den Rücken. Mit Entsetzen entdeckte ich die häßlichen, dunklen Flecken auf seiner Brust. Er starrte mich mit weit aufgerissenen Augen an.

Er war tot.

Noch einmal ertönte die Sirene des Schleppdampfers.

Über mir schlug die Nacht wie eine Woge zusammen, und Tod und Horror krochen näher. Ich war allein. Gerasmin war tot – all jene seltsame, alte Kraft fort – abgeschnitten. Mächtig, wie er war, hatte sein Bewußtsein nicht schnell genug reagiert, um die Kugeln abzuhalten, die sein Leben beendeten. Der Schutzwall war auch fort. Der, der nicht geht, konnte mich Tag und Nacht an jedem Ort überwachen.

Und Angela! Dort unten im Untergrund. Wahrscheinlich tot. Wild entschlossen suchte ich die Tür, durch die wir herausgekommen waren – aber ich konnte sie nicht wiederfinden. Perfekt versteckt im nassen Lehm des Ufers.

Marlow allein, Marlow gegen sie, die Unsichtbaren, die um so schrecklicher waren, *weil* sie unsichtbar waren. Mir dämmerte, daß es nur ein Mittel gab, am Leben zu bleiben; ein Mittel für mich, stark und schnell genug zu sein, ihnen zu entkommen. Ich mußte sie hassen. Ich mußte sie von ganzem Herzen und mit jeder fiebrigen Faser meiner Seele hassen. Haß würde mich antreiben, schnell sein lassen, selbst wenn ich in einen Kugelregen oder in die Arme eines dieser Dämonen rennen würde. Sonst konnte ich nur ins Grübeln verfallen und um so schneller sterben.

Langsam und systematisch begann ich nachzudenken. Ich konzentrierte mich zunächst auf Gerasmins Leiche, starrte auf das Blut, das auf seinem Mantel zu trocknen begann. Ich dachte an Angela und führte mir vor Augen, wie sie unter ekelhaftesten Foltern starb, ihr Gesicht verzerrt vor Angst und Schrecken. Die Spannung in mir wuchs, und als ich an den Einäugigen dachte, seine heimtückische, schmierige Warnung am Harley Square, und an das geplante Attentat am nächsten Morgen, da brach mein Haß aus, glühender Zorn entflammte in mir. Es war meine persönliche Angelgenheit geworden, ich vergaß die anderen Männer, die ihr Leben gelassen hatten. Ich wollte dort sein, wenn Bezahrov in die Downingstreet kam. Ich wollte mich ihm in den Weg stellen, mit ihm kämpfen und ihn töten für das unmenschlich Böse, das er und die anderen verkörperten.

Ein Rest Vernunft blieb mir zum Glück. Ich warf einen letzten Blick auf Gerasmins Leiche und tat ein Gelübde. Dann verließ ich das Flußufer. Es gab einen Mann, an den ich mich jetzt wenden konnte, ob er mir helfen wollte oder nicht. Ich würde ihn zwingen, mir zu helfen. Ich würde ihm meinen Haß aufzwingen, und er würde keine andere Wahl haben.

In einer Telefonzelle fand ich im Telefonbuch die Adresse von Inspektor Rohm. Ein Taxi brachte mich zu seiner Wohnung. Auf einem schmutzigen roten Teppich stieg ich in den zweiten Stock, ging einen nach Zigarettenrauch und Alkohol riechenden Korridor entlang und klopfte an die vierte Tür.

»Einen Moment bitte«, hörte ich seine Stimme. Ich hielt meine Pistole bereit.

Er öffnete, starrte auf die Pistole und dann auf mich. »Erinnern Sie sich an mich? Steven Marlow. Der Mann mit der irrsinnigen Geschichte.«

»Natürlich erinnere ich mich an Sie.« Sein Gelehrtengesicht war bleich

Ich machte ein Zeichen mit der Pistole. »Lassen Sie mich rein!«

Er trat zurück und ich schloß die Tür. »Ziehen Sie Ihren Mantel an!«

»Wo gehen wir hin?«

»Downingstreet zehn.«

»Downingstreet? – Sie sind verrückt!«

»Das ist Teil meiner Geschichte«, sagte ich gleichmütig. »Eine Geschichte, die weder verrückt noch unglaublich ist. Wenn Sie nicht mitkommen, wird der Premierminister morgen früh um zehn Uhr sterben, genau wie Lord Wolters und Sir Guy Folversham. Ich zwinge Sie, mit mir zu kommen, damit andere glauben, was ich sage. Ich muß Sie zwingen, denn das ist die einzige Möglichkeit, die ich habe, um die anderen zu überzeugen.«

»Und wenn ich nicht mitkomme?« fragte er ruhig.

»Dann töte ich Sie. Glauben Sie mir, Inspektor?«

Er sah mich einen Augenblick prüfend an. »Nein«, sagte er schließlich, »aber ich komme mit.«

Wir stiegen in ein Taxi. Ich hielt dem Fahrer die Pistole vor und übernahm das Steuer. Wir fuhren zur Downingstreet und parkten den Wagen. Dann begann ich zu reden, während die Stunden vergingen und die Sterne hinter den dicken Wolken verborgen waren. Ich schüttete die ganze Geschichte vor ihm aus, den Teil, den er schon kannte und den Teil, der er noch nicht gehört hatte. Ich ließ kein noch so kleines Detail aus. »Glauben Sie mir jetzt?« fragte ich schließlich.

»Nein«, meinte er ruhig, »ich glaube Ihnen nicht. Töten Sie mich dafür, daß ich das alles für absurd halte?«

»Zum Teufel mit Ihnen!« schrie ich. »Ich werde hier nicht halt machen! Sie werden Europa verbrennen und Amerika zerstören, systematisch, weil es zu unwahrscheinlich klingt, daß so etwas je passieren könnte. Und dann werden sie aus dem Osten, aus Rußland kommen, und die armen Teufel, die das alles überlebt haben werden, werden nie wieder eine Chance haben, ein menschenwürdiges Leben zu führen!«

»Ich bin bereit, eine Vorsichtsmaßnahme zu treffen«, erklärte er, als es zu dämmern begann. »Lord Wolters und Sir Folversham wurden ermordet. Wir sollten kein Riskiko eingehen. Ich müßte Scotland Yard anrufen und eine Einheit Männer herordern.«

»Mit Maschinengewehren!« drängte ich. »Besorgen Sie Maschinengewehre!«

»Und ich müßte meinen Chef anrufen, um zu veranlassen, daß der Premierminister vor zehn Uhr das Haus verläßt. Dazu brauche ich ein Telefon. So viel glaube ich Ihnen, Marlow – so viel kann ich für Sie tun. Sie haben *bisher* noch kein Verbrechen begangen.«

»Gehen Sie telefonieren!« sagte ich erleichtert, daß er wenigstens so viel Pflichtgefühl aufbrachte, keine Möglichkeit unberücksichtigt zu lassen. Auch wenn er das Ausmaß der Gefahr nicht sehen wollte, so war er doch wenigstens bereit, in diesem konkreten Fall zu handeln.

Ich begann zu schwitzen. Es wurde langsam hell, so hell, wie ein solcher bleigrauer Tag werden kann. Der Premierminister war nicht mehr im Haus, als es auf zehn Uhr zuging. Ich hatte ihn fortgehen sehen, ruhig, würdig, eindrucksvoll. Jene obszönen Dinger mußten wir bekämpfen! Männer wie er waren es wert. Alle Menschen, überall, waren es wert!

In sämtlichen Räumen waren Beamte stationiert. Sie waren mit

Maschinenpistolen bewaffnet. Ich stand neben Rohm, rauchte nervös und wünschte, ich sei woanders, wünschte, ich könnte aufwachen aus diesem höllischen Alptraum. Aus einem Nebenzimmer klang das metallische Läuten einer Uhr. Es war zehn.

Sie kamen durch den Fußboden, sechs von ihnen. Sie nahmen Form an wie grausige, schwarze Schatten, wirbelnd, gaukelnd, schwindelerregend. Auch Kapitän Bezahrov kam auf diesem Wege in das Zimmer, in dem wir warteten, und es war unglaublich, einen Menschen auf diese Weise *aus dem Untergrund auftauchen zu sehen*.

Die Maschinengewehre explodierten in dröhnendem Donner, und die Monster zerbarsten in Blut und Kreischen und verwesendem Unrat. Bezahrov wirbelte einmal um sich selbst und fiel zu Boden, sein Leben aushauchend. Sie waren durch den Boden nach oben transportiert worden, in dieses Haus *gedacht* worden, nur um einen schnellen, heftigen Tod zu finden.

Wir beugten uns über den sterbenden Bezahrov, dessen Narbengesicht sich in Agonie verzerrte. Schnelle Fragen, verzweifelt geflüsterte Antworten. Eine Bombe. Unter London. Zerstört die halbe Stadt. Mittag. Übermorgen. Mittag.

»Rohm?« flüsterte ich. »Wir müssen in den Untergrund!«

Er wandte sich zu mir. Seine Stimme verklang plötzlich in großer Ferne und ich sah seine entsetzlich stechenden Augen in meine starren. *»Ja, Marlow«*, flüsterte er, so daß niemand anderes es hören konnte, »in den Untergrund.« Seine Stimme erstarb plötzlich, und er starrte mich an.

Ich versuchte, etwas zu sagen. Ich konnte nicht. Ich konnte nicht sprechen. Meine Kehle war wie zugeschnürt und trocken, und ich brachte keinen Ton heraus. In tödlichem Horror hörte ich, wie er seine Leute zum Yard zurückorderte. Und dann hörte ich eine Stimme in meinem Gehirn flüstern:

»Komm, Marlow. In den Untergrund. Ich will dich töten, bevor ich gehe. Du hast mir viel Ärger gemacht. Ich will dich *selbst* töten!«

Die Stimme von Inspektor Rohm. Das Bewußtsein, der *Geist* von Inspektor Rohm, der mich in der Gewalt hatte, mich sprach- und bewegungsunfähig hielt. *Die Bombe* –wollte ich schreien. Wie im Nebel sah ich die Beamten abziehen. Inspektor Rohm starrte mich an. Inspektor Rohm –

Der, der nicht geht.

Ich hörte das wilde Lachen des Mannes, der sich Inspektor Rohm nannte. Es hallte in meinem Gehirn, bis ich das Bewußtsein verlor.

Als ich langsam wieder zu mir kam, in einem Zustand von Halbbewußtsein, bevor ich die Augen öffnete, schien ein anderes Bewußtsein mir die Dinge zu sagen, die ich wissen wollte und die mich beunruhigen sollten vor meinem Ende. Warum ich wohl zu ihm geschickt worden sei, ausgerechnet ich, zu Scotland Yard? Er hatte es so gewollt. Dann hatte er mich wieder weggeschickt. Als ich wiederkam, war er gezwungen gewesen, den Premierminister zu schützen, denn er wollte nicht, daß ich Verdacht schöpfte.

Ein *Lachen.*

Er hatte zugelassen, daß Bezahrov starb; er hatte das Attentat nicht abgesagt, obwohl er wußte, daß es fehlschlagen würde, weil er mich haben wollte. Er tat seine Pflicht als Inspektor Rohm, und der Premierminister war noch am Leben. Der, der nicht geht, entließ die Beamten. Sie waren nicht nah genug gewesen, um Bezahrovs Flüstern verstehen zu können. Dann nahm er mich mit in den Untergrund, um mich zu töten, bevor die Bombe losging. Die ganze Zeit hatte er mich beobachtet, hatte gewartet. Verdammt clever!

Die Gedanken kamen jetzt schneller, rachsüchtig. *Wo als nächstes?* Paris, Berlin, Amerika, irgendwo. Schritt für Schritt. Die Obersten befahlen es. *Wo waren sie?* Meine Muskeln schmerzten, wie von unsichtbarer Gewalt gehalten. Die Obersten, die Meister waren im Osten, in Rußland. Sie wollten die Welt. Sie hatten es uns viele Male wissen lassen.

Wir waren allein im Untergrund, und niemand würde von der Bombe wissen, die in zwei Tagen losgehen würde. Inspektor Rohm konnte als Held sterben. Erstaunlich, nicht wahr? Aber ich verstand ihn nicht ganz . . . der Premierminister durfte leben, damit ich sterben würde . . . und wieder fühlte ich die gigantische, gewaltige, böse Kraft in dem, der nicht geht. Er war rachsüchtig, persönlich . . .

»Aufwachen, Marlow!«

Ich öffnete die Augen. Ich befand mich in einem Raum ähnlich wie dem, wo wir mit dem Einäugigen gekämpft hatten. Da – vor mir – schwebte der Torso von Inspektor Rohm, lebendig, mich musternd. Aber – aber – guter Gott – er hatte *keine Beine!* Von der Taille abwärts war nichts, Leere, Unsichtbarkeit. Ich sah die Hosen, Socken und Schuhe auf dem Boden. Die gespenstische Vision gaukelte vor meinen Augen, grinste. Der, der nicht geht, hielt eine Pistole auf mich gerichtet.

»Also, Mr. Marlow«, sagte er ruhig, »Sie haben dreißig Sekunden, bevor ich Sie erschieße. Sie schauen so entgeistert auf meine Beine.« Er lachte laut auf. »Gedanken, Mr. Marlow. Die Kraft des Gehirns. Leben, wo kein Leben ist. Inspektor Rohm geht auf Beinen, die ein Produkt des Geistes sind.«

Geist . . . verzweifelt suchte ich nach einer Antwort. Ich fühlte sie an meinem Gehirn nagen, eine andere Stimme, die kämpfte, durch die Mauer zu brechen. Ich fühlte auch das Gewicht der Pistole in meiner Tasche. Der, der nicht geht, erwartete nicht, daß ich sie benutzen könnte. Könnte ich? Wenn diese Stimme . . . diese Stimme . . .

»Dreißig Sekunden, Mr. Marlow, von *jetzt* an.«

Ich spürte Schweißtropfen auf meiner Stirn. Die Stimme . . . sie kam näher, drängend, im Chor mit anderen Stimmen. Mit dem Wind fliegend von verschneiten Gipfeln. Die Seelen von Männern, die Heiligkeit erreicht hatten, Güte; sie kamen zu mir, unterstützten die eine Stimme, um ihr Kraft zu verleihen, sie kamen, – wenn ich sie nur einlassen könnte. Aber wie? Ich rief sie nicht. Wer rief sie?

»Zwanzig Sekunden. Bereiten Sie sich vor, Mr. Marlow. Beten Sie zu Gott, den es nicht gibt.« Er lachte kurz und hielt seine Pistole auf mich gerichtet. »Ich genieße es, Sie zu töten, Mr. Marlow. Sie haben so vieles vereitelt! . . .«

Komm! Komm! Aus tausend alten Landen ruft jemand nach stärkerer Stärke und einen Augenblick Leben . . . kämpfend alle Energie einsetzend . . . seine Gedanken schreiend in der Anstrengung durchzudringen . . .

»Fünfzehn Sekunden, Mr. Marlow!«

Ich komme . . . Ich versuche . . . Ich komme . . . Nenn mich beim Namen . . .

Ich kann nicht, dachte ich verzweifelt. Ich verstehe nichts von diesen Dingen. Ich verstehe nichts von diesen Kräften.

»Zehn Sekunden.«

Du mußt mich beim Namen nennen

Ich kann nicht.

Kannst du mich hören?

Ja.

Rufe meinen Namen. Du kennst ihn. Du hast Angst.

Ja, ich habe Angst.

Höre nicht auf deine Angst. Denke an mich. Rufe mich . . . die Seelen der Guten haben mich erfüllt . . . ich bin da, rufe mich. Die Stimme schrie in meinem Denken.

»Fünf Sekunden, Mr. Marlow!« Der, der nicht geht, lachte.

Sein Finger spannte sich am Abzug.

Nein . . . nein . . . dachte ich, *Nein . . .*

Ich wartete auf die Kugel und im gleichen Moment unterdrückte ich die schwindelerregende Flut von Angst und sah klar . . . natürlich . . . natürlich . . . er . . .

»*Gerasmin!*« schrie ich und warf mich nach vorn.

Der, der nicht geht, erschrak und fluchte. »Du Idiot! Gerasmin ist tot.«

Aber er war es nicht. Ich hatte seinen Namen gerufen, und er stand im Raum, bleich, schattengleich, und seine Hand zeigte anklagend auf Den, der nicht geht, das Blut tropfte noch aus seiner Brust: Die Lippen zusammengepreßt, die Augen geschlossen, und sein alterloses Gesicht schien unirdisches Leuchten auszustrahlen.

Der, der nicht geht, starrte auf die Erscheinung und schoß wild auf sie ein. Sie verschwand so schnell, wie sie gekommen war, wie ein Wölkchen Zauberqualm. Doch in der Zeit hatte ich meine Pistole in die Hand genommen. Ich schoß mit haßerfüllter Präzision, zielte auf die Gestalt vor mir, willens, dieses beinlose Schreckenswesen zu zerstören. Schließlich sah ich nach. Ich wußte, ich würde sein wahres Gesicht nie zu sehen bekommen. Inspektor Rohms Gesicht war sicher nicht das seine.

Und ich hatte seinen Kopf zerschossen.

Mein Kopf rauschte von den Geistern, den Wesen, die sich zurückzogen zu ihren alten Büchern des Guten, des Wahren, zu Weisheit und Licht. Ein anderes Geräusch klang mit – Gerasmins Stimme, der mit einem Abschiedsgruß zu den mystischen Gefilden der Toten zurückkehrte. Es war nicht ein Wort, das ich aussprechen oder aufschreiben könnte, das ich aber dennoch verstand. Er hatte mir die Kraft gegeben, ihn zu Hilfe zu rufen, ihn und die vergessenen Kräfte des Altertums.

Ich schaute auf die Uhr. Zehn Uhr dreißig. Ich irrte durch den Untergrund. Um viertel vor elf fand ich die Bombe und entschärfte den Zündmechanismus. Um elf Uhr acht fand ich Angela, eingesperrt in einem Raum weit entfernt von den Hauptgängen. Sie schlief wie betäubt, ihr Haar war zerzaust und ihr Gesicht blaß und verhärmt. Der, der nicht geht, hatte sie vielleicht vergessen in seiner Wut mich zu vernichten. Glücklich, daß sie am Leben war, trug ich sie durch Nedros' Laden ans Tageslicht. Hinter mir hörte ich Rascheln und Knistern. Die Höllendiener verschwanden in ihren Löchern, da die belebende Kraft erloschen war. Ihr Meister war tot, und ich hoffte, daß in den nächten zehntausend Jahren kein anderer sie hervorholen würde.

Sie brachten unsere Geschichte in allen Zeitungen. Nicht mit Namen, das wollte ich nicht, und die Regierung unterstützte mich. Sie berichteten, daß Inspektor Rohms Leiche von der Putzfrau in einem Schrank in seiner Wohnung gefunden worden sei, an jenem Nachmittag, an dem ich Den, der nicht geht, erschossen hatte.

Sie räucherten den Untergrund aus und zerstörten so die Überreste der Monster, die ich in jener Nacht auf der *Queen of Madagascar* gesehen hatte.

Dann war es für uns, Angela und mich, überstanden. Ich gab die Seefahrt auf und nahm eine Arbeit an Land an.

Ein Jahr später heirateten wir. Wir haben unser Zuhause, und unser kleiner Sohn wächst heran. Einmal im Jahr gehen wir zu den Klippen und schauen auf den dunklen Ärmelkanal und die finsteren Welten, die dahinterliegen. Wir wissen, daß sie einmal kamen. Wir wissen, daß es in ihren Büchern geschieben steht. Wir stehen auf den Krippen im Wind und blicken nach Osten.

Wir dürfen es nicht vergessen.

Des Teufels Gesell

Murray Leinster

Murray Leinster (1896–1975) konnte sich seinerzeit zu Recht des Titels ›Altmeister der Science-fiction‹ rühmen. Er hatte eine wahrlich bemerkenswerte und lange Karriere als Schriftsteller, die mit seiner ersten Veröffentlichung 1913 begann und fast ohne Unterbrechung bis zu seinem Ausscheiden aus dem aktiven Erwerbsleben im Jahre 1967 andauerte. Obwohl er beinahe in allen Genres schrieb, war der Großteil seiner Produktion Science-fiction, wo man sich seiner als Pionier der sogenannten Parallelwelt-Geschichte und Autor der erfolgreichen und preisgekrönten ›Med Service‹-Serie erinnert. *The Best of Murray Leinster* (1978) ist eine Sammlung seiner wirklich besten Geschichten. »Des Teufels Gesell« wurde ursprünglich unter dem wirklichen Namen des Autoren, Will F. Jenkins, veröffentlicht.

Der Tag, an dem Joe Burchard den Hexenring trug und mit dem Teufel im Körper Ben Harpers kämpfte, begann nicht anders als jeder andere Tag. Die Sonne stieg hinter den Bergen auf, und die Schatten waren endlos lang, und überall glitzerten die Tautropfen auf den Spinnweben wie Diamanten. Der Wind blies hoch oben von weit her, wer weiß wohin, und der Rauch aus den über das ganze Tal verteilten Hütten zog ihm in langen, dünnen Fahnen nach. Es war ein richtig schöner Tag für einen, der einundzwanzig war wie Joe.

Joe hatte alle Männer bis auf einen im Umkreis eines Tagesmarsches verprügelt und allen Mädchen bis auf zwei den Hof gemacht und sie geküßt.

Er ahnte noch nichts von dem Zauberring. Er saß in der Hütte seiner Oma und aß das Frühstück, das sie ihm gemacht hatte. Er fühlte sich richtig wohl in seiner Haut, wie einer, der einundzwanzig ist und groß und stark und ohne Sorgen. Er atmete ein, und das war angenehm, und er atmete aus, und das war noch angenehmer.

Seine Oma musterte ihn, während er frühstückte. Sie war mal eine hexende Frau gewesen und erkannte mehr mit einem kleinen Blinzeln als andere durch Hinstarren, und Joe war ihr einziger Verwandter, den sie liebte, wie nur eine Großmutter das kann. Er trug sein rotes Wollhemd und seine guten Hosen. Das hieß, daß er zu Crowders Laden gehen würde, wo drei Straßen zusammenlaufen und wo die jungen Männer herumlungerten, um sich voreinander und vor den jungen Mädchen, die mit ihren Müttern zum Einkaufen kamen, zu produzieren.

»Hm«, sagte Joes Oma. »Fein gemacht. Du hast vor, heute ein junges Mädchen zu küssen und einen jungen Mann zu verprügeln. Ich erkenne die Zeichen.«

Er grinste sie an. »Also, so jung ist der Bursche ja nicht mehr – es ist Ben Harper. Und das Mädchen – nun, ich weiß nicht. Ich bin mir nicht so sicher, aber Letty Smith hat mich gebeten, auf dem Weg bei ihr vorbeizukommen, um einen Brief mitzunehmen, den ich einwerfen soll.«

Seine Oma stampfte ärgerlich mit dem Stock auf den Boden.

»So was Dummes«, sagte sie. »Für dich ist es ein Spaß, aber der Ben Harper ist in die Letty verknallt, seit sie bis drei zählen kann. Wenn er merkt, daß sie einem anderen schöne Augen macht, dann prügelt er sich nicht einfach. Er hat schwarze Augen und keine Ohrläppchen, und das heißt, daß er kein Faustkämpfer ist. Er nimmt ein Messer oder Schlimmeres, das ist sicher!«

»Unsinn«, sagte Joe, »es gibt das Gesetz, Oma. Die Zeiten sind vorbei. Da könnte er ja auch gleich mit Hexerei anfangen.«

»Das ist gar nicht ausgeschlossen«, seufzte verdrießlich die Großmutter, »du bist noch jung, Schatz. Du weißt noch nicht, was in einem Mann vorgeht, wenn ein Mädchen ihn verlacht. Und wenn ein Mann Falschheit im Herzen hat und sein Verlangen heiß ist, kann er leicht auf Hexerei verfallen. Aber jetzt zu dir – nehmen wir an, du küßt die Letty, wenn du den Brief abholen gehst, und verprügelst Ben Harper unten beim Laden. Was dann?«

Joe lachte und wischte sich den Mund ab. »Darüber habe ich noch nicht nachgedacht«, sagte er.

»Da ist Sally«, schimpft seine Oma. Sally Walker war neben Letty das andere Mädchen im Umkreis eines Tagesmarsches, dem er noch nicht den Hof gemacht und das er noch nicht geküßt hatte, und Joes Oma hielt viel von Sally. Joe sah nicht zu ihr hoch. »N-nein«, sagte Joe.

»Sally kenne ich seit meinen ersten Tagen. Es wäre kein Spaß, Sally den Hof zu machen oder sie zu küssen. Sie ist hübsch. Sie ist süß. Sie ist ein richtig nettes Mädchen. Aber mir steht nicht der Sinn nach ihr.«

Ärgerlich meint seine Oma: »Ich war einmal eine hexende Frau, bevor ich den Glauben bekam und deinen Opa geheiratet hab'. Ich weiß, was los ist. Du hast Angst, es könnte Sally nicht gefallen, von dir geküßt zu werden. Du hast – Angst! Ich sollte ein bißchen hexen . . .«

Joe lachte, und er stand auf und ging zu seiner Oma und umarmte sie. »Du würdest mich nicht behexen«, sagte er.

»Ich würde niemanden behexen«, sagte seine Oma, grämlich. »Ich habe es deinem Opa versprochen und ich habe es dem Herrn versprochen. Sonst würd' ich's dir zeigen. So, jetzt mach dich weg.«

Sie gab ihm einen Klaps, und er lachte wieder und ging hinüber zu dem Spiegel, den seine Oma an der Wand hängen hatte. Er war Zeugnis und Erinnerung davon, was sie einst aufgegeben hatte, denn eine hexende Frau kann einen Spiegel nicht entbehren. Joe bückte sich, um hineinzusehen, und er nahm einen Kamm und zog einen geraden Scheitel in sein glattes, schwarzes Haar, denn er würde ja bei Letty vorbeigehen, und sie würde allein da sein.

Dann trat er aus der Hütte und schlenderte den Weg hinunter, und die Sonne schien hell und eine Wachtel rief irgendwo im Gehölz, und der Himmel war so blau, daß selbst ein junger Mann es bemerken mußte. Es war eine Lust zu leben, jung zu sein und auf dem Weg, ein Mädchen zu küssen, nach dem ein anderer Mann schmachtete, und diesen Mann zu verprügeln. Joe nahm das Gerede seiner Oma nicht ernst. Sie hatte den Glauben bekommen und Joes Opa geheiratet, und er wartete jenseits vom Jordan auf sie, und sie würde ihn nicht enttäuschen. Also ging Joe seiner Wege und hatte nichts im Sinn als die Lust zu leben. Er dachte nicht an den Hexenring. Er wußte nicht, daß es so etwas gab.

Aber in diesem Augenblick dachte er an Sally. Die Hütte ihrer Leute kam gleich hinter der von seiner Oma, und als seine Eltern gestorben waren, als er klein war, war er zur Oma gezogen. Er konnte sich an Sally erinnern, als sie beide einer Ente kaum ans Knie reichten. Und jetzt war er erwachsen, und an Sally zu denken gab ihm ein komisches, trauriges

Gefühl und ein sehnsüchtiges Gefühl und auch ein ängstliches Gefühl. Also dachte er lieber so wenig wie möglich an sie.

Die Schäfchenwolken zogen über ihn dahin, während er ging. Die Vögel zwitscherten, und Grashüpfer sprangen in Schwärmen herum. Er ging hügelaufwärts und wieder hinunter, und plötzlich guckte er, und vor ihm am Hang ist die Hütte von Lettys Leuten, und überall gucken die grauen Felsbrocken aus dem Hang. Und ganz plötzlich wußte er, daß er Letty nicht küssen will, es aber muß. Er würde sich mit Ben Harper prügeln, und Ben Harper verzehrte sich so nach Letty, daß seine Augen wild funkelten, wenn er sie nur ansah, und er hatte keinen Glauben nicht. Letty aber hatte Joe gesagt, daß ihre Ma und Pa über den Berg gehen würden, um sich den neuen Prediger anzuhören, und daß sie zu Hause bleiben mußte, um nach dem Vieh zu sehen, und ob er reinschauen und einen Brief nach Crowders mitnehmen könnte.

Joe blieb auf einmal stehen und grunzte vor sich hin, war irgendwie wütend, weil er plötzlich überhaupt keine Lust mehr hatte, Letty zu küssen. Das ist doch nicht natürlich, wo er doch einundzwanzig war. Er ertappte sich dabei, wie er dachte: »Wenn es jetzt Sally wäre . . .« und dann dachte er argwöhnisch an seine Oma. Sie konnte machen, daß er so fühlte, wenn sie wollte. Ein Spruch, über dem Maisbrot gemurmelt, das er zum Frühstück gegessen hatte . . .

Aber er wußte, daß seine Oma ihn nicht behexen würde, nicht einmal zu seinem eigenen Besten. Sie hatte vor vielen Jahren den Glauben bekommen. Also holte Joe tief Luft und stieg den Hügel hinauf und runzelte über sich selbst die Stirn, weil es komisch war, daß er keine Lust hatte, ein hübsches Mädchen zu küssen. Aber er dachte noch immer nicht an Hexerei: und noch viel weniger an den Hexenring.

Er stieg über den Zaun und ging über die Weide zur Hütte. Außer dem Gackern der Hühner und dem Wind im Hohlweg war nichts zu hören. Er öffnete den Mund, um zu rufen, doch die Tür ging auf, und da war Letty, die ihn ansah. Ihr Haar war zerzaust, und sie hatte sich nicht herausgeputzt. Sie sah blaß und verängstigt aus und halb verrückt vor Weinen und Kummer. Sie sagte kein Wort. Ihre Hände zitterten.

»Was ist los?« fragte Joe unbehaglich. »Bist du krank?«

Sie sagte kein Wort und sah ihn nur flehentlich an. Und Joe fühlte sich komisch.

Mißtrauisch sagte er: »Du benimmst dich komisch, Letty. Du benimmst dich als wärst du verhext.«

Und das war, was gesagt werden mußte, bevor Letty sprechen konnte. Sie schlug die Hände vors Gesicht und stöhnte. »Ich bin verhext, Joe! Das ist es, Joe – bin verhext!«

Nun, Joe hatte keine Angst vor Hexerei wie manche Leute, weil seine

Oma ihm gesagt hatte – und die mußte es ja wissen –, daß Hexerei keine Macht über einen Mann hat, solange er keine Falschheit im Herzen hat.

Also fragte Joe neugierig: »Wie ist das, Letty? Wie fühlt sich das an?«

»Wie Nadeln und Dornen überall«, sagte Letty mitleiderregend, »und mich juckt's und zwackt's, daß ich zu dem hingehen muß, der mich verhext hat, und kein anderer darf in meine Nähe kommen, sonst gibt es mir einen Stich ins Herz, und mein Atem bleibt stehen. Komm nicht näher, Joe. Ich bin verhext, und wenn du's doch tust, fall' ich tot um.« Und sie weinte bitterlich.

Joe verlagerte sein Gewicht von einem Fuß auf den anderen. Letty sah wirklich bedauernswert aus und blickte ihn so flehentlich an, daß es eine mächtigte Herausforderung war für einen jungen Mann von einundzwanzig Jahren.

»Meine Oma sagt, daß Hexerei einem nichts anhaben kann, wenn das Herz rein ist.«

Da weinte Letty noch heftiger. »Ich weiß« sagte sie bitter. »Ich weiß das alles. Aber ich habe seit langer Zeit Haß im Herzen. Ich haßte Ben Harper, weil er danach schmachtet, daß ich ihn liebe, und er nicht der Richtige war. Ich haßte die Mädchen, denen du den Hof gemacht hast, weil sie nicht ich waren. Jetzt macht es nichts mehr, wenn ich dir das sage, weil ich behext bin, aber ich habe nächtelang wach gelegen und an dich gedacht und ich . . . ich . . .« »Ich habe versucht, dir Liebesträume von mir anzuhexen«, sagte sie gebrochen, »und das hat der Hexerei die Macht über mich gegeben. Und wenn du mir jetzt näherkommst, sticht mein Herz und mein Atem hört auf und ich falle tot um.«

Dann rang sie die Hände und weinte jämmerlich, doch ihre Augen sahen ihn flehend an. Und Joe verlagerte sein Gewicht wieder auf den Fuß, auf dem er zuvor gestanden hatte. Es ist eine tolle Sache, einundzwanzig zu sein, aber Joe wußte, daß mit Hexerei nicht zu spaßen ist. Er überlegte angestrengt. Letty hatte versucht, ihn zu behexen, damit er sie liebte, und das gab der Hexerei die Macht über sie, also war sie seinetwegen verhext.

Sie war ein hübsches Mädchen, wenn sie nicht weinte. Joe war so vorsichtig, nicht zu nah an sie heranzugehen, aber er wußte auch so, daß sie schlank war, wo ein Mädchen schlank sein sollte, und daß sie es nicht war, wo sie es nicht sein sollte. Es wäre ein Vergnügen, mit ihr eine Karrenfahrt zu machen und ihr den Hof zu machen, aber Joe hatte niemals auch nur daran gedacht, sie heiraten zu wollen.

»Wer hat dich denn behext?« fragte Joe unglücklich. »Wenn du wegen mir in diesen Schlamassel geraten bist, sollte ich dich da wohl auch wieder rausholen.«

»Es ist Harper«, sagte Letty, »er hat eine schwarze Katze im Kessel gekocht und die Knochen in fließendes Wasser geworfen, und er hat aufgegeben, über den Jordan zu gehen, und ein Mann ist gekommen und hat ihm gesagt, was er tun muß. Er hat es mir erzählt. Also muß ich zu ihm gehen, Joe. Bitte, hilf mir. Solange er lebt und den Zauber nicht wegnimmt, muß ich leiden, und Fleisch und Blut können soviel aushalten.«

Dann wand sie sich und bebte und sie keuchte und atmete heftig, als habe sie einen Anfall.

Joe sprang umsichtig zurück, und er sagte: »Ich hatte gedacht, ihn mir heute beim Laden vorzuknöpfen, und er ist der letzte in einem Tagesmarsch, den ich noch nicht verprügelt habe. Aber wenn er mit den Knochen einer schwarzen Katze rumgemacht hat und die Hexerei angefangen hat, kann ihn kein Mensch aus Fleisch und Blut verprügeln. Meine Oma . . .«

»Die wird nie nicht helfen können«, sagte Letty händeringend. »Sie hat den Glauben. Und es gibt nichts anderes, was mir helfen kann, außer Ben Harper stirbt oder nimmt die Verhexung von mir. Du könntest ihn dazu bringen, Joe. Ich würde wahrhaftig alles für dich tun, Joe, wenn du das für mich tust!«

»Du hältst aus«, sagte Joe, »und ich tu's. Stell dich auf einen Felsen in der Strömung, das wird die Hexerei schwächen, und ich werde mich um Ben Harper kümmern.«

Und er drehte sich um und ging. Und zuerst ging er den direkten Weg zu Bens Hütte, weil er sich überlegt hatte, daß Ben nicht zum Laden kommen würde, an diesem Samstagmorgen, wo er einen Zauber auf Letty gelegt hatte, der sie zwang, zu ihm zu gehen. Ben würde in seiner Hütte darauf warten, daß sein Zauber wirkte.

Dann wurde Joe klar, daß, wenn Ben ein Hexer war, es nicht gut sei, allein gegen ihn anzugehen, denn abgesehen von stärkerer Hexerei gibt es nur drei Dinge, gegen die das Hexen nichts ausrichten kann: Eines ist ein völlig reines Herz, eines ist eine über stehendes Wasser geschossene Kugel und eines ist das Gesetz und ein Gericht von Geschworenen. Also kehrte Joe um und eilte zurück, um mit seiner Oma zu reden. Wäre es Sally gewesen, die es gepiesakt und geschmerzt hätte, die weinte und die Hände rang, weil Ben Harper sie verhext hatte, Joe hätte nicht kehrt gemacht. Er wäre schnurstracks zu Ben Harper gegangen, und er hätte vor Wut gekocht, und irgendwie hätte er es geschafft, ihn mit seinen bloßen Händen zu töten, bevor irgendein Zauber ihn aufhalten konnte. Aber es war Letty, also war es etwas anderes.

Der Himmel schien nicht mehr so blau für ihn, weil er ihn nicht sah. Er dachte an Letty, die erbärmlich weinte, und es war seinetwegen, daß sie verhext war, und er dachte an Sally Walker, die vielleicht eines Tages als nächste von Ben verhext werden mochte.

Er stapfte über die Weide und er ging am Brunnen vorbei. Er trat auf die Veranda, sein Blick war heiß und wild, und er trat über die Schwelle

– und da saß Sally Walker und plauderte mit seiner Großmutter. Von der Hütte ihrer Leute am Hang hatte sie ihn zu Crowders Laden gehen sehen und war zu einem Plausch herübergekommen.

Die beiden, Sally und Oma, drehten sich um und starrten ihn an, als er in die Hütte stampfte.

Wütend sagte er: »Oma, Letty Smith ist verhext worden!«

Dann sprudelten die Worte aus ihm heraus, als er ihnen wütend alles erzählte. Seine Oma schnaubte. »Ha!« sagte sie. »Als ich eine hexende Frau war, bevor ich den Glauben bekam, hätte *ich* das geregelt!«

»Das ist meine Angelegenheit, Oma«, sagte Joe. »Er hätte sie nicht verhexen können, aber meinetwegen war ihr Herz nicht rein! Sie hat die Mädchen gehaßt, denen ich den Hof gemacht habe, und sie hat versucht, mich zu verhexen, damit ich Liebesträume von ihr träume. Hat sie mir gesagt. Und das gab Hexerei. Macht über sie. Ich kann nicht zulassen, daß Letty meinetwegen die Frau eines Hexers wird.«

Seine Oma stampfte mit dem Stock auf den Boden und sah Sally an, die still und bleich dasaß und die Hände im Schoß knetete als sie Joe ansah. »Ich hab' dir gesagt«, sagte die Oma, »daß er nicht mehr die Seele hat, mit der er geboren wurde!«

Aber sie rührte sich nicht und tat nichts. Und Joe sagte böse: »Ich weiß, Oma, daß du nicht mehr hexen wirst, Oma. Also sieht es so aus, daß ich Ben Haper auf der anderen Seite eines stehenden Wassers vor die Flinte bekommen muß. Und ich muß das sofort tun. Ich muß, Oma, weil es meinetwegen passiert ist.«

»Und was wird das Gesetz tun?« fragte die Oma. »Der Sheriff will von Hexerei nichts hören. Sie werden dich hängen, und das geschähe dir recht, weil du so einen Unsinn angestellt hast.«

»Ich werde hinterher auf eine Reise gehen«, sagte Joe. »Sie werden mich nie erwischen. Aber ich könnte nachts nicht mehr schlafen, wenn ich daran denken muß, daß Letty die Frau eines Hexers ist und im Dunkeln weint, daß sie niemals über den Jordan kann. Ich muß es tun, Oma. Ich muß!«

»Ich habe es versprochen«, sagte Oma mürrisch, »aber der Herr weiß, daß das hier eine Versuchung ist! Vor langer Zeit, bevor hier in diesem Tal Menschen lebten und bevor die Schiffe über den Ozean in dieses Land kamen, machte der Urgroßopa meines Großopas mit Hexerei herum, und es liegt im Blut. Aber ich habe es versprochen – und ich will den Jordan überqueren. Ich werde nichts tun.«

»Dann«, sagte Joe, »werde ich meine Flinte holen. Es bleibt nichts übrig.«

Oma stampfte wieder mit dem Stock auf den Boden. »Du, Joe«, sagte sie wütend, »ich habe nicht gesagt, daß ich dir nicht sagen würde, was zu tun ist. Wir sind eine hexende Familie, und es gibt Dinge, die aus alter Zeit stammen. Oben auf dem Dachboden ist eines davon. Als ich meine

Hexensachen verbrannt habe, habe ich es nicht angerührt, weil es nicht brennbar ist, und nachdem ich den Glauben bekommen habe, fasse ich Hexenzeug nur noch an, um es zu verbrennen. Es ist voller Gefahr. Aber wenn dein Herz rein ist, kannst du es nehmen und Ben Harper bekämpfen, und er wird nie wieder wen behexen.«

Joe, ganz kleinlaut sagte: »Ich weiß nicht, wie rein mein Herz ist, aber ich will nichts von Letty. Nicht einmal ein Dankeschön. Das einzige, was ich will, ist, ruhig schlafen zu können, ohne an jemanden zu denken, der im Dunkeln weint, weil er niemals nicht über den Jordan kann, und ich habe schuld.«

Joes Oma schnaubte und sagte: »Geh hoch auf den Dachboden«, sagte sie. »Ganz oben, wo die Ziegel eng und zu einem Fach werden. Da ist ganz hinten ein eiserner Kasten. Er ist alt und er ist rostig. Den bringst du her.«

Joe kletterte auf den Dachboden. Der war vollgestopft mit Sachen aus vergangenen Zeiten. Da waren Kisten mit Decken und Tüchern, ein Spinnrad, das Joes Oma benutzt hatte, als sie ein Mädchen war, und etwas, das aussah wie ein Webstuhl. Da war ein altes Bett, ganz auseinandergebrochen, und eine Steinschloßmuskete und all die Sachen, die sich auf einem Dachboden ansammeln, wenn Menschen über viele Generationen im selben Haus leben.

Joe mußte achtgeben, wo er hintrat, aber er fand den Kamin und griff hoch und ganz weit nach hinten, und er spürte einen kleinen Kasten, der ganz pelzig war von Spinnweben. Etwas krabbelte ihm über die Hand, als er ihn bewegte, aber er wischte die Spinngewebe ab und ging wieder hinunter.

»In dem Kasten ist ein Ring«, sagte Joes Oma grimmig. »Er ist rostig, weil er aus Eisen ist. Dann ist da noch ein Zettel, auf dem steht was geschrieben, aber es hat keinen Zweck, wenn du es zu lesen versuchst. Du gehst nach draußen und steckst den Ring auf. Dann kannst du mit Ben Harper kämpfen, und er kann dir mit Hexerei nichts anhaben. Wenn du ihn besiegst, wird er nie wieder hexen können. Aber ich warn dich, laß niemandem, den du liebst, dich sehen, solange du den Ring trägst!«

Dann sprach Sally, das einzige Mal. Ihre Stimme zitterte. »Wenn er ihn ansteckt – kann er hinterher den Jordan überqueren?«

Joes Oma schnaubte: »Es ist fremdländische Hexerei«, sagte sie. »Meine Großoma hat mich gewarnt – sie war nie nicht wieder richtig glücklich, nachdem Großopa sie gesehen hat, als sie den Ring trug. Es gibt Hexerei, die bedeutet, daß man dem Herrn den Rücken zukehrt, und ein Herz muß schwarz sein, um Gefallen daran zu finden. Aber es gibt Hexerei, die mit einem reinen Herzen getan werden muß. Sie ist voller Gefahr, denn zu glauben, daß dein Herz rein ist, ist eine Anmaßung vor dem Herrn. Ich glaube, daß ich den Jordan überqueren werde, aber ich weiß, ich bin ein schlimmes altes Weib und würde es niemals wagen, den Ring aufzustecken. Joe dagegen ist entschlossen und starrsinnig, und ich möchte ihn nicht hängen sehen, nicht mal, weil er 'nen Hexer erschossen hat.«

Sie sah Joe streng an, und er ging aus dem Haus. Der Kasten war aus Eisen, mit Mustern darauf, und er mußte ein paarmal mit der Axt dagegenschlagen, bevor der Deckel sich widerwillig öffnete. Und es war ein Ring darin, wie seine Oma gesagt hatte, und es war ein Papier darin – nur daß es kein Papier war, sondern wie Kaninchenhaut ohne Fell und alt und trocken und gelb. Er konnte die Schrift lesen, aber die Worte waren komisch buchstabiert, und sie ergaben überhaupt keinen Sinn.

»Mit der Kvnst der Alchymie«, konnte er entziffern, »verfertigte ich, Thomas Dee, Doctor, diesen Ring der Wahrheyt vnter dem Zeichen des Satvrnvs, doch es ist ein gar travriges Entdecken . . .«

Joe versuchte nicht weiterzulesen. Er schloß den Kasten und steckte sich den Ring auf den Finger. Er paßte ziemlich gut.

Er fühlte sich nicht ein bißchen anders – bis er dann einmal auf den Boden guckte. Da bekam er's mit der Angst.

Er zitterte ein wenig und zog rasch den Ring ab. Aber dann dachte er an Letty, die ganz allein war, und die es juckte und zweckte und die weinte, weil sie wußte, daß sie es nicht auf ewig aushalten konnte. Also machte er sich zu Ben Harpers Hütte auf und hielt den Ring fest in der Hand.

Es war nicht weit von Lettys Hütte. Er stapfte durch die gefallenen Blätter und schob die Büsche beiseite, als Joe Barchard einfiel, daß es Letty im Kampf gegen die Hexerei stärken mochte, wenn sie wüßte, daß er unterwegs war. Also wendete er sich etwas seitwärts, und bald war da ihre Hütte zwischen den grauen Felsen, die aus dem Hang guckten. Er stieg über den Zaun und kletterte die abschüssige Weide hinauf, und als er auf zehn Meter von der Hütte entfernt war, rief er.

Es kam keine Antwort. Kein Laut, nur das Gackern der Hühner und das Krächzen einer Elster irgendwo. Joe rief noch einmal.

Noch immer keine Antwort. Und dann, Joe Barchard brach überall der Schweiß aus. Es war ganz klar – Letty quälte sich über die Hügel zu Ben Harper, heulend und händeringend, weil sie nichts dagegen tun konnte.

Joe mochte ihr hinterdrein. Er rannte schnell. Er trug den Hexenring in der Hand, nicht am Finger, und er sprang über den Drahtzaun der Weide und stolperte über den abschüssigen Boden, und einmal strauchelte er und krachte gegen einen alten Baumstumpf, der zu Staub zerfiel, als er auf ihn einschlug, und da wußte er, daß Zauberei am Werke war, um ihn daran zu hindern, Letty zur Hilfe zu kommen. Der Ring war ihm aus der Hand gefallen.

Es dauerte Minuten, bis er ihn wieder gefunden hatte, und Gott weiß, daß er ihn nie wiedergefunden hätte, wenn Falschheit in seinem Herzen gewesen wäre. Er suchte und suchte ihn verzweifelt und sagte dann in

Seelenqual: »Herr, hilf Deinem Diener, denn ich will es nicht für mich tun, denn das einzige Mädchen, das mir wirklich etwas bedeutet, ist Sally. Aber ich bin der Grund, daß Letty verhext werden konnte . . .« Und da war der Zauberring direkt vor ihm, lag für jedermann sichtbar auf dem Boden. Er nahm ihn und steckte ihn auf den Finger, und er rannte.

Er hetzte durch Unterholz, und er hetzte durch Dornengestrüpp. Er kletterte steile Felsen hoch und schlidderte Abhänge hinunter. Er watete hüfthoch durch Senken, wo die Blätter sich gesammelt hatten, und er hangelte sich Felsstürze hinauf, über die Ranken nach unten gewachsen waren. Er kam zu einer Stelle, wo ein Weg zu Ben Harpers Hütte führte. Er trat auf diesen Pfad und rannte.

Nach ein paar hundert Metern sah er Letty. Sie ging den Pfad entlang, das Gesicht in den Händen versteckt, und sie weinte bitterlich. Sie schluchzte so, daß sie fast daran erstickte, und manchmal nahm sie die Hände vom Gesicht, um sie zu ringen. Und sie keuchte: »Ich will nicht dorthin gehen . . . ich gehe nicht . . . ich bleibe stehen, wenn ich diesen Busch erreiche . . . ich werde mich direkt hier hinsetzen und keinen Schritt mehr tun . . .«

Aber sie ging immer weiter, langsam und schwer, und beugte sich vor, wie jemand, der durch Hochwasser watet. Ben Harpers Hexerei war stark!

Dann holte Joe sie ein, keuchend, und er sagte: »Letty!«

Und sie richtete ihren verzweifelten Blick auf ihn, und sie fiel auf den Pfad und verbarg ihr Gesicht, ohne ihn zu erkennen. Und Joe erinnerte sich, daß es in ihrem Herzen stechen und ihr der Atem stocken würde, wenn er ihr näherkam. Niemand konnte Letty berühren, außer dem, der sie verhext hatte. Und sie erkannte Joe nicht. Sie lag am Boden, weinend und bebend, weil sie Joe Burchard mit dem Hexenring am Finger gesehen hatte, und führte sich auf, daß es einen jammerte. So begann Joe klarzuwerden, wie gefährlich es war, diesen Ring zu tragen, aber er ging weiter.

Er rannte vor ihr den Pfad entlang, und er stob durch Gebüsch, und er drückte sich durch Gestrüpp, und da war Ben Harpers Hütte. Und Ben Harper saß auf den Stufen vor seiner Tür.

Seine Augen glitzerten, und der Sonnenschein schien vor ihm zurückzuscheuen, und er war ein starker, stämmiger Mann, und Joe hatte damit gewartet, ihn zu verprügeln, denn Ben Harper ohne Hexerei zu verprügeln, würde ein schweres Stück Arbeit sein. Aber das hier war schlimmer. Joe wußte sofort, daß er ohne den Hexenring überhaupt keine Chance gehabt hätte.

Bens Augen glitzerten und sein Mund geiferte, und er bot einen scheußlichen Anblick. Er hatte dem Herrn den Rücken gekehrt, um in diesem Leben Letty zu besitzen, und er wußte, daß sie auf dem Weg zu ihm war. Er wartete auf seine Belohnung dafür, daß er Hexer geworden war, und es war fürchterlich, mitanzusehen. Aber ganz plötzlich wußte Joe, daß Ben nicht alleine war, denn da, bei ihm, direkt in seinem Leib, mit hämischer Freude über das, was Ben dachte, und alles teilend, was er sah und fühlte und dachte, war da der Teufel. Da war er, direkt in Bens Körper, besaß ihn, und Ben wußte es nicht. Aber Joe wußte es ganz gewiß, und fast tat Ben ihm leid. Also war es Ben, zu dem er sprach.

»Ben«, sagte er, »sieh auf meinen Schatten.«

Ben Harper sah hin, und der Teufel in seinem Leib sah auch hin. Dann kreischte er. Und er sprang auf und stürzte sich auf Joe, wie ein Panther, der in einem Hühnerstall eingesperrt war, sich auf einen Mann stürzen würde, der die Tür öffnete. Der Teufel in Ben Harpers Körper wußte, daß er Macht über jede Kreatur hatte, die einen Schatten wirft, ausgenommen ein Mann oder eine Frau, deren Herz rein ist. Aber er wußte, und Ben wußte es auch, daß die Zeit für Böses und Hexerei auch abgelaufen war, wenn jemand vor ihm stand, der keinen Schatten warf. Und mit dem Hexenring am Finger warf Joe keinen Schatten.

Ben Harper war ein kräftiger Mann, er war nicht so groß wie Joe, aber er hatte breitere Schultern. Seine Beine waren wie Baumstämme, und seine Arme strotzten vor Muskeln. Seine Augen stierten voller Haß, und er fletschte die Zähne wie ein wütender Hund, und er kam keuchend auf Joe zu, um für seine Hexerei zu kämpfen und für seine Schlechtigkeit und seine Freuden, für die er zum Hexer geworden war. Und der Teufel blieb in seinem Leib, um ihm zu helfen. Ben kämpfte um Letty, die weinte und die Hände rang, weil sie sich nicht dagegen wehren konnte, daß sie zu ihm kam. Er kämpfte für den Teufel, wie ein Prediger für den Herrn kämpft, nur daß er mit Fäusten kämpfte und mit Stiefeln und Fingern und Zähnen, beißend und nach den Augen kratzend und Schaum aus dem Mund geifernd, weil er für das kämpfte, wofür er aufgegeben hatte, den Jordan zu überqueren.

Und das war ein Kampf! Hätte der Hexenring nicht so gut auf Joe Burchards Finger gepaßt, Ben hätte ihn heruntergerissen und auf ihn herumgetrampelt, und von Joe wäre rein gar nichts übriggeblieben. Sie kämpften auf dem festgestampften Boden vor Bens Hüttentür, und sie kämpften im Gebüsch hinter der Lichtung. Sie kämpften am Zaun um den Schweinekoben, und sie trampelten ihn nieder, und sie kämpften im Schlamm und Kot, und die Schweine galoppierten quietschend in das Kieferngehölz.

Einmal bekam Ben beide Hände vor Joes Kehle, und die dunklen Schatten ringsum wurden finsterer und schlossen sich um ihn. Aber Joe – dem schon schwarz vor Augen wurde, weil er nicht atmen konnte – gelang es, gerade einen von Bens Fingern zu packen, und er bog ihn zurück und brach ihn, und Ben ließ los.

Und dann standen sie einander gegenüber und schlugen mit den

Fäusten aufeinander ein, keuchten einander ins Gesicht, und ihre Hiebe klatschten dumpf in der Stille, die rundum herrschte. Und Joe spürte, wie ihm die Knie weich wurden, und er sprang vor und packte Ben um die Hüfte und schleuderte ihn zu Boden, und dann schlug er Bens Kopf gegen einen Felsbrocken, der genau dort aus dem Boden ragte, und er hämmerte Bens Kopf dagegen, und er hämmerte und er hämmerte. Und Joe muß von dem Kampf, den er durchgestanden hatte, ziemlich benommen gewesen sein, denn auf einmal hörte er sich keuchend: »Der Herr ist mein Hirte . . .« *Bums!* Das war Bens Kopf auf dem Felsen. »Mir wird nichts mangeln.« *Bumm!* »Er weidet mich auf einer grünen Aue.

Und dann bäumte Ben sich auf und erbebte ganz schrecklich und lag still.

Er war nicht tot, denn er atmete noch, aber seine Augen waren geschlossen und seine Arme waren schlaff, und seine Finger waren geöffnet und locker. Er rührte sich kein bißchen, als Joe schwer atmend aufstand.

Joe sah sich um. Die Sonnenstrahlen beschienen alles hell und klar und rein. Sie schienen auch auf Ben Harper und da war nirgendwo mehr irgendein dunkler Schleier und auch keine Verschwommenheit mehr. Joe hörte die Vögel zwitschern. Er hörte Bens Schweine in der Nähe grunzen, also keuchte er eine Weile und lud sich dann Ben auf und schleppte ihn in seine Hütte, damit die Schweine ihn nicht wie tot dort liegend fanden. Und in der Hütte sah Joe etwas, von dem der Teufel Ben gesagt haben muß, daß er es machen soll, und Joe Barchard fühlte sich ganz krank in seinem Bauch. Aber er trat es in Stücke und warf es in den Herd und schürte die Glut, damit es verbrannte. Und dann wußte er, nach dem, was seine Oma ihm gesagt hatte, daß Ben Harper nie wieder ein Hexer sein konnte, was er auch tun mochte. Also sollte er sich lieber mächtig anstrengen, um den Glauben zu bekommen.

Dann ging Joe aus der Hütte und ging den Pfad hinunter. Er sah Letty Smith davonrennen, über gefallene Baumstämme springen, durchs Gebüsch hetzen, von der Verhexung befreit, juckte und zwackte es sie nicht mehr, und sie brauchte keine Angst mehr zu haben. Und sie weinte noch immer, aber jetzt vor Freude, und sie würde zu jemandes Hütte laufen, vor Glück weinend, und jemanden bitten, sie schnell zu einem Prediger zu bringen, damit sie den Glauben bekommen konnte, und nie mehr so sein würde, wie sie gewesen war.

Joe aber, er eilte zurück zu seiner Oma. Es war ein mächtig harter Kampf gewesen. Wo er keine Schrammen hatte, war er grün und blau. Wo er nicht wund war, tat es ihm weh, und wo es ihm nicht weh tat, hatte er ziemliche Schmerzen. Und er war ganz erschöpft. Aber er mochte zurück zu seiner Oma, und da war etwas, das ihm nicht aus dem Kopf ging. Letty hatte ihn gesehen, und sie hatte aufgeschrien und war hingefallen und hatte ihr Gesicht verborgen. Als Ben Harper ihn sah, hatte er gekreischt und ihn wild verzweifelt angegriffen. Und seine Oma hatte gesagt, daß Joe sich niemals von jemandem, den er liebte, mit den Ring am Finger sehen lassen sollte. Das war eine Sache, über die Joe mehr wissen mußte, wo er doch einundzwanzig war.

Als er zu der Hütte seiner Oma kam, ging er am Brunnen vorbei. Er ging über die Veranda und er trat durch die Tür. Und er wandte sich zum Spiegel, den seine Oma als Beweis und Erinnerung aufgehängt hat, daß sie nie mehr hexen wird. Er guckte in den Spiegel, um zu sehen, was Letty so erschreckt und in Angst versetzt hatte und was Ben Harper so zum Kreischen und Kämpfen gebracht hatte. Er dachte sich, daß er was ziemlich Fürchterliches sehen würde.

Aber er sah rein überhaupt nichts. Er guckte geradewegs durch sein eigenes Spiegelbild und auf die Wand hinter sich. Er war im Spiegel so unsichtbar, wie er in der Sonne keinen Schatten warf. Er stand da und starrte in den Spiegel, der ihn überhaupt nicht zeigte.

Dann sagte seine Oma streng: »Du, Joe! Nimm diesen Ring da ab! Hab' ich dir nicht gesagt, du sollst dich von niemandem sehen lassen, wenn du ihn aufhast?«

Joe zerrte ihn von seinem Finger, und er schluckte. Er drehte sich um. Und da war Sally Walker, die immer noch auf dem Besucherstuhl saß. Joe stöhnte. Er stolperte zu einem Stuhl, und er legte sein Gesicht in die Hände, und ihm war, als müßte er heulen, während seine Oma aufstand, um Lappen und Arnika für die Wunden zu holen, die er bekommen hatte, als er Ben verprügelte. Und Joe hätte wirklich heulen können. Er war einundzwanzig, und er hatte jeden Mann im Umkreis eines Tagesmarsches verprügelt, und er hatte heute nebenbei gegen den Teufel gekämpft, und er hatte gewonnen. Aber Sally Walker hatte ihn mit dem Hexenring auf dem Finger gesehen, und Joe konnte sich an nichts mehr freuen.

Dann flüsterte sie sanft und besorgt in sein Ohr: »Joe, tut's dir irgendwo besonders schlimm weh?«

Er sprang auf. Er sah sie an, und sie sah gar nicht aus, als ob sie Angst vor ihm hätte. Sie sah besorgt aus, aber das war alles. Und Joe fühlte sich so gut, als er das sah, daß er einfach das Bewußtsein verlor.

Der Stock seiner Oma, der neben ihm auf den Boden stampfte, brachte ihn wieder dorthin, wo er war.

»Hah!« sagte seine Oma schnaubend. »Jetzt hast du alle Männer im Umkreis verprügelt und alle Mädchen, bis auf eins, geküßt. Was wirst du jetzt tun?«

Und Joe Barchard grinste von einem Ohr bis zum anderen, und er vergaß ganz seine Schmerzen. Er umarmte Sally Walker und sagte: »Oma, ich denke, ich lasse mich nieder und heirate.«

Und das tat er. Und es dauerte noch lange, bis er mehr über den Hexenring erfuhr. Seine Oma sprach nicht darüber, und Sally wußte nichts, aber es blieb in Joes Sinn. Und eines Tages wurde seine Oma krank, und sie sah triumphierend aus, weil sie ihr Versprechen an Joes Großopa und den Herrn gehalten hatte, und sie wußte, daß sie nun bald den Jordan überqueren würde. So lag sie in ihrem Bett, und Joe sagte: »Oma«, sagte er, »wenn du es mir nicht verrätst, werde ich es nie erfahren, und solange ich's nicht weiß, werde ich daran herumnagen. Als ich diesen Hexenring trug, machte ich Letty Smith und Ben Harper Angst, aber als ich in diesen Spiegel sah, guckte ich durch mein Bild hindurch, und ich konnte mich selbst überhaupt nicht sehen. Wie kommt das?«

Seine Oma grinste ihn an, wie sie da auf ihrem Bett lag und darauf wartete, den Jordan zu überqueren.

»Huh!« sagte sie. »Dieser Ring ist gefährlich, Schatz, weil er macht, daß die Leute dich sehen, wie du wirklich bist. Das ist's, was Letty und Ben Harper gesehen haben. Aber niemand kann sich je selbst sehen, wie er wirklich ist, darum konntest du nicht ein bißchen was sehen!«

Und Joe, er dachte darüber nach, und er sagte: »Aber du und Sally, ihr habt mich mit dem Ring am Finger gesehen, wie ich wirklich bin, und ich habe euch beiden keine Angst gemacht.«

Aber seine Oma schnaubte nur, während sie ihn sanft ansah – genauso sanft, wie Sally das immer tat. Und sie sagte: »Das verstehst du nicht, Schatz. Wir waren doch zwei Frauen, die dich ganz und gar liebten. Darum hat es kein bißchen ausgemacht.«

Und Joes Oma hatte recht. Er verstand es nicht. Nicht bis zu dem Tage, an dem er starb.

Der Sucher in der Festung

Manly Wade Wellman

Manly Wade Wellman war einer der großen Veteranen im Science-fiction-/ Fantasy-Bereich. Seine ersten Geschichten in SF-Magazinen erschienen bereits 1927. Er ist am bekanntesten für seine Geschichten um John den Balladensänger, aber der Großteil seines Werkes besteht aus ausgezeichneten Romanen für jüngere Leser. Seine besten Geschichten finden sich jedoch bei den kürzeren Erzählungen und sind in seinen Sammlungen *Who Fears the Devil?* (1963) und *Worse Things Waiting* (1973). Ein geachteter Historiker des Staates North Carolina, war er immer noch bei bester Gesundheit und Schaffenskraft, als diese Anthologie ursprünglich zusammengestellt wurde. Manly Wade Wellman starb 1985 im Alter von 82 Jahren.

»Der Sucher in der Festung«, eine aus einer Reihe von Geschichten um den letzten Überlebenden von Atlantis, stellt einen Zauberer gegen einen Krieger bei einer spannenden Rettungsmission.

Trombroll, der Hexer, hatte seine Festung in einem runden, schroffen Krater errichtet, ähnlich dem verzierten Stopfen im faltigen Hals eines Weinschlauches. Ringsum reichten die Geröllhalden des Kraters bis an die Mauern. Darüber thronte sie, eine Garbe hoher Türme, auf deren höchsten ein Banner in Rot, Purpur und Schwarz wehte. In der Mitte, tiefer unten, wo die grauen Mauern in die erodierten, grauen Felsen übergingen, befand sich ein großes Doppelportal aus schwarzem Metall. Zinnen und Schießscharten in den Türmen schienen bereit, jederzeit scharfe, spitze Geschosse oder einen rauchenden Schwall kochenden Öles regnen zu lassen. In der Ferne waren höhere Berge, aber keiner nah genug, um von dort aus die Festung bedrohen zu können.

Auf dem Abhang vor dem Tor stand Prinz Feothro von Deribana mit seinen Generälen und Ratgebern und zuckte unter seiner eleganten Rüstung ratlos die Achseln. Die Ebene hinter ihm wimmelte vor Reitern und Fußsoldaten und schweren Kriegsmaschinen. Er hatte gerade erkannt, daß es keine Möglichkeit gab, sie einzusetzen.

»Was kann man tun?« fragte er fast weinerlich hinter den vergoldeten Stäben seines Visiers, und, wie als Antwort, dröhnte eine mächtige Stimme aus einer sprechenden Trompete von den Zinnen: »Seid gegrüßt, Prinz, und gleich auch wieder verabschiedet! Gebt Ihr Eure prinzliche Botschaft einem Unterhändler?«

»So sei es!« rief Feothro zurück.

Geräuschvoll öffnete sich das schwarze Tor. Heraus trat eine Gestalt in kostbarem Zeremonialharnisch und blieb auf halbem Wege stehen.

»Herold bin ich. Im Namen des großen Trombroll spreche ich. Trombroll ist der große Meister der Magie, Wind und Donner kämpfen an seiner Seite.«

»Trombroll hat die Welt lange genug heimgesucht«, entgegnete Feothro unerbittlich. »Er droht mit Hunger und Plagen und verlangt Tribut, um sie zu verhindern. Sage ihm, wir sind gekommen, um dem ein Ende zu setzen. Die vereinten Kräfte von Deribana und Varlo sind hier versammelt, und sie haben geschworen, Trombrolls Schreckensherrschaft zu beenden. König Zapaun von Varlo, der mich wie ein Vater unterstützt, hat mir seine dreimalschöne Tochter, Prinzessin Yann, zur Frau versprochen. Trombroll möge zum Kampf herauskommen.«

»Warum sollte er?« fragte der Herold. »Wir haben Brunnen mit Wasser, Vorratslager mit Verpflegung. Und wir haben außerdem dieses Musterexemplar weiblicher Schönheit bei uns; Prinzessin Yann höchstpersönlich!«

»Prinzessin Yann!« schrie Feothro. »Ihr lügt!«

»Werft einen Blick nach oben, wo unser Banner weht.«

Alle sahen hinauf. Zwei Krieger waren zu sehen, und zwischen ihnen eine schlanke Gestalt in rotem Gewand. Sie verschwanden alsbald wieder.

»Das war Yann . . .« stotterte Feothro. »Wie ist es möglich . . .«

»Trombrolls fähige Kundschafter unterrichteten ihn von Eurem Angriffsplan und auch davon, daß Prinzessin Yann zu Euch gebracht werden sollte. Ein Hinterhalt wurde gelegt, und sie wurde hierher gebracht.« Der Herold machte eine wirkungsvolle Pause. Dann fuhr er fort: »Prinz Feothro, Ihr seht, wie aussichtslos Eure Lage ist. Wenn Ihr uns angreift, wenn Ihr versucht, durch diesen einzigen Eingang in die Festung zu gelangen, wird die Prinzessin eines elenden Todes sterben, der in diesem Augenblick ganz speziell für sie entworfen wird. Das möchtet Ihr ihr gewiß nicht antun. Wir geben Euch Zeit bis zum morgigen Sonnenaufgang, um mit Euren Heerscharen abzuziehen.« Damit wandte er sich um und verschwand im Tor, das sich hinter ihm schloß.

Feothro rief ein halbes Dutzend Götter an und hoffte, wenigstens einer würde ihn erhören. »Wir müssen etwas tun!« jammerte er zu seinen Heerführern neben sich. »Tut etwas! Ich befehle es!«

»Tut *was?*« fragte ein Untergebener in silberner Rüstung, nicht sonderlich einfallsreich.

Wenn Feothro darauf eine Antwort wußte, was sehr unwahrscheinlich ist, so gab er sie jedenfalls nicht. Er sah zwei Lanzenträger einen Fremden herbeiführen.

»Mein Prinz«, meldete einer der beiden, »dieser Mann lungerte hier und da herum, schnüffelte bei den verschiedenen Truppenteilen, und fragt man ihn, lacht er nur.«

Feothro musterte den Fremden mit – wie er hoffte – furchteinflößendem Blick. Der Mann war so groß wie er selbst, hatte aber breitere Schultern, eine kräftigere Brust und schmalere Hüften. Er trug staubige Sandalen und einen abgetragenen blauen Kittel mit weißen Punkten. An seinem Gürtel hing ein langes Schwert und über seiner Schulter eine goldverzierte Harfe. Sein melancholisches Gesicht war von einer schwarzen Mähne umrahmt.

»Zweifellos einer von Trombrolls Spionen!« knurrte Feothro.

Der Mann schüttelte den Kopf. »Nein, ich kam gerade vorbei, sah Eure Armee versammelt und wollte wissen, was im Gange ist.«

»Auf der Suche nach Ärger, nicht wahr?«

»Ich suche nie nach Ärger. Den gibt's überall.«

»Wie heißt du und woher kommst du? Und lüge nicht mehr als unbedingt unvermeidlich.«

Er grinste, und seine weißen Zähne blitzten auf: »Ich bin Atlanter.«

»Die erste Lüge«, sagte Feothro vorwurfsvoll. »Atlantis ist untergegangen, und alle Atlanter mit ihm.«

»Außer mir«, erklärte der andere leichthin. »Ich bin weggespült worden, fand eine zerbrochene Tür als Floß, wurde an Land geschwemmt und bin seither auf Wanderschaft. Mein Name ist Kardios.«

Ein Heerführer beugte sich zu Feothro. »Mein Prinz, ich habe den

Namen schon gehört. Man spricht viel über ihn als von einem Abenteurer, der sich mit Monstern einläßt.«

Feothro musterte den Fremden von neuem. »Wenn es stimmt, daß du nur hergekommen bist, um zu sehen, was wir vorhaben, was dann?«

Kardios hob die Schultern, und die Saiten seiner Harfe sangen leise. »Ich habe von Eurem Problem gehört. Trombroll trotzt Euch in seiner Festung, und Ihr wagt nicht anzugreifen, denn Ihr fürchtet für Eure Prinzessin. Vielleicht kam ich im rechten Moment, um Euch zu helfen?«

»Dann weißt du, daß wir ihr Tor nicht stürmen können: Wie würdest du die Belagerung angehen?«

»Das ist eine gute Frage«, meinte Kardios und benutzte diese Wendung wohl zum ersten Mal in der Geschichte der Welt. »Ich zögere mit der Antwort, denn, wie Ihr wißt, könnten Trombrolls Spione uns hören. Vielleicht würde ich nicht wirklich eine Belagerung empfehlen?«

»Wenn du Prinzessin Yann unversehrt herausbringst, was verlangst du als Belohnung?« fragte Feothro nicht sehr elegant, »wenn es dir nicht gelingt . . .«

»Oh«, unterbrach ihn Kardios, »wenn ich zurückkomme, habe ich sie bei mir. Kann ich jetzt gehen?«

»Geh nicht weiter, als das Heer reicht«, befahl Feothro, »nicht außer Sicht der Festung.«

»Natürlich!« Kardios machte auf dem Absatz kehrt und ging zwischen den bewaffneten Kompanien den Hang hinunter.

Dabei nahm er seine Harfe in die Hand und schlug ihre Saiten an. Er erfand die Worte, die er so leise sang, daß nur er selbst sie hören konnte:

Die Feste ist stark, die Feste ist mächtig,
Ihr Tor ist schwarz wie Sünde,
In Trotz und Widerstand zeigt sie sich prächtig,
Daß man nicht den Eingang finde.

Das gefiel ihm, und er spielte und sang es mehrmals, während er weiterzog, jenseits von Feothros Belagerungsheerscharen. In einigem Abstand folgten die beiden Lanzenträger, die offensichtlich beauftragt waren, ihn im Auge zu behalten. Am Fuße des Abhanges bog Kardios ab, um die andere Seite der Festung sehen zu können: Keine Tore, nur weitere Schießscharten und Schlitze, durch die Pfeile, Speere und Lanzen geschossen werden konnten. Kardios lächelte. Wieder griff er in die Saiten seiner Harfe:

Die Mysterien hier sind des Bösen beste,
Die Menschen hüten sich davor,
Doch niemals hört' ich von einer Feste,
Mit nur einem einz'gen Tor.

Irgend etwas rührte sich neben seiner Sandale, und er sah nach unten. Ein Frosch saß da, ein kleiner, grüner Frosch. Kardios nickte ihm zu. »Danke, kleiner Bruder«, sagte er. »Du hast vielleicht ein Problem gelöst.«

Der Frosch sprang in ein grünes Gestrüpp, die einzige Vegetation, die Kardios in dem steinigen Krater gesehen hatte. Er kniete sich davor und untersuchte das verflochtene Geäst.

Die Erde war feucht. Kardios blickte sich um und sah, daß seine Verfolger zu den hohen Türmen hinaufstarrten. Schnell schlüpfte er ins Dickicht. Gebückt kroch er den Weg entlang, den der Frosch ihm gezeigt hatte.

Tatsächlich stieß er auf eine Art Tunnel, aus dem ein dünner Rinnsal rieselte. Er war nicht zu eng für seine Schultern. Als er auf allen vieren hineinkroch, sah er einen schwachen Lichtschein am anderen Ende. Er arbeitete sich mühsam voran. Der Tunnel war mehrmals so lang wie er selbst. Schließlich gelangte er in einen senkrechten Schacht, in den gelbes Licht fiel. Kardios gratulierte sich selbst. Der Tunnel hatte ihn in einen der Brunnen geführt, von denen er Trombrolls Herold hatte prahlen hören.

Der Schacht war mit feuchten, glatten Steinen ausgekleidet, und hinaufzuklettern wäre selbst für einen geschickten Kletterer wie Kardios ein gefährliches Wagnis gewesen. Aber dann entdeckte er ein Seil, das herunterbaumelte. Wahrscheinlich hing ein Eimer daran. Kardios nahm sein Schwert und angelte damit das Seil in greifbarer Nähe. Prüfend zog er daran. Vielleicht könnte es sein Gewicht tragen? Es mußte! Er steckte das Schwert zurück, griff das Seil mit beiden Händen und hängte sich daran.

Stück für Stück arbeitete er sich höher. Manchmal fand sein Fuß Halt in einer Ritze in der Steilwand.

Es war nicht sehr weit bis oben. Er erreichte den Brunnenrand, zog sich hinauf und starrte in die weit aufgerissenen Augen eines stämmigen Mannes mit aufgedunsenem Gesicht.

»Was tust du in dem Brunnen?« fragte dieser ihn herausfordernd.

»Hat man dir nichts gesagt, du Trottel?« entgegnete Kardios. »Auf Geheiß unseres Meisters Trombroll gehe ich Nachrichten von unseren Belagerern besorgen. Komm, hilf mir heraus.«

Eine dicke Hand packte ihn am Handgelenk, und Kardios sprang heraus auf die Steinfliesen. Über ihnen spannte sich das fackelbeleuchtete Gewölbe eines Kellers.

Der Mann sah Kardios mißtrauisch an.

»Ich kenne dich nicht«, sagte er, »du gehörst nicht zur Besatzung.«

»Ich bin Trombrolls Chefspion, du Dummkopf!« fauchte Kardios ihn an. »Aber du kannst mir helfen. Sieh mal in den Brunnen, was ich unserem Meister für einen Schatz mitbringe, dort unten ans Seil gebunden.«

Der Mann beugte sich über den Brunnenrand, Kardios packte ihn an Hand- und Fußgelenk und warf ihn kopfüber in den Schacht. Er fiel so schnell, daß er nicht einmal Zeit hatte zu schreien. Er platschte nur tief unten ins Wasser.

Kardios sah sich im Keller um. An den rohen Wänden waren lederne Fackeln aus harzigem Holz befestigt. Er sah Behälter und Gefäße und Regale, gefüllt mit Vorräten, Reihen großer Tonkrüge randvoll mit Öl, andere mit Wein. Dies war also eine von Trombrolls gefüllten Speisekammern.

Kardios tauchte seine Hand in einen Weinkrug, dann noch einen und noch einen, und trank schließlich genußvoll vom besten. Dann brach er einen Laib Gerstenbrot und biß hinein. Dazu fand er einen riesigen Blaukäse, von dem er ein Stück schnitt und es mit dem Brot verzehrte. Gestärkt ging er den Ausgang suchen.

Er fand eine schwere, eisenbeschlagene Tür. Sie war verschlossen.

»Bist du das, Smar?« fragte jemand von der anderen Seite. »Deine Runde dauert noch eine ganz Weile, bis ich dich rauslasse!«

»Ich brauche Hilfe, Freund. Smar ist in den Brunnen gefallen.«

»Wer dort?«

Kardios hörte den Schlüssel im Schloß knirschen. Die Tür schwang nach innen auf, und Kardios verbarg sich dahinter. Ein gepanzerter Wächter kam mit gezücktem Schwert herein. Kardios schloß die Tür mit einem Fußtritt, zog sein eigenes Schwert und hielt dessen Spitze an die haarige Kehle des Wächters.

»Ein Laut oder eine falsche Bewegung, und du bist für immer außer Dienst!« warnte Kardios. »Wirf das Schwert fort. Danke. Also, wo sind wir hier?«

»Wo sonst, als in Trombrolls unterstem Keller?« würgte der Wächter hervor.

»Der unterste Keller, hm? Was ist darüber?«

»Die Wachstube und da drüber die Versammlungshalle. Noch höher die Verteidigungsanlagen, und oben Trombrolls Gemächer.«

Kardios' Schwert glänzte, und der Wächter schielte schwitzend darauf.

»Wieviel Mann in der Wachstube?«

»Nicht einer«, sagte sein Gefangener. »Keiner im Moment.« Er lächelte beinahe.

»Eine unbewachte Wachstube?« fragte Kardios stirnrunzelnd.

»Kein Mann ist dort. Keiner.«

»Du würdest so was Verrücktes nicht sagen, wenn nicht ein Quentchen Wahrheit daran wäre«, entschied Kardios. »Dreh dich um!«

Der Wächter gehorchte. Kardios öffnete die Verschlüsse des Panzerhemdes und zerrte es ihm vom Leib. Dann nahm er dem Wächter den Helm ab und stülpte ihn sich selbst über den Kopf. »Leg die Hände auf den Rücken!« Kardios fesselte dem Wächter die Handgelenke mit dessen eigenem Gürtel und machte einen Knebel aus der Dolchscheide des Gürtels. Den Schlüsselbund nahm er an sich.

»Ich töte nicht, wenn's nicht sein muß. Ich lasse dich leben, wenn du dich, sagen wir: eine Stunde still verhältst«, sagte Kardios und öffnete vorsichtig die Tür. Sie führte auf einen aus großen Steinblöcken gemauerten Gang, ebenfalls von Fackeln beleuchtet und menschenleer. Er schloß die Tür hinter sich wieder.

Draußen zog er sich das Panzerhemd an. Es war zu weit, aber das war immer noch besser als zu eng. Ohne die Tür zu verriegeln, machte er sich auf.

Stufen führten hinauf ins Dunkel, und Kardios stieg hoch. Oben war eine weitere verschlossene Tür. Er fand den passenden Schlüssel und gelangte in die Wachstube, wo sich, wie man ihm versichert hatte, zu dieser Zeit kein Mann aufhielt.

Es war ein hoher, quadratischer Raum. Entlang der Wände und an den Balken befanden sich Gestelle mit Waffen aller Art: Reihenweise Schilde mit Trombrolls grellen Farben Rot, Purpur und Schwarz; Lanzen steckten bündelweise in Haltern, Schwerter hingen in Ähren wie glänzendes Suppengemüse; Ballen von Panzerhemden, wie Kardios jetzt eines trug; Stapel von Helmen mit Haarbüscheln und Federn. Wenn Trombroll ausreichend Gefolge hatte, um alle diese Waffen zu tragen, war seine Festung gut besetzt.

Mehrere Lampen beleuchteten einen großen, schwarzpolierten Tisch, an dem auf Bänken und Hockern nicht Männer, sondern Frauen saßen, junge Frauen. Ein Dutzend etwa, reizvoll angetan mit goldverzierten Rüstungen und glitzernden Helmen, die ihre blühenden Gesichter einrahmten. Waffen hatten sie auch, Krummschwerter und kurzstielige Äxte. Ein Mädchen hielt eine kräftige, polierte Stange in der Hand, an der an einer Kette eine mörderische, mit Stacheln bewehrte Kugel hing. Sie erhob sich von ihrem Hocker. Groß war sie und ebenmäßig gestaltet, ihre blauen Augen blitzten stolz.

»Wache, hast du vergessen, daß ohne Trombrolls Befehl niemand hier eindringen darf?« Sie sah ihn herausfordernd an. »Wir kennen Euresgleichen und Eure ganz und gar nicht soldatischen Beweggründe. Nenne deinen Auftrag, wenn du einen hast, und verschwinde!«

»Und sei froh, wenn du heil wieder herauskommst!« meinte eine andere, fast so groß und mindestens so schön. Die Rüstungen mochten die Mädchen im Kampf zwar ziemlich gut schützen, aber weniger vor bewundernden Blicken. Angriffsbereit hielten sie die Waffen in wohlgeformten Händen.

»Soll ich gehen, bevor ich Euch ein Lied singe?« fragte Kardios mit dem betörendesten Lächeln, das er zustandebrachte. Er nahm seine Harfe und schlug die Saiten an. Er hoffte, die Worte würden ihm einfallen.

»Eine jede im Harnisch, klug und kühn,
Kampflustig, mit Schwert und Speer:
Die strahlend-stolze Kriegerin,
So hold und schön und hehr.

Er hielt den Reim nicht für besonders gelungen, aber sein Publikum war begeistert. Sie applaudierten stürmisch.

»Wunderbar!« rief die, die ihn als erste angesprochen hatte. »Wir langweilen uns hier so! Aber wir kennen dich nicht, oder? Wie heißt du, Harfenspieler?«

»Nennt mich Kardios.«

»Wenn ich dich Kardios nenne, dann nenn du mich Elwa. Ich bin Unteroffizier dieser Wachtruppe. Wir sind hier, weil Trombroll keine Männer einsetzen will, um Prinzessin Yann zu bewachen. Er fürchtet, sie würden sich in sie verlieben und ihr zur Flucht verhelfen, obwohl ich nicht einsehe, warum.«

»Prinzessin Yann?« fragte Kardios, als habe er den Namen noch nie gehört, »ich bin neu hier in der Festung . . .«

»Und willkommen, uns jedenfalls!« rief eines der Mädchen.

»Ich wußte nicht, daß sie hier in der Wachstube ist.«

»Wir würden dich einen Dummkopf nennen, wenn du nicht so gut aussehen und so schön singen würdest«, erklärte Elwa mit einem Lächeln. »Wie geht dein Lied weiter? Da ist doch sicher noch mehr!«

»Natürlich«, sagte Kardios, der schon an eine zweite Strophe gedacht hatte. Sanft griff er in die Saiten und sang:

»Und wer die Stirn ihr zu bieten sich wollte erfrechen,
Der hätte nicht im mindesten Glück:
Ein tödlicher Pfeil, ihr zärtliches Lächeln,
Ein Schwerthieb, ihr betörender Blick.«

Noch mehr Beifall, weit mehr, als Kardios seine Leistung wertfand. Die Mädchen drängten sich um ihn wie Tauben an einer Handvoll Brotsamen. Ihr Lächeln und ihren zärtlichen Blicke mochten leicht die Voraussage bestätigen, von der er gesungen hatte. Elwa goß Wein aus einem verzierten Krug in eine Silbertasse.

»Trink, Kardios«, sagte sie und reichte ihm den Becher. »Ich glaube, ich kann erraten, warum du gekommen bist – du wolltest wissen, ob wir wirklich so begehrenswert sind, wie man behauptet.«

Er trank. Der Wein war besser als der im Keller. »Noch weit begehrenswerter!« beeilte er sich zu versichern.

»Mehr als Yann im Käftig dort drüben?« Sie zeigte zum rückwärtigen Ende des Saales. Hinter Gitterstäben, die aus Gold geschmiedet schienen, lauerte etwas, jemand. Kardios machte einen Schritt in der Richtung.

»Nein!« warnte Elwa und hielt ihren dreschflegelartigen Streitkolben gegen seine Brust. »Trombroll will nicht, daß irgendeiner seiner Männer sie anschaut oder mit ihr spricht. Wenn wir dich töten müßten, würde uns das bekümmern, aber wir hätten keine andere Wahl.«

»Was mich wirklich nicht dazu ermutigt, mit ihr sprechen zu wollen«, erklärte Kardios, der sich wieder gesetzt hatte und vom Wein trank. »Natürlich, wenn Trombroll mich hier finden würde ...«

»Wir werden dafür sorgen, daß er dich nicht findet«, sagte eines der Mädchen, dessen Rüstung unbequem eng auf ihrem schlanken, gebräunten Körper zu sitzen schien. »Sing uns noch etwas, langweilig ist's hier und öd.«

»Langweilig ist's und öd«, wiederholte Kardios mit seinem gewinnenden Lächeln. »Das ist wie Poesie, mein Schatz. Ich widme dir dieses Lied.« Er ließ die Saiten klingen und sang:

»Ist Trombroll weise, wie man sagt,
Und so schlau wie viele meinen voll Neid?
Warum scheint's dann, daß Trombroll entsagt,
All dieser herrlichen Lieblichkeit?

Warum hockt er nur in seinem Turm?
Wenn er hier eintreten kann?
Mitten in diesen Blütensturm –«

Drei laute Schläge dröhnten von der Decke über ihren Köpfen.

»Er kommt«, zischte Elwa. »Schnell, Kardios, hier, hinter die Mäntel!« Sie drängte ihn in eine Ecke hinter einen vollbehängten Kleiderständer. Kardios sah eine spinnenhafte Gestalt wie an einem unsichtbaren Seil von einer Falltür in der Decke herabgleiten. Die Mädchen sahen hinreißend aus in Habacht-Stellung.

»Was ist von meiner Gefangenen zu melden?« fragte eine Stimme, dumpf und träge wie gluckerndes Wasser unter dem Schnee.

»Sie verhält sich still, sagt kein Wort, edler Lord Trombroll«, gab Elwa zur Antwort.

»Ich hole sie zu einer wichtigen Unterredung«, krächzte Trombroll.

Vorsichtig zwischen den Mänteln hindurchspähend, musterte Kardios den Hexer. Trombroll steckte vom Hals bis zu den Zehen in einer höchst bizarren Rüstung: Sie bestand aus mattbraunem Metall und war über und über mit häßlichen Stacheln und Spitzen besetzt. Selbst seine Panzerhandschuhe waren voller Dornen. Kein vernünftiger Mensch würde sich auf einen Ringkampf mit ihm einlassen!

Nur sein Gesicht war frei, und nach Kardios' Meinung hätte Trombroll gut daran getan, das auch zu verstecken. Seine Nase stand hervor wie einer der Stacheln seiner Rüstung, unter dem breiten, schmallippigen Mund war ein so fliehendes Kinn, als habe er gar keines. Dafür standen die Brauen weit hervor. Sein schulterlanges, glanzlos-graues Haar wurde von einem Haarnetz zusammengehalten, das prunkvoll mit vielfarbigen Edelsteinen bestückt war. Trombrolls fahle Krokodilsaugen starrten zum Käfig am hinteren Ende des Raumes.

»Bringt sie heraus!« befahl er.

Zwei der Hübschesten eilten gehorsam zu dem Verschlag. Mit einem großen Schlüssel öffnete die eine die Käfigtür. Nach kurzem Wortwechsel zerrten die beiden Kriegermädchen die Gefangene an den Handgelenken heraus. Sie brachten sie vor Trombroll.

Kardios erkannte sofort, warum Elwa und die anderen so herabsetzend von Yann gesprochen hatten. Sie war zierlicher als das kleinste der Kriegermädchen und viel hübscher als die hübscheste. Ihr flammenrotes Gewand schmiegte sich kleidsam um ihren zarten Körper. Das üppige schwarze Haar trug sie schwungvoll hochgebürstet wie zwei Flügel, und ihre großen, blauen Augen blickten Trombroll verachtungsvoll an.

Er lachte schrill. Mit seiner gepanzerten Hand hielt er sie am Kinn. Kardios dachte an einen Seeigel auf einer rosa Muschel.

»Prinzessin«, sagte der Hexer, »der Dummkopf, der behauptet, daß Ihr ihm versprochen seid, lungert dort draußen herum und weiß nicht, ob er bleiben oder gehen soll. Es wäre sehr unhöflich, Euch hier eingesperrt zu lassen, während Ihr wartet, daß er sich entscheidet. Ich möchte Euch etwas Unterhaltung anbieten.«

»Laßt mich bitte gehen!« sagte sie mit einer Stimme, die, so dachte Kardios, bestimmt wundervoll singen konnte. Sie zuckte vor Trombrolls stacheliger Gestalt zurück.

»Ich wage es, Euch von dem Gegenteil zu überzeugen. Wartet, bis Ihr seht, was oben für Euch vorbereitet ist.«

Er nahm sie beim Ellbogen. »Entspannt Euch. Ich halte Euch«, sagte er. »Auf geht's!«

Und damit erhob er sich in die Luft und trug Yann mit sich. Wie Blätter im Wind verschwanden sie durch die Falltür in der Decke. Die Kriegermädchen starrten hinter ihnen her und merkten nicht, daß Kardios aus seinem Versteck gekommen war.

»Was Trombroll bloß an ihr findet? Ich verstehe das nicht!« Als Elwa sich umwandte, sah sie Kardios. »Ist in Ordnung. Er ist weg.«

Kardios sah zu der Deckenöffnung hinauf. Sie war mit einem einfachen Deckel verschlossen. »Wo bringt er sie hin?«

»Keine von uns weiß das«, erklärte Elwa. »Seine Gemächer sind hoch über uns – diese Wachstube hier ist im Keller der Festung, und die Türme reichen hoch, hoch hinauf.«

»Würd' ich gerne sehen«, meinte Kardios, trat seinen eroberten Helm beiseite und schüttelte das Kettenhemd ab.

Bewundernd starrten sie auf seinen muskulösen Oberkörper. »Rüstungen sind so sperrig«, sagte eine, »sollen wir unsere auch ablegen?«

»Wenn mich meine Pflicht nicht riefe, wäre das höchst angenehm«, lachte Kardios und sprang behende auf den Tisch. Die Falltür war um Armeslänge über ihn. Mit der Spitze seines Schwertes drückte er gegen die Klappe, die nachgab und sich öffnen ließ. Bleiches Licht schien herein. Er steckte sein Schwert in die Scheide zurück und sicherte die Harfe auf seinem Rücken.

»Liebreizende Damen«, sagte er, »stundenlang bliebe ich bei euch, riefe mich nicht meine Pflicht, aber . . .«

Damit sprang er hoch, packte mit einer Hand den Rand der Öffnung, zog sich kraftvoll hinauf und fand Halt mit der anderen Hand. Er hörte, wie sie den Atem anhielten, während er sich hinaufarbeitete, bis er ein Knie auf den Lukenrand bringen konnte. Er war oben und verschwand aus ihrer Sicht.

Er befand sich in einem riesigen Raum, groß wie eine Arena.

Während er sich aufrichtete, erwartete er halbwegs, daß irgendeine gewaltige, abscheuliche Kreatur über ihn herfallen würde. Aber er war völlig allein auf dem nackten, weiten Fußboden, mit fahlen Wänden in einiger Entfernung um ihn herum und hoch hinauf zur Decke, wo Licht schimmerte. Keine Spur von Trombroll und Yann. Er sah sich um.

Auf der Wand, die ihm am nächsten war, entdeckte er eine diagonal verlaufende Zackenlinie, eine geländerlose Treppe, die bis zur Ecke, über die nächste Wand und die nächste bis hoch oben verlief und in einen tunnelartigen Gang zu münden schien. Er sah keinen anderen Ausgang aus dem riesigen Saal.

Kardios ging zur Treppe. Seine Schritte hallten laut durch den leeren Saal. Er hoffte, daß niemand ihn hörte. Die Stufen waren aus Stein gehauen und so schmal, daß nur einer Platz darauf hatte. Sollte ihm jemand begegnen, würden sie nicht aneinander vorbeikommen. Er begann zu steigen, den Boden tiefer und tiefer unter sich lassend. Kardios machte sich Sorgen, wie er die Aufgabe, die er so bereitwillig übernommen hatte, würde lösen können.

Er hielt sich möglichst nah an der Wand, den Blick starr auf die Stufen gerichtet, so daß er die vier bewaffneten Männer, die hintereinander die Treppe herunterkamen, erst wahrnahm, als sie kurz über ihm waren. Sie trugen seltsame Waffen, die sowohl als Schwerter als auch als Äxte dienen konnten.

»Wer bist du?« schnauzte einer ihn an. »Wie lautet die Losung?«

»Die Losung ist unwichtig. Ich habe einen Spezialauftrag. Ich muß Trombroll eine Nachricht bringen.«

»Er ist nach oben gesegelt, in seine Privatgemächer«, sagte ein anderer, »ich glaube, er hatte jemanden bei sich. Wie heißt deine Nachricht?«

»Nichts für Untergebene«, behauptete Kardios.

»Wir kennen unsere Befehle«, polterte der Stämmige mit dem Stoppelbart, der als erster gesprochen hatte, »und dich kennen wir nicht.« Er kam mit ausgestreckter Hand ein paar Stufen herunter. »Gib dein Schwert. Du bist verhaftet, bis du dich ausgewiesen hast.«

»Verhaftet mich, wenn ihr es wagt!« Kardios zog sein Schwert.

Dröhnendes Lachen. »Du Dummkopf! Wir sind vier gegen einen!«

»Nicht zu viele, mein Freund«, sagte Kardios und, schnell wie eine Schlange, jagte er ihm das Schwert zwischen die Panzerschuppen seiner Rüstung.

»Nur noch drei«, kommentierte Kardios, als er sein Schwert aus der Brust des schweren Mannes zog, der in die Tiefe stürzte.

Die anderen kamen näher. Sie konnten nicht nebeneinander auf der Treppe stehen. Der vordere focht mit Kardios, während der zweite versuchte, kniend an seinem Kollegen vorbei, Kardios zu erwischen. Das machte Kardios' Lage kaum schwieriger. Er wehrte einen Hieb des Aufrechtstehenden ab und zielte auf den Knieenden. Dann rammte er sein Schwert in den Bauch des anderen. Eng an die Wand gerückt, ließ er beide in die Tiefe stürzen.

»Und nun sind wir einer gegen einen«, blinzelte er den Übriggebliebenen an. »Ich hielt es nie für ein ernsthaftes Hindernis.«

Doch der Mann hatte drei seiner Kameraden in kaum mehr als drei Atemzügen sterben sehen. Er wandte sich um und floh die Stufen hinauf. Kardios folgte ihm mit blutverschmiertem Schwert.

Wo die Stufen um die Ecke führten, war eine Tür. Der Fliehende stieß sie auf, hetzte hindurch wie ein verängstigter Hase und schlug sie hinter sich zu. Als Kardios zu der Stelle kam, konnte er kaum erkennen, wo die Öffnung gewesen war. Es gab weder Knauf noch Klinke, und auch mit dem Schwert konnte er nichts ausrichten. Er wandte sich wieder zur Treppe, die ihm hier noch schmaler schien, und er vermied es, nach unten zu blicken.

Da war plötzlich eine Bewegung in der weiten Leere des Raumes. Kardios riskierte einen Blick.

Dort flog etwas, weiß und wollig, etwa so groß wie ein Mensch. Mit ausgebreiteten Flügeln segelte es hin und her. Plötzlich machte es einen eleganten Bogen und schoß auf Kardios zu. Es hatte eine Art Gesicht mit glänzenden, schwarzen Augen und Schlappohren wie ein Esel. Als es näher kam, sah Kardios, daß es auch Krallen hatte, an den Füßen und an den knochigen Flügelenden.

Es schoß auf ihn zu wie eine Fledermaus auf ein Insekt. Kardios duckte sich schnell und kniete sich mit einem Knie auf die nächste Stufe. Das Wolltier schlug hart gegen die Wand, wo Kardios noch gestanden hatte. Es stieß einen schrillen Schrei aus. Fauliger Gestank stieg Kardios in die Nase. Das Flugtier rappelte sich mit plumpen Flügelschlag auf, und Kardios bemerkte eine Blutspur quer über dessen buschiger, weißer Brust. Es wendete und griff von neuem an.

»Du lernst langsam, nicht wahr?« rief Kardios. Er drückte sich fest gegen die Wand und hielt sein Schwert vor sich.

Das Tier flog auf ihn zu und fletschte seine messerscharfen Zähne. Mit einem Biß konnte es sicher einen Arm oder ein Bein durchtrennen. Den Kopf weit vorgestreckt, schoß es näher.

Und Kardios hieb ihm den Kopf vom Rumpf wie ein Schnitter das Korn mit der Sichel. Blut spritzte ihm ins Gesicht.

Kardios rieb sich seine blutverschmierten Wangen sauber, während er dem seltsamen Tier nachsah, das plump in die Tiefe taumelte. Er fragte sich, was das wohl gewesen sein mochte, woher es kam und warum. Aber dann sagte er sich, daß es nicht viel Sinn hatte, darüber nachzudenken, und er stieg weiter.

Die Treppe wurde noch enger und steiler. Jedenfalls kam es ihm so vor, was schließlich auf das gleiche hinauslief. Er kam sich vor wie eine Spinne, die an einem Felsspalt entlangkrabbelt. Nach der nächsten Ecke führte die Treppe über die nächste Wand. Über ihm leuchtete die Decke. Wenn er hinaufsah, wurde er geblendet. Er stieg höher und höher. Noch eine Ecke. Drei Ecken. Er war auf der letzten Etappe des Aufstiegs. Jetzt war er nicht mehr weit vom Ausgang aus diesem schwindelerregenden Abenteuer.

Ein Rumpeln von oben. Ein faßgroßer Steinzylinder rollte und hüpfte auf ihn zu. Es gab nur eine Möglichkeit. Als die rumpelnde, rollende Masse ihn fast erreicht hatte, sprang er in die Höhe und ließ sie unter sich hindurchrollen. Fast hätte er das Gleichgewicht verloren, als er wieder landete, doch er ließ sich auf die Knie und eine Hand fallen, und die Steinwalze donnerte in den Abgrund.

Kardios war sofort wieder auf den Füßen und rannte ohne zu zögern die letzten Stufen hinauf und in den dunklen Gang. Eine Gestalt hockte dort, die sich hastig zur Flucht wenden wollte, doch Kardios erwischte sie am Nacken. Heftig schleuderte er seinen Gefangenen gegen die Wand und hielt ihm die Spitze seines Schwertes an die Kehle.

»Hattest du den Auftrag, mich zu töten?« fragte er mit leiser Stimme. »Ein Mucks, und du bist dran!«

»Nein! Nicht!« schrie der andere. Es war der Überlebende des Quartetts, das Kardios beim Aufstieg herausgefordert hatte. »Gnade! . . . Du mußt jemand von großer Kraft und Macht sein. Ich bin nur ein armseliger Diener Trombrolls.«

»Da hast du recht. Du hast den unglücklichsten Tag deines Lebens gewählt, um Trombrolls Befehle zu mißachten.« Und er kitzelte ihn mit der Schwertspitze an der Kehle.

»Welche Befehle?«

»Jetzt gibst du auch noch zu, daß du nachlässig warst und nicht genau zugehört hast. Ich komme mit einer lebenswichtigen Nachricht von draußen und muß sie Trombroll überbringen. Er verließ die unteren Etagen, bevor ich ihn erreicht hatte, aber er muß mein Kommen angekündigt haben.«

Er hat es vielleicht dem Unteroffizier gesagt, den du auf der Treppe getötet hast. Ich bin nur ein niederer Wächter, ich dachte, du bist ein Eindringling. Ich ließ den Fliegenden Schrecken auf dich los, und dann versuchte ich, dich von hier oben mit dem rollenden Stein zu erschlagen.« Er zitterte erbärmlich. »Wie du dein Schwert handhabst! Du mußt jemand von Bedeutung sein. Ich bitte um Gnade.«

Kardios ließ ihn los. »So sei es, wenn du Vertrauen verdienst. Bringe mich zu Trombroll!«

»Zu Trombroll?« Der Mann winkte erschreckt ab, besann sich dann aber: »Ja. Aber ich gehe nicht mit hinein. Ich kann es nicht wagen, seine Aufmerksamkeit auf mich zu lenken.«

»Dann bring mich zu seiner Tür«, befahl Kardios. »Wenn du das schnell und höflich tust, kann ich vielleicht ein gutes Wort für dich einlegen, wenn euer schlechtes Benehmen mir gegenüber zur Sprache kommt.«

Der Mann führte ihn einen Gang entlang. An der gewölbten Decke glitzerten kleine Lichtpunkte. Zu beiden Seiten zweigten mehrere Gänge ab, doch sein Führer ging geradeaus eine Rampe hinauf bis zu einer großen Tür aus dunklem, undefinierbarem Material ohne Knauf oder Klinke.

»Hier sind Trombrolls Gemächer«, sagte der Wächter, »aber wieso weißt du das nicht?«

»Natürlich weiß ich es, aber ich wollte prüfen, ob du es weißt«, gab Kardios frech zurück. »Geh jetzt wieder auf deinen Posten. Wenn du ohne deine drei Kollegen einsam bist, hast du vielleicht Zeit, über die Sache nachzudenken.«

Erleichtert trottete der Mann davon. Kardios untersuchte die Tür, um herauszufinden, nach welcher Seite sie sich öffnete. Er fand keine Scharniere. Er untersuchte den Rahmen und entdeckte schließlich einen schmalen Schlitz zwischen Tür und Boden. Er zwängte seine Finger hinein, und die Tür gab nach oben nach. Sie hob sich fast so geräuschlos wie ein Vorhang. Dahinter herrschte mildes Dämmerlicht. Kardios trat ein und schloß die Tür hinter sich.

Zunächst glaubte er sich in einem Hain oder einem Wäldchen. Dann sah er, daß all die Bäume Stämme aus emaillierter Bronze waren und goldene, smaragdübersäte Blätter trugen. Unter seinen Sandalen knirschte der Kies aus Rubinen. So geräuschlos er konnte, schlich er zwischen den Bäumen hindurch auf einen Lichtschein zu. Im Schutz des künstlichen Laubes blieb er stehen und blickte in einen großen, hell erleuchteten Raum.

Der Saal war so reich geschmückt, daß man am Geschmack seines Besitzers zweifeln konnte. Kardios vermochte nicht zu erkennen, woraus die Wände bestanden, denn sie waren über und über mit Stickereien und Teppichen behängt. Die Deckenbalken, jeder aus einem anderen seltenen Edelholz, waren geschnitzt und hochglänzend poliert. Der Boden bestand aus hellweißem Stein, in den in feinster Intarsienarbeit Sterne, Spiralen und Kreise eingelegt waren. Genau in der Mitte stand ein Tisch, der offensichtlich aus einem einzigen grünen Edelstein geschnitten war – falls es sich um einen Smaragd handelte, dann war dies der größte Smaragd der Welt! Ein köstliches Mahl war auf goldenen und silbernen Tellern und Schalen angerichtet. Trombroll und Prinzessin Yann saßen einander auf goldverzierten Bänken gegenüber.

Kardios beobachtete zunächst Prinzessin Yann. Aus der Nähe war sie noch unendlich viel schöner, als sie ihm in der Wachstube erschienen war. Mit zarter, weißer, ringgeschmückter Hand hielt sie ihr Gewand über dem Busen zusammen. Das Licht warf blauschimmernde Reflexe auf ihr volles Haar, und ihre Augen blitzten voll Verachtung für Trombroll.

Dieser hatte seine stachelige Rüstung abgelegt und trug ein üppig verziertes Hemd über enganliegenden Hosen. Seine Beine sahen lächerlich dünn und krumm aus. In einer Hand hielt er ein goldbraun geröstetes Hühnerschenkelchen und sah Yann unverwandt an.

»Ihr solltet etwas essen Prinzessin, damit Ihr bei Kräften bleibt. Das Mahl ist köstlich«, meinte er kauend. »Im übrigen solltet Ihr Vernunft annehmen. Ich mache Euch ein großzügiges Angebot. Feothro, der Dummkopf, weiß, daß er sein Heer abziehen muß, um Euer Leben zu retten. Wenn Euer Leben gerettet ist«, sagte er grinsend, »müßt Ihr entscheiden, was Ihr damit anfangt.«

»Ihr seid phantastisch«, ließ Yann ihn wissen.

»Stimmt.« Trombroll verneigte sich. »Das ist mein Metier. Ich bin eine prominente Größe in meinem Beruf, respektiert und gefürchtet, wo immer man mich kennt. Meine Festung ist mit Reichtümern gefüllt und mächtig genug, um Euren Vater, Zapaun von Varlo, zu überzeugen, daß ich der geeignete Schwiegersohn bin. Ich selbst bin Euch sehr zugetan. Wir passen zusammen.«

Sie wandte ihr hübsches Gesicht ab.

»Betrachtet mich ohne Vorurteil!« drängte Trombroll und biß in die Hühnerkeule. »In jüngeren Jahren galt ich als gutaussehend. Heute nennen mich viele eindrucksvoll.«

»Ihr seht aus wie ein Ameisenfresser«, entgegnete Yann kalt.

»Um Euch zu gefallen, legte ich meine Rüstung ab . . .«

»Ihr legtet sie ab, weil Ihr nicht fürchtet, daß einer Eurer Leute hier eindringen und Euch töten könnte.« Dabei sah sie Kardios an. »Wenn einer käme, würdet Ihr vor Angst schreien.«

»Ich legte meine Rüstung ab, weil ich Euch umarmen möchte, ohne Eure zarte Haut zu verletzen. Warum seht Ihr mich nicht an?«

Yann starrte auf Kardios. Dann blinzelte sie ihm zu wie einen Komplizen.

»Begrüßt Euren Henker, Trombroll!« sagte sie strahlend.

Mit gezogenem Schwert trat Kardios hervor. Trombroll sprang auf und schnellte herum.

»Ich habe beobachtet, wie er sich angeschlichen hat, Trombroll«, erklärte Yann triumphierend. »Jetzt werde ich zuschauen, wie er Euch tötet.«

Mit verzerrtem Gesicht schimpfte Trombroll: »Schon wieder so eine Verschwörung! Ich habe einen treuen Diener, dem muß ich nur Zeichen geben . . .«

»Ihr habt keinen Diener zur Hand«, erwiderte Kardios, »sonst wäre einer an der Tür gewesen. Und selbst wenn da einer wäre, würdet Ihr nicht lange genug leben, um ihn auf Euren Ruf hin reagieren zu sehen. Diese Angelegenheit erledigen wir am besten unter uns dreien!«

»Ich kenne dich nicht, du mußt einer der Unbedeutendsten aus meinen Garnisonen sein, und einer der Unwissendsten«, sagte Trombroll. »Die Männer halte ich in Entfernung. Der Diener, auf dessen Treue ich vertraue, ist nicht von deiner Art.«

Er schnippste mit den Fingern. Unter dem Smaragdtisch wälzte sich eine zottige Masse hervor. Kardios fragte sich, ob dies ein Wolf, ein Tiger oder ein großer Affe war. Eine graue, verzerrte Fratze mit widerlich dunklen Zähnen, ein muskulöser Körper unter zottigem, schwarzem Fell. Es stellte sich schwerfällig auf die Hinterbeine und war so groß wie Kardios, allerdings weit stämmiger. Es kam mit erhobenen Pranken auf ihn zu.

»Ich kann mich auf ihn verlassen«, erklärte Trombroll.

»Kann er sich auf Euch verlassen?« fragte Kardios.

Er trat einen Schritt vor und hob das Schwert. Die Bewegung ließ die Saiten der Harfe auf seiner Schulter leise klingen. Das seltsame Tier hielt inne und starrte ihn mit kleinen rosa Augen an.

»Wenn du Musik liebst, ist es mir wirklich zuwider, das tun zu müssen!« sagte Kardios. Mit einer schnellen Bewegung hieb sein Schwert eine tiefe Wunde in die zottige Schulter. Das Biest zuckte mit einem schrillen Schmerzensschrei zurück.

Trombroll schnippte zweimal mit den Fingern, und sein grotesker Diener griff unerwartet behende wieder an.

Kardios wich seitwärts aus und schlug zu. Sein Schwert drang tief in den flachen Schädel, und das Wesen sackte schwer zu Boden, zuckte und blieb reglos liegen. Kardios sah zu Trombroll und Yann. Yann lächelte, als applaudiere sie nach dem Genuß gelungener Musik. Trombroll richtete sich auf.

»Ich bin überrascht, daß er deinem Schwert nicht widerstanden hat.«

»Er war völlig schutzlos gegen einen schneidenden Hieb«, bestätigte Kardios.

»Irgend etwas an dem Zauber, der ihn vor dir schützen sollte, hat versagt«, meinte Trombroll, während er langsam sein Schwert zog. »Ich werde mich selbst besser schützen!« Er salutierte mit dem Schwert.

»Sollen wir der Lady etwas vorkämpfen?«

»Das es sie zu erfreuen scheint«, stimmte Kardios zu und kreuzte seine Waffe mit Trombrolls.

Dann begann ein heftiges, schnelles Gefecht. Kardios dachte an das Kettenhemd, das er voreilig abgelegt hatte. Sein Schwert schien an Trombroll abzugleiten, der kaum parierte, sondern angriff. Kardios konterte, Trombroll stach, Kardios wich aus.

»Ha!« rief Trombroll, in einem Ausfall vorschnellend. Kardios lenkte die Spitze geschickt ab und verlängerte kraftvoll seinen Stoß. Auch dieser glitt ab. Trombroll grinste ihn an.

»Ein ganz unbedeutender Zauber, mein armer, dummer Gegner!« spottete er, »hält Metall von mir ab.«

Yann schaute gebannt zu. Wenn sie sich Sorgen um Kardios machte, war es ihr jedenfalls nicht anzusehen.

»Wenn Ihr so gut geschützt seid, warum fürchtet Ihr dann Eure Gefolgsleute?« fragte Kardios und tänzelte in eine gute Position.

»Sie kennen den Zauber und könnten etwas anderes versuchen als Schwert oder Axt.« Er grinste wieder und leckte sich mit spitzer Zunge über die dünnen Lippen. Plötzlich riß er die Arme in die Luft und rief: »Schlag zu, an die Kehle, wenn du willst!« Kardios stieß präzise zu, glitt ab wie an einem unsichtbaren Schild und konnte gerade noch Trombrolls Gegenschlag parieren.

»Ihr befindet Euch tatsächlich unter magischem Schutz«, erlärte Kardios. »Ich gratuliere.«

Er ließ sein Schwert fallen, das klingend neben dem toten Zotteltier landete.

»Gratulieren kannst du, aber nicht kapitulieren. Ich glaube, die gnädige Hoheit möchte mehr Blutvergießen sehen. Ich werde es vergießen, selbstverständlich!«

»Überhaupt nicht selbstverständlich!« entgegnete Kardios und glitt nach links. Trombroll wechselte ebenfalls die Position, so daß der zottige Körper zwischen ihnen lag.

»Jetzt!« sagte er und trat einen Schritt vor, während er den Arm ausstreckte. Kardios schlug das Schwert mit der flachen Hand beiseite und sprang auf Trombroll zu. Der wich zurück, trat in eine Blutlache und glitt aus. Kardios' rechte Hand sauste wie ein Beil in Trombrolls Nacken. Es gab ein Geräusch wie ein splitternder Stock. Yann schrie überrascht und beifällig auf. Trombroll schlug kopfüber zu Boden und blieb so reglos liegen wie sein erschlagener Diener.

Kardios rieb sich die Hand, mit der er zugeschlagen hatte. Dann bückte er sich nach seinem Schwert und wischte mit einer bestickten Serviette das Blut von der Klinge.

»Das war eine Kleinigkeit«, sagte er ruhig. »Der Zufall kam mir vielleicht zur Hilfe, aber dennoch eine Kleinigkeit. Sein Zauber schützte ihn nur vor Metall. Meine Hand ist aus Fleisch, Blut und Knochen.«

Mit weit aufgerissenen Augen starrte Yann ihn an. »Du hast ihn getötet«, flüsterte sie.

»Ich töte sie jedesmal, wenn ich so schlage«, entgegnete Kardios, »es bricht ihnen das Genick.«

»Du warst großartig!« sagte sie. »Du – aber ich weiß nicht einmal deinen Namen.«

»Kardios«, antwortete er. »Wir können jetzt gehen. Aber laßt uns ein Andenken für Prinz Feothro mitnehmen.«

Er schubste Trombrolls Körper auf die Seite, holte das Schwert hervor und trennte damit den Kopf vom zersplitterten Genick.

»Aha«, sagte Kardios, »sein Zauber starb mit ihm.« Er bückte sich nach dem Schädel, aber Yann kam ihm zuvor. »Laß mich«, bat sie und packte ihn an den grauen Strähnen. »Es ist ein Vergnügen, ihn anzusehen ohne seine abscheulichen Avancen anhören zu müssen! Wie kommen wir hier heraus?«

»Es kann nicht so weit sein bis zum Tor. Wir müssen ja nicht bis in die Keller zurück.«

Er nahm sie am Arm, der unter seiner Berührung zitterte. Sie fanden eine Tür zu einem Treppenhaus. Auf halber Treppe kam ihnen ein bewaffneter Wächter entgegen. Kardios griff nach seinem Schwert, doch der Mann glotzte fassungslos auf Trombrolls Schädel in Yanns Hand.

»Er ist tot?« rief er, »Trombroll ist tot!«

»Ja, er ist mausetot«, versicherte Kardios ihm. »Wenn dich das glücklich macht, um so besser!«

Der Wächter rannte die Treppe hinunter. »Habt ihr gehört?« schrie er, »Trombroll ist tot, wir sind frei! Er kann uns nichts mehr anhaben und all' die Schätze, die wir für ihn eingetrieben haben, gehören uns!«

Ein Freudengebrüll dröhnte herauf. Der Wächter wandte sich um und winkte Kardios.

»Dir verdanken wir alles!« strahlte er Kardios an. »Komm, such dir etwas in den Schatzkammern aus!«

»Ich danke dir. Ich muß die Lady zu ihren Freunden bringen, die draußen auf sie warten.«

Sie durchquerten einen großen Saal, und zu beiden Seiten sah Kardios durch die offenen Türen die Krieger glücklich in den kostbarsten Schätzen wühlen.

»Ihr seid sicher einer der größten Helden der Welt«, meinte Yann voll Bewunderung. »Ohne Sinn für Gefahr, ohne Sinn für Reichtum. Gibt es irgend etwas, das ich Euch gewähren könnte, womit ich Euch belohnen könnte?« Sie lächelte ihn verheißungsvoll mit ihrem zauberhaftesten Lächeln an.

»Prinzessin, als ich Feothro verließ, war er schon halb entschlossen, seine Mannen abzuziehen«, drängte Kardios, »wenn wir uns nicht beeilen, ist er vielleicht schon fort.«

»Feothro?« wiederholte Yann, als sei ihr der Name nicht geläufig.
»Dort vorne scheint das Tor zu sein.«

Sie fanden es mit einem mächtigen Eisenträger verschlossen, den Kardios aus seiner Halterung hob. Mit dem Fuß trat er einen Flügel des Tores auf und führte Yann hinaus in die späte Nachmittagssonne.

Als sie Seite an Seite heraustraten, waren Myriaden von Augenpaaren auf sie gerichtet: Feothros Heer wartete in der Ebene am Fuße des Burgbergs, die Truppen der Speerkämpfer, die Reiterschwadronen, die Kompanien mit Belagerungsausrüstung.

Alle starrten zu ihnen hinauf. Und dann erhob sich ein wilder Beifallsturm, der Himmel und Erde erbeben ließ.

Kardios begleitete Yann die Auffahrt hinunter.

Prächtige Offiziere folgten ihnen und fragten neugierig nach den Geschehnissen. Kardios gab in knappen Worten einen Bericht darüber, wie er in die Festung eingedrungen war und Trombroll vernichtet hatte.

»Seine Männer sind führerlos zurückgeblieben und können ohne ihn weder planen noch handeln. Ihr könnt sie überwältigen, noch ehe sie mit all dem Plunder auf und davon sind.«

»Eure Hoheit«, richtete sich ein junger Offizier an Prinzessin Yann, »unser gnädiger Prinz Feothro wird überglücklich sein, Euch gerettet zu sehen.«

»Ich werde die Prinzessin zu ihm geleiten«, erklärte Kardios und führte sie in die angegebene Richtung.

Feothro kam ihnen in unwürdigem Laufschritt entgegen, ein paar Generäle folgten ihm auf den Fersen. »Yann, meine Angebetete!« tremolierte er mit weit ausgebreiteten Armen.

Yann warf ihm Trombrolls Schädel vor die Füße. »Kardios, darf ich dir Feothro vorstellen?«

»Kümmere dich nicht um Kardios, mein Liebling!« sagte Feothro. »Du und ich, wir haben uns wieder . . .«

»Kardios«, wollte Yann sich an ihn wenden. Doch Kardios war verschwunden.

»Ich will Kardios,« sagte Yann, gewöhnt, daß alle ihre Wünsche erfüllt werden.

Feothro verzog das Gesicht. Die Generäle hörten gebannt zu.

»Was möchtest du von Kardios, mein Schatz?« fragte er.

»Er hat mich gerettet«, antwortete sie. »Allein hat er mich gerettet, allein gegen die ganze Festung dort. Er tötete Trombroll, und ich weiß nicht, wie viele andere. Findet ihn. Ich will ihn!«

Feothro versuchte, sie bei der Hand zu nehmen. »Dieser Kardios ist doch nur ein vagabundierender Abenteurer, er hat nicht einmal eine Heimat. Das Königreich Atlantis ist im Meer versunken.«

»Er soll ein neues Königreich bekommen«, sagte Yann herrisch, »mein Vater, Zapaun von Varlo, wird ihn als Schwiegersohn willkommen heißen. Er wird der schönste Mann am Hofe sein. Alle anderen Frauen werden mich beneiden.« Sie drehte Feothro den Rücken zu. »Wo ist er hingegangen? Bringt ihn her!«

Feothro blickte die indiskreten Zuhörer finster an.

»Ja, bringt Kardios her!« rief er plötzlich schrill. »Ich habe ein Wörtchen mit ihm zu reden, nur ein Wörtchen! Und dann holt den Henker!« Seine Stimme überschlug sich. »Meine Leibwache soll ihn fangen!«

Unter der einfallenden Dämmerung entstand hastige Unruhe. Rufe schallten hin und her, Befehle und Fragen – umsonst.

Kardios war schnell zwischen den Truppenlagern hindurchgeeilt und um den Kraterabhang herum verschwunden. Die einfallende Dunkelheit kam ihm zu Hilfe und er ließ die aufgeregten Rufe der Verfolger schnell hinter sich. Sonst genoß er die Bewunderung schöner Frauen unverhohlen, aber in diesem Falle zog er es vor zu verschwinden, denn Feothros Reaktion konnte sogar ihn, Kardios, in eine mißliche Lage bringen.

Weit im Osten tauchte glitzernd der Mond am Horizont empor. Kardios lenkte seine Schritte in diese Richtung, denn er hatte kein anderes Ziel als fort von Yann und Feothro, die ihn beide aus sehr unterschiedlichen Gründen suchten.

Hexenbesen und Knallbonbon

Rufus King

Der verstorbene Rufus King (1893–1966) war einer der bedeutenderen Autoren in den amerikanischen *Pulp*-Magazinen seit den zwanziger Jahren. Obwohl er in erster Linie ein Kriminalschriftsteller war, verfaßte er auch Stories für viele andere Genre-Publikationen. Am besten in Erinnerung geblieben sind seine Romane über Lieutenant Valcour, einen New Yorker Detektiv frankokanadischer Herkunft. King schrieb mehr als zwanzig Kriminalromane, ebenso wie vier sehr gute Storysammlungen, deren letzte, *The Faces of Danger,* 1964 erschien. Er arbeitete auch als Bühnenautor und schrieb unter anderem den Text für *Murder in the Vanities,* eine Musical-Komödie mit Musik von John Green, die 1933 in New York uraufgeführt wurde.

Als Alice Wickershield neun Jahre alt wurde und noch an all die Wunderwelten der Kindheit und ihre phantastischen Bewohner glaubte, gab eine alte Dame ein Geburtstagsfest für sie, von der sie fest annahm, diese sei eine Hexe.

Oft bemerkte Alice zu ihrer besten Freundin Elsie Grunwald: »Die Spitze von Mrs. Fleurys Nase berührt fast ihr Kinn, das ist ein untrügliches Zeichen.«

Und Elsie, die etwa gleich alt war, aber in bezug auf Märchen keine Illusionen mehr hatte, antwortete sachlich: »Das kommt daher, daß sie kein Gebiß anziehen will.«

Die Angelegenheit wurde dann fallengelassen, bis irgendein neues Ereignis Mrs. Fleury wieder verdächtig machte. Natürlich brachte die Tatsache, daß Mrs. Fleury die Gastgeberin des Geburtstagsfestes war, ihre zugeschriebene Zauberkraft wieder ins Gespräch.

Alice lebte allein mit ihrem Vater (ihre Mutter war tot) in einem Haus in Halcyon an der Küste von Florida nördlich von Miami. Die Nachbarn auf der einen Seite waren die Grunwalds mit ihrer einzigen Tochter Elsie, die Alices beste Freundin war. Auf der anderen Seite lebte die ›Hexe‹ in ihrem altmodischen, von einer Galerie umgebenen Haus, das von tropischen Pflanzen überwuchert war.

Das Geburtstagsfest fand Ende Juni statt, zu Beginn der Ferien, und begann schon kurz nach zwölf Uhr mit kleinen Wettbewerben unter den Palmen und den Feigenbäumen, die dem Garten Schatten spendeten. Anschließend gab es eine Preisverteilung und, oh Wunder, jedes Kind hatte etwas gewonnen, und danach ein großes Essen, das im Patio serviert wurde und wo Mrs. Fleurys Hexenkünste einsetzten, die elf Jahre später Alices Schicksal bestimmten.

Der Nachtisch war von einer lokalen Firma speziell nach Mrs. Fleurys Wünschen hergestellt worden. Es war die köstlichste Eiscreme in Formen tropischer Fische verschiedener Farben und Geschmacksrichtungen, die auf einer Woge von Zuckerwatte schwammen. Auf jedem Tellerrand lag ein Knallbonbon, das *Peng!* machte, wenn man an beiden Enden kräftig zog und das einen Papierhut, ein Spielzeug und einen kleinen Papierstreifen mit einer Weissagung für die Zukunft enthielt.

»Kinder«, sagte Mrs. Fleury, während diese Versuchungen vor den Kindern aufgebaut wurden, »ich werde euch jetzt auf eine harte Probe der Selbstkontrolle stellen . . . Jefferson Hollingsworth, leg das Knallbonbon wieder hin, bis du gehört hast, was ich euch sagen will.«

»Jetzt kommt *es*«, flüsterte Alice ihrer Freundin Elsie zu, »sieh dir ihr Kinn an.«

Mrs. Fleury wartete, bis Jefferson Hollingsworth, ein hübscher Bengel mit kastanienfarbenen Augen, widerstrebend sein Knallbonbon neben die Pistazien- und Himbeereisversion eines Karpfens gelegt hatte.

»Ich möchte jeden meiner kleinen Gäste bitten, sein Knallbonbon mit nach Hause zu nehmen und nicht auseinanderplatzen zu lassen, bis ihr euch an einem entscheidenden Punkt in eurem Leben befindet. Wie ihr wißt, steckt in den Knallern ein gedruckter Spruch, eine Weissagung, und ich wünsche euch, und ganz besonders Alice, deren Geburtstag wir heute feiern, daß die Botschaft euch durch eine zukünftige Krise helfen möge, das Richtige zu entscheiden.«

»Sie verlangt verdammt viel von den Kindern«, meinte Harold Grunwald zu seiner Frau Sidonia, nachdem Elsie von der Party zurückgekommen war und die Geschichte erzählt hatte. »Ich glaube, sie hat nicht alle Tassen im Schrank.«

»Nun«, lachte Sidonia, »für Elsie war es jedenfalls zuviel verlangt. Wo sie ihre Intelligenz her hat, möchte ich wissen. Sie hat jedenfalls eine plausible Krise aus dem Nichts gezaubert.«

»Ihre Intelligenz hat sie natürlich von mir. In ihrem Alter beherrschte ich das Morsealphabet, weil ich ein internationaler Spion werden wollte, und letzten Monat habe ich das Thema erwähnt, worauf Elsie beschloß, wie Mata Hari zu werden, und inzwischen kann sie sechs Worte pro Minute morsen. Alice ist ihr Partner.«

»Ach, darum klopfen die beiden dauernd auf Sachen herum und sehen dabei so abwesend aus.«

»Das ist es. Und was war das für 'ne plausible Krise?«

»Nun, daß Elsie ihr Knallbonbon schon geöffnet hatte, noch ehe sie zu Hause war. Sie behauptete, daß das reichhaltige Essen bei der Party eine Gallenkrise hervorgerufen hätte, und so holte sie ihre Weissagung hervor.«

»Und was war die prophetische Lösung? Magnesiumcitrat?«

»Nein, ein ziemlich gruseliges Zitat von Shakespeare. *Öffnet euch, Türen, wer immer klopft!*«

»Was ist daran so gruselig?«

Sidonia, die bei weitem gebildeter war als ihr Ehemann (sie hatte einen Magister in Anglistik am Barry College gemacht), sagte: »Es ist nur ein Stück von einem Zitat, aus dem Zusammenhang gerissen.«

»Und wie heißt es vollständig?«

»Es heißt: *Das Prickeln in meinem Daumen sagt mir, etwas Böses kommt des Wegs. Öffnet euch, Türen, wer immer klopft!*«

Mr. Grunwald, den die Angelegenheit zu langweilen begann, weil er an seiner Vogelvoliere weiterbauen wollte, meinte: »Ach, dieser ganze Aberglaube ist doch albern.«

»Ich weiß nicht, ich weiß ehrlich nicht, Hal. Manchmal frage ich mich.«

Zwei Wochen später verschwand Elsie ohne jede Spur, während sie angeblich auf der von Kletterpflanzen überwachsenen Veranda des Grunwaldschen Hauses an einem Ballkleid für ihre Lieblingspuppe nähte.

Mit Ausnahme von Alice waren alle Kinder dem gleichen Impuls wie Elsie gefolgt und hatten ihre Knallbonbons aufgerissen, hatten die kleinen Weissagungszettel gelesen, eine Weile mit den bunten Papierhüten gespielt, den kleinen Spielsachen, und hatten am Ende alles in den Papierkorb geworfen und vergessen.

Nicht so Alice.

Alice glaubte noch immer an das Wunderbare und hatte ihr Knallbonbon in ihre Schatzkiste, einen mit Weihnachtspapier beklebten Karton, neben ihr Tagebuch, einen getrockneten Pilz, den Elfen als Sonnenschirm bevorzugten, und andere ihrem Herzen wertvolle Dinge gelegt.

Natürlich wurde Alice als ihre engste Freundin besonders geduldig und intensiv befragt, nachdem Elsie »fortgegangen« war – diese Formulierung hatten die Erwachsenen für die geeignetste gehalten, um die grausige Realität zu verstecken. Alice ertrug die Befragungen mit stoischer Ruhe und brach nur einmal zusammen, als sie Mrs. Grunwald fragte, ob sie das Ballkleid von Elsies Puppe behalten dürfe, das Elsie zuletzt genäht hatte, als Erinnerung an sie.

»Aber Elsie kommt doch wieder, Liebes«, behauptete Sidonia und nahm alle ihre Willenskraft zusammen, um die Tränen der Verzweiflung zurückzuhalten.

»Bestimmt nicht, Mrs. Grunwald. Sie ist von Mrs. Fleury verzaubert worden, und das ist ihr Ende.«

»Verzaubert?« Sidonia griff das Wort auf, als läge darin ein Schlüssel, das Geheimnis um ihr verlorenes Kind zu lösen. »Was meinst du mit verzaubert?«

»Mrs. Fleury ist eine Hexe, und Elsie war ungehorsam, indem sie ihr Knallbonbon aufgemacht hat, obwohl sie es nicht sollte, und Bauchschmerzen sind keine Krise.«

Alice durfte das Puppenkleid mitnehmen, in dem noch die Nadel steckte und der ungebrauchte Faden. Sie wickelte das limonadenfarbene Satinkleidchen um ihr eigenes Knallbonbon, denn die beiden Dinge schienen ihr irgendwie zu dem gleichen magischen Feld zu gehören, und tat sie in ihre Schatzkiste, wo sie für einige Jahre liegen blieben.

Als Hal Grunwald an jenem Abend nach Hause kam – er hatte diesen zweiten Tag nach Elsies Verschwinden bei der Polizei verbracht – erzählte Sidonia ihm, was Alice über Mrs. Fleury gesagt hatte, und daß sie sie für eine Hexe hielt. Hal ging an die Decke.

Dann ließ er sich hundemüde in einen Stuhl fallen und hielt sich den Kopf mit beiden Händen. »Mein Gott, Sid, du hörst dir kindisches Geplapper an, während wir Himmel und Hölle in Bewegung setzen, um sie zu finden.«

»Ich höre mir jede Art von Geplapper an, wenn ich hoffen kann, etwas zu erfahren. Was wissen wir schließlich über Mrs. Fleury?«

»Wir wissen, was sie uns erzählt hat.«

»Genau das meine ich. Unsere Freunde kommen von überall her, und wir wissen nichts über sie, außer dem, was sie uns über sich selbst erzählen.«

Sidonia, die sich mit übermenschlicher Anstrengung über die letzten tragischen Tage und Nächte unter Kontrolle hatte halten können, begann hysterisch zu werden, und ihre Stimme klang hoch und schrill.

»Unsere Bediensteten prüfen wir«, fuhr sie fort, »lassen uns Referenzen vorlegen, wir verlangen sogar ein polizeiliches Führungszeugnis! Und unsere Freunde? Wir lassen unsere Kinder zu ihnen, und wir haben keine Ahnung, wer sie sind. Mrs. Fleury! Aus Cleveland, sagt sie, verwitwet, ihr Ehemann hinterließ ihr ein Vermögen, wir lächeln und nehmen es hin. Alice behauptet, sie sei eine Hexe, und du lachst. Das Urteil eines Kindes mag wahrer sein als unser eigenes. Sie könnte alles Mögliche sein. Kinderaugen sehen Dinge klarer, nicht durch den Nebel höflicher, gesellschaftlicher Konventionen.«

»Sid, hör auf, bitte. Wir werden das Ganze durchstehen, ohne auf schwarze Magie zurückzugreifen.«

In jener Nacht kam die Lösegeldforderung.

Alice hatte mit wachsamen Kinderohren alle Einzelheiten, die sie aus Gesprächen zwischen ihrem Vater und seinen Feunden hatte aufschnappen können, zu einem Gesamtbild zusammengefügt. Fünfzigtausend Dollar Lösegeld waren bezahlt worden, doch Elsie war nicht zurückgekommen.

»Kann sie nicht«, sagte Alice zu Sidonia, als sie sich zufällig an der Hibiskushecke trafen, die die beiden Grundstücke trennte. »Sie kann nicht nach Hause kommen, weil sie tot ist.«

»Liebes, sag doch so was nicht. Denk' doch so was nicht!« Sidonia zwängte sich durch die Hecke, kniete nieder und packte Alice fest am Arm. »Du mußt mir sagen, ich flehe dich an, Alice, du mußt mir alles sagen, was du weißt! Weißt du etwas? Etwas Wirkliches?«

»Hexen sind wirklich.«

Sidonia musterte das Kind prüfend und gequält. Von Unsicherheiten gemartert, fragte sie sich, ob der schicksalsschwere Spruch aus dem Knallbonbon etwas mit dem Verschwinden ihrer Tochter zu tun hatte.

»Du glaubst fest daran, Alice, nicht wahr?«

»Es ist gefährlich, nicht daran zu glauben.«

»Dann zerstöre es. Verbrenne dein Knallbonbon. Geh gleich hin und verbrenn es.«

»Das geht nicht.«

»Warum nicht?«

»Weil die Zeit noch nicht gekommen ist.«

Die Macht der öffentlichen Meinung war so stark, daß Mrs. Fleury sie von allen Seiten zu spüren bekam, und zwar in einem Ausmaß, das sie beschließen ließ, ihr Haus zu verkaufen und Halcyon zu verlassen.

Die Kinder lauerten ihr auf und riefen ihr aus sicherer Entfernung nach: »Hexe, Hexe, Hexe!« Und die Erwachsenen ihres Freundeskreises waren steif und künstlich, wenn sie ihr begegneten.

Sogar die Polizei prüfte, was sie während der Zeit, wo Elsie auf der Veranda nähte, getan hatte. Die Nachforschungen wurden außerordentlich diskret betrieben und die Öffentlichkeit nicht offiziell informiert; doch es war bald allgemein bekannt, daß Mrs. Fleury ein hieb- und stichfestes Alibi hatte. Sie war den ganzen Nachmittag in Halcyons renommiertesten Schönheitssalon gewesen, um sich die Haare und ihr Gesicht pflegen zu lassen.

In Alices Augen war das Alibi überflüssig für eine Hexe, die ja bekanntermaßen mit ihren Astralfähigkeiten ohne weiteres an zwei Orten gleichzeitig sein konnte, und sie ließ dies ihre Kinderfreunde wissen, die demzufolge ihre Verfolgungen der alten Dame verschlimmerten, statt sie zu unterlassen.

Mrs. Fleury konnte sich nicht wehren, sowenig wie sie mit Fäusten gegen die unsichtbaren Dämpfe eines Sumpfes sich hätte wehren können. Glücklicherweise fand sie in Dr. Jessup Hollingsworth einen willigen Käufer für ihre Villa, dessen Adoptivsohn Jefferson derjenige war, der bei der Geburtstagsparty am voreiligsten nach dem Knallbonbon gegriffen hatte.

Dr. Hollingsworth war vor über einem Jahr nach Halcyon gekommen und lebte mit seinem Sohn in einem luxuriösen, doch sterilen Strandhotel. Der Doktor hatte das Pensionsalter erreicht und wollte sich zur Ruhe setzen.

»Ich möchte Wurzeln schlagen«, sagte er zu Haidee Glosser, der Immobilienmaklerin der Stadt. »Nicht so sehr meinetwegen, sondern wegen Jefferson. Der tragische Tod meiner Frau machte es unmöglich, in unserem New Yorker Heim zu bleiben.«

»Das kann ich verstehen«, murmelte Miß Glosser voller Mitgefühl, während sie schon kalkulierte, wieviel Kommission sie für die Vermittlung des Fleuryschen Besitzes einkassieren konnte.

Innerhalb einer Woche war der Handel beschlossen. Mrs. Fleury zog an die Westküste und ließ sich in St. Petersburg nieder, das, zumindest von den Bewohnern Floridas aus gesehen, so weit weg war wie der Mond.

Und Alice fand einen neuen Freund.

Sie und der junge Jeff Hollingsworth waren Schulkameraden in der Grundschule und Nachbarn, und außerdem schmilzt mit neun Jahren das Eis schnell.

»Wie fühlt man sich, wenn man adoptiert ist?« fragte Alice bei einer ihrer ersten Begegnungen als neue Nachbarn.

»Da ist nicht viel zu fühlen«, gab Jeff zurück.

»Was ist mit deiner adoptierten Mutter passiert?«

»Stiefmutter.«

»Ach ja, Stiefmutter. Danke.«

»Nicht der Rede wert. Sie wurde von einem fahrerflüchtigen Autofahrer umgefahren, kurz nachdem meine Adoptionspapiere geregelt waren. Ich weiß nur noch, wie sie aussah.«

»Wie sah sie aus?«

»Wie irgendwer.«

»Was willst du werden, wenn du groß bist, Jeff?«

»Botaniker.«

»Warum?«

»Weil Pflanzen und Bäume und Blumen wichtig sind. Sie können wie Leute sein, nur netter. Ich habe Blätter und Exemplare von fast allem, das hier wächst. Ich habe sie getrocknet und zu allen dazugeschrieben, wo ich sie gefunden habe.«

»Bist du jemals Elfen begegnet, wenn du sie gesammelt hast?«

»Nein.«

»Glaubst du an Elfen, Jeff?«

»Vielleicht.«

Im Verlauf der Kinder- und Jugendzeit schlossen die beiden sich enger zusammen, und nur Sidonia Grunwald versuchte, ihre gegenseitige Zuneigung zu dämpfen.

Sidonia hatte niemals aufgegeben und wollte sich auch nicht – wie sehr Hal sie auch bat – in das Unvermeidliche fügen. Elsie war fort, doch sie beide hatten noch ein Leben zu leben.

»Sie ist nicht tot«, sagte Sidonia jedesmal, »sie ist irgendwo.«

Ja, dachte Hal dann, Elsie war irgendwo, und er hatte die Vision ihrer kleinen Knochen, die irgendwo in den Everglades oder in einem tiefen See oder Fluß Jahr um Jahr bleicher wurden.

»Ich kann es mir nicht aus dem Kopf schlagen«, würde Sidonia dann heftig sagen, »daß jenes Grundstück, daß jene Frau etwas damit zu tun habe.«

»Ich wünschte, du würdest aufhören, nachts dort herumzuschleichen. Ich weiß, daß du das nachts tust, und abgesehen davon, daß es Dr. Hollingsworth belästigt, ist es auch nicht gesund, Sid.«

»Mit einem leeren Herzen kann man nicht gesund sein.«

Ihre fixe Idee war die Basis für ihre Reaktion auf die Beziehung zwischen Alice, die sie innig liebte, weil ihr etwas ihrer verlorenen Elsie anhaftete, und dem jungen Jeff. Sidonia war wirklich verstört und fühlte sich ständig zu dem Fleurygrundstück (sie nannte es noch immer so) hingezogen, und es stimmte, was Hal sagte, daß sie dort herumschlich und zwischen den üppigen Pflanzen herumsuchte, besonders bei Vollmond.

Sie war überzeugt, daß das Gelände unter einem Fluch lag und daß deshalb Jeff und sein Stiefvater, da sie unter dem Einfluß des bösen Sternes lebten, ebenfalls dem Fluch unterlagen. Sidonia wollte nicht, daß irgend etwas davon auf Alice abfärbte, nicht einmal in Form junger Liebe.

Die Collegejahre brachten Jeff und Alice nicht auseinander. Sie schrieb sich in Barry in Miami Shores ein, und er studierte an der Universität von Miami im nähergelegenen Coral Gables. Jeff vertiefte sich in sein Botanikstudium und hatte vor, sich auf Pflanzenmorphologie zu spezialsieren. Seine alte Pflanzensammlung hatte er verbessert und sorgfältig katalogisiert. Er hatte sich ein kleines Laboratorium eingerichtet, und Alice saß oft bei ihm, wenn er arbeitete, nicht so sehr, weil sie sich für Botanik besonders interessierte, sondern weil sie in seiner Nähe sein wollte.

Einmal, als er gerade ein paar Spezies seiner Sammlung aus Kindertagen neu klassifizierte, fiel ihr Augenmerk auf ein paar zarte, dünne Ästchen.

»Das sieht ja aus wie ein Besen, Jeff.«

»Es wird ja auch *Hexenbesen* genannt.«

Der Mann rief alte Erinnerungen wach.

»Hast du das hier gefunden, als Mrs. Fleury noch hier wohnte?«

»Nicht ganz.«

Jeff erzählte, daß er es auf den Boden vor dem Hotelzimmer seines Stiefvaters gefunden hatte. Es mußte aus Dr. Hollingsworths Hosenaufschlag gefallen sein, als er sie am Abend ausgezogen hatte.

»Ich weiß noch, daß ich ihn gefragt habe. Es ist eine Seltenheit, und ich wollte wissen, wo es herstammte. Es ist eine Art Wucherung, die von einem Parasiten oder einem Pilz verursacht wird.«

»Hast du's rausgefunden?«

»Was?«

»Wo es herkam?«

»Erst, nachdem wir hier eingezogen waren.«

Dr. Hollingsworth hatte ihm damals gesagt, daß er es wohl aufgelesen hatte, als er mit der Immobilienmaklerin das Grundstück besichtigte.

»Am Ende habe ich's dann gefunden«, fuhr Jeff fort, »als wir hier eingezogen waren, fiel mir ein, daß Hexenbesen oft auf Farn vorkommt – niedrig genug, um in einem Hosenaufschlag hängen zu bleiben.«

»Es stammt also wirklich von hier. Komisch.«

»Warum komisch?«

»Erinnerst du dich nicht, daß wir immer dachten, Mrs. Fleury sei eine Hexe? Ich war jedenfalls davon überzeugt.«

»Kinder denken sich alle seltsames Zeug aus.«

»Ich weiß, und heute kommt's mir richtig peinlich vor. Ich würde

Mrs. Fleury gerne noch einmal wiedersehen und ihr sagen, daß es mir leid tut, daß ich schuld war, daß sie belästigt wurde, bis sie sogar ihr Haus verkaufen mußte. Jeff, ich frage mich, ob sie noch lebt.«

»Wie kommst du da jetzt drauf?«

»Ach, nur so ein Gefühl, ein merkwürdiges Gefühl, Jeff.«

Kurz nach dem Examen wollten sie heiraten. Mr. Wickershield, Alices Vater, überredete Sidonia in ihrer selbstgewählten Rolle als Ersatzmutter von Alice, die Hochzeitsvorbereitungen zu übernehmen.

»Ich habe noch immer das Gefühl«, gestand Sidonia ihrem Mann, nachdem sie schließlich zugestimmt hatte, »daß es ein Fehler ist. Es ist nicht gut.«

»Sid, ich bitte dich!« stöhnte Hal.

Er war stämmig und bequem geworden, und es begann ihn zu irritieren, daß seine Frau diese Manie, wie er es nannte, noch immer beibehalten hatte und vor allem, daß sie noch immer wie Ophelia nachts aus dem Fleurygrundstück herumgeisterte. Er hatte ihre verlorene Elsie von ganzem Herzen geliebt, doch Trauer kann nicht ewig andauern. Wenn sie das täte, würde – so dachte er philosophisch – alles Leben auf Erden sterben.

Dr. Hollingsworth, der Stiefvater, organisierte den Junggesellenabend in einem standesgemäßen Strandclub, die Geschenke für die Brautführer waren Platinmanschettenknöpfe von Tiffany's und das Essen und der Wein entsprechend. Jeff, den Champagner nicht gewöhnt, war ziemlich schnell betrunken. Unglücklicherweise ging er aber aufrecht, sprach klar und deutlich, und sein Gruß an den Portier, der ihm seinen Wagen brachte, klang (wie dieser später zu Protokoll gab) unbedenklich.

Der Milchmann, der kurz nach Sonnenaufgang seine Runde machte, fand Sidonia unter der Hibiskushecke an der Einfahrt zur Dr. Hollingsworths Garage. Er war im Koreakrieg gewesen und geriet nicht so schnell in Panik. Als er sah, daß sie noch lebte, weckte er das Haus auf. Das heißt, alle, außer Jeff, der voll angekleidet quer über seinem Bett seinen Rausch ausschlief.

Der Sprecher der Lokalnachrichten gab am nächsten Tag folgenden Bericht: »Die Polizei von Halcyon untersucht einen vermutlich durch Trunkenheit verursachten Autounfall, der sich auf dem Grundstück von Dr. Hollingsworth, vormals im Besitz von Mrs. Fleury, ereignete. Das Opfer ist Mrs. Grunwald, eine Nachbarin, deren Tochter Elsie vor einem Jahrzehnt gekidnappt worden ist und von ihrem Entführer, der ein Lösegeld von 50 000 Dollar bekommen hatte, vermutlich getötet wurde. Der Fall wurde nie aufgeklärt. Nach Aussagen ihres Ehemannes und ihrer engsten Freunde, lag ihr die Tragödie noch immer schwer auf der Seele und ließ sie des öfteren bei Nacht auf dem Hollingsworthschen

Grundstück umherwandern, welches sie irgendwie mit dem Veschwinden ihres Kindes in Verbindung brachte. Die Polizei glaubt, daß sie auf einer solchen nächtlichen Wanderung war, als gestern Nacht der Adoptivsohn von Dr. Hollingsworth, Jefferson, von seinem Junggesellenabschied betrunken nach Hause fuhr und sie verletzte. James Cray, der Milchmann, fand sie unter einer Hibiskushecke, unter die sie von dem Aufprall geschleudert worden war. Sie befindet sich jetzt im Memorial Krankenhaus, und ihr Zustand ist kritisch . . .«

Es war fast das Ende der Welt, doch Alice hielt sich tapfer. Jeff wurde gegen eine Kaution von fünftausend Dollar freigelasssen, und Sidonias Leben hing an einem seidenen Faden. Alice holte Jeff für die langen Stunden des Tages auf die überwucherte Veranda des Grunwaldschen Hauses, wo sie vor den Journalisten und auch vor ihren Freunden einigermaßen geschützt waren.

Wenn es Abend wurde, ging jeder nach Hause und durchstand mutig die Schrecken der Nacht.

»Ich nehme nicht an, daß du unbedingt mit ihr sprechen willst«, sagte Alices Vater zu ihr, während er den Telephonhörer mit der Hand abschirmte, »sie besteht aber darauf.«

»Wer, Papa?«

»Die Frau, die früher neben uns gewohnt hat, erinnerst du dich? Eine Mrs. Fleury. Sie ruft aus St. Petersburg an.«

Alice hastete zum Telephon.

»Alice, liebes Kind«, hörte sie die noch immer vertraute Stimme von Mrs. Fleury, »ich habe die schrecklichen Nachrichten gelesen. Du wirst mich für eine alberne, alte Frau halten, aber ich hatte das Gefühl, ich müßte dich anrufen. Ich wollte dich etwas fragen.«

»Ja, Mrs. Fleury?«

»Nenn mich eine abergläubische, alberne Gans, wenn du willst . . . ich erinnere mich, daß du fest davon überzeugt warst, ich sei eine Hexe«, sie hielt inne und lachte ein dünnes kleines, verständnisvolles Lachen. »Und vielleicht *bin* ich wirklich eine Hexe, denn als ich von der schlimmen Lage deines Verlobten hörte, hatte ich eine fast hellseherische Vision. Ich fühlte mich wie eine von den bösen Schwestern und schwang mich auf meinen Hexenbesen, um dich anzurufen. Sag mir, Alice, erinnerst du dich an die Geburtstagsparty?«

»Natürlich, Mrs. Fleury.«

»Erinnerst du dich an die Knallbonbons und meine mysteriöse, sinnlose Forderung?«

»Ja.«

»Sag mal, hast du deines vielleicht noch?«

»Ja.«

»Ungeöffnet?«
»Ja.«
»Dann mach es jetzt auf.«
Und sie legte auf.

Mr. Wickershield hatte die ganze Zeit hinter ihr gestanden und fragte sich, worum es in dem Telephongespräch gegangen sei, daß es seine Tochter in einen solchen Zustand versetzt hatte.

»Ich schwöre dir, Hal«, erzählte er nachher Harold Grunwald, »sie ging aus dem Zimmer, als sei sie verhext worden.«

Die Schatztruhe aus Karton mit dem Weihnachtspapier drumherum hatte seit Jahren unbeachtet in einer Kommodenschublade in Alices Schlafzimmer gelegen.

Alice holte sie hervor und stellte sie auf den Tisch, wo eine Lampe die bunten Weihnachtsfarben glitzern ließ. Zögernd und mit einer gewissen Scheu öffnete sie den Karton und holte das Knallbonbon, das noch immer mit dem Puppenkleid umwickelt war, heraus und schob die Kiste beiseite.

Dabei stach sie sich mit der Nadel, die noch immer nach Elsies letzten Nadelstich in dem limonadenfarbenen Satin steckte, und ein Blutstropfen färbte einen erbsgroßen Fleck rot. Alice legte das Kleidchen beiseite und zog mit einem entschlossenen Ruck die beiden Enden des Knallbonbons auseinander. Für ihre nun schon erwachsenen Ohren war das entstehende Geräusch nicht besonders aufregend.

Sie legte einen roten Papierhut und ein kleines Metallauto achtlos beiseite und fand den kleinen Zettel mit der Prophezeiung. Eine Welle von Enttäuschung schlug über ihr zusammen, als sie sie las. Sie hatte etwas wirklich Prophetisches erwartet, etwa wie Elsie *»Öffnet euch, Türen, wer immer klopft«*, das aus seinem gräßlichen Zusammenhang gerissen war, wie Alice später erfahren hatte.

Sie ließ den Zettel fallen, der auf dem Puppenkleid neben der Nadel liegen blieb. Neben dem Blutfleck. Sie hatte so sehr gehofft, gestand Alice sich jetzt ein, in ihrem verzweifelten Herzen so sehr auf ein Zeichen gehofft, und ihre kindische Hoffnung war nun zerronnen zu . . . zu . . .

Ihre Augen sprangen von dem Zettel zu dem Blutstropfen, zu der Nadel, den letzten Nadelstichen. Im Lampenschein sah sie, wie präzise die Stiche in einer Linie verliefen. Aber irgendwie störte sie etwas daran. Die Naht verlief quer über das Kleid und vom Schneiderstandpunkt aus war sie völlig sinnlos, als sei die Näherin plötzlich verrückt geworden.

Niemals hätte Elsie, so wie Alice sie in Erinnerung hatte, mit ihrer akuraten Art eine solche Grobheit begangen, es sei denn, mit Absicht. Und Elsie tat niemals etwas ohne Absicht.

Alices Puls ging schneller, und eine Erregung packte sie, als sie die

Stiche genauer untersuchte. Nicht nur war die Naht absurd, sondern auch die einzelnen Stiche waren unregelmäßig lang . . . noch etwas, das völlig untypisch für Elsie gewesen wäre.

Es sei denn, sie hatte eine *Absicht* dabei gehabt.

Alice sank zurück in ihre Kindertage, als Elsie noch ihre beste Freundin war und sie ihre kleinen Geheimnisse miteinander teilten und sich vorbereiteten auf das Erwachsenwerden. Sie erinnerte sich, wie sie zuletzt beschlossen hatten, wie Mata Hari im internationalen Intrigenspiel mitzumischen.

Wie sie beide deswegen das Morsen gelernt hatten.

Sie starrte wieder auf die Naht mit den unregelmäßigen Stichen, Punkte und Striche in chartreusefarbenem Faden auf limonadenfarbenem Satin. Mit einem Bleistift schrieb sie die Buchstaben auf das weiße Papier des Knallbonbons.

DRHOLVRCKTHLF. Das war alles.

Alice war so erregt, daß wenig alles heißen konnte, daß hier Elsies letzte Botschaft lag und darin möglicherweise die Erklärung für ihr Verschwinden und, wenn man Mrs. Fleury glaubte, auch eine Hilfe für die entsetzliche Situation, in der Jeff und sie sich befanden.

Sie nahm das Puppenkleidchen mit sich, ließ den Rest auf dem Tisch liegen und rannte mit klopfendem Herzen, um Jeff zu berichten, was geschehen war.

Auf der vorderen Veranda des Fleuryhauses brannte Licht, und Dr. Hollingsworth saß daneben in seinem Liegestuhl, rauchte eine Zigarre und las.

»Alice, meine Liebe«, sagte er, als sie die Stufen heraufstürmte und atemlos vor ihm stehen blieb. Mit den Augen eines Arztes sah er sie an, sah ihre Hände, die das Puppenkleidchen hielten, zitternd und meinte: »Alice, du hast einen Schock gehabt.«

»Ja, Doktor, das hier . . .«

Er nahm es ihr aus der Hand.

»Sieht aus wie ein Puppenkleid, oder?«

»Ja, das ist das Kleid, das Elsie nähte, bevor sie verschwand.«

»Elsie? Ach, ja, natürlich, das kleine Grunwaldmädchen.«

»Ich muß es Jeff zeigen.«

»Warum denn das?«

»Da ist eine Botschaft in Morse draufgestickt. Es ist Elsies letzte Nachricht, Doktor.«

Alice nahm das Kleidchen wieder an sich und sagte: »Ich gehe gleich hinein, wenn Sie nichts dagegen haben.«

»Jeff ist nicht da.«

Die Verzögerung gab ihr einen Stich.

»Wissen Sie, wo er ist?«

»Nein. Jeff ist oft für lange Spaziergänge unterwegs gewesen an den letzten Abenden. Allein. Versuchte, sich müde zu machen, damit er schlafen konnte. Komm, setz dich, Alice. Wenn du's Jeff nicht erzählen kannst, erzähl's mir.«

Das tat sie. Sie erzählte die ganze Geschichte von der Geburtstagsparty bis hin zu Mrs. Fleurys Telephonanruf und der Prophezeiung und der gestickten Morsebotschaft.

»Was meint dein Vater dazu? Wird er den Sheriff benachrichtigen?«

»Er weiß nichts davon. Es hat mich so umgehauen, daß ich direkt hierhergerannt bin, um es Jeff zu erzählen. Wenn ich Vater getroffen hätte, hätte ich's ihm erzählt, aber ich hab' ihn nicht gesehen.«

»Und was sagt die Botschaft?«

»Ich hab's noch nicht entziffert«, gab Alice zurück, »ich wollte es zusammen mit Jeff tun. Ich bin sicher, es gibt uns Aufschluß über ihre Entführung, und, auch wenn es albern klingt, ich glaube, Mrs. Fleury hat recht, und es wird auch Jeff helfen. Meinen Sie, das ist albern, Doktor?«

»Ganz und gar nicht, Mädchen. Wenn ich mich recht erinnere, warst du damals fest überzeugt, daß Mrs. Fleury eine Hexe sei. Ich würde sagen, daß du unbewußt in deine alten Geschichten zurückgefallen bist.«

»Ich bin fast bereit, zu glauben, Doktor, daß sie wirklich eine Hexe ist. Daß sie mich anruft, das Knallbonbon, die Prophezeiung . . ., sie sprach sogar vom Hexenbesen . . . ach, es ist nicht nur Mrs. Fleury, es ist die ganze Atmosphäre dieses Grundstücks hier, wo sie gelebt hat.«

»Hexenbesen?«

»Ja. Hexenbesen ist ein Gewächs, das aussieht wie ein kleiner Besen. Sie erinnern sich natürlich nicht mehr daran, aber Sie hatte etwas davon im Aufschlag ihrer Hosen aufgelesen, als Sie mit der Immobilienmaklerin das Gelände besichtigt hatten, und Jeff fand es in Ihrem Hotelzimmer auf dem Fußboden.«

»Ja, jetzt entsinne ich mich, daß er mich danach gefragt hat, und ich erinnere mich auch, daß er, nachdem wir hier eingezogen waren, die Stelle gefunden hat, wo es wächst. Ein Farngestrüpp. Schlangenfarn nannte er es, glaube ich.«

»Erinnern Sie sich, wo es wächst?«

»Ich glaube ja, ungefähr. Tief drin in diesem Dschungel hier, Warum?«

»Ich würde gerne hingehen. Können wir hingehen, Doktor? Während wir auf Jeff warten?«

»Natürlich, aber wozu?«

»Ich weiß nicht, wozu. Es ist albern, ich weiß, aber es ist, als ob Mrs. Fleury mich drängte, dort hinzugehen.«

Dr. Hollingsworth sah sie prüfend an, als ob er eine angemessene Therapie suchen würde, die sie in ihrem Zustand äußerster Erregung beruhigen könnte.

»Du bist überdreht, Alice. Ein Spaziergang könnte dir guttun.«

»Sie zeigen mir die Stelle?«

»Ich hole eine Taschenlampe«, sagte Dr. Hollingsworth.

Mr. Wickershield stand vor seinem Bücherschrank und suchte etwas zu lesen, als er eine Tür schlagen hörte. Alice? Das war nicht ihre Art. Sie knallte nicht mit Türen. Allerdings, der Anruf von Mrs. Fleury . . . was hatte der ausgelöst? Hatte sie irgendwie aus der Fassung gebracht.

Mr. Wickershield ging zu Alices Zimmer, klopfte an und ging hinein. Sie war nicht da. Nur die Lampe auf dem Tisch brannte, und seine Aufmerksamkeit fiel auf den Tisch und die Sachen, die dort verstreut lagen, die Puppe, die Überreste des Knallbonbons. Er setzte sich an den Tisch. Die Erinnerungen kamen ihm, die Geburtstagsparty, das Verschwinden von Elsie und der feste Glaube der Neunjährigen an Wunder und Hexerei, die jetzt seine erwachsene Tochter Alice war.

Etwas fehlte. Natürlich, das Puppenkleid, das Elsie genäht hatte und in dem Alice das Knallbonbon eingewickelt hatte. Hatte sie es mitgenommen, als sie, von der zugeschlagenen Tür zu urteilen, hinübergeeilt war, um es Jeff zu zeigen? Wahrscheinlich.

Mehrmals las er das Zettelchen mit der Prophezeiung. Nachdenklich sah er vor sich hin.

Mr. Wickershield hatte während des Krieges in der Spionageabwehr gearbeitet, und sein Gehirn war weit über das normale Maß geübt im Deduzieren und Interpretieren. Alice hatte offenbar einen Hinweis in dem Puppenkleid gefunden und war zu Jeff gerannt, um es mit ihm zu diskutieren, das war nur zu wahrscheinlich.

Er erinnerte sich auch an die Begeisterung, mit der die Kinder sich ans Morsen gemacht hatten . . . und die Verbindung zwischen der Prophezeiung und möglicherweise einer gestickten Morsenachricht und den auf das Knallbonbonpapier gekritzelten Buchstaben lagen auf der Hand.

Seine Erfahrungen mit dem Entschlüsseln von Codes war nur oberflächlich, doch er erkannte sofort, daß diese Botschaft, die, wie er sich dachte, mit großer Hast und doch so sorgfältig unter wer weiß was für entsetzlichen Ängsten gestichelt worden war, kaum verschlüsselt war.

Ein eiskalter Schauder lief ihm über den Rücken, als er es las. Dann sprang er auf und rannte zum Grunwaldschen Haus, um Hal zu holen.

Die Taschenlampe war riesig, eine von diesen zylindrischen, kiloschweren Dingern, die ein paar Hundert Meter weit leuchteten. Viel weiter als nötig, für das, was sie vorhatten.

»Nun, hier ist es«, sagte Dr. Hollingsworth, »der Schlangenfarn mit dem Hexenbesen. Sag mal, Alice, was war es wirklich, das dich herkommen lassen wollte? Ich gebe gerne zu, daß mich ESP-Phänomene interessieren, aber ich bin trotzdem durch und durch ein Realist. Lassen wir mal Mrs. Fleurys Hexerei beiseite, was wolltest du hier?«

»Hier ist etwas.«

»Aber was?«

»Ich weiß nicht, Doktor. Ich *weiß*, daß es etwas mit Elsie zu tun hat, wenn ich auch den Grund nicht kenne.«

Alice trennte die Farnwedel und machte ein paar zögernde Schritte in das große, dichte Pflanzengewirr.

»Du brauchst nichts Eindeutiges zu sagen, sag mir nur, was du fühlst.«

»Ich spüre ein Grab. Ich fühle, daß es Elsie ist, aber ich kann's nicht erklären.«

Dr. Hollingsworth leuchtete ihr direkt ins Gesicht.

»Diese Antwort ist einfach, Alice«, sagte er, »du stehst genau darüber.«

Mr. Wickershield und Mr. Grunwal verloren keine Zeit, nach wenigen Minuten stürmten sie die Stufen zum alten Fleuryhaus hinauf und klopften an die Verandatür. In dem schwach beleuchteten Flur regte sich nichts.

Sie warteten einen Moment und traten dann ins Haus.

»Ist jemand da?« rief Hal mit unter dem Druck der drohenden Gefahr unnatürlich lauter Stimme.

Eine Tür am Ende des Korridors öffnete sich, und Jeff kam heraus.

»Wer ist da?« fragte er. »Oh – oh, hallo. Ich war in meinem Labor und dachte, das Haus stürzt ein.«

»Wo ist der Doktor?« fragte Mr. Wickershield nervös.

»Vor einer Stunde etwa saß er auf der Veranda und las. Seither bin ich im Labor. Warum?«

»Wo ist Alice?«

»Keine Ahnung, Warum?«

»Sie ist hergelaufen, um dich zu sprechen. Vor zehn, fünfzehn Minuten.«

»Und wo ist sie jetzt? Ich habe nichts gehört im Labor, bis Sie gerufen haben. Was ist los? Ist was passiert?«

Mr. Wickershield berichtete in knappen Worten, und alles Blut wich aus Jeffs Gesicht.

»Wohin könnte er sie gebracht haben?« fragte Mr. Wickershield.

»Wir werden das Gelände absuchen«, sagte Jeff.

Gefangen vom scharfen Strahl der Taschenlampe, stand Alice wie gelähmt da. Sie wußte zwar noch immer nicht, was Elsies letzte Botschaft gewesen war, doch nach Dr. Hollingsworths Bemerkung über das Grab brauchte sie auch nicht mehr zu wissen. Ihre Instinkte drängten sie zur Flucht, doch sie konnte sich nicht rühren. Wie eine Statue aus Stein stand sie im Schlangenfarn.

»Sie haben Elsie umgebracht«, hörte sie ihre Stimme sagen.

»Ja.«

»Aber Sie hatten doch alles, Geld, eine Stellung . . . Warum?«

»Ich hatte kein Geld mehr. Das kleine Vermögen, für das ich meine Frau umgebracht hatte, war verbraucht. Ich brauchte mehr.«

»Ihre Frau? Dann war es kein fahrerflüchtiger Verrückter?«

»Nein. Es war alles geplant.«

»Aber Elsie . . . ein kleines Mädchen . . .«

»Nun, sieh sie im Zusammenhang mit fünfzigtausend Dollar. Eine hübsche Summe, die ich mit legalen Geschäften inzwischen zu einem beträchtlichen Vermögen vermehrt habe. Ich konnte mit den Verbrechen Schluß machen. Nur Sidonia Grunwalds verrücktes Herumstreunen auf dem Gelände bedeutete eine Bedrohung. Nun, dann ergab sich eine gute Gelegenheit, die ich natürlich ergriffen habe.«

»Und Sie haben Jeff reingezogen. Sie lassen ihn büßen. Lieben Sie ihn nicht? Wenn nicht, wenn Sie's nie getan haben, warum haben Sie ihn dann adoptiert?«

»Als Fassade.«

»Fassade?«

»Wie die Blumenläden der Gangster in Chicago. Gibt eine legitime und respektable Erscheinung. Jeff taugte dafür.«

»Wieso?«

»Nun, er machte mich zum treusorgenden Familienvater eines wohlerzogenen Jungen. Ein einsamer Junggeselle oder ein alleinstehender Witwer sind zu leicht Opfer von Verdächtigungen, während ein Vater nicht so leicht in Verdacht gerät. Nachdem ich mein Ziel erreicht hatte, wurde Jeff überflüssig.«

»Sie haben dafür gesorgt, daß es so aussieht, als habe er Mrs. Grunwald umgefahren.«

»Natürlich. Er hielt den Wagen an der Einfahrt an und verlor das Bewußtsein. Sidonia war in jener Nacht wieder unterwegs. Ich beobachtete sie, wie üblich, hörte das Auto, sah Jeffs Zustand, als er über das Lenkrad sank, und erkannte die perfekte Lösung. Bevor ich sie in die Position brachte, in der sie gefunden wurde, zog ich ihr eins mit dieser Lampe hier über den Schädel.«

Trotz des Vollmonds sah man nur wenig in dem dichten Urwald des Grundstücks, als Jeff sie durch den Garten führte.

»Wir müssen leise sein, damit er nicht erschreckt. Wir kommen vielleicht noch rechtzeitig.«

Plötzlich blieb Jeff stehen.

»Dort drüben sind sie«, sagte er. »Von hier aus kann man den Schein der Taschenlampe sehen, dort, zwischen den Büschen.«

Mr. Wickershield stellte sich neben Jeff und sah das Licht, das auf Alices starres Gesicht gerichtet war.

Dann sahen sie, wie es erlosch.

»Schnell!« sagte er.

Es war Jeff, der Dr. Hollingsworth' Arm packte, bevor er ein zweites Mal zuschlagen konnte . . .

Am nächsten Abend lag Alice auf einem Liegestuhl auf der Veranda ihres väterlichen Hauses in Gesellschaft von Jeff, ihrem Vater und Bill Duggan, dem Polizeiinspektor, der mit dem Fall betraut war.

Hal war im Memorialkrankenhaus bei Sidonia, der es bedeutend besserging und der die Ärzte eine gute Chance zur vollständigen Genesung gaben.

Alice selbst hatte sich weitgehend von dem Schlag mit der Taschenlampe erholt.

»Die Angelegenheit ist mehr als eindeutig«, sagte Duggan. »Der Staatsanwalt sieht so zufrieden aus wie ein Kater, der den Kanarienvogel erwischt hat. Diese Lösegeldforderung, die die Grunwalds vor elf Jahren bekommen haben, war noch im Archiv. Sie befand sich auf einem leeren Bogen, der aus einem Buch gerissen worden war. Damals konnte man mit diesem Wissen nichts anfangen in Anbetracht der zigtausend Bücher in der Gegend. Jetzt ist das was anderes. Nachdem die gestickte Botschaft auf dem Puppenkleid einen Verdacht auf Dr. Hollingsworth geworfen hatte, wurde seine Bibliothek untersucht, und man fand das Buch, in dem das Deckblatt fehlte: ein Standardwerk über forensische Medizin, das er, selbst wenn er sich weniger sicher gefühlt hätte, nur schweren Herzens beseitigt hätte. Sogar die Schrift, die er, so gut er konnte, verfälscht hatte, wurde als aus seiner Hand stammend identifiziert.«

»Hat der Hexenbesen geholfen?« fragte Alice, »das Muster, das Jeff aufgehoben hatte?«

»Ganz eindeutig. Es brachte ihn mit dem Ort des Grabes in Verbindung.«

»Warum glauben Sie, hat er gerade diese Stelle gewählt?« wollte Jeff wissen.

»Er hat es mir gesagt. Es ist alles in seinem Geständnis niedergelegt. Er wählte das Fleurygelände, weil es zum einen in praktischer Nähe lag. Nachdem er völlig vergeblich versucht hatte, Elsie ins Kino zu locken, und sie offensichtlich dabei so sehr ängstigte, daß sie die Botschaft in das Puppenkleidchen stickte, tötete er sie. Dann brachte er sie von der

Veranda ins Dickicht, und das Schlangenfarngebüsch verbarg sie sicher, bis er sie dort später verscharrte. Er konnte sich völlig unbesorgt bewegen, denn es gab nicht den kleinsten Anlaß, ihn zu verdächtigen.«

»Wären denn die Everglades nicht sicherer gewesen?« fragte Mr. Wickershield. »Irgendein weit entfernter Ort?«

»Er sagt, er habe daran gedacht, aber dann dachte er, daß Mrs. Fleury eine ausgezeichnete Verdächtige abgeben würde falls der Leichnam je entdeckt werden sollte. Er wußte natürlich nicht, daß sie ein perfektes Alibi hatte. Erst einige Tage später hatten wir die Tatsache herausgefunden, daß sie tatsächlich den ganzen Nachmittag im Schönheitssalon verbracht hatte.«

»Ich verstehe jetzt, warum er das Grundstück sofort gekauft hat«, meinte Mr. Wickershield nachdenklich. »Er konnte nicht riskieren, daß andere Eigentümer möglicherweise eine größere Veränderung der Landschaft beschlossen und dabei das Grab entdeckt hätten. Ich kann sogar begreifen, wie er sich in perverser Weise daran ergötzte, wenn Sidonias nächtliche Wanderungen ihn auch ziemlich beunruhigt haben müssen.«

»Nicht zu Anfang. Es amüsierte ihn bis zu einem gewissen Grade sogar. Aber in der Nacht, als er die Trunkenheit von Jeff benutzte, um den Unfall vorzutäuschen, war etwas geschehen. Er hatte das Gefühl, daß er die Situation bereinigen mußte. Sehen Sie, er verfolgte sie wie immer, doch in dieser Nacht tat sie etwas, was sie noch nie getan hatte. Sie unterzeichnete damit ihr eigenes Todesurteil, könnte man sagen.«

»Und was war das?«

»Sie ging in den Werkzeugschuppen neben der Garage und kam mit einer Schaufel heraus.«

Duggan kam in jener Nacht ziemlich spät heim und erzählte seiner Frau die ganze Geschichte.

»Wie ein Märchen«, sagte er, »nur ein verdammt gruseliges. Zum Beispiel diese verschlüsselte Botschaft und dann seltsamerweise mit der Prophezeiung, auf die Naht im Puppenkleid hinwies. Hier, ich hab's mitgebracht. Mr. Wickershield erkannte es sofort als einfache Zusammenziehung.«

Mrs. Duggan sah auf den Zettel.

DRHOLVRCKTHLF

DR/HOL/VRCKT/HLF

DOKTOR HOLLINGSWORTH VERRÜCKT HILFE

»Und die Prophezeiung?« fragte sie.

»Ein Nadelstich zur rechten Zeit spart neun weitere am Kleid.«

Die Mauer um die Welt

Theodore Cogswell

Ted Cogswell, ein Englischlehrer am Keystone Junior College in Pennsylvania seit 1965, hat seit den fünfziger Jahren eine Anzahl von hervorragenden Kurzgeschichten in den SF-Magazinen veröffentlicht. Diese sind in zwei Sammlungen zu finden, *The Wall Around the World* (1962; dt. *Die Mauer um die Welt,* 1963) und *The Third Eye* (1968), und verbinden originelle Ideen mit einem kräftigen Schuß Humor. Unglücklicherweise erscheinen seine Geschichten nicht häufig genug, und seine vielen Bewunderer würden gern mehr von ihm lesen. Professor Cogswell ist auch ein aktives Mitglied der Science Fiction Writers of America seit ihrer Gründung und hat sich als Schriftführer und Herausgeber des Forums dieser Organisation betätigt.

»Die Mauer um die Welt« ist eine Geschichte um einen Versuch, die Natur der eigenen Welt zu erforschen, und illustriert zugleich das Konzept der sich selbst erfüllenden Prophezeiung.

Die Mauer, die die Welt umgab, war schon immer dagewesen, deshalb beachtete sie niemand mehr – außer Porgie.

Porgie wollte herausfinden, was auf der anderen Seite war – falls es eine andere Seite gab –, auch wenn er sich dabei das Genick brechen sollte. Er war noch nicht ganz vierzehn, ein Alter, in dem man das Wort »unmöglich« als sinnlosen Begriff betrachtet, den die Erwachsenen für ihre sonderbaren Absichten erfunden haben. Aber er sah ein, daß ein paar praktische Schwierigkeiten zu überwinden waren, um die glasglatte, mehr als dreihundert Meter hohe Wand zu erklimmen. Darum sah er lange den Adlern zu.

Wie üblich kam er an diesem Morgen zu spät zur Schule. Zudem verlor er noch Zeit, weil er Mühe hatte, in dem überfüllten Ständer einen Platz für seinen Hexenbesen zu finden. Es war sechs Minuten über die Zeit, als er schließlich mit schlechtem Gewissen in den Klassenraum schlüpfte.

Einen Augenblick lang wähnte er sich in Sicherheit, denn Mr. Wickens hatte den Rücken gekehrt und zeichnete gerade ein Pentagramm an die Tafel.

Doch als Porgie sich auf seinen Platz gleiten lassen wollte, drehte der Schulmeister sich um. »Ich sehe, Mr. Mills hat sich schließlich doch noch bequemt, zu erscheinen.«

Die Klasse lachte, und Porgie wurde rot.

»Womit entschuldigen Sie sich heute, Mr. Mills?«

»Ich habe einen Adler beobachtet«, sagte Porgie zögernd.

»Wie schön für den Adler. Und was tat er Interessantes?«

»Er ritt auf dem Wind in die Höhe. Er schlug nicht mit den Flügeln oder so was. Er war über dem Box-Canyon, der zur Ostwand führt, wo der Wind gegen die Mauer trifft und aufsteigt. Der Adler segelte einfach im Kreis und stieg dabei immer höher. Wissen Sie, Mr. Wickens, ich bin sicher, wenn man ein paar Adler finge und Seile an ihnen befestigte, könnten sie einen glatt auf die Mauer hinauftragen.«

»Das«, meinte Mr. Wickens, »wäre möglich, wenn du die Adler fangen könntest, aber jetzt entschuldige mich bitte, ich möchte den Unterricht fortsetzen. Also, wenn man Elementargewalten der Fünften Ordnung anruft, muß man darauf achten, daß . . .«

Porgie bekam einen Schleier über den Augen und begann, sich Mittel und Wege auszudenken, wie man ein paar Adler fangen konnte.

In der nächsten Stunde gab ihnen Mr. Wickens eine Aufgabe in praktischer Astrologie. Porgie kaute auf seinem Bleistift herum und versuchte, daran zu arbeiten. Aber er konnte sich nicht konzentrieren. Nichts kam richtig heraus. Und als er schließlich merkte, daß er versehentlich gleich am Anfang zwei Sternzeichen vertauscht hatte, gab er auf und begann, Pläne für Adlerfallen zu entwerfen. Er erdachte eine, stellte fest, daß sie nicht funktionieren würde, und begann eine neue . . .

»Porgie!«

Er sprang auf. Mr. Wickens stand nicht vor der Klasse, sondern direkt neben ihm. Der Schulmeister nahm das Papier und betrachtete die Zeichnung. Dann packte er Porgie am Arm und zerrte ihn vom Sitz.

»Geh in mein Arbeitszimmer!«

Porgie ging zur Tür, und Mr. Wickens schickte die Klasse in die Pause. Die Jungen stürzten und drängelten durch die Tür, den Flur und hinaus in den Sonnenschein. Als sie an Porgie vorbeirannten, gab sein Vetter Homer ihm versehentlich aus Absicht einen Stoß in die Rippen. Homer, der von den Schulfreunden wegen seiner stämmigen Statur und seiner Streitlust Stierkalb genannt wurde, war ein Jahr älter als Porgie und nahm das sehr ernst.

»Warte, bis ich Vater davon erzähle. Heute abend bekommst du Dresche!« Er gab Porgie einen zweiten Stoß und rannte hinaus, um das Kommando über ein Zauberspiel zu übernehmen.

Mr. Wickens öffnete die Tür zu seinem Büro und schob Porgie hinein. Dann schloß und verriegelte er sie sorgfältig. Er setzte sich auf den hochlehnigen Stuhl hinter seinem Schreibtisch und faltete die Hände. Schweigend stand Porgie vor ihm, mit jenem schlechten Gewissen und hilflosen Groll, den man im Konflikt mit der überlegenen Autorität empfindet, und ließ den Kopf hängen.

»Was hast du anstelle deiner Aufgabe getan?« fragte Mr. Wickens.

Porgie antwortete nicht.

Mr. Wickens zog die Augen zusammen. Die große Haselrute, die auf den Bücherschrank neben der ausgestopften Eule lag, hob sich leicht in die Luft und landete in Mr. Wickens Hand.

»Nun?« fragte er und klopfte mit der Rute auf den Tisch.

»Adlerfallen«, gestand Porgie. »Ich habe Adlerfallen entworfen. Ich konnte nicht anders. Die Mauer hat mich dazu gezwungen.«

»Weiter!«

Porgie zögerte einen Augenblick. Die Rute pfiff durch die Luft. Porgie platzte heraus: »Ich muß wissen, was auf der anderen Seite ist! Es gibt keinen Zauber, der mich hinüberträgt, also muß ich etwas anderes finden!«

Die Rute klopfte. »Sonst noch etwas?«

»Wenn in den alten Büchern ein magischer Weg verzeichnet wäre, hätte ihn längst jemand entdeckt!«

Mr. Wickens erhob sich und zeigte mit einem knochigen Finger auf Porgie. »Zweifel ist die Mutter der Verdammnis!«

Porgie senkte seinen Blick und wünschte, er sei ganz woanders.

»Ich sehe Zweifel in dir. Zweifel ist böse, Porgie, *böse!* Es gibt Wege, die dem Menschen erlaubt sind, und solche, die verboten sind. Du stehst auf dem Grat der verhängnisvollen Wahl. Hüte dich vor dem Schwarzen Mann, damit er dich nicht holt, wie er deinen Vater geholt hat. Und jetzt, bücke dich!«

Porgie bückte sich und wünschte, er hätte festere Hosen angezogen. »Bist du bereit?«

»Ja, Sir«, sagte Porgie zerknirscht.

Mr. Wickens hob die Rute über seinen Kopf. Porgie wartete. Die Rute sauste nieder – aufs Pult.

»Steh auf«, sagte Mr. Wickens müde. Er setzte sich wieder. »Ich habe versucht, dir Dinge in deinen Kopf zu hämmern, und ich habe versucht, Dinge auf deinen Hintern zu hämmern. Das eine Ende ist so uneinsichtig wie das andere. Porgie, kannst du nicht begreifen, daß du nichts Neues herausfinden und versuchen sollst? Die Bücher enthalten alles, was man wissen kann. Und Jahr für Jahr wird uns das Geschriebene klarer.«

Er deutete durch das Fenster auf die Mauer, die die Welt umgab. »Kümmere dich nicht um das, was auf der anderen Seite ist! Vielleicht ist es eine Welt der Engel oder der Dämonen. Die Bücher sagen es uns nicht. Und kein Mensch wird es erfahren, bevor er für dieses Wissen reif ist. Unsere Besen fliegen nicht so hoch, unsere Zauber sind zu schwach. Wir brauchen bessere Zauber, mehr Wissen über die fremden, ungesehenen Kräfte, die uns umgeben. Zu Lebzeiten meines Großvaters konnte kein Besen höher als dreißg Meter fliegen. Aber die Adepten im Großen Turm arbeiteten unermüdlich, so daß wir heute, wenn die Wolken tief hängen, bequem in ihnen herumfliegen können. Eines Tages werden wir uns hoch emporschwingen können bis oben auf die Mauer . . .«

»Warum nicht jetzt?« fragte Porgie störrisch. »Mit Adlern?«

»Weil wir nicht *reif* sind«, schnappte Mr. Wickens. »Nimm mal die Gedankenübertragung. Erst vor dreißig Jahren sind die geeigneten Zauberformeln entwickelt worden, und es sind bisher nur wenige, die fähig sind, sich über große Entfernungen zu unterhalten, indem sie die Worte nur denken. Zeit, Porgie – es braucht Zeit. Wir sind hier, um *Den Weg* zu lernen, und alles, das uns von dieser Suche ablenkt, ist von Übel. Der Mensch kann nicht auf zwei Wegen zugleich laufen. Wenn er es versucht, spaltet er sich in zwei Hälften.«

»Mag sein«, sagte Porgie. »Aber Vögel fliegen über die Mauer, ohne eine einzige Zauberformel zu kennen. Sagen Sie, Mr. Wickens, wenn alles Magie ist, warum wirkt Magie dann nicht auf jedes Ding? Wie dieses, zum Beispiel . . .«

Er holte einen glänzenden Quarzkiesel aus der Tasche und legte ihn auf den Schreibtisch.

Er tippte mit dem Finger daran und sagte:

»Stein, flieg,
steig empor
über die Wolken
himmelhoch flieg!«

Der Stein rührte sich nicht.

»Sehen Sie? Wenn Wörter auf Besenstiele wirken, sollten sie's auch mit Steinen können.«

Mr. Wickens starrte den Kiesel an, der plötzlich vibrierte und in die Luft sprang.

»Das ist was anderes«, sagte Porgie. »Sie haben ihn mit Ihrem Willen in die Luft gehoben. Das kann jeder mit kleinen Gegenständen tun. Mich interessiert, warum die Worte allein das nicht erreichen.«

»Wir wissen einfach noch nicht genug«, sagte Mr. Wickens ungeduldig. Er ließ den Stein frei, der auf den Schreibtisch zurückfiel. »Jedes Jahr lernen wir ein bißchen dazu. Vielleicht haben wir die Formel gefunden mit der wir alles in die Luft heben können, bis deine Kinder groß sind.« Er schnaufte. »Wozu willst du überhaupt Steine fliegen lassen können? Du kannst schon genug Ärger bekommen, indem du sie einfach wirfst!«

»Es ist immerhin ein Unterschied, ob ich etwas mit meinen Händen oder meinem Willen tue oder ob ich es mit einer Beschwörung dazu *bringe*, etwas zu tun, wie einen Besenstiel.«

Es herrschte lange Schweigen im Arbeitszimmer, als jeder seinen Gedanken nachhing.

Schließlich sagte Mr. Wickens: »Ich möchte nicht auf die unangenehme Vergangenheit eingehen, Porgie, aber es wäre gut, wenn du dich erinnern würdest, was deinem Vater widerfahren ist. Seine Zweifel kamen später als deine – er war lange mein bester Schüler –, aber sie waren ebenso mächtig.«

Er öffnete eine dunkle Lade, suchte eine Weile darin herum und holte dann ein Bündel vergilbter Papiere hervor. »Dies ist der Aufsatz, der ihm zum Verhängnis wurde: *Eine Untersuchung Nichtmagischer Methoden der Levitation.* Er schrieb es als Abschlußarbeit für seine Junior-Adeptenzulassung.« Er warf den Aufsatz vor Porgie auf den Tisch, als ob allein die Berührung seine Finger befleckte.

Porgie schickte sich an, danach zu greifen.

»Rühr sie nicht an!« schnauzte Mr. Wickens. »Sie enthalten Blasphemie!«

Porgie zog blitzschnell seine Hand zurück. Auf dem obersten Blatt sah er eine säuberliche Zeichnung von etwas, das wie ein Vogel aussah – außer, daß es zwei Paar Flügel hatte, eines vorne und eines hinten.

Mr. Wickens legte die Papiere zurück in die Lade. Sein tadelnder Blick fing Porgie ein und ließ ihn nicht los, als er sagte: »Wenn du den Weg deines Vaters gehen willst, kann keiner von *uns* dich daran hindern. Aber«, drohte er dann mit erhobener Stimme, »es gibt einen, der das kann . . . Denke an den Schwarzen Mann, Porgie, denn sein Wandeln ist schrecklich! Feuer glüht in seinen Augen, und kein Zauber kann dich vor ihm schützen. Als er kam, um deinen Vater zu holen, wurde es am Mittag finster, und ein lautes Kreischen betäubte die Ohren. Als das

Sonnenlicht zurückkam, waren sie fort – und es ist nicht angenehm, daran zu denken, wohin!«

Mr. Wickens schüttelte den Kopf wie von der Erinnerung überwältigt und zeigte dann zur Tür. »Denke, bevor du handelst, Porgie. Denke gut nach!«

Porgie dachte nach, während er hinausging, aber mehr über die Skizze seines Vaters als über den Schwarzen Mann.

Die Apfelsinenkiste mit zwei quer daran befestigten Brettern als Flügel sah der Zeichnung seines Vaters zwar ähnlich, aber der Augenschein hatte getrogen. Porgie saß voller Selbstmitleid auf der Hintertreppe des Hauses und rieb sich abwechselnd zwei lädierte Stellen seiner Anatomie. Obwohl an zwei entgegengesetzten Enden und Folge unterschiedlicher Ursachen, gingen sie doch beide auf den gleichen Anlaß zurück. Seine Kehrseite schmerzte von den Schlägen, die sein Onkel ihm verpaßt hatte, und seine geschwollene Nase von einem Absturz.

Er hatte sein mit großem Eifer ausgeklügeltes Gerät auf den Holzschuppen gehievt und war von dort losgeflogen. Aber statt des erwarteten Höhenfluges gab es einen schwindelerregenden Fall, ein splitterndes Krachen und einen Sternenwirbel, als seine Nase auf etwas Hartes aufschlug.

Er wünschte, er hätte Stierkalb nicht als Augenzeugen seines Triumphes eingeladen gehabt, denn der hatte nichts Eiligeres zu tun gehabt, als seinem Onkel davon zu berichten – mit dem üblichen Ergebnis.

Um seiner Lektion den gehörigen Nachdruck zu verleihen, hatte der Onkel seinen Besen für eine Woche konfisziert und überdies, um eine heimliche Benutzung zu verhindern, einen Zauber darauf gelegt, bevor er ihn in den Schrank schloß.

»Ich hatte sowieso keine Lust zu fliegen«, murmelte Porgie trotzig vor sich hin, aber er war nicht recht überzeugt davon. Seine Freunde wollten heute, sobald die Sonne untergegangen war, auf Fledermausjagd zu den Roten Felsen fliegen, und er wäre natürlich gerne dabei gewesen.

Er hielt die Hand über die Augen und schaute in Richtung der westlichen Mauer, als er von weit her lachende Stimmen hörte. Sie flogen hoch und schnell auf ihren Besenstielen. Eilig schlüpfte er in den Holzschuppen, damit sie ihn nicht sahen. Er war froh, daß er sich versteckt hatte, denn sie kamen herunter und flogen ums Haus. Sie riefen nach ihm und Stierkalb und johlten und lachten, bis Homer aus seinem Schlafzimmerfenster geflogen kam und sich ihnen anschloß.

»Porgie kann nicht kommen«, rief er, »er hat Dresche gekriegt, und Vater hat ihm den Besen weggenommen. Los, kommt!«

Mit einem schnellen Aufwärtsschwung übernahm er die Führung, und sie schwirrten zu den Roten Felsen auf und davon. Stierkalb war ihr

Anführer geworden, seit er seinen großen Besenstiel hatte. Er konnte damit hundertfünfzig Meter hoch fliegen und sich dann an den Kniekehlen daranhängen und loslassen. Mit ausgebreiteten Armen flog er dann im freien Fall bis etwas vierzig Meter über dem Boden, befahl seinen Besenstiel herbei, der pfeilschnell unter seine Beine zischte, ihn auffing und im eleganten Bogen knapp über den Baumwipfeln wieder in die Höhe trug.

»Angeber!« murmelte Porgie und schloß die Schuppentür, nachdem die Bande in der Ferne verschwunden war.

Drüben auf der Werkbank stand das kleine Flugmodell aus Stäbchen und Papier, das ihn in Schwierigkeiten gebracht hatte. Er nahm es und warf es in die Luft. Es segelte langsam zu Boden, doch bevor es aufschlug, hob es seine Spitze und in graziösem Schwung machte es einen Looping, wendete plötzlich nach links und krachte gegen die Schuppenwand. Ein Flügel zerbrach.

Porgie hob es auf. »Was für kleine Dinge gilt, gilt vielleicht doch nicht für große«, dachte er bitter. Das Apfelsinenkistengestell mit den gekreuzten Brettern war dem Modell so getreu nachgebildet, wie er's nur vermocht hatte. Traurig stellte er es auf die Werkbank und ging hinaus. Vielleicht hatten Mr. Wickens und sein Onkel und all die anderen ja recht, und es gab nur einen einzigen Weg.

Er dachte ein bißchen darüber nach und kam zu einem Schluß, der ein geheimes Grinsen über sein Gesicht huschen ließ. Er würde es auf ihre Weise tun – aber es gab keinen Grund, warum er den Lauf der Dinge nicht etwas beschleunigen sollte. Zu warten, bis seine Enkel vielleicht zum Ziel kamen, brachte *ihn* nicht über die Mauer.

Morgen nach der Schule würde er an seiner neuen Idee zu arbeiten beginnen, und diesmal würde er vielleicht die Lösung finden.

In der Küche diskutierten Tante und Onkel über ihn. Er blieb im Flur stehen und lauschte.

»Meinst du etwa, es macht mir Spaß, das Kind zu verprügeln? Ich bin kein Monster. Es tut mir mehr weh als ihm.«

»Aber du kannst hinterher noch sitzen«, meinte Tante Olga trocken.

»Was soll ich denn sonst tun? Mr. Wickens ließ durchblicken, daß Porgie, wenn er so weitermacht, aus der Schule fliegen könnte. Außerdem hat er einen schlechten Einfluß auf die anderen Kinder. Verdammt, Olga, ich hab' für den Jungen genausoviel getan wie für meinen eigenen. Was soll ich denn machen? Zuschau'n, daß er so endet wie dein Bruder?«

»Laß du meinen Bruder aus dem Spiel. Egal, was Porgie anstellt, du brauchst ihn nicht windelweich zu prügeln. Er ist schließlich noch ein Kind.«

Man hörte ein unverständliches Brummen. »Falls du's vergessen hast, Olga, er ist im letzten März dreizehn geworden. Er ist fast ein Mann.«

»Warum führst du dann nicht ein Gespräch von Mann zu Mann mit ihm?«

»Hab' ich's denn nicht versucht? Du weißt, wie das jedesmal geht. Er kommt mit diesen verrückten Fragen und Gedanken, und ich verliere schließlich meine Geduld und wir sind wieder da, wo wir begonnen haben.« Nach einer kleinen Pause fuhr er seufzend fort: »Ich weiß nicht, was ich mit ihm anstellen soll. Vielleicht hat ihn sein Absturz heute nachmittag gutgetan. Ich nehme an, er hat Schiß gekriegt, daß er's so bald nicht vergessen wird. Wo ist eigentlich Stierkalb?«

»Kannst du ihn nicht Homer nennen? Es ist schon schlimm genug, daß seine Freunde ihn mit diesem schrecklichen Spitznamen rufen! Er ist mit den anderen Kindern zu den Roten Felsen geflogen, Fledermäuse jagen oder so was.«

Porgies Onkel brummte und stand auf. »Warum kann der Junge nicht zur Abwechslung mal einen Abend zu Hause bleiben? Ich gehe ein wenig Zeitung lesen.«

Porgie saß schon im Wohnzimmer, blätterte eifrig in seinem Schulbuch und sah sehr arbeitsam aus. Der Onkel ließ sich im Sessel nieder, zündete seine Pfeife an und entfaltete die Zeitung. Als er das verbrannte Streichholz in den Aschenbecher werfen wollte, war der natürlich wieder nicht an seinem Platz.

»Blödes Frauenzimmer!« murmelte er vor sich hin und fügte dann mit lauterer Stimme hinzu: »Porgie?«

»Ja, Onkel Veryl?«

»Könntest du mir bitte den Aschenbecher aus der Küche holen?«

»Natürlich«, sagte Porgie und schloß die Augen. Er dachte an die Küche, bis er sie kristallklar vor Augen hatte. Der aus Kupfer getriebene Aschenbecher stand neben dem Spülbecken, wo seine Tante ihn hingestellt hatte, nachdem sie ihn gewaschen hatte. Er konzentrierte sich auf die kleine Kupferschale und flüsterte:

»Aschenbecher, flieg ein Stück,
Folg dem Auge, folg dem Blick.«

Der Aschenbecher zitterte, wackelte und hob sich dann langsam in die Luft.

Porgie konzentrierte sich, visualisierte die Küchentür und den Flur und steuerte ihn hindurch.

»Porgie!« dröhnte seines Onkels ärgerliche Stimme.

Porgie schrak zusammen und im Flur schepperte der Aschenbecher zu Boden.

»Wie oft habe ich dir verboten, im Haus mit Levitation rumzuspielen? Wenn's dir zu mühsam ist, in die Küche zu gehen, geh' ich selbst.«

»Ich wollte doch nur üben«, sagte Porgie kleinlaut.

»Also, üben sollst du draußen! Die Wände sind überall zerkratzt, weil du Sachen dagegenkrachen läßt. Du weißt, daß du mit Telekinese nicht außer Sichtweite rumspielen sollst, bis du die Visualisierung voll beherrschst. Geh und hol mir den Aschenbecher.«

Zerknirscht ging Porgie hinaus. Als er sah, wo der Aschenbecher hingefallen war, pfiff er leise durch die Zähne. Statt in der Mitte des Flures zu fliegen, war er einen Meter neben der geplanten Flugbahn genau auf das Flurtischchen zugeflogen, vor dem er jetzt lag. Eine Sekunde später wäre er gegen Tante Olgas kostbare schwere Alabastervase gekracht.

»Hier ist er, Onkel Veryl«, sagte er kleinlaut, als er in den Wohnraum zurückkam. »Es tut mir leid.«

Der Onkel sah sein unglückliches Gesicht, seufzte und tätschelte ihm freundlich den Kopf.

»Nimm's nicht tragisch, Porgie, es tut mir leid, daß ich dich heute verhauen mußte. Es war nur zu deinem Besten. Deine Tante und ich, wir wollen nicht, daß du in irgendwelche ernsten Schwierigkeiten gerätst. Du weißt, was die Leute von Maschinen halten.« Er schnitt dabei eine Grimasse, als habe er ein übles Schimpfwort ausgesprochen. »Also, geh wieder an deine Bücher – wir wollen vergessen, was heute vorgefallen ist. Und denk dran, Porgie: Wenn du irgend etwas wissen willst, spiel nicht allein herum, sondern komm zu mir, und wir reden drüber, von Mann zu Mann.«

Porgies Miene hellte sich auf: »Da ist etwas, das mich schon eine Weile brennend interessiert.«

»Ja?« fragte der Onkel ermutigend.

»Wie viele Adler würde es brauchen, um einen Menschen so hoch zu tragen, daß er über die Mauer auf die andere Seite gucken kann?«

Onkel Veryl zählte bis zehn – ganz langsam.

Am nächsten Tag machte Porgie sich an sein neues Projekt. Sobald die Schule aus war, ging er zur Öffentlichen Bibliothek und stieg die Treppe hinauf zum Hauptverleih.

»Kinder sind hier nicht zugelassen«, sagte die Bibliothekarin, »die Jugendabteilung ist unten.«

»Aber ich brauche ein Buch«, protestierte Porgie. »Ein Buch über das Fliegen.«

»Diese Abteilung ist nur für Erwachsene.«

Porgie überlegte rasch. »Mein Onkel kann hier Bücher ausleihen, nicht?«

»Das nehme ich an.«

»Und er könnte mich herschicken, eines zu holen, nicht?«

Die Bibliothekarin nickte widerstrebend.

Porgie war stolz darauf, nie zu lügen. Wenn die Bibliothekarin ihn mißinterpretierte, war das ja nicht sein Fehler.

»Also dann, haben Sie irgendwelche Bücher darüber, wie man Sachen fliegen lassen kann?«

»Was für Sachen?«

»So was wie Vögel.«

»Vögel fliegen doch von selbst. Die braucht man nicht fliegen zu lassen.«

»Ich meine nicht richtige Vögel«, sagte Porgie, »ich meine Vögel, die man baut.«

»Ach so, Animation meinst du. Einen Augenblick. Laß mich visualisieren.« Sie schloß die Augen, und ein Karteikasten nach dem anderen öffnete und schloß sich wieder.

»Ah, das könnte sein, was er sucht«, murmelte sie ein Weilchen später und konzentrierte sich noch mal. Ein großes, messingbeschlagenes Buch kam durch die Luft gesegelt und landete vor ihr auf dem Pult. Sie nahm die Indexkarte heraus und hielt sie Porgie hin. »Unterschreib hier mit dem Namen deines Onkels«, forderte sie ihn auf.

Er tat es und verließ, das schwere Buch fest an sich gedrückt, so schnell wie möglich die Bibliothek.

Nachdem er ungefähr drei Viertel des Buches durchgearbeitet hatte, war ihm alle Hoffnung geschwunden. Es war alles Erwachsenenzauberei. Jede der Anweisungen enthielt entweder Wörter, die er nicht verstand, oder verlangte Zutaten, die nicht zu beschaffen waren, wie pulverisiertes Horn vom Einhorn oder das Blut rothaariger Jungfrauen. Er wußte nicht, was eine Jungfrau war – im Lexikon seines Onkels stand nur, daß es die einzigen waren, die auf Einhörnern reiten konnten –, aber es gab ein rothaariges Mädchen namens Dorothy Boggs, die ein paar Häuser weiter unten an seiner Straße wohnte. Er war allerdings sicher, daß weder sie noch ihre Familie seiner Bitte um einen halben Liter ihres Blutes entsprechen würden.

Traurig blätterte er weiter. Fast am Ende des Buches, auf den allerletzten Seiten, fand er schließlich ein Rezept, das er vielleicht probieren konnte.

Er brauchte zwei Tage, um alle Zutaten zu besorgen. Es kostete ihn vor allem Mühe, eine Kröte zu finden – alles andere war zwar übelriechend und eklig, aber leicht aufzutreiben. Das Datum und der genaue Zeitpunkt für das Experiment waren wichtig, und er überraschte Mr. Wikkens mit seinem plötzlichen Interesse für den Kursus in Praktischer Astrologie.

Schließlich, nach langwierigen Berechnungen und Vorbereitungen, beschloß er, daß alles bereit sei.

Spät in der Nacht schlüpfte er aus dem Bett und öffnete die Tür des Schlafzimmers einen Spaltbreit. Abgesehen von den üblichen Geräuschen der Nacht und dem regelmäßigen Schnarchen hinter Onkel Veryls Schlafzimmertür war alles ruhig. Er schloß die Türe leise wieder und holte seinen Besenstiel aus dem Schrank – Onkel Veryl hatte einen Teil der Strafe erlassen.

Geräuschlos flog er durch das Fenster zum Holzschuppen. Sorgfältig prüfte er, ob alle Fenster dicht verhängt waren, bevor er eine Kerze anzündete. Er löste ein Dielenbrett und holte das Buch und die Zutaten hervor. Dann machte er sich ans Werk.

Zunächst modellierte er, so gut er konnte, einen Vogel aus dem Lehm, den er auf dem Friedhof geholt hatte. Dann steckte er ihm mehrere weiße Federn vom Hühnerbraten vom letzten Sonntag als Flügel in die Seiten. Schließlich rieb er das ganze mit einer giftigen Mixtur ein, die er am Vortage hergestellt hatte.

Der Mond verschwand gerade hinter der Mauer, als er mit den Beschwörungen begann. Das Kerzenlicht flackerte auf den Seiten des alten Buches, während er langsam und sorgfältig die schwierigen Worte sprach.

Als es Zeit für die Sache mit der Kröte war, hatte er fast nicht den Mut, aber er gab sich einen Ruck und tat, was zu tun war. Dann stach er sich mit einer Nadel in den linken Zeigefinger und ließ langsam die drei notwendigen Blutstropfen auf die grobe Tonfigur tropfen. Dazu flüsterte er:

»Friedhofserde, staubigtrocken,
Feder vom Hahn,
Krötenauge, fällt in Brocken,
fliegt und steigt heran!

Atemlos wartete er. Er schien sich in einem Kreis absoluter Stille zu befinden. Der Wind draußen in den Bäumen hatte sich gelegt, und er hörte nur seinen eigenen, verhaltenen Atem. Im Schein der flackernden Kerze schien die Tonfigur leicht zu vibrieren, als wolle sie abheben.

Porgie beugte sich näher, voll gebannter Erwartung. Er stellte sich vor, wie er einen Riesenvogel modellieren würde, mit Flügeln, die stark genug waren, ihn über die Mauer zu tragen. In elegantem Schwung würde er über das Schulhaus fliegen, während seine Kameraden gerade in der Pause waren, und ihnen ein wohlwollendes Adieu zuwinken, um dann, wenn sie ihm auf ihren Besenstielen folgen würden, hinaufzusteigen, höher und höher, bis über die Höchstgrenze ihrer Flugstiele, wo er sie machtlos umherkreisen sähe. Schließlich würde er mit großem Abstand über die Mauer fliegen, hinüber ins große Unbekannte.

Die Kerze flackerte nicht mehr, sondern leuchtete klar und hell. Daneben hockte leb- und reglos der Lehmvogel.

Minuten vergingen, bis Porgie es erkannte, als was es war: Ein stinkiger Klumpen Lehm mit ein paar Federn gespickt. Er hatte Tränen in den Augen, als er die tote Kröte aufnahm, und leise sagte: »Es tut mir leid.«

Als er wieder hereinkam, nachdem er die Kröte begraben hatte, konzentrierte er sich scharf auf das Bild des Lehmvogels und ließ ihn schneller und schneller durch den Schuppen fliegen, wobei nach und nach alle Federn abfielen, und Porgie ihn schließlich wütend und voller Abscheu gegen die rohe Bretterwand des Schuppens prallen ließ. Er zerbarst und fiel zu Boden. Porgie trat mit dem Fuß gegen den stinkenden Haufen, wütend, enttäuscht und verwirrt.

Sein zerbrochener Gleiter lag noch immer auf der Werkbank, wo er ihn zurückgelassen hatte. Er nahm ihn in die Hand.

»Du bist wenigstens von allein geflogen«, sagte er, »und ich brauchte keine armen, kleinen Kröten zu töten, um dich zu bauen.«

Dann balancierte er ihn auf seinen Fingern, fühlte sein Gewicht, und begann sich zu fragen, ob die Bretterflügel an seinem Apfelsinenkistenflieger nicht einfach zu schwer gewesen waren.

»Vielleicht, wenn ich die Bretter durch lange, dünne Latten ersetze und sie mit Stoff bespanne . . .«

Während der folgenden drei Monate hatte er in seinem Kopf nur noch Platz für die neue Maschine, die er in einer geräumigen Höhle in dem langgestreckten Hügel hinter dem Arnett-Hain baute. Seine Leistungen in der Schule wurden demzufolge immer schlechter.

Zu Hause war auch nicht alles zum besten. Stierkalb fühlte sich verpflichtet, seine Eltern über Porgies Mißerfolge genauestens zu informieren. Porgie war das allerdings alles ziemlich egal. Er war viel zu beschäftigt. Jede freie Minute, die er zur Verfügung hatte, nutzte er, um Material zu beschaffen und an seinem Gleiter zu bauen.

An dem Tag, an dem er endlich fertig war, konnte er sich kaum davon trennen, um zum Abendessen nach Hause zu gehen. Er kriegte kaum einen Bissen hinunter und wartete nicht einmal den Nachtisch ab.

Dann saß er im Gras vor der Höhle und wartete, daß es dunkel wurde. Langsam gingen nach und nach die Lichter an, die zeigten, wie die Dörfer auf der vierzig Meilen langen Ebene verteilt waren. Darum herum erhob sich dunkel und abweisend die Mauer. Wo immer er auch hinsah, ragte sie hoch hinauf in die Nacht. Er folgte ihr mit den Augen, bis er sich einmal um sich selbst gedreht hatte, und dann schüttelte er seine Faust gegen sie.

Er tätschelte sein plumpes Fluggerät, das hinter ihm im Gras lag, und flüsterte: »Ich werde dich bezwingen! Mein Adler wird mich hinübertragen!«

Der »Adler« war ein seltsames, seifenkistenähnliches Gerät; doch in Porgies Augen war er elegant und schön. Vier lange Stangen bildeten den Rahmen seines offenen Rumpfes, an dem an jedem Ende ein großes Flügelpaar befestigt war.

Als es endlich dunkel genug geworden war, kletterte er hinein und hob das Gestell hoch, so daß er die oberen Latten unter seinen Achseln hielt. Eine Polsterung würde sein Gewicht bequem tragen, sobald er in der Luft war. Der untere Rahmen des Gestells reichte ihm bis zur Hüfte, die Beine hingen unten heraus. So, so meinte er, würde er die Bewegungen des Fliegers steuern können, indem er die Beine vor und zurückschwang. Wenn er das Gewicht nach vorne verlagerte, ginge es abwärts und umgekehrt. Es gab nur eine Möglichkeit herauszufinden, ob seine ›Wenns‹ richtig waren.

Der Adler war ein unhandliches Ungetüm. Ungeschickt arbeitete sich Porgie den Hügel hinauf; seine Halsmuskeln standen vor Anstrengung weit hervor. Als er schließlich den steilen Abhang hinunterblickte, bekam er es mit der Angst zu tun, und er hatte Mühe, Luft zu holen. Mehrmals schluckte er vergeblich, um seine trockene Kehle zu befeuchten. Und dann stürzte er plötzlich los, hielt mühsam das Gleichgewicht während seine stolpernden Schritte schneller wurden. Schneller und schneller. Seine Sprünge immer größer und weiter. Und die Flügel des Adlers begannen ihn zu tragen. Schließlich baumelten seine Beine frei in der Luft.

Er flog.

Er wagte nicht, den Kopf zu bewegen, und schielte nur vorsichtig nach unten. Der Boden glitt einige Meter unter ihm vorbei. Vorsichtig schwenkte er die Beine nach hinten, und die Gleichgewichtsverlagerung ließ die Nase des Adlers nach oben schwenken. Er flog höher und höher, bis er eine Verlangsamung spürte. Instinktiv lehnte er sich wieder nach vorn und gewann dadurch an Schnelligkeit.

Als er den Fuß des Abhangs erreicht hatte, flog er etwa fünfzig Meter hoch. Er schwenkte seine Beine leicht zur Seite, und der Gleiter neigte sich seitwärts und machte eine Kurve. Beim Überfliegen einer Baumgruppe spürte er plötzlich einen Aufwind, der ihn drei, fünf, zehn Meter emportrug und dann wieder nachließ.

Die Landung war schwierig. Mit mehr Glück als Geschicklichkeit landete er im hohen Gras der Wiese und hatte nur ein paar leichte Kratzer. Einen Augenblick lang blieb er sitzen und ruhte sich aus. In seinem Kopf drehte sich alles vor Aufregung. Er war geflogen wie ein Vogel, ohne seinen Besen, ohne ein einziges Wort auszusprechen. Es *gab* andere Methoden als die der Magie!

Seine Begeisterung war mit einem Schlag wie weggeblasen, als ihm klar wurde, daß das Fliegen den Hügel hinunter ein Vergnügen war, der Weg über die Mauer aber nach *oben* ging. Außerdem befand er sich jetzt eine halbe Meile unterhalb der Höhle und er konnte das unhandliche, schwere Ungetüm niemals allein den Hügel hinaufschaffen und vor Tagesanbruch verstecken. Das war schlimm. Schlimme Probleme kamen da auf ihn zu. Die Leute mochten Maschinen nicht und reagierten böse auf solche, die sie bauten.

Besenstiele flogen zwar nicht hoch, dachte er, aber sie hatten den Vorteil, daß man nach einem Flug nicht nach Hause laufen mußte.

»Wenn ich einen starken Besenstiel hätte«, dachte er, »dann könnte ich den Adler damit den Berg hinauf fliegen.«

Er sprang auf die Füße. Das konnte ja vielleicht klappen!

So schnell er konnte, rannte er den Hügel hinauf und erreichte atemlos den Höhleneingang. Ohne abzuwarten, bis er wieder zu Atem gekommen war, schwang er sich auf seinen Besen und flog zurück zum Adler.

Fünf Minuten später sprach er:

»Besen flieg.
steig empor
über die Wolken
himmelhoch flieg!«

Es ging nicht. Konnte nicht, Porgie hatte ihn am Rahmen des Adlers festgebunden. Aber als er den Gleiter aufhob, wog er nur noch ein Zehntel seines ursprünglichen Gewichts. Den Rest trug der Hexenbesen.

Er schleppte ihn den Hügel wieder hinauf und verstaute ihn in der Höhle. Dann sah er beunruhigt in den Himmel. Es war später, als er geplant hatte. Er müßte längst zuhause und im Bett sein – aber als er an das Gefühl von Kraft dachte, das er während des Fluges empfunden hatte, konnte er nicht widerstehen und holte den Adler wieder heraus.

Er prüfte noch mal, wie gut der Besen am Holzrahmen befestigt war, und rannte wieder den Hügel hinunter. Als er diesmal in den Aufwind über den Baumwipfeln geriet, trug dieser ihn über fünfzig Meter hoch, bevor er ihn wieder verlor. Er kreiste durch die Dunkelheit, bis er ihn wiederfand, und hielt sich lange darin. Er kreiste immer höher – höher, als sein Besen je geflogen war!

Als er sich anschickte, zurückzukehren, war es allerdings nicht ganz einfach. Zweimal geriet er in Abwinde, die ihn fast Bruchlandungen beschert hätten, ehe er einen Aufwind finden konnte. Aber die Tragkraft des Besens reichte jedesmal gerade eben aus, ihn in der Luft zu halten, und machte den Adler so leicht, daß es nur einen schwachen Windstoß brauchte, um ihn wieder in die Höhe zu heben.

Diesmal landete er nur einen Steinwurf vom Höhleneingang entfernt.

»Morgen abend!« dachte er überschwenglich, während er den Besen losband, »morgen abend!«

Am nächsten Abend ging er wieder hinauf und viele Nächte danach. Der Adler reagierte sehr sensibel auf jeden Aufwind, und Porgie lernte, stundenlang in der Luft zu bleiben, jede warme Strömung zu nutzen. Es fiel ihm nicht leicht, sein Geheimnis für sich zu behalten, seinen

Erfolg mit niemandem zu teilen, aber es ging nicht anders. Nachts schlich er hinaus, um zu üben, und kurz vor Sonnenaufgang schlüpfte er wieder ins Bett, um ein wenig Schlaf zu bekommen.

Er malte einen roten Kreis um das Datum seines vierzehnten Geburtstages. Er hatte einen wichtigen Grund, diesen Tag erwartungsvoll herbeizusehnen.

In der Welt innerhalb der Mauer betrachtete man den vierzehnten Geburtstag als den Tag an dem aus großen Jungen junge Männer wurden. Und, was das wichtigste war, man wurde zum Großen Turm gebracht, wo die Adepten lebten, und bekam einen richtigen Hexenbesen, der, mit den stärksten Zaubern versehen, bis zu zweihundert Meter hoch fliegen konnte, doppelt so hoch wie die der Jugendlichen.

Porgie brauchte einen Männerbesen, weil nur die stärksten Aufwinde ihn über die Hundert-Meter-Grenze seines kleinen Besens heben konnte. Er mußte fast die Höhe der Mauer erreichen, ehe er über die große Ebene fliegen konnte, die ihn vom Box-Canyon mit seinen starken Aufwinden trennte.

So zählte er die langsam verstreichenden Tage und trainierte mit dem Adler während der schnell vergehenden Nächte.

Am Nachmittag seines vierzehnten Geburtstages saß Porgie erwartungsvoll auf der Treppe vor dem Haus, hatte seine beste Hose an und wartete auf seinen Onkel. Stierkalb kam heraus und setzte sich neben ihn.

»Die Bande trifft sich heute auf dem Kahlen Berg«, sagte er, »schade, daß du nicht mitkommen kannst!«

»Ich kann kommen, wenn ich will!« gab Porgie zurück.

»Wie denn?« kicherte Stierkalb. »Willst du dir Flügel wachsen lassen bis heute abend? Der Kahle Berg ist hundertsiebzig Meter hoch, und dein Babybesen trägt dich nicht so hoch.«

»Heute ist mein Geburtstag.«

»Und du meinst, du kriegst einen neuen Besen?«

Porgie nickte.

»Kriegst du aber nicht. Ich habe Mama und Papa reden gehört. Papa ist sauer, daß du die Alchemiearbeit verhauen hast. Er meint, er müsse dir eine Lektion erteilen.«

Porgie wurde übel, aber er wollte Stierkalb den Triumph nicht gönnen.

»Ist mir wurscht«, sagte er. »Wenn ich will, komm' ich trotzdem. Warte nur ab.«

Stierkalb lachte hämisch und schwang sich auf seinen Besen. Porgie wartete noch eine Stunde, aber sein Onkel kam nicht heraus.

Schließlich ging er ins Haus zurück. Niemand erwähnte seinen neuen Besen bis zum Abendessen. Nach dem Essen rief sein Onkel ihn ins Wohnzimmer und sagte ihm, daß er ihn nicht bekomme.

»Aber, Onkel Veryl, du hattest ihn mir versprochen.«

»Es war eine Bedingung daran geknüpft, Porgie, ein großes *Wenn* . . . Erinnerst du dich?«

Porgie blickte zu Boden und scharrte mit dem Fuß. »Ich habe mir Mühe gegeben.«

»Hast du das wirklich?« Sein Onkel sah ihn streng und ein wenig mitleidig an. »Auch heute, als du in der Schule eingeschlafen bist? Ich habe versucht, mit dir zu reden, und ich habe versucht, dich zu verprügeln. Beides scheint ohne Wirkung zu bleiben. Vielleicht hilft dies. Geh jetzt in dein Zimmer und arbeite. Wenn du mir zeigen kannst, daß deine Schulleistungen sich verbessert haben, können wir wieder über den Besen reden.«

Porgie war natürlich schon zu groß, um zu weinen, aber als er in sein Zimmer kam, konnte er es nicht länger unterdrücken. Er warf sich auf sein Bett und verbarg sein Gesicht in den Kissen. Er hörte ein Geräusch am Fenster und hob den Kopf. Stierkalb saß auf seinem Besen und grinste schadenfroh.

»Was willst du?« schniefte Porgie.

»Nur kleine Kinder weinen«, sagte Stierkalb.

»Ich weine nicht, ich bin erkältet.«

»Ich habe eben Mr. Wickens getroffen. Er kam gerade aus der alten Höhle hinter dem Arnett-Hain. Er holt den Schwarzen Mann, wetten?«

»Ich weiß nichts von der alten Höhle«, sagte Porgie und saß plötzlich kerzengerade auf seinem Bett.

»Natürlich weißt du's. Ich bin neulich hinter dir hergeschlichen. Du hast dort eine Maschine. Ich hab's Mr. Wickens erzählt. Es schien ihn brennend zu interessieren. Er hat mir einen Fünfziger gegeben.«

Porgie sprang zum Fenster, und mit rotem Gesicht und geballten Fäusten schrie er: »Ich werde dich verprügeln!«

Doch Stierkalb schwang seinen Besen herum und machte ihm eine lange Nase. Als Porgie anfing, mit Gegenständen nach ihm zu werfen, flog Stierkalb in Richtung des Kahlen Berges davon, zur Versammlung.

Porgies Onkel wollte sich gerade in der Küche eine Scheibe Brot streichen, als es an der Haustür läutete. Knurrend ging er öffnen. Mr. Wickens stand draußen. Er war etwas geblendet vom hellen Licht im Haus und schien zu zögern, als wisse er nicht, wie er beginnen sollte.

»Ich habe schlechte Nachrichten für Sie«, sagte er schließlich. »Ist Ihre Frau noch wach?«

Porgies Onkel nickte.

»Sie sollte es auch hören.«

Tante Olga legte ihr Strickzeug nieder, als sie den Wohnraum betraten.

»Sie sind spät unterwegs, Mr. Wickens.«

»Nicht ganz freiwillig, muß ich sagen.«

»Porgie hat etwas angestellt«, erklärte der Onkel.

Tante Olga seufzte. »Was ist es denn diesmal?«

Mr. Wickens zögerte, räusperte sich und sagte schließlich: »Porgie hat eine Maschine gebaut. Der Schwarze Mann hat es mir gesagt. Er kommt den Jungen heute Nacht holen.«

Onkel Veryl rannte die Treppe hinauf, aber Porgie war nicht in seinem Zimmer.

Tante Olga saß auf ihrem Stuhl und weinte.

Der Mond stand hoch und tauchte die Landschaft in bleiches Licht. Porgie konnte die Welt weit unter sich fast so deutlich erkennen wie bei Tag. Einige Meilen entfernt zu seiner Linken sah er kleine, flackernde Feuer auf dem Kahlen Berg, wo die Jungen ihr Treffen hatten. Er wehrte sich zunächst gegen den Impuls und unterlag ihm dann doch. Er ließ den Adler über einer Baumgruppe kreisen, bis ihn die starken Aufwinde fast bis auf die Höhe der Mauer getragen hatten, dann verlagerte er sein Gewicht, und der Adler segelte hinüber zu den leuchtenden Feuern.

Ein paar Minuten später kreiste er über ihnen, zweihundertachtzig Meter hoch, und erkundete die Luftströmungen über den Felsen. Eine starke Abwärtsströmung auf der anderen Seite des Kahlen Berges ließ ihn ein Stück absacken, aber er machte eine scharfe Wende und geriet in eine ruhigere Zone ehe er zu viel an Höhe verloren hatte. Auf der Gegenseite, in Richtung Box-Canyon, fand er die gesuchten starken Aufwinde, die keine Höhengrenze zu haben schienen.

Er merkte sich die Stelle genau und begann dann, abwärts zu kreisen und sich der Versammlung zu nähern. Bald war er nah genug, um die einzelnen Gestalten um die kleinen Feuer hocken zu sehen.

»He, Stierkalb!« schrie er, so laut er konnte.

Eine schlaksige Gestalt sprang auf und blickte wild um sich, die Quelle der Geisterstimme suchend.

»Hier oben!«

Porgie holte einen Kieselstein aus der Tasche und warf ihn hinunter. Er schlug direkt vor Stierkalb auf einen Felsen, und Porgies Vetter schrie erschreckt auf. Die anderen Jungen waren aufgesprungen und sahen nach oben.

»Ich habe gesagt, daß ich zum Treffen kommen kann, wenn ich will«, rief Porgie, »aber jetzt habe ich keine Zeit mehr für Kindereien. Ich gehe über die Mauer.«

Bei seiner alten Runde über die Hochebene war er kaum mehr als zehn Meter hoch. Als er sich vorbeugte, war sein Gesicht im Feuerschein deutlich zu sehen. Er hielt einen Daumen an seine Nase und wackelte mit den Fingern. »Ätsch, ihr könnt mich nicht kriegen!«

Seine Füße berührten fast den Boden, als er zum Rand des Abgrundes segelte. Eine angstvolle Sekunde lang mußte er warten, dann fühlte er den starken, stetigen Druck des Aufwindes unter den Flügeln seines Adlers.

Er sah zurück. Die Jungen liefen aufgeregt durcheinander und versuchten zu begreifen, was geschehen war. Dann kam ein wütender Befehl von Stierkalb, und nach einem Moment verwirrten Zögerns sprangen sie alle zu ihren Besen und schwangen sich in die Luft.

Porgie kalkulierte im Geiste seine Höhe und entspannte sich dann. Er war fast auf ihrer Höchstgrenze und würde weit darüber sein, bevor sie ihn erreichen konnten.

»Na, kommt schon hoch!« schrie er. »Nur kleine Kinder spielen so weit unten.«

Stierkalbs Besen konnte nicht mehr höher. Hilflos kreiste er und schüttelte seine Faust gegen die Maschine, die ruhig über ihm segelte.

»Warte nur!« brüllte er. »Du kannst ja nicht die ganze Nacht da oben bleiben. Irgendwann mußt du runter kommen. Und dann: wehe dir!«

»Ätsch, ätsch, ätsch!« sang Porgie und stieg höher und höher in die mondhelle Nacht.

Als der Aufwind nachließ, war er nicht so hoch, wie er gerne gewesen wäre, aber er konnte es nicht ändern. Er wendete und segelte über die Ebene in Richtung Box-Canyon. Er wünschte jetzt, er hätte Stierkalb und die anderen in Ruhe gelassen, denn sie folgten ihm auf ihrer Höchstgrenze. Wenn er so tief absackte, bevor die Aufwinde des Canyon ihn auffingen, würde er Schwierigkeiten bekommen. Er versuchte, seinen Gleitflug noch flacher zu halten, aber verlor fast dreißig Meter Höhe, bevor er die Kontrolle zurückgewann. Es war unmöglich, oberhalb von Stierkalbs Höchstgrenze zu bleiben.

Stierkalb hatte es auch erkannt und ließ einen schrillen Schrei hören: »Warte nur! Du kannst was erleben!«

Porgie schielte über den Rand seines Gleiters, wo unter ihm in der Dunkelheit das mondbeschienene Teiggesicht seines Vetters zu erkennen war.

»Laßt ihn in Ruhe, Jungs, ich knöpf' ihn mir allein vor!« rief Stierkalb. Die anderen blieben zurück, als der Adler langsam tiefer glitt. Stierkalb schoß herbei und ritt neben Porgie her.

Er zeigte gebieterisch zu Boden und rief: »Geh runter, oder ich schmeiß' dich runter!«

Porgie trat nach ihm und brachte seine Maschine zum Schwanken. Er war nicht schnell genug. Stierkalb konnte leicht mithalten. Er flog eine Kurve, kam zurück und packte das äußerste Ende des Vorderflügels. Langsam und boshaft begann er, ihn auf und abzuschaukeln und dabei grob zu verdrehen.

»Geh runter, oder ich brech' ihn ab!« schrie er dazu.

Porgie wurde fast wahnsinnig, als das Schaukeln ihn um ein Haar die Kontrolle verlieren ließ.

»Laß los!« schrie er, und seine Stimme überschlug sich dabei.

Stierkalb hatte einen seltsam erregten Ausdruck im Gesicht, als er dem Adler noch einen Stoß gab. Die anderen Jungen bekamen Angst, als sie sahen, was geschah.

»Laß gut sein, Stierkalb«, rief einer. »Willst du ihn umbringen?«

»Halt die Klappe, oder dir passiert das gleiche!« rief Stierkalb zurück.

Porgie versuchte, einen klaren Gedanken zu fassen. Sein Besen war so am Adler befestigt, daß er ihn niemals rechtzeitig losmachen konnte, um sich zu retten. Er starrte in die Dunkelheit, bis er ein ganz klares Bild von Stierkalbs Besen vor Augen hatte. So ein großes Ding hatte er bisher noch nie probiert, aber es war seine einzige Chance.

Er spannte alle Muskeln und konzentrierte sein ganzes Bewußtsein auf das Bild. Er wußte, daß Worte nichts halfen, aber er murmelte sie trotzdem:

»Besenstiel halt an!
Spring zurück, spring voran!«

Er fühlte einen scharfen, stechenden Schmerz im Kopf. Er biß die Zähne zusammen und kämpfte gegen den roten Nebel an, der ihn zu verschlingen drohte. Plötzlich hörte er einen halb überraschten, halb angstvollen Schrei vorne am linken Flügelende. Stierkalbs Besen war abrupt stehengeblieben und hatte wild zu kreiseln begonnen, so daß sein Reiter Mühe hatte, darauf sitzen zu bleiben.

»Und ihr anderen«, schrie Porgie, »haut ab, oder ich mach' mit euch dasselbe!«

Sie blieben zurück und flogen verstört durcheinander. Porgie sah, wie sie einen verängstigten Halbkreis um den schluchzenden Vetter bildeten. Mit einem erleichterten Seufzer ließ er ihn los.

Während er davonsegelte, drehte er sich noch mal um und rief leise: »Ätsch, ätsch, ätsch, ihr kriegt mich nicht!«

Er war nur noch knapp zwanzig Meter über dem Boden, als er schließlich am Ende des Box-Canyon von dem mächtigen Aufwind gepackt wurde. Während er sich in einer engen Spirale in die Höhe schraubte, hing er schwer in den Achselstützen und zitterte am ganzen Leib.

Die Spannseile, die den Vorderflügel am Rumpf hielten, waren durch die schlechte Behandlung die sie erfahren hatten, gefährlich locker geworden. Noch ein einziger solcher Schlag mehr, und der ganze Vorderflügel wäre womöglich nach hinten weggebrochen und hätte ihn auf die zerklüfteten Felsen stürzen lassen. Der ganze Adler wurde erschüttert, wenn die Tragflügel in ihren losen Spannseilen schlackerten. Mit beiden Händen versuchte er, die Sparren zu halten, um sie zu stabilisieren.

Auf hundert Metern Höhe ließ die Tragkraft seines Besens abrupt nach. Der Adler fühlte sich plump und schwer an, doch die Strömung war nach wie vor stark, und er stieg langsam und stetig höher. Meter um Meter kreiste er aufwärts bis auf Mauerhöhe. Er verlor mehr als dreißig Meter, als er aus der Strömung geriet und eine Weile suchen mußte, bis sie ihn wieder einfing. Wolken türmten sich über der Mauer, und er empfand eine kurze Panik, als er in sie hineintauchte.

Für einen Augenblick gab es kein Rechts und Links, kein Oben und Unten mehr, nur feuchtes, undurchdringliches Weiß. Er fürchtete, der Adler würde außer Kontrolle geraten; aber er blieb stetig. Porgie vertraute seinem Gefühl für die Luftbewegungen, das er bei den vielen Übungsflügen entwickelt hatte.

Die Spannseile hatten sich weiter gelockert. Er konnte den Flügel mit seinen Händen nicht mehr am Wackeln und Rütteln hindern. Entschlossen kämpfte er, um die Kontrolle über sein Flugzeug und über sich selbst, gegen die Versuchung, sich im flachen Gleitflug zurück in Sicherheit und Normalität tragen zu lassen.

Seine mutige Entschlossenheit begann ihn zu verlassen. Aber plötzlich tauchte er aus der Wolke in die mondklare Nacht. Der Aufwind unter ihm war schwächer geworden. Er flog einen sanften Bogen, um sein Zentrum wiederzufinden.

Und da entdeckte er etwas Seltsames, Ungewöhnliches, fast Beängstigendes. Zum ersten Mal in seinem Leben war keine Mauer mehr da, die ihm die Sicht verdeckte, keine schwarze Mauer, die den Fernblick verwehrte.

Er war über ihr!

Doch es blieb ihm keine Zeit zum Schauen. Mit lautem »Ping!« riß ein Spannseil, und die Hauptsparre des Vorderflügels schlug heftig auf und nieder. Der Gleiter begann zu schlingern und drohte, in die Tiefe zu stürzen. Porgie kämpfte um die Kontrolle, schlenkerte mit den Beinen, um die Schleuderbewegungen aufzufangen, die ihn aus der Bahn zu werfen drohten.

Wenn er schon abstürzen mußte, dann jenseits der Mauer. So würde er wenigstens über Mr. Wickens und den Schwarzen Mann triumphieren.

Er war jetzt genau über der Mauer. Wie eine breite Straße verlief sie unter ihm, und ihre glatte, schwarze Oberfläche glänzte im Mondschein.

Einem schnellen Impuls folgend, schwenkte er seinen Körper nach rechts vorn. Die plumpe Maschine neigte sich abrupt und sauste auf die Maueroberfläche zu.

Vierzig Meter, fünfunddreißig, dreißig, zwanzig, fünfzehn – er hatte keinen Platz zum Manövrieren. Es mußte beim ersten Mal klappen – zehn, fünf –

Er warf sein Gewicht nach hinten und riß die Spitze des Adlers plötzlich hoch. Eine kostbare Sekunde lang widerstanden die Flügel, sein Fall wurde heftig abgebremst. Dann, mit lautem Splittern, brach der Vorderflügel ab und schlug ihm ins Gesicht. Einige Augenblicke blinden, wirbelnden Fallens und ein splitterndes Krachen, das ihn ins Dunkel warf.

Benommen befreite sich Porgie aus dem Wrack seiner Maschine. Der Adler hatte seinen letzten Flug hinter sich. Er lag gefährlich nah am äußersten Rand der Mauer, der halbe Vorderflügel baumelte über dem Nichts.

Vorsichtig kroch Porgie über die feuchte, glitschige Oberfläche der Mauer bis zur Mitte. Dort hockte er sich hin, um auf den Morgen zu warten. Er war völlig erschöpft, sein Körper so ausgepumpt, daß er gegen seinen Willen immer wieder in einen unruhigen Schlaf fiel.

Jedesmal, wenn er einschlief, kämpfte er sich zum Wachsein zurück, um den Alptraumgestalten zu entkommen, die durch sein Gehirn spukten. Er fiel, verfolgt von wirbelnden, fledermausartigen Wesen mit Teiggesichtern. Er war in einem engen Raum, und die Wände rückten immer näher, und er hörte die Stimme von Stierkalb in der Ferne singen: »Du kannst was erleben!«

Dann wurde der Raum ein dunkler Tunnel, und er rannte. Mr. Wickens war dicht hinter ihm, und er hatte lange, spitze Zähne und rief immerzu: »Porgie, Porgie!«

Er schüttelte sich wieder wach und kroch zum Rand der Mauer, um in die Äußere Welt hinunterzuschauen. Die Wolken hatten sich wieder zusammengeballt und verbargen die dreihundert Meter Tiefe. Er kroch zurück auf seinen alten Platz und blickte nach Osten. Er hoffte auf die ersten Anzeichen der Morgendämmerung, aber es war noch dunkel!

Er schlief wieder ein. Und wieder hörte er die Stimme »Porgie! Porgie!«

Er öffnete die Augen und setzte sich aufrecht. Die Stimme rief noch immer, obwohl er jetzt wach war. Sie schien von hoch oben zu kommen.

Sie kam näher und näher, und plötzlich sah er etwas in der Dunkelheit – eine schwarze Gestalt kreiste über der Mauer wie eine Riesenkrähe. Sie kam näher und näher; ein schwarz gekleideter Mann mit ausgebreiteten Armen und langen, gebogenen Fingern wie Krallen!

Porgie rappelte sich auf und rannte, seine Füße glitschten auf der feuchten, glatten Oberfläche. Er blickte über die Schulter zurück. Der Schwarze Mann war fast über ihm. Porgie versuchte, einen Haken zu schlagen, und rutschte aus.

Er fühlte, wie er über die glatte Oberfläche schoß, versuchte, sich festzukrallen, aber er fand keinen Halt. Er fühlte die feuchte Kälte unter sich wegrutschen; dann Nichts, als er über den Rand ins Leere flog.

Er drehte sich im Fallen. Erst waren die Wolken unter ihm, dann sah er den Sternenhimmel; er fühlte sich gewiegt, in der Zeit aufgehängt. Da war keine Angst. Da war gar nichts.

Nichts – bis plötzlich der Himmel über ihm von der schwarzen Gestalt verdeckt wurde, die, schrecklich wie ein großer Raubvogel hinter ihm herschoß.

Porgie strampelte und trat um sich. Ein Fuß trat etwas Festes, und einen Augenblick lang war er wieder frei. Dann packten ihn starke Arme von hinten, und er wurde aus dem Nichts in eine Welt von Angst und Schrecken gerissen.

Plötzlich ein Druck auf seiner Brust, und er fühlte, wie er emporgetragen wurde. Er wurde sanft auf der Mauer abgesetzt.

Aufrecht und herausfordernd stand er da und starrte die schwarze Gestalt an.

»Ich gehe nicht zurück. Niemand kann mich zwingen!«

»Du brauchst nicht zurückzugehen, Porgie!«

Er konnte das verhüllte Gesicht nicht sehen, doch die Stimme erschien ihm seltsam vertraut.

»Du hast dir das Recht verdient, zu sehen, was auf der anderen Seite ist«, sagte der Schwarze Mann und lachte. Dann nahm er die Kapuze ab, die sein Gesicht verdeckte.

Im Mondschein erkannte Porgie Mr. Wickens!

Der Schulmeister lachte freundlich. »Ja, Porgie, ich bin der Schwarze Mann! Ein kleiner Schock, nicht wahr?«

Porgie setzte sich plötzlich hin.

»Ich bin von draußen«, sagte Mr. Wickens und setzte sich ebenfalls auf die nassen Steine. »Eine Art Beobachter.«

In Porgies Kopf wirbelte alles durcheinander. »Beobachter?« sagte er verständnislos. »Draußen?«

»Draußen. Dort wirst du die nächsten Jahre verbringen. Ich glaube nicht, daß du das Leben dort besser finden wirst. Auch nicht schlechter. Aber anders, das ist sicher.« Er kicherte. »Erinnerst du dich, was ich dir damals in der Schule gesagt habe – daß der Mensch nicht zwei Wege gleichzeitig gehen könne, daß Geist und Natur im Konflikt seien? Das ist wahr und doch falsch. Du kannst beides, aber es braucht zwei verschiedene Welten dazu.

Draußen, wo du jetzt hingehst, ist die Welt der Maschinen. Es ist auch eine gute Welt. Aber die Menschen, die dort leben, erkannten vor langer, langer Zeit, welchen Preis sie dafür zahlen mußten. Kontrolle über die Natur bedeutete, daß die Kräfte des Geistes vernachlässigt wurden, denn die Maschine ist ein Ding der Logik und des Verstandes. Wunder sind das nicht. So bauten sie die Mauer und siedelten dort Menschen an, denen sie solche Bücher und solche Gesetze gaben, die der Entwicklung des Geistes dienen würden. Jedenfalls hofften sie, daß es so funktionieren würde, und es ging.«

»Aber – aber wozu die Mauer?« fragte Porgie.

»Weil sie richtig vermutet haben: Es gibt Zauberkraft.« Er holte ein Schlüsselband hervor. »Heb das hoch, Porgie.«

Porgie starrte darauf, bis er das Bild präzise vor seinem inneren Auge sah, dann konzentrierte er sich, bis der Schlüsselbund in der Luft schwebte. Schließlich ließ er ihn wieder in Mr. Wickens Hand fallen.

»Was sollte das?«

»Die von draußen können das nicht«, sagte der Lehrer, »sie beherrschen auch keine bewußte Telepathie – was ihr Geistreden nennt. Sie können das nicht, weil sie nicht wirklich glauben, daß es das gibt. Die Leute innerhalb der Mauer glauben daran, weil sie in einer Atmosphäre von Zauberei leben. Wenn eines Tages diese Dinge so weit erforscht sind, daß es nur noch eine Frage von Methode und Training ist, dann werden die Rituale und der Hokuspokus und der tiefverwurzelte Glauben an die Existenz übernatürlicher Kräfte überfüssig sein.

Jeder wird lernen können, diese Phänomene zu handhaben, und die Krücken können weggeworfen werden. Dann wird die Mauer einstürzen. Aber bis dahin . . .«, er hielt in gespielter Strenge inne, ». . . bis dahin wird immer ein Schwarzer Mann darauf achten, daß die Leute von drinnen sich nicht in der Mitte spalten und zwei Wege gleichzeitig zu gehen versuchen.«

»Aber Sie sind doch ohne Maschine geflogen«, sagte Porgie zweifelnd.

Der Schwarze Mann öffnete seinen Umhang und zeigte eine kleine, glänzende Scheibe, die vor seine Brust geschnallt war. Er klopfte darauf. »Eine Maschine, Porgie. Eine Maschine, so wie dein Gleiter, nur von anderer Art und viel, viel besser. Schon fast so gut wie Levitation. Geist und Natur . . . Magie und Wissenschaft . . . vielleicht kommen sie eines Tages zusammen.«

Er schloß den Umhang wieder. »Es ist kalt hier oben. Wollen wir nicht gehen? Morgen ist Zeit, herauszufinden, was außerhalb der Mauer ist, die die Welt umgibt.«

»Können wir nicht warten, bis die Wolken sich verziehen? fragte Porgie gedankenversunken. »Ich würde es gerne das erste Mal von hier oben sehen.«

»Können wir natürlich«, meinte Mr. Wickens, »aber da unten wartet jemand auf dich, den du schon lange nicht mehr gesehen hast. Der würde sich Sorgen machen.«

Porgie schaute ihn verständnislos an. »Ich kenne niemanden draußen. Ich . . .« Er hielt plötzlich inne. »Doch nicht mein Vater?«

»Wer sonst? Er kam auf dem leichten Weg heraus. Komm, laß uns gehen und ihm zeigen, zu was für einem Mann sein Sohn herangewachsen ist. Bist du bereit?«

»Ich bin bereit«, sagte Porgie.

»Dann hilf mir, deinen Flieger zur anderen Seite der Mauer zu ziehen, so daß wir ihn nach drinnen schubsen können. Wenn die Leute das Wrack am Morgen finden, wissen sie, was der Schwarze Mann mit denen macht, die Maschinen bauen, statt anständig zu studieren. Es dürfte einen guten Einfluß auf Stierkalb und die anderen haben.«

Er ging zum Wrack des Adlers und begann, daran zu zerren.

»Warten Sie«, sagte Porgie. »Lassen Sie mich das machen.« Er starrte auf den zerborstenen Gleiter, bis ihm die Augen brannten. Dann nahm er alle Kraft zusammen und hob ihn hoch. Langsam, mit wachsendem Selbstbewußtsein, ließ er ihn in die Höhe steigen, bis der Adler leicht schaukelnd über der Mauer schwebte. Dann gab er ihm einen plötzlichen Schubs über den Abgrund und ließ ihn los.

Schweigend standen sie nebeneinander und sahen zu, wie der Adler mit gebrochenen Flügeln abwärtsschoß.

Als er in der Dunkelheit verschwunden war, hob Mr. Wickens Porgie auf und wandte sich zur anderen Seite der Mauer.

»Warten Sie einen Moment«, sagte Porgie. Er erinnerte sich an den Tag im Büro des Lehrers und an die Weidenrute, die gehorsam in seiner Hand gelandet war. »Wenn Sie von draußen sind, wieso können Sie dann Levitation?«

Mr. Wickens lächelte. »Oh, ich bin drinnen geboren. Ich kam zum erstenmal nach draußen, als ich ein kleines bißchen älter war als du.«

»In einem Gleiter?« fragte Porgie.

»Nein«, sagte der Schwarze Mann. »Ich fing mir ein halbes Dutzend Adler.«

Operation Salamander

Poul Anderson

Seit mehr als fünfunddreißig Jahren hat Poul Anderson Leser mit niveauvoller Science-fiction und Fantasy unterhalten. Er hat durchweg stilistische Qualität mit interessanten Ideen verbunden und ist immer noch auf der Höhe seiner Fähigkeiten. Unter den vielen Auszeichnungen, die ihm zuteil geworden sind, sind sechs HUGOs, zwei NEBULAs und der Tolkien Memorial Award. Er war in der Vergangenheit Präsident der Science Fiction Writers of America und Ehrengast auf der World Science Fiction Convention 1959. Er hat Erzählungen jeder Länge, vom Roman bis zur Kurzgeschichte, geschrieben, doch seine besonderen Fähigkeiten liegen auf dem Gebiet der Novelle. Unter seinen Fantasy-Werken ist er am besten für zwei wundervolle Romane bekannt – *Three Hearts and Three Lions* (1961; dt. *Dreiherz,* 1980) und *A Midsummer Tempest* (1974; dt. *Ein Mittsommernachts-Sturm,* 1982).

Der Himmel war voll von Besen, und die Polizei wurde verrückt, als sie versuchte, den Verkehr zu regeln. Der Wettkampf zu Semesterende lockte immer gewaltige Volksmassen an und war Anlaß zu überschwenglicher Fröhlichkeit. Die teilte ich nicht. Ich lenkte meinen zerschundenen Vorkriegs-Chevvy an einem riesigen 200-Drachenkräfte-Lincoln mit himmelblauem Griff und Polyäthylenborsten und laut plärrendem Radio vorbei. Er feixte mich an, aber ich war zuerst auf dem leeren Ständer. Ich saß ab, steckte den Runenschlüssel in die Tasche und lutschte mürrisch durch die Menge.

Die Wetterbüro-Katschinas sind den Spielnächten gegenüber zuvorkommend. Es lag eine kühle Frische in der Luft, und trockene Blätter raschelten über die Straße. Ein Erntemond erhob sich wie ein reifer, gelber Kürbis über den im Dunkeln liegenden Gebäuden der Trismegistus-Universität.

Ich dachte an die Felder und Wälder des Mittelwestens, den Geruch feuchter Erde und treibende Nebelschwaden, draußen vor der Stadt, und der Wolf in mir wollte auf und davon und hinter Hasen herjagen. Doch mit dem richtigen Training kann ein Wer seine Reflexe kontrollieren, und polarisiertes Licht braucht nicht mehr als einen primitiven Kitzel entlang seiner Nervenbahnen zu verursachen.

Was mich anging, blieb der Impuls bald in unfreundlicheren Gedanken stecken. Ginny, mein Liebling! Sie hätte hier neben mir gehen sollen, das Gesicht in den Wind erhoben und das lange Haar wehend im leichten Frost; aber der einzige Trost, den ich hatte, war eine illegale Taschenflasche. Warum, zum Teufel, ging ich überhaupt zu dem Spiel?

Als ich am Korpshaus der Teth Caph Sameth-Vereinigung vorbeikam, befand ich mich auf dem eigentlichen Campus. Trismegistus war nach der Machtergreifung der modernen Wissenschaft gegründet worden, und die Gestaltung und die Anlage machten dies deutlich. Im größten der Gebäude war das Spracheninstitut untergebracht, weil exotische Sprachen unerläßlich für den potenteren Zauber sind (darum kommen auch so viele afrikanische und asiatische Studenten hierher, um amerikanischen Slang zu lernen); doch es gibt zwei englische Abteilungen, eine für die Kunstschule und eine für Poesietechnik. Daneben liegt das Gebäude der Therianthropologie, wo immer interessante Ausstellungen fremder Techniken stattfinden: In diesem Monat waren es Eskimo, zu Ehren des Besuches von Dr. Ayingalak. Etwas abseits liegt die Zoologie, sorgfältig mit dem pentagonalen Zaun eingefaßt, denn manche dieser langbeinigen Tierchen sind nicht gerade angenehme Nachbarn. Die medizinische Abteilung hat einen nagelneuen Forschungslaboranbau, eine Spende der *Rockefeller Foundation*, aus dem schon erstaunliche Neuerungen hervorgegangen sind, wie zum Beispiel die Polaroidfilter-Linsen, die es denen, die mit dem bösen Blick geschlagen sind, erlauben, ein normales Leben zu führen.

Nur die juristische Fakultät blieb unverändert. Ihre Arbeit hat schon immer zu der anderen Welt gehört.

Ich kreuzte die Hauptallee und kam gerade in dem Augenblick an dem schmuddeligen alten Gebäude des physikalischen Instituts vorbei, als Dr. Griswold heraustrat. Er rief mich an und stolperte die Stufen herunter, ein kleiner, verhutzelter Bursche mit Ziegenbärtchen und tiefblauen Augen. Irgendwo hinter ihrem Blinzeln lag ein Blick verletzten Staunens, wie bei einem Kind, das nie ganz verstehen kann, warum sich außer ihm niemand für seine Spielsachen interessiert.

»Ah, Mr. Matuschek«, sagte er. »Gehen Sie das Spiel anschauen?«

Ich nickte und hatte keine besondere Lust auf Gesellschaft, doch er schloß sich mir an, und ich mußte höflich sein. Nicht, daß ich Süßholz raspelte – ich besuchte seine Chemie- und Physikseminare –, aber die waren nicht schwierig. Ich brachte es einfach nicht übers Herz, einen netten, einsamen alten Kauz vor den Kopf zu stoßen.

»Ich gehe auch hin«, fuhr er fort. »Es heißt, die Cheerleader haben etwas Besonderes für die Halbzeit vorbereitet.«

»Ja?«

Er reckte seinen Kopf und schenkte mir einen vogelhaften Blick. »Wenn es irgendwelche Probleme gibt, Mr. Matuschek . . . wenn ich was für Sie tun kann . . . dafür bin ich hier, wissen Sie.«

»Ist alles in Ordnung«, log ich, »aber trotzdem danke.«

»Es kann nicht so einfach sein für einen erwachsenen Mann, einen Kriegsveteranen und berühmten Schauspieler, so zwischen all den Frischlingen von vorne anzufangen«, meinte er. »Ich habe nicht vergessen, wie Sie mir in der . . . äh . . bei dem unglücklichen Zwischenfall letzten Monat zur Hilfe gekommen sind. Glauben Sie mir, Mr. Matuschek, ich bin Ihnen dankbar.«

»Ach, zum Teufel, nicht der Rede wert. Ich bin hier, um eine Ausbildung zu bekommen.« *Und um mit Virginia Graylock zusammenzusein – aber das ist jetzt unmöglich.*

Ich sah keinen Grund, ihn mit den Einzelheiten zu belasten. Es war ziemlich einfach. Nachdem wir die Kaftone vom Kalifat verprügelt hatten, kehrte ich zu Metro-Goldwin-Merlin zurück und spielte wieder den Werwolf für sie. Aber dieselbe Tat, durch die ich Ginny kennenlernte, war auch die Ursache meiner unehrenhaften Entlassung, und ein begrenzter Konflikt ist eine üble Sache. Sicher, ich hatte meine Orden und Medaillen. Aber Kriegshelden gab es im Dutzend billiger – nicht, daß ich besondere Tapferkeit für mich beanspruche; die Umstände hatten mich nur gezwungen, das zu tun, was ich getan hatte. Ich konnte keine wirkliche Überzeugungskraft in meine Rolle in *Abott und Costello treffen Paracelsus* legen; ich sehe auf reine Unterhaltung nicht herab, aber ich entdeckte ein neues Bedürfnis, etwas Wesentliches zu tun.

Ginny konnte mich in die Arkan-Agentur schleusen, von der sie die

Chefhexe war, und ich konnte in dieser Kontrolle paranatürlicher Kräfte arbeiten, von denen die Welt jetzt abhängt. Genauer gesagt, ich teilte den allgemeinen Traum, Feuer und Luft zähmen, sie an ein Schiff binden und die Planeten damit erreichen zu können. Aber ich brauchte zunächst eine richtige Ausbildung. Also trennten sich die Wege von Stephen Matuschek und MGM mit dem Bekunden gegenseitiger Wertschätzung, und ich ging zur Uni und lebte von meinen Ersparnissen und der GI-Pension.

Ginny wollte ihren Doktor in Philosophie machen – sie hatte schon einen Magistergrad aus dem Kongo – und Trismegistos bot ihr eine Assistentenstelle, während sie sich von der Agentur beurlauben ließ. Die gleiche Uni . . . wir würden alle Freizeit zusammen verbringen, und ich könnte sie vielleicht zu einer schnellen Heirat überreden. Ausgezeichneter Plan.

Von wegen.

Griswold seufzte, verstand vielleicht mein Schweigen. »Manchmal komme ich mir richtig überflüssig vor«, meinte er.

»Aber durchaus nicht«, widersprach ich mit vorsichtiger Herzlichkeit. »Wie in Mittelerde sollte – na zum Beispiel Alchimie – funktionieren ohne Grundlagen in Chemie und Nuklearphysik? Man würde giftige Substanzen produzieren und ein halbes Land in die Luft jagen.«

»Natürlich, natürlich. Sie verstehen das. Sie kennen die Welt – besser als ich, offengestanden. Doch die Studenten . . . nun, ich nehme an, das ist ganz normal. Sie wollen ein paar auswendig gelernte Sätze aufsagen, ein paar Examen bestehen und dann bekommen, worauf sie aus sind, einfach so, ohne sich die Mühe zu machen, Sanskritgrammatik oder das Periodensystem zu lernen. Sie haben noch nicht begriffen, daß man nichts umsonst bekommt.«

»Sie werden's lernen. Sie werden erwachsen werden.«

»Selbst die Verwaltung . . . diese Universität erkennt einfach die Notwendigkeit der Physik nicht. In der California-Universität bekommen sie jetzt einen Stein der Weisen mit einer Milliarde Elektronenrot, aber hier . . .« Griswold zuckte die Achseln. »Entschuldigen Sie, ich kann Selbstmitleid nicht ausstehen.«

Wir kamen ins Stadion, und ich gab meine Eintrittskarte ab, wies die Nachtgläser aber zurück, zum Grundstudium hatte ein Kurs in Hexenblick gehört. Mein Platz war in der dreißigsten Reihe zwischen einer jungen Studentin und einem alten Semester. Ein belebter Präsentierwagen kam vorbei, und ich kaufte ein Hot Dog und mietete eine Kristyllkugel. Nicht, um das Spiel zu verfolgen. Ich murmelte etwas über der Kugel, spähte hinein und sah Ginny.

Sie saß in der fünfzigsten Reihe, den schwarzen Kater Svartalf auf dem Schoß, und ihr Haar leuchtete rot vor dem stumpf-dunklen Hintergrund der Menschenleiber. Ihre ganz besondere Hexenkraft war viel älter als die Kunst, in der sie so glänzte. Sogar über die Entfernung und durch den billigen Glasseher ließ sie mein Herz schneller klopfen.

Das Problem war ganz einfach folgendes: Der Präses der Trismegistus-Universität, Malzius, war von pompöser Mittelmäßigkeit, dessen größte Leistung darin bestanden hatte, den Verwaltungs-Senat voll für sich einzunehmen. Was er sagte, wurde gemacht. Und es war seine arrogante Idee gewesen, daß jeder, der eine Anstellung, auch für begrenzte Zeit, hatte, dem Universitätsreglement unterlag, solange er unter Vertrag stand. Er hatte trotzdem eine recht ordentliche Mannschaft in der Fakultät vereinigen können, denn die Gehälter waren gut und die Regeln die üblichen. Ginny hatte ihren Vertrag einen Monat, bevor ich mich anmeldete, unterschrieben und das Problem zu spät erkannt.

Fakultätsmitglieder bis hinunter zu den Assistenten durften keine privaten Beziehungen zu Studenten unterhalten.

Ich war natürlich in Malzius' Büro gestürmt und hatte eine Ausnahmegenehmigung gefordert. Ohne Erfolg. Er hatte nicht die Absicht, meinetwegen das Reglement zu ändern. ». . . schlechter Präzedenzfall, Mr. Matuschek, schlechter Präzedenzfall«, und ich hatte knurrend zugestimmt, daß dies wirklich ein Fall von einem schlechten Präsidenten war. Das Reglement hätte neu verfaßt werden müssen, weil sie keine Sonderregelungen zulassen wollten. Es hätte auch nichts geholfen, wenn ich zu einer anderen Universität gegangen wäre, die Regel galt noch immer. Die einzige Lösung wäre gewesen, daß ich bis zum Ende ihres Vertrages ganz ausgestiegen wäre, doch davon wollte sie mit ihrer eisernen Entschlossenheit nichts wissen. Ein ganzes Jahr verlieren? War ich ein Wolf oder eine Maus? Wir haben uns ziemlich heftig darüber gestritten, in aller Öffentlichkeit. Und wenn man sich nur bei offiziellen Gelegenheiten begegnen kann, ist es nicht leicht, sich nur ein Küßchen zu geben und zu tun, als sei nichts.

Sicher, wir waren noch verlobt und sahen uns bei Veranstaltungen und Tees. Und in der Zwischenzeit, wie sie mit ihrer eiskalten Logik verkündete, die ich als defensiv erkannte, aber nie durchbrechen konnte, waren wir auch nur Menschen. Ab und zu ging sie mit einem ihrer Junggesellenkollegen aus und wünschte sich, ich sei es, und ich machte mich manchmal an ein junges Mädchen ran . . .

Heute abend war sie mit Dr. Alan Abercrombie, dem Assistenzprofessor in Vergleichender Nigromanzie, zusammen, blond, gutaussehend, Salonlöwe . . . Er bearbeitete sie schon eine geraume Weile, während ich – vor Wut kochend – allein war.

Ziemlich allein. Ich nehme an, Svartalf, der Kater, hält meine Moral für nicht besser als seine eigene. Ich war fest zu Treue entschlossen, aber wenn du deinen Besen auf einer mondbeschienen Wiese geparkt hast und ein süßes Ding sich an dich kuschelt . . . und diese runden, gelben Augen dich von irgendwo in den Bäumen anleuchten, vergeht dir die

Romantik. Ich gab es bald auf und arbeitete oder trank Bier an den langen Abenden.

Heiho. Ich zog meinen Mantel enger um mich und fröstelte im Wind. In der Luft lag etwas Übles . . . wahrscheinlich nur meine schlechte Laune, dachte ich, aber ich hatte schon früher mal kommendes Übel gerochen.

Das alte Semester neben mir ließ mir fast die Trommelfelle platzen, als die Mannschaften in den Mondschein hinaustrabten, die Trismegistus-Greifen und die Albertus-Magnus-Drachen. Die ganz alten Semester sagen, daß sie sich nicht daran gewöhnen können, daß vieräugige Zwerge die Farben tragen . . . offenbar war damals, im sogenannten Thaumaturgischen Zeitalter, eine Fußballmannschaft aus Dinosauriern zusammengesetzt. Aber die Kunst ist im wesentlichen intellektuell und hat dem Sport seine eigene Marke aufgedrückt.

Dieses Spiel hat interessante Aspekte. Die Drachen levitierten, und ihr magerer, kleiner Rechtsaußen entpuppte sich als Werpelikan; Dushanovitch, in der Gestalt eines Kondor, blieb ihm auf den Fersen. Andrevski ist der stärkste Werbock unter den Großen Zehn und hielt sie zwei Runden in Schach. Bei der dritten bekam Pilsudski den Ball zu fassen, wurde zum Känguruh (er trug eine Tarnkappe, doch man konnte seine Fußabdrücke sehen) und paßte zu Mstislas. Die Drachen lauerten und erwarteten, daß Mstislas den Ball für einen Torwurf weitergeben würde, doch mit einem knisternden Blitz wehrte er ihre Gegenzauber ab und verwandelte ihn in ein Schwein, ein glitschiges. (Das waren alles kleinere Tranformationen, nichts als schnelle Gesten auf ein vorsensibilisiertes Objekt, nicht die gewaltigen, schrecklichen Worte, die ich noch vor Sonnenaufgang würde hören müssen.)

Kurz danach kostete uns unnötige Grobheit einen Elfmeter: Domingo trat versehentlich auf eine Scorekarte, die aufs Feld geweht war, und trieb seine Nägel durch mehrere Namen der Drachen. Aber es war nicht weiter schlimm, und sie bekamen die gleiche Strafe, als Thorsons Temperament mit ihm durchging und einen Donnerblitz losließ. Am Ende der ersten Halbzeit stand es dreizehn zu sechs für Tristegistus, und die Zuschauer waren kurz davor, das Stadion auseinanderzunehmen.

Ich zog meinen Hut hinter meine Ohren, warf einen übelnehmerischen Blick auf das alte Semester und starrte in die Kristallkugel. Ginny war ein größerer Fan als ich: sie hüpfte und jubelte noch immer und schien nicht zu merken, daß Abercrombie seinen Arm um sie gelegt hatte. Vielleicht störte es sie gar nicht . . . Ich nahm einen tiefen Schluck aus meinem Fläschchen.

Die Cheergruppe paradierte aufs Feld hinaus. Ihre Instrumente woben ein kompliziertes Luftmanöver mit Trommeln und Flöten, während sie ihren traditionellen Marsch über das Feld zur Campuskönigin machten. Man hatte mir gesagt, daß es üblich war, daß sie ihnen auf einem

Einhorn entgegenritt, aber aus irgendwelchen Gründen wurde das in diesem Jahr ausgelassen.

Meine Nackenhaare sträubten sich, und ich hatte das blinde, instinktmäßige Bedürfnis, mich zu verwandeln. Im letzten Moment nahm ich mich zusammen und blieb in Menschengestalt und blieb kaltschlotternd sitzen. Die Luft war von Gefahr verpestet. *Roch denn niemand etwas?*

Ich stellte meinen Kristall auf die Cheergruppe ein, um nach der Ursache zu suchen, und nahm nur schwach den Schlachtruf wahr . . .

Aleph, beth, gimel, daleth, he, vau,
Nomine Domini, haut drauf, hauh hauh!
Schmelzt sie im Feuer, laßt ihnen das Blut gerinnen,
Trismegistus wird immer gewinnen . . .
MACILWRAITH!

»He, was ist los mit Ihnen?« rief die Studentin und rückte von mir ab, und ich bemerkte, daß ich knurrte.

»Oh, nichts . . . hoffe ich.« Mit einer Anspannung kontrollierte ich meine Gesichtszüge und hielt ihre menschliche Form aufrecht.

Der dickliche Blonde unter den Animatoren sah nicht gefährlich aus, aber es lag in einer Art blitzartig zuschlagender Schwärze über seiner Zukunft. Ich hatte schon mit ihm zu tun gehabt, und . . .

Ich hatte ihn damals nicht verpetzt, aber es war derjenige, der Griswolds Chemieseminar beinahe hatte platzen lassen. Ein vorklinisches Semester, Sohn reicher Eltern, nicht übel, von Grund auf aber mit einer unglücklichen Kombination von Begabung und Verantwortungslosigkeit. Medizinstudenten waren berüchtigt für ihre frechen Streiche, wie zum Beispiel ein Skelett durch den Mädchenschlafsaal tanzen zu lassen, und er fing früh an.

Griswold war dabei gewesen, die Wirkung eines Katalysators vorzuführen, und MacIlwraith hatte einen Wortverdrehungszauber gemurmelt, um eine Katze aus dem Teströhrchen kochen zu lassen. Er vertat sich quantitativ ein bißchen und bekam einen Säbelzahntiger. Wegen der Verdrehung hatte er etwas Schlagseite, aber es war trotzdem ein unberechenbares, gefährliches Ding. Ich versteckte mich in einem Schrank und verwandelte mich mit meinem Taschenmondstrahl – als Werwolf konnte ich die Muschi aus dem Fenster auf einen Baum jagen, wo sie sitzen blieb, bis die Leute von der Exorzismusabteilung anrückten.

Da ich MacIlwraith gesehen hatte und wußte, daß er es gewesen war, suchte ich ihn auf und warnte ihn, daß ich ihn im wahrsten Sinne des Wortes auffressen würde, wenn er noch mal den Unterricht stören sollte. Spaß ist Spaß, aber nicht auf Kosten von Studenten, die etwas lernen wollen von einem ältlichen Original, das ihnen etwas beibringen will.

»TEAM!«

Der Cheerleader winkte, und ein vielfarbenes Feuer sprang aus dem Nichts. Größer als ein Mensch schwebte es und hüpfte in leuchtendem Rot, Blau und Gelb, umgeben von einer Aura aus Funken. Wenn ich blinzelte, konnte ich seine eidechsenartige Gestalt innerhalb der Aura erkennen.

Die Studentin kreischte. »Dreimal heiliger Hermes!« keuchte das alte Semester. »Was ist das? Ein Dämon?«

»Nein, ein elementarer Feuergeist«, murmelte ich, »Salamander. Ein verdammt zu gefährliches Ding, um damit rumzuspielen!«

Mein Blick wanderte über das Feld, während die Feuergestalt ihre Kunststückchen vorführte, hüpfend, stolpernd, tanzend, Wörter in langen Flammenbändern ausspeiend. Ja, sie hatten Feuerwehrleute dort in voller Montur, die das Ding im Zaum halten würden. Es müßte gut gehen . . . Ich steckte mir zitternd eine Zigarette an. Es war nicht klug, mit Lokis Haustieren rumzuspielen, und der Gestank von Gefahr stieg mir in die Nase.

Eine gute Show, aber . . . Mein Kristall zeigte Abercrombie, der wild Beifall klatschte, doch Ginny hatte eine Sorgenfalte auf der Stirn. Ihr gefiel es ebensowenig wie mir. Ich schaltete wieder auf MacIlwraith, den Spaßmacher, zurück.

Vermutlich war ich der einzige im ganzen Stadion, der es sah. Der Junge fuchtelte mit seinem Stock. Flügel sprossen daran. Der dicke Feuerwehrmann, der mit wilden Gesten herumsprang, war ein verlokkendes Objekt für einen Scherz.

»He hop!«

Er schoß in die Höhe. Der Salamander schwankte. Plötzlich sprang er los, verdünnte sich, bis er über den Mauern thronte. Und dann gab es einen wirbelnden, blendenden Lichtfleck, und das Ding war fort.

Meine Zigarette explodierte plötzlich zu einer hellen Flamme, und ich warf sie erschreckt aus der Hand. Fast ohne zu denken warf ich auch meine Feldflasche fort. Sie platzte mit einem Knall unter einem Funken, und der Alkohol brannte mit blauer Flamme. Die Menge gröhlte, entledigte sich der Zigaretten, schlug auf Taschen, in denen sich Streichhölzer entzündet hatten, und warf Flaschen fort. Die Campuskönigin kreischte laut, als ihr dünnes Kleid Feuer fing. Sie riß es sich gerade noch rechtzeitig vom Leib, bevor sie ernsthaft verletzt war, und rannte jammernd über das Spielfeld. Unter normalen Umständen hätte mich ihr Anblick sehr interessiert.

Der Salamander hörte mit seinem gespenstischen Umherspringen auf und materialisierte sich zwischen den Torpfosten, die zu rauchen begannen . . . ein unerträgliches Glühen verbrannte den Rasen und prasselte laut.

Der Feuerwehrmann stürzte auf die Stelle zu und brüllte Löschzauber.

Aus des Salamanders Maul züngelte eine Flamme. Ich hörte einen eindeutigen Bronx-Schlachtruf, dann war er wieder verschwunden.

Der Ansager, der die Menge hätte beruhigen sollen, schrie hysterisch auf, als seine Kabine zu glimmen begann. Da brach die Panik los! Im selben Moment trampelten, schubsten, drängten fünfzigtausend Leute zu den Ausgängen, blind vor Angst und von dem einzigen Gedanken beseelt, so schnell wie möglich zu entkommen. Ich sprang über die Bänke auf das Spielfeld hinunter. Auf den Rängen trampelten die Leute sich zu Tode. »Ginny, Ginny«, brüllte ich. »Komm hierher in Sicherheit!«

Sie konnte mich nicht gehört haben in dem Getöse, doch sie kam aus eigenem Antrieb und schleppte den völlig terrorisierten Abercrombie am Handgelenk hinter sich her. Wir trafen uns inmitten von tödlichem Chaos.

Die Greifen kamen kochend aus ihren Umkleideräumen. Kochend im wahrsten Sinne des Wortes, denn der Salamander hatte sich dort materialisiert und spielerisch um die Wasserleitungen der Duschen geringelt.

Sirenen heulten auf, und über uns jagten die Besen der Polizei hinweg, die versuchte, die Panik unter Kontrolle zu bringen. Der Elementargeist blitzte kurz über einen der Besen und sein Reiter flog tief genug, um im letzten Moment abzuspringen, während der Besen lichterloh brennend zu Boden ging.

»Himmel!« schrie Abercrombie. »Er ist los!«

»Sonst noch was zu sagen?« knurrte ich. »Ginny, du bist eine Hexe. Kannst du hier irgend etwas ausrichten?«

»Ich kann die Bestie löschen, wenn sie nur lange genug still hält, bis ich den Zauber ausgesprochen habe«, sagte sie. Ihr zerzaustes Rothaar fiel ihr um das blasse, knochige Gesicht bis auf die pelzbekleideten Schultern. »Das ist unsere einzige Chance . . . der Fesselfluch ist gebrochen, und es weiß das!«

Ich schoß herum und erinnerte mich an Freund MacIlwraith. Ich packte ihn am Kragen und brüllte ihn an: »Warst du denn von allen guten Geistern verlassen?«

»Ich hab' doch nichts gemacht . . .« keuchte er. Seine Zähne klapperten, als ich ihn schüttelte.

»Erzähl mir nichts, ich hab's gesehen!«

Er sackte zu Boden. »Es war nur ein Spaß«, wimmerte er. »Ich wußte nicht . . .«

Ja, dachte ich wütend, das war sicherlich die Wahrheit. Das ist das Problem mit der Kunst . . . mit jeder blinden, mächtigen Kraft, die der Mensch benutzt, sei es Feuer oder Atomkraft oder Thaumaturgie. Jeder verantwortungslose Dummkopf kann genug lernen, um etwas zu starten; heutzutage fangen sie schon im dritten Schuljahr mit Zaubersprüchen an. Aber es ist nicht immer so leicht, das Etwas im Zaum zu halten.

Studentenscherze waren ein ständiges Problem an der Trismegistus-

Universität, wie an allen Hochschulen. Meistens waren sie ziemlich harmlos – mit Tarnkappen im Mädchenschlafsaal herumwandern oder weibliche Unterwäsche aus den Fenstern fliegen lassen. Manchmal waren sie sogar richtig amüsant, wie damals, als sie das Standbild eines würdigen und verehrten früheren Präsidenten belebten und schmutzige Lieder singend durch die Stadt spazieren ließen. Manchmal waren sie auch unangenehm, zum Beispiel, als die Jungs Dekan Hornsby in Stein verwandelten und die Sache erst nach drei Tagen auffiel.

Diesmal war es ihnen aus der Hand geglitten. Der Salamander war durchaus in der Lage, die ganze Stadt in Asche zu verwandeln.

Ich wand mich an den Feuerwehrmann, der herumzappelte und versuchte, einen Polizeibesen herunterzuwinken. In dem fahlen Licht sah ihn keiner. »Was wollen Sie tun?« fragte ich.

»Ich muß Bericht erstatten«, gab er barsch zurück. »Und dann werden wir Elementarwasser brauchen, nehme ich an.«

»Ich habe Erfahrungen mit den Hydros«, bot Ginny an, »ich komme mit.«

»Ich auch«, sagte ich sofort.

Abercrombie sah mich böse an: »Was können *Sie* denn tun?«

»Ich bin ein Wer«, sagte ich schnippisch. »In Wolfsgestalt kann Feuer mir nicht viel anhaben. Das könnte nützlich sein.«

»In Ordnung, Steve!« Ginny lächelte mich an, das vertraute Lächeln! Ich packte sie und küßte sie.

Sie verschwendete keine Energie mit einer Ohrfeige. Ich kriegte einen Kinnhaken, der mich taumeln ließ. »Nicht erlaubt«, sagte sie. Diese verfluchte Verwaltung! Ich sah in ihren Augen, daß sie nicht glücklich darüber war, aber sie war fest entschlossen, Malzius' Gesetzen zu gehorchen.

»Das . . . äh . . . ist kein Platz für eine Frau . . . eine so charmante Dame wie du«, murmelte Abercrombie. »Komm, ich bring dich lieber nach Hause, mein Schatz.«

»Ich habe zu tun«, schnauzte sie ihn ungeduldig an. »Was, zum Teufel, ist mit den Bullen los? Wir müssen hier raus.«

»Dann komme ich auch mit«, ließ Abercrombie sich wieder hören. »Ich bin nicht unerfahren mit Verwünschungen und Flüchen, auch wenn ich zugeben muß, daß immervolle Taschen ein Quentchen über meiner Kapazität liegen. Wie auch immer, das Schatzministerium hat etwas dagegen.«

Mit Genugtuung stellte ich trotz des um uns herum wütenden Chaos' fest, daß Ginny sich nicht um seine berühmten Geistreicheleien kümmerte. Sie sah sich mit gerunzelter Stirn um. Die Campuskönigin hockte zusammengekauert am Rand und trug den Mantel von irgend jemandem. Ginny grinste und winkte. Die Campuskönigin raffte den Mantel um sich und rannte herbei. Eine halbe Minute später landeten drei

Polizeibesen. Der Feuerwehrmann gab ihnen einen Befehl, und wir wurden alle in die Luft getragen auf die Straße hinaus. Von dort oben sah ich, daß drei Häuser lichterloh brannten. Der Salamander griff um sich.

Wir versammelten uns im Büro der Distriktpolizei, eine erschöpfte, rußige Mannschaft mit Schrecken in den Augen. Die Bosse der Polizei und der Feuerwehr waren anwesend, und ein jüngerer Beamter in der Telefonzentrale wurde fast verrückt. Ginny, die in ihrem Appartement vorbeigeflogen war, kam mit Svartalf auf der Schulter und dem *Handbuch der Alchimie und Metaphysik* unterm Arm herein. Abercrombie hielt dem verstörten MacIlwraith eine Standpauke, bis ich ihm sagte, er solle es erst mal gut sein lassen.

»Es ist meine Pflicht . . .« begann er. »Ich bin Proktor, wissen Sie.«

Ich nehme an, es ist notwendig, Schnüffler auf dem Campus zu haben, um zu verhindern, daß die Jungs Schnaps zaubern oder *succubi* einschmuggeln. Jedes Jahr versucht einer, beim Examen zu schummeln, indem er einen Vertrauten unter dem Mantel einschleust, der ihm die Antworten zuflüstert. Trotzdem, ich hab' was gegen Proktoren – professionelle Schnüffler und Spitzel.

»Sie können sich später mit ihm beschäftigen«, sagte ich und schob den Jungen aus der Tür.

Präsident Malzius polterte herein. »Was hat das zu bedeuten?« wollte er wissen. Sein Zwicker wackelte über seinen Pausbacken. »Sie müssen wissen, daß ich gerade dabei war, eine außerordentlich wichtige Rede vorzubereiten. Der Lions Totem hat morgen ein Galaessen und . . .«

»Mag sein, daß es überhaupt kein Essen gibt«, murrte der Beamte, der ihn geholt hatte. »Der Salamander ist los!«

»Sala . . . Nein! Das darf der doch gar nicht! Es ist verboten, zu . . .«

Der Mann an der Telephonvermittlung blickte auf. »Er hat gerade die Methodistenkirche an der 14. und Elm in Brand gesetzt«, und fügte dann entsetzt hinzu: »Und wir haben schon alles im Einsatz!«

»Das ist unmöglich!« grölte Malzius. »Ein Dämon kann keine Kirche angreifen!«

»Wie blöd muß ein Mann sein, um Ihren Job zu kriegen?« Ginny spuckte es ihm fast ins Gesicht. »Das *ist* kein Dämon, sondern ein Elementargeist.« Dann sprach sie ruhig und mit eisiger Klarheit weiter. »Es besteht nicht viel Hoffnung, einen Hydro dazu zu benutzen, den Salamander zu löschen, aber wir können einen einsetzen, um gegen das Feuer zu kämpfen. Er wird immer drei Schritte zurück sein, doch immerhin könnte er verhindern, daß die ganze Stadt abbrennt.«

»Es sei denn, der Salamander wird zu stark«, meinte Abercrombie mit kalkweißem Gesicht. »Dann kann er den Hydro verdampfen.«

»Dann holt zwei Wasserwesen«, stammelte Malzius. »Holt einhundert. Ich verzichte auf die notwendigen Anträge für die Genehmigung . . .«

»Da gibt es eine Grenze, Herr Malzius«, erklärte Abercrombie ihm. »Die benötigte Kontrollkraft ist eine Exponentialfunktion der gesamten verkörperten Masse. Es gibt wahrscheinlich nicht genügend Adepten in der Stadt, um mehr als drei gleichzeitig zu kontrollieren. Wenn wir vier herbeibeschwören, überfluten wir die Stadt, und der Salamander entschlüpft woanders hin.«

»Alan . . .« Ginny legte ihr Handtuch auf den Tisch und blätterte darin. Abercrombie lehnte sich über ihre Schulter und ließ eine Hand auf ihrer Hüfte ruhen. Ich schluckte meinen Fluch runter. »Alan, für den Anfang: Kannst du einen Hydro herbeiholen und an die Arbeit setzen?«

»Natürlich, Schöne«, lächelte er. »Es ist ein – haha – elementares Problem.«

Sie sah ihn sorgenvoll an. »Sie können so trickreich wie Feuer oder Luft sein«, warnte sie. »Es reicht nicht, wenn man nur die Theorie kennt.«

»Ich habe ein wenig Erfahrung«, strunzte er. »Während des Krieges . . . Wenn das hier vorbei ist, komm mich mal besuchen, dann erzähl' ich dir davon.« Seine Lippen berührten ihre Wange.

»Mr. Matuschek!« jammerte Malzius. »Würden Sie bitte aufhören, Ihre Eckzähne wachsen zu lassen?«

Ich schüttelte mich und unterdrückte den Ärger, der fast so wirksam wie Mondlicht gewesen war.

»Hören Sie«, sagte der Polizeichef, »ich muß wissen, was los ist. Ihr Langhaarigen habt diese Geschichte in Gang gebracht, und ich will nicht, daß ihr sie noch verschlimmert.«

Ich sah, daß Ginny und Ich-bin-so-Toll endlich legitim beschäftigt waren, und seufzte. »Ich werd's Ihnen erklären. Ich habe während des Krieges einiges darüber gelernt. Ein Elementargeist ist nicht dasselbe wie ein Dämon. Jede Art von Dämon ist ein eigenes Wesen, ein Individuum wie Sie und ich. Ein Elementargeist ist Teil der entsprechenden Urkraft, in diesem Fall Feuer, oder präziser gesagt Energie. Es wird aus der fundamentalen Energiematrix gezogen, mit vorübergehender Individualität ausgestattet und der Matrix wieder zugeführt, wenn der Adept mit ihm fertig ist.«

»Hä?«

»Wie eine Flamme. Eine Flamme existiert nur potentiell, bis jemand ein Feuer anzündet, und kehrt zu rein potentieller Existenz zurück, wenn das Feuer wieder gelöscht ist. Das zweite Feuer, das man entfacht, selbst auf dem gleichen Holzscheit, ist natürlich nicht das gleiche wie das erste. Das macht es verständlich, warum ein Elementargeist sich nicht gerne zurückschicken läßt. Wenn er einmal ausgebrochen ist, wie dieser hier, wird er alles tun, um in dieser Welt zu bleiben und seine Kraft zu vergrößern.«

»Und wie kommt es, daß er eine Kirche verbrennen kann?«

»Weil er seelenlos ist, eine reine physikalische Kraft. Jedes echte Individuum, menschlich oder nicht, steht unter gewissen Beschränkungen moralischer Natur. Ein Dämon ist allergisch gegen heilige Symbole. Ein Mensch, der etwas Böses tut, muß mit seinem Gewissen in dieser Welt leben und das Gericht in der nächsten ertragen. Aber was schert sich das Feuer darum? Denn das ist der Salamander – überhöhtes, essentielles Feuer. Es unterliegt nur den Gesetzen von Natur und Paranatur.«

»Und wie . . . äh . . . wie macht man ihn aus?«

»Ein Hydro von entsprechender Masse könnte das – gegenseitige Annihilation. Erde könnte es begraben, Luft könnte sich aus seiner Nähe entfernen. Das Problem ist, daß Feuer schneller ist als die anderen; es kann sich fortbewegen, bevor einer der anderen ihm etwas anhaben kann. Was uns bleibt, ist der Löschzauber, doch der muß in der Gegenwart des Salamanders gesprochen werden und dauert etwa zwei Minuten.«

»Ja . . . und wenn er die ersten Worte gehört hat, verwandelt er einen zu Asche oder verschwindet. *Sehr* hübsch. Was können wir also tun?«

»Ich weiß nicht, Chef«, sagte ich. »Es ist, wie wenn man einen Schäferhund küssen will.« Ich schmatzte laut mit den Lippen. »Man muß flink sein. Jedes Feuer, das das Biest entzündet, gibt ihm mehr Energie und macht es stärker. Es kann einen kritischen Punkt erreichen, wo er so stark wird, daß man nichts mehr gegen ihn ausrichten kann.«

»Und was geschieht dann?«

»Ragnarök.«

Ginny stand vom Tisch auf. Abercrombie malte mit Kreide ein Pentagramm auf den Boden, und Malzius war dabei, ein Taschenmesser über einem Feuerzeug zu sterilisieren – Blut ersetzt die üblichen Pulver, da es die gleichen Proteine enthält. Das Mädchen nahm meine Hand. »Steve«, meinte sie. »Der Himmel weiß, was der Salamander in der Zwischenzeit anstellt. Bist du bereit, seine Spur aufzunehmen?«

»Klar!« stimmte ich zu. »Er kann mir nichts anhaben – wenn ich vorsichtig bin –, bis er groß genug ist, um allen vorhandenen Sauerstoff zu konsumieren. Aber du bleibst hier!«

»Hast du schon mal von dem Bild unseres Ordens gehört? Los, komm!«

Beim Hinausgehen warf ich noch einen selbstzufriedenen Blick auf Abercrombie. Er hatte sein Handgelenk geritzt und tröpfelte sein Blut auf die Zeichen. Er war mitten in der Anrufung. Kalte Feuchtigkeit strömte in den Raum.

Draußen war die Luft noch immer herbstlich frisch, der Mond stand hoch. Die unregelmäßige Silhouette der Dächer stand schwarz vor dem an mehreren Stellen glühend rot scheinenden Himmel. Sirenen heulten durch die Straßen. Über uns flog, wie trockene Herbstblätter im Wind, eine Gruppe von Flüchtlingen auf ihren Besen herum.

Svartalf ließ sich am vorderen Ende von Ginnys Cadillac nieder, ich nahm den Beifahrersattel hinter ihr, und wir erhoben uns in die Lüfte.

Unter uns waren blaue Flammen, und plötzlich gingen die Straßenlaternen aus. Wasser flutete über die Straße, und Präsident Malzius schwamm in der Welle wie ein Korken auf einem Sturzbach.

»Unheiliger Satan!« keuchte ich. »Was ist jetzt passiert?«

Svartalf steuerte den Besen tiefer. »Der Idiot!« stöhnte Ginny. »Er hat den Hydro über den ganzen Boden fließen lassen . . . Kurzschluß . . .« Sie machte ein paar schnelle Gesten mit ihrem Stab. Die Flut beruhigte sich, zog sich zusammen und bildete eine gut drei Meter hohe Blase, die im Mondlicht schimmerte. Abercrombie trippelte heraus und begann sie in Richtung des nächstgelegenen Feuers zu dirigieren.

Ich lachte: »Geh ihn mal besuchen und laß dir von seiner großen Erfahrung erzählen!«

»Tritt einen Mann nicht, wenn er am Boden liegt«, sagte Ginny scharf. »Du hast auch deine Schwächen, Steve Matuschek.«

Svartalf steuerte den Besen wieder höhe und wir flogen knapp über den Schornsteinen. Uff! dachte ich, läßt sie sich vielleicht wirklich von dem Gnom bezirzen? Regelmäßige Züge, eine lockere Zunge, häufige Interaktion . . .? Ich schluckte ein Gefühl der Übelkeit herunter und schaute mich um. Wo war der Salamander?

»Dort!« rief Ginny. Svartalf sträubte sein Schwanzhaar und fauchte.

Der Universitätsdistrikt ist von verblichener Vornehmheit: Alte pseudogotische Holzhäuser, die von herrschaftlichen Villen zu Studentenpensionen heruntergekommen waren, durchsetzt von einer kleinen Zahl unbedeutender Geschäfte. Es brannte lichterloh, und rote Funken sprühten in der Dunkelheit zwischen den Straßenlaternen. Während ich hinuntersah, explodierte einer der Funken in einer Dampfwolke – der Hydro mußte wohl ein Relais berührt und wieder einen Kurzschluß verursacht haben. Ich hatte den ketzerischen Gedanken, daß der Salamander der Öffentlichkeit einen Dienst erwies, indem er diese architektonischen Scheußlichkeiten zerstörte . . . aber es waren natürlich Menschenleben und Eigentum betroffen . . .

Riesig und schrecklich waberte der Elementargeist vor dem Haus, an dem er sich gerade labte. Er hatte seine Größe verdoppelt, und sein Kern war zu hell, um hineinzusehen. Flammen loderten um seinen Reptilienkopf.

Svartalf bremste, und wir hielten wenige Meter vor ihm, sechs, sieben

Meter über dem Boden auf der Höhe seines gierigen Maules. Ginnys Umrisse vor mir wurden von der unerträglichen Helligkeit überstrahlt. Sie hielt sich tapfer und begann den magischen Spruch, ihre Stimme verlor sich fast in dem Getöse des einstürzenden Daches: »Oh, Indra, Abaddon, Luzifer, Moloch, Hephaistos, Loki . . .«

Er hörte es. Seine brennenden Augen auf uns gerichtet, sprang er los.

Svartalf schrie auf, als seine Schnurrhaare sich ringelten – möglicherweise war es nur verletzte Eitelkeit – wendete den Besen in einer Immelmannkurve und fegte davon. Der Salamander grölte mit der Stimme von hundert brennenden Wäldern. Plötzlich ließ die Hitze in meinem Rücken nach, und das Ding materialisierte sich vor uns.

»Dort lang!« rief ich. »Da rein!«

Ich beschirmte Ginnys Augen und vergrub mein Gesicht hinter ihrem Rücken, als wir die gläserne Fassade von Stubs Biergarten durchbrachen. Die Flammenzunge züngelte uns nach, zog sich zurück, und der Salamander sprang wütend gegen die Tür.

Wir taumelten vom Besen und sahen uns um. Es war menschenleer hier – die Leute waren geflohen. Ich sah ein volles Bierglas und kippte den Inhalt herunter.

»Du hättest mir einen Schluck anbieten können«, sagte Ginny. »Alan hätte das nicht versäumt.« Bevor ich entscheiden konnte, ob sie mich auf den Arm nahm oder es ernst meinte, flüsterte sie hastig: »Er versucht nicht zu entkommen. Er hat Kraft gewonnen, Selbstvertrauen, er will uns umbringen!«

Sogar in diesem Moment war ich versucht, ihr zu sagen, daß ihr zerzaustes Haar und ein Rußstreifen über ihre adlige Nase ausgesprochen hinreißend aussahen, doch die Situation schien mir dann nicht ganz geeignet. »Hier kann er nicht reinkommen«, keuchte ich. »Er kann höchstens das Gebäude unter Hitzestrahlen setzen, aber das braucht seine Zeit. Für den Augenblick sind wir in Sicherheit.«

»Warum . . .? Ach, ja, Stub's ist aus Stahl, wie alle Bierlokale in der Unigegend.«

»Hm.« Ich sah vorsichtig durch das zerbrochene Fenster. Der Salamander blickte mich an, und Funken tanzten vor meinen Augen. »Damit die Kundschaft sich nicht über die Maßen erhitzen kann. »Schnell, sag deinen Spruch!«

Ginny schüttelte den Kopf. »Er würde einfach davonflackern, außer Hörweite. Vielleicht können wir mit ihm reden . . .«

Sie trat ans Fenster, und das Ding, das in der Straße kauerte, streckte seinen Hals und fauchte sie an. Ich stand hinter meinem Mädchen und kam mir nutz- und machtlos vor. Svartalf, der verschüttetes Bier vom Thresen leckte, schaute auf und fauchte.

»Hallo, Kind des Lichts!« rief sie.

Ein Kräuseln lief über den Rücken des Salamanders. Seine Schwanzspitze schlug rastlos um sich, und ein Baum fing Feuer. Ich kann seine Stimme nicht beschreiben . . . Knisternd, bellend, zischelnd – Feuer, dem man Hirn und Kehle gegeben hat: »Evatochter, was hast du mir zu sagen?«

»Ich befehle dir im Namen des Allerhöchsten, in deine eigenen Grenzen zurückzukehren und die Welt nicht weiter zu behelligen!«

»Ho hoho ho!« Das Ding setzte sich auf seine Hinterbacken (der Asphalt begann zu kochen) und schüttelte sein Gelächter in den Himmel hinauf. »*Du* willst mir befehlen, Verbrennbare?«

»Ich brauche nur zu winken, und Gewalten von solcher Übermacht lassen dich kleinen Funken in das Nichts zurückschrumpfen, aus dem du kamst. Halt ein und gehorche, sonst wirst du vernichtet.«

Ich glaube, der Salamander war, zumindest einen Augenblick lang, überrascht. »Stärker als *ich?*« Dann heulte er auf, so daß die Kneipe wackelte. »Du wagst zu behaupten, daß größere Kräfte als meine existieren? Größer als ich, der ich die ganze Welt fressen werde?«

»Mächtiger und schöner! Oh, Aschenmacher. Sieh, du kannst nicht einmal in dieses Gebäude eindringen. Wasser wird dich löschen, Erde wird dich ersticken, nur Luft hält dich am Leben. Ergib dich lieber gleich . . .«

Ich erinnerte mich an die Nacht, als wir gemeinsam einen Entfesselten gegenübergetreten waren. Ginny führte jetzt denselben Trick durch, so schien es – fühlte sich in die Psychologie des ein, das vor unserer Tür wütete und flammte – doch was hoffte sie damit zu erreichen?

»Schöner als ich!« Der Salamanderschwanz peitschte wütend über die Straße. Ein Regen aus platzenden Feuerbällen und Fontänen sprühte um ihn herum. Er erinnerte mich an ein trotziges Kind, daß mit dem Fuß aufstampft.

»Schöner! Mächtiger! Du wagst es . . . Haaaa . . .« Weißglühende Zähne leuchteten in einem Flammenmaul. »Wir werden sehen, wie schön du bist, wenn du erstickt am Boden liegst!« Sein Kopf schnellte zum zerbrochenen Fenster. Er konnte die Stahlkonstruktion nicht überwinden, doch er begann, die Luft ein- und auszuatmen. Eine Hitzewelle warf mich, nach Luft schnappend, zurück.

»Um Himmels willen, er wird den ganzen Sauerstoff verbrauchen. Bleib hier!« Ich dachte kaum nach und sprang zur Tür. »Nein!« rief sie hinter mir her, doch ich hörte sie kaum.

Mondlicht überflutete mich, kühl und kitzelnd. Ich kauerte mich auf den heißen Gehsteig und fühlte den Schauder, als meine Gestalt sich verwandelte.

Ich war Wolf, ein Wolf, den nur Silber töten kann . . . so hoffte ich jedenfalls. Mein kurzer Schwanz berührte meinen Hosenboden, und es fiel mir ein, daß manche Wunden selbst in Wergestalt unheilbar waren.

Hosen! Hölle und Zwirn! Haben Sie schon mal versucht, ein Wolf zu sein, während Sie in Hosen, Hemd, Unterwäsche und Mantel gefesselt waren?

Ich machte mich ganz dünn, und die Hosenträger rutschten bis zu den Hinterbeinen, um die sie sich herumwickelten. Mein Schlips hing mir zwischen den Vorderpfoten und ließ mich stolpern, und mein Mantel verwickelte sich schließlich um das ganze Bündel.

Hastig schnappte ich nach dem Stoff, wälzte mich am Boden und zerrte daran. Der Salamander wurde meiner gewahr, und seine Schwanzspitze strich böswillig über meinen Rücken. In einem Augenblick von Todesschmerz gingen Stoff und Rückenfell in Flammen auf, dann war ich frei, und die fließenden Moleküle heilten selbsttätig. Ich wußte kaum, was ich tat, schnappte einen meiner Schuhe, der mir von den kleinergewordenen Pfoten gefallen war, stellte ihn auf des Salamanders weißglühenden Zeh und drückte kräftig.

Er brüllte auf und schwang herum, um mich anzugreifen. Sein Maul war groß genug, um mich in der Mitte durchzubeißen. Ich scheute zurück. Er hielt inne und schätzte die Entfernung, flackerte ins Nichts und rematerialisierte über mir.

Ich *glaube,* ich schlug ihm meine Fänge in jenen Körperteil, in den man einen Salamander beißt, der auf einem sitzt, doch der Schmerz war zu überwältigend, als daß ich irgend etwas wahrgenommen hätte. Dann war er fort, die Straße war leer und still, von brennenden Häusern eingefaßt, und ich keuchte mich wieder zurück in die Realität.

Klarheit kam wieder. Mein zottiger Schädel lag auf Ginnys Schoß, und sie streichelte ihn und weinte. Schwach leckte ich ihre Hand. Langsam kam meine Kraft zurück. Als Mann wäre ich natürlich dort liegen geblieben, doch mit meinen wölfischen Instinkten richtete ich mich auf und fiepte.

»Steve . . . Himmel noch mal, Steve, du hast uns das Leben gerettet«, flüsterte Ginny. »Eine Minute länger, und wir wären erstickt. Meine Lungen fühlen sich noch immer an wie die von einer staubigen Mumie.«

Svartalf kam vom Tresen getrabt und miaute. Er sah so stolz aus, wie ein Kater mit versengten Schnurrhaaren nur aussehen kann. Ginny lachte, noch immer leicht zitternd, und meinte: Du schuldest Svartalf einen Viertelliter Sahne. Er hat dich auch gerettet. Ein paar Sekunden länger, und die wärest hinüber gewesen. Aber er zeigte mir, wie ich das Vieh vertreiben konnte.«

Fragend spitzte ich die Ohren.

Er öffnete die Zapfhähne, und ich füllte einen Krug nach dem anderen und kippte ihn über den Salamander, gerade genug, um ihm Unbehagen zu verursachen, so daß er schließlich abhaute.«

Welche Verschwendung von Bier! dachte ich. Aber wir hatten noch was zu leisten.

Nachteile gibt's überall. In Wolfsgestalt hat man ein Tiergehirn mit nur einer minimalen Schicht menschlicher Persönlichkeit, das heißt, als Wolf bin ich ein reichlich dummer Mann. Ich dachte nichts weiter als: nur schnell wieder in Menschengestalt zurück! Und tat es.

Haben Sie schon mal eine Katze grinsen sehen? »Gottogott!« stöhnte ich und wollte schnell wieder zurückwechseln.

»Mach dir nichts draus«, sagte Ginny und zog ihren Pelzmantel aus. Ich brach alle Rekorde im Mantelanziehen. Er war reichlich eng an den Schultern, aber wenigstens lang genug . . . wenn ich aufpaßte. Der Nachtwind strich um meine Schenkel, doch mein Gesicht hatte Salamandertemperatur.

»Wohin jetzt?« fragte ich schnell. »Das verdammte Biest kann irgendwo sein.«

»Ich glaube, er wird in Campusnähe bleiben«, sagte sie. »Es gibt genug Futter, und er ist nicht besonders schlau. Laß uns den Besen nehmen.«

Sie holte ihn, und wir flogen los. »Alles, was wir bisher erreicht haben«, dachte ich laut, »ist Zeit verlieren.«

»Nein, nicht ganz. Ich habe ein gewisses Bild seines Charakters gewinnen können.« Ginny drehte sich so weit um, daß sie mich ansehen konnte, während wir über die Dächer flogen. »Ich war nicht sicher, in welche Gestalt es geformt worden war, – man kann die Elementarkräfte mit fast jeder Art von Charakter ausstatten. Aber offenbar war der Cheerleander damit zufrieden, ihm eine gewisse Sprachkenntnis und rudimentäre Intelligenz zu verpassen. Nimm dazu die flüchtige Natur des Feuers, und was kriegst du? Ein Kind.«

»Und was für eins«, murmelte ich und zog mir ihren Mantel fest um den Körper.

»Nein, nein, Steve, das ist wichtig. Er hat all die Züge eines Kindes. Leichtsinn, vollständigen Mangel an Voraussicht – ein kluger Salamander würde sich hinlegen und seine Stärke langsam wachsen lassen, würde niemals planen, den ganzen Planeten zu verbrennen. Wo bekäme er Sauerstoff her, wenn dieser hier verbraucht ist? Seine unglaubliche Eitelkeit hast du gesehen, er geriet außer sich vor Wut, als ich behauptete, es gäbe etwas, das stärker und schöner sei als er, und der Hieb der Schönheit verletzte ihn ebensosehr wie der der Stärke. Auch hat er nur kurze Aufmerksamkeit . . . er hätte uns in Ruhe zuende köcheln können, bevor er sich der kleinen Belästigung, die du bedeutetest, hätte zuwenden müssen. Und gleichzeitig kann er seine Aufmerksamkeit nur auf eine Sache konzentrieren und vergißt den ganzen Rest.« Sie nickte mit dem Kopf, und ihr langes Haar kitzelte mich. »Ich weiß noch nicht wie, aber seine Psychologie muß uns einen Angriffspunkt bieten.«

Meine eigene Eitelkeit ist so klein auch nicht: »Ich war mehr als nur eine kleine Belästigung«, knurrte ich.

Ginny lächelte und tätschelte mir die Wange. »In Ordnung, Steve, klar. Ich lieb' dich trotzdem, und ich weiß, daß du einen guten Ehemann abgeben wirst.«

Das versetzte mich in ein angenehmes Selbstgefühl, bis mir dämmerte, was sie gemeint haben könnte.

Wir entdeckten den Salamander wieder, als er gerade dabei war, das Theater anzuzünden, und während wir hinsahen flackerte er hinüber zum medizinischen Institut. Glasbausteine brennen nicht so leicht. Als wir näherkamen, sah ich, wie er gegen die Wände trat und dann verschwand. Unwissend und impulsiv . . . ein Kind . . . eine Höllengöre!

Während wir den Campus überflogen, entdeckten wir Licht im Verwaltungsgebäude. »Das ist wahrscheinlich das Hauptquartier des Krisenstabs«, meinte Ginny. »Wir sollten vielleicht schnell Bericht erstatten.« Svartalf ließ uns auf der Promenade vor dem Gebäude landen, und wir gingen die Treppen hinauf.

Eine Schwadron Bullen, bewaffnet mit Feuerlöschern, bewachte die Tür. »He, Sie da!« stellte sich uns einer in den Weg. »Wo wollen Sie hin?«

»Zu dem Treffen«, ließ Ginny ihn wissen und strich sich durch ihr zerzaustes Haar.

»Ach ja?« Der Blick des Polizisten fiel auf mich. »Fein gemacht dafür, was? ha ha ha . . .!«

Ich hatte die Nase voll für diese Nacht, wurde Wolf und zerriß ihm seine Hosen. Als er seinen Ballermann zücken wollte, verwandelte Ginny sich in eine Boa Constrictor. Ich wurde wieder Mensch, sie auch, und wir überließen die Bullen ihren Problemen und gingen in das Gebäude.

Das Lehrerzimmer war überfüllt. Malzius hatte das ganze Kollegium herbeizitiert. Als wir eintraten, hörte ich seine bombastischen Töne: ». . . unverschämt. Die Behörden hören mich nicht einmal an. Meine Herren, wir müssen die Ehre unserer Talare gegen die Stadt verteidigen!« Er blinzelte, als er Ginny und Svartalf hereinkommen sah, und seine Hautfarbe wurde purpurn, als er mich, in voller Nerzmantelpracht und mit Stoppelkinn, bemerkte. »Mister Matuschek!«

»Ich habe ihn mitgebracht«, schnitt Ginny ihm das Wort ab. »Wir haben draußen gegen den Salamander gekämpft, während Sie hier herumsitzen.«

»Es braucht eben doch etwas mehr als Muskelkraft, auch als wölfische Muskelkraft«, grinste Dr. Alan Abercrombie. »Ich sehe, daß Mr. Matuschek seine Hosen in mehr als nur übertragenem Sinn verloren hat.«

Ebenso wie Malzius hatte er in der Zwischenzeit seine nassen Kleider gegen frische getauscht. Ginny sah ihn kalt an. »Ich dachte, du seist dabei, den Hydro zu dirigieren«, sagte sie.

»Oh, wir haben genügend Adepten zusammengetrommelt, um drei Wasser-Elementare zu steuern«, verkündete er. »Die Sache ist geregelt. Ich wußte, daß mein Platz hier ist. Die Feuer können wir leicht unter Kontrolle bekommen . . .«

»Wenn der Salamander nicht ständig neue entfachte«, zischte Ginny ihn an. »Mit jeder Flamme, die er zündet, wird er größer und stärker, während ihr hier herumsitzt und hübsch ausseht.«

»Oh, danke für das Kompliment!« Er lachte.

Ich biß meine Zähne zusammen, daß es wehtat. Sie hatte doch tatsächlich zurückgelächelt!

»Ruhe! Ruhe!« blökte Malzius. »Setzen Sie sich bitte, Fräulein Graylock. »Haben Sie etwas zu der Diskussion beizutragen?«

»Ja. Ich verstehe den Salamander jetzt.« Sie setzte sich ans Ende des Tisches. Es war der letzte freie Stuhl, und ich lungerte unglücklich im Hintergrund herum und wünschte, der Mantel hätte mehr Knöpfe.

»Verstehen Sie ihn gut genug, um ihn zu löschen?« wollte Professor van Linden von der Alchimie wissen.

»Nein. Aber ich weiß, wie er denkt . . .«

»Uns interessiert bei weitem mehr, wie er handelt«, erklärte van Linden. »Wie können wir ihn lange genug festhalten, daß wir den Vernichtungszauber aussprechen können?« Er räusperte sich. »Wir müssen natürlich erst einmal herausfinden, wie er so schnell um sich greift . . .«

»Ach, das ist einfach genug«, ließ der kleine Griswold schüchtern seine Stimme hören. Er wurde von van Linden gewaltigem Baß übertönt: ». . . was natürlich mit der bekannten Affinität zwischen Feuer und Quecksilber zu tun hat. Da wirklich jeder Haushalt heutzutage über mindestens ein Thermometer verfügt . . .«

»Mit allem nötigen Respekt, mein lieber Kollege«, unterbrach Vittorio von der Astrologie, »Sie erzählen großen Blödsinn. Es ist einfach die Frage einer Konjunktion von Merkur und Neptun im Skorpion . . .«

»Sie irren sich, mein Lieber!« erklärte van Linden. »Sie irren sich völlig! Lassen Sie mich Ihnen die *Ars Thaumaturgica* zeigen! Er suchte nach seinem Exemplar, aber das war natürlich verlegt, und er mußte eine Abwandlung des *Dobu Yam*-Ruf-Spruches verwenden, um es wiederzufinden. In der Zwischenzeit schrie Vittorio:

»Nein, nein, nein! Die Konjunktion mit Uranus in Opposition zum Aszendenten, wie ich leicht beweisen kann . . .« Er ging an die Tafel und begann, ein Diagramm zu zeichnen.

»Ach, hören Sie doch auf!« fuhr Jasper von der Metaphysik dazwischen. »Ich verstehe nicht, wie Sie sich beide so grundsätzlich irren können. Wie ich in meinem Vortrag bei der letzten A. A. A. S.-Versammlung gezeigt habe, ist die intrinsische Natur . . .«

»Das wurde vor zehn Jahren widerlegt!« brüllte van Linden. »Die Affinität . . .«

». . . *Ding an sich* . . .«

». . . Uranus über . . .«

Ich schlich hinüber und zupfte Griswold am Ärmel. Er folgte mir in eine Ecke. »Wie funktioniert das verdammte Ding nun wirklich?« fragte ich.

»Es ist eine bloße Frage von Wellenmechanik«, flüsterte er. »Heisenbergs Unbestimmbarkeitsprinzip zufolge hat ein Photon eine endliche Wahrscheinlichkeit, an irgendeinem Punkt im Raum zu sein. Der Salamander benutzt einen einfachen Diffraktionsprozeß, um die Raumkoordinaten von Psiquadrat zu ändern, mit dem Effekt, von einem Punkt zum anderen zu gehen, ohne den dazwischenliegenden Raum zu durchqueren, sehr ähnlich einem Elektron, das einen Quantensprung vollzieht, wenn die Analogie auch nicht präzise ist, wegen des modifizierenden Einflusses von . . .«

»Schon gut«, seufzte ich. »Diese Versammlung fängt an, aus den Fugen zu geraten. Sollten wir uns nicht lieber . . .«

». . . unserem alten Ziel zuwenden«, stimmte Abercrombie zu, der sich zu uns gesellt hatte. Ginny folgte. Van Linden schlug Vittorio ein blaues Auge, während Jasper mit Kreide nach beiden warf. Unsere kleine Gruppe schlich zur Tür.

»Ich habe bereits eine Antwort auf unser Problem, aber ich brauche Hilfe. Tranformationszauber – den Salamander in etwas verwandeln, das man leichter handhaben kann.«

»Das ist gefährlich«, meinte Ginny. »Man braucht einen verdammt starken T-Zauber, und so was kann zurückschlagen. Was dann passiert, ist nicht vorherzusehen.«

Abercrombie streckte sich mit einem Ausdruck edlen Schmerzes: »Für dich, meine Liebe, ist kein Risiko zu groß.«

Sie sah ihn bewundernd an. Es braucht wirklich Mumm, die Großen Runen zu verwenden. »Gehen wir«, sagte sie. »Ich werde dir helfen.«

Griswold hielt mich am Arm fest. »Mir gefällt das nicht, Mr. Matuschek«, gestand er mir. »Die Kunst ist zu unzuverlässig. Wir sollten eine Methode finden, die auf der Natur und ihren quantifizierbaren Gesetzen beruht.«

»Hm, ja«, erwiderte ich ohne Überzeugung. »Aber was?« Ich eilte hinter Ginny und Abercrombie her, die ihre Köpfe über dem Handbuch zusammensteckten. Griswold ging neben mir, und Svartalf machte eine Geste mit seinem Schwanz gegen den Trismegistus-Lehrkörper. Sie waren viel zu beschäftigt, um es zu bemerken.

Wir gingen hinaus und kamen an den wütenden, aber eingeschüchterten Polizisten vorbei. Das Physikalische Institut war nicht weit, und in der Chemieabteilung gab es die Materialien, die wir brauchen würden. Unsere Schritte hallten in dem leerstehenden Gebäude.

Unser Ziel war das Labor der Anfangssemester, ein langgestreckter Raum mit Arbeitstischen, Regalen und Stille. Griswold schaltete die Lampen ein, und Abercrombie sah sich um. »Wir müssen den Salamander herlocken«, meinte er, »wir können nichts tun, wenn er nicht direkt anwesend ist.«

»Mach dich fertig«, wies das Mädchen ihn an, »ich weiß, wie ich das Biest herbringen kann. Eine einfache Transformation . . .« Sie legte ein paar Teströhrchen bereit, füllte sie mit verschiedenen Pulvern und zeichnete ihre Symbole auf den Boden. Diese Zauberstäbe mit Schreibspitze waren praktisch.

»Was habt ihr vor?« fragte ich.

»Ach, geh aus dem Weg!« fauchte sie. Ich sagte mir, daß sie nur um sich biß, weil sie erschöpft und verzweifelt war, aber es verletzte mich doch.

»Wir werden natürlich seine Eitelkeit benutzen. Ich habe ein paar bengalische Feuer, Feuerwerksraketen und so weiter vorbereitet. Wenn wir die abschießen, wird er natürlich kommen, um zu zeigen, daß er Spektakuläreres vollbringen kann.«

Griswold und ich zogen uns in eine Ecke zurück. Das hier war ein Oberligaspiel. Ich hatte echte Angst, und die knochigen Knie des kleinen Wissenschaftlers schlotterten im Marschrhythmus. Sogar Ginny – ja, da waren Schweißperlen auf ihrer schönen Stirn. Wenn's diesmal nicht klappte, waren wir wahrscheinlich erledigt: Entweder der Salamander oder der Rückschlag des Zaubers konnten uns erwischen. Und wir hatten keine Möglichkeit herauszufinden, ob das Biest für eine Verwandlung zu stark geworden war.

Die Hexe hatte ihr Feuerwerk vorbereitet, ging an ein Fenster und lehnte sich hinaus. Zischende blaue und rote Feuerkugeln, Regen aus goldenen Funken flogen in die Luft und platzten.

Abercrombie hatte seine Diagramme vollendet. Lächelnd wandte er sich zu uns. »Alles okay«, strahlte er. »Alles unter Kontrolle. Ich werde die Energie des Salamanders in Materie verwandeln. *E* gleich *MG* quadrat. Machen Sie mir doch einen Bunsenbrenner an, Matuschek, und stellen Sie ein Becherglas mit Wasser drauf. Griswold, Sie machen diese Lampen da aus und schalten ein paar Polarisationsleuchten ein. Wir brauchen polarisierte Strahlung.«

Wir gehorchten, auch wenn es mir verdammt gegen den Strich ging, den alten, distingierten Mann wie einen Laborassistenten für diesen aalglatten Traum eines Werbespotproduzenten arbeiten zu sehen. »Sind Sie *sicher*, daß es klappt?« fragte ich.

»Natürlich!« lächelte er süffisant. »Ich war während des Krieges im

Quartiermeistercorps, bis sie mich in die Propagandaabteilung gesteckt haben . . . Alpträume funken, verstehen Sie?«

»Ja«, gab ich zurück, »aber Dreck in Futterrationen zu verwandeln ist nicht ganz das gleiche wie eine Transformation von dieser Höllengeburt. Sie und Ihre große Erfahrung!«

Plötzlich und mit Entsetzen wurde mir die schreckliche Wahrheit bewußt. Ich erinnerte mich, wie er mit dem Hydro rumgepfuscht hatte. Abercrombie war so zuversichtlich, weil er *keine Ahnung* hatte!

Eine Minute lang war ich wie gelähmt. Griswold hantierte mit ein paar metallenen Proben herum. Himmel, es war erst gestern gewesen, als er uns Erstsemestler in ein paar Experimenten die chemischen Eigenschaften vorgeführt hatte – es kam mir vor, als sei es eine Ewigkeit her . . .

»Ginny!« Ich stolperte zu dem Fenster, an dem sie stand und Regenbögen aus Funken in den Himmel jagte. »Mein Gott, Liebling, hör auf zu . . .«

Krach! Der Salamander war im Raum.

Ich stolperte halb geblendet zurück. Schrecklich größer geworden, füllte er den hinteren Teil des Labors aus. Die Bänke begannen zu qualmen.

»Ah, so!« Die Stimme des Feuers ließ uns fast die Trommelfelle platzen. Svartalf war auf eines der Regale gesprungen und warf Säureflaschen auf den Schädling. Er schien es nicht einmal zu merken. »So, ihr kleinen, feuchten Flöhe, ihr versucht tatsächlich, M I C H auszulöschen!«

Abercrombie und Ginny hoben ihre Zauberstäbe und riefen die wenigen Worte der Transformation.

In die Ecke gekauert, durch schweflige, stinkende Dämpfe spähend, sah ich Ginny sich krümmen und dann in Sicherheit springen. Sie mußte den Rückschlag gespürt haben. Eine Explosion erschütterte das Gebäude, und die Luft war voll von fliegendem Glas.

Mein Körper schirmte Griswold ab, und der Zauber verwandelte mich nur in Wolfsgestalt. Nicht weit von mir sah ich Ginny auf allen vieren hinter einer Bank, halb bewußtlos, doch unverletzt. Unverletzt! Gepriesen seien alle Mächte in Ewigkeit! Svartalf, ein Pekinese jetzt, jaulte auf dem Regal. Abercrombie war verschwunden, aber ein Schimpanse in ausgebeulten Hosen watschelte wimmernd zur Tür.

Ein Feuerstrahl schnitt dem Affen den Weg ab, dieser wirbelte kreischend herum und jagte an einem Abluftrohr empor. Der Salamander bog den Rücken durch und heulte vor Lachen.

»Gegen MICH wollt ihr eure armseeligen Tricks anwenden? MICH, den Allmächtigen, MICH, den Schrecklichen, MICH, den Schönsten? Ha! Sie prallen von mir ab wie Wasser von glühendem Eisen. Und ICH, ICH, ICH bin die Pfanne, die euch braten wird!«

Irgendwie war seine melodramatische Rede nicht völlig lächerlich.

Denn dies war das kindische, prahlende, sinnlos konsumierende Ding, das auf die Erde losgelassen war, um unsere teure, schöne Heimat in eine lodernde Fackel zwischen den Planeten zu verwandeln.

Im polarisierten Licht schlüpfte ich zurück in Menschengestalt und richtete mich hinter einer Werkbank auf. Griswold drehte einen Wasserhahn auf und spritzte mit dem Finger einen scharfen Strahl auf den Salamander. Dieser zischte verärgert – ja, Wasser schmerzte ihn noch, aber es war nicht genug Flüssigkeit hier, um ihn zu löschen, dazu brauchte es inzwischen einen ganzen See . . . Er schwenkte den Kopf mit aufgerissenem Maul herum, zielte er auf Griswold und atmete tief ein.

Alles ist eitel . . .

Ich sprang zu dem Bunsenbrenner, der überflüssigerweise einen Becher mit Wasser erhitzte. Ginny richtete sich auf und sah mich durch versengte Locken an. Im Raum wurde es unerträglich heiß. Ich hatte keinen genialen Einfall, ich handelte aus reinem Instinkt und wirrer Erinnerungen.

»Töte uns«, krächzte ich. »Töte uns, wenn du es wagst. Unser Diener ist mächtiger als du. Er wird dich bis ans Ende der Schöpfung verfolgen.«

»*Euer Diener?*« Flammen begleiteten die Worte.

»Jawohl, unser Diener, das Feuer, das kein Wasser fürchtet!«

Der Salamander trat schnaubend einen Schritt zurück. Er war noch nicht so stark, daß die bloße Erwähnung von Wasser ihn nicht zusammenzucken ließ.

»Zeig ihn MIR!« zischelte er. »Zeig ihn MIR! ICH verlange es!«

»Unser Diener – klein, aber mächtig«, krächzte ich. »Klüger und schöner als du, und das nasse Element kann ihm nicht das geringste anhaben.« Ich stolperte zu den Gefäßen mit den Metallproben und nahm eine Zange. »Hast du den Mut, ihn anzuschauen?«

Der Salamander knisterte. »Ob ICH den *Mut* habe? Frag lieber, ob er es wagt, mir entgegenzutreten.«

Aus dem Augenwinkel sah ich, das Ginny aufgestanden war und ihren Stab in der Hand hatte. Sie schien kaum zu atmen, und ihre Augen waren zu Schlitzen versengt.

Einen Augenblick herrschte Stille. Sie hing wie das Gewicht der Welt in dem langgestreckten Raum, schien die Geräusche, die verblieben waren, zu verschlingen: das Knistern von Feuer, Abercrombies Affengezwitscher, Svartalfs indigniertes Japsen. Ich nahm einen Magnesiumstreifen mit der Zange und hielt ihn in die Brennerflamme.

Er brach in ein blauweißes, aktinisches Leuchten aus, von dem ich geblendet den Blick wandte. Der Salamander war nicht so intensiv strahlend. Ich sah, wie das Biest gleichzeitig zurückschreckte und sich aufplusterte.

»Warte!« Ich hob den brennenden Streifen hoch. Hinter mir hörte ich Ginnys schnelles Murmeln: *»Oh, Indra, Abaddon, Luzifer . . .«*

Das Bewußtsein eines Kindes, unfähig, seine Aufmerksamkeit auf mehr als eine Sache gleichzeitig zu lenken . . . aber für wie lange? Ich mußte seine Aufmerksamkeit volle hundertundzwanzig Sekunden lang fesseln.

»Feuer«, sagte der Salamander nervös. »Nur ein anderes Feuer, nur ein kleiner Teil jener Kraft, von der ich stamme.«

»Kannst du das hier auch, Angeber?«

Ich hielt den Streifen in den Wasserbehälter. Dampf stieg aus dem Wasser, es kochte und blubberte – und das Metall brannte weiter.

»*. . . abire ex orbis terrestris . . .*«

»Mg plus H_2O ergibt Mg, O plus H_2«, wisperte Griswold bewundernd.

»Kiek-kiek!« sagte Abercrombie.

»Jip-jip-jip!« sagte Svartalf.

»Das ist ein Trick«, schrie der Salamander. »Das ist unmöglich! Wenn nicht einmal ICH es kann . . . *Nein!*«

»Bleib, wo du bist«, brüllte ich ihn in meinem besten Kasernenhofton an. »Zweifelst du, daß mein Diener dir folgen kann, wohin auch immer du fliehst?«

»Ich werd' das kleine Biest umbringen!«

»Nur los, Kumpel«, forderte ich ihn auf. »Möchtest du das Duell unter Wasser ausfechten?«

Pfiffe schrillten durch das Prasseln des Feuers. Die Polizei hatte uns durch die Fenster entdeckt.

»Ich werd's dir zeigen! Zeigen werd's ich dir!« Es war fast ein Schluchzen, das da in seiner Stimme mitklang. Ich duckte mich hinter die Werkbank und zog Griswold mit. Ein Feuerstrahl sprühte an die Stelle, wo ich gewesen war.

»Bäh, bäh, bäh!« rief ich. »Du kriegst mich nicht! Angsthase!«

Der Boden zitterte unter den Tritten des Elementargeistes, der auf mich zukam, nicht um die Bänke herum, sondern seinen Weg durch sie hindurchbrennend. Hitze umklammerte meine Kehle. Mir wurde schwindelig und dann schwarz vor Augen.

Und es war fort. Triumphierend rief Ginny *»Amen!«* und die verdrängte Luft krachte wie Donnerhall.

Ich stand taumelnd auf. Ginny fiel mir in die Arme. Die Polizei betrat das Labor, und Griswold sagte etwas von Feuerwehr holen, bevor sein ganzes Gebäude in Rauch aufging. Abercrombie kletterte aus einem Fenster, und Svartalf sprang vom Regal herunter, ohne zu bedenken, daß ein Hund weniger gelenkig ist als eine Katze, und seine Glubschaugen traten in rechtschaffenem Zorn noch weiter hervor.

Die Promenade draußen war kühl und still. Wir ließen uns auf das betaute Gras fallen und sahen den Mond an. Es war ein großes und simples Wunder, am Leben zu sein.

Die Vorschriften hielten uns getrennt, doch in Ginnys Ausdruck lag viel Zärtlichkeit. Wir hörten kaum, als jemand vorbeirannte und rief, daß der Salamander verschwunden sei, noch nahmen wir die Kirchenglocken wahr, die die Nachricht an die ganze Stadt verkündeten.

Erst Svartalf schreckte uns mit seinem Gebell auf. Ginny kicherte. »Armes Kerlchen! Ich verwandle dich zurück, sobald ich Zeit habe. Im Moment habe ich noch was Wichtigeres zu tun. Komm mit, Steve.«

Griswold, beruhigt, daß sein kostbares Gebäude in Sicherheit war, folgte uns in taktvollem Abstand. Svartalf blieb wie versteinert sitzen, wahrscheinlich war er so schockiert, daß es etwas wichtigeres zu tun gab, als ihn in eine Katze zurückzuverwandeln.

Auf halbem Wege trafen wir auf Dr. Malzius, unter einer der großen Ulmen. Mondlicht sprenkelte sein Gesicht, und sein Zwicker glitzerte. »Mein liebes Fräulein Graylock«, begann er, »ist es wirklich wahr, daß sie diese Bedrohung der Gesellschaft überwältigt haben? Höchst bemerkenswert. Lassen Sie mich Ihnen gratulieren. Die glorreichen Annalen dieser großartigen Institution, von der ich die Ehre habe, Präsident zu sein . . .«

Ginny trat ihm mit in die Hüfte gestemmten Händen entgegen und durchbohrte ihn mit dem eisigsten Blick, den ich je gesehen habe. »Die Ehre gebührt Mr. Matuschek und Dr. Griswold«, sagte sie. »In diesem Sinne gedenke ich auch die Presse zu informieren. Ich zweifle nicht daran, daß Sie nun umfangreichere Mittel für Dr. Griswolds hervorragende Arbeit befürworten werden.«

»Ja, so was, also wirklich«, stotterte der Forscher. »Ich habe nicht . . .«

»Still, Sie Dummkopf!« zischte Ginny ihn an und fuhr dann laut fort: »Nur durch seine mutige und weitsichtige Arbeit an den fundamentalen Lehren der Naturgesetze . . . Den Rest können Sie selber ausfüllen, Malzius. Ich glaube nicht, daß es ihrer Popularität zugute käme, wenn Sie diese Abteilung weiterhin so vernachlässigen.«

»Ja . . . wirklich . . . schließlich . . .« Der Präsident plusterte sich auf. »Habe die Angelegenheit sorfältig geprüft. Wollte sie bei der nächsten Versammlung des Kollegiums befürworten.«

»Ich werde Sie daran erinnern«, sagte Ginny, »und was dieses alberne Gesetz gegen Beziehungen zwischen Lehrkörper und Studenten angeht. Mr. Matuschek wird in Kürze mein Gatte sein . . .«

»Meine liebe Miß Graylock«, sprudelte Malsius los, »äh . . . mh . . . äh . . . er ist ja nicht einmal angezogen!«

Voller Entsetzen merkte ich, daß ich in der Aufregung Ginnys kostbaren Nerzmantel verloren hatte.

Zwei Polizisten näherten sich und zerrten ein kleines, haariges Etwas zwischen sich mit. Einer trug die Kleider auf dem Arm, die der Schimpanse abgeworfen hatte. »Verzeihung, Fräulein Graylock. Wir fanden diesen Affen und . . .«

»Ach, ja.« Sie lachte. »Wir werden ihn wiederherstellen müssen, aber nicht sofort. Steve braucht die Hosen dringender.«

Ich zog sie hastig an, und Ginny wandte sich mit ihrem süßesten Lächeln an Malzius.

»Der arme Dr. Abercrombie«, seufzte sie. »So was kommt vor, wenn man mit paranatürlichen Kräften zu tun hat. Ich nehme an, daß es keine Gesetze dagegen gibt, daß Fakultätsmitglieder Forschungen durchführen.«

»Oh, nein!« antwortete der Präsident unsicher. »Natürlich nicht. Im Gegenteil! Wir erwarten von unseren Leuten, daß sie publizieren . . .«

»Ich wollte nur sichergehen. Ich habe nämlich ein höchst interessantes Forschungsprojekt vor, das auch Tranformationen umfaßt. Ich gebe zu, daß es ein bißchen gefährlich ist und zurückschlagen kann, wie Dr. Abercrombies Formel es tat.« Ginny lehnte auf ihrem Stab und betrachtete gedankenvoll den Rasen. »Es könnte sogar . . . ja, es könnte sogar *Sie* in einen Affen verwandeln, lieber Dr. Malzius. Oder vielleicht in einen Wurm, einen langen, schleimigen. Aber so was darf der Wissenschaft nicht im Wege stehen, nicht wahr?«

»Was? Aber . . .«

»Natürlich«, plauderte die Hexe weiter, »wenn ich meinen Verlobten sehen könnte, wann immer ich wollte, hätte ich kaum Zeit für die Forschungsarbeit.«

Malzius brauchte ganze fünfzig Worte, um seine Niederlage einzugestehen. Er stampfte mit wackeliger Grandeur davon, während die letzten Feuer über den Campusdächern erloschen.

Ginny schaute mich lange an. »Das Gesetz kann erst morgen geändert werden«, murmelte sie. Meinst du, du kannst ein paar Vorlesungen schwänzen?«

»Kiek-iek-iek«, sagte Dr. Abercrombie. Dann tauchte Svartalf vorwurfsvoll auf und scheuchte ihn auf einen Baum.

Ein süßes Püppchen

Robert Bloch

Robert Bloch hat seit mehr als vierzig Jahren Leute das kalte Gruseln gelehrt. Er begann als Mitglied jenes berühmten Kreises von Leuten, die mit H. P. Lovecraft korrespondierten, und kam von dort aus zu den *Pulp*-Magazinen, wo er sich sowohl auf übernatürliche als auch auf psychologischen Horror spezialisierte. Sein Roman *Psycho* (1959; dt. *Kennwort Psycho*, 1960) wurde von Alfred Hitchcock zu einem unsterblichen Film gemacht; in neuerer Zeit hat er uns *Psycho II* (1982; dt. 1983) gegeben. In mancher Hinsicht bleibt er ein unterschätzter Autor, obwohl er von seinen Lesern und von seinen Schriftstellerkollegen mit einem HUGO AWARD und einem Edgar Allan Poe Award geehrt worden ist. *The Best of Robert Bloch* enthält einige seiner besten Geschichten, aber all seine wichtigen Erzählungen würden zusammen mehrere Bände füllen.

Irma sah nicht aus wie eine Hexe.

Sie hatte zarte, regelmäßige Züge, eine Pfirsichhaut, blaue Augen und hellblondes Haar. Außerdem war sie erst acht Jahre alt.

»Warum hänselt er sie auch immer damit?« schluchzte Miß Pall. »Daher hat sie's doch! Er nennt sie immer eine kleine Hexe.«

Sam Steever lehnte seinen feisten Rücken auf dem quietschenden Drehstuhl zurück und faltete die klobigen Hände im Schoß.

Sein Gesicht zeigte die Maske des unerschütterlichen Rechtsanwalts, doch in Wirklichkeit war er einigermaßen beunruhigt.

Frauen wie Miß Pall sollten niemals weinen. Ihre Brillen zittern, ihre dünnen Nasen zucken, ihre runzligen Augenlider röten sich und ihr strähniges Haar gerät in Unordnung.

»Bitte nehmen Sie sich zusammen«, bat Sam Steever. »Vielleicht können wir die Angelegenheit vernünftig besprechen . . .«

»Das ist mir egal!« erwiderte sie mit erstickter Stimme. »Ich gehe nicht mehr hin. Ich halt's einfach nicht aus. Und ich kann sowieso nichts ändern. Der Mann ist Ihr Bruder und sie ist das Kind Ihres Bruders. Ich habe keine Verantwortung. Ich habe versucht . . .«

»Natürlich haben Sie Ihr Bestes versucht.« Sam Steever lächelte freundlich, als sei Miß Pall der Vorsitzende eines Gerichts. »Ich verstehe Sie gut. Aber ich weiß noch immer nicht, warum Sie so aufgebracht sind, liebe Frau.«

Miß Pall setzte die Brille ab und betupfte sich die Augen mit einem blümchenbedruckten Taschentuch. Dann steckte sie das feuchte Knäuel in ihre Handtasche zurück, ließ den Verschluß zuschnappen, setzte ihre Brille wieder auf und setzte sich zurecht.

»Also gut, Mister Steever«, sagte sie dann, »ich werde versuchen, Sie mit den Gründen vertraut zu machen, die mich bewegen, die Stelle bei Ihrem Bruder zu verlassen.«

Sie unterdrückte einen verspäteten Schluchzer.

»Wie Sie wissen, kam ich vor zwei Jahren über ein Stellenangebot für eine Haushälterin zu John Steever. Als ich herausfand, daß ich die Erzieherin einer mutterlosen Sechsjährigen sein sollte, war ich zunächst beunruhigt. Ich verstand nichts von Kindererziehung.«

»Die ersten sechs Jahre hatte John eine Kinderschwester angestellt«, nickte Sam Steever. »Sie wissen, daß Irmas Mutter bei ihrer Geburt gestorben ist.«

»Das ist mir bekannt«, erwiderte Miß Pall spitz. »Natürlich erweicht es einem das Herz für ein so einsames, vernachlässigtes kleines Mädchen. Und sie war schrecklich einsam, Mister Steever . . . wenn Sie gesehen hätten, wie traurig sie in diesem riesigen, häßlichen, alten Haus herumschlich . . .«

»Ich habe sie gesehen«, unterbrach Sam Steever eilig, um einem weiteren Tränenausbruch vorzubeugen. »Und ich weiß, was Sie für Irma getan haben. Mein Bruder neigt zu Gedankenlosigkeit, ist sogar manchmal etwas egoistisch. Er merkt es nicht.«

»Er ist grausam!« erklärte Miß Pall mit plötzlicher Leidenschaftlichkeit. »Grausam und böse. Auch wenn es Ihr Bruder ist, muß ich sagen, daß er zum Vater völlig untauglich ist. Als ich dorthin kam, waren ihre Arme voller blauer Flecken von seinen Schlägen. Er benutzte seinen Gürtel . . .«

»Ich weiß. Manchmal glaube ich, John hat sich nie vom Tod seiner Frau erholt. Darum war ich so erfreut, als Sie kamen, liebe Frau. Ich dachte, Sie könnten die Situation verbessern.«

»Ich habe es versucht«, jammerte Miß Pall. »Sie wissen, daß ich alles versucht habe. Ich habe das Kind nie geschlagen, obwohl Ihr Bruder mir immer und immer wieder sagte, ich müsse sie bestrafen. ›Geben Sie der kleinen Hexe eine anständige Tracht Prügel‹, pflegte er zu sagen, ›das ist alles, was sie braucht.‹ Und sie versteckte sich dann hinter meinem Rücken und flüsterte mir zu, ich solle sie beschützen. Aber sie weinte nicht. Hören Sie, Mister Steever, ich habe sie nicht ein einziges Mal weinen sehen.«

Sam Steever war leicht gereizt und ein wenig gelangweilt. Er wünschte, das alte Huhn würde endlich zur Sache kommen. Also lächelte er und gab sich zuckersüß.

»Aber wo liegt denn nun genau Ihr Problem, liebe Frau?«

»Als ich dorthin kam, war alles in Ordnung. Wir kamen blendend miteinander aus. Ich begann, ihr das Lesen beizubringen und stellte zu meiner größten Überraschung fest, daß sie es schon konnte. Ihr Bruder behauptete, daß er es ihr nicht beigebracht habe, doch sie verbrachte Stunden auf dem Sofa zusammengekauert mit einem Buch. ›Das ist typisch Irma‹, pflegte er zu sagen, ›ungewöhnliche, kleine Hexe. Spielt nicht mit anderen Kindern, die kleine Hexe.‹ So redete er immer, Mister Steever, als ob sie eine Art . . . ich weiß nicht was sei. Und sie war so süß und still und niedlich! Ist es ein Wunder, daß sie Bücher las? Ich war als Kind selber so, weil . . . ach, wie dem auch sei. Aber es war doch ein Schock für mich, als ich sie eines Tages über der ›Encycloppaedica Britannica‹ fand. ›Was liest du da, Irma?‹ Und sie zeigte mir's. Es war der Artikel über Hexerei. Sehen Sie, was für morbide Ideen Ihr Bruder ihr in den Kopf gesetzt hat? Ich tat mein Bestes. Ich ging und kaufte ihr Spielzeug . . . sie hatte einfach gar nichts, verstehen Sie, nicht einmal eine Puppe. Sie *wußte* nicht einmal, wie man spielt! Ich versuchte sie mit ein paar kleinen Mädchen in der Nachbarschaft zusammenzubringen, aber ohne Erfolg. Sie verstanden sich nicht untereinander. Es gab ein paar Szenen, Kinder können so grausam sein, so gedankenlos. Und ihr Vater wollte sie nicht in eine öffentliche Schule gehen lassen. Ich sollte sie unterrichten. Eines Tages brachte ich ihr Modelliermasse. Das gefiel ihr. Sie verbrachte Stunden damit, Gesichter zu modellieren. Für eine

Sechsjährige zeigte Irma wirklich Talent. Wir machten Püppchen zusammen, und ich nähte Kleider dafür. Dieses erste Jahr war ein glückliches, Mister Steever, vor allem, solange Ihr Bruder in Südamerika weilte. Doch als er zurückkam . . . Ach! Ich kann kaum davon sprechen!«

»Ich bitte Sie, Miß Pall«, sagte Sam Steever, »Sie müssen das verstehen. John ist kein glücklicher Mensch. Der Verlust seiner Frau, der Niedergang seines Importgeschäfts, sein Trinken . . . aber das wissen Sie ja alles.«

»Was ich weiß, ist, daß er Irma haßt«, stieß Miß Pall plötzlich hervor. »Er will, daß sie ungezogen ist, so daß er sie verprügeln kann. ›Wenn Sie der kleinen Hexe keine Disziplin beibringen, tu ich es‹, pflegte er zu sagen. Und dann nimmt er sie mit nach oben und schlägt sie mit seinem Gürtel. Sie müssen etwas unternehmen, Mister Steever, Sie müssen . . . oder ich wende mich selbst an die Behörden.«

Die verrückte alte Schachtel brächte das fertig, dachte Sam Steever. Gegenmittel: noch süßer mit ihr umgehen. »Aber was Irma betrifft«, kam er zum Thema zurück.

»Sie hat sich auch verändert. Seit ihr Vater zurückgekommen ist. Sie will nicht mehr mit mir spielen. Schaut mich kaum noch an. So, als hätte ich sie betrogen, indem ich sie nicht vor diesem Mann beschützt habe, Mister Steever. Und sie glaubt, sie sei eine Hexe.«

Absurd. Glatt und einfach absurd. Sam Steever setzte sich gerade.

»Sie brauchen mich gar nicht so anzuschau'n, Mister Steever. Sie würde es ihnen selbst sagen, wenn Sie mal dorthin gingen!«

Er hörte den leichten Vorwurf in ihrer Stimme und beschwichtigte sie mit einem bedauernden Nicken.

»Also gut, hat sie mir gesagt. Wenn ihr Vater wolle, daß sie eine Hexe sei, dann sei sie eben eine Hexe, und sie würde nicht mehr mit mir spielen und auch nicht mit irgendwem sonst, weil Hexen nicht spielen. Zum letzten Halloween wünschte sie sich einen Besenstiel. Das wäre amüsant, wenn es nicht so tragisch wäre. Und vor ein paar Wochen dachte ich, sie habe sich gewandelt. Sie fragte mich nämlich, ob ich sie nicht mit in die Kirche nehmen könnte an einem Sonntag. ›Ich will die Taufe sehen‹, sagte sie. Stellen Sie sich vor, eine Achtjährige, die sich für die Taufe interessiert! Das kommt vom vielen Lesen, meine ich. Nun, wir gingen zur Kirche, und sie war so süß, wie sie nur sein konnte, trug ein neues blaues Kleidchen und hielt meine Hand. Ich war stolz auf sie, Mister Steever, richtig stolz. Aber gleich danach verkroch sie sich wieder in ihrem Schneckenhaus. Las stundenlang, rannte bei Dämmerung im Garten herum und führte Selbstgespräche. Vielleicht, weil Ihr Bruder ihr kein Kätzchen schenken wollte. Sie wünschte sich sehnlichst eine schwarze Katze, und als er fragte, warum, sagte sie ›Weil Hexen immer schwarze Katzen haben‹, und er nahm sie mit nach oben. Ich kann ihn nicht hindern, verstehen Sie? Er schlug sie wieder in der Nacht, als der

Strom ausfiel und wir die Kerzen nicht finden konnten. Er behauptete, sie habe sie gestohlen. Stellen Sie sich vor, ein achtjähriges Kind zu beschuldigen, es habe Kerzen gestohlen! Das war der Anfang vom Ende. Dann schließlich heute, als er herausfand, daß seine Haarbürste verschwunden war . . .«

»Sie meinen, er hat sie mit seiner Haarbürste geschlagen?«

»Ja. Sie gab zu, daß sie sie genommen hatte. Sie sagte, sie hätte sie für ihre Puppe gebraucht.«

»Aber sagten Sie nicht, sie hätte keine Puppen?«

»Sie hat sich eine gemacht. Das heißt, ich glaube es. Ich habe sie nie zu sehen gekriegt. Sie zeigt uns nichts mehr, spricht bei Tisch nicht mehr mit uns. Man kann nicht mehr mit ihr umgehen. Aber die Puppe, die sie gemacht hat, ist klein, das weiß ich, denn eines Tages trug sie sie unter dem Arm. Sie spricht mit ihr und hätschelt sie, aber sie weigert sich, sie ihrem Vater oder mir zu zeigen. Er fragte sie nach der Haarbürste, und sie sagte, sie habe sie für die Puppe gebraucht. Ihr Bruder wurde schrecklich wütend – er hatte den ganzen Morgen in seinem Zimmer getrunken – glauben Sie nicht, daß ich das nicht weiß! –, und sie lächelte einfach und meinte, er könne sie jetzt zurückhaben. Sie ging zu ihrem Tischchen und reichte sie ihm. Sie hatte sie nicht im geringsten kaputtgemacht, sein Haar war sogar noch drin. Aber er packte danach, und dann schlug er sie damit und drehte ihr den Arm um und dann . . .«

Miß Pall sank in ihrem Stuhl zusammen und brach in lautes Schluchzen aus.

Sam Steever klopfte ihr beschwichtigend auf die Schulter wie ein Elephant, der einen verwundeten Kanarienvogel zu trösten versucht.

»Das ist alles, Mister Steever. Ich bin sofort zu Ihnen gekommen. Ich gehe nicht mehr dorthin zurück. Ich halte es nicht mehr aus . . . wie er sie schlug . . . und wie sie nicht weinte, sondern nur kicherte und kicherte und kicherte. Manchmal glaube ich fast, sie *ist* eine Hexe . . . Er hat sie dazu gemacht . . .«

Sam Steever nahm den Hörer ab. Das Telefon hatte die Stille unterbrochen, die nach Miß Palls hastigem und nicht unwillkommenem Abschied geherrscht hatte.

»Hallo. Bist du's Sam?«

Er erkannte seinen Bruder, der ziemlich angetrunken klang.

»Ja, John.«

»Ich nehme an, die alte Ziege ist direkt zu dir gekommen, um sich auszukotzen.«

»Wenn du Miß Pall meinst, ja, die war hier.«

»Hör nicht auf sie. Ich werde dir alles erklären.«

»Soll ich vorbeikommen? Ich bin schon seit Monaten nicht mehr bei dir gewesen.«

»Hm, heute nicht. Ich habe einen Termin beim Arzt.«

»Bist du krank?«

»Schmerzen im Arm. Rheuma oder so was. Er macht mir eine Bestrahlung. Aber ich rufe dich morgen an, und wir reden über die Geschichte.«

»In Ordnung.«

Aber John Steever rief am nächsten Tag nicht an. Gegen Abend nahm Sam das Telefon und rief an.

Zu seiner großen Überraschung antwortete Irma. Ihre Piepsstimme klang weit weg.

»Daddy ist oben und schläft«, sagte sie, »er fühlt sich nicht gut.«

»Dann stör ihn nicht. Was ist es, sein Arm?«

»Nein, jetzt ist es sein Rücken. Er wird wieder zum Arzt müssen.«

»Sag ihm, daß ich ihn morgen anrufe. Und du, Irma, geht's dir gut? Vermißt du Miß Pall nicht?«

»Nein, ich bin froh, daß sie weg ist. Sie ist doof.«

»Oh. Ja. Ich verstehe. Aber ruf mich an, wenn du was brauchst. Ich hoffe, deinem Daddy geht's bald wieder besser!«

»Ja, das hoffe ich auch«, sagte Irma und begann zu kichern, und dann legte sie auf.

Da war kein Kichern am anderen Ende der Leitung, als John Steever am nächsten Nachmittag seinen Bruder im Büro anrief. Seine Stimme war stocknüchtern.

»Sam, um Himmels willen, komm schnell rüber. Mit mir passiert was!«

»Was ist los?«

»Die Schmerzen machen mich fertig! Ich muß dich sehen, schnell!«

»Ich habe einen Klienten im Büro, aber ich werd' ihn wegschicken. Warte mal, warum rufst du nicht den Arzt an?«

»Der Quacksalber kann mir nicht helfen. Er hat mir Bestrahlungen verpaßt, erst für den Arm, dann für den Rücken.«

»Und es hat nicht geholfen?«

»Die Schmerzen gingen weg. Aber jetzt sind sie wieder da. Ich fühle mich, als würde ich zerquetscht. Meine Brust wird zusammengedrückt, ich kann nicht atmen.«

»Das klingt nach Pleuräsie. Warum rufst du ihn nicht an?«

»Es ist nicht Pleuräsie. Er hat mich untersucht. Sagt, ich sei kerngesund. Nein, organisch bin ich völlig gesund. Der Himmel weiß, wie sie das hinkriegt.«

»John, du darfst nicht ...«

»Ach, es hat ja keinen Zweck. Ich kann mich nicht rühren. Sie hat mich in der Hand. Ich kann nicht hinuntergehen und ihr die Puppe wegnehmen. Keiner würd's mir glauben. Aber es ist die Puppe, natürlich, die, die sie aus Kerzenwachs gemacht hat und mit Haaren aus der Haarbürste. Au, es tut weh, wenn ich rede . . . die verfluchte kleine Hexe! Beeil dich, Sam, versprich mir, daß du was tust, irgendwas, aber nimm ihr die Puppe weg . . .!«

Eine halbe Stunde später, um halb fünf, betrat Sam Steever das Haus seines Bruders.

Irma öffnete die Tür.

Es gab Sam einen Stich, als er sie da stehen sah, lächelnd und selbstverständlich, mit ordentlich zurückgekämmtem, blondem Haar und rosigen Wangen. Sie sah aus wie eine kleine Puppe. Eine kleine Puppe . . .

»Guten Tag, Onkel Sam.«

»Guten Tag, Irma. Dein Daddy hat mich angerufen, hat er dir das gesagt? Er fühlte sich nicht gut.«

»Ja, ich weiß. Aber jetzt geht's ihm wieder gut. Er schläft . . .«

Sam Steever lief ein kalter Schauer über den Rücken.

»Er schläft?« fragte er heiser. »Oben?«

Und noch ehe sie antworten konnte, rannte er die Treppe hinauf und stürzte in seines Bruders Schlafzimmer.

John lag auf dem Bett. Er schlief . . . er schlief wirklich nur. Sam Steever sah seine Brust mit ruhigem Atem auf und abgehen. Sein Gesicht war ruhig und entspannt.

Sam holte tief Luft und murmelte »Unsinn!« während er wieder hinunterging. Ein paar Monate Ferien für seinen Bruder, ohne es eine ›Kur‹ zu nennen, würden ihm gut tun. Und Irma für die Zeit in einem Heim, damit sie aus diesem finsteren, alten Haus herauskäme, fort von all den Büchern . . .

Auf halber Treppe blieb er stehen und sah über das Geländer ins Halbdunkel. Irma saß zusammengekuschelt auf dem Sofa wie ein weißer kleiner Ball. Sie sprach zu etwas, das sie in ihren Armen schaukelte.

Sie hatte also eine Puppe.

Sam Steever schlich leise die Treppe hinunter und ging zu Irma.

»Hallo«, sagte er.

Sie schrak zusammen und verbarg mit beiden Armen, was sie auf ihrem Schoß hielt. Sie drückte es leicht.

Sam Steever dachte an eine Puppe, der man die Brust zusammendrückt . . .

Irma starrte zu ihm hinauf, ihr Gesicht war eine Maske der Unschuld. Im Zwielicht sah ihr Gesicht wirklich wie eine Maske aus. Die Maske eines kleinen Mädchens, die was versteckt?

»Es geht ihm besser, nicht wahr?« flüsterte sie.

»Ja, viel besser!«

»Das wußte ich«, sagte sie selbstgefällig.

»Aber ich fürchte«, fuhr Sam Steever fort, »er wird sich erholen müssen. Er wird irgendwohin gehen müssen, um sich zu erholen.«

Ein Lächeln drang durch die Maske. »Gut!« meinte Irma.

»Natürlich kannst du nicht hier allein bleiben«, überlegte Sam Steever, »vielleicht könntest du in eine Schule gehen oder so was.«

Irma kicherte. »Ach, um mich brauchst du dir keine Sorgen zu machen.« Sie rückte zur Seite, als Sam Steever sich aufs Sofa setzte, und sprang dann hastig auf, als er sich ihr näherte.

In dem Augenblick sah Sam Steever ein paar kleine, dünne Puppenbeine unter ihren Armen baumeln. Sie trugen Hosen und winzig kleine Lederschühchen.

»Was hast du da, Irma? Ist das eine Puppe?« fragte er schmeichelnd und streckte langsam die Hand danach aus.

Sie machte einen Schritt zurück.

»Du darfst sie nicht sehen«, trotzte sie.

»Ich möchte sie aber gerne sehen. Miß Pall hat mir gesagt, daß du so hübsche Puppen machst.«

»Miß Pall ist doof. Und du auch. Geh weg!«

»Bitte Irma, zeig sie mir doch!«

Während er das sagte, starrte er auf die Puppe, die einen Moment sichtbar wurde, als sie zurückschreckte. Ein kleiner Kopf mit Haaren drauf. Im Dämmerlicht konnte er nicht genau sehen, doch er erkannte die Augen, die Nase, das Kinn.

Er konnte die Vorspiegelung nicht länger aufrechterhalten.

»Gib mir sofort diese Puppe!« schnauzte er sie an. »Ich weiß, was es ist. Ich weiß, *wer* es ist . . .«

Eine Sekunde lang verschwand die Maske von Irmas Gesicht, und Sam Steever sah nackte Angst.

Sie wußte es. Sie wußte, daß er es wußte!

Dann war die Maske wieder da!

Irma war ein süßes, dickköpfiges kleines Mädchen. Sie schüttelte den Kopf und lächelte ihn mitleidig an.

»Ach, Onkel Sam«, kicherte sie, »du bist albern. Das ist doch keine richtige Puppe!«

»Aber was ist es dann?« stotterte er.

Irma kicherte und nahm die Puppe hoch. »Ach, die ist nur aus Zucker!« sagte sie.

»Zucker?« fragte er verblüfft.

Irma nickte. Und dann nahm sie schnell den Kopf der Puppe in den Mund.

Und biß ihn ab.

Im oberen Stockwerk hörte man einen einzigen, schrillen Schrei.

Während Sam Steever die Treppe hinaufstürzte, schlüpfte Klein-Irma, noch immer kauend, durch die Haustür in die Nacht hinaus.

Die Welt des Hexers

Andre Norton

Andre Norton ist eine der derzeit beliebtesten Science-fiction- und Fantasy-Autorinnen, und ein sehr hoher Prozentsatz von ihren mehr als hundert Büchern ist immer noch auf dem Markt. Sie ist auch eine hochdekorierte Autorin und hat zwei der höchsten Auszeichnungen erhalten, die das Genre zu vergeben hat: den Grand Master of Fantasy Award, der ihr von der World Fantasy Convention 1977 verliehen wurde, und den Gandalf Award, den sie von der World Science Fiction Convention 1978 erhielt. Obwohl viele ihrer Romane technisch gesehen Jugendbücher sind, können sie von Lesern jeden Alters genossen werden. Dementsprechend sind auch ihre berühmtesten Bücher die des ›Hexenwelt‹-Zyklus, darunter so herausragende Werke wie *Sorceress of the Witch World* (1968; dt. *Das Mädchen und der Magier,* 1976). Sie war auch eine der ersten SF-Autorinnen, die durchweg weibliche Hauptfiguren in ihren Romanen vorkommen lassen.

I

Craikes geschwollene Füße schmerzten fürchterlich, mit jedem Atemzug mußte er gegen eine brennende Fessel kämpfen, die seine Lungen zusammenzudrücken schien. Schwächlich klammerte er sich an einen rauhen Felsvorsprung der Schluchtwand, schwang dagegen und schrammte sich auf dem Fels das Fleisch auf. Der verwitterte, gelbrote Stein war nicht weniger unnachgiebig als der mörderische Wille derer, die ihn verfolgten, und der stechende Schmerz in seinen Waden nicht geringer als der Schmerz, den ihre Absicht in seinem benommenen Gehirn hervorrief.

Er war schon lange auf der Flucht. Seit dem Tag, an dem er das E-Lager verlassen hatte. Aber bis gestern nacht – nein, es war zwei Nächte her –, als er sich an der Tankstelle hatte gehen lassen, hatte er nicht gewußt, was es hieß, wirklich gejagt zu werden. Der Wille zu töten, der von denen ausging, die ihm auf der Spur waren, war so stark, daß er seine Esper-Sinne erschütterte und ihn völlig in Panik versetzte.

Jetzt war er in der Wildnis gefangen, und er war ein Stadtkind. Wasser – Craike schwindelte es bei dem Gedanken an Wasser. Esper sollten ihren Körper unter Kontrolle haben, das hatte man ihn gelehrt. Aber es gab Augenblicke, wo die Bedürfnisse des Fleisches über den Willen triumphierten.

Er wimmerte, und der Fels zerschrammte seine halbnackte Brust. Sie hatten einen »Hund«, der ihm dicht auf der Spur war. Und dieser hirnverdrehte Espersklave, der den Mobführern kriecherisch diente, würde ihm ohne Schwierigkeiten in jede Felsnische folgen können, in der er sich verkriechen mochte. Mit einem letzten Aufbegehren war Craike über das Geröll des seit langem ausgedörrten Flußbettes gestolpert und hatte begonnen, die Steilwand hinaufzuklimmen. Esper waren einst wegen ihrer »wilden Talente« respektiert, später argwöhnisch toleriert worden. Jetzt wurden sie unter Bewachung zu Sklavenarbeit eingesetzt. Und der Tag war nicht mehr fern, an dem die Ängste der Normalen ihre Auslöschung verlangen würden. Sie hatten versucht, sich dagegen zu wappnen.

Zunächst hatten sie offen gearbeitet, indem sie beantragten, in Raumschiffmannschaften aufgenommen oder als Kolonisten für den Mond oder den Mars ausgewählt zu werden, dann im geheimen, als ihnen klar wurde, daß die Normalen nicht die Absicht hatten, das zuzulassen. Ihre letzte Hoffnung war Flucht in die verwüsteten Gegenden der Erde, jene gemiedenen Orte, die auf die Atomkriege zurückgingen, die auch die Geburt ihrer Art gebracht hatten.

Craike war aus einem östlichen E-Lager geschmuggelt worden, um, versehen mit einer falschen Identiät, die verwüstete Gegend um die ehemalige Stadt Reno herum zu erkunden. Aber er hatte seine Deckung aufgeben, um ein Mädchen zu beschützen, und zu spät erkannt, daß sie der Köder einer Esperfalle war. Er war mit einem gestohlenen Speeder so weit gefahren, wie der Treibstoff gereicht hatte, und seither rannte er blindlings weiter.

Der Kontakt mit dem Esper-»Hund« war klar – sie mußten fast in Sichtnähe hinter ihm sein. Craike hielt inne. Sie würden ihn nicht lebend kriegen und ihm Informationen über seine Leute abzwingen, um ihn dann zu einem weiteren »Hund« zu machen. Es gab nur einen Ausweg, das hätte er von Anfang an wissen müssen.

Dieser Entschluß hatte den »Hund« aufgerüttelt. Craike fletschte die Zähne zu einem Totenkopfgrinsen. Jetzt würde der Mob einen Zahn zulegen. Doch das gejagte Wild hatte eine Stelle an der Steilwand ausgemacht, wo es leicht war, den müden, schmerzenden Körper von einem Felsvorsprung zum anderen zu hieven. Er bewegte sich mit Bedacht; denn ohne Hoffnung brauchte er auch nicht mehr zu hasten. Er würde seine Absicht in die Tat umsetzen, bevor sie ein Gasgewehr auf ihn richten konnten.

Endlich erreichte er ein Felsplateau. Sand und Geröll lagen gute zwanzig Meter senkrecht unter ihm. Er rastete, sich mit beiden Händen am Fels haltend, einen langen Augenblick. Unter der glühenden Nachmittagssonne leuchtete die Wüstenlandschaft in den wildesten Farben. Craike atmete langsamer, er hatte sich wieder in der Gewalt. Rufe schallten zu ihm hinauf, als sie ihn entdeckten.

Er lehnte sich vor, als wolle er in den Fluß tauchen, der dort einst geflossen war, und sprang kopfüber in den sicheren Tod.

Wasser, Wasser in seinem Mund! Benommen ruderte er, bis sein Kopf durch die Oberfläche stieß. Instinktiv schwamm er und schnappte nach Luft. Die Strömung warf ihn gegen einen umschäumten Felsbrocken, und er umklammerte ihn, hob sich an und starrte in ungläubigem Staunen um sich.

Er war nicht weit vom Ufer eines Flusses entfernt. Wo die bunte Steilwand der Schlucht gewesen war, senkten sich nun grün überwucherte Abhänge ab. Die glühende Hitze der Wüste war verschwunden, ja, es lag sogar eine leichte Kälte in der Luft.

Benommen ließ Craike seinen Felsanker los und schwamm ans Ufer, wo er keuchend und fröstelnd im Sand liegen blieb, die Sonne seinen geschundenen Körper wärmen ließ. Was war passiert? Wenn er versuchte, darüber nachzudenken, schmerzte die Anstrengung in seinem Geist fast ebenso wie die Sondierung durch den »Hund«.

Der Esper-»Hund«! Craike sprang auf. Die Panik war wieder da! Vorsichtig zunächst und dann mit Nachdruck sandte er einen Suchgedanken aus. Es gab viel Leben um ihn herum. Er traf auf eine Vielfalt von wachem Bewußtsein, klassifizierte und verwarf eines nach dem anderen: Tiere, Vögel und Wasserbewohner. Aber nirgends eine Intelligenz wie seine. Eine Wildnis ohne Menschen, soweit seine Espersinne reichten.

Craike entspannte sich wieder. Er war zu müde, zu erschöpft, um darüber zu spekulieren, was geschehen war. Für einen Augenblick war es genug, daß er den Tod, den er gesucht hatte, nicht gestorben war und daß er *hier* war und nicht *dort!*

Ächzend stand er auf. Die Tageszeit war dieselbe: später Nachmittag. Auf der Suche nach Nahrung und einem geschützten Ruheplatz folgte er dem Flußufer. Er fand Beeren, von denen er aß und fing einen Fisch am seichten Ufer mit der Hand und aß ihn roh.

Das Gelände stieg an, und ein Stück vor ihm sah er den Ausgang einer Schlucht. Später, als er hinaufgeklettert war, entdeckte er vier Feuer in der einfallenden Dämmerung, ein paar Kilometer südwestlich und im Quadrat angelegt.

Craike sandte einen Gedanken aus. Ja, Menschen. Fremdartig, aber keine Jägerhorde. Er fühlte sich hingezogen zu der Geborgenheit eines Feuers und zu menschlicher Gesellschaft in der Nacht. Aber als Esper war er nicht einer der ihren, sondern ein Ausgestoßener. Er konnte es nicht wagen, sich ihnen zu nähern.

Er kehrte zum Flußufer zurück und fand eine kleine Höhle, in der er sich zusammenrollen konnte. Automatisch überprüfte er noch einmal die Umgebung auf Gefahren und fand nichts außer tierischem Bewußtsein. Schließlich fiel er in einen schweren Schlaf.

Der Himmel war von grauen Wolken bedeckt, als er erwachte. Er streckte sich und bewegte seine steifen Glieder. Er mußte mehr über das Lager erfahren und kletterte wieder auf den Aussichtsplatz, schloß die Augen und sandte einen Suchgedanken aus.

Ein Lager von Männern fern ihrer Heimat. Sie waren keine Jäger, sondern Kaufleute – Händler! Craike konzentrierte sich auf ein Bewußtsein und las darin Einzelheiten über einen bevorstehenden Gewinn. Kaufleute aus einem anderen Land, eine Karawane. Aber das Gefühl der Fremdheit wuchs, als der flüchtige Esper Gedankenströme sortierte, durstig Bruchstücke von Wissen aufsog. Eine Herde Lasttiere, nirgends der Hinweis auf eine Maschine. Er holte tief Luft – er war – er war in einer anderen Welt!

Händler, die eine Wildnis durchquerten. Eine Wildnis? Obwohl er gestern in die Wüste getrieben worden war, konnte das Land, durch das er vorher geflohen war, nicht als Wildnis bezeichnet werden. Es war völlig übervölkert, denn weite Zonen waren durch die Folgen der Kriege unbewohnbar geworden.

Von diesen Fremden jedoch empfing er eine Vorstellung von weiten, unbewohnten Landstrichen, nur hier und da durchsetzte von kleinen Ansiedlungen. Craike beeilte sich. Sie waren im Aufbruch begriffen und die Impression eines unbewohnten Landes, die sie ihm übermittelt hatten, erweckte in ihm den Wunsch, sich der Karawane anzuschließen.

Es gab Ärger! Ein Angriff – die Karawanentiere gingen durch. Craike empfing ein verblüffend lebendiges mentales Bild eines auf vier Schuppenfüßen fauchenden Echsenwesens, das er nicht identifizieren konnte. Aber es bedeutete Gefahr. Er krümmte sich unter der Furcht, die aus dem Denken der Männer zu ihm drang. Es lag eine vitale Kraft in der mentalen Übertragung dieser Leute, die ihn überraschte. Das Echsenwesen war jetzt getötet worden, aber die Lasttiere waren weit verstreut. Es würde Stunden dauern, sie wiederzufinden. Die Verzweiflung des Anführers drang so stark zu Craike, als stünde der Mann direkt vor ihm, und er hörte klagende Flüche.

Der Esper lächelte schwach. Das Schicksal hatte ihm hier eine Chance zugespielt, das Wohlwollen der Händler zu gewinnen. Er brach den Kontakt mit ihren Gedanken und sandte Sondierungsnetze aus wie ein Fischer sein Werkzeug. Ein verschrecktes Tier, noch eines . . . er berührte ihren Geist, beruhigte sie. Er setzte seine trainierten Fähigkeiten ein. Nach kurzer Zeit hörte er das dumpfe Trappen von Hufen auf dem Moosboden. Ein zottiges Reittier, weder Pony noch Pferd, aber ein bißchen von beidem, mit einem schwarzen Streifen von der Mähne bis zum Schwanzansatz, kam auf ihn zu und wieherte fragend. Es folgte Craike, als er sich aufmachte, und eines nach dem anderen kam hinzu, bis er die ganze Herde hinter sich hatte.

Nach ein paar hundert Metern traf er auf den ersten der Karawanenmänner und genoß das Staunen des Burschens über den Anblick. Doch nach der ersten Überraschung schien der Mann nicht allzu verblüfft. Er war klein und dunkelhäutig und hatte einen krausen, stark vorstehenden Spitzbart. Er trug Gamaschen und eine ärmellose Weste mit Fransen, die er mit einem breiten verzierten Gürtel zusammenhielt. Daran hing ein Schwert mit Kreuzgriff und ein fast ebenso langes Messer. Eine weiße Fellkappe bedeckte seinen Kopf, die hinten bis auf die Schulter hing und vorne in einen schattenspendenden Schirm über der Stirn auslief.

»Sei vielmals bedankt, Mann der Kraft.« Er sprach in einer fremden Sprache, doch Craike las die Bedeutung in seinen Gedanken.

Dann, als sei ihm plötzlich etwas klar geworden, rief der Mann: »Fort mit dir, Gehörnter!« Er machte eine merkwürdige Geste mit zwei Fingern. »Wir sind vor eurer Magie geschützt . . .«

»Nicht so voreilig, Alfric . . .«

Es war der Anführer. Auch er trug Lederkleidung, doch sein Gürtel wurde von einer edelsteinbesetzten Schnalle gehalten. Sein Schwert und sein Messer waren aus edlerem Metall, und an seiner schwarzgelben Fellkappe trug er eine Brosche.

»Der hier ist kein Geächteter aus der Gegend.« Der Anführer stand breitbeinig da und musterte den Esper wie ein Pony, das ihm zum Kauf angeboten wurde. »Würde ein solcher seine Kraft einsetzen, um uns zu helfen? Wenn er ein Gehörnter ist, so unterscheidet er sich von allen, die ich bisher gesehen habe.«

»Ich bin nicht, was ihr denkt«, sprach Craike langsam in ihrer Sprache, so gut er konnte.

»Das stimmt«, nickte der Anführer, »und du führst nichts gegen uns im Schilde. Der Sonnenstein bezeugt es.« Er führte seine Hand zu der Brosche an seiner Kappe. »Es ist kein Übel in diesem hier, Alfric, denn er kommt, uns zu helfen. Habe ich nicht die Wahrheit gesprochen, Fremder aus den Wüsten?«

Craike übermittelte guten Willen, so stark er konnte, und es schien sie zu beeinflussen.

»Ich spüre, daß er die Kraft hat!« stieß Alfric hervor.

»Er hat Kraft«, korrigierte ihn der Meister, »aber hat er versucht, unser Bewußtsein zu besitzen? Wir sind nach wie vor wir selbst. Nein, er ist kein abtrünniger Schwarzmantel. Komm!«

Er machte Craike ein Zeichen, und der Esper, gefolgt von den Lasttieren, ging mit ihm zum Lager, wo die Männer sich sofort daranmachten, das Gepäck auf den Lasttieren zu sichern.

Der Anführer füllte eine Schale aus einem dreifüßigen Kessel, der über dem verlöschenden Feuer gestanden hatte, und reichte sie Craike. Gierig verschlang dieser die nahrhafte, wohlschmeckende Suppe. Als er gesättigt war, stellte der Anführer sich vor: »Ich bin Kaluf, von den Kindern Noahs, ein Fernhändler und Karawanenführer. Möchtest du, Mann der Kraft, den Weg mit uns ziehen?«

Craike nickte. Es mochte alles nur ein wilder Traum sein, aber er war bereit, ihn bis zum Ende zu träumen. Ein Tag mit der Karawane würde ihm Gelegenheit geben, mehr über dieses Land zu erfahren und vielleicht auch zu verstehen, was mit ihm geschehen war und wo er sich befand.

II

Aus dem Tag mit dieser Karawane wurden zwei, dann drei. Esperfähigkeiten wurden von seinen Weggenossen als Selbstverständlichkeit hingenommen und sogar beansprucht. Er bekam ein Bild von dieser Welt, das er mit der seinen nicht in Deckung bringen konnte.

Sein erster Eindruck eines großen Kontinents mit weit verstreuten Siedlungen, die etwas Pionierhaftes hatten, blieb. Darüber hinaus gab es

Wissen über eine Feudalregierung und kleinen unbedeutenden Lehnsherren, die über Ländereien mit Leuten niederigerer Geburt geboten.

Kaluf und seine Leute hegten eine gewisse Geringschätzung für ihre Kunden. Ihre Heimat lag im Südosten, wo sie von einigen Küstenstädten aus einen Überseehandel betrieben, wobei sie das Beste für sich behielten und den Rest im barbarischen Hinterland verschacherten. Craike, der ihre Sprache immer besser sprach, stellte Fragen, die der Anführer freimütig beantwortete.

»Diese Hinterwäldler können den Unterschied zwischen Saludanischer Seide und den Geweben aus unseren eigenen Manufakturen in Kormon nicht erkennen«, erklärte er voller Verachtung für so viel Unwissenheit. »Warum sollten wir ihnen Salud geben, wenn wir Saludpreise für Kormonmaterial bekommen können und die Käufer damit zufrieden sind? Vielleicht, wenn eines Tages diese Lehnsherren mit ihren privaten Streitereien aufhören und in Frieden leben, so daß sie mehr Zeit zum Reisen haben und selbst nach Larud oder in eine andere Stadt der Kinder Noahs gelangen, dann werden wir kein Geschäft mehr mit minderwertiger Waren machen können.«

»Versuchen diese Lehnsherren denn nie, eure Karawanen zu überfallen?«

Kaluf lachte. »Ein-, zweimal haben sie es versucht. Sie sahen natürlich, daß sie so Profit machen konnten, ohne zu zahlen. Aber dann haben wir Wegerechte mit den Schwarzmänteln ausgehandelt, und es gab nie mehr Schwierigkeiten. Wie ist das bei euch, Ka-rak? Gibt es Herren in eurem Land, die es wagen, gegen die Macht der Schwarzmäntel zu oponnieren?«

Auf gut Glück nickte Craike und wußte im gleichen Moment, daß dies richtig war, denn gewisse Vorbehalte, die Kaluf noch immer gehegt hatte, verschwanden.

»Das erklärt vieles, vielleicht sogar, warum ein Mann von Kraft wie du in die Wildnis gerät. Aber in diesem Land brauchst du dich nicht zu fürchten, deine Brüder haben die Zügel in der Hand . . .«

Eine Kolonie von Espere! Craike war wie elektrisiert. Hatte er hier durch einen unglaublichen Glücksfall die lange erhoffte Zuflucht für Seinesgleichen entdeckt? Aber *wo* war *hier*? Ein Ruf von der Spitze der Karawane unterbrach seine Gedanken.

»Die Vorposten haben uns gesichtet und die Handelsflagge aufgezogen.« Kaluf beschleunigte seine Schritte. »Innerhalb einer Stunde erreichen wir die Mauern von Sampur. *Illif!*«

Sampur war in der Einschätzung der Karawanenmänner eine Stadt von respektabler Größe und Sitz eines Lehnsherren, Lord Ludicar, mit dem Kaluf seit einiger Zeit eine für beide Seiten befriedigende Handelsbeziehung unterhielt. Der Karawanenführer rechnete mit einem einträglichen Aufenthalt in der Stadt. Der Mann, der ihnen entgegengeritten kam, um sie zu grüßen, brachte Neuigkeiten.

Er war nicht von der gleichen Rasse wie die Händler.

Er war ein ganzes Stück größer, seine nackte Brust war dicht behaart, und sein üppiges, rotblondes Haupthaar trug er in langen Zöpfen bis über die Schulter. Ein mit Metallringen besetzter Lederhelm schützte seinen Kopf, und am Sattelknauf hing ein Schild. Außer Schwert und Messer trug er einen Speer bei sich, an dem eine Fahne aus blauem Stoff flatterte.

»Ihr kommt im rechten Moment, Meister. Die Schwarzmäntel haben eine Hörnung angekündigt, und alle Bewohner der Außenbezirke sind dazu in die Stadt gekommen. Dies ist ein guter Tag für euren Handel, die Wolkigen meinen es wirklich gut mit euch! Aber eilt euch! Lord Ludicar wird jeden Moment einreiten, und bald wird man keinen guten Platz mehr finden, von dem aus man zusehen kann . . .«

Craike zog sich in die hinteren Reihen zurück. Eine Bestrafung? Eine Exekution? Nein, nicht ganz. Er wagte es nicht, Fragen zu stellen. Das Bild, das er in Kalufs Bewußtsein gesehen hatte, konnte wahr sein!

Der Esper war auf der Hut. Auch wenn Kaluf ihn mit einer Pelzmütze, Lederweste und Stiefeln ausgestattet hatte, würde seine Fremdartigkeit früher oder später entdeckt werden.

Die Zeremonie fand vor dem Haupttor der Estakade statt, die die äußere Befestigung der Stadt darstellte. Eine Gruppe bezopfter, ringbehelmter Krieger umgab eine imposant gekleidete Gestalt mit Federbusch und blauem Umhang, zweifellos Lord Ludicar. In respektvoller Distanz drängte sich die Bevölkerung. Sie waren nur Zuschauer. Die Akteure standen abseits.

Craike hielt sich den Kopf mit beiden Händen. Die Emotion, die von dort auf ihn einstürmte, brachte den metallischen Geschmack von Angst auf seine Zunge und erweckte seine eigenen Erinnerungen. Dann fing er sich und sondierte. Dort war Schrecken, ausgesandt von zwei bewachten Gestalten, als ein Stoß von Esperkraft von drei Männern in schwarzen Kapuzenmänteln, die hinter den Gefangenen gingen, herüberkam.

Er benutzte seine eigene Begabung vorsichtig, in der Furcht, die Aufmerksamkeit der Männer in Schwarz zu erregen. Die Stadtbevölkerung gab eine Gasse zum offenen Moor und dem grünen Streifen eines nicht allzu fernen Waldes frei.

Angst – den einen der beiden gefesselten, stolpernden Gefangenen machte sie nieder, er hatte die gleiche Panik wie Craike sie, von den »Hunden« gejagt, in der Wüste erlebt hatte. Doch der andere, wenn auch ohne Hoffnung, zeigte einen starken Kern von Trotz, einen verzweifelten Wunsch, zurückzuschlagen. In Craike regte sich etwas in Antwort darauf.

Schwarzgekleidete Männer ohne Kapuzen drängten sich jetzt um die Gefangenen. Als sie wieder zurücktraten, sah Craike, daß sie den beiden die Kleider vom Leib gerissen hatten. Scham übertönte die Furcht des kleineren Gefangenen, und es bestand kein Zweifel, daß dies eine Frau war, ein sehr junges Mädchen. Sie schüttelte ihr Haar frei, das nun, lang und schwarz, ihre Blöße einigermaßen bedeckte. Craike holte tief Luft, wie vor seinem Sprung in den Abgrund. Er bewegte sich sehr schnell und hockte sich hinter einen Busch.

Ungerührt gingen die Schwarzmäntel ihrem Geschäft nach, einer nach dem anderen zeichnete Zeichen und Linien in den Sand um die Füße der Gefangenen herum.

Ein Gesang begann, in den die Zuschauer einstimmten. Die Angst des männlichen Gefangenen war eine beinahe sichtbare Wolke, doch die Empörung und die Wut seiner weiblichen Begleiterin wuchs im Laufe des Gesanges, und Craike konnte spüren, wie ihr Wille gegen den der gesamten Versammlung kämpfte.

Der zuschauende Esper keuchte. Er konnte nicht glauben, was seine Augen seinem Gehirn mitteilten! Der Mann war auf alle viere gesunken, seine Arme und Beine streckten sich, ein Dunst umgab ihn, der sich in rotbraunes Fell verwandelte. Sein Kopf verlängerte sich, und Hörner wuchsen darauf. Dort stand nicht mehr ein Mann, sondern ein gehörnter Hirsch.

Und das Mädchen . . .?

Ihre Verwandlung vollzog sich langsamer. Sie begann und verschwand wieder. Die Kraft der Schwarzmäntel hielt sie und zwang sie in die Form, die sie visualisierten. Sie kämpfte. Aber schließlich sprang ein weißes Reh den Weg hinunter, dem Hirsch hinterher in den Wald. Sie jagten an dem Busch vorbei, hinter dem Craike sich verborgen hielt, und er konnte hinter der Illusion den Mann und die Frau um ihr Leben rennen sehen, die wußten, daß ihre Flucht hoffnungslos war.

Craike, der kaum wußte, was er tat und wem er helfen könnte, folgte ihnen in der Gewißheit, daß ein mentaler Kontakt ihm einen Hinweis geben würde.

Er hatte den düsteren Schatten der Bäume erreicht, als von der Stadt ein Ton herüberschallte. Der Ruf ließ ihn stolpern, bevor ihm klar wurde, daß er denen galt, denen er folgte, nicht ihm. Ein Jagdhorn! Also hatte auch diese Welt ihre Jäger und Gejagten. Um so entschlossener war er nun, den Fliehenden zu Hilfe zu kommen.

Das war natürlich nicht damit getan, daß er blindlings hinter Hirsch und Reh herlief. Waffen hatte er keine, und seine Fähigkeiten hatten ihn in seiner eigenen Welt nicht retten können. Aber dort war er auch konditioniert gewesen, sich nicht gegen seine Jäger zu wenden, in grausamer Weise von Geburt an in die Rolle der Beute gezwungen. Das traf hier nicht zu.

Esperkraft – Craike leckte sich die trockenen Lippen. So perfekte Täuschungen, daß er beinahe selbst darauf hereingefallen wäre. Konnte mit Täuschung eine Täuschung aufgehoben werden? Wieder schallte das Jagdhorn, klar und bedrohlich klang es in seinen Ohren und ließ seinen Puls aufhämmern. Die Angst der Flüchtenden war ein Band, das ihn mitzog.

Während er zwischen den Bäumen hindurchtrabte, konzentrierte Craike sich auf seine Täuschung. Es war kein weißes Reh, dem er folgte, sondern die schlanke, junge Gestalt, die er gesehen hatte, nachdem man ihr die groben Kleider vom Leib gerissen hatte und bevor sie ihr Haar darübergeschüttelt hatte. Nicht Reh, sondern Frau. Sie galoppierte nicht auf vier Füßen, sondern rannte frei und aufrecht auf zwei Beinen, und ihr Haar wehte ihr nach. Kein Reh! Ein Mädchen!

Als er das Bild klar und deutlich vor seinem inneren Auge errichtet hatte, nahm er Gedankenkontakt auf. Es war, als würde er von sprühendem Meerwasser berührt, frisch, kühl und klar. Und, wie ein Sprühregen, brach der Kontakt wieder ab, um gleich darauf wieder zu entstehen.

»Wer bist du?«

»Einer, der folgt«, antwortete er und hielt das Bild des rennenden Mädchens fest.

»Folge nicht mehr, du hast getan, was vonnöten war!« Dann ein Freudenausbruch, so eine gewaltige Befreiung von Angst, daß er stehen blieb. Dann brach der Kontakt wieder.

Hektisch sandte Craike Gedanken aus, um den Kontakt wieder herzustellen, aber er traf nur auf eine tote Wand. Verloren lehnte er sich gegen einen Baum. Sein Geist stieß nur auf Hölzernes. Was sollte er jetzt tun?

Die Entscheidung wurde ihm abgenommen. Er empfing eine Welle von Panik, von sich ausbreitendem Entsetzen. Aber es war die Angst von Tieren, die wie Wellen auf einem Teich zu ihm drang.

Feuer! Er empfing das Bild in der Verzerrung des Bewußtseins von Vogel und Wild. Feuer, das von Baum zu Baum sprang, Feuer, das eine Wunde in den Wald schlug. Craike wandte sich westwärts, fort von der Bedrohung.

Einmal jagte ein Reh an ihm vorbei, und er rief, doch im gleichen Moment wußte er, daß es real war und keine Täuschung. Kleine Tiere rannten durchs hohe Gras, ein Fuchs trabte an ihm vorbei und sah ihn aus seinen Schlitzaugen an, Vögel flatterten vorüber, und hinter ihnen folgte der Geruch von Rauch.

Ein gewaltiger Berg aus Fleisch, Muskeln und Fell knurrte ihn drohend an und stellte sich ihm entgegen. Aber Craike brauchte von keinem Tier etwas zu befürchten. Er starrte den großen, roten Bären an, bis dieser wimmernd umdrehte und davontrottete. Mehr und mehr Getier kreuzte seinen Weg oder rannte neben ihm.

Ihr Instinkt brachte sie, und mit ihnen Craike, an einen Fluß. Wölfe, Rotwild, Bären, Wildkatzen, Füchse und alle anderen kamen zum rettenden Wasser. Eine Katze zögerte und sprang dann in die Fluten, Craike blieb unschlüssig am Ufer stehen. Immer mehr Tiere brachen aus dem Wald hervor und gingen ins Wasser. Aber das Reh? Wo war es?

Er sandte einen Gedanken aus, traf aber nur auf die Wand. Eine erste Flamme griff über die Bäume am Waldrand. Funken sprühten und verbrannten seine Haut. Er sprang in den Fluß. Doch er schwamm nicht ans andere Ufer, sondern flußaufwärts, in der Hoffnung die Feuerflanke zu passieren und die verlorene Spur weiter oben wieder aufzunehmen.

III

Der Rauch wurde dünner, während Craike schwamm. Er hatte die Feuerfront hinter sich gelassen, wenn auch nicht die Gefahren. Die Strömung, gegen die er kämpfte, schoß hier unter einem hölzernen Bogen hindurch, und rechts und links davon auf den Ufern standen zwei Türme. Architektonisch waren sie bei weitem anspruchsvoller als alles, was er in Sampur gesehen hatte. Doch als er näher hinsah, erkannte er, daß es Ruinen waren. In dem schmalen, über dem Wasser führenden Steg waren Löcher, und auf den Türmen wuchs Gebüsch und Unkraut.

Craike ging an Land und kletterte die steile Böschung hinauf, indem er sich an Ranken und Büschen festhielt, die kein Bewohner dort hätte wachsen lassen. Er erreichte eine Terrasse, auf der zwischen den Pflastersteinen hohes Gras wuchs, und in der Luft lag der Geruch von Fäulnis. Er ging um den Turm herum und fand eine breite Rampe, die bis zum Wasser führte, auf der kleine Körbe und Gefäße aufgereiht standen, in denen Nahrungsmittel faulten. Manche waren schon so alt, daß nicht mehr erkennbar war, worum es sich handelte, andere waren frischer. Aber die, die diese Sachen dort abstellten, mußten doch wissen, daß die Türme unbewohnt waren.

Verwundert ging Craike zu dem Gebäude. Die großen Blöcke waren ohne Mörtel aufeinandergesetzt, aber so präzise eingepaßt, daß man nicht einmal ein dünnes Messer dazwischenschieben konnte. Es gab nicht die geringste Spur von Verzierung.

Eine hölzerne, zerfressene Tür verschloß den Eingang. Als Craike seine Hand dagegenlegte, spürte er die Gegenwart des Wächters, den die früheren Bewohner in der Festung hinterlassen hatten. Er hielt seinen Kopf mit beiden Händen, denn der mentale Stoß, der ihn traf, war so heftig, daß er ihn körperlich schmerzte. Eine gewaltige Welle von Schrecken und finsterer Drohung schlug ihm entgegen, um ihn zurückzuzwingen, doch nicht weiter als bis zum Rand des gepflasterten Platzes vor dem Gebäude.

Grimmig stellte er sich der Herausforderung, die er als konservierte Emotionen und nicht Waffe eines aktiven Willens erkannte.

Er hatte seine eigenen Mittel gegen solche gestaltlosen Feinde. Er brach einen toten Ast und umwickelte ihn mit trockenem Gras bis es eine Art Fackel ergab. Ein glimmendes Holzstück, das vom Waldfeuer herübergeweht war, gab ihm den Funken.

Craike stemmte seine Schulter gegen die verwitterte Tür, die zu Staub zerfallend nachgab. Licht gegen Dunkel. Was dort lauerte, nährte sich von der Finsternis, von den nächtlichen Ängsten seiner Art.

Ein runder Raum, bis auf ein paar verottete Holzbalken leer, ein paar Stufen, die die Wand entlang in der Höhe verschwanden. Craike machte keine Anstalten, mehr zu erforschen, hielt nur die Fackel in die Luft und betrachtete die Realität, nicht die Bedrohlichkeit des Ortes.

Die Erbauer hatten Espergaben besessen. Und sie hatten diese Kraft für unlautere Zwecke benutzt. Er las Entsetzen und Verzweiflung, von der Kunst der Burgherren hier gefangen, Horror, ein abstoßender Nebel dessen, was seine Rasse als Böse betrachtete.

Vorsichtig begann Craike zu kämpfen. Mit der Fackel brachte er Licht und Wärme in die finstere Kälte. Jetzt bemühte er sich, Frieden zu bringen. So, wie er das Mädchen anstelle des Rehs visualisiert hatte, zwang er jetzt Ruhe und Hoffnung auf die Wolken gespeicherten Leidens. Die Fensterschlitze im Stein ließen das Sonnenlicht hereinströmen.

Jene, die den Wächter eingesetzt hatten, hatten nicht erwartet, daß sie sich einem Esper würden stellen müssen. Sobald er sich an die Arbeit gemacht hatte, fühlte Craike seinen Gegner schmelzen. Das Entsetzen schwand, als versinke es Welle um Welle im Boden. Er stand mitten in einem leeren Raum, in dem es muffig und leicht nach verrottendem Nahrungsmittel roch, aber es war nicht mehr als ein leerer Raum.

Craike war müde und von dieser Anstrengung erschöpft. Und er war verblüfft. Warum hatte er sich hier wiedergefunden? Und was hatte es für einen Sinn, den Turm zu reinigen?

Vielleicht war es von Vorteil, hier zu bleiben. Die Gebäude waren zur Kontrolle des Flusses errichtet worden, aber das zählte in diesem Moment weniger als sein Hunger.

Er ging zu der Rampe mit den Opfergaben zurück, die dort vor sich hin faulten. Am unteren Ende fand er eine irdene Schüssel mit grob gemahlenen Körnern und ein Körbchen aus geflochtenen Blättern voll überreifer Beeren. Gierig aß er davon.

Mit Gras polsterte er sich ein Bett im Turm und entzündete ein kleines Feuer. Während er davor hockte, sandte er einen Suchgedanken aus. Eine große Wildkatze trank am Fluß. Craike schauderte beim Kontakt mit der Blutrünstigkeit. Ein nachtjagender Vogel übermittelte ein Gefühl von Wachsamkeit. Kein Mensch.

Müde, wie er war, konnte Craike doch nicht schlafen. Rastlos und mit dem Gefühl, er müsse etwas tun, eine Aufgabe warte auf ihn, hielt er das Feuer in Gang. Gegen Morgen döste er ein, um gleich wieder hochzuschrecken. Ein Nachttier an der Tränke, ein Kreischen in der Luft, das Flattern von Flügeln schallte hohl durch den Turm.

Weiter entfernt – Dunkelheit – Leere, diese seltsame Leere, die sich wie eine Wand zwischen ihn und das Mädchen gelegt hatte.

Craike spang eilig auf. Dieser Leere konnte er folgen.

Draußen hatte es zu regnen begonnen, und Nebelschwaden hingen über der düsteren Flußniederung. Der leere Punkt bewegte sich, und Craike machte sich auf, ihm zu folgen. Der gepflasterte Turmvorplatz mündete in eine alte Straße, der er durch den Nebel folgte.

In der Luft hing noch der säuerliche Geruch alten Rauchs. Verkohltes Holz, schwarzer Matsch klebten an seinen Sohlen. Sein Führungspunkt bewegte sich nicht mehr, als das Gelände anstieg. Craike stieg zwischen Felsbrocken zu einem Hochplateau, das in einen stahlgrauen Himmel ragte.

Der Regen hatte aufgehört, aber die Sonne kam nicht durch die Wolkendecke. Er war nicht auf die Begrüßung gefaßt, die ihn erwartete, als er das kleine Plateau erreichte.

Ein heftiger Schlag gegen die Schulter wirbelte ihn herum, und er entging nur um Haaresbreite einem Absturz. Ein Schrei antwortete seinem, und die Leere brach auf. Sie war da.

Mit langen Bewegungen und der gleichen Technik, mit der er erschreckte Tiere beruhigte, richtete Craike sich wieder auf. Der Schmerz in seiner Schulter war heftig, wenn er seinen linken Arm belastete. Aber er sah sie jetzt deutlich.

Sie saß auf gekreuzten Beinen da, einen Felsbrocken im Rücken, ihr Haar ein schwarzer Schleier, durch den die Haut ihrer Arme besonders weiß schimmerte. Sie hatte das kleine, spitze Gesicht eines Kindes, das viel Schlimmes erlebt hat, es lag keine Schönheit darin; das Fleisch war durch den Geist zu sehr verhärmt worden. Ihre Augen, wachsam und mißtrauisch wie die einer Katze, musterten ihn kalt. Trotz seiner Beweise guten Willens begrüßte sie ihn nicht. Statt dessen spielte sie mit einem Stein, den sie von einer Hand in die andere gleiten ließ.

»Wer bist du?« fragte sie laut.

»Der, der dir folgte.« Craike befühlte seine verletzte Schulter, ohne seinen Blick von ihr zu wenden.

»Du bist kein Schwarzmantel«, stellte sie fest, »aber du bist auch gehörnt worden.«

Craike nickte. In seiner Welt zu seiner Zeit war er durchaus »gehörnt« worden.

So, wie sie den Stein nach ihm geworfen hatte, ohne ihn vorzuwarnen, machte sie einen zweiten Angriff. Er hörte ein Zischen. Direkt vor ihm ließ eine Schlange ihre gespaltene Zunge hin und her zucken.

Craike gab nicht nach. Der Schlangenkopf streckte sich, und Fell wuchs darauf, dann bekam es Beine und einen Schwanz. Ein Fuchs bellte das Mädchen kurz an und trollte sich. Craike sah sie zurückschrecken, das erste Zeichen leichter Unsicherheit.

»Du hast die Macht!«

»Ich habe Macht«, korrigierte er sie.

Plötzlich wurde ihre Aufmerksamkeit von etwas abgelenkt, das Craike weder mit dem Ohr noch mit dem Geist hören konnte. Sie sprang auf und rannte an den Rand des Plateaus. Craike folgte ihr.

Auf dieser Seite war die Landschaft hügelig, und er sah eine Gruppe von Reitern, die ab und zu in Nebelbänken verschwanden und wieder auftauchten. Sie waren von der gleichen Gedankenleere umgeben, die das Mädchen benutzt hatte.

Craike sah sich um. Überall lagen Steine, und das Mädchen hatte ihre Geschicklichkeit damit schon bewiesen. Aber sie wären keine ausreichende Waffen gegen die Übermacht. Flucht war auch keine Lösung.

Das Mädchen schluchzte einmal in einem gebrochenen Schrei auf, der so anders war als der eiserne Wille, den sie vorher gezeigt hatte, daß Craike zusammenfuhr. Sie lehnte sich gefährlich weit über den Abgrund und starrte auf die Reiter hinunter.

Dann riß sie sich ein paar Haare aus, drehte und knotete sie zwischen den Fingern, blies darauf, beschwerte sie mit einem Stein und warf das ganze vor die Füße der Reiter.

Der Nebel wirbelte und nahm Form an. Wo vorher nur Gestein gewesen war, erhob sich jetzt ein undurchdringliches Dornengestrüpp. Die Jäger hielten und ritten dann weiter, aber jetzt hetzten sie einen taumelnden nackten Mann vor sich her, den sie mit einer Peitsche antrieben, wann immer er stolperte.

Das Mädchen schluchzte wieder und hielt sich die Hände vors Gesicht. Der geschundene Gefangene erreichte das Dornengestrüpp. Es schmolz unter seiner Berührung. Er blieb wie betäubt stehen.

Eine Peitsche knallte. Er ging in die Knie und stieß den Klagelaut eines verwundeten Tieres aus. Langsam und blindlings sammelten seine Hände kleine Steine. Dann legte er sie in Mustern um sich herum. Das Mädchen hatte ihren Kopf gehoben und beobachtete das Geschehen mit trockenen, haßerfüllten Augen. Aber sie rührte sich nicht.

Craike wagte es, seine Hand auf ihre schmale Schulter zu legen, fühlte ihre kalte Haut durch das Haar, das an seinen Fingern zu haften schien, als wolle es sie fesseln. Er versuchte, das Mädchen zurückzuziehen, aber er konnte sie nicht von der Stelle bewegen.

Der nackte Mann hockte in der Mitte des Steinmusters und begann zu singen. Das Mädchen befreite sich aus Craikes Griff, schlug nach ihm und traf ihn an der verletzten Schulter, so daß er vor Schmerz zurücktaumelte, und sprang über den Rand des Plateaus. Ihr Gesicht war vollkommen ausdruckslos, und es lag nicht die geringste Spur von Resignation in ihrem Blick.

IV

Als Craike sich wieder aufgerappelt hatte und über den Rand des Plateaus hinunterschaute, stand das Mädchen schon in der Mitte des Steinringes. Der Mann kauerte neben ihr, den Kopf auf die Knie gebeugt. Sie sah auf ihn hinunter und legte ihre Hand auf seine zerzausten Haare. Ihr Ausdruck zeigte keine Spur von Gefühl. Bei der Berührung fuhr er zusammen wie unter den Peitschenhieben, die rote Striemen auf Rücken und Lenden hinterlassen hatten. Doch er hob den Kopf und stieß einen tierischen Klagelaut aus. Auf ihre Geste hin wurde er still und rückte ein Stück näher an sie heran, als suche er Erleichterung von seinem Leiden.

Die Schwarzmäntel rückten näher. Craike versuchte, in ihren Gedanken zu lesen, doch das einzige, das durch ihre Abschirmung drang, war gierige Blutrünstigkeit.

Der Kreis schloß sich enger um die beiden. Der Mann lag inzwischen wimmernd am Boden. Doch das Mädchen sah ihnen ungebeugt entgegen. Craike hätte ihr gerne geholfen. Sollte er den Steilhang hinunterklettern? Er biß die Zähne zusammen, denn seine Schulter schmerzte, und er hielt ein Geistschild als, wenn auch schwachen, Schutz aufrecht.

Einer der Bewacher war jetzt genau vor ihm. Sein Pferd witterte Craike und wurde unruhig, doch der Esper beruhigte es. Craike hatte noch nie so viel Esperarbeit geleistet wie in diesen letzten Tagen. Er hatte keinen bestimmten Plan und konnte nur von Augenblick zu Augenblick entscheiden, abhängig von Glück und Umständen.

Das Mädchen stand jetzt mit dem Rücken gegen den Felsen, als nagle der Wille ihrer Gegner sie dort fest.

Nebelschwaden waberten, nahmen fast konkrete Formen eines gewaltigen Monsters an und verschwanden wieder. Ein Büschel trockenen Grases fing plötzlich Feuer, machte die Pferde scheu und verlosch wieder. Täuschungen, Realitäten – Craike sah fasziniert zu. Das alles war weit jenseits seiner eigenen Erfahrungen, so daß er blitzartige Züge von Bewußtsein gegen Bewußtsein kaum verfolgen konnte. Er fühlte, daß die anderen den Widerstand des Mädchens jeden Moment brechen konnten, wenn es ihnen beliebte, und daß ihr letztes, verzweifeltes, hoffnungsloses Kämpfen nur ein Teil ihrer Bestrafung war.

Craike, der geglaubt hatte, daß er nie heftiger hassen könne als damals den ihn jagenden »Hund« des Mobs, war von einer Wut erfüllt, die zu eisiger, stählerner Entschlossenheit gebändigt war.

Das Mädchen sank in die Knie und blickte, ihr Haar immer noch um sich klammernd, ihren Widersachern trotzig entgegen. Und jetzt kroch der Mann, dessen Magie sie dort hingezogen hatte und dem nun alles Menschliche fehlte, auf dem Bauch zurück zu seinen Herren.

Zwei der Wachen rissen ihn hoch. Baumelnd hing er zwischen ihnen, den Mund zu einem blöden Grinsen verzogen. Angeekelt, wie wenn er auf einen Wurm getreten sei, machte einer der Schwarzmäntel ein Handzeichen. Eine Metallaxt blitzte auf, und das Geräusch berstender Knochen war zu hören. Die Wachen stießen den Körper von sich, so daß der blutige Kopf fast das Mädchen berührte.

Sie wand sich, eine letzte verzweifelte Anstrengung, die Kraft zu brechen, die sie festhielt. Die Wachen näherten sich ihr ohne Hast. Einer packte einen Büschel ihrer Haare und zog heftig daran.

Craike schauderte. Das geistige Schrillen ihrer Agonie drang in ihn. Das war es, was sie am meisten fürchtete, was zu verhindern sie so lange gekämpft hatte. Wenn überhaupt, mußte er jetzt handeln. Und jener Teil seines Hirns, der fieberhaft nach einem Plan gesucht hatte, trat in Aktion.

Die Pferde schlugen aus, wieherten und scheuten in Panik. Einer der Schwarzmäntel drehte sich um und starrte die Tiere an. Doch sein eigenes Pferd schlug um sich und bäumte sich auf. Wachen brüllten, und über ihre Schreie erhob sich das schrille Kreischen der Tiere.

Craike gab nicht nach und hielt die Panik der Pferde aufrecht. Der Mann, der den Haarbüschel gepackt hatte, durchtrennte mit seinem Messer einen Teil davon eine handbreit über den Kopf. Das Mädchen machte im gleichen Moment eine Bewegung, und das Messer sprang dem Mann aus der Hand, während das Haar sich um seine Hände legte und sie fesselte, bis das Messer wie von selbst im Hals des Mannes steckte und er zu Boden ging.

Ein weiterer Schwarzmantel war von den Pferden getreten worden und lag wimmernd am Boden. Plötzlich sprang eine Stichflamme aus der Erde und zerbarst in große Feuerkugeln, die durch die Luft wirbelten oder über den Boden rollten.

Der Esper befeuchtete seine Lippen. Dies war nicht sein Werk. Er brauchte die Tiere nicht weiter in Panik zu halten, damit hatten sie alle Kontrolle verloren. Das Mädchen hatte sich aufgerichtet, und ehe seine Gedanken sie erreichen konnten, war sie in dem Nebel, der gedacht war, die Feuerkugeln zu löschen, verschwunden. Wieder einmal unterbrach sie alle Kontaktmöglichkeiten, und wo sie gewesen war, herrschte wieder jene Leere.

Der Nebel verdichtete sich. Eines der Pferde kam mit Schaum vor dem Maul direkt auf Craike zu. Seine Augen waren weit aufgerissen und blutunterlaufen. Es wieherte schrill.

Craike packte es an der Mähne und sprang, Zähnen und Hufen ausweichend, auf. Irgendwie gelangte er in den Sattel und blieb dort, obwohl das Tier sich aufbäumte. Dann fiel es in panischen Galopp, und der Esper fügte sich in die heftige Bewegung. Er machte keinen Versuch, das Tier über dessen Denken zu kontrollieren.

Hinter ihm erholten sich die Schwarzmäntel von ihrer Verblüffung. Sie sandten fieberhaft Gedankensonden aus, und er mußte sich voll darauf konzentrieren, sein Schild gegen sie aufrechtzuerhalten. Ein terrorisiertes Pferd, das in Panik davonrennt, würde sie nicht überraschen, ein Pferd unter Kontrolle mußte sie sofort aufmerksam werden lassen.

Später konnte er dann die Spur des Mädchens wieder aufnehmen. Glücklich über diesen Erfolg war er überzeugt, daß er einen Schirm um das Mädchen legen konnte, den kein Schwarzmantel überwinden konnte.

Der Nebel war undurchdringlich, und das Pferd begann langsamer zu werden. Ein- oder zweimal bockte es ein bißchen, gab aber dann auf, als es seinen Reiter nicht abwerfen konnte. Craike strich ihm langsam und beruhigend über den schweißnassen Hals.

Jetzt waren keine Bäume mehr um sie herum, und die unbeschlagenen Hufe stampften durch Sand. Sie befanden sich in einem ausgetrockneten Flußbett, und Craike wagte es nicht, das Tier umzulenken. Dann verließ ihn sein Glück.

Was er für einen Felsbrocken im Nebel gehalten hatte, richtete sich plötzlich zu über zwei Meter Größe auf. Der Bär, den er vor dem Feuer hatte fliehen sehen, war ihm schon gewaltig vorgekommen, aber dieser hier war gigantisch, wie ein Monster aus einem Alptraum. Er riß das Maul auf und stieß ein lautes Brüllen aus.

Das Pferd bäumte sich wiehernd auf. Craike packte es an der Mähne und versuchte den Bär über Geisteskontrolle zu beruhigen. Aber seine Überraschung hatte Sekunden zu lange gedauert. Eine riesige Pranke schlug nach ihnen und zerfetzte dem Pferd das Fell und ihm seinen Oberschenkel. Craike klammerte sich mit letzter Kraft an dem panisch davonrennenden Pferd fest.

Er wußte nicht, wie lange er sich hatte halten können, dann stürzte er, fühlte einen stechenden Schmerz, als er auf den Boden aufschlug, und dann nichts mehr.

Es dämmerte, als er zu sich kam. Sein Schädel brummte, und sein Bein schmerzte höllisch. Er fiel wieder in Ohnmacht. Dann war Mondschein und ein Schatten. Grüne Augenschlitze beobachteten ihn. Benommen nahm er Kontakt auf.

Ein hungriger Wolf, doch vorsichtig gegenüber seiner Beute, die auch sein Feind war. Craike kämpfte um Kontrolle. Der Wolf jaulte auf, dann erhob er sich, seine Ohren zeichneten sich scharf im Mondlicht ab, und mit hochgestreckter Nase auf der Suche nach einfacherer, weniger beunruhigender Beute trollte er sich.

Craike kroch bis zu einem Felsen, an den er sich lehnte, und lauschte auf die Geräusche rundum. Wasserplätschern – er leckte sich über papiertrockene Lippen. Wasser zum Trinken und zum Waschen seiner Wunden. Wasser!

Stöhnend raffte er sich hoch, stützte sich auf den Felsen, als sein verletztes Bein unter ihm nachzugeben drohte. Irgendwie, mit der gleichen verzweifelten Entschlossenheit, mit der er die Wüste durchquert hatte, schaffte er es bis zum Fluß.

Bei Sonnenaufgang suchte er nach einem Unterschlupf, wo er sich niederlegen und ruhen konnte, bis seine Wunden geheilt waren. Die Hoffnung, das Hexenmädchen wiederzufinden, war verloren. Doch er blieb wachsam, während er sich, auf eine Latte gestützt, die er zwischen Treibholz gefunden hatte, über den Flußkies schleppte.

Im Schneckentempo erreichte er am Vormittag des zweiten Tages die Türme, und er brauchte eine weitere Stunde, bis er es bis zur Terrasse geschafft hatte. Hungrig, erschöpft, am Ende seiner Kraft, wollte er nur noch in sein Grasbett sinken, und an nichts mehr denken.

Da schreckte ihn ein Geräusch auf, das vom Fluß kam. Aber es waren keine Schwarzmäntel, nur Bauern, die ihre Erzeugnisse in einem Boot zum Markt nach Sampur ruderten. Sie hatten angehalten und waren dabei, die am unattraktivsten Waren auszuwählen, um sie dem Turmdämonen zu opfern.

Craike humpelte mühsam zu einer Stelle, von der aus er ihnen zuschauen konnte, und als er sah, was sie ausgewählt hatten, gewann sein Hunger die Oberhand.

Einen Dämonen mit einer Handvoll Mehl und einer überreifen Melone abspeisen zu wollen! Mit so viel geräuchertem Fleisch und all den anderen guten Sachen an Bord?

Craike stieß ein Brüllen aus, das dem Rotbären alle Ehre gemacht hätte, und verlangte nach Fleisch. Die Ruderer verloren beinahe die Gewalt über ihren Kahn, aber einer griff nach einem Räucherschinken und warf ihn auf den Opferfelsen, während seine Gefährten einen Korb mit Gebäck dazustellten.

»Das reicht, kleine Leute . . .« Craike ließ seine Stimme dumpf und hohl klingen. »Ihr könnt weiterfahren.«

Das ließen sie sich nicht zweimal sagen, und ohne zurückzublicken ruderten sie so schnell sie konnten mit der Strömung davon.

Craike wartete, bis sie außer Sicht waren, und humpelte dann mühsam zum Felsen hinunter. Die Anstrengung war so gewaltig, daß er sowohl den Schinken als auch den Korb auf einmal mitnahm, da er ein zweites Mal nicht so bald dort hinunterkriechen können würde.

Den Schinken schnitt er mit dem Taschenmesser in Streifen. Er war nicht besonders schmackhaft, aber immer noch besser als die Kekse. Mit diesem Vorrat würde er eine Weile auskommen und konnte sein Bein pflegen.

Wo die Bärenkrallen zugeschlagen hatten, war das Bein rot und geschwollen. Er hatte nur Flußwasser und ein paar Blätter, um die Wunden zu reinigen. Sampur war unerreichbar, und Leute auf dem Fluß anzuhalten, war zu riskant.

Er lag in seinem Grasnest und versuchte, die Ereignisse der letzten Tage zu ordnen und zu verstehen. Dies war ein Land, in dem Esperkräfte erlaubt waren. Er hatte keine Ahnung, wie er hierhergelangt war, aber in seinem fiebrigen Zustand verstand er es als eine weitere Chance, die man ihm gewährte, eine, wo die Waage der Gerechtigkeit mehr zu seinen Gunsten ausschlug. Wenn er nur das Mädchen wiederfinden könnte, um von ihr zu lernen . . .

Probehalber, doch ohne Hoffnung, sandte er einen Suchgedanken aus. Nichts. Er bewegte sich ungeduldig, verdrehte dabei sein Bein, so daß ihm vor Schmerz schwindelig wurde. Mund und Rachen waren ihm ausgetrocknet. Wasser! Er war wieder durstig. Aber hatte nicht mehr die Kraft, zum Fluß hinunterzukriechen. Erschöpft schloß er die Augen.

V

Craikes Erinnerungen an die folgenden Stunden waren verschwommen. Hatte er wirklich im Eingang einen Dämonen gesehen? Einen hungrigen Wolf? Einen roten Bären?

Dann saß das Mädchen da, mit gekreuzten Beinen wie auf dem Felsplateau, unter dem Umhang ihrer Haare. Eine Hand tauchte daraus hervor und legte Holz aufs Feuer. Täuschungen?

Aber würde eine Täuschung sich zu ihm wenden, feste, kühle Hände auf seine Wunden legen und durch die Berührung den Schmerz und das Brennen lindern? Würde eine Täuschung seinen Kopf gegen ihre Brust heben, so daß ihr Haar seidig sein Gesicht streifte, und ihm eine Flüssigkeit aus einer Holzschale einflößen? Würde eine Täuschung leise vor sich hinsingen, während sie ihr Haar kämmte, und ihn damit in tiefen, traumlosen Schlaf hinübergleiten lassen?

Er erwachte mit klarem Kopf. Aber die letzte Vision blieb bestehen, denn sie kam gerade aus der sonnenüberfluteten Welt draußen herein, eine Schale mit Früchten in der Hand. Sie blieb eine lange Weile stehen und betrachtete ihn forschend. Seinen Gedankenkontakt begegnete sie jedoch mit der üblichen Mauer aus Leere. Nicht achtlos, sondern die Antwort verweigernd.

Sie hatte ihr Haar zu Zöpfen geflochten, nur auf einer Seite hingen ein paar unordentliche Fransen herunter, dort, wo der Jäger eine Locke abgeschnitten hatte.

»Du bist also wirklich«, sagte Craike mit rauher Stimme.

Sie lächelte nicht. »Ich bin wirklich. Du träumst nicht mehr im Fieber.«

»Wer bist du?« war die erste seiner lange aufgestauten Fragen.

»Ich heiße Takya.« Sie fügte nichts hinzu.

»Du heißt Takya, und du bist eine Hexe . . .«

Ich heiße Takya, und ich habe die Kraft.« Es war mehr eine Feststellung denn eine Zustimmung.

Sie ließ sich in ihrer Lieblingshaltung mit gekreuzten Beinen nieder, wählte eine Frucht aus dem Korb und untersuchte sie wie eine Hausfrau, die mit einem begrenzten Budget eingekauft hat. Dann reichte sie sie ihm und wählte eine für sich selbst. Während er in die Frucht biß, wünschte er, sie würde die Gedankenschranke fallen lassen und mit ihm auf diese reichere, tiefere Weise kommunizieren.

»Du hast auch die Kraft . . .«

Craike beschloß, nicht gesprächiger zu sein als sie. Er nickte zustimmend.

»Aber du bist nicht gehörnt worden . . .«

»Nicht in der gleichen Weise wie du. Aber in meiner Welt doch.«

»In deiner Welt?« In ihren Augen lag etwas von der Wachsamkeit einer jagenden Katze. »In welcher Welt? Und warum wurdest du dort gehörnt?«

Ohne eigentlich zu wissen, warum, berichtete Craike ihr von den Erlebnissen der letzten Tage. Takya hörte zu, und, darüber war Craike sich im klaren, nicht nur mit den Ohren. Sie nahm einen Stock aus dem Stapel von Feuerholz und begann, Zeichen in den Sand zu ritzen, Zeichen, die etwas mit ihrem Zuhören zu tun hatten.

»Deine Kraft reichte aus, eine Weltenmauer zu durchbrechen«, sagte sie und warf den Stock ins Feuer.

»Eine Weltenmauer?«

»Wir wissen schon lange, daß verschiedene Welten so nebeneinanderliegen.« Sie legte ihre Handflächen gegeneinander. »Es gibt Momente, wo sie sich so eng berühren, daß die Kraft jemanden hindurchtragen kann, falls in diesem Moment das verzweifelte Verlangen existiert, zu entkommen. Die Berührungsstellen sind nicht so ohne weiteres zu finden, und die Berührung dauert nur einen kurzen Augenblick. Hast du in deiner Welt keine Geschichten von Männern oder Frauen gehört, die vor den Augen anderer plötzlich verschwanden?«

In Erinnerung an alte Geschichten nickte er.

»Ich habe eine Herbeirufung aus einer anderen Welt gesehen«, fuhr sie mit einem Schaudern fort und strich sich mit beiden Händen über die Zöpfe, als errichte sie damit einen Schild für Geist und Körper. »Eine Herbeirufung ist ein großes Übel, denn niemand kann die Kraft von etwas so Fremdem in Schach halten. Du hast den Willen der Schwarzmäntel gebrochen, als ich als Wild von ihnen gejagt wurde. Als ich die Schlange machte, um dich zu warnen, hast du sie in einen Fuchs verwandelt, und als die Schwarzmäntel meine Kraft abschneiden wollten . . .« sie streichelte ihre Zöpfe und wickelte sie um ihr Handgelenk, » . . . hast du mich zum zweiten Mal aus ihrer Gewalt befreit. Das hättest du nicht tun können, wenn du in diese Welt geboren worden wärest, denn unsere Kraft muß vorgegebenen Gesetzen folgen. Deine liegt außerhalb unserer Muster und kann diese Gesetze zerschneiden, so leicht wie das Messer das hier zerschnitt . . .«

»Gesetzen folgen? Muster? Dann waren es diese Muster aus Stein, die dich vom Plateau gezwungen haben?«

»Ja. Takyi, mein Zwillingsbruder, den sie dort erschlugen, war Blut von meinem Blut, Bein von meinem Bein. Als sie ihn überwältigten und brachen, konnten sie ihn benutzen, mich heranzuholen, und ich konnte nichts dagegen tun. Aber indem sie ihn mordeten, befreiten sie mich . . . zu ihrem großen Schaden, wie Tousuth herausfinden wird, wenn die Zeit gekommen ist.«

»Berichte mir von diesem Land. Wer sind die Schwarzmäntel, und warum haben sie dich gehörnt? Bist du nicht von ihrer Art, obwohl du die Kraft hast?«

Takya antwortete nicht gleich, aber sie ließ auch nicht, wie er gehofft hatte, die Gedankenschranke fallen.

Sie hielt jetzt ein einzelnes langes Haar, das sie sich ausgerissen hatte, zwischen den Fingern, und begann es zu flechten und zu drehen, in schnellen komplizierten Mustern von Schlaufen und Schlingen. Nach einer Weile sah Craike nicht mehr Finger und Haar, sondern Bilder, die sie damit hervorrief.

Ein weites Land, zumeist Wildnis. Die Eindrücke, die er von Kaluf und seinen Leuten gesammelt hatte, kristallisierten sich zu lebendigen Bildern. Hier und da kleine Siedlungen, von kleinen Lords regiert, neue Siedlungen, angelegt von Leuten, die aus dem Süden in großrädrigen Wagen herbeizogen und Herden und Saatgut mitbrachten. Sie hielten hier und da für eine Saison an, säten und ernteten, zogen weiter, bis sie sich irgendwo entschlossen zu bleiben. Kleine Stadtstaaten, von den Schwarzmänteln beschützt, den mit Esperfähigkeiten Geborenen, die sich nicht mit den anderen mischten und nur untereinander vermehrten.

Takya und ihr Bruder stammen von den normalen Leuten, was manchmal, wenn auch äußerst selten geschah, und die Schwarzmäntel beobachteten sie vorsichtig. Als sie in ihnen eine neue Mutation erkannten, wurden sie dazu verdammt, zu Experimenten zu dienen. Eine Zeitlang wurden sie von dem dortigen Lord beschützt, der Takya begehrte.

Aber gegen ihren Willen konnte er sie nicht nehmen, denn sie hätte ihre Kraft als Jungfrau völlig verloren, wäre sie mit Gewalt genommen geworden. Und er hatte jene Kraft gewollt, ihm gehorsam, um einen Ausgleich gegen das Monopol der Schwarzmäntel in der Hand zu haben. Geduldig hatte er ihr den Hof gemacht, aber die Schwarzmäntel hatten den ersten Schritt getan.

Wäre es ihnen gelungen, sie zu fangen, hätte das Ende, das sie für sie geplant hatten, nicht einfach im Tod bestanden. Sie flocht ein Bild davon, voller Demütigung und Erniedrigung, damit Craike es sah.

»Die Schwarzmäntel sind also böse?«

»Nicht durch und durch.« Sie verbrannte das Haar sorgfältig in den Flammen. »Sie haben eine wichtige Funktion, und ohne sie ginge es den Leuten schlecht. Aber ich, Takya, bin anders. Und meine Kinder werden anders sein. *Wie* anders, wissen wir nicht genau. Die Schwarzmäntel wollen keine Veränderungen, in ihren Augen kann Veränderung nur katastrophal sein. Also wollen sie mich für ihre eigenen Zwecke verwenden. Aber ich, Takya, lasse mich nicht verwenden!«

»Nein, das sollst du nicht!« Die Leidenschaftlichkeit, mit der Craike das sagte, überraschte ihn selbst. Im Augenblick wünschte er nichts so sehr, wie mit den Schwarzmänteln abzurechnen, die eine solche systematische Hetzjagd geplant hatten.

»Was hast du jetzt vor?« fragte er ruhiger und wünschte, sie würde ihre Gedanken mit ihm teilen.

»Dies ist ein starker Ort. Hast du ihn gereinigt?«

Er nickte ungeduldig.

»Das dachte ich mir. Das ist auch etwas, das jemand, der in diese Welt geboren wurde, nicht hätte vollbringen können. Aber die Leute, die vorbeikommen, haben es noch nicht bemerkt. Sie werden uns keine Probleme machen, sondern Tribut zahlen.«

Craike fand ihre Selbstgefälligkeit unangenehm. Hier herumzuliegen und von den Opfergaben der Flußreisenden zu leben, verlockte ihn nicht.

»Diese Architektur ist älter als Sampur«, fuhr sie fort. »Und viel besser gemacht. Es muß eine Festung jener Vergessenen gewesen sein, die einst diese Länder bewohnten und dann verschwanden, lange bevor wir aus dem Süden hierherkamen. Wenn wir sie reparieren, haben wir ein besseres Dach als jeder der Lords der Region.«

»Wir zwei es reparieren?« lachte er.

»Wir beide . . . so . . .«

Ein Steinblock von der Größe eines Ziegels, der von einem der Simse der schlitzengen Fenster gefallen war, schwebte langsam durch die Luft und landete auf seinem alten Platz. Täuschung oder Wirklichkeit? Craike stand auf und humpelte zum Fenster. Er packte den Stein, wog ihn in der Hand und legte ihn dann an seinen Platz zurück. Keine Täuschung.

»Aber auch Täuschung, wenn's nötig ist.« Zum ersten Mal lag eine gewisse Wärme in ihrer Stimme. »Sieh dir deinen Turm an, Flußlord!«

Er humpelte zur Tür. Draußen war es warm, und die Sonnenstrahlen glühten auf der Ruine. Dann veränderte sich das Bild. Die Büschel trockenen Grases verschwanden von der Terrasse, alle abgestürzten Steine waren wieder an ihren angestammten Plätzen, und ein grimmigblickender Wächter stand auf dem reparierten Brückenbogen über dem Fluß. Ein anderer Wächter führte gesattelte Pferde am Zügel, eine ganze Garnison schien emsig am Werk zu sein.

Craike lächelte. Der Wächter auf der Brücke verlor seinen Helm und seine Fransenweste und trug jetzt die enganliegende Uniform der Sicherheitspolizei, sein Speer war ein Gewehr geworden. Die Pferde wurden zu Dunst, und plötzlich stand ein Speeder an der Stelle. Craike hörte sie lachen.

»*Deine* Wächter, *dein* Fahrzeug. Wirklich scheußlich. Das hier ist besser!«

Wächter, Maschinen, alles verschwand wieder. Craike hielt den Atem an. Vor ihm tanzten zarte, geflügelte Wesen in der Luft, die so viel Lebensfreude ausstrahlten, wie es Craike noch nie erlebt hatte. Faune, kleine Elfen wirbelten da durcheinander in solcher Anmut und Schönheit, daß Craike schließlich den Kopf abwandte.

»Täuschung«, sagte sie hart und spöttisch.

Doch Craike mochte nicht glauben, daß das, was er gerade gesehen hatte, aus Spott und Härte geboren war.

»Nichts als Täuschung. Aber Krieger sind uns nützlicher. Und was die Pläne angeht, hast du einen besseren Vorschlag, als hierzubleiben und zu nehmen, was Fortuna uns beschert?«

»Die geflügelten Tänzer waren . . .?«

»Täuschung!« gab sie barsch zurück. »Aber solche Spielereien ermüden. Ich glaube nicht, daß wir irgendwelche Garnisonen heraufbeschwören sollten, bis wir sie wirklich brauchen. Komm, strapazier deine Wunden nicht weiter, denn Heilung ist keine Täuschung und verbraucht noch mehr Kraft.«

Die Wunden an seinem Oberschenkel heilten sauber, doch die Narben würden bleiben. Er hoppelte zu seinem Grasbett zurück und ließ sich darauf fallen. Seine Gedanken hingen den glücklichen Wesen nach, die sie ihm vorgegaukelt hatte.

Nachdem er wieder auf seinem Bett untergebracht war, verließ ihn Takya mit der knappen Erklärung, sie habe einiges zu erledigen. Aber

Craike war ruhelos und hielt es nicht lange im Turm aus. Er wartete, bis sie fort war, und humpelte dann, auf seinen Stock gestützt, bis zum Brückenansatz. Von dort aus sah der Zwillingsturm am anderen Ufer genau wie der aus, aus dem er gekommen war. Ob auch ein »böser Geist« in ihm wohnte, wußte Craike nicht. Er sah sich um und mußte Takya recht geben. Ein paar Täuschungswächter, hier und da verteilt, würden jeden gewöhnlichen Eindringling fernhalten.

Takya hatte den Opferfelsen gereinigt, und der Fäulnisgestank war fort. Aber es war eine unsichere Nahrungsquelle. Es konnte flußaufwärts nicht allzu viele Bauern geben, und nicht alle Reisenden würden den Fluß als Reiseweg wählen.

Wie um diesem Gedanken zu wiedersprechen, warnten ihn seine Espersinne plötzlich vor Fremden oberhalb der nächsten Biegung. Craike spürte jedoch, daß dies keine Bauern auf dem Weg zum Markt waren. Angst, Schmerz und Wut, solche Emotionen kündeten ihr Kommen an. Sie waren zu dritt, einer war verletzt. Sie waren keine Esper und dienten auch nicht den Schwarzmänteln. Doch sie waren Krieger.

Eine extrem harte Reise durch das Gebirge, bei der sie Kameraden verloren hatten, die Entdeckung des Flusses und dem Diebstahl des Kahns, den sie so geschickt benutzten – das alles war da, so daß er es lesen konnte. Und dahinter noch etwas anderes, das, als Craike es entdeckte, seine Entscheidung zu ihren Gunsten ausfallen ließ: ein tiefer Haß gegen die Schwarzmäntel! Verstoßene, der Verzweiflung sehr nahe, auf einer hoffnungslosen Fahrt, weil sie nicht bereit waren, sich zu unterwerfen.

Craike nahm sehr behutsam Kontakt auf. Sie durften nicht annehmen, in eine Esperfalle zu laufen! Eine kleine Hoffnung keimen lassen, die vage Ahnung, daß weiter vorn ein sicherer Lagerplatz zu finden war – das war alles, was er zur Zeit tun konnte. Aber so zog er sie weiter.

»Nein!« Ein scharfer Befehl schlug gegen seinen zarten Kontaktfaden, den er zu den Fremden gespannt hatte. Aber Craike blieb fest. »Ja, ja und ja!«

Er war sofort auf der Hut. Takya, Meisterin der Täuschungen, als die sie sich erwiesen hatte, würde vielleicht reagieren und handeln. Aber überraschenderweise tat sie es nicht. Der Kahn kam in Sicht, mehr von der Strömung getrieben als mit Ruderkraft. Der eine Mann lag flach am Boden, der zweite war vorne zusammengesunken, doch der Mann im Heck brachte sie heran. Craike verstärkte seine unsichtbare, unhörbare Einladung, näher zu kommen.

VI

Aber Takya hatte noch gar nicht angefangen zu kämpfen. Als das Boot in Richtung des Opferfelsens bog, tauchte dort eine der Wachen der Schwarzmäntel auf, sein gezücktes Schwert flammte in der Sonne. Der Steuermann schrak zusammen, und der Kahn wurde von der Strömung mitgerissen. Craike fühlte die ganze Macht der Verzweiflung des Fremden, vor allem, nachdem er eben noch voll Hoffnung gewesen war. Zorn auf Takya entflammte in ihm.

Er ließ die Täuschung rückwärtstaumeln, sich mit den Händen an die Brust packen, in der ein Pfeil steckte. Craike hatte hier noch keinen Bogen gesehen, doch die Waffe paßte gut in diese Welt. Es würde Takya beweisen, daß er es ernst meinte.

Während das Boot unter dem Brückenbogen hindurchschwamm, konnte Craike den Steuermann nicht sehen, doch dahinter war ein Stückchen Strand, der gleiche, an dem er selbst an Land gekommen war. Er drängte den Mann, dort anzulegen, allen guten Willen in seine Gedanken legend.

Der Mann war völlig am Ende, und seine beiden Gefährten konnten ihm nicht helfen. Er steuerte den Kahn auf den unter dem Kiel knirschenden Sand. Dann kroch er über die Leiber der beiden anderen und kam mehr fallend als springend ans Ufer. So gut er konnte, zog er das Boot ein Stück weiter an Land.

Craike machte sich auf den Weg zu ihnen, aber er hätte wissen müssen, daß Takya sich nicht so leicht geschlagen geben würde. Trotz einer Art Allianz zwischen ihnen nahm sie keinerlei Befehle von ihm an.

Ein glühender Ast vom Turmfeuer wurde ins trockene Gebüsch teleportiert und setzte es in Brand. Craike biß die Zähne zusammen. Das war nicht der rechte Moment für Kraftproben, und das Feuer war echt. Er konnte es nicht löschen, verletzt, wie er immer noch war. Oder doch?

Es breitete sich nicht allzu schnell aus – Obwohl Takya es mit den ihr zu Gebote stehenden Kräften beschleunigen mochte. Dort – das war genau der richtige Punkt! Craike stützte sich gegen eine zusammengestürzte Mauer und schlug mit seinem Stock einen großen Steinblock los. Er hatte richtig kalkuliert. Der Steinblock und eine kleine Lawine von Geröll rollten genau auf das brennende Gebüsch und erstickten den Großteil der Flammen.

Rote Flammenzungen zischten in die Höhe, und Craike lachte. Das war Täuschung. Sie war wütend. Er erzeugte einen riesigen in der Luft schwebenden Kübel und kippte seinen Inhalt platschend ins Zentrum der Illusion. Er spürte, wie ihr Zorn auf ihn einpeitschte, ließ sich aber nicht dadurch stören. Sie mochte Leute ihrer Rasse damit zum Zittern bringen, aber sie würde lernen, daß er von anderer Art war.

»Holla!« Dieser Ausruf war keine Täuschung, es war eine Bitte um Hilfe.

Craike humpelte vorsichtig zum Fluß hinunter, bis er den Kahn und den Mann, der diesen angelandet hatte, sehen konnte. Der Esperer winkte einladend, und der Flüchtling kam näher.

Er war ein kräftig gebauter Mann von der gleichen dunklen Rasse wie die Bewohner von Sampur, seine rötlichen Zöpfe hingen tief über die breiten Schultern hinunter. Eine große, halb verheilte Wunde lief über seine Wange bis ans Kinn, und in seinen Augen lag tiefe Müdigkeit. Einen Augenblick blieb er unterhalb der Böschung stehen und musterte den Esperer, die Hände in die Hüften gestemmt wie ein Offizier, der genau weiß, wie er mit neuen Rekruten umzugehen hat.

»Ich bin Jorik vom Adlerturm.« Die Erklärung kam mit demselben Selbstbewußtsein, mit der einer der hiesigen Lords seinen Rang kundgetan haben würde. »Obwohl«, er zuckte mit den Achseln, »kein Stein des Altertums auf dem anderen steht. Ihr habt eine wehrhafte Unterkunft hier . . .« er zögerte bevor er schloß, ». . . Freund.«

»Ich heiße Craike«, antwortete der Esperer mit gleicher Schlichtheit, »und auch ich bin jemand, der vor seinen Feinden geflohen ist. Diese Unterkunft ist alt, aber immer noch brauchbar.«

»Könnte es sein, daß die Feinde, vor denen du fliehst, schwarze Mäntel tragen?« fragte Jorik. »Mir scheint, den Dingen, die ich eben sah, haftete der Gestank von ihnen an.«

»Du hast recht. Ich bin kein Freund der Schwarzmäntel.«

»Aber du hast die Kraft . . .«

»Ich habe Kraft.« Craike versuchte, den Unterschied zu betonen. »Du bist hier willkommen wie alle, die nicht Freunde der Schwarzmäntel sind.«

Der kräftige Krieger hob die Schultern. »Wir können nicht mehr weiter. Wenn es Zeit ist, den letzten Kampf zu kämpfen, ist es hier ebensogut wie anderswo. Meine Männer sind am Ende.« Er wies mit dem Blick auf die beiden im Kahn. »Es sind gute Männer, aber sie bedrängten uns, als sie uns am oberen Paß erwischten. Einstmals waren wir zwanzig Hände.« Er hielt die Hand in die Höhe und spreizte die Finger zum Zählen. »Mit ihren Hexentricks haben sie uns aus dem Turm vertrieben, und dann haben sie uns gejagt.«

»Warum wollten sie euch töten?«

Jorik lachte kurz auf. »Sie mögen solche nicht, die nicht in ihre hübschen Muster passen. Wir sind freie Männer der Berge, und kein Schwarzmantel half uns, den Adlerturm zu bezwingen, keiner unterstützte uns bei der Jagd. Als wir unsere Felle ins Tal brachten, wollten sie Tribut erheben. Aber welcher ihrer Zauber brachte die Tiere in unsere Fallen oder vor unsere Speere? Wir zahlen nicht für etwas, das wir nicht gekauft haben. Wir wollten auch keinen Krieg gegen sie führen. Doch als wir sprachen und dies sagten, gab es andere, die Mut bekamen, es uns gleichzutun, und so mußten die Schwarzmäntel uns beseitigen, ehe ihre Herrschaft in Gefahr geriet. Und das taten sie.«

»Aber sie haben euch nicht alle erwischt«, bemerkte Craike. »Kannst du deine Männer zum Turm hinaufbringen? Ich bin verletzt und kann nicht ohne Stock gehen, sonst würde ich dir helfen.«

»Wir kommen.« Jorik kehrte zum Boot zurück, spritzte dem Mann am Bug Wasser ins Gesicht, bis er zu sich kam und ans Ufer kroch. Dann packte er den dritten über seine Schulter und trug ihn an Land.

Nachdem Craike dafür gesorgt hatte, daß der Bewußtlose auf sein eigenes Grasbett gelegt wurde, schürte er das Feuer und bereitete eine Mahlzeit, während Jorik die Habe aus dem Boot holen ging.

Keiner der beiden anderen hatten den gleichen großen Wuchs wie ihr Anführer. Der Bewußtlose, dessen Atem unregelmäßig ging, war jung, fast noch ein Kind. Der andere war klein und stämmig, dunkelhäutig und von der gleichen Rasse wie Kalufs Leute. Er trug einen Krausbart und sah Craike mißtrauisch unter seinen rotgeschwollenen Augenlidern an und blickte sich dann im Raum um.

Craike versuchte nicht, Gedankenkontakt aufzunehmen. Diese Männer waren zu Recht mißtrauisch gegen Esperkünste. Doch er versuchte, Takya zu erreichen, die sich aber mit dem üblichen Nichts umgeben hatte, hinter dem sie sich verbarg. Es störte ihn. Gewiß würde sie nun, da sie einsehen mußte, daß er den Flüchtlingen Zuflucht gewährt hatte, nicht mehr opponieren. Von Jorik und seinen Männern hatten sie nichts zu fürchten, sondern eher zu gewinnen, wenn sie ihre Kräfte mitrechnen konnten.

Bevor seine Wunden nicht vollständig geheilt waren, konnte er nicht weit gehen. Ohne Waffen wären sie vollständig auf ihre Esperfähigkeiten zur Verteidigung angewiesen. Nachdem er gesehen hatte, mit welcher Wirksamkeit die Schwarzmäntel angriffen, zweifelte er an einer Siegeschance gegen sie. Er hatte ihre Zauber nur brechen können, weil sie nichts von seiner Existenz gewußt hatten. Beim nächsten Mal würde er diesen Vorteil nicht mehr haben.

Andererseits konnte der Turm mit Waffengewalt verteidigt werden. Mit Pfeil und Bogen . . . Craike genoß die Vorstellung, wie Bogenschützen den Schwarzmantelwachen eine vernichtende Überraschung bereiten würden. Die Händler hatten keine derartigen Waffen gehabt, so wohlausgerüstet sie auch waren. Auch in Sampur hatte er bei den Kriegern keine gesehen. Er würde Jorik fragen müssen, ob so etwas bekannt war.

In der Zwischenzeit saß er neben seinen Gästen und sah zu, wie Jorik den halbbewußtlosen Jungen mit Fruchtbrei fütterte, während der andere Trockenfleisch verschlang. Nachdem dieser zuende gegessen hatte, rückte er ein wenig näher ans Feuer, wies mit dem Daumen auf seine Brust und stellte sich vor: »Zackuth.«

»Aus Larud?« fragte Craike aufs Geratewohl den Namen der einzigen Stadt von Kalufs Leuten, an die er sich erinnerte.

In der Überraschung des Mannes lag kein Verdacht. »Was weißt du von den Kindern Noahs, Fremder?«

»Ich bin mit einem von ihnen über die Ebene gereist; er hieß Kaluf, ein Meisterhändler aus Larud.«

»Ein dicker Mann, der viel lacht und eine Falkenfeder an seiner Mütze trägt?«

»Ganz und gar nicht«, Craike ließ seine Antwort kalt klingen. »Der Kaluf, der diese Karawane führte, war ein schlanker Mann, der die Qualität eines Messers schon an seiner Scheide erkennen konnte. Und was den Schmuck an seiner Mütze angeht, so trug er einen roten Stein daran. Auch schwor er beim Auge der Lady Lor.«

Zackuth lachte dröhnend. »Du bist kein Fisch, den man leicht an den Haken kriegt, nicht wahr, Turmbewohner? Ich bin nicht aus Larud, doch ich kenne Kaluf, und jene, die mit ihm reisen, ändern ihr Banner nicht von einem Tag zum anderen. Doch so, wie du aussiehst, ist es dir nicht viel besser ergangen als uns. Ist auch Kaluf in eine Pechsträhne geraten?«

»Bis zu den Toren von Sampur bin ich sicher mit ihnen gereist. Wie es ihm nachher ergangen ist, vermag ich nicht zu sagen.«

Jorik grinste und legte seinen Patienten auf das Bett zurück. »Mir scheint, du hast in Eile ihre Gesellschaft verlassen, Lord Ka'rak?«

Craike antwortete wahrheitsgemäß: »Zwei wurden gehörnt, und ich folgte, um so gut zu helfen, wie ich konnte.«

Jorik runzelte die Stirn, und Zackuth spie ins Feuer.

»Wir wurden nicht gehörnt, wir haben die Kraft nicht«, bemerkte der letztere. »Aber sie haben auch noch andere Tricks. So kamst du hier her?«

»Ich wurde von einem Bären angegriffen«, gab Craike einen kleinen Ausschnitt seiner Abtenteuer preis, »und kam her, um meine Wunden zu heilen.«

»Ein hübsches Plätzchen«, lobte Jorik, »doch woher bekommst du so gute Nahrung?«

Er schob eine saftige Frucht in den Mund und leckte sich den Saft von den Fingern. »Das sind keine Wildfrüchte.«

»Der Turm gilt als Dämonenbehausung. Die Leute, die flußabwärts fahren, bringen Opfer.«

Zackuth schlug sich auf die Knie. »Die Götter der Wellen meinen es gut mit dir, Lord Ka'rak, daß dir solch ein Glück widerfährt. Es gibt mehr als einen Dämon für den Spukturm, was meint ihr, Lord Jorik?«

»Daß auch uns das Glück endlich wieder hold war, seit Lord Ka'rak uns gerettet hat. Aber vielleicht hast du noch etwas anderes im Kopf?« wandte er sich an den Esperer.

Craike zuckte mit den Schultern. »Was die Wolken abwerfen, wird als

Schnee oder als Regen fallen«, zitierte er einen Spruch, den er bei der Karawane gehört hatte.

Es war kurz vor Sonnenuntergang, und er machte sich Gedanken um Takya. Er mochte nicht glauben, daß sie für immer fortgegangen war. Aber andererseits, was würde passieren, wenn sie zurückkam? Er hatte es vorsichtig vermieden, Esperkräfte zu verwenden. Takya würde solchen Takt nicht haben.

Er war sich seiner Gefühle für sie nicht im klaren. Sie beunruhigte ihn, erweckte Emotionen, die zu akzeptieren er sich weigerte. Sie hatte so eine Art, von der Seite zu schauen . . . Doch ihre gelassene Voraussetzung ihrer Überlegenheit wurmte ihn unter der zur Schau getragenen Fassade. Noch einmal sandte er einen Suchgedanken aus und, zu seiner größten Überraschung, bekam Antwort.

»Sie müssen verschwinden!«

»Sie sind Ausgestoßene wie wir. Der eine ist krank, die anderen erschöpft. Sie haben gegen die Schwarzmäntel gekämpft. Als solche haben sie ein Anrecht auf Dach, Feuer und Nahrung von uns.«

»Sie sind nicht wie wir!« Wieder diese Arroganz! »Schick sie fort, oder ich vertreibe sie. Ich habe die Kraft . . .«

»Du hast vielleicht die Kraft. Aber ich habe sie auch!« Er legte alle Überzeugung in diese Worte. »Glaub mir, etwas Besseres konnte uns nicht passieren, als diesen Männern zu helfen. Sie sind geübte Kämpfer . . .«

»Schwerter können nichts ausrichten gegen die Kraft!«

Craike lächelte. Seine Pläne nahmen Form an, sogar in diesem stimmlosen Gespräch. »Nicht Schwerter, nein, Takya. Aber nicht alles Kämpfen geschieht mit Schwertern oder Speeren. Noch allein mit der Kraft. Kann ein Schwarzmantel einen Gegner totdenken, wenn er selbst aus der Entfernung getötet worden ist, und zwar nicht durch Gedankenkraft, die seine Gefährten bemerken und sich davor schützen können?«

Er hatte ihr Interesse geweckt. Sie war schlau genug zu erkennen, daß er nicht mit Worten herumspielte, sondern wußte, wovon er sprach. Schnell knüpfte er an diesen Funken von Interesse an. »Erinnerst du dich, wie dein Täuschungswächter auf dem Opferfelsen starb, als du diese Männer verscheuchen wolltest?«

»Durch einen kleinen Speer«, sagte sie abwertend.

»Ganz und gar nicht!«

Er formte das Bild eines Bogenschützen, der einen Pfeil anlegt, die Sehnen spannt und den Pfeil losschnellen läßt, der über den Fluß die Kehle eines Schwarzmantels durchschlägt.

»Du kennst das Geheimnis dieser Waffe?«

»Das kenne ich. Und fünf dieser Waffen sind besser als zwei, oder etwa nicht?«

Sie gab eine Spur nach. »Ich werde zurückkommen. Aber sie werden das nicht mögen.«

»Wenn du zurückkommst, werden sie dich willkommen heißen. Sie sind keine Hexenjäger . . .« begann er, doch ihre offensichtliche Heiterkeit brachte ihn aus dem Konzept. Irgendwie hatte er den kleinen Vorsprung schon wieder verloren.

»Ka'rak, du bist sehr töricht. Nein, sie werden nicht versuchen, sich mit mir zu paaren, nicht einmal, wenn ich es wollte. Du wirst sehen. Paart sich der Adler mit der jagenden Katze? Aber sie werden mir nicht so leicht trauen, denke ich. Immerhin, dein Plan birgt Möglichkeiten, und wir werden sehen.«

VII

Takya hatte Recht gehabt. Die Flüchtlinge erkannten sie als das, was sie war, und nur weil Craike sie akzeptierte, blieben sie im Turm. Das heißt, Jorik machte keinen Hehl daraus, daß sie sowieso nicht hoffen konnten, allein weit zu kommen, falls sie gingen. Ihre Angst ließ etwas nach, als Takya die Pflege des Kranken übernahm und die gleichen Heilkräfte auf ihn anwandte wie auf Craike. Am folgenden Tag pflegte und fütterte sie den Jungen und schickte die anderen herum, ihr zur Hand zu gehen, als seien sie schon immer ihre Vasallen gewesen.

Die Sonne stand hoch, als Jorik von einem Bad im Fluß zurückkam.

»Das ist eine starke Festung, Lord Ka'rak. Und mit der Kraft auf unserer Seite bekommt man uns hier nicht so schnell heraus, vor allem nicht, wenn die Lady uns hilft.«

Takya lachte. Sie saß im Strahl der Sonne, der durch eines der schmalen Fenster schien, und kämmte ihr Haar. Über die Schulter hinweg sah sie die anderen frech und schalkhaft an. In Craikes Augen ähnelte sie zum ersten Mal den Frauen seiner Welt.

»Laßt uns erst mal sehen, wie Lord Ka'rak uns zu verteidigen gedenkt.« In ihrer Stimme lag Spott, der ihn traf, doch auch die Forderung, sein Versprechen vom Vorabend wahrzumachen.

Craike war vorbereitet. Er tauschte seinen Stock gegen Joriks Schulter, während Zackuth hinterher schlurfte. Sie stiegen in den Wald hinauf. Craike hatte noch nie einen Bogen hergestellt, und er zweifelte nicht, daß die ersten Versuche mißlingen würden. Doch unterwegs erklärte er den beiden Männern das Prinzip und wonach sie suchen sollten. Eine Stunde später kamen sie zurück und hatten ein Bündel Äste bei sich, mit denen sie experimentieren würden.

Nach dem Essen wurde Zackuth unruhig und ging hinaus. Kurz

darauf kam er mit einem erlegten Reh zurück, sichtbar stolz auf sein jägerisches Geschick. Wo die anderen Fleisch und Fell für neues Schuhwerk sahen, sah Craike Sehnen für seine Bögen. Den Rest des Tages arbeiteten sie daran, und es war Takya, die, nachdem Zackuth zwei schwarze Wasservögel gefangen hatte, die Pfeile mit Federn versah.

Vier Tage später war der Turm wieder in eine richtige Festung verwandelt. Viele der abgestürzten Steine waren an ihren Platz zurückgebracht worden. Die beiden oberen Stockwerke waren gereinigt und ein Haufen alter Nester hinausbefördert worden. Takya hatte sich im obersten Zimmer eingerichtet und mit Hilfe ihres schnell genesenden Pfleglings Nickus duftendes Heu als Lagerstatt hinaufgetragen. Sie schien durch die Fledermäuse, die in der Dämmerung hereinkamen und abends wieder hinausflatterten, nicht gestört zu werden, und sang einer weißen Eule, die in der dunkelsten Ecke im Dachgebälk hauste, ein Willkommen.

Es kamen keine Reisenden mehr den Fluß hinunter. Es gab keine frischen Opfergaben mehr auf dem Felsen, doch Jorik und Zackuth gingen jagen, und Craike unterhielt das Feuer und räucherte den Überfluß an Fleisch für magere Zeiten, während er an den Bögen arbeitete. Binnen kurzem hatten sie drei fertiggestellt und übten mit stumpfen Pfeilen auf der Terrasse.

Jorik hatte ein wahres Schützenauge und lernte schnell, mit der neuen Waffe umzugehen, genau wie Nickus. Nur Zackuth tat sich schwer, und Craike wurde durch sein steifes Bein behindert. Takya schoß ohne Anstrengung am besten, wenn sie sich herabließ, es zu versuchen. Obwohl sie zugeben mußte, daß es eine ausgezeichnete Waffe war, zog sie doch ihre eigene Art der Kriegsführung vor und saß auf der Mauer und flocht ihr Haar mit eifrigen Fingern, während sie den Schießübungen der anderen zusah und die Resultate ausbuhte oder beklatschte.

Doch die Idylle war nicht von Dauer. Craike war der erste, der die nahenden Probleme spürte. Er erwachte aus einem Traum, in dem er wieder in der Wüste vor dem Mob flüchtete, und kaum war er wach, fühlte er ein Übel, das in den Turm gedrungen war. Er widerstand dem Drang, hinaus in den Wald zu flüchten.

Er suchte vorsichtig die Stille ab. Es war nicht der alte Dämon, der zurückgekommen war. Aber was?

Jemand bewegte sich hastig im Dunkeln.

»Lord Ka'rak?« Nickus' Stimme war rauh, als ob er Mühe hatte, sie unter Kontrolle zu halten.

»Was ist los?«

»Da stimmt was nicht . . .«

»Die Jagd ist eröffnet«, hörte er Jorik sagen, dessen gewaltige Gestalt er schwarz vor dem schwachen Schimmer des Eingangs erkennen konnte. »Sie versuchen, uns hier rauszuscheuchen wie Ratten aus dem Nest.«

»Haben Sie das schon mal so mit euch gemacht?«

»Ja«, schnaubte Jorik, »es ist ihre bevorzugte Art, den Kampf zu beginnen. Sie versetzten uns in einen solchen Schrecken vor unserem Turm, daß wir hinausstürzten. Dann konnten sie uns nach Lust und Laune niedermachen.«

Craike konnte keinen Gedankenstrom entdecken, der diesen Nachtterror brachte. Er schien aus den Wänden um sie herum zu sickern. Erfolglos sandte er Gedankensonden aus. Schritte kamen die Treppe herunter, und Takya rief: »Ihr Dummköpfe, schürt das Feuer! Sie sollen merken, daß sie es nicht mit Leuten zu tun haben, die nichts von ihnen wissen.«

Die Flammen züngelten hell über der Feuerstelle und beleuchteten den Kreis ihrer nüchternen Gesichter. Zackuth streichelte den Speer auf seinen Knien, doch Jorik und Nickus starrten auf das Hexenmädchen, das vor dem Feuer kniete und Büschel trockenen Farns und Grases sortierte. Ihre Gedanken erreichten Craike.

»Wir müssen etwas tun, oder diese Ungeschützten hier werden hinausgetrieben wie Nüsse aus der Schale. Gib mir von deiner Kraft . . . in dieser Angelegenheit muß ich der Anführer sein.«

Da war es wieder, diese selbstverständliche Annahme ihrer Autorität, doch er mußte zugeben, daß sie Recht hatte. Aber was sie von ihm forderte, war gewaltig. Es war das, was er vor allem fürchtete, das, wofür er sich lieber in den Tod gestürzt hatte . . . und sie bat ihn darum, wie jemand, der das Recht dazu hat!

»Erzwungene Unterwerfung ist wirklich von Übel, aber zu unserer Verteidigung aus freiem Willen gegeben, ist etwas anderes«, antworteten ihre Gedanken seiner Welle von Entrüstung.

Der Drang, den Turm zu fliehen, wuchs. Nickus stand auf, als würde er hochgezogen. Zackuth rannte plötzlich zur Tür, und Jorik schnappte ihn im letzten Moment.

»Siehst du«, drängte Takya, »sie sind schon halb unter dem Bann. Bald können wir sie nicht mehr zurückhalten, weder mit dem Geist noch mit Körperkraft. Und dann sind sie verloren, denn die höchste Kraft der Schwarzmäntel ist gegen uns angetreten.«

Craike starrte auf den Boden. Dann stand er auf und humpelte noch immer widerstrebend und in innerem Kampf mit sich selbst ums Feuer herum und legte sich neben sie.

Sie warf zwei Büschel Farn ins Feuer, und dicker, süßlicher Qualm stieg auf und umgab sie. Nickus hustete, fuhr sich mit den Händen an die Stirn und rollte sich zusammen wie ein schlafendes Kind. Auch das

Gerangel zwischen Jorik und Zackuth hörte auf, als der Qualm sie erreichte.

Takyas Hand legte sich kühl unter seine Weste auf sein Herz. Sie sang eine sonderbare Melodie, und obwohl er in Gedankenkontakt zu bleiben versuchte, legte sich ein Schleier zwischen sie, der so greifbar schien wie der Qualm, der sie umgab. Für eine kurze Sekunde oder zwei schien er den Turm mit ihren Augen zu sehen statt mit seinen eigenen, und dann war der Raum verschwunden. Körperlos schwebte er durch die Nacht.

Die normale Welt der Gegenstände war bedeutungslos. Aber er sah die dunkle Wolke, die sich drückend auf den Turm gelegt hatte, und konnte sie zu ihrer Quelle verfolgen.

Dort war ein anderes Feuer, um das vier Schwarzmäntel saßen. Auch hier stieg süßlicher Qualm auf, um Geist von Körper zu befreien. Das Geistwesen Craike umschlich das Feuer und zählte die schlafenden Krieger.

Mit einer gewaltigen Willensanstrengung konzentrierte er sich auf den Stab, der vor dem Anführer lag, und zwang ihm seine Befehle auf.

Der Stab schnellte in die Luft und landete, ehe sein Meister ihn packen konnte, im Feuer. Es gab eine blaue Stichflamme und ein Geräusch, das Craike eher spürte als hörte.

Die Schwarzmäntel waren auf die Füße gesprungen, und ihr Meister starrte Craikes körperloses Selbst über die Flammen hinweg an. Er hatte kein böses Gesicht, sondern edle Züge, doch seine Augen waren hart und mitleidslos. Craike wußte, daß es nun nicht nur ein Kampf auf Leben und Tod, sondern über den Tod hinaus sein würde. Er spürte, daß der andere jetzt zum ersten Mal von seiner Existenz erfahren hatte und als Faktor in Betracht ziehen würde.

Ein blitzartiges gegenseitiges Erkennen – und Craike war zurück in der Dunkelheit. Er hörte wieder Takyas Gesang, fühlte ihre Hand auf seinem schwach klopfenden Herzen.

»Das hast du gut gemacht«, begrüßten ihn ihre Gedanken. »Jetzt müssen sie uns von Angesicht zu Angesicht entgegentreten.«

»Sie werden kommen«, gab er das Versprechen des Schwarzmantelführers an sie weiter.

»Sie werden kommen, aber jetzt herrscht größeres Gleichgewicht zwischen uns. Und wir brauchen den Stab der Gewalt nicht mehr zu fürchten.«

Craike versuchte sich aufzurichten, doch er war zu schwach, schwächer noch, als er durch seine Wunden gewesen war.

Takya lachte, und ein wenig ihres alten Spottes klang mit: »Glaubst du, du kannst die Lange Reise tun und dann rumhüpfen wie ein Elf, Ka'rak? Drei Tage im Kampf sind nichts gegen das hier. Schlaf jetzt und sammle deine inneren Kräfte wieder. Das Ende dieses Abenteuers ist noch weit.«

Er konnte ihr Gesicht, das von ihren schimmernden Haaren verdeckt wurde, nicht mehr erkennen, und dann erreichte dieser Schimmer seine Gedanken, und er versank in tiefen Schlaf.

Es mochte kurz vor Morgengrauen gewesen sein, als er das Lager der Schwarzmäntel besucht hatte. Gemessen am Stand der Sonne war es später Nachmittag, als er seine schweren Augenlider öffnete. Takya sah ihn an. Sie hatte ihn geweckt. Lächelnd setzte er sich auf, aber sie lächelte nicht.

»Alles in Ordnung?« fragte er.

»Wir haben genug Zeit, alles bereitzumachen, bevor wir der Prüfung unterzogen werden. Dein Bergführer ist kein Neuling in diesem Spiel. Das Kriegführen versteht er meisterhaft, und er und seine Männer haben eine rauhe Begrüßung vorbereitet. Und«, der Anflug eines Lächelns flog über ihr Gesicht, »ich habe auch getan, was in meinen bescheidenen Kräften steht. Komm, sieh es dir an!«

Er humpelte auf die Terrasse hinaus und blieb wie angewurzelt stehen. Täuschungen, ja, aber manches war real.

Jorik lachte, als er den Ausdruck auf Craikes Gesicht sah, und lud ihn mit einer Armbewegung ein, die Kräfte, die er befehligte, zu bewundern. Überall standen Bogenschützen, auf den Mauern, dem Brückenbogen, dem Turm und patrouillierend auch vor dem Zwillingsturm am anderen Ufer. Craike brauchte eine Weile, um die, die er kannte, von Takyas Kreaturen zu unterscheiden. Die Wirklichen waren so gut postiert wie die Täuschungen. Nickus, als Könner mit der neuen Waffe, stand auf einem strategischen Mauervorsprung, und Zackuth stand auf dem Brükkenbogen, von wo er nur über kurze Distanz würde schießen müssen.

»Schau, dort unten«, drängte Jorik, »sieh, was sie erst mal beschäftigen wird, bevor wir sie aufspießen.«

Craike traute seinen Augen nicht. Diese Täuschung hatte er schon mal gesehen, aber damals war es eine hastige Leistung eines verzweifelten Mädchens gewesen. Diesmal war es ein raffiniertes Kunstwerk: Alle Zugänge zu den Türmen waren mit dichtem Dorngebüsch überwuchert, so dicht, daß kein Schwert und kein Speer hindurchschlagen konnte. Es mochte Täuschung sein, doch es würde einen starken Gegenzauber brauchen, um dies aus dem Weg zu schaffen.

»Sie nimmt ein paar Zweige, die Nickus ihr bringt, und ein Haar und verwickelt das miteinander und vergräbt es unter einem Stein. Dann besingt sie es – und wir haben das hier!« plapperte Jorik. »Sie ist zwanzig Mann wert, nein, zwei mal zwanzig Mann, unsere Lady Takya! Lord Ka'rak, ich sage dir, ein neues Zeitalter wird anbrechen, wenn solche wie ihr zwei gegen die Schwarzmäntel aufbegehren!«

»Aaahiii . . .« die Warnung, halb gepfiffen, halb gerufen, kam von Nickus: »Sie kommen!«

»Ja, sie kommen!« echote Zackuth, »auch auf dem Fluß!«

»Worauf wir eine Antwort wissen!« sagte Jorik mit stoischer Ruhe.

Die Turmgemeinschaft war bereit. Die Angreifer machten sich keine Sorgen, denn solche Kämpfe waren immer zu ihren Gunsten ausgegangen. Auch wenn die Hälfte ihrer Truppe im Dorngestrüpp aufgehalten wurde, landete eben die andere Hälfte am Opferfelsen und kämpfte sich den Weg in den Turm, unterstützt von den Künsten ihrer Meister.

Doch als ihr Kahn auftauchte, schwirrten die Bogensaiten. Ein lautloser Schrei schrillte in Craikes Schädel, und der Mann am Bug des Bootes packte mit beiden Händen den Schaft eines Pfeiles, der in seiner Kehle steckte, und fiel vornüber in den Fluß. Zwei seiner Gefährten fielen ebenfalls, und die übrigen hörten entsetzt auf zu paddeln. Die Strömung trieb sie unter den Brückenbogen, von wo Zackuth wohlgezielt einen Felsbrocken fallen ließ, der einen weiteren Bootsmann mit in die Tiefe riß und das Boot zum Kentern brachte.

Zackuth lachte, und Jorik grölte.

»Jetzt lernen sie, welches Blutvergießen sie hier erwartet!« brüllte er so laut, daß die Belagerer es hören mußten. »Mal sehen, wie eifrig sie zu einem solchen Fest herbeiströmen!«

VIII

Es war offensichtlich, daß die Schwarzmäntel ihre Herrschaft mehr durch praktische Tugenden denn durch Mut aufrecht erhielten. Nachdem sie Zeuge der vernichtenden Niederlage der Fluß-Attacke geworden waren, unternahmen sie keinen weiteren Angriff. Die Nacht fiel ein, und Craike sah, wie sie sich ohne Hast flußabwärts zurückzogen. Auch war Jorik nicht mehr so optimistisch.

»Jetzt werden sie etwas anderes versuchen. Und da wir ihnen nicht leicht in den Rachen gefallen sind, wird es wesentlich härter ausfallen. Es gefällt mir nicht, daß wir sie während der Nachtstunden bekämpfen müssen.«

»Es wird nicht dunkel sein«, erwiderte Takya. Sie wies mit schlanker Hand zu einer Ecke der Terrasse, und in der zunehmenden Dämmerung erstrahlte ein helles Licht. Sie drehte sich langsam und erweckte weitere Fackeln zum Leben, auf dem Dach des Turmes am anderen Ufer, auf dem Brückenbogen, auf den Mauern . . . es wurde so hell, daß nichts ungesehen bleiben konnte.

»So!« Sie schnippte mit den Fingern, und die Lichter erloschen. »Wenn wir sie brauchen, werden sie da sein.«

Jorik blinzelte. »Schön und gut, Lady. Aber ehrliches Feuer ist auch gut, und es bringt Wärme fürs Herz wie Licht für die Augen.«

Sie lächelte, wie eine Mutter ihr Kind anlächeln würde. »Mach dir ein Feuer an, Schwertmeister. Doch wir werden zeitig gewarnt werden, wenn der Feind sich nähert.« Sie rief. Geräuschlos kam etwas geflogen und landete auf ihrem ausgestreckten Arm. Es war die weiße Eule, die sie alle mit wissenden Augen zu beobachten schien. Takya blickte den großen Vogel scharf an, der seinen Krummschnabel ein paarmal öffnete und schloß und dann davonflog.

»Vor uns mögen sie ihre Gedanken und Pläne verbergen können, aber sie können sich nicht vor den natürlichen Himmelsbewohnern abschirmen. Seid versichert, daß wir sehr schnell erfahren, wenn sie sich gegen uns in Bewegung setzen.«

Aber sie blieben auf ihren Posten. Zackuth bereitete sich vor, indem er weitere Felsblöcke bereitlegte, die sich als ebenso nützlich erweisen mochten wie der erste.

Es war eine lange Nacht, die an ihren Nerven zehrte. Nur Takya war ruhig. Craike sondierte wieder und wieder die Dunkelheit, aber er stieß nur auf eine Wand aus Nichts. Was immer die Schwarzmäntel planen mochten, sie waren durch eine wirksame Barriere geschützt.

Jorik ging auf der Terrasse auf und ab, fünf Schritte in der einen Richtung, sechs in der anderen, und jedesmal, wenn er wendete, stieß er mit dem Bogen auf einen der Pflastersteine.

»Sie brüten Übles mit dem gleichen Eifer aus, mit dem eine Waldeule ihre Eier ausbrütet. Aber was?«

Craike hatte gelernt, äußerlich Ruhe zu bewahren. »Um das zu erfahren, müssen wir warten. Aber warum zögern sie . . .?«

Ja, warum? Warten würde ihn und seine Handvoll Leute zermürben und leichte Beute aus ihnen machen. Er zweifelte nicht daran, daß die Schwarzmäntel einige Überraschungen zu bieten hatten. Andererseits waren sie, den Berichten von Takya und Jorik zufolge, nicht an einen so starken, entschlossenen und wirksamen Widerstand gewöhnt. Doch würde ein solcher ihr Verlangen, die Rebellen zu vernichten, nur verstärken.

»Sie regen sich!« Takyas Hexenfeuer erstrahlten an allen vorher markierten Stellen. In ihrem Schein rannte sie über die Terrasse zu Jorik und Craike nahe der Festungsmauer. »Dies ist die tiefste Stunde der Nacht, wo das Blut langsam fließt und der Widerstand am geringsten ist. Also beschlossen sie, zu handeln . . .«

Jorik zupfte die Sehne seines Bogens, und der dünne Ton klang wie Harfenschall durch die Stille. Doch Takya schüttelte den Kopf.

»Nur die Schwarzmäntel kommen, und sie sind bestens gepanzert, seht!« Sie sprang auf die Mauer und klatschte in die Hände.

Das Hexenlicht schien auf vier Gestalten, die innerhalb der Dornenumzäunung standen und aus dem Schatten ihrer Kapuzen heraufstarrten. Ein Pfeil zischte, doch er erreichte sein Ziel nicht. Meter vor der Brust des Anführers fiel er zu Boden.

Jorik weigerte sich, die Niederlage zu akzeptieren. Mit der ganzen Kraft seines Armes spannte er den Bogen und schoß einen zweiten Pfeil. Aber auch dieser landete vor den Füßen der vier. Craike griff nach Takya, doch sie wich ihm aus und rief zu den Kapuzenträgern hinunter: »Was wünscht ihr, Männer der Kraft? Einen Waffenstillstand?«

»Tochter des Bösen, du bist nicht allein. Laß uns mit deinem Meister sprechen.«

Sie lachte und schüttelte ihre frei wehende Mähne, strich mit den Fingern darüber. »Sieht das hier so aus, als ob ich einen Meister gefunden hätte? Takya ist sie selbst, noch immer ungeteilt. Diese Hoffnung könnt ihr vergessen. Ich frage euch noch einmal . . . was wünscht ihr? Einen Waffenstillstand?«

»Laß deinen Meister hervortreten. Mit ihm wollen wir verhandeln.«

Ungeduldig warf sie ihr Haar nach hinten. »Ich habe keinen Meister. Ich und meine Kraft sind unversehrt. Tousuth. Ja, ich kenne euch, Tousuth, den Meister, Salsbal, Bulan, Yily . . .« sie zählte sie auf mit ausgestrecktem Zeigefinger wie bei einem Kinderspiel.

Jorik schnappte nach Luft, und die vier Männer änderten ihre Position. Craike fing Gedanken auf – den Namen eines Mannes in der Gegenwart feindseliger Mächte zu nennen, das war wahrhaftig Magie.

»Takya!« Es war das Zischen eines Reptils.

Wieder lachte sie auf. »Ha! Aber ich habe als erste die Namen genannt, Tousuth. Hast du mich für so klein und kraftlos gehalten, daß ich dir zahm folgen würde? Ich tat es nicht bei der Hörnung, warum sollte ich es jetzt, da ich frei vor dir stehe? Damals mußtest du dich Takyis bedienen, um mich zu fangen. Doch Takyi ist nun in die tiefe Dunkelheit gegangen, und du kannst ein solches Netz nicht mehr über mich werfen. Auch habe ich jemanden an meine Seite gerufen . . .« Ihre Hand schloß sich um Craikes Arm und zog ihn neben sich.

Er erwiderte ihr Starren mit festem Blick, hob die Hand und nannte sie bei ihren Namen, wie Takya es getan hatte:

»Tousuth, Meister der Frauenfänger, Salsbal, Bulan, Yily, die Wölfe, die ihm nachschleichen. Hier bin ich. Was wollt ihr von mir?«

Aber sie schwiegen, und er fühlte, wie sie ihn ausforschten, Angriffe gegen seinen Gedankenschild schickten und herausfanden, daß er von ihrer Art war, als Esper geboren.

»Was wollt ihr?« wiederholte er lauter. »Wenn ihr nicht verhandeln wollt, dann laßt ehrbare Männer in Ruhe schlafen.«

»Verwandelter!« Es war Tousuth, der das Wort ausspuckte. Diesmal zeigte er mit dem Finger und sang einen oder zwei Sätze, während seine Männer ihn vertrauensvoll beobachteten.

Doch Craike, der sich an die Szene vor Sampur erinnerte, versuchte ein gewagtes Experiment. Er konzentrierte sich auf den Mann, den Takya Yily genannt hatte. Der schwarze Mantel und die schwarze Haube gaben ihm die Silhouette eines Geiers. Geier . . . Geier!

Es war ihm nicht bewußt, daß er auf sein Opfer gezeigt noch daß er dessen Namen laut gesagt hatte. »Geier!«

Eine kalte Hand legte sich um sein Handgelenk, und aus dem Kontakt floß Kraft zu ihm herüber. Sie spitzte sich zu, stülpte sich hinaus . . .

»Geier!«

Ein schwarzer Vogel schlug mit den Flügeln, kreischte und wollte sich mit kahlem Schädel und scharfem Schnabel auf ihn stürzen. Eine Bogensehne schwirrte, ein Todesschrei, und ein Mann in schwarzem Umhang hauchte sein Leben aus.

»Gut!« rief Takya. »Das hast du gut gemacht, Ka'rak, sehr gut! Aber du kannst diese Waffe nicht zum zweiten Mal benutzen.«

Craike war voller Hochgefühl und hörte nicht auf sie. Er zeigte mit dem Finger auf Bulan und begann zu singen »Hund . . .«

Aber nichts geschah. Der Schwarzmantel fiel nicht auf alle viere, er blieb Mensch, und Craikes Stimme verstummte. Takya flüsterte ihm zu: »Sie sind gewarnt, du kannst niemals den gleichen Weg zweimal gegen sie nehmen. Nur weil sie unvorbereitet waren, ist es dir gelungen. He, Tousuth«, rief sie dann, »glaubst du nun, daß wir gut gewappnet sind? Sprich mit ehrlicher Zunge und sag, was du willst.«

»Ja«, dröhnte Joriks Stimme, »du kannst uns nicht bezwingen, Meister der Kraft. Geh deiner Wege, und wir folgen den unseren . . .«

»Es können nicht zwei Mächte im gleichen Lande sein, das solltest du wissen, Jorik vom Adlerturm. Du hast es schon einmal versucht und die Folgen erlitten. Es muß einen Sieger geben, und für den Besiegten – nichts!«

Craike konnte die Logik darin erkennen. Doch der Meister fuhr fort: »Was wir hier wollen, ist eine Entscheidung. Miß deine Kraft mit der unseren, Verwandelter. Und da du die Hexe noch nicht genommen hast, bedien dich ihrer, wenn du willst. Es kommt auf dasselbe heraus, denn ihr müßt beide unschädlich gemacht werden.«

»Jetzt und hier?« fragte Craike.

»Der Tag bricht an. Ob bei Licht oder bei Dunkelheit, spielt in einem solchen Kampf keine Rolle.«

Das Hochgefühl nach seinem ersten Erfolg war verklungen. Craike ließ seine Finger über den Bogen streichen, den er noch nicht benutzt hatte. Er schreckte innerlich vor dem Wettkampf, den der andere vorgeschlagen hatte, zurück – er war sich seiner Kraft nicht sicher. Den ersten Sieg hatte er aus Mangel an Wissen errungen. Takyas Hand schloß sich um seine Finger. Die freche Unverschämtheit war wieder in ihrer Stimme, reizte ihn, provozierte seinen Trotz: »Zeig ihnen, was du kannst, Lord Ka'rak, Meister der Täuschungen!«

Er sah sie an, und der Anblick der kurzen Strähnen an ihrer Schläfe gab ihm ein seltsames Selbstvertrauen. Takya war nicht so allmächtig, wie sie ihn gerne glauben machte.

»Ich nehme deine Herausforderung an«, rief er, »hier und jetzt soll es geschehen!«

»Wir nehmen eure Herausforderung an!« Takyas verärgerte Korrektur gefiel ihm. Noch ehe das Echo ihrer Worte verklungen war, unternahm sie ihren ersten Angriff.

Hexenfeuer flackerte den Abhang hinunter, umzüngelte die drei Männer und spielte einen Augenblick über die Leiche Yilys. Es loderte um ihre Füße, und über ihren Köpfen flatterten geflügelte Schatten, die Eulen oder andere Nachtvögel sein konnten.

Ein bösartiges Zischen, und der Hang war von Reptilien übersät. Täuschungen? Alle – oder nur ein Teil. Aber geschaffen, begriff Craike, um die Gedanken der Feinde zu beschäftigen. Er fügte ein paar der seinen hinzu – einen Wolf, der im Schatten lauerte, sprang und verschwand, als seine Pfote ein Hexenfeuer berührte.

Die anderen parierten so schnell, wie Takyas Angriff gewesen war. Ein gewaltiger Druck legte sich über sie, so spürbar, daß Craike nach oben sah, ob ein Berg auf sie zu stürzen drohte. Er hörte einen Warnschrei. Jetzt *war* eine schwarze Wolke sichtbar, eine immense Presse, die sich um sie schloß.

Feuerkugeln schossen aus den Hexenfackeln, und eine zerplatzte direkt in Craikes Gesicht und brannte seine Haut.

»Dummkopf!« Takyas Gedanken trafen ihn wie ein Peitschenhieb. »Täuschungen sind nur für den wirklich, der sie glaubt!«

Er gewann die Kontrolle zurück, und die Feuerkugel verschwand. Aber es hatte ihn heftig erschüttert. Dies war jenseits von allem Espertraining, das er je gehabt hatte, es war genau das, wogegen er konditioniert worden war. Er fühlte sich plump und schwerfällig, und es beschämte ihn, daß Takya die Last ihrer Verteidigung zu tragen hatte.

Craike runzelte die Stirn und entzog seine Hand ihrem Griff. Er nahm keinen Gedankenkontakt mir ihr auf, denn das Risiko, daß die Feinde seinen Plan erraten könnten, war zu groß. Es war ein äußerst gewagter Plan, aber man konnte die Schwarzmäntel nur über das Unerwartete bezwingen.

Eine neue Feuerkugel zischte auf ihn zu, und er sprang mit einem gewaltigen Satz auf die Terrasse und kam mit einem Ruck auf, der eine Lanze der Qual durch sein noch nicht verheiltes Bein sandte. Doch auf der Mauer stand noch immer ein Craike, Schulter an Schulter mit Takya. Diese Täuschung aufrechtzuerhalten, ließ ihn in Schweiß ausbrechen, während er leise davonschlich.

Er hatte Takya und die anderen mit seinen Täuschungen verblüffen können, aber es waren Kleinigkeiten gewesen, kurzfristige Erscheinungen, die keine Verfeinerung brauchten. Das Trugbild von sich selbst aufrechtzuerhalten, war in mancher Hinsicht leichter, denn es beruhte auf Selbstkenntnis, und schwerer, denn es mußte Meister der Täuschung täuschen.

Craike erreichte den Opferfelsen. Das Hexenlicht ließ die Böschung im Dunkel, und er kletterte vorsichtig, einen Pfeil fest in der Hand, zum Ufer hinunter.

Das Gefühl einer drückenden Last war hier noch stärker, und er bewegte sich, als wate er durch Fluten, die seine Glieder und seinen Geist umspülten. Er nahm den Pfeil zwischen die Zähne und kroch auf allen vieren zum Wasser. Ein Messer wäre weit besser gewesen, doch er hatte keine Zeit gehabt, das von Jorik auszubitten. Er ließ sich ins eiskalte Wasser gleiten und schwamm unter dem Brückenbogen hindurch.

Ohne große Schwierigkeiten erreichte er das Uferstück, wo das Boot der Schwarzmäntel gekentert war. Als er an Land kroch, fühlte er nasse Kleider unter seinen Händen, und ihm wurde klar, daß er diesen Teil des Flusses mit den Toten teilte. Dann, den Pfeil noch immer zwischen den Zähnen, kletterte Craike hinauf hinter die Stellung der Schwarzmäntel.

IX

Die Dornenhecke versperrte ihm den Weg, doch er konzentrierte sich darauf, die Täuschung zu brechen, und watete durch das Gestrüpp, das seinen Augen intakt erschien, doch dünne Luft für seine Schritte war. Dann stand er hinter den Schwarzmänteln. Takya stand auf der Mauer, und neben ihr der falsche Craike.

Jetzt!

Der falsche Craike wurde etwas größer, während sein Schöpfer sich für den Angriff sprungbereit machte. Der Craike auf der Mauer verwandelte sich – etwas, das Tousuths Aufmerksamkeit für ein oder zwei entscheidende Sekunden fesseln würde.

Aus dem Mann wurde ein Monster mit Flügeln, Hörnern, Säbelzähnen, allem Schmuck, den Craikes Phantasie erfinden konnte. Er hörte Rufe vom Turm.

Doch mit dem Pfeil fest in der Hand, sprang er und hatte nur einen Gedanken im Kopf, konzentrierte sich ausschließlich auf einen Punkt auf Tousuths Rücken.

Der Pfeil drang ein, tiefer und tiefer, und Tousuth sank in die Knie, schlug sich an die Brust und begann zu husten. Craike, mit einer ungekannten Wildheit, lehnte sich auf den Pfeil, um ihn noch tiefer zu treiben.

Hände schlossen sich um Craikes Kehle, schnürten ihm den Atem ab, zerrten ihn zurück. Er ließ den Pfeil los, um sich aus dem Würgegriff zu befreien. Roter Nebel legte sich über sein Denken, und ein Dröhnen in seinem Schädel übertönte die Rufe vom Turm.

Dann lag er am Boden und fühlte sich elend schwach, aber die Hände umklammerten seine Kehle nicht mehr, und er schnappte nach Luft. Feuerkugeln umschwirrten seinen Kopf, und er schloß die Augen wieder.

»Lord . . . Lord . . .!«

Der Ruf drang aus weiter Ferne zu ihm. Hände zerrten an ihm, und er versuchte, sich zu wehren. Doch als er die Augen öffnete, sah er in Joriks braunes Gesicht. Jorik war doch beim Turm . . . wie war er dorthin zurückgelangt? Er hatte doch Tousuth angegriffen? Oder war es nur eine Täuschung?

»Er ist nicht tot.«

Craike wußte nicht, ob es ihm galt. Er fühlte seine Kehle und wimmerte vor Schmerz. Dann griff ein Arm unter seine Schulter und richtete ihn auf. Ihm wurde schwindelig, und nur langsam rückten der graue Himmel und die Erde wieder an ihre gewohnten Plätze.

Takya war da, auch Nickus und Zackuth, und die Krieger der Schwarzmäntel, die über die Leichen hinweg das Mädchen anstarrten. Sie waren alle tot, die mit den Kapuzen. Tousuth lag mit dem Gesicht im Sand und seine Gefährten neben ihm.

Das Hexenmädchen sang. In ihren Händen hielt sie ein Geflecht aus schwarzem Haar. Die Männer aus Tousuths Gefolge krümmten sich, und ihre Angst war eine dunkle Wolke, die Craike sehen und fühlen konnte. Er packte Jorik und zog sich an ihm hoch. Er versuchte, Takya etwas zuzurufen, doch seine Stimme versagte. So warf er sich auf sie, und seine Hand griff das Haargeflecht, zerstörte es und packte dann Takyas Handgelenk.

»Genug!« Den Befehl sandte er in Gedanken.

Sie kauerte sich zusammen, wie eine Katze, die sich sprungbereit macht, und ihre Augen funkelten vor Angriffslust. Doch er wußte damit umzugehen und erkannte eine Spur Furcht in ihr. Seine Hände wickelten sich in ihr Haar.

»Es sind Menschen«, und zur Unterstreichung seiner Worte zog er an den Strähnen, »sie haben nur Befehle ausgeführt. Wir haben Krieg mit ihren Meistern, nicht mit ihnen!«

»Sie haben gejagt und sollen gejagt werden!«

»Ich bin gejagt worden so wie du, Hexenmädchen. Und solange ich lebe, soll es keine solche Jagd mehr geben, weder für den Hund noch für die Beute.«

»Solange du lebst . . .« Es klang wie eine Drohung.

Craike ließ ein heiseres Krächzen hören, das als Lachen gemeint war. »Du selbst hast diesen Pfeil in den Bogen gelegt, Takya!«

Mit einer Hand hielt er ihr Haar, mit der anderen schnappte er das

Messer an ihrem Gürtel, das sie von Nickus geliehen und nicht zurückgegeben hatte. Sie schrie und wehrte sich mit Händen und Füßen, versuchte, ihn zu beißen. Er bezwang sie mit Grobheit, ohne ihr Haar loszulassen. Dann zerschnitt er die seidigen Strähnen mit dem gut geschärften Messer und vollzog, was den Schwarzmänteln nicht gelungen war.

»Ich lasse dir keine Waffe, Takya. Du wirst hier nicht herrschen, wie du es geplant hast . . .« Hundertfach stärker überkam ihn wieder das Hochgefühl des Sieges. »Für eine Weile werde ich dir deine hübschen Krallen stutzen!« Er fragte sich, wie lange es wohl dauerte, bis ihr Haar nachgewachsen war. Jedenfalls hatten sie eine kleine Atempause, bevor ihre Kraft zurückkehrte.

Während er ihre Schultern noch immer gefangen hielt und in seiner anderen Hand ihre schwarze Mähne lag, wandte er sich den Kriegern zu.

»Sag ihnen, sie sollen gehen«, befahlen ihr seine Gedanken, »und ihre Toten mitnehmen.«

»Geht jetzt, und nehmt diese mit euch!« sprach sie mit steinerner Ruhe.

Einer der Männer fiel auf die Knie neben Tousuths Leiche und verbeugte sich vor Craike.

»Wir sind deine Hunde, Meister.«

Craike fand endlich seine Stimme wieder. »Ihr seid niemandes Hunde, denn ihr seid Menschen. Geht nach Sampur und berichtet dort, daß es keine Macht mehr gibt, die Hund und Hirsch erzeugt. Sollte es welche geben, die Tousuths Schicksal teilen wollen, so mögen sie es sich beim Anblick seiner Leiche noch einmal überlegen.«

»Lord, werdet auch Ihr nach Sampur kommen, um zu herrschen?« fragte der andere scheu.

Craike lachte: »Nicht, bevor ich nicht meine Herrschaft woanders etabliert habe. Geht nach Sampur und laßt uns in Ruhe.«

Er wandte sich von den Kriegern ab und führte die schweigende Takya, deren Schultern er noch immer umfaßt hielt, zum Turm zurück. Die Bogenschützen blieben zurück und er und das Mädchen waren allein, als sie die Terrasse erreichten. Er blieb stehen und sah in ihr gefaßtes, ausdrucksloses Gesicht.

»Was soll ich mit dir tun?«

»Du hast mich beschämt und meine Kraft von mir genommen. Was tut ein Krieger mit einem weiblichen Sklaven?« Sie formte ein deutliches Gedankenbild und schleuderte es ihm entgegen wie damals den Stein auf dem Felsplateau.

Mit der linken Hand schlug er ihr ihr Haar übers Gesicht.

»Ich habe niemanden zu meinem Sklaven gemacht, Takya. Geh fort und bekämpfe mich aufs Neue, wenn dein Haar nachgewachsen ist.«

Sie sah ihn mit unverhohlener Überraschung an. Dann lachte sie und packte das Haarbüschel, riß es ihm aus der Hand und stopfte es sich in den Ausschnitt.

»So sei es, Ka'rak. Krieg ist zwischen uns. Aber ich werde noch nicht so bald von hier fortgehen.« Sie befreite sich aus seinem Arm, und er hörte ihre Schritte, als sie die Treppe hinauf in ihr Turmzimmer stieg.

»Sie sind unterwegs, Lord Ka'rak, und werden wohl kaum wieder zurückkehren.« Jorik kam ihm entgegen und streckte sich. »Es war nicht gerade ein Kampf nach meinem Geschmack. Mir sind ehrliche Hiebe lieber als all der Zauber, auch wenn er so erfolgreich ist.«

Craike ließ sich neben dem Feuer nieder. Er stimmte aus vollem Herzen zu. Jetzt, wo alles vorbei war, fühlte er seine Erschöpfung.

»Ich nehme auch nicht an, daß sie zurückkommen werden«, krächzte er mit dünner Stimme und spürte seine mißhandelte Kehle.

Nickus kicherte, und Zackuth lachte sein dröhnendes Lachen. »Nachdem sie gesehen haben, wie Ihr mit der Lady umgesprungen seid, wünschen sie nichts mehr, als außer Eurer Reichweite zu sein, und zwar so schnell wie möglich. Und wenn die Leute in Sampur sehen, was sie mitbringen, werden wir wohl kaum von irgendwem mit gezogenem Schwert belästigt werden. Nun«, Jorik schlug sich auf seine stattliche Mitte, »ich könnte jetzt etwas Fleisch für meinen Magen vertragen. Und Ihr, Lord Ka'rak, solltet auch etwas essen, Ihr habt es verdient.«

Niemand erwähnte Takya, und niemand rief nach ihr, nachdem das Fleisch gebraten war. Craike war es zufrieden. Er war viel zu müde für irgendwelche weiteren Heldentaten.

Nickus summte eine Melodie vor sich hin, während er seinen Bogen entspannte und vor der Feuchtigkeit schützte. Craike bemerkte, daß der junge Mann ihn aus dem Augenwinkel musterte. Auch Jorik schien höchst belustigt und klopfte den Takt zu Nickus' Lied. Craike setzte sich unbehaglich zurecht. Er fühlte sich wie ein Schauspieler, der seinen Text vergessen hatte, wie ein Novize, von dem ein Ritual erwartet wurde, das er nicht kannte. Er konnte sich nicht vorstellen, was sie von ihm wollten, und war viel zu müde, um eine Gedankenübertragung zu versuchen. Er wollte nichts als schlafen, und sobald er mühsam den letzten Bissen geschluckt hatte, ließ er sich auf sein Lager fallen. Noch im Halbschlaf hörte er die überraschte Äußerung von Nickus: »Er geht nicht zu ihr!«

Joriks Antwort klang billigend: »Um so jemanden wie die Lady Takya zu meistern, wird er voll im Vollbesitz seiner Geistes- und Körperkräfte sein müssen. Er ist so klug, die Früchte seines Sieges nicht herunterschlingen zu wollen, ehe sich der Staub des letzten Kampfes gelegt hat. Sie gehört ihm, aber sie ist kein sanftes Lamm, das sich leicht zähmen läßt.«

Weder am nächsten noch am übernächsten Tag ließ Takya sich blicken. Und Craike machte keinerlei Anstalten, zu ihr zu gehen. Seine Gefährten vermieden es sorgfältig, ihre Abwesenheit zu bemerken. Sie arbeiteten

Hand in Hand, reinigten und reparierten den Turm und seine Umgebung oder gingen jagen und räucherten Fleisch. »Denn«, so erklärte Jorik, »der Winter naht, und wir müssen uns bis dahin ein gemütliches Plätzchen bereitet haben.« Er hielt inne und blickte gedankenvoll den Fluß hinunter. »Dies ist auch die Zeit, wo die Bauern ihre Waren zum Markt tragen. Es gibt Händler in Sampur. Wir könnten unsere Felle anbieten, auch wenn sie noch nicht gegerbt sind, und gegen Salz und Getreide tauschen. Und ein Bogen . . . dieser Kaluf, von dem Ihr gesprochen habt, würde der nicht einen guten Preis für eine solche Waffe zahlen?«

Craike zog die Augenbrauen hoch. »Sampur? Sie haben wenig Grund, uns in Sampur willkommen zu heißen.«

»Gegen Euch und die Lady Takya mögen sie aus Furcht Vorbehalte haben. Aber wenn Zackuth und ich uns als wandernde Jäger verkleiden . . . Zackuth ist einer der Kinder Noahs, er könnte mit seinen Landsleuten handeln. Wir brauchen Vorräte, Lord, bevor die Kälte einbricht, und dies hier ist eine zu schöne Festung, um sie aufzugeben.«

So wurde beschlossen, daß Jorik und Zackuth ihr Glück mit den Händlern versuchen sollten, und Nickus ging jagen und säte Schrecken in die wandernden Herden. Craike bewachte den Turm.

Nachdem er sie von der Terrasse aus verabschiedet hatte, sah er die weiße Eule aus dem schmalen Fensterschlitz des Turmzimmers fliegen, und ihr Schrei klang wie ein Klagen. Einem plötzlichen Impuls folgend, ging er hinein und stieg die Treppen hinauf. Sie hatte lange genug geschmollt. Diesen Gedanken sandte er voraus wie einen Befehl. Sie antwortete nicht. Craikes Herz schlug schneller. War . . . war sie fort? War es möglich, daß sie an der Außenwand hinuntergeklettert war?

Er sprang die letzten Stufen hinauf und stürmte in den Raum. Dort stand sie mit hocherhobenem Kopf, als hätte sie und nicht er den Sieg davongetragen. Bei ihrem Anblick blieb Craike stehen. Doch dann eilte er zu ihr, denn für diesen Augenblick waren die Gepflogenheiten in seiner Welt eindeutig, und er wußte, was er zu tun hatte und was er tun wollte. Wenn diese Erkenntnis einer von Takyas Zaubertricks war, so war ihm das jetzt egal.

Ein wenig später erregte ihn die Berührung seidigen Haares auf seinem Körper, das Streicheln ihrer kühlen Finger, die seine Wunden geheilt hatten. Es war ein schwarzes Band, das sie um ihn schlang, während sie leise Worte murmelte und ihn mit dem Band, das sie aus ihren Haaren geflochten hatte umwickelte.

»Meine Kette, die dich fesselt, Mann der Kraft«, sagte sie.

Er nahm ihren Kopf zwischen seine Hände und küßte sie.

»Mein Siegel auf deinen Mund, Hexe.«

»Was Tousuth getan hätte, hast du an seiner Statt vollzogen«, bemerkte sie nachdenklich, nachdem er sie wieder losgelassen hatte. »Nur durch dich kann ich fortan meine Kraft einsetzen.«

»Was für dieses Land und die, die es bewohnen, von Vorteil sein dürfte«, lachte er. »Wir sind nun an ein gemeinsames Schicksal gebunden, meine Lady von den Flußtürmen.«

Sie setzte sich auf und strich sich mit beiden Händen durchs Haar.

»Es wird nachwachsen«, tröstete er.

»Zu nichts weiter als dem Schmeicheln meiner Eitelkeit. Ja, wir sind aneinander gebunden. Doch du bereust es nicht, Ka'rak . . .«

»Genausowenig wie du, Hexe.« Es bestand keinerlei Schranke mehr zwischen ihren Gedanken noch zwischen ihren Körpern. »Welche Zukunft wirst du uns nun spinnen?«

»Eine großartige. Tousuth wußte um meine mögliche Kraft und Macht. Jetzt werde ich sie wahr machen.« Sie hob ihr Kinn. »Und du mit mir, Ka'rak. Hiermit«, ihre Hand legte sich auf den Haargürtel.

»Du wirst uns zweifellos als Herrscher über Sampur einsetzen?« sagte er träge.

»Sampur!« schnaubte sie. »Die Welt ist groß . . .« Sie breitete die Arme weit aus, als wolle sie alles umfassen, was jenseits der Turmmauern lag.

Eifersüchtig zog Craike sie wieder zu sich. »Dafür ist mehr als genug Zeit. Diese Stunde gehört etwas anderem, selbst in der Welt eines Hexers.«

Arme kleine Samstag

Madeleine L'Engle

Madeleine L'Engle ist eine der beliebtesten neueren Kinderbuchautorinnen. Ihre berühmtesten Bücher für junge Menschen sind beide Fantasy-Romane: *A Wrinkle in Time* (1963; dt. als *Spiralnebel 101*, 1974, bzw. *Die Zeitfalte*, 1984), das den Newbery Medal Award als bestes Kinderbuch des Jahres gewann, und *A Swiftly Tilting Planet*, Preisträger des National Book Award for Children's Literature 1980 (dt. *Durch Zeit und Raum*, 1985). Alle beide gehören zu ihrer ›Zeit‹-Trilogie, der mittlere Band davon ist *A Wind in the Door* (1973; dt. *Der Riß im Raum*, 1985). Ein weiterer Fantasy-Roman für jüngere Leser ist *A Ring of Endless Light* (1980).

»Arme kleine Samstag« (sic!) erschien in der Oktoberausgabe 1956 des verblichenen und vielbetrauerten *Fantastic Universe* und ist ihre einzige bekannte Publikation in den Genre-Magazinen.

Die Zauberfrau lebte in einem verlassenen, mit Brettern vernagelten Plantagenhaus, das zu einer Plantage gehört hatte, und niemand außer mir wußte von ihr. Niemand in der geräuschvollen kleinen Stadt in Südgeorgia, wo ich wohnte, als ich ein kleiner Junge war, ahnte, daß man, wenn man die staubige Hauptstraße bis zum Ende ging, da, wo das Postamt war, und dann links abbog und dem Weg ein Stück weit folgte, bis man zu dem rostigen Tor zur Einfahrt des Plantagenhauses kam, daß man dort Dinge erleben konnte, bei denen einem die Augen aus dem Kopf traten. Es war reines Glück gewesen, daß ich es herausgefunden hatte. Oder vielleicht war es auch überhaupt kein Glück. Vielleicht wollte die Zauberfrau, daß ich es wegen Alexandra herausfände. Aber jetzt wünschte ich, ich hätte es nie herausgefunden, denn die Zauberfrau und Alexandra sind auf immer fort, und das ist viel schlimmer, als wenn ich sie nie gekannt hätte.

In dem Plantagenhaus hatte seit dem Bürgerkrieg niemand mehr gewohnt, nachdem Colonel Londermaine gefallen war und seine hübsche, junge Frau Alexandra Londermaine sich am Lüster des Ballsaales aufgehängt hatte. Eine Weile, bevor ich zur Welt kam, hatten irgendwelche Nordstaatler es gekauft, aber nach wenigen Jahren waren sie nicht mehr wiedergekommen, und die Leute sagten, das läge daran, daß es im Haus spuke. Alle paar Jahre versuchten Banden aus Jungen oder Männern, das Haus auszukundschaften, aber niemand fand jemals irgend etwas, und es war so gut vernagelt, daß es nicht leicht war, einzudringen. Und so verlor die Stadt nach und nach das Interesse an ihm. Niemand kletterte mehr über die Mauer und spazierte auf dem Gelände herum.

Während des Sommers ging ich oft dorthin, weil ich heftige Malariaanfälle hatte und es nicht aushielt, auf meinem eisernen Bett in meinem Zimmer zu liegen, mit den Fliegen, die um mich herumsurrten, und auch nicht in der Hängematte unter dem Vordach, wo ich das Kreischen und Lachen der anderen Kinder hörte. Ich hatte so heftige Kopfschmerzen, daß ich nicht lesen konnte, und ich schleppte mich die Straße entlang, schlurfte barfuß durch den Staub, den ausgefransten Strohhut auf dem Kopf, der mich vor der glühenden Sonne schützen sollte, und ich schwitzte und schlotterte abwechselnd. Manchmal schien es Stunden zu dauern, bis ich das eiserne Tor erreichte, wo die Mauer am niedrigsten war. Oft mußte ich mich erst minutenlang in das hohe, kitzelnde Gras legen bis ich die Kraft hatte, auf die Mauer zu steigen und mich auf die andere Seite fallen zu lassen.

Aber sobald ich drinnen war, schien es kühler zu sein. Das Seltsame an meinem Schüttelfrost war, daß er weniger heftig kam, wenn es kühl war. Zuhause, wo sogar die Wände und der Steinboden sich heiß anfühlten, war es viel schlimmer. Das Gelände war dicht von Eichen bewachsen, die niemand gestutzt hatte, und sie bildeten ein fast geschlossenes, grünes

Dach. Auf dem Boden wuchs Farn, der weich und kühl war, wenn man sich hineinlegte, und wenn ich mich hinwarf und nach oben sah, war das Blätterdach so dicht, daß ich den Himmel manchmal überhaupt nicht sehen konnte. Das Sonnenlicht, das hindurchdrang, hatte sein helles, mitleidloses Brennen verloren und fiel in sanften, goldenen Strahlen ein, die nicht auf der Haut sengten.

An einem heißen Nachmittag Anfang September, der der heißeste Monat bei uns ist (wenn die Hitze einen sowieso schon zermürbt hat), machte ich mich auf den Weg zur Plantage. Die Hitze lag brütend über der Straße. Alles, was man sah, wirkte, als betrachtete man es durch eine unebene Glasscheibe. Der Boden war so heiß, daß es mich sogar an den verhornten Fußsohlen brannte, und bei jedem Schritt wirbelten Staubwolken vor mir auf. Ich dachte, ich würde die Plantage niemals erreichen. Schweiß rann mir in die Augen, aber es war kalter Schweiß, und ich schlotterte so, daß mir die Zähne klapperten. Als ich mich schließlich über die Mauer gehievt hatte und mich in mein weiches, grünes Farnbett fallen ließ, hatte ich trotz der Extradosis Chinin und ein wenig 666 Malariamedizin, die mir meine Muter an diesem Morgen verabreicht hatte, einen besonders schlimmen Anfall von Schüttelfrost. Ich schloß die Augen, klammerte mich an den Farn und biß die Zähne zusammen, hoffend, der Anfall gehe bald vorüber. Da hörte ich eine leise Stimme rufen: »Junge.«

Ich dachte zuerst, ich sei im Delirium, denn bei schlimmen Anfällen kam das manchmal vor, aber dann erinnerte ich mich, daß ich es nie merkte, wenn ich im Delirium war; all die seltsamen Dinge, die ich dann sah und hörte, schienen mir völlig normal und natürlich. Und als die Stimme noch einmal »Junge« rief, so klar und deutlich wie eine Singdrossel bei Sonnenaufgang, öffnete ich die Augen.

Neben mir im Farn kniete ein Mädchen. Sie schien etwas jünger zu sein als ich. Ich war fast fünfzehn, und sie mochte vierzehn sein. Sie trug ein blauweiß bedrucktes Baumwollkleid, und ihr Gesicht war blaß, nicht kränklich blaß wie meines unter der Sonnenbräune, sondern blaß, wie es schön ist. Sie hatte große, blaue Augen und dunkles Haar, das sie in zwei schweren, langen Zöpfen trug. Sie sah mich an.

»Du fühlst dich nicht gut, nicht wahr?« sagte sie, nicht besorgt oder mitleidig, sondern mit wissenschaftlichem Interesse.

»Nein«, flüsterte ich und fürchtete fast, daß sie verschwinden würde, wenn ich sprach, denn ich hatte noch nie jemanden hier gesehen, und ich dachte, daß ich vielleicht starb, denn ich fühlte mich so elend, daß es mir vielleicht die Fähigkeit gab, das Gespenst zu sehen. Aber das Mädchen in dem blauweißen Kleid sah sehr lebendig aus.

»Du solltest besser mitkommen«, sagte sie. »Sie wird dich in Ordnung bringen.«

»Wer ist sie?«

»Ach – ganz einfach sie.«

Mein Schüttelfrost hatte etwas nachgelassen, und als sie aufstand, rappelte ich mich auch hoch. Als sie sich aufrichtete, war unter ihrem Kleid ein weißer Rüschenrock zu sehen, und auf ihren Knien hatte Moos Flecken hinterlassen. Und da ich mir dachte, daß das einem Gespenst nicht passieren könne, folgte ich ihr zum Haus. Sie ging nicht die verrotteten Stufen zu der weinüberwucherten Terrasse hinauf, sondern um das Haus herum auf die andere Seite, wo der Kellereingang lag. Die Tür war von Sonne und Regen verwittert, aber der Eingang sah sauber aus, denn jemand hatte Blätter und Rindenstücke des nahestehenden Eukalyptusbaumes beiseitegefegt. Man sah, daß dieser Eingang häufig benutzt wurde.

Das Mädchen öffnete die Tür. »Geh du voraus«, meinte sie. Ich ging die Stufen hinunter, die aus Stein waren und angenehm kühl unter meinen nackten Füßen. Sie folgte mir, und als sie die Tür hinter sich schloß, war es stockfinster. Mich packte Angst, bis ich ihre sanfte Stimme in der Dunkelheit hörte: »Junge, wo bist du?«

»Hier.«

»Nimm lieber meine Hand, damit du nicht stolperst.«

Ich tastete im Dunkel und fand ihre Hand. Ihre Finger waren lang und kühl und schlossen sich fest um die meinen. Sie bewegte sich mit geübter Sicherheit und Vertrautheit.

»Der arme Sam ist ganz im Finstern«, sagte sie. »Aber er mag das. Er schläft manchmal wochenlang ohne Unterbrechung. Manchmal schnarcht er fürchterlich. Hallo, Sam«, rief sie freundlich. Ein leises, blubbernd schnaufendes Geräusch war die Antwort, und sie lachte vergnügt: »Ach, Sam, du bist süß!« Und wieder kam das Schnauben zur Antwort. Dann zog das Mädchen mich weiter, und wir kamen in eine riesige, staubige Küche. Eiserne Kessel, Töpfe und Pfannen hingen zu beiden Seiten des großen Herdes, auf dem Marmortisch stand eine Schüssel mit Mehl, und daneben lag eine Teigwalze. Das Mädchen nahm eine brennende Kerze vom Regal.

»Ich bin dabei, Kekse zu backen«, erklärte sie, als sie meinen Blick auf den Tisch gerichtet sah. Sie ließ meine Hand los. »Komm mit.« Sie ging schnell aus der Küche, und ich folgte ihr durch das Eßzimmer, dessen alter Mahagonitisch dick von Staub bedeckt war. Die Bilder an den Wänden waren mit Tüchern verhängt. Dann kamen wir in den Ballsaal. Die Spiegel zu beiden Seiten waren fleckig und fast blind; vor dem einen stand ein einzelner, goldener Stuhl, dessen Polster mit blaßrosanem und silberdurchwirktem Stoff bezogen waren. Er schien außerordentlich gut erhalten zu sein. Von der Decke hing der Kronleuchter, an dem Alexandra Londermaine sich aufgehängt hatte, und in seinen Kristallen brach sich das Licht der flackernden Kerzenflamme in glitzernden Regenbogenfarben. Das Mädchen tanzte vor mir her, leichtfüßig und graziös, und ihr weites, blauweißes Baumwollkleid flog um sie herum. Beim Tanzen sah sie sich in den alten Spiegeln selbst zu, und die Kerzenflamme flackerte in ihrer Hand.

»Du zitterst nicht mehr. Was werde ich Ihr jetzt sagen?« fragte sie, während wir die breite Mahagonitreppe hinaufgingen. Es war sehr dunkel, und sie ergriff wieder meine Hand. Bevor wir oben ankamen, überfiel mich ein neuer Anfall von Schüttelfrost. Befriedigt spürte sie, wei meine Hände zitterten. »Oh, es hat wieder angefangen. Das ist gut.« Sie öffnete eine der großen Flügeltüren.

Als ich in den Raum blickte, der einst Colonel Londermaines Arbeitszimmer gewesen sein mußte, glaubte ich, das was ich sah, sei ganz bestimmt ein Traum oder die Halluzination eines Deliriums. An dem großen Tisch in der Mitte des Raumes saß die außergewöhnlichste Frau, die ich je gesehen hatte. Mir schien sie wunderschön, auch wenn sie den in unserer Stadt festgelegten Schönheitskriterien überhaupt nicht entsprach. Obwohl sie saß, war ich überzeugt, daß sie wirklich sehr hochgewachsen sein mußte. Vor ihr auf dem Tisch stapelten sich mehrere mächtige Folianten, und sie hatte den Finger auf einer aufgeschlagenen Seite, doch sie las nicht. Sie hatte sich in dem geschnitzten Stuhl zurückgelehnt, und ihr Kopf ruhte an einem blau und gold bestickten Seidentuch, das über der Rückenlehne hing. Mit der anderen Hand streichelte sie ein Rehkitz, das auf ihrem Schoß zusammengerollt schlief. Sie hatte die Augen geschlossen, und ich konnte mir nicht vorstellen, von welcher Farbe sie sein mochten. Es hätte mich nicht überrascht, wenn sie bernsteinfarben geleuchtet hätten oder in dem dunklen Purpur ihres Samtkleides. Ihr volles Haar, das die Farbe von Mahagoni im Feuerschein hatte, war ziemlich kurzgeschnitten und stand wie eine Flamme um ihren Kopf. Unter ihren geschlossenen Augen waren dunkle Schatten und um ihren Mund tiefe Kummerfalten. Ansonsten gab es keine Zeichen von Alter in ihrem Gesicht, und es hätte mich nicht überrascht zu erfahren, daß sie fünfundzwanzig oder hundert Jahre alt war. Ihr Mund war groß und beweglich, und sie sang etwas mit tiefer, voller Stimme. Zwei Katzen, eine weiße und eine schwarze, lagen jede auf einem Buch zusammengerollt und schliefen, und als wir die Tür geöffnet hatten, erhob sich neben ihr leise ein Leopard. Er knurrte nicht und bewegte sich auch nicht auf uns zu. Er stand nur da und beobachtete uns abwartend.

Das Mädchen stieß mich sanft an und legte einen Finger auf den Mund, um mich zu ermahnen, still zu sein, aber ich hätte sowieso nichts gesagt, ich konnte gar nichts sagen. Meine Zähne klapperten, und ich hatte meinen Anfall ganz vergessen, so fasziniert war ich von dieser

Frau, die dort saß, den Kopf an das seidenbestickte Tuch gelehnt, und aus deren Kehle weiche, volle Töne kamen. Langsam formten sich die Töne zu Worten, und wir lauschten. Die Katzen schliefen unbeeindruckt, doch der Leopard lauschte ebenfalls:

»Hoch in dem Turm aus Elfenbein
  Mit Fenstern dicht verhangen
Hab' ich manch selt'ne Blüte fein,
  Hier schlafen dicht beisammen.

Das Rehkitz und der Leopard
  Und breiten ihre Schwingen
Wohl Vögel ganz besond'rer Art,
  Wenn zart die Maiden singen.

Hier leg' ich die Zauberkarten aus,
  Hier flammt mein Zauberkreis,
Mit Zeichen kenne ich mich aus.
  Was ungenannt, ich weiß.

Und sitzend hier in meinem Traum
  Seh' ich mich selber wachen,
Ein Todesschrei erfüllt den Raum,
  Hör' im Gebälk ein Krachen ...«

Ihr Lied war nicht beendet, doch sie öffnete die Augen und blickte uns an. Jetzt, wo seine Herrin wußte, daß wir da waren, schien der Leopard sich auf mich stürzen zu wollen, um mich mit einem einzigen Happen zu verschlingen, doch sie legte ihre Hand auf sein saphierbesetztes Halsband und hielt ihn zurück.

»Nun, Alexandra«, sprach sie, »wen haben wir denn hier?«

Das Mädchen hielt noch immer meine Hand in ihren langen, kühlen Fingern und gab zur Antwort: »Es ist ein Junge.«

»Das sehe ich. Wo hast du ihn gefunden?«

Ihre Stimme ließ Schauder über meinen Rücken laufen.

»Im Farnbett. Er zitterte. Siehst du? Er zittert noch immer. Hat er einen Anfall?«

»Komm her, Junge«, die Frau winkte mich heran.

Als ich mich nicht rührte, gab Alexandra mir einen Schubs, und ich näherte mich langsam. Die Frau zupfte dem Leoparden am Ohr und befahl: »Leg dich hin, Tammuz.« Sie streckte mir die Hand entgegen. Wenn Alexandras Hände sich schon fest und kühl anfühlten, so hatten die ihren die Kraft des Ozeans und die Kühle von Jade. Sie sah mich lange an, und ihre Augen waren tiefblau, viel blauer noch als die von

Alexandra und so dunkel, daß sie fast schwarz wirkten. Als sie wieder sprach, klang ihre Stimme warm und zärtlich: »Du glühst im Fieber. Malaria?« Ich nickte. »Das bringe ich in Ordnung.«

Sie stand auf und legte das schlafende Reh neben den Leoparden, und sie war längst nicht so groß, wie ich erwartet hatte; dennoch erweckte sie den Eindruck beträchtlicher Größe. Aus einigen der Bücherregale in der einen Ecke waren die Bücher entfernt, und statt dessen verschieden geformte Fläschchen und Flaçons und Retorten aufgereiht worden. Daneben stand ein Skelett. Es gab ein säurebeflecktes Becken, und die ganze Ecke sah aus wie ein Chemielabor. Sie nahm ein bernsteinfarbenes Fläschchen aus dem Regal und goß einen Tropfen seines Inhalts in ein Glas Wasser. Als der Tropfen mit dem Wasser in Berührung kam, gab es ein zischendes Geräusch, und eine Wolke dichten Qualms stieg auf. Nachdem sich der Qualm verzogen hatte, reichte sie mir das Glas und sagte: »Trinke, trinke mein Junge.«

Meine Hand zitterte so, daß ich das Glas kaum halten konnte. Sie sah das, nahm mir das Glas wieder ab und hielt es an meine Lippen.

»Was ist das?« fragte ich.

»Trinke!« gab sie zurück und drückte mir das Glas gegen die Zähne. Beim ersten Schluck verschluckte ich mich fast, aber sie zwang mich, auch den Rest der scharfen Flüssigkeit zu trinken. Mein ganzer Körper brannte. Es fühlte sich an, als loderten Flammen in jeder meiner Adern, und der Raum und alles, was darin war, drehte sich. Als ich mein Gleichgewicht wiederzuerlangen begann, keuchte ich: »Was ist das?«

Lächelnd antwortete sie:

»Neun Pfauenherzen, vier Fledermauszungen, eine Prise Mondstaub und zwei Kolibrilungen.«

Dann stellte ich eine Frage, die ich niemals zu fragen gewagt hätte, wäre ich nicht noch halbtrunken von dem Gebräu gewesen: »Bist du eine Hexe?«

Sie lächelte wieder und gab zur Antwort: »Das ist mein Beruf.«

Da sie mich nicht mit einem Feuerblitz erschlagen hatte, fuhr ich fort: »Reitest du auf einem Besen?«

Diesmal lachte sie herzhaft. »Ich kann, wenn ich will.«

»Ist das . . . ist das sehr schwierig?«

»Zu Anfang ungefähr wie bei einem ungezähmten Pferd, aber ich war immer eine gute Reiterin, und jetzt kann ich's recht ordentlich. Inzwischen kann ich sogar im Damensitz darauf reiten, auch wenn ich mich im Reitersitz sicherer fühle. Ich habe mein Pferd auch immer so geritten. Aber die größten Hexen reiten im Damensitz . . . So, nun lauf nach Hause. Alexandra muß ein paar Lektionen lernen, und ich muß arbeiten. Kannst du schweigen, oder muß ich dich vergessen machen?«

»Ich kann schweigen.«

Sie sah mich an, und ihre Augen brannten in mich hinein wie der Trank, den sie mir gegeben hatte. »Ja, ich glaube, du kannst schweigen«, sagte sie. »Komm morgen wieder, wenn du magst. Tammuz wird dich hinausgeleiten.«

Der Leopard erhob sich und ging zur Tür. Als ich mich nicht rührte, weil ich mich nicht losreißen konnte, kam er zurück und zog sanft, aber bestimmt an meinem Hosenbein.

»Auf Wiedersehen, Junge«, sagte die Zauberfrau. »Und du wirst keinen Schüttelfrost und keine Fieberanfälle mehr haben.«

»Auf Wiedersehen«, sagte ich. Ich sagte nicht danke. Ich sagte auch Alexandra nicht auf Wiedersehen. Ich folgte dem Leoparden hinaus.

Sie erlaubte mir, jeden Tag zu kommen. Ich denke, sie war einsam. Schließlich war ich der einzige mit einem Leben unabhängig von dem ihren. Und langfristig gesehen, verdanke ich es ihr, ein eigenes Leben zu haben. Ich bin so sehr eines ihrer Geschöpfe wie Tammuz, der Leopard, oder die beiden Katzen Aschtoret und Orus (erst viele Jahre, nachdem ich die Zauberfrau zum letzten Male gesehen hatte, erfuhr ich, daß dies die Name der gefallenen Engel waren).

Auch heilte sie wirklich meine Malaria. Meine Eltern und die Leute in der Stadt glaubten, daß ich einfach herausgewachsen war. Ich wurde zornig, wenn sie so leichthin darüber redeten, und hätte ihnen gerne erzählt, daß es die Zauberfrau war, aber ich wußte, daß ich auf ewig verdammt sein würde, wenn ich nur ein Sterbenswörtchen über sie verriet. Mamma meinte, wir sollten der 666-Malaria-Medizin-Firma ein Anerkennungsschreiben schicken, damit sie uns vielleicht ein paar Dollar zahlen würden.

Alexandra und ich wurden sehr gute Freunde. Sie war ein seltsames, zurückhaltendes Wesen. Sie mochte es, wenn ich ihr zusah, während sie im Ballsaal allein tanzte oder eine imaginäre Harfe spielte . . . und manchmal bildete ich mir ein, die Musik zu hören. Eines Tages nahm sie mich mit ins Gesellschaftszimmer und enthüllte ein Portrait, das zwischen zwei der großen, vernagelten Fenster hing. Dann trat sie einen Schritt zurück und hielt die Kerze so, daß das Bild gut beleuchtet war. Es hätte ein Bild von Alexandra selbst sein können oder von Alexandra, wie sie in fünf Jahren aussehen mochte.

»Das ist meine Mutter«, sagte sie, »Alexandra Londermaine.«

Soviel ich aus den Geschichten wußte, die man sich in der Stadt erzählte, hatte Alexandra Londermaine nur ein Kind gehabt, und das war tot zur Welt gekommen, bevor sie sich am Leuchter im Ballsaal erhängt hatte . . . und außerdem konnte ihr Kind bestenfalls Alexandras Mutter oder Großmutter sein. Aber ich sagte nichts, denn wenn Alexandra wütend wurde, wurde sie wild wie eine der Katzen, sprang mich an, kratzte und biß mich. Ich sah das Portrait lange schweigend an.

»Siehst du, sie trägt einen Ring wie ich«, sagte Alexandra und hielt ihre linke Hand hoch, an deren Ringfinger sie den schönsten Saphir- und Diamantring trug, den ich je gesehen hatte, oder besser: als ich mir vorstellen konnte – denn er war anders als irgendein Ring, den selbst die Reichsten unter den Stadtleuten besaßen. Dann wurde mir klar, daß Alexandra mich hierher gebracht hatte, um mir den Ring auf möglichst eindrucksvolle Weise zu präsentieren, denn sie hatte vorher nie einen Ring getragen.

»Wo hast du ihn her?« wollte ich wissen.

»Oh, sie hat ihn mir gestern abend gegeben.«

»Alexandra«, fragte ich unvermittelt, »seit wann bist du hier?«

»Ach, schon eine Weile.«

»Aber wie lange?«

»Hm, ich erinnere mich nicht.«

»Aber du mußt sich doch erinnern.«

»Ich weiß es nicht mehr. Ich kam einfach . . . so wie der arme Sam.«

»Wer ist das?« fragte ich und dachte zum erstenmal an wer immer es war, der dieses sanft blubbernde Geräusch gemacht hatte, als ich Alexandra zum ersten Mal begegnet war.

»Was? Wir haben dir Sam nie gezeigt?« rief sie. »Ich glaube, es ist in Ordnung, aber wir sollten zuerst *sie* fragen.«

Wir gingen also zum Zimmer der Zauberfrau und klopften. Wie immer öffnete Tammuz die Tür, und die Zauberfrau blickte von ihrem Experiment auf, das sie mit Teströhrchen und Retorten machte. Das Rehkitz lag wie immer schlafend zu ihren Füßen. »Nun?« fragte sie.

»Darf ich ihm den Armen Kleinen Samstag zeigen?« fragte Alexandra.

»Ja, ich denke schon«, antwortete sie. »Aber nicht necken.« Dann wandte sie uns den Rücken zu und beugte sich wieder über ihre Teströhrchen, während Tammuz uns aus dem Raum stubste.

Wir gingen in den Keller hinunter. Alexandra zündete eine Kerze an und führte mich in die von der Tür am weitesten entfernte Ecke zu einem Verschlag. In dem Verschlag stand ein zweihöckriges Kamel. Ich konnte nicht anders und mußte lachen, denn es hatte so ein albernes Grinsen im Gesicht, als es Alexandra ansah und alle seine Zähne entblößte, während es Blasen dazwischen herausblies.

»Sie hat gesagt, wir sollen ihn nicht necken«, tadelte Alexandra mich ernsthaft und rieb ihre Wange an seiner pelzigen Nase.

»Aber was . . .« setzte ich an.

»Sie reitet ihn manchmal«, erklärte Alexandra und hielt ihm die Hand hin, an der er mit seinen Lippen knabberte. »Aber meistens spricht Sie mit ihm. Sie sagt, er ist sehr weise. Manchmal geht er in Ihr Zimmer hinauf, und sie reden und reden. Ich verstehe kein Wort von dem, was sie sagen. Sie sagt, es ist Hindu und Arabisch. Manchmal kann ich mich an kleine Fetzen erinnern, wie: *iderow, sorcabatcha* und *anna bihed bech*. Sie sagt, ich darf die Sprachen lernen, wenn ich mit Französisch und Griechisch fertig bin.«

Der Arme Kleine Samstag rollte genüßlich mit den Augen, als Alexandra ihn hinter den Ohren kraulte. »Warum heißt er Armer Kleiner Samstag?« wollte ich wissen.

»Ich habe ihn so getauft. Sie hat mich gelassen«, erklärte sie stolz.

»Aber warum hast du ihm diesen Namen gegeben?«

»Weil er im letzten Winter an dem Samstag kam, der der kürzeste Tag des Jahres war, und es regnete den ganzen Tag, so daß es noch später hell und noch früher dunkel wurde als bei besserem Wetter, also hatte der Tag noch weniger davon, als er sollte, und er tat mir so leid, daß ich dachte, es würde ihn trösten, wenn wir das Kamel nach ihm benennen . . . Sie meinte, das sei ein hübscher Name!« wandte sie sich plötzlich zu mir.

»Oh, ja, das ist er, ein hübscher Name«, bestätigte ich rasch und lächelte innerlich, als mir bewußt würde, wieviel größer Alexandras Mitgefühl für einen Tag war, als sie vielleicht für einen Menschen haben mochte.

»Wie hat sie ihn bekommen?« wollte ich wissen.

»Er kam einfach.«

»Was meinst du damit?«

»Sie wollte ihn, also kam er. Aus der Wüste.«

»Er kam *zu Fuß*?«

»Ja. Und ein Stückweit ist er geschwommen. Sie hat ihn am Ufer erwartet und ist dann mit ihm auf dem Besen hergeflogen. Du hättest ihn sehen sollen. Er war noch ganz naß und sah so komisch aus. Sie gab ihm heißen Kaffee mit Sachen drin.«

»Was für Sachen?«

»So Zeug, halt.«

Dann erklang die Stimme der Zauberfrau hinter uns. »Nun, Kinder?«

Ich sah sie zum ersten Mal außerhalb ihres Zimmers. Tammuz ging zu ihrer Rechten und das Rehkitz zu ihrer Linken. Die Katzen Aschtarot und Orus waren offenbar oben geblieben. »Möchtest du mal auf Samstag reiten?« fragte sie mich.

Sprachlos nickte ich. Sie legte ihre Hand gegen die Wand, die teilweise in den Boden versank, so daß der Arme Kleine Samstag hinausgehen konnte. »Sie ist süß, nicht wahr?« fragte mich die Zauberfrau und schaute das seltsame, knubbelknieige, spaltfüßige Geschöpf zärtlich an. »Ihre Großmutter war einst in Ägypten sehr gut zu mir. Außerdem trinke ich gerne Kamelmilch.«

»Aber Alexandra sagte, sie sei ein er!« rief ich aus.

»Alexandra gehört zu der Sorte von Frauen, für die alle Tiere mit Ausnahme von Katzen ›er‹ sind und alle Katzen ›sie‹. Übrigens, Aschtarot und Orus sind wirklich weiblich, aber wenn sie's nicht wären, machte das keinen Unterschied. Geh nach draußen, Samstag, mach schon!«

Samstag stampfte hinaus und stellte sich unter einen Eichenbaum.

»Nieder!« befahl die Zauberfrau. Samstag warf mir einen schelen Blick zu und rührte sich nicht. »Nieder, sorcabatcha!« befahl sie noch einmal, und gehorsam sank Samstag auf die Knie. Ich krabbelte auf ihren Rücken, und noch ehe ich mich zurechtgesetzt hatte, schnellte sie derart unerwartet wieder hoch, daß ich mit dem Kinn auf den vorderen Höcker schlug und mir fast die Zunge abgebissen hätte. Samstag tanzte herum und galoppierte im Kreis, ich klammerte mich mit aller Kraft an den vorderen Höcker, und die Zauberfrau und Alexandra wälzten sich vor Lachen im Farn. Ich fühlte mich wie auf einem sehr seeuntüchtigen Kahn bei hohem Wellengang, und es dauerte nicht lange, bis ich seekrank wurde, während Samstag zwischen den Eichen herumstolzierte und vornehm schnaubte.

Schließlich rief die Zauberfrau: »Genug!«, und Samstag blieb so abrupt stehen, daß ich fast vornübergegangen wäre, und kniete sich mühsam hin. »Es war nicht nett, dich so zu necken«, sagte die Zauberfrau freundlich und zog an meiner Nase. »Du darfst eine Weile mit in mein Zimmer kommen, wenn du magst.«

Es gab nichts, was ich lieber tat, als in ihrem Zimmer zu sitzen und der Zauberfrau zuzusehen, während sie in ihren Büchern las, seltsam aussehende mathematische Formeln erarbeitete, sich mit den Sternzeichen auseinandersetzte oder komplizierte Experimente mit ihren Teströhrchen und Retorten durchführte, wobei sie manchmal den Raum mit schwefeligen Gerüchen oder rotem oder blauem Licht füllte. Nur einmal bekam ich Angst vor ihr, und zwar, als sie mit dem Skelett in der Zimmerecke tanzte. Sie hatte den Raum mit einem merkwürdigen roten Leuchten gefüllt, und ich meinte fast, Fleisch auf den Knochen des Skeletts wahrnehmen zu können, und sie tanzten miteinander wie ein Liebespaar. Ich glaube, sie hatte mich vergessen, halb versteckt im Armsessel, denn als sie mit dem Tanzen aufgehört hatten und das Skelett wieder ohne irgendein Lebenszeichen mit glänzenden Knochen in der Ecke stand, lehnte sie sich an eines der mit rotem Samt verhängten Fenster, und Tränen strömten über ihre Wangen. Dann kehrte sie zu ihren Teströhrchen zurück und hantierte fieberhaft damit herum. Sie erwähnte den Zwischenfall mit keinem Wort, und ich auch nicht.

Während der Winter fortschritt, ließ sie mich mehr und mehr Zeit in ihrem Zimmer zubringen. Einmal nahm ich meinen ganzen Mut zusammen und fragte sie nach sich selbst, doch meine Neugierde wurde nur sehr schwach befriedigt.

»Nun, dann bist du vielleicht einer von den Nordstaatlern, die das Haus gekauft haben?«

Lassen wir's dabei, Junge. Laß uns sagen, daß es das ist, was ich bin. Wußtest du, daß mein Skelett das vom alten Colonel Londermaine ist? Er war gar nicht so alt, übrigens – erst siebenunddreißig, als er im Kampf bei Bunker Hill fiel . . . oder verwechsle ich ihn mit seinem Ur-Großvater, Rudolph Londermaine? Einerlei, er war erst siebenunddreißig und ein stattlicher Mann, und Alexandra war erst dreißig, als sie sich aus Liebeskummer am Leuchter des Ballsaals erhängte. Wußtest du, daß der dicke Mann mit dem roten Schnurrbart deinen Vater betrügen wollte? Seine Kuh wird sieben Tage lang nur saure Milch geben. So, und jetzt lauf und red ein bißchen mit Alexandra. Sie ist einsam.«

Als der Frühling gekommen war und die Kamelienblüten und Azaleen und der Kapjasmin den üppigeren Blumen des Mai gewichen waren, küßte ich Alexandra zum ersten Mal, ziemlich unbeholfen. Am nächsten Abend, nachdem es mir gelungen war, den häuslichen Pflichten zu entkommen und zur Plantage hinauszueilen, gab sie mir den Diamant-Saphirring, den sie für mich auf einen schmalen Streifen türkisfarbenen Satins gehängt hatte. »Er wird dafür sorgen, daß wir beide in Sicherheit sind, wenn du ihn immer trägst«, sagte sie. »Und wenn wir älter sind, können wir heiraten, und dann gibst du ihn mir zurück. Nur darfst du ihn nie jemanden sehen lassen. Niemals, oder sie wird ärgerlich sein.«

Ich hatte Angst, den Ring anzunehmen, aber als ich widersprach, wurde Alexandra böse und fing an, mich zu treten und zu kratzen, und ich mußte nachgeben.

Der Sommer war fast vorüber, als mein Vater den Ring entdeckte, den ich um den Hals trug. Ich kämpfte wie besessen, um zu verhindern, daß er das Bändchen hervorzog und den Ring sah. Der Ring schien mir wirklich zusätzliche Kraft zu verleihen, und ich war im Laufe des Winters ohnehin stärker geworden, als ich je gewesen war. Aber mein Vater war noch immer stärker als ich und zog ihn hervor. Einen Augenblick, während er den Ring betrachtete, herrschte Totenstille, dann brach der Sturm los. Dies war der berühmte Londermaine-Ring, der verschwunden war seit der Nacht, in der Alexandra Londermaine sich am Kronleuchter aufgehängt hatte. Dieser Ring war ein Vermögen wert. Woher ich ihn hätte?

Niemand glaubte mir, als ich sagte, ich hätte ihn auf dem Gelände hinter dem Haus gefunden. Ich wählte das Gelände, denn ich wollte nicht, daß man auf die Idee kam, ich sei ins Haus eingedrungen. Ich weiß nicht, warum sie mir nicht glaubten; noch heute erscheint es mir durchaus logisch, daß ich ihn unter dem Farn gefunden haben könnte.

Es war ein ereignisloses, langes Jahr gewesen, und die Männer der Stadt hatten sich alle gelangweilt. Sie schnappten mich und zwangen mich, Kornschnaps zu trinken, bis ich nicht mehr wußte, was ich tat oder sagte. Als sie mit mir fertig waren, schaffte ich es nicht einmal mehr bis nach Hause und erbrach mich elend. Dann fand ich mich in den Armen meiner Mutter, die weinte. Erst am Morgen war ich in der Lage, davonzuschleichen und zur Plantage zu rennen. Ich stürzte die Mahagonitreppen hinauf und in das Zimmer der Zauberfrau, riß die Türe auf, ohne anzuklopfen. Sie stand mitten im Raum in ihrem Purpurgewand und hatte ihre Arme um Alexandra gelegt, die bitterlich weinte. Über Nacht hatte der Raum sich völlig verändert. Das Skelett von Colonel Londermaine war verschwunden, und die Regale in der Ecke ihres ehemaligen Laboratoriums waren wieder mit Büchern gefüllt, wo vorher Fläschchen und Tiegel und Retorten gestanden hatten. Spinnweben überzogen alles, auf dem Boden lagen Glasscherben, und der Tisch war von einer dicken Staubschicht bedeckt. Keine Spur von Tammuz, Aschtarot, Orus oder dem Reh, nur vier Vögel flogen um ihren Kopf.

Sie sah mich nicht an und schien meine Anwesenheit gar nicht zu bemerken. Ihren Arm um Alexandras Schultern gelegt, führte sie das Mädchen ins Gesellschaftszimmer vor das Portrait. Die Vögel folgten und flogen immer um sie herum. Alexandra hatte aufgehört zu weinen, und ihr Gesicht war sehr blaß. Falls sie mich sah, wie ich unglücklich hinter ihnen herschlich, ließ sie es sich jedenfalls nicht anmerken. Als die Zauberfrau vor dem Portrait stand, fiel das Tuch herunter. Sie hob eine Hand, und es entstand eine dicke Wolke von Qualm. Schwefelgeruch füllte den Raum, und als die Wolke sich verzogen hatte, war Alexandra auch fort. Nur das Portrait war da, und am vierten Finger der linken Hand fehlte der Ring. Die Zauberfrau hob wieder die Hand, und das Tuch legte sich wieder über das Bild. Dann ging sie langsam, gefolgt von den Vögeln, zurück in den Raum, der mal ihr Zimmer gewesen war. Ich folgte ihr, so verängstigt, wie ich niemals zuvor oder nachher im Leben gewesen bin.

Lange blieb sie reglos in der Mitte des Zimmers stehen. Schließlich wandte sie sich um und sprach zu mir.

»Nun, Junge, wo ist der Ring?«

»Sie haben ihn.«

»Sie haben dich betrunken gemacht, nicht wahr?«

»Ja.«

»Ich fürchtete, daß etwas von dieser Art passieren würde, als ich Alexandra den Ring gab. Aber es macht nichts . . . Ich bin müde . . .«

Sie strich sich erschöpft über die Stirn.

»Habe ich . . . habe ich ihnen alles erzählt?«

»Das hast du.«

»Ich . . . ich wußte es nicht.«

»Ich weiß, daß du es nicht wußtest, Junge.«

»Haßt du mich jetzt?«

»Nein, Junge, ich hasse dich nicht.«

»Mußt du nun fortgehen?«

»Ja.«

Ich senkte den Kopf. »Es tut mir ja so leid . . .«

Sie lächelte ein bißchen. »Der Sand der Zeit . . . Städte fallen in sich zusammen und entstehen aufs neue und zerfallen wieder, und der Atem versiegt und bläst aufs neue . . .«

Die Vögel umflatterten nervös ihren Kopf, zupften an ihrem Haar und piepsten in ihre Ohren. Unten hörte man lautes Trommeln gegen die Tür und dann das Krachen von Holz, als sie die Bretter von einem Fenster rissen.

»Geh jetzt, Junge«, sagte sie zu mir. Ich stand wie angewurzelt, reglos und unfähig, mich zu rühren. »*Geh*!« befahl sie und gab mir einen heftigen Schubs, so daß ich aus der Tür stolperte. Als ich aus der Kellertür kletterte, fingen sie mich ab. Ich mußte dort stehenbleiben und zusehen, wie sie sie herausbrachten. Aber es war nicht die Zauberfrau, nicht *meine* Zauberfrau. Es war jemand, der *ihrer* Vorstellung von einer Hexe entsprach, Tausende von Jahren alt, eine verhutzelte, alte Gestalt mit staubigen, schwarzen Gewändern, langen Strähnen grauen Haares, einer Hakennase und vier schwarzen Borsten, die aus einer Warze an ihrem Kinn sprossen. Die vier Vögel folgten ihr und schwangen sich, kaum als sie im Freien waren, hoch in die Luft, der Sonne entgegen.

Zwei der Männer hielten sie rechts und links fest gepackt, obwohl sie sich nicht im geringsten wehrte, sondern völlig ruhig dastand, während die anderen das Haus vergeblich durchsuchten. Dann, als eine Gruppe von ihnen in den Keller stieg, erinnerte ich mich und sah an einem Flackern des alten Leuchtens in den Augen der Zauberfrau, daß auch sie daran dachte: Die arme kleine Samstag war vergessen worden. Sie kam heraus, stampfte ungeschickt die Kellertreppe herauf, ihre weichen Lippen entblößten ihre gewaltigen Zähne, und ihre Augen traten angsterfüllt hervor. Als sie die Zauberfrau erblickte, ihre Herrin gefangen von zwei schmuddeligen, groben Männern, stieß sie einen gellenden Schrei aus und begann wild auszuschlagen, zu beißen und stieß jene herzzerreißenden, das Blut gerinnenden Schreie aus, die nur ein Kamel hervorbringen kann. Einer der Männer fiel um und hielt sich das Bein, das von einem Tritt getroffen worden war. Die anderen rannten voller Schrecken auseinander und ließen die Zauberfrau auf der weinbewachsenen Veranda stehen. Sie hielt sich an einer der Säulen fest. Samstag stieg auf die Veranda, kniete nieder, und die Zauberfrau schwang sich auf ihren Rücken zwischen die beiden Höcker. Dann galoppierten sie davon. Samstag schrie noch immer, und der Boden erzitterte unter ihren Tritten. Die vier Vögel stießen herab und flogen ihnen nach.

Ich tanzte in hohen Luftsprüngen auf der Stelle, winkte mit beiden Armen und brüllte laut hinter ihnen her, bis die Zauberfrau, Samstag und die vier Vögel in einer Staubwolke verschwunden waren, während der Mann mit dem gebrochenen Bein stöhnend neben mir auf dem Boden lag.

Quiekies erster Fall

Margaret Manners

Die verstorbene Margaret Manners war eine hervorragende Kriminalschriftstellerin, die für Märkte wie *Street & Smith Detective Story Magazine, Alfred Hitchcock's Mystery Magazine* und *Ellery Queen's Mystery Magazine* schrieb. Sie veröffentlichte mehr als 40 Kurzgeschichten, darunter »Death Is My Legacy«, »Trial By Fire« und »An Instrument of Justice«. Eine Sammlung ihrer besten Geschichten würde ein ausgezeichnetes Buch ergeben. »Quiekies erster Fall«, einer ihrer seltenen Ausflüge in die Fantasy, ist aus *EQMM*, Mai 1943.

Diese Nacht werde ich mein Leben lang nicht vergessen, auch nicht, wenn ich so alt wie Methusalem werde und so viele Frauen habe wie Solomon; der Himmel bewahre!

Quiekie bürstete sich ihr Haar und zählte. Sie machte neuerdings einhundert Bürstenstriche. Sonst steckte ich mir rosa Wachsstopfen in die Ohren, aber an diesem Abend war ich zu eifrig dabei zu versuchen, ihr ein paar Grundregeln auseinanderzusetzen. Ein Ehemann hat schließlich ein paar Rechte, und eines davon sollte ein Vetorecht sein, vor allem, wenn seine Frau alle möglichen Fortbildungskurse besucht, von Shakespeare bis zu Kobolden. Das letzte Mal war es Psychologie, und sie ›therapierte‹ mich.

Quiekie (ihr richtiger Name ist Desdemona, ihr Vater war verrückt . . . auf Shakespeare, und sie ist es auch) kann man schwer mit solchen Dingen konfrontieren; der Effekt ist der gleiche, wie wenn man auf eine Stufe tritt, die nicht da ist.

Quiekie zählte weiter. »Einundzwanzig, zweiundzwanzig . . .«

»Also hör doch, Quiekie, ich will einfach nicht, daß du auf einem Besenstiel herumreitest.«

»Achtundzwanzig, neunundzwanzig. Sei nicht albern, David.«

»Warum solltest ausgerechnet du etwas dagegen haben, daß ich albern bin«, knurrte ich.

Sie sah mich zwischen den Strähnen ihres Haares, die der Bürste zu folgen versuchten, an. Sie gab eine gutaussehende Hexe ab.

»Ich habe nicht die Absicht, auf irgendwelchen Besen herumzureiten. Das habe ich dir schon tausendmal gesagt. Es geht darum, eine umfassende historische Sicht des Inneren von Leuten zu gewinnen. Vierunddreißig, fünfunddreißig.«

Ich starrte sie an. Wo waren dreißig bis dreiunddreißig geblieben? Hatte sie über Fernsteuerung gezählt? »Das Innere von Leuten« deutete auf manches und vieles hin.

»Wenn du doch diesen purpurnen Pyjama nicht mehr tragen würdest«, seufzte sie plötzlich. »Ich habe immer Alpträume, wenn du den anhast.«

»Er ist nicht purpurn, sondern fliederfarben. Außerdem hast du ihn gekauft.« Nach einer Weile fuhr ich mit einer Stimme, die, so meinte ich, keinen Widerspruch duldete, fort: »Ich will von dem Blödsinn nichts mehr hören! Du mußt damit Schluß machen!«

Sie wandte sich vom Spiegel ab und schüttelte ihre lockige, braune Mähne. »Bürsten tut Wunder. Siehst du nicht, wie es lebendig wird!«

Darauf war ich nicht gefaßt. Ich sagte »Ja« und suchte nach Lebenszeichen in ihrem Haar. Dann knirschte ich mit den Zähnen und sprang vom Bett. »Quiekie! Ich meine nicht das Haar! Du weißt genau, wovon ich rede. Ich meine deine sogenannten esoterischen Studien . . .«

Lächelnd unterbrach sie mich. »Ach so, das habe ich dir doch schon zu erklären versucht. Es hilft mir, die Leute zu verstehen. Du kannst die Leute im zehnten oder irgendeinem anderen Jahrhundert nicht verstehen, wenn du ihre Gedanken nicht teilen kannst. Was sie geglaubt haben, weißt du, ihren Aberglauben, ihre Verbrechen. Es ist eine Art Mythologie. Jedes Zeitalter hat eine. Als Reporter sollte dir das geläufig sein. Heute glaubt zum Beispiel jeder an Mikroben und Bakterien. Daß sie Krankheiten verursachen, nicht wahr?«

»Aber Quiekie, das ist doch kein Aberglauben. Bakterien *verursachen* Krankheiten.«

Ihr hübsches Gesicht wurde düster und prophetisch unter dem Heiligenschein statisch aufgeladenen Haares. »Ha!« sagte sie triumphierend. »Das sagst du heute. Aber was werden die Leute in zweihundert Jahren glauben?«

Ich biß in den Kragen des fliederfarbenen Pyjamas und gab es auf.

Sie sah auf die Uhr und begann wieder zu zählen. »Einundsechzig, zweiundsechzig.«

Ich hielt es nicht mehr aus. »Quiekie«, sagte ich freundlich.

»Mmmmm? Vierundsechzig, fünfundsechzig . . .«

»Woher weißt du, daß es einundsechzig waren? Du hast bei vierzig zu zählen aufgehört.«

Sie zeigte auf die in Leder gefaßte Uhr.

»Die Uhr? Quiekie!«

»Ach, David, siehst du's denn nicht? Ich seh' auf den Sekundenzeiger, wenn ich aufhöre zu zählen, und rechne für jeden Bürstenstrich eine Sekunde. Ganz einfach.«

Irgend etwas stimmte daran nicht. »Aber«, warf ich ein, »du darfst doch dabei nicht zusammenzählen, Schatz.«

»David, sei doch nicht albern. Natürlich kann ich zusammenzählen. Ich mach' es nur anders als du. Ich ziehe ab. Zweiundachtzig . . .«

»Gib mir einen Gutenachtkuß, Schatz, ich möchte schlafen.«

Sie ist großartig. Aber manchmal bin ich etwas verwirrt.

Das letzte, woran ich mich erinnere, war, daß Quiekie »Zweiundneunzig« sagte. Ich horchte ihr mit einem Stethoskop die Brust ab und flehte sie an, Neunundneunzig zu sagen. Aber sie tat es nicht. Dann versuchte ich, das Stethoskop aus meinen Ohren zu ziehen. Ein fürchterliches Geräusch dröhnte in meinem Kopf, wie eine kreischende Sirene, doch die Endstücke wollten nicht aus meinem Gehörgang kommen. Ich zerrte daran und zerrte und . . .

Ich öffnete die Augen und dachte, der Kopf würde mir platzen.

Quiekie schüttelte mich. »David! David! Wach auf!«

Ich sprach durch eine Lage dichten Pelzes in meinem Mund: »Hm? Was ist denn los?«

Sie hatte Angst. Ihre Fingernägel krallten sich in meinen Arm. Ich schob sie beiseite und richtete mich auf.

»David, nebenan hat eine Frau geschrien. Es war entsetzlich!«

Ich war inzwischen einigermaßen wach, wach genug, um sauer zu sein. »Und was soll ich da tun? Zurückschreien?«

Aber sie zitterte, also legte ich ihr meinen Arm um die Schulter. »Was ist denn, mein Schatz?«

»David, sie ist ermordet worden. Ich weiß es.«

Ganz schnell zog ich meinen Arm wieder zurück. Typisch Quiekie, man gibt ihr den kleinen Finger und . . . Bevor ich mich erholt hatte, eroberte sie weiteres Territorium, und ich hatte kaum noch Raum, um mich aufzustellen. Ich lag im Bett, natürlich, aber Sie wissen schon, was ich meine.

»David, ruf Gregory an, bitte!«

Hier unterbreche ich besser für eine Minute. Gregory Sawyer ist ein guter Freund von uns, und außerdem ist er Polizeileutnant bei der New Yorker Mordkommission. Er mag Quiekie ebenfalls.

Ich schielte auf die Uhr. »Quiekie«, sagte ich und hoffte, daß meine Stimme überzeugend klang und jenen Unterton von Autorität und Mißbilligung hatte. »Wenn du in New York um Mitternacht einen Schrei hörst, selbst in einer Nachbarschaft, wo die Leute im allgemeinen früh ins Bett gehen wie hier, rufst du nicht gleich einen Leutnant von der Mordkommssion. Im äußersten Fall rufst du die nächste Polizeidienststelle an und erstattest einen Bericht. Geh wieder ins Bett, du erkältest dich noch.«

Von wegen! So einfach konnte Quiekie die Dinge nicht handhaben. Sie zitterte am ganzen Körper, bis sie mit den Zähnen klapperte. »Es regnet!« stöhnte sie, »horch!«

Ich horchte gehorsam. Das war nicht schwierig. Es goß in Strömen, ein kalter, scheußlicher Märzregen. Man hörte die Tropfen in den Hof zwischen den beiden Häusern prasseln, und das Rauschen der Reifen auf der Straße ließ das Bett einen besonders angenehmen Aufenthaltsort erscheinen.

Wir wohnen in einer ruhigen Straße in jenem Teil Manhattans, der schon nicht mehr ›The Village‹ und noch nicht Chelsea ist. Im Gegensatz zu allem, was Sie gelesen oder gehört haben mögen, sind wir friedliche, nette, fleißige Leute. Die langhaarigen Künstlertypen sind eine aussterbende Rasse. Ich nehme an, sie machen heutzutage Tarnanstriche und werden dafür bezahlt.

Ich richtete mich im Bett noch etwas mehr auf und versuchte die Nummer 313, das Haus jenseits des Hofes, zu sehen, aber der Winkel stimmte nicht, und es war sowieso stockdunkel draußen.

Wir leben in Nummer 315, dem Zwillingshaus, und der Hof geht bis zur Straße und liefert uns Licht, Luft und Verkehrslärm. Immerhin können die Kinder nicht hereinkommen und dort spielen, dem Himmel sei dank! Wir haben einen hohen Bretterzaun, der hübsch in Schlachtschiffgrau angestrichen ist und der uns vor dem Auge des Publikums abschirmt, wenn wir im Sommer ein Sonnenbad nehmen.

Die Tür in dem Zaun kann man nur von innen öffnen. Kleine Büsche und verzierte, gußeiserne Feuerleitern im New-Orleans-Stil mildern die Scheußlichkeit des Betons und machen die Mieten teurer. Bloß sind uns die Eisengeländer zu theatralisch, und wir benutzen die Kellertür, um in den Hof zu gehen.

Können Sie mir folgen? Um der Geschichte willen mußte ich die Häuser beschreiben.

Nun zurück zu Quiekie. Sie zappelte nervös herum, während ich auf den Regen lauschte. Dann ging sie zum Fenster.

»Im ersten Stock gegenüber brennt Licht«, sagte sie. »Oh, jetzt ist es ausgegangen. David, es war ein entsetzlicher Schrei. Bitte, ruf Gregory an.«

Ich suchte nach Ausflüchten. »Er schläft sicher schon, Quiekie, ich will einen hart arbeitenden Polizeioffizier nicht wecken.«

»Es ist noch gar nicht spät. Außerdem geht er nie früh ins Bett. Wahrscheinlich ist er nicht einmal zuhause.«

So hatte sie mich schon einmal gekriegt. »Wenn du so beunruhigt bist, warum rufst du nicht die Polizei an? Du bist ebenfalls ein Staatsbürger.«

Na ja, um die lange Geschichte kurz zu fassen, ich war schließlich dabei, Gregorys Nummer zu wählen. Ich ließ es zweimal klingen. »Da«, sagte ich, »er ist nicht da . . .« Doch bevor ich den Hörer wieder auflegen konnte, hielt Quiekie meine Hand fest. »Laß ihm Zeit«, sagte sie mit einem kalten Glitzern in den Augen.

»Ich ließ ihm Zeit.

»Ja, hallo?« ertönte seine Stimme.

Ich hatte wieder mal so richtig Glück! Es mußte die eine Nacht sein, wo er ausnahmsweise früh ins Bett gegangen war. Er klang verschlafen, und ich kam mir vor wie ein Idiot.

»Quiekie wollte, daß ich dich anrufe«, sagte ich schwach.

»Ach, du bist es«, sagte er, und es klang wenig ermutigend.

Ich versuchte es noch mal: »Quiekie hat einen Schrei gehört.«

»Wirklich?«

»Verdammt, du glaubst doch nicht, daß *ich* dich anrufen wollte, oder?«

»Woher soll ich das wissen?«

Quiekie sah mich giftig an und schnappte den Hörer. Sie hatte das Gespräch sowieso selber führen wollen, und wir wußten es beide.

Mit einer gewissen Genugtuung sah ich, daß es ihr auch nicht viel besser ging. Ihre Schauergeschichte machte keinen Eindruck, und sie legte den Hörer traurig auf. »Er hat gesagt, ich soll wieder ins Bett gehen.«

»Fein«, sagte ich, »dann laß uns wieder schlafen.«

»Nein. Ich ziehe mich an und mache Kaffee. Wir werden's wahrscheinlich brauchen können heute nacht.«

»Quiekie, mein Schatz«, jammerte ich. »Da ist kein Mord passiert. Es brennt nicht. Es werden keine müden Gesetzeshüter herkommen, um sich zu erfrischen. Wozu willst du Kaffee machen?«

»Schrei mich nicht an, David. Woher weißt du das?«

»Woher weiß ich was?«

»Daß da nicht ein Mord passiert ist.«

Sie war in ihre Luftschutzwärterhosen und einen Pullover geschlüpft. Sie war bereit.

»Und woher weißt du, daß einer passiert ist?«

Sie sah mich finster an. »Vom Prickeln in meinem Daumen.«

Ich dachte, sie machte einen Scherz. »Was?«

»Ja, vom Prickeln in meinem Daumen. Darum weiß ich es. Stammt aus Macbeth. Die Hexe sagt es. Stehst du nicht auf?«

»Nein!«

Sie rauschte in die Küche hinaus, und ich hörte sie mit dem Geschirr hantieren, während sie Kaffee kochte.

Das Telefon klingelte.

Es war Gregory.

»Ich muß mich bei deiner Frau entschuldigen.«

»Himmel, nein!«

»Doch. Zwei andere Nachbarn hörten den Schrei und benachrichtigten die Polizei. Ein Mann ging rüber und brach die Tür auf. Fand eine ermordete Frau. Ich komme gleich vorbei. Sieht nach 'ner langen Nacht aus. Sag Quiekie, sie soll Kaffee kochen.«

»Hat sie schon«, sagte ich dumpf und hängte ein.

Quiekie kam selbstbewußt herein und gab sich Mühe, nicht zu triumphierend auszusehen. »Ich hatte recht, nicht wahr? Oh, Schatz, ist es nicht entsetzlich?« Sie sah plötzlich verängstigt aus, mitleiderregend und unfähig, mit der Grausamkeit der Welt fertig zu werden. Aber diesmal fiel ich nicht darauf herein. Ich sah nur auf ihren kleinen rosigen Daumen und meinte: »Den solltest du lieber aus anderer Leute Angelegenheiten rauslassen.«

Aber das war schon zu viel. Sie hielt mir einen langen Vortrag über meine moralischen Pflichten als Staatsbürger.

Ich war sehr friedlich, während wir auf Gregory warteten. Ich hätte gerne etwas unternommen, aber ich wollte allein dabei sein. Quiekie thronte vor der Kaffeekanne und sah aus wie ein besonders effizienter Barmherzigkeitsengel.

»Wie wurde sie umgebracht, David?«

»Weiß nicht. Gregory hat nichts gesagt.«

»Jedenfalls ist sie nicht erschossen worden.«

Ich sah sie überrascht an. »Sagt dir das dein Daumen?«

»Ach, David, du denkst nicht nach!« (*Ich* denke nicht nach!) »Wenn ich den Schrei gehört habe, so hätte ich doch auch den Schuß gehört, oder?«

Ich schmeichelte ihr, indem ich so bewundernd dreinschaute, wie ich nur konnte. Dann brachte ich meine Show.

»Du lieber Himmel!« rief ich aus. »Ich hätte fast vergessen, daß ich Zeitungsmann bin. Ich sollte mal schnell rüberspringen und rausfinden, wer sie war, damit ich dann die Zeitung anrufen kann. Bin in ein paar Minuten zurück.«

Quiekie reichte mir eine Tasse Kaffee. »Gute Idee. Ich glaube, ich geh' mit.«

»Klasse«, sagte ich herzlich. »Zieh dir den Regenmantel an. Mist!« fügte ich dann hinzu und zog ein langes Gesicht. »Wir haben vergessen, daß ja einer hier bleiben muß. Gregory kann jeden Augenblick ankommen.«

Ob Sie es glauben oder nicht, sie meint doch tatsächlich, daß Gregory direkt zu ihr geeilt kommt, bevor er noch einen Blick auf das Opfer getan hat. Um das Orakel ihres Daumens zu hören, daran ist kein Zweifel. Aber ich bin jedenfalls frei, ein bißchen herumzuschnüffeln.

Vor Nummer 313 standen Autos. Doc Evans mit seiner kleinen, schwarzen Tasche war oben, ebenso Haley mit ein paar von den Jungs. Gregory war wahrscheinlich noch unterwegs.

Ich studierte die Namen und Apartementnummern an den Briefkästen:

Erdgeschoß:	1A Vera Gray
	1B Leonard S. Cobalt
Erster Stock:	2A Jonathan West
	2B Mary Ellen Meredith
Zweiter Stock:	3A leer
	3B Judytha Perry
Dritter Stock:	4A Aristodemus Kordis
	4B John Slater

Ich sah angestrengt durch den dünnen Vorhang der Glastür in die Eingangshalle.

Neben der offenen Tür von Apartement 1B stand ein mittelaltes Paar. Sie sahen besorgt aus und waren in dem ›Ist-es-nicht-Schrecklich‹ und ›Man-kann-ja-nie-wissen‹-Zustand. Ich klopfte an das Glas und zeigte meine Polizeikarte. Widerstrebend öffnete Papa Cobalt die Tür.

»Keine Sorge«, beruhigte ich ihn. »Es ist in Ordnung. Ich wohne nebenan. David Meadow. Ich bin Reporter beim *Herald.* Meine Frau hat den Schrei gehört. Was ist passiert?«

Mrs. Cobalt antwortete für ihn. Jetzt, wo ich dran denke, habe ich die Stimme ihres Mannes nie gehört. Solche Frauen gibt es eben. »Sie ist ermordet worden. Miß Perry ist ermordet worden.« Sie flüsterte das Wort.

»Miß Perry? Sie meinen, die aus Nr. 3B? Kannten Sie sie? Was machte sie?«

Mrs. Cobalt schüttelte den Kopf. »Ich weiß es nicht, aber sie war eine Freundin von Miß Gray gegenüber, und wer *das* ist, wissen Sie sicher.«

Ich verneinte es

Mrs. Cobalt wurde eifrig. »Sie ist Schauspielerin in dem neuen Erfolgsstück am ›Village Little Theater.‹ Das mit den Gespenstern. Die Zeitungen haben viel darüber geschrieben. *Dark World.* Miß Gray spielt die tote Ehefrau.«

»Aber nein«, protestierte ich. »Vivian Gaylord spielt das Gespenst.«

Mrs. Cobalt lächelte. »Das ist ihr Künstlername. In Wirklichkeit heißt sie Vera Gray. Glück hat sie gehabt!« Mit wohlwollendem Interesse schaute sie zur Tür Nr. 1A hinüber.

Das stimmte, sie hatte Glück gehabt. Das »Village Little Theater« hatte sich mit einem minimalen Budget jahrelang durchgewurschtelt, bis plötzlich aus heiterem Himmel ein ehrgeiziger Village-Bewohner einen Hit für es geschrieben hatte. Vivian Gaylord! Niemand hatte je von ihr gehört, bis sie in einer der Gruselrollen entdeckt wurde, nicht die Hauptrolle, aber immerhin . . .

»Sie ist nicht da«, klärte Mrs. Cobalt mich auf, »sie erzählt der Polizei was passiert ist.«

Jemand kam die Treppe herunter. Ich blickte auf und sah eine schlanke junge Frau mit bleichem, gefaßtem Gesicht unter einem modischen Schleierhut zu uns herunter und durch uns hindurchschauen.

»Miß Gaylord«, sagte ich, doch Mrs. Cobalt kam mir zuvor.

»Armes Kind«, sagte sie und nahm die Schauspielerin in die Arme.

Miß Gray alias Gaylord war nicht groß, aber an Mrs. Cobalts Busen sah sie winzig aus.

Wieder kam jemand die Treppe herunter, diesmal jemand mit schweren Schritten. Es war Sergeant Haley, der mir die Hand drückte und sich Mrs. Cobalt zuwandte.

»Das war ein böser Schock für sie«, sagte er und deutete auf den Kopf unter Mrs. Cobalts Kinn. »Nehmen Sie sie mit hinein und geben Sie ihr etwas Tee. Lassen Sie sie noch nicht schlafen gehen, der Leutnant wird noch mit ihr sprechen sollen.«

Die Cobalts, die sehr hilfsbereit dreinschauten, zogen sich in Nr. 1B zurück und schlossen die Tür.

Tim Haley, auch als »Der Komet« bekannt, zwinkerte mir zu. »Ihr

Reporter verschwendet zuviel Zeit. Warum bist du nicht raufgekommen und hast mich gefragt?«

Ich gab ihm recht und wollte es gleich nachholen, doch er winkte ab. »Warte, bis der Leutnant da ist. Ich hab' keine Lust, alles zweimal zu erzählen.«

»Okay, aber sag mir wenigstens, womit sie umgebracht worden ist«, bat ich ihn, während wir die Treppen hinaufstiegen.

»Sie lag im Bett. Ihr Schädel wurde mit dem Sockel einer Marmorstatue zertrümmert. Diana, Göttin der Jagd.«

»Diana?«

»Ja. Kennst du deine Mythologielektion nicht mehr. Die Dame mit dem Bogen. Ist eine Kopie von der aus dem Metropolitan.«

Haley kann manchmal ziemlich verblüffend sein. Wann und warum wäre er je in ein Museum gegangen? Wir hatten Nr. 3B erreicht. Er machte mich darauf aufmerksam, daß Doktor Evans drinnen war.

»Nun«, sagte ich, »dann war es nicht geplant.«

Haley hatte die Hand auf der Türklinke und sah mich an.

»Wegen der Waffe«, fügte ich hinzu.

»Das ist nicht immer gesagt«, meinte er und öffnete die Tür.

Das Apartement war genauso geschnitten wie unseres, nur spiegelverkehrt. Wir gingen durch den Flur zu dem großen Schlafzimmer, dessen Fenster auf den Hof und die Feuerleiter blickten. Aber noch ehe wir eintreten konnten, ging hinter uns die Tür auf und Gregory erschien. Quiekie erklärte mit Nachdruck, daß er »sehr attraktiv« sei. Er ist von der Art »zerlumpt, aber sauber gewaschen«. Die Jungs, die mit ihm arbeiten, finden ihn Klasse. Ich auch, in Grenzen. Ich meine, man kann jemanden schätzen, ohne seine Fehler zu übersehen.

Haley holte gerade Luft, um seinen Bericht zu machen, da pochte es laut an der Tür. Ich hatte düstere Vorahnungen und irrte mich nicht.

Gregory öffnete, und Quiekie kam herein. Zwischen den vielen Sachen, mit denen sie beladen war, wie Taschenlampen, Erstehilfeköfferchen und allem möglichen anderen Kram, mit dem sie uns helfen wollte, den Feind zu schlagen, holte sie einen Stenogrammblock hervor.

»Ich dachte, du könntest einen hübsch niedergeschriebenen Bericht über die Nachforschungen brauchen«, zirpte sie Gregory an.

Haley sah zufrieden drein, denn er haßte es, Aufzeichnungen irgendwelcher Art zu machen. Aber Gregory war nicht so leicht zu kriegen.

»Nein, Quiekie, halt du dich da lieber raus! Das ist ein Mordfall!«

Sie sah ihn mit großen, blauen Augen und echter Überraschung an. »Warum denn?« Du weißt doch, wie zuverlässig ich bei solchen Sachen bin. Du wirst Leute befragen müssen. Kann ich nicht deine Sekretärin sein? Ich werde kein Wort sagen.«

Ich machte ihm hinter ihrem Rücken Zeichen und schüttelte so heftig mit dem Kopf, daß er fast rappelte, doch in wenigen Sekunden hatte sie ihn weich gekriegt. Es war nichts mehr zu machen.

»Ich ruf' in der Zeitung an«, entschuldigte ich mich und ging.

Als ich zurückkam, saß Quiekie im Flur der Wohnung auf einem Küchenstuhl. Die Tür zum Schlafzimmer war geschlossen.

»Wo sind Gregory und der Komet?«, fragte ich.

Sie schauderte es. »Dort drinnen mit der . . .«

»Leiche?« half ich nach. »Quiekie, du bist ein süßer, kleiner Ghoul.«

Das saß! Für mindestens fünf Minuten starrte sie an meinem Ohrläppchen vorbei an einen bestimmten Punkt an der Wand.

Gregory kam heraus. »Setz dich ins Wohnzimmer, Quiekie, wir bringen den Leichnam heraus.« Sie flüchtete.

Doc Evans kam aus dem Schlafzimmer, und ich ging hinein. Ich betrachtete das Gesicht, bevor es zugedeckt wurde. Der Schädel war arg zertrümmert. Das Gesicht hatte ich schon gesehen, ab und zu mal auf der Straße. Es war länglich und sehr weiß, und der Mund, der auf der Straße meist leuchtend rot war, sah jetzt schmal und verkniffen und blutleer aus. Die Augen waren lang und oval, mit bleichen Wimpern, die ohne Make-up kaum zu erkennen waren. Die Haare waren grünlich-bronzefarben gefärbt und bildeten nun auf dem Kissen einen blutverklebten Klumpen. Es war ein schönes, starkes Gesicht, aber nicht freundlich. Ich sah mich im Schlafzimmer um, während sie sie hinaustrugen.

Es war genauso groß wie unseres, doch sehr aufwendig eingerichtet. Grün überwog bei weitem, hier und da von knalligem Blau oder Rot durchsetzt – ein geglücktes, wenn auch reichlich theatralisches Dekor.

Das Fenster zur Feuerleiter stand offen, und der Vorhang wurde heftig hin- und hergeweht. Regen tröpfelte in den Raum, und der Teppich war naß.

Ich sah den geschnitzten Tisch, eine Frisierkommode und eine schwere, spanische Walnußholztruhe. Ein grades, zweischneidiges Schwert ohne Scheide hing an einer roten Kordel an der Wand über der Truhe. Ich probierte den Deckel, und er ließ sich öffnen. Darin lagen gebündelte Briefe, jedes Bündel mit einem Namen und einer Reihe von Zahlen markiert. Was die hübsche Perry getrieben hatte, war also kein Geheimnis mehr. Die Bündel waren etwas durcheinandergeworfen, so als habe jemand eilig etwas gesucht. Ich schloß den Deckel wieder

Haley zeigte auf etwas, das neben dem Bett lag. »Indiz Nr. 1«, sagte er.

Es war eine Marmorstatue der Diana mit einem schweren Sockel, an dessen einer Ecke sich ein unregelmäßiger, purpurner Fleck zeigte.

Es war uns allen dreien ziemlich klar, daß Judytha Petty ein raffiniertes Mädchen gewesen war. Die Wohnungseinrichtung war kostspielig, und die Briefsammlung ließ keinen Zweifel darüber zu, wie sie das Geld dafür aufgebracht hatte.

Haley machte uns darauf aufmerksam, daß jemand die Wohnung über die Feuertreppe verlassen hatte. Auch wenn die »Frischen Kratzer« mir keine überzeugende Beweiskraft zu haben schienen, so schien Gregory damit zufrieden. Vor allem, nachdem er festgestellt hatte, daß die Abdrücke auf dem nassen Teppich Spuren von Männerschuhen waren.

Quiekie platzte herein.

»Schau mal, David, sie hatte das Buch, das ich gerade studiere, auch.« Sie hielt mir ein nur allzu vertrautes Buch unter meine Nase. *Mittelalterliche Hexerei in moderner Anwendung*. »Ich hab' es in ihrem Bücherregel gefunden; sie hat eine wunderbare Sammlung . . .«

»Quiekie«, donnerte ich. Sie verkrümelte sich mit einem verlegenen kleinen »Oh.«

Dann gab Haley seinen Bericht. Er hatte, seit Gregory gekommen war, mehrfach dazu angesetzt. Quiekie ging währenddessen im Schlafzimmer umher, zog Schubladen auf, sah in Schränke . . .

Ich fasse Haleys Bericht zusammen: Wenige Minuten nach Mitternacht waren Bewohner der beiden Häuser um den Hof von einem Schrei erschreckt oder sogar geweckt worden. Anrufe von den Cobalts, die Rommey gespielt hatten, und von Greerson, der im obersten Stockwerk unseres Hauses wohnte, hatten die Untersuchung ausgelöst. Miß Gray, die vom Theater nachhause kam, hörte den Schrei, als sie gerade ihre Wohnungstür aufschließen wollte. Sie meinte die Stimme ihrer Freundin erkannt zu haben und rannte nach oben. Sie bekam keine Antwort und konnte nicht in die Wohnung hinein. Sie wollte nach oben gehen, um Mr. Slater zur Hilfe zu holen, da fiel ihr ein, daß er nachts als Wachmann arbeitete, und ging die Treppe hinunter, um Hilfe zu holen. Sie traf auf die Cobalts, die gerade heraufkamen.

Miß Meredith im ersten Stock steckte ihren Kopf durch die Tür, als sie vorbeikamen. Sie sagte, sie sei von etwas wie einem Schrei aufgewacht. Sie hatte ihn nicht mit der Wohnung über der ihren in Verbindung gebracht, denn als sie den Kopf hob, sah sie eine Bewegung auf der Feuerleiter des Hauses gegenüber, 313, in Höhe des ersten Stockes. Ihre Angst wich (so Haley), als sie feststellte, daß es nur ein Vorhang an einem geöffneten Fenster war, der wehte. Sie wäre wieder eingeschlafen, hätte sie nicht eilige Schritte (von den Cobalts und Miß Gray) im Treppenhaus gehört, die sie neugierig machten. Sie sitze in der Wohnung unten und würde sich freuen, Fragen zu beantworten, auch wenn sie keine Ahnung habe, was sie wohl beitragen könne.

Plötzlich schreckten wir auf. Quiekie hatte zu reden begonnen.

»Ich frage mich, wo ihre Cold Creme ist.« Sie klopfte sich mit dem Finger gegen die Lippen und studierte das Sortiment von Fläschchen und Tiegeln auf dem Frisiertisch. »Seht doch, sie hat alles – Tonikwasser, Maske, Mandelkleie, Lotion, Basiscreme – aber weder Abschminkcreme noch Cold Creme. Sie muß doch eine Dose davon haben.«

Haley sah mich an. Ich sah Haley an. Nur Gregory hatte unendliche Geduld und ging zu ihr hinüber . . .

»Natürlich hatte sie welche. Sie hat sie nur öfter gebraucht als den Rest, und die Dose war leer.« Er kam wieder zu uns. Aber er kannte Quiekie nicht, wie ich sie kannte.

»Und wenn sie's aufgebraucht hat, wo ist dann die Dose?«

Ich zog die Augenbrauen hoch und hob die Schultern, um anzudeuten, daß ich für das Verhalten meiner Frau nicht verantwortlich war. Sie suchte weiter herum. Das Schwert schien sie zu faszinieren.

»Es hat einen Kupfergriff!« verkündete sie uns, als sie uns etwas von größter Bedeutung wissen ließe.

Haley ging zu ihr. Demonstrativ den dramatischen Wandschmuck ignorierend, starrte er sie nur an. Quiekie stotterte etwas und war dann still.

Als sie sich von ihm abwandte, stolperte sie ungeschickt. Dann hielt sie inne und hob etwas vom Boden auf. »Seht mal! Ein Püppchen!«

»Von wegen Püppchen«, knurrte Haley, »das ist ein Nadelkissen, Mrs. Meadow«, und nahm es ihr aus der Hand.

Er hielt die kleine weibliche Figur hoch, und wir konnten die Nadeln, die im Kopf steckten, erkennen. Quiekie stöhnte, als sie ihm dabei zusah, wie er sie auf den Frisiertisch setzte.

»Ein besonders hübsches dazu«, belehrte er sie. »Die denken sich alle möglichen, seltsamen Sachen aus, die sich für das Boudoir einer Dame verkaufen lassen.«

»Hübsch? Ich find' es abscheulich«, sagte Quiekie.

»Also, ich möchte . . .!« Gregory fiel über Haley her. »Spielen wir hier denn Häusereinrichten, Sergeant?«

Und Haley antwortete mit Gleichmut: »Nein, Sir.«

»Also gut. Wir sollten jetzt hinuntergehen und Miß Gray befragen. Ich nehme an, wir sollten besser Miß Gaylord sagen. Quiekie, wenn du nicht gesehen werden kannst, ohne daß man dich auch hören muß, dann bleib bitte lieber hier.«

Wir klingelten bei den Cobalts, wo Miß Gaylord auf uns wartete. Sie führte uns über den Flur in ihre Wohnung, und Gregory befragte sie. Ohne ihren Hut mit dem Schleier sah sie blaß und erschöpft aus. Sie stützte ihren Kopf auf die Hand mit dem Ellbogen auf dem Tisch. Sie wirkte wie ein Automat, der die Fragen beantwortete, ohne zu denken.

Quiekie war sehr aufmerksam und verdächtig still, was für alle angenehm war.

Miß Gaylords Geschichte berichtete im Detail, was sie schon Haley erzählt hatte. Ich gebe hier die wichtigsten Punkte wider: Das Stück dauert ungewöhnlich lang, die Gaylord tritt im letzten Akt nicht mehr auf, verläßt das Theater aber selten sofort. Sie mußte sich abschminken. Sie lächelte entschuldigend, als sie das erwähnte. Mir fiel wieder ein –

und Quiekie schien sich fast die Zunge abzubeißen, um es nicht zu erwähnen –, daß Miß Gaylord als die tote Ehefrau ein phosphorierendes Make-up trug, das im Dämmerlicht auf die Bühne wie ein Leuchtkäfer schimmerte. Sie erklärte, daß es nur wenige Minuten dauerte, um es zu entfernen, daß sie jedoch noch lange in ihrer Garderobe herumlungere. Sie pflegte in der Regel das Theater gegen zwanzig vor zwölf zu verlassen und zu Fuß nach Hause zu gehen, wo sie, heute abend, gegen Mitternacht eintraf. Sie glaubte nicht, daß irgendwer sie gesehen habe, als sie fortging, denn die anderen waren alle auf der Bühne.

Ein Portier? Wir hatten wohl keine Vorstellung von der Größe des Theaters. Sie hatten keinen Portier. Wenn natürlich der Erfolg anhalten würde, würden sie vielleicht in ein größeres Theater umziehen. Wer weiß?

Gregory nickte, und Quiekies Finger flogen nur so über das Papier. Daß sie so schnell ist wie ein Gerichtsstenograph, hat mich immer erstaunt.

Dann berührte Gregory einen wunden Punkt.

Er stellte die Routinefragen, ob sie irgendwen kannte, der das Opfer kannte und ob sie irgendwelche Hinweise geben könnte.

Sie zögerte und schien sich unbehaglich zu fühlen. »Hm, nein«, sagte sie, »ich glaube nicht.« Dann: »Ach, ich weiß nicht.« Sie sah uns gequält und unsicher an.

»Miß Gaylord«, beruhigte Gregory sie, »Sie sind nicht gezwungen, etwas zu sagen. Aber ich möchte Sie doch darauf aufmerksam machen, daß nichts zu unwichtig ist, vor allem, wenn Sie schon zweifeln.« Er lehnte sich vor und fügte ernst hinzu: »Ich muß Sie nicht daran erinnern, daß Ihre Freundin ermordet worden ist. Mord macht alle anderen Erwägungen unbedeutend, und nichts, was Sie uns sagen, schadet jemandem, der unschuldig ist.«

Widerstrebend und fast flüsternd antwortete sie schließlich: »Ich kannte jemanden, der sie vor einigen Jahren gut gekannt hat, wohl noch immer kennt, nehme ich an . . . aber . . .«

Gregory wartete.

Mit etwas festerer Stimme fuhr sie fort: »Er heißt Bob Morgan. Er hatte Judy ziemlich gern. Ich glaube, vor ein paar Jahren waren sie . . . äh . . . haben sie sich oft gesehen.« Sie zögerte wieder. »Mir wäre es lieber, wenn Sie selbst mit ihm redeten. Ich möchte nicht mehr sagen, vor allem, weil ich nicht sicher bin . . .«

»Wissen Sie, wo er wohnt?«

Sie hob den Kopf und sah Gregory an, auch wenn es mir vorkam, als schaue sie durch ihn hindurch. Ihr Blick war vage und konzentriert zugleich, anders kann ich es nicht beschreiben.

»Ja, er wohnt nebenan in Nummer 315.«

Wir zuckten zusammen wie Jagdhunde, die plötzlich eine Spur witterten, und Quiekie vergaß, daß sie versprochen hatte, den Mund zu halten.

»Sie meinen doch nicht etwa den netten, jungen Mann, der unter uns wohnt?« rief sie aus.

Haley hüstelte warnend. Miß Gaylord ignorierte sie, und nur Gregory sagte: »Unter eurer Wohnung, Quiekie?« Er sah zu Haley hinüber, der nickte.

»Ja, Leutnant, das ist die Wohnung, die Miß Meredith sah, wo das Fenster zur Feuerleiter offenstand.«

»Gibt es noch etwas, Miß Gaylord?« fragte Gregory, doch er stand schon auf. »Fällt Ihnen noch etwas ein, das uns nützlich sein könnte?« Miß Gaylord sah ihn an. »Nein«, sagte sie schnell, »ich habe scheußliche Kopfschmerzen. Ich würde mich gerne hinlegen, wenn das möglich ist.«

»Tun Sie das«, meinte er fast schüchtern, und ich verstand plötzlich, was Quiekie meinte, wenn sie sagt, daß er Charme hat. »Ich hätte sie gerne noch weiter über Miß Perry befragt, ihre Vergangenheit und die Sachen, die ein Polizist zu fragen hat, doch ich glaube, ich werde es mit Mr. Morgan versuchen, der ebenfalls ein alter Freund von ihr war. Falls ich dort nicht erfahre, was ich wissen will, darf ich – ich weiß, es ist eine Zumutung – Sie unter Umständen noch einmal belästigen?«

Sie lächelte schwach und nickte, als ob es ihr einerlei sei.

»Ach, noch etwas«, Gregory war schon auf halbem Weg zur Tür, »wie kommt es, daß Miß Merry und Mr. Morgan so nah beieinander wohnen? Ist doch kein Zufall, oder?«

Sie sah abgehärmt aus unter dem Schein der Lampe. »Nein«, erwiderte sie sehr schwach, »es war kein Zufall. Judytha und ich teilten uns zu Anfang eine Wohnung hier. Sie wollte hierherziehen, weil sie, wie sie sagte, Bob im Auge behalten wollte. Als die Show dann so gut lief, habe ich mir eine eigene Wohnung genommen, weil Judytha sehr nervös war und gerne allein sein wollte.«

In ihrer Stimme lag so viel Angst, daß ich überzeugt war, daß sie etwas zu verbergen suchte.

Sie waren schon fast zur Tür hinaus, als Quiekie sich umdrehte und freundlich sagte: »Sie leiden unter Kopfschmerzen, Miß Gaylord?«

Miß Gaylord kniff die Augen zusammen, als mache sie eine Anstrengung, Quiekie zu erkennen.

»Hm, ja«, sagte sie, »manchmal.«

»Das kommt von Ihren Augen«, sagte Quiekie und achtete nicht auf Gregory, der ungeduldig an der Tür wartete.

Miß Gaylord wehrte entsetzt ab: »Nein, ganz sicher nicht! An meinen Augen kann es nicht liegen!« und sie zitterte dabei.

Quiekie machte mitleidlos weiter: »Wahrscheinlich ist es nichts Schlimmes, aber Sie werden eines Tages eine Brille brauchen, Sie sind fürchterlich kurzsichtig. Sie würden sich das Leben erleichtern, wenn Sie's jetzt schon täten.«

Miß Gaylord wurde blaß. »Bringen Sie sie hier raus«, bat sie Gregory heiser, »sie geht mir auf die Nerven.« Und dann zu Quiekie: »Lassen Sie mich bloß in Ruhe!«

Draußen ließ Gregory Quiekie seine Meinung wissen. Sie hörte ohne einen Mucks zu. »Du taktloses, unmögliches Biest, wie kannst du . . .«

Als er geendet hatte, sagte sie: »Na ja, es ist doch albern, so zu leiden, nur weil sie zu eitel ist, eine Brille zu tragen.«

Ich mischte mich ein: »Weißt du, Schatz, viele Schauspielerinnen müßten Brillen tragen und tun's nicht. Es ist mehr als Eitelkeit, sie haben Angst.«

Der Regen hatte nachgelassen und die Luft war frisch und roch ein wenig nach Frühling. Quiekie hakte sich bei mir ein, und wir folgten Gregory in Nr. 315.

»Wir können bei uns einen Kaffee trinken, wann immer du willst«, bot ich Gregory an, und er nickte geistesabwesend.

Wir läuteten einige Male an Bob Morgans Tür, und Gregory ließ Haley auch noch klopfen. Nach einer ganzen Weile hörten wir drinnen eine Tür aufgehen und Poltern und Rascheln.

Als er schließlich die Wohnungstür öffnete, machten wir alle einen Schritt zurück. Morgan stand schwankend da und starrte uns glasig an, und eine Whiskeyfahne schlug uns ins Gesicht.

»Was'n da los?« fragte er lallend.

»Seit wann sind Sie zuhause?« fragte Gregory.

Der Betrunkene sah ihn hilflos an und fragte dann: »Wie spät ist es denn?«

»Gegen zwei Uhr», sagte Haley, auf die Uhr blickend.

Mit zitternden Fingern zählte Morgan »Zwölf, eins, zwei . . . Zwei Stunden.« Dann fügte er hinzu: »Bin besoffen gewesen. Muß mein' Rausch ausschlafen.« Er hielt die Finger an seine Lippen und blinzelte vielsagend.

»Können wir reinkommen?« fragte Gregory. »Wir möchten mit Ihnen reden.«

»Klar.« Er schwankte zur Seite, und ich sah, daß er bis auf die Schuhe vollständig angezogen war. Dann drehte er sich um und sah uns fragend an. »Sagen Sie, wer sin' Sie eigentlich? Was wollen Sie?«

»Polizei«, informierte ihn Gregory etwas ungenau. »Haben Sie einen Schrei gehört, als Sie heute Nacht nachhause gekommen sind?«

»Nee. Was wollt ihr Bullen von mir? Is' sie auch einer?« Er zeigte auf Quiekie in ihrem Luftschutzhelferanzug.

»Sie ist Stenograph«, Gregory war etwas verlegen, aber er war selber schuld. »Kannten Sie eine Miß Perry aus dem Apartment 3B nebenan?«

Ich meinte zu erkennen, daß in seinen Augen eine gewisse Wachsamkeit aufleuchtete. »Klar, ich kenne Judytha. Was is' los?«

Gregory schob ihn in die Wohnung während er sprach. »Sie ist ermordet worden. Können Sie uns irgend etwas dazu sagen?«

»Oh, mein Gott!« Er fuhr zusammen, als habe man ihn geschlagen. Er zitterte und lehnte sich gegen die Wand. Eine Minute lang sah es aus, als würde ihm übel. Dann riß er sich zusammen. »Kommen Sie herein«, sagte er nüchtern und führte uns durch den Flur ins Schlafzimmer. Das Zimmer war warm und unordentlich. Das fest geschlossene Fenster machte die schnapsgeschwängerte Luft fast zum Schneiden dick. Das Bett war zerwühlt, und in der Mitte des Teppichs lag ein Paar Schuhe, die jemand abgestreift hatte, ohne die Schnürsenkel zu lösen.

»Einen Moment bitte«, sagte er gequält und verschwand im Badezimmer, wo man ihn mit Wasser hantieren hörte. Als er zurückkam, strich er sich das nasse Haar aus der Stirn. Er war ein ziemlich gutaussehender junger Mann.

Er entschuldigte sich und bat uns, in den Wohnraum zu gehen, doch Gregory zog das Schlafzimmer vor, und ich wußte, warum.

Morgan riß das Fenster weit auf. »Tut mir leid, ich muß ziemlich blau gewesen sein, als ich heimkam, habe nicht einmal das Fenster aufgemacht. Bin einfach weggesackt.«

Das würde nicht schwierig werden, dachte ich. Er benahm sich nicht besonders klug.

Haley hatte es auch bemerkt. Die Vorhänge des Fensters, das angeblich nicht geöffnet worden war, waren naß. Er machte eine oberflächliche Inspektion des Zimmers, dann sah er aus dem Fenster und wartete.

Gregory sagte noch immer nichts, und nach einem unbehaglichen Schweigen sagte Morgan schließlich: »Wie wurde sie getötet? Wann?« Seine Stimme war rauh. Er war jetzt stocknüchtern.

»Sie lag mit zerschmettertem Schädel im Bett. Um Mitternacht hatte sie geschrien und wurde wenig später gefunden. Wo waren Sie um diese Zeit, Mr. Morgan?«

»Betrunken und noch unterwegs, nehme ich an.«

»Nun ja«, ließ Gregory es achselzuckend dabei bewenden. »Wie gut kannten Sie Miß Perry?«

»Ich habe sie sehr gut gekannt«, gab er offen zu, »wenn auch nicht mehr in letzter Zeit.«

»Wann haben Sie sie zum letzten Mal gesehen?«

»Vor zwei Wochen.«

Gregory lehnte sich vor. »Sie scheinen nicht besonders traurig darüber zu sein, daß sie tot ist.«

Morgan überlegte. »Ich bin schockiert«, sagte er dann. »Das ist normal. Aber ich bin nicht wirklich traurig. Sie war so ein falsches kleines . . .« Dann verstummte er.

»Ach ja? Sie mochten nicht, wie sie Sie behandelte?«

»Mich?« Er hob den Kopf. »Nein, ich dachte an Vera. Judytha war eifersüchtig auf sie wegen ihrer Rolle im Theater. Judytha hatte nämlich auch Theaterambitionen. Sie hatten sich bei Theaterarbeit getroffen. Sie verfolgte die arme Vera.«

»Was konnte Miß Perry gemeint haben, als sie sagte, daß sie in Ihre Nachbarschaft zog, um Sie im Auge zu behalten?«

Ich erwartete, daß dies ihn aus der Fassung bringen würde, aber er sagte leichthin: »Ach, das hat sie gesagt? Nun, sie mag ein bißchen eifersüchtig auf mich gewesen sein, aber ich kann mir ehrlich nicht vorstellen, daß sie deswegen hierhergezogen ist. Wahrscheinlich gefiel ihr einfach die Wohnung, und sie sagte das, um geheimnisvoll zu wirken. Geheimmeisterei war ihre Stärke.« Er schien verwirrt. »Ich kann nicht verstehen . . .«

»Was?«

»Ach, den Mord.« Aber ich glaube, es war etwas anderes, was er nicht verstehen konnte.

Gregory ließ seine Augen durch den Raum gleiten.

Da ließ Quiekie sich hören, und ich schreckte zusammen. »Bob, sagen Sie Ihnen doch die Wahrheit! Sie machen alles nur viel schlimmer!«

Ich dachte, Haley würde sie rausschmeißen, denn er machte einen Schritt auf sie zu. Doch zu meiner großen Verwunderung hielt Gregory ihn zurück.

»Die Vorhänge«, sagte Quiekie. »Man hat sie durchs offene Fenster wehen sehen. Man will Ihnen eine Falle stellen. Man weiß, daß Ihr Fenster offen war. Schauen Sie hin!« Sie zeigte zum Fenster. »Die Vorhänge sind ganz naß!«

Bob Morgan starrte Quiekie an, als könne er nicht glauben, was er gehört hatte. Es war, als seien die beiden allein im Raum. Ich hätte sie erdrosseln können. Selbst in Anbetracht der darauffolgenden Ereignisse kriege ich eine Gänsehaus, wenn ich daran denke. Zeigt einfach, wozu Leute fähig sind, wenn sie überzeugt sind, Recht zu haben.

»Der Whiskey war zu frisch«, fuhr Quiekie fort. »Sie haben ihn gerade rumgespritzt. Außerdem waren Ihre Augen ganz klar. So können Sie den Leutnant doch nicht reinlegen.« Quiekie wies auf ein Foto auf dem Nachttisch. »Ist das Ihre Verlobte? Sie sieht süß aus.«

Gregory sah, daß Quiekie auf Nebensächlichkeiten zusteuerte, und übernahm wieder selbst.

»Nun?« sagte er.

Morgan richtete sich auf und sah uns tapfer an, doch seine Lippen zitterten leicht. »Also gut«, sagte er schwach, »ich war dort. Aber ich ging, bevor sie schrie. Ich weiß, daß Sie mir nicht glauben werden, und ich kann es nicht beweisen. Ich werde Ihnen genau erzählen, was ich getan habe und wie.«

Er starrte auf die Wand und sprach, als habe er einen Kloß im Hals. »Judy und ich hatten vor einiger Zeit eine Affäre. Nachdem das zuende war, fand sie heraus, daß ich jemand anderen heiraten wollte. Sie ließ mich für ein paar Briefe bezahlen, die mein Leben zerstört hätten. Sie wußte etwas über mich und war im Besitz von Briefen, die darauf Bezug nahmen. Sie hatte mich in der Hand.« Ein bitteres Lächeln verzerrte sein Gesicht. »Ich war unschuldig, doch ich konnte es nicht beweisen. Ich nehme an, Ihnen sind solche Geschichten vertraut. Muß ich sagen, worum es sich handelte?« Er hob stolz den Kopf, während er darum bat, sich nicht erniedrigen zu müssen.

Gregory schüttelte den Kopf. »Sie müssen gar nichts sagen, was Sie nicht sagen wollen. Lassen Sie's jetzt. Wenn Sie eine offizielle Aussage machen, ist Zeit genug für Einzelheiten.«

Ich glaube, Morgan begriff nicht, was für eine finstere Ankündigung darin lag.

»Danke«, sagte er und fuhr fort: »Die Zahlungen für die Briefe machten mich arm, und ich konnte nicht heiraten. Das letzte Jahr war die reinste Hölle. Ich versuchte, ihr zu entkommen; mir war alles egal. Aber sie folgte mir und zog in die Wohnung nebenan. Das war es, was sie meinte. Ich war bereit, mich umzubringen, um dem ein Ende zu bereiten, aber ich wollte noch einen letzten Versuch machen.«

»Mord?« fragte Haley leise.

Der junge Mann wurde blaß. »Nein, nicht Mord. Mir war es gelungen, einen Schlüssel für die Truhe zu kriegen, von er ich glaubte, daß sie darin die Briefe aufbewahrte. Heute nacht bin ich über die Feuerleiter hier hinaus und drüben in ihr Fenster gestiegen. Sie lag im Bett und schlief.«

Er machte eine Pause und fuhr dann fort: »Da einzig Normale an Judytha war, daß sie früh schlafen ging. Sie meinte, das halte sie jung. Ich öffnete die Truhe und benutzte eine winzige Taschenlampe, um die Briefe zu suchen. Da waren jede Menge anderer Briefe, von denen ich nie gehört hatte. Dann hörte ich, wie ein Schlüssel die Wohnungstür öffnete. Ich nahm den Truhenschlüssel, aber ich hatte keine Zeit mehr, sie wieder zu verschließen. Oh, ich hatte natürlich Handschuhe an. Ich stieg durchs Fenster und auf die Feuerleiter und wartete nicht ab, herauszufinden, wer in die Wohnung gekommen war. Es überraschte mich nicht sonderlich, daß da jemand kam. Schließlich . . .!« Er zuckte mit den Achseln und fuhr fort.

»Ich erwartete nicht, daß sie unter diesen Umständen zur Polizei gehen würde, aber gar nichts war sicher. Sie war eine gefährliche Person, wenn man ihr in die Quere kam. Ich stieg vorsichtig die Feuerleiter hinunter. Als ich halb über den Hof war, hörte ich den Schrei. Ich hatte keine Ahnung, was das nun für ein Trick war. Ich wagte es nicht, meine Feuerleiter hinaufzugehen, weil ich nicht gesehen werden wollte. Ich wollte auch nicht durch den Keller gehen, aus Angst, ich könnte dem

Hausmeister begegnen. Also ging ich durch die kleine Tür im Zaun auf die Straße und betrat das Haus durch den Haupteingang. Ich spielte betrunken, für den Fall, daß mir jemand begegnete. Dann kam ich her und inszenierte das Durcheinander für den Fall, daß sie mich irgendwie behelligen würde. Die Briefe verbrannte ich im Kaminfeuer.«

Gregory schüttelte bedächtig den Kopf. »Raffiniert«, sagte er, »raffiniert, so nah an der Wahrheit zu bleiben. Aber es haut nicht hin. Sie ist aufgewacht und Sie haben sie umgebracht, nicht wahr?«

Elend und Schrecken standen in Morgans Gesicht.

»Nein«, sagte er immer wieder. »Ich war es nicht! Ich war's nicht! Ich habe sie nicht umgebracht, wirklich nicht!«

In beiläufigem Tonfall fragte Gregory: »Woher hatten Sie den Schlüssel zur Truhe?«

Morgan schüttelte den Kopf.

»Miß Gaylord hat einen Abdruck für Sie gemacht, nicht wahr? Sie haben Ihr von den Briefen erzählt und sie hatte Mitleid mit Ihnen, nicht? Und als sie eine Gelegenheit hatte, machte sie für Sie einen Abdruck, nicht wahr? Darum war sie heute abend so verängstigt. Sie dachte, Sie seien heute die Briefe suchen gegangen und hätten Judyitha Perry getötet. Ich verhafte Sie wegen des Mordes an Miß Perry, Mr. Morgan.«

»Gregory, das kannst du nicht tun!« Es war Quiekie!

»Halt den Mund, Quiekie!« fuht ich sie an.

»Warum nicht, Quiekie?« fragte Gregory ganz ruhig.

»Weil er's nicht war!«

Gregory ging zu ihr und sah sie ganz fest an. Ich glaube, er hält sie für eine Hellseherin. »Kannst du es beweisen?« fragte er.

Sie weinte fast, so gekränkt war sie. »Du weißt, daß ich das nicht kann, Gregory . . . aber ich kann beweisen, wer es war.«

»Wirklich, Quiekie?« fragte Gregory.

»Nicht sofort, Gregory, aber laß es mich versuchen. Er wird nicht weglaufen.« Ich dachte, sie würde sich für Portia halten und im nächsten Augenblick mit dem »Prinzip Gnade« anfangen, doch ich hatte sie unterschätzt.

Sie unterbrach und sagte dann plötzlich: »Laßt uns alle einen Kaffee trinken gehen.« Das ist, was man einen strategischen Rückzug nennt. Wir gingen, einschließlich dem verhafteten Bob Morgan in die Wohnung hinauf und tranken Quiekies Kaffee.

»Wißt ihr«, sagte sie, »für eine Schauspielerin hat Miß Gaylord nicht viel Geschmack.«

Wir sahen sie verblüfft an. »Dieser selbstgemachte Schleierhut«, fuhr sie fort, »so was sollte sie nicht tragen. Paßt nicht zu ihrem Gesicht. Außerdem ist sie zu klein.«

»Selbstgemachter Schleierhut! Du meine Güte!« stöhnte Gregory. »Ich fand, sie sah nicht schlecht aus.«

»Ich meine den Hut«, erklärte Quiekie ihm ungeduldig, »sie hat ihn selber gemacht.«

»Komm«, sagte ich, »laß den Schleierhut. Sie wird ihre Gründe gehabt haben.

Quiekie setzte ihre Tasse so hart auf den Tisch, daß ich dachte, sie würde zerbrechen.

Dann starrte sie mich eine ganze Weile an. Ich begann, mich unbehaglich zu fühlen.

Plötzlich stöhnte sie und sprang auf. »O Gregory, Gregory«, rief sie mit einer Stimme, die mir eine Gänsehaut über den Rücken kriechen ließ. »Ich muß gehen. Ich bin gleich zurück.«

»Also . . .« setzte ich an, doch Gregory unterbrach mich. »Ich bleibe mit Morgan und Haley hier. Geh mit und sieh was sie vorhat.«

Auf der Treppe von Nr. 313 holte ich sie ein. Sie ging in den dritten Stock, aber nicht in Nr. 3B. Sie ging in das leerstehende Apartement gegenüber.

Ich folgte ihr in die Küche. Sie öffnete alle Schränke und Schubladen, sah in alle Regale, seufzte und ging von Raum zu Raum, wo sie alle Schränke absuchte.

»Was suchst du denn, Schatz?« fragte ich so süß ich konnte.

»Cold Creme, David.«

Was sollte ich machen. Ich half suchen.

Wir fanden Judytha Perrys Cold Creme im Badezimmerschränkchen. Quiekie schraubte den Deckel auf. Dann schaltete sie das Licht aus, und ich hörte sie voller Befriedigung sagen: »Na also, ich wußte, daß er es nicht war.«

»Du lieber Himmel«, stöhnte ich.

»Hier!« Sie drückte mir den Cremetopf in die Hand. »Bring das Gregory und sag ihm, er soll sie sich unter dem Bett ansehen, ganz weit drunter. Starr mich nicht so entgeistert an, David. Beeil dich! Es ist wichtig!«

Also ging ich. Teufel noch mal. Ich konnte ihre Gedanken nicht lesen. Ich verstand überhaupt nichts.

Gregory zog eine Braue hoch, als ich ihm sagte, was sie mir aufgetragen hatte. Er ging ins Gästezimmer und schloß die Tür hinter sich. Es ärgert mich, daß ich nie erfahren werde, ob er wirklich unters Bett kroch, um die Dose mit Cold Creme anzusehen. Aber ich hörte, wie er den Lichtschalter mehrmals betätigte.

Mit steinernem Gesicht kam er wieder heraus. »Schnell, kommt mit! Warum hast du sie allein gelassen, du Trottel!«

Als wir ankamen, hatte Vera Gray alias Vivian Gaylord einen hysterischen Anfall, und Quiekie war dabei, ihr kaltes Wasser ins Gesicht zu spritzen. Als wir sie etwas beruhigt hatten, verhaftete Gregory sie wegen des Mordes an Judytha Perry. Quiekie redete eine Weile auf ihn ein, daß es sich in Wirklichkeit um Selbstverteidigung gehandelt habe, denn das arme Mädchen glaubte, sie würde blind gemacht.

Es war nicht leicht, die Geschichte aus Quiekie herauszuholen. Draußen wurde es schon hell, und wir waren gerade wieder ins Bett gegangen.

»Quiekie?«

»Hmmm?«

»Schatz, wie hast du das rausfinden können?«

»Besondere Fähigkeiten plus Psychologie.«

Ich war fest entschlossen, Geduld zu haben. »Ja, und weiter?«

»Also, erst mal, weil er es nicht gewesen war. Blieb nur sie.«

Ich vermutete, daß sie meinte ». . . die den Mord begangen hat.«

»Dann Veras Psychologie. So was wie Macbeth: ›Und was du mehr fürchtest zu tun, als du es ungetan wünscht.‹«

»Der Himmel steh' mir bei!« betete ich.

»Sei nicht albern, das soll nur heißen, daß sie den Mord bis ins Detail ausgedacht hatte, ohne sich je einzugestehen, daß sie ihn auch ausführen würde. Selbst, als sie schon unterwegs war, redete sie sich ein, daß sie nichts weiter wolle als Judytha einen gehörigen Schrecken einjagen, damit sie sie von dem Fluch befreie. Sie suchte Judytha in ihrer Leuchtschminke auf und spielte eine Schauerszene. Sie gab Judytha eine Chance, den bösen Zauber von ihr zu nehmen.«

»Zauber?«

»Ja. Das war kein Nadelkissen. Es war eine Puppe, die Vera darstellte. Die Nadeln steckten in den Augen. Vera glaubte, daß sie blind gemacht wurde.«

»So was glaubt man doch nicht!«

»Doch! Und wenn man es fest genug glaubt, passiert es sogar manchmal. Frag einen Arzt. Natürlich hätte sie sowieso eine Brille gebraucht. Das machte es einfacher für Judytha, sie nutzte die Angst aus, die ohnehin schon da war.«

Quiekie kam in Fahrt: »Weißt du, da war erst einmal das Buch, dann das Schwert mit dem Kupfergriff, das ein Attribut des Magiers ist. Judytha begann ihre Terrorherrschaft aus Langeweile. Aber als sie sah, wie leicht das ging – Vera war ein dankbares Opfer –, ging sie weiter. Sie war eifersüchtig auf Veras Erfolg und genoß es, sie zu quälen. Es gab ihr das Gefühl von Macht. Sie hatte keine Ahnung, wie tief die Angst in Vera war, die sie schürte, noch, wie gefährlich das war.«

»Und das Verbrechen?« fragte ich.

»Also, Vera dachte daran, weil sie das Theater unbemerkt verlassen konnte. Sie ging gestern viel früher nachhause, als sie gesagt hatte, und sie entfernte die Schminke nicht. Der Schleierhut verbarg ihr Gesicht genügend, vor allem, weil die Straßen wegen des Regens menschenleer waren.

Es war ihr Schlüssel, den Bob hörte. Judytha wachte auf, als sie die Tür öffnete. Sie hatten einen Streit. Vera fand die Puppe und bat Judytha, sie von dem Zauber zu befreien. Judytha sagte ein paar schreckliche Dinge zu ihr. Vera war nicht sehr klar in ihrem Bericht über diesen Teil der Ereignisse, aber ich glaube, der Plan in ihrem Kopf wurde so etwas wie eine Macht, der sie gehorchen mußte. Sie tötete sie mit der Statue, die sie sich als Mordwaffe gedacht hatte. Diana ist nicht nur die Göttin der Jagd, sondern auch die Mondgöttin. Früher glaubten die Leute an so etwas wie Mondblindheit. Vera hielt sie vielleicht für die passende Göttin, die ihr zur Gerechtigkeit verhelfen würde.

Nachdem sie Judytha erschlagen hatte, ging sie in die leerstehende Wohnung gegenüber, um die Schminke zu entfernen. Falls irgendwer den Flur betreten hätte, wäre sie einfach dort geblieben oder über die Feuerleiter hinuntergegangen. Aber es kam niemand. Also ging sie hinunter, traf die Cobalts und erzählte ihnen die Geschichte, daß sie den Schrei gehört habe und versucht habe, in die Wohnung zu gelangen.«

»Und warum wolltest du, daß Gregory die Cold Creme unter dem Bett ansehen sollte? Warum hast du ihm nicht einfach gesagt, er solle sie im Dunkeln anschau'n, wenn du wolltest, daß er die Spuren der phosphorisierenden Schminke sehen sollte?«

Sie wurde rot. »Unter dem Bett ist es doch dunkel!« sagte sie leise. Und dann: »Oh, David, hat er es wirklich gemacht?«

Ich mußte zugeben, daß ich es nicht wußte.

»Und was hältst du nun von der ganzen Sache?« wollte sie wissen.

Ich wählte meine Worte sorgfältig. »Nun, ich meine, daß Wissen eine gefährliche Sache sein kann, Schatz.«

»Ach, David, ich bin ja so froh, daß du deine Grenzen erkennst. Das ist der wichtigste Schritt.« Sie strahlte. »Wenn du dich in einen der Kurse einschreiben willst . . . Oh, Schatz, das ist phantastisch!«

Sie fiel mir um den Hals. Also wirklich! Wie hätte ich da wieder anfangen können, daß sie ihre faszinierenden Studien mittelalterlicher Hexerei aufgeben sollte. Ging einfach nicht. Also küßte ich ihren kleinen rosa Daumen und ließ es dabei bewenden.

Schwarzes Herz und Weißes Herz

H. Rider Haggard

H. Rider Haggard (1856–1925) war der Meister der Abenteuergeschichte im späten neunzehnten Jahrhundert, ein Mann, der das Motiv des ›großen weißen Jägers‹ wie auch das der ›verschollenen Rasse‹ (›lost race‹) in die Unterhaltungsliteratur einbrachte. Er tat dies primär durch die Publikation von zwei ungemein einflußreichen Romanen, *King Solomon's Mines* (1885; dt. *König Salomons Schatzkammer,* 1888) und *She: A History of Adventure* (1887; dt. *Sie,* 1911). Leider erreichte sein späteres Werk nie dieselbe hohe Qualität, obwohl er mehr als dreißig weitere Romane schrieb. Sein sehr viel begrenzterer Ausstoß an Kurzgeschichten ist in *The Best Stories of H. Rider Haggard* (1896) zu finden. Er war ein überzeugter Imperialist, und seine heute diskreditierte politische Einstellung mag für seinen heutigen Mangel an Ansehen verantwortlich sein. Aber er war gewiß einer der großen Geschichtenerzähler aller Zeiten.

I

EIN ZULU-IDYLL

Zu dem Zeitpunkt, da Philip Hadden in unser Blickfeld rückt, war er Transportunternehmer und Händler in »Zulu-Waren«. Noch nicht ganz vierzig, war er von angenehmer Erscheinung, groß, dunkel, aufrecht, mit kecken Augen, kurzem Knebelbart, gewelltem Haar und klar geschnittenen Zügen. Sein Leben war wechselvoll gewesen, und es gab Abschnitte darin, von denen er nicht einmal seinen intimsten Freunden berichtete. Er war jedenfalls von vornehmer Abkunft, und es hieß, er habe in England Internat und Universität besucht. Jedenfalls konnte er bei passender Gelegenheit mit Geschick die Klassiker zitieren, eine Fähigkeit, die ihm, zusammen mit seiner kultivierten Stimme und einem Auftreten, das in diesen wilden Gegenden der Welt nicht gerade üblich war, unter seinen rauhbeinigen Kameraden den Beinamen »Der Prinz« eingebracht hatte.

Wie dem auch sein möchte, es ist gewiß, daß er unter obskuren Umständen nach Natal ausgewandert war, und ebenso gewiß, daß seine Verwandten daheim es zufrieden waren, kein weiteres Interesse an seinem Geschick zu zeigen. Im Verlauf der fünfzehn, sechzehn Jahre, die er in der Kolonie oder in den Nachbarländern verbracht hatte, übte Hadden viele Tätigkeiten aus und war in keiner davon erfolgreich. Als kluger Mann von angenehmem, einnehmendem Wesen fiel es ihm leicht, Freunde zu gewinnen, um sich den Beginn eines neuen Lebens zu erleichtern. Doch nach und nach wurden diese Freunde von einem vagen Mißtrauen ergriffen, und nach einer Zeit mehr oder weniger großen Eifers beendete er seine Geschäfte, indem er plötzlich aus dem Ort verschwand, und hinterließ einen zweifelhaften Ruf und ziemlich hohe Schulden.

Vor dem Beginn dieser Geschichte unterhielt Philip Hadden über mehrere Jahre ein Transportunternehmen, das heißt, er transportierte Waren von Durban oder Maritzburg zu verschiedenen Orten im Landesinneren. Eine Schwierigkeit von der Art, wie sie ihm schon so manches Mal in seinem Leben zugestoßen war, veranlaßte ihn, diesen Broterwerb zeitweilig aufzugeben. Als er nämlich die kleine Grenzstadt Utrecht im Transvaal erreichte, mit zwei Wagenladungen von Gemischtwaren für einen Ladenbesitzer dort, ergab sich, daß fünf der sechs Kisten mit Weinbrand fehlten. Als von Hadden eine Erklärung für den Fehlbestand gefordert wurde, beschuldigte er seine Kaffern-»Boys«, doch der Ladeninhaber, ein derber Mann, nannte ihn öffentlich einen Dieb und weigerte sich, die Frachtkosten zu bezahlen. Im Wortgefecht wurden die Männer handgreiflich, Messer wurden gezogen, und noch ehe jemand eingreifen konnte, wurde der Ladenbesitzer von einem Messerstich in die Seite übel verletzt. In jener Nacht, ohne abzuwarten, bis die Angelegenheit von der Obrigkeit untersucht werden konnte, machte Hadden sich davon und überquerte, so schnell seine Ochsen es erlaubten, die Grenze nach Natal. Er hatte das Gefühl, auch hier noch nicht in Sicherheit zu sein, ließ einen seiner Wagen in Newcastle zurück, belud den anderen mit Kaffernwaren – wie Decken, Kattun und Metallgeräten – und zog ins Zululand, wohin in jenen Tagen kein Offizier des Polizeichefs ihm folgen würde.

Da er mit der Sprache und den Gebräuchen der Eingeborenen wohl vertraut war, blühte sein Handel mit ihnen, und bald war er im Besitz von ein wenig Geld und einer kleinen Herde, die er im Tausch gegen seine Waren erhalten hatte. Inzwischen erreichte ihn die Nachricht, daß der Mann, den er verletzt hatte, Rache gegen ihn geschworen und sich mit den Behörden in Natal in Verbindung gesetzt hatte. Aus diesen Gründen war seine Rückkehr in die Zivilisation im Augenblick nicht erstrebenswert, und da er keine weiteren Geschäfte machen konnte, bis er nicht frische Waren beschafft hatte, lenkte Hadden seine Gedanken dem Vergnügen zu. Er schickte seine Wagen und seine Herde über die Grenze in die Obhut eines Eingeborenenhäuptlings, mit dem er befreundet war, und ging zu Fuß nach Ulundi, um vom König Cetywayo die Genehmigung einzuholen, in seinem Lande zu jagen. Erstaunlicherweise empfingen ihn die *Indunas,* die Häuptlinge, höflich – obwohl Haddens Besuch wenige Monate vor dem Ausbruch der Zulukriege im Jahre 1878 stattfand, als Cetywayo schon eine gewisse Unfreundlichkeit gegen englische Händler und andere Weiße zeigte; warum der König so handelte, wußten diese allerdings nicht.

Bei meinem ersten und letzten Gespräch mit Cetywayo bekam Hadden einen Hinweis auf die Hintergründe. Und das geschah folgendermaßen: An dem zweiten Morgen nach seiner Ankunft im königlichen Kraal kam ein Bote zu ihm und ließ ihn wissen, daß »der Elephant, dessen Schritte die Erde erschütterten« bedeutet hatte, daß es ihm ein Vergnügen sei, Hadden zu sehen. Er wurde also zwischen tausenden Hütten hindurch über den Großen Platz zu der kleinen Einfriedung geleitet, wo Cetywayo, ein königlich aussehender Zulu, auf seinem Thron sitzend, angetan mit einer *Kaross* aus Leopardenfell und umgeben von seinen Ratgebern, eine *Indaba,* eine Konferenz abhielt. Der *Induna,* der Hadden geführt hatte, ließ sich auf Hände und Knie nieder, murmelte den königlichen *Bayéte*-Gruß, kroch ein Stück vor und sagte, daß der weiße Mann warte.

»Laß ihn warten«, erwiderte der König unwirsch und wandte sich um, um das Palaver mit seinen Ratgebern fortzusetzen.

Nun, wie bereits erwähnt, sprach Hadden Zulu, und wenn der König von Zeit zu Zeit seine Stimme hob, erreichten einige seiner Worte Haddens Ohr.

»Wie!« wetterte Cetywayo zu einem verschrumpelten, alten Mann, der ihm ernsthaft zu widersprechen schien. »Bin ich ein Hund, daß diese weißen Hyänen so mit mir umspringen dürfen? Ist dies Land nicht mein, wie es vor mir das meiner Väter war? Sind die Menschen nicht mein, die ich schütze oder töte? Ich sage euch, ich werde diese kleinen, weißen Männer zertreten, mein *Impis* wird sie verzehren. So wird es geschehen!«

Wieder warf der alte Mann etwas ein, offenbar in der Rolle eines Friedensstifters. Hadden konnte seine Worte nicht hören, doch er sah, wie der Alte sich erhob und seewärts wies, während sich aus seinen ausdrucksvollen Gebärden und der besorgten Miene schließen ließ, er prophezeie Schlimmes, sollte eine bestimmte Handlungsweise weiterverfolgt werden.

Der König hörte ihm eine Weile zu, dann sprang er auf, und seine Augen blitzten buchstäblich vor Zorn.

»Hör mir zu!« schrie er seinen Ratgeber an. »Schon lange habe ich es vermutet, und jetzt bin ich mir sicher. Du bist ein Verräter. Du bist Sompseus* Hund und der Hund der Regierung von Natal, und ich werde nicht den Hund eines anderen Mannes halten, damit er mich in meinem eigenen Hause beißt. Schafft ihn weg!«

Ein leises unwillkürliches Raunen lief durch den Kreis der Indunas, doch der alte Mann zuckte mit keiner Wimper, nicht einmal, als ihn die Soldaten, die ihn gleich umbringen würden, roh packten. Wenige Sekunden lang, fünf vielleicht, verdeckte er sein Gesicht mit einer Ecke der *Kaross,* die er trug, dann blickte er auf und sprach mit klarer Stimme zum König:

»O König«, sprach er, »ich bin ein sehr alter Mann; in meiner Jugend diente ich unter Chaka, dem Löwen, und ich hörte seine Sterbeprophezeiung vom Kommen des weißen Mannes. Dann kam der weiße Mann, und ich kämpfte für Dingaan in dem Kampf am Blutigen Fluß. Sie erschlugen Dingaan, und viele Jahre lang war ich Ratgeber Pandas, deines Vaters. Neben dir stand ich, o König, in der Schlacht am Tugela, dessen graue Wasser sich rot färbten mit dem Blut Umbulazis, deines Bruders, und von Zehntausenden seiner Leute. Danach wurde ich dein Ratgeber, o König, und ich war bei dir, als Sompseu dir die Krone aufs Haupt setzte und du Sompseu Versprechen gabst – Versprechen, die du nicht gehalten hast. Nun bist du meiner überdrüssig, und das ist gut; denn ich bin sehr alt und zweifellos ist meine Rede kindisch, wie es den Alten widerfährt. Dennoch glaube ich, daß sich die Prophezeiung Chakas, deines Großonkels, erfüllen wird, daß die weißen Männer über dich obsiegen werden, und daß du durch ihn deinen Tod finden wirst. Ich hätte gern noch in einer weiteren Schlacht für dich gekämpft, o König, denn kämpfen wirst du, doch das Ende, das du mir bestimmt hast, ist für

* Dr. Theophilus Shepstone, der Gouverneur von Natal.

mich das beste Ende. Möge dein Schlaf friedlich sein, o König, und Lebewohl, *Bayéte!**

Geraume Weile herrschte Schweigen, ein hoffnungsvolles Schweigen, während die Männer darauf warteten, daß der König sein Urteil revidierte. Doch es gefiel ihm nicht, gnädig zu sein, oder politische Notwendigkeit überwog sein Mitleid.

»Schaff ihn weg!« wiederholte er. Mit einem leisen Lächeln im Gesicht und nur einem Wort, »Gute Nacht«, auf den Lippen schlurfte der alte Krieger und Staatsmann, gestützt von einem Soldaten, zum Todesplatz.

Hadden beobachtete das alles mit Verwunderung, in die sich Furcht mischte. »Wenn er seine eigenen Diener und Ratgeber schon so behandelt, wie wird es mir ergehen?« überlegte er. »Wir Engländer müssen in Ungnade gefallen sein, seit ich Natal verließ. Ich frage mich, ob er Krieg gegen uns führen will oder was? Wenn ja, ist das hier nicht der richtige Ort für mich.«

Genau in diesem Moment hob der König, der launisch zu Boden gestarrt hatte, den Kopf. »Bringt den Fremden her«, befahl er.

Hadden hörte ihn und, auf Cetywaya zugehend, streckte er ihm die Hand entgegen, so kühl und nonchalant, wie er es nur vermochte.

Zu seiner Überraschung wurde sie akzeptiert. »Zumindest, Weißer Mann«, sagte der König und mustere die große, schlanke Gestalt des Besuchers und seine klar geschnittenen Züge, »zumindest bist du kein *Umfagozan*** – du bist von Häuptlingsblut.«

»Ja, König«, gab Hadden mit einem kleinen Seufzer zurück, »ich bin von Häuptlingsblut.«

»Was führt dich in mein Land, Weißer Mann?«

»Etwas Bescheidenes, König. Ich habe hier Handel getrieben, und ich wage anzunehmen, daß du davon gehört hast. Nun habe ich alle meine Waren verkauft und möchte dich bitten, mir zu erlauben, Büffel und anderes Großwild zu jagen, bevor ich nach Natal zurückkehre.«

»Das kann ich nicht gewähren«, antwortete Cetywayo. »Du bist ein Spion von Sompseu oder vom Induna der Königin in Natal. Packe deine Sachen und verschwinde!«

»Nun«, sagte Hadden mit einem Achselzucken, »dann hoffe ich, daß Sompseu oder der Induna der Königin oder beide mich bezahlen werden, wenn ich in mein eigenes Land zurückkehre. In der Zwischenzeit werde ich dir gehorchen, denn mir bleibt nichts anderes übrig. Doch vorher hätte ich dir gerne ein Geschenk gemacht.«

»Was für ein Geschenk?« fragte der König. »Ich will keine Geschenke. Wir sind reich, Weißer Mann.«

* Der Königsgruß der Zulus.

** Niedriggeborener.

»So sei es, König. Es war nichts, das deiner Huld würdig gewesen wäre, nur ein Gewehr.«

»Ein Gewehr, Weißer Mann? Wo ist es?«

»Draußen. Ich hätte es mitgebracht, doch deine Diener erklärten mir, daß es tödlich ist, bewaffnet vor den ›Elefanten, der die Erde erschüttert‹ zu treten.«

Cetywayo runzelte die Stirn, denn der sarkastische Unterton war seinem wachen Ohr nicht entgangen.

»Bringt die Gabe des weißen Mannes herein. Ich möchte es mir überlegen.«

Der Induna, der Hadden begleitet hatte, rannte so weit vornübergebeugt zum Tor, daß man fürchten mußte, er falle beim nächsten Schritt auf sein Gesicht. Er kam gleich zurück, die Waffe in der Hand, die er dem König so präsentierte, daß die Mündung direkt auf die königliche Brust gerichtet war.

»Mich drängt es, o Elefant«, bemerkte Hadden mit großer Ruhe, »dich darauf hinzuweisen, daß du gut daran tätest, deinen Diener zu veranlassen, die Mündung des Gewehres von deinem Herzen abzuwenden.«

»Warum?« fragte der König.

»Nun, weil es geladen ist, o Elefant, der Ihr gewiß auch weiterhin die Erde erschüttern wollt.«

Bei diesen Worten schrie der ›Elefant‹ auf und hüpfte in höchst unköniglicher Weise von seinem Thron, während der erschreckte Induna zurückspringend auf den Abzug drückte, und eine Kugel genau an die Stelle schoß, an der der König noch eine Sekunde zuvor gesessen hatte.

»Schafft ihn weg!« brüllte der König am Boden sitzend, doch lange bevor die Worte seine Lippen passiert hatten, war der Induna, der schrie, das Gewehr sei verhext, durch das Tor davongerannt.

»Er hat sich schon selbst weggeschafft«, ließ Hadden sich hören, während die übrigen Anwesenden kicherten. »Nein, König, fasse es lieber nicht so an, es ist ein Repetiergewehr. Sieh . . .« Er hob die Winchester in die Luft, jagte in rascher Folge die vier restlichen Schüsse in einen Baumwipfel und traf mit jedem das Blatt, auf das er zielte.

»Wallah! Das ist wunderbar«, riefen die Ratgeber verblüfft.

»Hat das Ding zuende gesprochen?« fragte der König.

»Für den Augenblick bleibt es stumm, sieh es dir an.«

Cetywayo nahm das Repetiergewehr in der Hand, untersuchte es sorgfältig und zielte dann auf einige seiner bedeutsamsten Indunas, die unruhig zur Seite wichen, wenn die Mündung auf sie gerichtet war.

»Siehst du, was für Feiglinge sie sind, Weißer Mann?« knurrte der König angewidert. »Sie haben Angst, daß noch eine Kugel darinstecken könnte.«

»Ja, sie sind wirklich Feiglinge. Ich glaube, wenn sie auf Stühlen säßen, würden sie vor Schreck herunterpurzeln, wie es dir so eben geschehen ist.«

»Verstehst du dich auf die Herstellung von Gewehren, Weißer Mann?« wollte der König wissen, während seine Indunas sich umdrehten und angelegentlich den Zaun hinter sich studierten.

»Nein, König, herstellen kann ich sie nicht, aber ich kann sie reparieren.«

»Würdest du gegen gute Bezahlung hier in meinem Kraal bleiben und Gewehre für mich reparieren?« fragte Cetywayo gespannt.

»Das dürfte von der Bezahlung abhängen«, erwiderte Hadden, »doch im Augenblick bin ich des Arbeitens müde und möchte mich entspannen. Wenn der König mir die Erlaubnis gibt zu jagen, und ein paar Männer, die mich begleiten, könnten wir bei meiner Rückkehr darüber verhandeln. Wenn nicht, werde ich dem König Lebewohl wünschen und nach Natal reisen.«

»Um dort zu berichten, was du hier erfahren und gehört hast.«

In diesem Augenblick wurde das Gespräch unterbrochen, denn die Soldaten, die den alten Induna abgeführt hatten, kamen zurückgeeilt und warfen sich vor dem König nieder.

»Ist er tot?« wollte der König wissen.

»Er hat die Große Brücke überschritten«, antworteten sie grimmig, »er starb mit einem Loblied auf den König auf den Lippen.«

»Gut«, sagte Cetywayo, »dieser Stein wird meinen Fuß nicht mehr zum stolpern bringen. Geht und berichtet Somspeu und dem Induna der Königin in Nadel von seinem Ableben«, fügte er bitter hinzu.

»*Baba!* Hört unseren Vater! Hört auf das Trompeten des Elefanten«, sagten die Indunas, und einer fügte hinzu: »Bald werden wir ihnen ein anderes Lied singen, den Weißen Schwätzern, ein rotes Lied, ein Lied der Speere, und die Regimenter werden es ihnen in die Ohren singen.«

Bei diesem Worten wurden die Zuhörer von einer Begeisterung ergriffen wie trockenes Gras, das plötzlich Feuer fängt. Sie sprangen auf, denn die meisten hatten am Boden gesessen, und begannen im Takt zu stampfen, dazu sangen sie:

»Indaba ibomwu – indaba ye mikonto
*Lizi dunyiswa nge impi ndhlebeni yaho.**

Einer von ihnen kam mit grimmigem Gesicht auf Hadden zu und fuchtelte ihm mit der Faust vor der Nase herum – glücklicherweise trug er in der Gegenwart des Königs seinen *Assagai*-Speer nicht bei sich.

Der König erkannte, daß das Feuer, das er entzündet hatte, zu heftig brannte.

* Ein rotes Lied! Ein rotes Lied! Ein Lied der Speere, und die *Impis* werden es ihnen singen, daß die Ohren klingen.

»Ruhe!« donnerte er mit seiner bemerkenswert tiefen Stimme, und die Männer hielten inne, als seien sie plötzlich zu Stein geworden. Nur das Echo schallte zurück: »und die *Impis* werden es ihnen in die Ohren singen . . . Ohren singen.«

»Mir scheint dies nicht der rechte Ort für mich zu sein«, dachte Hadden, »wenn der Schuft bewaffnet gewesen wäre, hätte er sich leicht vergessen können. Holla, wer ist das?«

Denn in diesem Moment trat ein eindrucksvoller Zulu durch das Tor. Der Mann, vielleicht fünfunddreißig Jahre alt, war mit der vollen Pracht eines Kapitäns des *Umcityu*-Regiments gekleidet. In dem Stirnband aus Otterfell steckte der Federbusch, um die Taille, die Arme und die Knie trug er die Fransen aus schwarzen Ochsenschwänzen, und in der einen Hand hielt er ein kleines Schild. Die andere Hand war leer, da er dem König nicht bewaffnet gegenübertreten durfte. Der Mann war gutaussehend, und in seinen klugen, ehrlichen Augen lag Unruhe. Er mußte etwa einen Meter achtzig groß sein, obwohl er nicht groß wirkte, was vielleicht daherrührte, daß er so breitschultrig und muskulös war. Auffallend waren seine zarten, fast femininen Hände und Füße, wie sie bei Zulus adliger Herkunft häufig vorkommen. Auf jeden Fall war der Mann das, was er zu sein schien: ein Edelmann voll Würde und Mut.

In seiner Gesellschaft befand sich ein anderer Mann, einfach gekleidet in eine *Moocha* und eine Decke, und sein silbriges Kraushaar wies ihn als über fünfzigjährig aus. Er hatte ein angenehmes Gesicht, doch in seinen Augen stand Furcht, und seinem Mund fehlte Charakterstärke.

»Wer seid ihr?« wollte der König wissen.

Die beiden Männer ließen sich auf die Knie und verbeugten sich, bis sie mit der Stirn den Boden berührten, während sie ihm die *Sibonga*, ihre ehrfurchtsvolle Begrüßung, erwiesen.

»Sprecht!« sagte Cetywayo ungeduldig.

»O König«, sprach der junge Krieger und setzte sich in Zulumanier vor den Thron, »ich bin Nahoon, Zombas Sohn, Kapitän der Umcityu, und dies ist mein Onkel Umgona, der Bruder einer meiner Mütter, der jüngsten Frau meines Vaters.«

Cetywayo runzelte die Stirn. »Was tust du hier, so weit entfernt von deinem Regiment, Nahoon?«

»Möge es dem König wohlgefällig sein, denn ich habe die Erlaubnis der Hauptkapitäne, und ich bin gekommen, eine Gnade der königlichen Gunst zu erbitten.«

»Dann eile dich, Nahoon.«

»Folgendes ist es, o König«, sprach der Krieger mit einer gewissen Verlegenheit. »Vor einiger Zeit gefiel es dem König, einen *Keshla* aus mir zu machen, weil ich ihm einen Dienst erwies«, dabei berührte er einen schwarzen Ring, den er im Haar trug, »und da ich nun ein Ringträger und ein Kapitän bin, gelüstet es mich nach dem Recht der Männer des Königs . . . dem Recht zu heiraten.«

»Recht? Sprich bescheidener, Sohn des Zomba! Meine Soldaten und mein Vieh haben keine Rechte.«

Nahoon biß sich auf die Lippen. Er hatte einen großen Fehler gemacht.

»Verzeih, o König. Die Lage ist die: Mein Onkel Umgona hat eine schöne Tochter namens Nanea, die ich zum Weibe begehre und die mich zum Manne wünscht. Während ich des Königs Erlaubnis erwarte, bin ich mit ihr verlobt und habe Umgona eine *Lobola* von fünfzehn Stück Vieh, Kühen und Kälbern, gezahlt. Doch Umgona hat einen einflußreichen Nachbarn, einen alten Häuptling namens Maputa, den Hüter des Krokodilsfurt, der dem König gewiß nicht unbekannt ist, und der ebenfalls Nanea zum Weibe begehrt und Umgona bedrängt und mit großem Übel bedroht, falls er sie ihm nicht gibt. Doch Umgonas Herz ist weiß für mich, und für Maputa ist es schwarz, und wir sind beide hierhergekommen, um den König um diese Gnade anzuflehen.«

»Es ist, wie er es sagt«, bestätigte Umgona.

»Genug!« rief Cetywayo ärgerlich. »Ist dies der Moment, wo meine Soldaten sich Frauen nehmen sollten? Frauen, die ihre Herzen in Wasser verwandeln? Wisset, daß ich erst gestern zwanzig Mädchen habe erhängen lassen für das Verbrechen, ohne die königliche Einwilligung Männer des Undi-Regiments geheiratet zu haben, und ihre Leichen wurden zusammen mit denen ihrer Väter auf den Wegkreuzungen ausgebreitet, damit alle um ihr Vergehen wissen und gewarnt sind. Umgona, es ist gut für dich und deine Tochter, daß du mein Wort eingeholt hast, bevor du sie diesem Manne zum Weibe gegeben hast. Dies nun ist meine Entscheidung: Dein Ansuchen ist abgelehnt, Nahoon, und da du, Umgona, Sorgen mit einem hast, den du nicht zum Schwiegersohn wünschest, den alten Häuptling Maputa, befreie ich dich von diesem Problem. Das Mädchen, so sagt Nahoon, ist schön, – gut. Ich selbst werde ihr die Ehre antun und sie der Zahl der Frauen des königlichen Haushalts zugesellen. In dreißig Tagen von heute, in der Woche des nächsten Neumonds, soll sie in das *Sigodhla*, das königliche Frauenhaus gebracht werden, und mit ihr da Vieh, die Kühe und Kälber, die Nahoon dir gab, die verlange ich, da er es gewagt hat, ohne die Genehmigung des Königs an Heirat zu denken.«

II

DIE PROPHEZEIUNGEN DER BIENE

Hadden hatte die grausame Komödie mit neugierigem Interesse verfolgt. Jetzt musterte er die beiden Bittsteller.

Der ältere Mann, Umgona, war leicht zusammengeschreckt, doch dann hatte er die Sätze konventionellen Dankes und Lob- und Preissprüche für den König und seine Güte und sein Verständnis hervorgesprudelt.

Cetywayo hörte schweigend zu und antwortete, nachdem der andere geendet hatte, daß, wenn Nanea zum angegebenen Zeitpunkt nicht erscheinen würde, beide, sie und er, ihr Vater, kurz darauf eine Wegkreuzung in ihrer unmittelbaren Nachbarschaft schmücken würden.

Nahoons Reaktion war allerdings bemerkenswert. Als die fatalen Worte über des Königs Lippen kamen, stand in seinem Gesicht der Ausdruck ungläubigen Staunens, das sich gleich darauf in Wut verwandelte, den gerechten Zorn eines Mannes, dem unvermutet unbeschreibliches Unrecht zugefügt wird. Er begann zu zittern, die Adern auf seiner Stirn und am Hals traten hervor, und seine Finger ballten sich zu Fäusten als wollten sie einen Speer packen.

Dann verrauchte die Wut – denn mit einem Zuluherrscher zu hadern war ebenso sinnlos wie beim Schicksal selbst, und wich hoffnungslosem Unglück. Die stolzen dunklen Augen wurden trüb, sein kupferfarbenes Gesicht fiel ein und wurde aschfahl, sein Mund stand halb auf, und ein kleiner Blutstropfen rann aus dem Mundwinkel, weil er sich die Lippen zerbissen hatte. Er hob die Hand, um den König zu grüßen, und stolperte zum Ausgang.

Da dröhnte Cetywayos Stimme hinter ihm her: »Warte!« befahl er. »Ich habe eine Aufgabe für dich, Nahoon, der dir die Gedanken an Frauen und Heirat aus dem Kopf treiben wird. Siehst du diesen weißen Mann hier? Er ist mein Gast und wünscht Büffel und anderes Großwild im Buschland zu jagen. Ich vertraue ihn dir an, nimm ihn mit dir und sieh zu, daß ihm kein Leid geschieht. Sorge auch dafür, daß er sich beim nächsten Neumond in meinem königlichen Kraal einfindet, du bürgst mit deinem Leben dafür. Bring ihn hierher, wenn Nanea kommt, dann werde ich dir sagen, ob ich auch der Meinung bin, daß sie schön ist. Gehe nun, mein Sohn, und du, Weißer Mann, gehe ebenfalls. Deine Begleiter werden bei Dämmerung bereit sein. Lebewohl, doch vergiß nicht, daß wir uns bei Neumond wiedersehen und besprechen werden, welchen Lohn du als mein Gewehrhalter erhalten wirst. Hintergehe mich nicht, Weißer Mann, denn ich würde nach dir schicken, und meine Botschafter sind manchmal rauh.«

»Das heißt, ich bin sein Gefangener«, dachte Hadden. »Aber es müßte schon hart auf hart kommen, wenn ich nicht irgendwie entwischen könnte. Jedenfalls werde ich nicht in diesem Lande bleiben, wenn der Krieg erklärt ist, um zu *Mouti** zerstampft zu werden, mir die Augen ausstechen zu lassen, oder sonst so einem kleinen Scherz.«

Zehn Tage waren vergangen, und Hadden hatte mit seinen Begleitern ein Lager im wilden Gebirgsland zwischen dem Blutigen Fluß und dem *Unvunyana* genannten Fluß aufgeschlagen, kaum dreizehn Kilometer von der ›Stätte der Kleinen Hand‹ entfernt, der wenige Wochen später in der ganzen Welt unter dem Eingeborenennamen ›Isandhlwana‹ berühmt werden sollte. Seit drei Tagen hatten sie die Spuren einer kleinen Herde von Büffeln verfolgt, die es in der Gegend noch gab, doch sie hatten sie noch nicht eingeholt.

Die Zulujäger hatten vorgeschlagen, den Unvunyana hinunter in Richtung des Meeres zu gehen, wo es mehr Wild gab, doch weder Hadden noch Nahoon hatten sich dafür begeistern können, wobei jeder seine Gründe für sich behielt. Haddens Ziel war es, sich langsam zum Buffalofluß zu bewegen, über den hinweg er hoffte, seinen Rückzug nach Natal machen zu können. Nahoon dagegen wollte möglichst nahe bei Umgonas Kraal bleiben, der sich nicht weit vom gegenwärtigen Lagerplatz befand. Er hatte die vage Hoffnung, daß sich eine Gelegenheit ergeben würde, Nanea zu sehen oder gar mit ihr zu sprechen, bevor sie ihm ganz genommen und dem König übergeben wurde.

Einen unheimlicheren Ort als den, an dem sie ihr Lager aufgeschlagen hatten, hatte Hadden noch nie gesehen. Hinter ihnen erstreckte sich das Gelände, halb Sumpf, halb Buschland, in dem sich die Büffel versteckt haben mochten. Dahinter erhob sich in einsamer Größe der Berg *Isandhlwana,* während vor ihnen ein düsterer Wald lag, der in der Ferne von kahlen Kügeln begrenzt wurde. Ein Fluß strömte aus dem Sumpf in den Wald und sah hier glatt und friedlich aus, doch ein Stück weiter unten stürzte er in einen tieferen, brodelnden Felsschlund, in den das Sonnenlicht niemals einzudringen schien.

»Wie heißt dieser Wald, Nahoon?« fragte Hadden.

»*Emagudu,* die Heimat der Toten«, antwortete der Zulu geistesabwesend, denn er starrte in Richtung von Naneas Kral, der einen Stundenmarsch entfernt über den Kamm zur Rechten lag.

»Die Heimat der Toten? Warum?«

»Weil die Toten hier leben, jene, die wir *Esemkofu* nennen, die Sprachlosen, und mit ihnen die *Amahlosi,* denen der Lebenshauch verloren ist und die doch weiterleben.«

* Medizin

»Natürlich«, sagte Hadden spöttisch. »Hast du diese Gespenster je gesehen?«

»Hältst du mich für verrückt, Weißer Mann? Nur die Toten betreten diesen Wald. An seinem Rande bringen die Lebenden den Toten Opfergaben.«

Hadden ging zu dem Rand des Steilhangs, und Nahoon folgte ihm. Zu ihrer Linken lag der tiefe, schäumende Schlund, und auf seinem Ufer, auf einem schmalen Landstreifen zwischen dem Steilhang und dem Wald, stand eine Hütte.

»Wer lebt dort?« fragte Hadden.

»Die große *Isanusi* – sie, die den Namen *Inyanga* oder Heilerin trägt; sie, die man *Inyosi**, nennt, denn sie sammelt die Weisheit der Toten des Waldes.«

»Glaubst du, sie hat genug Weisheit gesammelt, um mir sagen zu können, ob ich einen Büffel erlegen werden, Nahoon?«

»Mag sein, Weißer Mann. Aber«, fügte dieser mit einem kleinen Lächeln hinzu, »jene, die ihren Bienenstock besuchen, können gar nichts oder auch zu viel erfahren. Denn die Worte dieser Biene haben einen Stachel.«

»Gut. Ich will sehen, ob sie mich stechen kann.«

»Wenn du es wünscht«, sagte Nahoon. Er geleitete ihn an der Klippe entlang zu einem kleinen Pfad, der im Zickzack hinunterführte.

Sie folgten dem Pfad, bis sie eine Wiese erreichten, die sie überquerten. Die Hütte war von einem niedrigen Schilfzaun umgeben, der einen kleinen Hof einschloß. Der Hof war mit festgestampfter Ameisenhaufenerde bedeckt. Dort saß die Biene. Ihr Schemel stand vor der runden Öffnung, die in ihre Hütte führte. Alles, was Hadden zunächst erkennen konnte, war eine zusammengekauerte Gestalt, die in eine speckige, zerlumpte Katzenfell-*Kaross* gehüllt war, und zwei Augen, die so wachsam und wild blickten wie die eines Leoparden. Zu ihren Füßen glomm ein kleines Feuer, und darum herum waren im Halbkreis paarweise Menschenschädel aufgestellt, so als sprächen sie miteinander. Andere Knochen, offensichtlich auch von Menschen, hingen wie Girlanden an der Hütte und am Zaun.

»Nun, die alte Dame hat sich mit den üblichen Requisiten umgeben«, dachte Hadden, doch er sagte nichts.

Auch die Hexe sagte nichts. Sie sah ihn nur mit ihren kleinen Augen fest an. Hadden erwiderte ihren Blick, starrte sie an, so fest er konnte, und bemerkte plötzlich, daß er in diesem seltsamen Duell unterlag. Sein Denken verwirrte sich, und zu seiner Überraschung schien die Frau vor ihm zu einer riesigen, gräßlichen Spinne geworden zu sein, die neben ihrer Falle lauerte, und die Knochen waren die Überreste ihrer Opfer.

* Biene

»Warum sagst du nichts, Weißer Mann?« fragte sie schließlich klar und deutlich. »Nun, ist auch nicht nötig, denn ich kann deine Gedanken lesen. Du meinst, daß man mich, die man Biene nennt, besser Spinne nennen sollte. Fürchte dich nicht. Ich habe diese Menschen nicht getötet. Was hätte ich davon, wo es so viele Tote gibt? Ich labe mich an den Seelen der Menschen, nicht an ihren Leibern, Weißer Mann. Es sind ihre lebendigen Herzen, die ich anschaue, denn darin kann ich lesen, und das macht mich weise. Nun, was wünschst du von der Biene, Weißer Mann, von der Biene, die im Garten des Todes wirkt, und – was bringt *dich* hierher, Sohn des Zomba? Warum bist du nicht bei den *Umicityu*, jetzt, wo sie sich vorbereiten auf den großen Krieg – den letzten Krieg –, den Krieg der Weißen und der Schwarzen – oder, wenn du zum Kampf keine Lust hast, warum bist du nicht bei Nanea, der schlanken, Nanea, der Schönen?«

Nahoon gab keine Antwort, doch Hadden sagte:

»Eine Kleinigkeit, Mutter. Ich möchte wissen, ob ich Glück haben werde bei meiner Jagd.«

»Bei deiner Jagd, Weißer Mann; welcher Jagd? Der Jagd nach Wild, nach Geld, nach Frauen? Nun, eine davon, denn jagen mußt du immer; das ist deine Natur: jagen und gejagt zu werden. Sage mir nun, wie steht es um die Wunde des Händlers, der von deinem Stahl kostete, dort in der Stadt der *Maboon*?* Du brauchst nicht zu antworten, Weißer Mann, doch welchen Lohn gibst du der armen Hexe, deren Fähigkeiten du in Anspruch nehmen willst?« Mit weinerlicher Stimme fügte sie hinzu: »Du willst doch nicht eine arme, alte Frau ohne Lohn für dich arbeiten lassen, oder?«

»Ich kann dir nichts anbieten, Mutter, also werde ich wieder gehen«, sagte Hadden, den die Vorführung der Beobachtungs- und Gedankenlesekunst der Biene schon mehr als befriedigt hatte.

»Nicht doch«, meinte sie mit einem unangenehmen Lachen. »Du wirst doch nicht eine Frage stellen und fortgehen, ehe du die Antwort gehört hast. Ich werde jetzt keinen Lohn von dir fordern, Weißer Mann. Du wirst mich bezahlen, wenn wir uns wiedersehen.« Wieder lachte sie. »Laß mich dein Gesicht sehen.« Sie erhob sich und stellte sich vor ihn.

Und dann, völlig unerwartet, spürte Hadden plötzlich etwas Kaltes in seinem Nacken, und die Biene sprang zurück und hielt zwischen Daumen und Zeigefinger eine Locke seines dunklen Haares, die sie ihm abgeschnitten hatte. Es war so schnell gegangen, daß er weder Zeit gehabt hatte es zu verhindern noch wirklich übelzunehmen. Er stand nur da und starrte sie dümmlich an.

»Das ist alles, was ich brauche«, rief sie, »denn so wie mein Herz weiß ist, ist auch mein Zauber weiß. Bleibe Sohn des Zomba, gib mir auch eine

* Buren

Locke deines Haares, denn wer die Biene aufsucht, muß ihrem Summen lauschen.«

Nahoon gehorchte und schnitt eine kleine Locke mit dem scharfen Ende seines *Assegai* von seinem Haupthaar, und es war offensichtlich, daß er es nur tat, weil er sich fürchtete, es zu verweigern.

Dann schlug die Biene ihren *Kaross* zurück, beugte sich über das Feuer und streute Kräuter hinein, die sie einem Bund entnommen hatte, das sie an ihrem Gürtel trug. Sie war noch immer eine gutgebaute Frau und trug nichts von den scheußlichen Verirrungen, die Hadden auf den Körpern anderer Zauberdoktorinnen zu sehen gewöhnt war. Nur um den Hals trug sie einen seltsamen Schmuck, eine lebendige, kleine graurote Schlange, die als eine der tödlichsten in jener Gegend des Landes galt. Für Bantu-Hexen ist es nicht ungewöhnlich, sich mit Schlangen zu schmücken, wobei man nicht weiß, ob sie ihnen die Giftzähne vorher entfernen.

Die Kräuter begannen zu glimmen, und ihr Rauch stieg als dünner, gerade Strom in die Höhe und bildete einen fremdartigen, bläulichen Schleier um den Kopf der Biene. Plötzlich streckte sie beide Arme aus und ließ die beiden Haarlocken auf die brennenden Kräuter fallen, wo sie sich wie Lebewesen zu Asche krümmten. Dann öffnete sie den Mund und sog den Qualm von Haaren und Kräutern in tiefen Zügen in ihre Lungen, während die Schlange zischend von ihrem Hals hinauf zwischen die schwarzen *Saccaboola*-Federn ihres Kopfputzes flüchtete.

Die Dämpfe begannen zu wirken, sie schwankte und murmelte und sank schließlich gegen die Hütte, so daß ihr Kopf auf dem Strohdach ruhte. Das Gesicht der Biene war nun nach oben zum Licht gekehrt, und es sah grauslich aus, blau angelaufen, die weitgeöffneten Augen eingesunken wie die eines Toten, und auf ihrer Stirn schlängelte sich die rote Schlange, zischelte und erinnerte Hadden an die Uräusschlange auf den Statuen ägyptischer Pharaonen. Etwa zehn Sekunden blieb sie so, dann sprach sie mit hoher, unnatürlicher Stimme:

»Oh, schwarzes Herz in dem Körper, der weiß und schön ist. Ich sehe in dein Herz, und es ist schwarz wie Blut – schwarz von Blut wird es sein. Schöner weißer Körper mit einem schwarzen Herzen, du wirst dein Wild finden und du wirst es jagen, und es wird dich in das Haus der Heimatlosen, in die Heimat der Toten führen. Es wird die Gestalt eines Stieres haben, die Gestalt eines Tigers, es wird die Gestalt einer Frau haben, die Könige und Wasser nicht verletzen können. Schöner weißer Körper und schwarzes Herz, du wirst deinen Lohn erhalten, Münze für Münze und Hieb für Hieb. Denk an meine Worte, wenn die gefleckte Katze über deiner Brust schnurrt, denke daran, wenn um dich der Kampf dröhnt, denke daran, wenn du nach deiner Belohnung greifst und wenn du zum letzten Male von Angesicht zu Angesicht vor dem Geist des Todes stehst in der Heimat der Toten.

Oh, weißes Herz und schwarzer Körper. Ich sehe in dein Herz, und es ist weiß wie Milch, und die Milch der Unschuld wird es retten. Dummkopf, warum führst du den Schlag? Laß ihn, den der Tiger liebt und dessen Liebe die Liebe des Tigers ist. Ach, welches Gesicht, ist das in dem Kampf? Folge ihm, folge ihm, Schnellfüßiger; doch folge wachsam, denn die Zunge, die log, wird niemals um Gnade flehen, und die Hand, die trügen kann, ist stark im Krieg. Weißes Herz, was ist Tod? Im Tod lebt Leben, und unter den Toten wirst du das Leben finden, das du verlorst, denn dort erwartet dich die, der Wasser und Könige kein Leid antun können.«

Während die Biene sprach, wurde ihre Stimme immer leiser, bis sie kaum noch zu hören war. Dann verstummte sie ganz und schien aus der Trance in Schlaf zu fallen. Hadden, er ihr mit einem zynischen, amüsierten Lächen zugehört hatte, lachte laut auf.

»Warum lachst du, Weißer Mann?« fragte Nahoon zornig.

»Ich lache über meine eigene Albernheit, Zeit damit zu verschwenden, dem Unsinn der alten Schwindlerin zuzuhören.«

»Es ist kein Unsinn, Weißer Mann.«

»Wirklich? Kannst du mir dann sagen, was es bedeuten soll?«

»Noch kann ich dir nicht sagen, was es bedeutet, doch ihre Worte handeln von einer Frau und einem Leoparden, von deinem Los und meinem Los.«

Hadden zuckte mit den Schultern, war der Meinung, die Angelegenheit sei weiterer Diskussion nicht wert.

In dem Augenblick erwachte die Biene zitternd, nahm die Schlange aus ihrem Kopfputz, ließ sie sich wieder um den Hals ringeln und zog das speckige Katzenfell um sich.

»Seid ihr zufrieden mit meiner Weisheit, *Inkoos?«* wollte sie wissen.

»Ich bin zufrieden, weil du eine der raffinierteren Betrügerinnen im Zululand bist, Mutter«, antwortete er kühl. »Was habe ich zu zahlen?«

Die Biene störte sich nicht an seiner unhöflichen Rede, auch wenn eine oder zwei Sekunden lang etwas in ihren Augen an den Blick der zornigen Schlange erinnerte.

»Wenn der weiße Herr sagt, ich sei eine Betrügerin, so muß es so sein«, antwortete sie, »denn gerade er sollte einen Betrug als solchen erkennen können. Ich hatte gesagt, ich würde keinen Lohn verlangen, doch gib mir etwa Tabak aus deinem Beutel.«

Hadden öffnete seinen Tabakbeutel aus Antilopenleder, holte etwas Tabak heraus und reichte ihn ihr. Sie griff seine Hand und untersuchte den goldenen Ring an seinem Mittelfinger, der eine Schlange darstellte, mit Augen aus zwei kleinen Rubinen.

»Ich trage eine Schlange um den Hals und du trägst eine an der Hand, *Inkoos*. Ich hätte diesen Ring gerne an meiner Hand, so daß die Schlange an meinem Hals nicht so einsam sei.«

»Ich fürchte, da wirst du warten müssen, bis ich tot bin«, sagte Hadden.

»Ja, ja«, rief sie erfreut, »das ist ein gutes Wort. Ich werde warten, bis du tot bist, und dann werde ich den Ring nehmen, und niemand wird sagen können, daß ich ihn gestohlen habe, denn Nahoon ist Zeuge, daß du mir die Erlaubnis dazu gegeben hast.«

Zum ersten Mal bekam Hadden einen Schreck, denn etwas im Tonfall der Biene irritierte ihn. Wenn sie ihn in ihrer berufsmäßigen Art angesprochen hätte, hätte er sich nichts dabei gedacht, doch in ihrer Gier war sie ganz natürlich geworden, und es war offensichtlich, daß sie ihren eigenen Worten Glauben schenkte.

Sie sah ihn zusammenschrecken und änderte sofort ihren Ton.

»Möge der weiße Herr die Habgier einer armen alten Hexe verzeihen«, sagte sie mit weinerlicher Stimme. »Ich habe so viel mit dem Tod zu tun, daß mir sein Name zu leicht über die Lippen kommt.« Dabei blickte sie zunächst auf die Totenschädel, die im Kreis um sie herumlagen, und dann zu dem Wasserfall, der sich in den finsteren Strudel in das Felsloch ergoß, an dessen Ufer ihre Hütte stand.

»Sieh«, sagte sie einfach.

Hadden ließ seinen Blick ihrer ausgestreckten Hand folgen und entdeckte zwei Mimosenbäume, die fast im rechten Winkel zu dem Felsenrand des Wasserfalles wuchsen und zwischen denen eine Plattform aus rohen Brettern mit Bienen aus Tierhäuten angebracht war. Darauf standen drei Gestalten, und trotz der Entfernung und trotz der Gischt des Wasserfalles konnte er erkennen, daß es zwei Männer und ein Mädchen waren, da ihre Silhouetten sich klar vor dem leuchtenden Rot des Abendhimmels abzeichneten. In einem Augenblick waren es drei, dann waren es nur noch zwei, das Mädchen war fort, und etwas Dunkles schoß in den Abgrund und schlug mit dumpfem Schlag ins Wasser, während ein schwacher, hilfloser Schrei durch die Luft trieb.

»Was hat das zu bedeuten?« fragte er entsetzt und verwundert.

»Nichts«, gab die Biene mit einem Lachen zurück. »Weißt du denn nicht, daß dies der Ort ist, wo untreue Frauen oder Mädchen, die ohne königliche Genehmigung liebten, mit ihren Gefährten den Tod finden? Oh! So sterben sie hier alle Tage, und ich sehe sie sterben und zähle sie.« Dabei zog sie ein Kerbholz unter dem Strohdach hervor, nahm ein Messer und fügte den vielen Kerben eine weitere hinzu. Dann warf sie Nahoon einen halb fragenden, halb warnenden Blick zu.

»Ja, ja, dies ist ein Ort des Todes«, murmelte sie, »von oben herunter ein schneller Tod, Tag für Tag, und dort unten . . .« sie zeigte flußabwärts, wo etwa zweihundert Meter weiter der Wald anfing, »haben ihre Geister ihre Heimat. Horcht!«

Während sie das sagte, hörten sie ein Geräusch, das aus den dämmrigen Niederungen des Waldes zu quellen schien, ein seltsames, unheimliches Geräusch, das man nicht genauer beschreiben kann, als daß es tierisch klang und unartikuliert.

»Horcht«, wiederholte die Biene, »sie sind glücklich dort unten.«

»Wer?« fragte Hadden, »die Paviane?«

»Nein, *Inkoos,* die *Amatongo,* die Geister, die sie willkommen heißen, weil sie gerade eine der ihren geworden ist.«

»Geister«, knurrte Hadden, der sich über sein Entsetzen ärgerte. »Die Geister möcht' ich sehen! Meinst du, ich hätte noch nie eine Herde Affen im Wald gehört, Mutter? Komm, Nahoon, laß uns aufbrechen, solange wir noch Licht für den Rückweg haben. Lebe wohl.«

»Lebe wohl, *Inkoos,* und zweifle nicht, daß deine Wünsche in Erfüllung gehen. Gehe in Frieden, *Inkoos* – und schlafe in Frieden.«

III

DAS ENDE DER JAGD

Trotz der guten Wünsche der Biene schlief Philip Hadden in jener Nacht sehr schlecht. Sein Gesundheitszustand war vorzüglich, sein Gewissen plagte ihn nicht mehr als sonst, und dennoch fand er keinen Schlaf. Sobald er die Augen schloß, erschien ihm das Bild der Hexe mit dem seltsamen Namen Biene, und er hörte ihre düsteren, unheilverkündenden Worte. Er war weder ein abergläubischer noch ein ängstlicher Mensch, und falls in ihm irgendwo ein Glaube an übernatürliche Dinge schlummerte, so schlief dieser fest und tief. Dennoch, was immer er versuchte, er konnte dieses unheimliche Gefühl, diese lauernde Angst nicht loswerden, daß ein Körnchen Wahrheit in den Prophezeiungen der alten Vettel stecken mochte. Und wenn er seinem Tod wirklich so nah war, wenn das Herz, das so kräftig in seiner Brust schlug, wirklich auf immer stillstehen würde – nein! Er wollte nicht daran denken. Der unheimliche Ort und die entsetzlichen Dinge, die er dort gesehen hatte, hatten seine Nerven überreizt. Die Bräuche dieser Zulus waren nicht erfreulich, und was ihn betraf, so würde er so schnell wie möglich von hier verschwinden.

Er nahm sich vor, am nächsten Abend die Grenze zu überqueren. Doch wenn er Aussicht auf Erfolg haben wollte, mußte er einen Büffel oder ein anderes großes Tier erlegen. Dann würden, wie er sehr wohl wußte, die Jäger sich über das Fleisch hermachen, bis sie sich nicht mehr rühren konnten, und das wäre seine Chance. Nahoon dagegen, das war ihm klar, würde der Versuchung nicht unterliegen, und er mußte sich auf sein Glück verlassen, ihn loszuwerden. Im schlimmsten Falle würde er ihn niederschießen müssen, wozu er sich berechtigt fühlte, denn der Mann war ja so etwas wie sein Gefängniswärter. Sollte es dazu kommen, war er sich sicher, dies ohne überflüssige Gewissensbisse erledigen zu können, denn er hatte eine tiefe Abneigung gegen Nahoon; manchmal haßte er ihn geradezu. Ihre Charaktere waren völlig entgegengesetzt, und er wußte, daß der große Zulu ihm mißtraute und ihn verachtete. Von einem unzivilisierten »Nigger« verachtet zu werden, war mehr, als sein Stolz verkraften konnte.

Mit dem ersten Morgendämmern stand Hadden auf und weckte seine Begleiter, die noch immer um das verlöschende Feuer herum, in ihre *Kaross* gehüllt, schliefen. Nahoon stand auf und schüttelte sich. Im fahlen Morgenschein sah er riesenhaft aus.

»Was wünschst du, *Umlungu**, daß du vor der Sonne erwachst?«

»Ich möchte auf die Büffeljagd gehen, *Muntumpofu*«**, erwiderte Hadden. Es störte ihn, daß dieser Wilde ihn ohne jeden Titel anredete.

»Entschuldigung«, meinte der Zulu, der seine Gedanken erraten hatte, »doch ich kann dich nicht *Inkoos* nennen, denn du bist nicht mein Häuptling noch irgend jemandes Häuptling. Wenn die Anrede ›Weißer Mann‹ dich beleidigt, werden wir dir einen Namen geben.«

»Wie du willst«, gab Hadden zurück.

Also gaben sie ihm einen Namen: *Inhlizin-mgama,* unter dem er von da an bekannt wurde, doch Hadden war darüber nicht allzu erfreut, als er die Bedeutung dieser sanftklingenden Silben erkannte: »Schwarzes Herz«. So hatte die *Inyanga* ihn genannt, nur hatte sie andere Wörter gebraucht.

Eine Stunde später waren sie tief in das sumpfige Buschland, das hinter ihrem Lager lag, eingedrungen und suchten nach Spuren ihres Wildes. Es dauerte nicht lange, und Nahoon hob die Hand. Dann zeigte er auf den Boden. Hadden ging zu ihm, und dort, tief eingedrückt in den matschigen Boden, waren die Fußspuren einer kleinen Büffelherde. Die Spuren waren frisch, höchstens ein paar Minuten alt.

»Ich wußte, daß wir heute Wild finden würden«, flüstere Nahoon. »Die Biene hat es vorausgesagt.«

»Die verfluchte Biene!« zischte Hadden. »Komm!«

Eine Viertelstunde lang folgten sie der Spur durch dichtes Gestrüpp, als plötzlich Nahoon leise pfiff und Hadden am Arm berührte. Hadden blickte hoch, und etwa hundertfünfzig Meter vor ihnen weideten unter einer Gruppe von Mimosenbäumen sechs Büffel, eine Färse und ein etwa vier Monate altes Kalb. Gelände und Windrichtung waren ungünstig, um sich dem Wild von dort zu nähern, wo sie waren, also schlugen sie einen großen Bogen von fast einem Kilometer und schlichen sich vorsichtig gegen den Wind an, von einem Mimosenbaum zu anderen, und wenn diese zu weit voneinanderstanden, krochen sie auf dem Bauch in

* Weißer Mann
** Gelber Mann

der Deckung des hohen *Tambuti*-Grases. Schließlich waren sie auf etwa fünfunddreißig Meter herangekommen, und eine weitere Annäherung war nicht mehr möglich, denn obwohl der alte Stier sie nicht wittern konnte, war an seinem Verhalten zu erkennen, daß er etwas gehört haben mußte und mißtrauisch geworden war. Hadden am nächsten, der als einziger ein Gewehr hatte, stand die Färse. Er dachte daran, daß sie das beste Fleisch abgeben würde, hob seine Martini und zielte direkt hinter ihre Schulter. Er schoß, und die Färse fiel tödlich getroffen um. Überraschenderweise rannten die anderen Büffel nicht sofort davon. Im Gegenteil, sie schienen verwundert über das plötzliche Geräusch, konnten aber nichts wittern und blickten sich mit gehobenen Köpfen um.

Das gab Hadden Zeit, sein Gewehr neu zu laden, und diesmal zielte er auf den alten Stier. Die Kugel traf ihn zwischen Hals und Schulter, er fiel auf die Knie, aber nur, um im nächsten Moment wieder aufzuspringen und auf die Rauchwolke zuzustürmen. Wegen des Rauches sah Hadden ihn nicht kommen und wäre im nächsten Augenblick zertrampelt oder von den Hörnern durchbohrt worden, wenn Nahoon ihn nicht unter Gefahr für sein eigenes Leben zur Seite gerissen hätte. Das gewaltige Tier donnerte vorbei und nahm keine weitere Notiz von ihnen.

»Vorwärts«, befahl Hadden, ließ einen Teil der Männer zurück, die das Fleisch der Färse zum Lager tragen sollten, und folgte der Blutspur.

Während einiger Stunden folgten sie dem Stier, bis sie schließlich seine Spur auf einem steinigen, mit dichtem Gebüsch bewachsenen Gelände verloren. Erschöpft von der Hitze machten sie eine Pause und aßen etwas *Biltong,* getrocknetes Fleisch, das sie bei sich hatten. Sie beendeten ihr Mahl und wollten sich zum Lager zurückbegeben, als einer der vier Zulus zum Trinken zu einem kleinen, zehn Schritte entfernten Flußlauf ging. Eine halbe Minute später hörten sie ein schreckliches Grunzgeräusch, das Platschen von Wasser und sahen den Zulu hoch durch die Luft fliegen. Die ganze Zeit, während sie gegessen hatten, hatte der verwundete Büffel unter einem großen Busch am Ufer des Flüßchens gelegen und abgewartet, wissend, daß früher oder später seine Chance kam. Überrascht sprangen die Männer auf und rannten zum Ufer, wo sie den Stier gerade über die Böschung verschwinden sahen, ohne daß Hadden Zeit gehabt hätte, auf ihn zu schießen. Am Ufer lag der sterbende Zulu, dem der Stier die Lunge durchbohrt hatte.

»Das war kein Stier, das war ein Teufel«, keuchte der arme Kerl und starb.

»Teufel oder nicht«, rief Hadden, »ich werde ihn töten.« So zog er mit Nahoon allein weiter, während die anderen ihren toten Freund zum Lager brachten. Das Gelände war jetzt übersichtlicher, und sie sahen ihre Beute immer wieder, ohne nahe genug herankommen zu können.

»Weißt du, wo wir sind?« fragte Nahoon, als sie gerade einen steilen Abhang hinunterstiegen, und zeigte auf einen Waldstreifen gegenüber.

»Das ist *Emagudu,* die Heimat der Toten – und sieh, der Stier steuert darauf zu.«

Hadden sah sich um. Es stimmte, dort war der Wasserfall mit dem Felsloch und der Hütte der Biene.

»Nun«, meinte er, »dann müssen wir ihm dorthin folgen.«

»Du willst doch gewiß nicht dort hineingehen!« rief Nahoon aus.

»Natürlich will ich das«, erwiderte Hadden. »Aber wenn du Angst hast, brauchst du nicht mitzukommen.«

»Ich habe Angst – vor Geistern«, sagte der Zulu, »aber ich werde mitkommen.«

Sie überquerten den Graslandstreifen am Fuß des Abhangs und betraten den verwunschenen Wald. Es war wirklich ein unheimlicher Ort, große, breitkronige Bäume ließen keinen Sonnenstrahl hindurch, und die Luft war feucht und schwer vom Geruch faulender Blätter. Es schien kein Leben zu geben und keinen Laut – nur hin und wieder sahen sie scheußliche, gefleckte Schlangen davongleiten.

Hadden war viel zu beschäftigt mit seinem Büffel, um von der Umgebung beeindruckt zu sein. Er stellte nur fest, daß das Licht zum Schießen nicht sehr hell war, und ging weiter.

Sie waren schon fast einen Kilometer in den Wald eingedrungen, als die Blutspur plötzlich größer wurde. Das hieß, daß die Wunde des Stiers lebensgefährlich wurde.

»Schnell«, sagte Hadden fröhlich.

»Nein, *hamba gachle* – geh leise«, widersprach Nahoon, »der Teufel stirbt, doch er wird versuchen, uns noch hereinzulegen, bevor er stirbt.«

»Er kann nicht weit sein«, meinte Hadden und wies auf die Spur, die sich tief in den sumpfigen Boden gedrückt hatte.

Nahoon antwortete nicht, sondern starrte aufmerksam auf zwei mächtige Baumstämme wenige Schritte vor ihnen, zu ihrer Rechten. »Schau«, flüsterte er.

Hadden entdeckte schließlich die Umrisse der braunen Gestalt, die sich hinter die Bäume gekauert hatte.

»Er ist tot!« rief er aus.

»Nein, er ist zurückgekommen und wartet auf uns. Er weiß, daß wir seiner Spur folgen. Ich glaube, wenn du von hier aus schießt, kannst du ihm zwischen den beiden Bäumen hindurch in den Rücken schießen.«

Hadden kniete sich hin und zielte sehr genau auf eine Stelle gleich unter dem Rückgrat des Stiers. Mit wildem Brüllen sprang der Büffel auf und galoppierte auf sie zu. Nahoon warf seinen Speer nach ihm, der tief in der Brust des Tieres stecken blieb, und sie rannten in verschiedenen Richtungen davon. Der Stier blieb breitbeinig mit gesenktem Kopf stehen, sah erst dem einen und dann dem anderen nach und stürzte dann schließlich mit einem lauten Stöhnen zu Boden, wobei Nahoons *Assegai* zersplitterte, und war tot.

»Da! Er ist tot!« sagte Hadden. »Ich glaube, es war dein *Assegai*, der ihn getötet hat. He! Was ist das für ein Geräusch?«

Nahoon lauschte. Aus verschiedenen Richtungen des Waldes klang ein seltsamer Ton, unmöglich zu sagen, von wie weit her, und es klang, als ob Leute sich etwas zuriefen ohne artikulierte Sprache, aber voller Angst. Nahoon zitterte

»Es sind die *Esemkofu*«, sagte er, »die Geister, die keine Zungen haben und nur wie Babys lallen können. Laß uns fortgehen, der Ort ist gefährlich für Sterbliche.«

»Gefährlicher noch für Büffel«, lachte Hadden und gab dem Stier einen Fußtritt, »ich glaube, wir müssen ihn deinen Freunden, den *Emkofu* überlassen, weil wir Fleisch genug haben und seinen Kopf nicht tragen können.«

Sie machten sich auf den Weg ins offene Land. Während sie sich ihren Weg zwischen den Bäumen hindurch bahnten, kam Hadden ein Gedanke. Sobald sie den Wald hinter sich hatten, wäre er nur noch eine Stunde Fußmarsch von der Zulugrenze entfernt. Einmal jenseits dieser Grenze, würde er sich viel glücklicher fühlen als im Augenblick. Er hatte ja vorgehabt, während der Dunkelheit zu entkommen, doch der Plan war riskant. Die Zulus würden sich vielleicht nicht alle überessen und einschlafen, vor allem nach dem Tod ihres Kameraden. Nahoon, der ihn Tag und Nacht im Auge behielt, würde jedenfalls nicht zu viel essen und fest genug schlafen. Jetzt war die Gelegenheit günstiger – blieb nur das Problem Nahoon.

Nun, im schlimmsten Fall mußte Nahoon sterben. Es wäre leicht, er hatte ein geladenes Gewehr, und Nahoon hatte seinen Speer nicht mehr, sondern nur noch ein Messer. Es lag ihm nichts daran, den Mann zu töten, doch da seine eigene Sicherheit auf dem Spiel stand, sah er sich ausreichend gerechtfertigt, es zu tun. Warum sollte er es ihm nicht klar machen und dann den Umständen entsprechend handeln?

Nahoon ging etwa zehn Schritte vor ihm über eine kleine Lichtung, wo Hadden ihn gut sehen konnte, während er selber im Schatten eines großen Baumes mit horizontalen Ästen stand.

»Nahoon«, rief er.

Der Zulu wandte sich um und machte einen Schritt auf ihn zu.

»Nein, bleib bitte dort wo du bist, sonst muß ich dich erschießen. Hör zu: Hab keine Angst, denn ich schieße nicht ohne Warnung. Ich bin dein Gefangener, und du hast die Aufgabe, mich zum König zurückzubringen, damit ich ihm diene. Ich glaube aber, daß Krieg zwischen deinem und meinem Volk ausbrechen wird, und du wirst verstehen, daß ich nicht in Cetywayos Kraal gehen möchte, wenn das der Fall ist, da ich entweder dort zu Tode komme oder meine Landsleute mich als Verräter betrachten und entsprechend behandeln würden. Die Zulugrenze ist kaum mehr als eine Stunde von hier entfernt, sagen wir anderthalb

Stunden: Ich hätte sie überquert, bevor der Mond aufgeht. Also bist du bereit, mich in dem Wald zu verlieren und mir diese anderthalb Stunden zu gewähren – oder möchtest du hier bleiben mit den Geistern, von denen du sprachst? Verstehst du? Nein, bitte rühr dich nicht.«

»Ich verstehe dich«, antwortete der Zulu mit völlig ruhiger Stimme, »und ich glaube, wir haben dir heute morgen einen guten Namen gegeben, Schwarzes Herz. Da ist eine gewisse Berechtigung in deinen Worten und einige Weisheit. Die Gelegenheit ist günstig, und ein Mann mit deinem Namen sollte sie sich nicht entgehen lassen.«

»Ich bin froh, daß du die Sache so siehst, Nahoon. Bist du nun so nett und verlierst mich und versprichst, nicht nach mir zu suchen, bis der Mond aufgegangen ist?«

»Was meinst du damit, Schwarzes Herz?«

»Was ich sage. Komm, ich habe keine Zeit zu verlieren.«

»Du bist ein merkwürdiger Mann«, sagte der Zulu nachdenklich. »Du hast den Befehl des Königs an mich gehört: Möchtest du, daß ich dem Befehl des Königs nicht gehorche?«

»Natürlich! Du hast keinen Grund, Cetywayo zu lieben, und für dich ist es einerlei, ob ich in den Kraal zurückkehre und seine Gewehre repariere. Wenn du meinst, er könnte es übelnehmen, wenn du ohne mich dorthin gehst, dann solltest du besser mit mir über die Grenze kommen. Wir könnten zusammen gehen.«

»Und meinen Vater und alle meine Verwandten seiner Rache ausliefern? Schwarzes Herz, du verstehst nicht. Aber wie kannst du auch, der du so heißt? Ich bin ein Krieger, und das Wort des Königs ist das Wort des Gesetzes. Ich hatte gehofft, daß ich im Kampf sterben würde, doch ich bin der Vogel in deiner Schlinge. Komm, schieß, sonst erreichst du die Grenze nicht vor Mondaufgang.« Er breitete die Arme aus und lächelte.

»Wenn es sein muß, so muß es sein. Adieu, Nahoon, du bist ein tapferer Mann, doch jeder muß sein eigenes Leben schützen«, gab Hadden ruhig zurück.

Dann nahm er sehr bedächtig sein Gewehr und zielte auf die Brust des Zulu. Schon hatte er – während sein Opfer noch immer lächelte, auch wenn ein Zucken seiner Lippen die kreatürliche Angst verriet, die keine Tapferkeit bannen kann –, schon hatte er den Finger am Abzug, als Hadden plötzlich, so plötzlich, als sei er vom Blitz getroffen, hintenüberfiel! Ein gewaltiges, geflecktes Tier stand über ihm und starrte ihm mit peitschendem Schwanz in die Augen.

Es war ein Leopard – den sie in Afrika Tiger nennen –, der auf einem Ast des Baumes gelauert hatte und nun seine Beute unter seinen Pranken hielt. Ein-, zwei Sekunden lang herrschte Stille, die nur von dem Schnurren oder besser Grollen des Leoparden unterbrochen wurde. In diesen Sekunden schoß Hadden das Bild der *Inyanga,* genannt *Inyosi* oder die

Biene, durch den Sinn, wie sie mit totemähnlichem Gesicht gegen ihre Hütte gelehnt aus bleichen Lippen gemurmelte hatte: »Denk an meine Worte, wenn die große Katze über deinem Gesicht schnurrt.«

Dann zeigte das gewaltige Tier seine Kraft. Die Krallen einer Pranke gruben sich tief in die Muskeln des linken Oberschenkels, während er mit einer Pfote über Haddens Brust kratzte, die Kleider herunterfetzte und tief ins Fleisch schlitzte. Der Anblick des weißen Fleisches schien das Tier wild zu machen, und blutdürstig schlug er seine Fänge in die Schulter seines Opfers. Im nächsten Augenblick hörte man eilige Schritte und einen heftigen Schlag mit einem Knüppel. Fauchend richtete der Leopard sich auf und schlug nach dem Zulu. Wieder sauste der Knüppel auf ihn und warf ihn zurück. Noch ehe er sich wieder aufgerichtet hatte, sauste der Knüppel wieder nieder und traf ihn diesmal im Nacken. Der Schlag lähmte das Biest, das zuckend und um sich schlagend am Boden lag, Erde und Blätter aufwirbelte, während Schlag auf Schlag auf es niederprasselte, bis es schließlich nach einem letzten Aufbäumen mit zerschmettertem Schädel, aus dem das Hirn tropfte, liegenblieb.

Hadden richtete sich auf. Blut rann aus seinen Wunden.

»Du hast mir das Leben gerettet, Nahoon«, sagte er schwach. »Ich danke dir.«

»Danke mir nicht, Schwarzes Herz«, erwiderte der Zulu, »ich habe nur dem Befehl des Königs gehorcht, dich zu beschützen. Und diesem Tiger hier ist übel mitgespielt worden, denn er hat *mein* Leben gerettet.« Damit nahm er die Martini in die Hand und entlud sie.

In diesem Augenblick schwanden Hadden die Sinne.

Vierundzwanzig Stunden waren vergangen, und es schien ihm nur eine kurze Zeit traumreichen Schlafes vergangen, als er Stimmen hörte, deren Worte er nicht verstand, spürte, daß er getragen wurde, nicht wissend, wohin, und er erwachte auf einer *Kaross* liegend in einer großen, wunderbar sauberen Kaffernhütte, mit einem Bündel Felle aus Kissen und einer Schale Milch an seiner Seite. Durst brannte in ihm, und er streckte die Hand aus, doch zu seiner Überraschung fiel sie ihm herunter wie die eines Toten. Er war allein, niemand war da, der ihm helfen konnte, also blieb er still liegen. Er schlief nicht wieder ein, fiel jedoch mit geschlossenen Augen in eine Art Dämmerzustand. Jetzt hörte er eine Stimme wie von weit her, doch er konnte die Worte verstehen.

»Schwarzes Herz schläft noch«, hörte er, »aber er hat wieder Farbe im Gesicht. Er wird bald erwachen und seine Sinne wiederfinden.«

»Sorge dich nicht, Nanea, er wird gewiß erwachen. Seine Wunden sind nicht gefährlich«, hörte er die Stimme Nahoons. »Er ist heftig gestürzt, mit dem Gewicht des Tigers auf ihm, das hat ihm die Sinne so lange geraubt. Er war dem Tode nahe, doch er wird sicherlich nicht sterben.«

»Es wäre schade gewesen, wenn er hätte sterben müssen«, erklang wieder die sanfte Stimme, »er ist so schön. Noch nie habe ich so einen schönen weißen Mann gesehen.«

»Ich habe ihn nicht so schön gefunden, als er mit seinem Gewehr auf mein Herz zielend vor mir stand«, gab Nahoon gekränkt zurück.

»Nun, es ist zu sagen, daß er vor Cetywayo entkommen wollte, und das ist nicht verwunderlich«, seufzte sie. »Auch bot er dir an, mit ihm zu gehen, und es wäre vielleicht gut gewesen, wenn du es getan hättest, das heißt, wenn du mich mitgenommen hättest!«

»Wie hätte ich das tun können, Mädchen?« fragte Nahoon ärgerlich. »Möchtest du, daß ich den Befehl des Königs mißachte?«

»Der König!« Sie hob die Stimme. »Was schuldest du dem König? Du hast ihm treu gedient, und zur Belohnung wird er mich dir in wenigen Tagen wegnehmen – mich, die ich dein Weib hätte werden sollen, ich muß ... ich muß ...« und sie begann leise zu weinen. Zwischen ihren Schluchzern fügte sie hinzu: »Wenn du mich wirklich liebtest, würdest du mehr an dich und mich denken als an den König und seine Befehle. Oh, laß uns fliehen, Nahoon, laß uns nach Natal fliehen, bevor dieser Speer mich durchbohrt.«

»Weine nicht, Nanea«, sagte er. »Warum zerreißt du mein Herz zwischen meiner Liebe und meiner Pflicht? Du weißt, daß ich ein Krieger bin und daß ich den Pfad beschreiten muß, auf den der König meinen Fuß gesetzt hat. Ich werde bald tot sein, denn ich suche den Tod, und dann zählt nichts mehr.«

»Für dich nicht, Nahoon, doch für mich? Doch du hast recht, und ich weiß es. Vergib mir, da ich kein Krieger bin, sondern eine Frau, die sich ebenfalls dem Willen des Königs beugen muß.« Und sie schlang ihre Arme um seinen Hals und weinte an seiner Brust.

IV

NANEA

Nahoon murmelte noch etwas, das der Lauscher nicht verstehen konnte, und ging dann durch die kleine, runde Eingangsöffnung hinaus. Hadden öffnete die Augen und blickte um sich.

Die Sonne stand schon tief, und ein einfallender Strahl tauchte den Raum in warmes, rotgoldenes Licht. In der Mitte der Hütte stand ein dicker Pfosten, der das Dach trug, schwarz vom Feuer, und daran lehnte das Mädchen Nanea, ein Bild der Verzweiflung.

Wie es oft bei Zulufrauen der Fall ist, war sie wunderschön. Ihr Anblick traf den weißen Mann tief ins Herz und nahm ihm einen Augenblick lang den Atem. Sie trug ein einfaches Kleid aus einem vorne offenen Mantel, dessen weißes, weiches Material an den Kanten mit blauen Perlen besetzt war. Um ihre Taille war eine Fell-*Moocha* gewickelt, ebenfalls mit blauen Perlen bestickt, um Stirn und ihr linkes Knie trug sie Streifen grauen Pelzes und am Arm einen Kupferreif. Sie war groß und schlank, und ihre Gesichtszüge verrieten arabische oder semitische Vorfahren.

Eine gute Minute lang stand sie so, das Gesicht in der Sonne badend, während Hadden seine Augen an ihrer Schönheit weidete. Dann seufzte sie schwer und wandte sich um. Als sie sah, daß Hadden wach war, erschrak sie leicht, zog ihren Umhang über den Brüsten zusammen und kam geschmeidig auf ihn zu.

»Der Häuptling ist erwacht«, sagte sie sanft, »braucht er etwas?«

»Ja, Lady, ich muß etwas trinken, doch ich bin zu schwach.«

Sie kniete sich neben ihn, stützte ihn und führte die Schale an seine Lippen.

Wie es geschah, wußte Hadden nicht zu sagen, doch noch bevor er ausgetrunken hatte, geschah etwas in ihm.

Ob es die Berührung des Mädchens war, ihre fremdartige, rehhafte Lieblichkeit oder das zärtliche Mitleid in ihren Augen – es spielte keine Rolle, denn das Ergebnis war das gleiche. Sie rührte eine Saite in seiner turbulenten, männlichen Natur, und plötzliche Leidenschaft für sie ergriff ihn, eine Leidenschaft, die zwar nicht edel genannt werden kann, aber dafür um so wirklicher. Hadden zweifelte keinen Augenblick, was die Gefühlsflut, die plötzlich in ihm aufwallte, zu bedeuten hatte. Er drückte sich nie vor Fakten.

»Himmel«, dachte er bei sich, »ich habe mich auf den ersten Blick in eine schwarze Schönheit verliebt, heftiger als je zuvor. Das ist peinlich, aber nicht zu ändern. Pech für Nahoon oder für den König oder für beide. Und wenn sie mir lästig wird, kann ich sie immer wieder loswerden.«

Dann überkam ihn die Schwäche wieder, er sank zurück auf die Fellkissen und sah ihr zu, wie sie die Wunden, die der Leopard ihm zugefügt hatte, mit Blättern verband.

Es war, als habe sich ihr etwas von dem, was ihm durch den Sinn ging, mitgeteilt. Jedenfalls zitterten ihre Hände leicht, und sie beeilte sich, ihre Arbeit schnell hinter sich zu bringen. »Es ist fertig, *Inkoos*«, sagte sie und lehnte sich wieder an den Pfosten in der Mitte des Raumes.

»Ich danke dir, Lady, deine Hände sind freundlich.«

»Du mußt mich nicht Lady nennen, *Inkoos*, ich bin keine Häuptlingstochter, sondern nur die Tochter des Stammesführers Umgona.«

»Und du heißt Nanea«, sagte er. »Nein, wundere dich nicht, ich habe viel von dir gehört. Nun, Nanea, vielleicht wirst du bald eine Häuptlingsfrau sein – dort im Kraal des Königs.«

»Wehe, o wehe mir!« rief sie aus und barg ihr Gesicht in den Händen.

»Gräme dich nicht, Nanea, keine Hecke ist so hoch oder so dicht, daß man nicht darüberklettern oder hindurchschlüpfen könnte.«

Sie ließ die Hände sinken und sah ihn fragend an, doch er verfolgte das Thema nicht weiter.

»Sag mir, wie ich hierhergekommen bin, Nanea.«

»Nahoon und seine Begleiter trugen dich her, *Inkoos*.«

»Wirklich, ich beginne dem Leoparden dafür dankbar zu sein, daß er mich verletzt hat. Nahoon ist ein tapferer Mann, und er hat mir einen großen Dienst erwiesen. Ich bin sicher, daß ich es ihm zurückzahlen kann – oder dir, Nanea.«

Dies war die erste Begegnung zwischen Nanea und Hadden, doch obwohl sie diese nicht suchte, brachte die Notwendigkeit seiner Pflege noch viele weitere. Nicht einen Augenblick schwankte der weiße Mann in seiner Entschlossenheit, das Mädchen das ihm den Kopf verdreht hatte, in seinen Besitz zu bringen, und er brachte all seinen Charme auf, um sie von Nahoon zu entfernen und ihre Zuneigung zu gewinnen. Er war kein grober Bewerber, sondern ging behutsam vor, umgarnte sie mit einem Netz aus Komplimenten und Aufmerksamkeiten, die, wie er dachte, den gewünschten Erfolg bringen würden. Zweifellos wäre ihm dieser auch beschieden gewesen, denn sie war jung und naiv, doch etwas in ihrer Natur überwog alles andere: Sie liebte Nahoon, und in ihrem Herzen war kein Platz für einen anderen Mann, weder schwarz noch weiß. Sie begegnete Hadden höflich und freundlich, doch mehr nicht, noch schien sie seine subtilen Annäherungen, mit denen er sich in ihr Herz einzuschleichen versuchte, überhaupt wahrzunehmen. Eine Zeitlang irritierte ihn das, doch dann erinnerte er sich, daß Zulufrauen es sich nicht erlauben, einem heimlichen Verehrer ihre Gefühle zu zeigen. Er mußte sich also offenbaren.

Nachdem er sich einmal entschlossen hatte, brauchte er nicht lange auf eine günstige Gelegenheit zu warten. Er war nun schon weitgehend wiederhergestellt und pflegte in der Umgebung des Kraals spazieren zu gehen. Nicht ganz zweihundert Meter von Umgonas Hütte entsprang eine Quelle, zu der Nanea des Abends Wasser für den Haushalt zu holen pflegte. Der Pfad zwischen dem Kraal und der Quelle führte durch ein kleines Buschwäldchen, wo Hadden sich nachmittags kurz vor Sonnenuntergang unter einen Baum setzte, sobald er gesehen hatte, daß Nanea fortging. Eine Viertelstunde später tauchte sie mit einem großen Krug auf dem Kopf wieder auf. Sie trug nichts außer ihrer *Moocha*, denn sie wollte ihr einziges Kleid nicht durch aufspritzendes Wasser verderben. Er sah sie den Pfad entlangkommen, die Hände in die Hüften gestemmt, und ihre große, schlanke, nackte Gestalt zeichnete sich vor dem Abendrot ab. Hadden überlegte, unter welchem Vorwand er sie ansprechen könne, und das Glück war ihm hold, denn als sie kurz vor ihm war, glitt eine Schlange aus dem Gebüsch und überquerte den Weg direkt vor den

Füßen des Mädchens. Sie sprang erschreckt zurück und ließ dabei den Wasserkrug fallen. Hadden trat hervor und hob ihn auf.

»Warte hier«, sagte er lachend, »ich werde ihn dir wieder füllen.«

»Nein, *Inkoos,* das ist doch Frauenarbeit!«

»Bei meinem Volk gefällt es den Männern, den Frauen Arbeit abzunehmen«, sagte er und ging zur Quelle. Sie blieb verwundert stehen.

Bevor er sie wieder erreichte, bereute er seine Galanterie, denn er mußte den henkellosen Krug auf der Schulter tragen, und das überschwappende Wasser machte sein Hemd klatschnaß. Aber davon sagte er nichts zu Nanea.

»Hier ist dein Wasser, Nanea, soll ich es für dich bis zum Kraal tragen?«

»Nein, *Inkoos,* ich danke dir. Aber gib mir den Krug, du bist noch schwach.«

»Bleib einen Moment, und ich begleite dich. Ach, Nanea, ich bin immer noch schwach, und wenn du nicht gewesen wärest, wäre ich sicherlich tot.«

»Es war Nahoon, der dich gerettet hat, *Inkoos,* nicht ich.«

»Nahoon hat meinen Körper gerettet, doch nur du kannst mein Herz retten.«

»Du sprichst dunkle Worte, *Inkoos.*«

»Dann muß ich deutlicher werden. Nanea, ich liebe dich.«

Sie riß die Augen weit auf.

»Du, ein weißer Lord, liebst mich, ein Zulumädchen? Wie ist das möglich?«

»Ich weiß es nicht, Nanea, aber es ist so. Und wärest du nicht so blind, hättest du es bemerkt. Ich liebe dich, und ich möchte dich zur Frau nehmen.«

»Nein, *Inkoos,* das geht nicht. Ich bin schon verlobt.«

»Ach«, antwortete er, »verlobt mit dem König.«

»Nein, verlobt mit Nahoon.«

»Doch es ist der König, der dich in einer Woche nehmen wird. Ist es nicht so? Und hättest du es nicht lieber, wenn ich dich nähme statt des Königs?«

»Es wäre wohl so, *Inkoos,* daß ich lieber mit dir ginge als mit dem König. Doch am liebsten möchte ich Nahoon zum Mann nehmen. Es mag sein, daß ich ihn niemals heiraten kann, aber ich werde jedenfalls nicht eine von des Königs Frauen werden.«

»Und wie willst du das verhindern, Nanea?«

»Es gibt Wasser, in denen eine Jungfrau ertrinken und Bäume, an denen sie sich erhängen kann«, sagte sie schnell.

»Das wäre ein Jammer, Nanea. Du bist zu schön, um zu sterben.«

»Schön oder häßlich, ich werde dennoch sterben, *Inkoos.*«

»Nein, nein, komm mit mir. Ich werde einen Weg finden. Werde meine Frau.« Er legte seinen Arm um ihre Taille und versuchte, sie an sich zu ziehen.

Ohne grobe Bewegung und mit größter Würde befreite sie sich aus seiner Umarmung.

»Du hast mich geehrt, und ich danke dir, *Inkoos*«, sagte sie leise, »aber du verstehst es nicht. Ich bin Nahoons Frau, ich gehöre ihm. Ich kann keinen anderen Mann anschauen, solange er lebt. Es ist nicht Sitte bei uns, *Inkoos*. Wir sind nicht wie die weißen Frauen, wir sind unwissend und einfach, und wenn wir uns einem Mann versprochen haben, halten wir dies Versprechen bis zum Tode.«

»Wirklich«, sagte Hadden, »und nun wirst du zu Nahoon gehen und ihm erzählen, daß ich dich gebeten habe, meine Frau zu werden.«

»Nein, *Inkoos*, warum sollte ich Nahoon deine Geheimisse erzählen? Ich habe ›nein‹ zu dir gesagt und nicht ›ja‹, darum braucht er es nicht zu wissen.« Sie bückte sich nach dem Krug.

Hadden überdachte schnell die Situation, daß er abgewiesen worden war, machte ihn um so entschlossener, sein Ziel zu erreichen. Er machte schnell einen Plan. Es war kein schöner Plan, und manch ein Mann wäre davor zurückgeschreckt, aber da er nicht die Absicht hatte, darunter zu leiden, daß ein Zulumädchen ihn abwies, beschloß er, sein Ziel mit anderen als fairen Mitteln zu erreichen.

»Nanea«, sagte er, »du bist eine gute und ehrliche Frau, und ich achte dich. Und, wie gesagt, ich liebe dich, und da du mich nicht erhören willst, braucht man darüber keine Worte mehr zu verlieren, und letzten Endes ist es wahrscheinlich besser, wenn du einen Mann deines Volkes heiratest. Doch du wirst ihn niemals heiraten, Nanea, denn der König wird dich nehmen. Und wenn er dich nicht einem anderen Mann zur Frau gibt, wirst du eine seiner ›Schwestern‹ werden, oder, wenn du dich von ihm befreien willst, mußt du den Tod wählen. Höre auf mich, es ist die Liebe zu dir, die mir diese Worte eingibt, weil mir an dir liegt. Warum fliehst du nicht nach Natal und nimmst Nahoon mit dir? Dort könntest du in Frieden und außer Reichweite von Cetywayo leben.«

»Das ist auch mein Wunsch, *Inkoos*, doch Nahoon will nichts davon wissen. Er sagt, daß es Krieg geben wird zwischen uns und euch Weißen und daß er den Befehl des Königs nicht mißachten und aus seiner Armee desertieren will.«

»Dann kann seine Liebe zu dir nicht groß sein, Nanea, jedenfalls mußt du dich das fragen. Sprich mit deinem Vater und flieh mit ihm und sei sicher, daß Nahoon dir folgen wird. Und ich würde mit euch fliehen, denn auch ich glaube, daß es Krieg geben wird und daß dann ein weißer Mann in diesem Land wie ein Lamm unter Adlern ist.«

»Wenn Nahoon mitgeht, gehe ich, *Inkoos*, doch ohne ihn kann ich nicht fliehen. Dann bleibe ich lieber hier und töte mich.«

»Du bist so schön und so voll der Liebe für ihm, Nanea, daß es dir ein leichtes sein wird, ihn von seiner Torheit abzubringen, so daß er mit dir kommt. In vier Tagen müssen wir uns aufmachen zum Königskraal, und wenn es dir gelingt, Nahoon zu überreden, wenden wir uns nach Süden und überqueren den Fluß, der zwischen dem Land der Amazulu und Natal fließt. Um unser aller willen, aber vor allem um deinetwillen, versuche es, Nanea, die ich geliebt habe und die ich nun beschützen will. Geh zu ihm und überzeuge ihn, wie, wirst du selbst am besten wissen. Doch sage ihm nichts davon, daß auch ich von Flucht träume, denn sonst werde ich schärfer bewacht.«

»Wahrlich, das werde ich tun, *Inkoos*«, antwortete sie voller Ernst, »und ach, ich danke dir für deine Güte. Fürchte nicht, ich werde dich nicht verraten – eher würde ich sterben. Lebewohl.«

»Lebewohl, Nanea«, und er nahm ihre Hand und führte sie an seine Lippen.

Spät an jenem Abend, als Hadden sich gerade zur Ruhe legen wollte, hörte er ein leises Klopfen an dem Brett, das den Eingang seiner Hütte verschloß.

»Herein«, sagte er, als er die Tür geöffnet hatte und im Schein der kleinen Laterne Nanea in die Hütte kriechen sah, gefolgt von der großen Gestalt Nahoons.

»*Inkoos*«, flüsterte sie, nachdem die Tür wieder verschlossen war, »ich habe Nahoon angefleht, und er hat eingewilligt zu fliehen. Mein Vater kommt auch mit.«

»Ist das wahr, Nahoon?«

»Es ist wahr«, bestätigte der Zulu und sah beschämt zu Boden. »Um dieses Mädchen vor dem König zu retten und weil meine Liebe zu ihr mein Herz auffrißt, habe ich meine Ehre meiner Liebe geopfert. Aber ich sage euch, dir Nanea, und dir, Weißer Mann, was ich soeben auch Umgona gesagt habe: Diese Flucht wird kein gutes Ende nehmen, und wenn wir gefangen werden, werden wir alle sterben.«

»Fangen werden sie uns nicht«, unterbrach Nanea eifrig, »denn wer sollte uns verraten außer dem *Inkoos* selbst?«

»Was nicht sehr wahrscheinlich ist, da er selbst mit euch fliehen will, da sein eigenes Leben ebenfalls bedroht ist.« Hadden sprach ganz ruhig.

»So ist es, Schwarzes Herz«, sagte Nahoon, »sonst, muß ich dir sagen, würde ich dir auch nicht trauen.«

Hadden ging nicht auf die Bemerkung ein, und sie saßen die halbe Nacht zusammen und planten ihre Flucht.

Am nächsten Morgen wurde Hadden von einem heftigen Wortwechsel geweckt. Als er vor die Hütte trat, sah er Umgona mit einem dicken, übelaussehenden Kaffernhäuptling, der auf einem Pony in den Kraal gekommen war, streiten. Dieser Häuptling, so fand er schnell heraus, war kein anderer als Maputa, der Nanea hatte heiraten wollen und dadurch Nahoons und Umgonas unglückliches Gesuch an den König verursacht hatte. Im Augenblick war er dabei, Umgona wüst zu beschimpfen und ihn zu bezichtigen, er habe einige seiner Ochsen gestohlen und seine Kühe verhext, daß sie keine Milch mehr gaben. Der Vorwurf des Diebstahls konnte relativ leicht widerlegt werden, doch die Hexerei blieb Gegenstand der Auseinandersetzung.

»Du bist ein Hund und ein Hundesohn«, rief Maputa und schüttelte seine Faust vor dem Gesicht des zitternden, empörten Umgona. — Du hast mir deine Tochter zur Frau versprochen und dann mit diesem *Umfagozan,* diesem niedriggeborenen Lümmel von einem Soldaten Nahoon, Zomas Sohn verlobt! Dann seid ihr beide zum König gegangen, habt ihm Gift ins Ohr geträufelt, damit ich bei ihm in Ungnade falle, und jetzt habt ihr auch noch mein Vieh verhext. Warte nur, ich werde mich rächen, Hexer; warte nur, bis du eines kalten Morgens deinen Zaun brennen sehen wirst und die Rächer vor deiner Tür warten, um dich und die Deinen mit ihren Speeren zu zerfetzen . . .«

Bei diesen Worten mischte sich Nahoon, der bis dahin schweigend zugehört hatte, effektvoll ein.

»Gut«, sagte er, »wir werden auf diesen Tag warten, aber nicht in deiner Gesellschaft, Häuptling Maputa. *Hamba!** Und er packte den dicken, alten Raufbold beim Genick und warf ihn mit solcher Wucht rückwärts, daß er den Hang hinunterkullerte.

Hadden lachte und ging in Richtung des Flusses, wo er sich waschen wollte. Gerade als er ihn erreicht hatte, sah er Maputa den Pfad entlangreiten. Sein Kopfputz war voll Schlamm, seine Lippen purpurnfarben, und sein Gesicht glühte vor Zorn.

»Dort reitet ein wütender Mann von dannen . . .« sagte er zu sich. »Nun, wie wäre es . . .« und er blickte in die Luft wie einer, der eine Eingebung suchte. Sie schien ihm zu kommen. Vielleicht war es auch der Teufel, der sein Ohr offen gefunden hatte. Jedenfalls war in wenigen Sekunden sein Plan gereift, und er ging durchs Gebüsch Maputa entgegen.

»Reite in Frieden, Häuptling«, sprach er ihn an. »Sie scheinen dich dort oben schlecht behandelt zu haben. Ich hatte keine Macht, mich einzumischen, doch ich kam her, denn ich konnte den Anblick nicht ertragen. Es ist wirklich beschämend, daß ein ehrwürdiger, alter Mann von einem betrunkenen Soldaten in den Dreck gestoßen wird.«

»Eine Schande ist es wahrlich, Weißer Mann«, keuchte Maputa. »Deine Worte sind wahr. Aber warte nur. Ich, Maputa, werde den Stein

* »Geh!«

umdrehen. Ich werde diesen Stier auf seinen Rücken werfen. Wenn die nächste Ernte reift, das verspreche ich, werden weder Nahoon noch Umgona noch irgendeiner aus dem Kraal übrig sein, um sie zu ernten.«

»Und wie willst du das anstellen, Maputa?«

»Ich weiß es noch nicht, aber ich werde einen Weg fingen. Oh! Das kann ich dir sagen, ich werde einen Weg finden!«

Hadden streichelte nachdenklich den Hals des Ponys. Dann lehnte er sich vor und sah dem Häuptling in die Augen.

»Was gibst du mir, Maputa, wenn ich dir den sicheren und unfehlbaren Weg zeige, mit dem du gerächt würdest und der Nahoon den Tod bringen wird, dessen Grausamkeit auch ich erfahren habe, und Umgona, dessen Hexerei mich krank gemacht hat?«

»Was wünschst du als Belohnung, Weißer Mann?«

»Eine Kleinigkeit, Häuptling, eine Sache ohne Bedeutung – nur das Mädchen Nanea, die zu besitzen mich reizt.«

»Ich wollte sie selber, Weißer Mann, doch der, der über uns in Ulundi sitzt, hat seine Hand auf sie gelegt.«

»Das ist kein Problem, Häuptling. Das kann ich mit ›dem der in Ulundi residiert‹ regeln. Du bist es, der hier die Macht hat und mit dem ich mich einigen möchte. Hör zu: Wenn du meinen Wunsch erfüllst, werde ich nicht nur deinen erfüllen, sondern ich werde dir, wenn das Mädchen in meinen Händen ist, außerdem noch dieses Gewehr und hundert Schuß Munition geben.«

Maputa sah die Sport-Martini mit glänzenden Augen an.

»Gut«, sagte er, »sehr gut. Oft habe ich mir so ein Gewehr gewünscht, mit dem ich jagen und mit dem ich mit meinen Feinden aus der Entfernung reden kann. Versprich es mir, Weißer Mann, und du bekommst das Mädchen, wenn ich sie dir geben kann.«

»Schwörst du es, Maputa?«

»Ich schwöre es bei Chaka und bei den Geistern meiner Vorfahren.«

»Gut. In der Dämmerung des vierten Tages von heute haben Umgona, seine Tochter Nanea und Nahoon vor, den Fluß nach Natal mitsamt ihrem Vieh bei der Krokodilfurt zu überqueren und dem König zu entkommen. Ich werde bei ihnen sein, denn ich habe ihr Geheimnis erfahren, und sie würden mich umbringen, wenn ich versuchen würde, sie zu verlassen. Nun mußt du, der Häuptling des Grenzlandes und Hüter der Furt, mit ein paar Männern zwischen den Felsen und Untiefen der Furt dich verbergen und unsere Ankunft erwarten. Nanea wird vorangehen und die Kühe und Kälber treiben, so ist es abgemacht, und ich werde ihr dabei helfen. Danach kommen Umgona und Nahoon mit den Stieren und Färsen. Über die beiden müßt ihr herfallen, sie töten und das Vieh einfangen. Danach gebe ich dir das Gewehr.«

»Und was ist, wenn der König nach dem Mädchen fragt, Weißer Mann?«

»Dann antwortest du, daß sie dir in dem Zwielicht entwischt ist und daß du das Mädchen nicht zuerst fangen wolltest, aus Angst, ihr Geschrei hätte die anderen gewarnt.«

»Gut, aber wie kann ich sicher sein, daß du mir das Gewehr gibst, wenn du erst einmal über den Fluß bist?«

»Folgendermaßen: Bevor ich die Furt betrete, werde ich das Gewehr und die Patronen auf einen Stein am Ufer legen und Nanea sagen, daß ich es holen gehen werde, wenn wir das Vieh auf dem anderen Ufer haben.«

»Es ist gut so, Weißer Mann, ich werde dich nicht enttäuschen.« So verschworen sie sich, und nachdem noch ein paar Einzelheiten besprochen worden waren, schüttelten sie sich die Hände und trennten sich.

»Das müßte funktionieren«, überlegte Hadden, während er sich ins Wasser gleiten ließ und ein paar Züge schwamm, »doch irgendwie traue ich Freund Maputa nicht ganz. Es wäre mir schon lieber, wenn ich nur mir selbst vertrauen müßte, um Nahoon und seinen Onkel aus dem Weg zu schaffen, zwei Schüsse im Wasser würden es tun. Aber das wäre Mord, und Mord ist unschön; während es so die Auslieferung zweier Deserteure an die Justiz ist, eine ehrenwerte Tat in einem militärischen Land. Auch könnte mein persönliches Eingreifen das Mädchen gegen mich aufbringen, während sie, wenn die beiden von Maputa erledigt worden sind, meine Begleitung annehmen *muß*. Es ist natürlich ein Risiko, aber selbst der Vorsichtigste muß im Leben manchmal ein Risiko eingehen.«

Hadden hatte sich mit seinem Verdacht über die Unzuverlässigkeit seines Mitverschwörers nicht geirrt. Noch bevor dieser seinen Kraal erreicht hatte, war er zu dem Schluß gekommen, daß der Plan des weißen Mannes zwar reichlich verlockend, aber am Ende doch zu gefährlich war, denn es war sicher, daß, wenn das Mädchen Nanea entkäme, der König unwillig sein würde. Zudem würden die Männer, die er mitnehmen müßte, um die beiden zu töten, Verdacht schöpfen und reden. Andererseits würde er viel Ansehen beim König gewinnen, wenn er die Verschwörung aufdecken und erklärte, daß er es aus dem Munde des weißen Jägers erfahren hatte, den Umgona und Nahoon zum Mitmachen gezwungen hatten, und dessen Gewehr er doch noch bekommen würde, wenn er Glück hatte.

Eine Stunde später waren zwei Geheimboten mit einer Nachricht von Maputa, dem Hüter der Grenze, für den »Großen Schwarzen Elephanten« nach Ulundi unterwegs.

V

DER TODESPFUHL

Das Glück war Nahoons und Naneas Plänen hold, denn ein für den Zulukrieger fast unlösbares Problem war es, einen möglichen Verdacht seiner Kameraden zu zerstreuen, denen der König ja ebenfalls aufgetragen hatte, Hadden bei der Jagd zur Hand zu gehen und sein Entkommen zu verhindern. Der Zufall wollte es, daß am Tag nach dem Zwischenfall bei Maputas Besuch ein Bote von keinem Geringeren als dem großen Militär-*Induna*, Tvingwayo ka Marolo, der später die Zuluarmee am Isandhlwana kommandierte, eintraf und den Befehl brachte, daß die Männer sich sofort zu ihrem Regiment zu begeben hätten. Nahoon sandte sie also fort und sagte ihnen, daß er im Laufe der nächsten Tage mit Schwarzem Herz folgen würde, da dessen Gesundheit noch nicht so weit wiederhergestellt sei, daß er schnell und weit reisen könne. So zogen die Krieger ab, ohne den geringsten Verdacht zu hegen.

Dann gab Umgona bekannt, daß er, dem Befehl des Königs gehorchend, nach Ulundi aufbrechen und seine Tochter Nanea, die in die *Sigodhla* gebracht werden sollte, nebst jener fünfzehn Stück Vieh, die Nahoon als *Lobola* bezahlt hatte und die der König als Strafe für seinen voreiligen Heiratswunsch an sich zu nehmen gedachte. Den Rest seines Viehs sandte er unter dem Vorwand, daß es frisches Weideland brauche, mit einem Basutohirten in die Nähe der Krokodilfurt, dort sei das Gras besonders süß und saftig.

Am dritten Tag, als alle Vorbereitungen getroffen waren, brachen sie in Richtung Ulundi auf. Nachdem sie jedoch ein paar Kilometer zurückgelegt hatten, schwenkten sie nach rechts und überquerten unbemerkt eine weite Ebene unbewohnten Buschlandes. Ihr Weg führte sie nahe am Todespfuhl vorbei, denn dieser lag, wie der Wald, der die Heimat der Toten genannt wurde, nicht weit von Umgonas Kraal entfernt. Sie planten, ihre Reise bei Nacht fortzusetzen und das Land bei der Krokodilfurt am frühen Morgen zu erreichen. Hier wollten sie dann den Tag und die Nacht versteckt bleiben, und nachdem sie dann das ihnen vorausgegangene Vieh zusammengetrieben hatten, bei Tagesanbruch über den Fluß nach Natal entkommen. Das war jedenfalls der Plan seiner Gefährten, doch wie wir wissen, hatte Hadden einen anderen, an dem zwei der Beteiligten keinen Anteil mehr haben sollten.

Während dieses langen Nachmittags ging Umgona, der jeden Zentimeter des Geländes kannte, voran und trieb die fünfzehn Stück Vieh vor sich her. Er trug einen langen Wanderstab aus schwarz-weißem *Umzimbeet*-Holz, und der alte Mann schien es eilig zu haben, das Ziel der Reise zu erreichen. Ihm folgte Nahoon, bis auf seine *Moocha* und einen Halsschmuck aus Pavianzähnen nackt, doch mit einem breiten *Assagai* bewaffnet. Neben ihm ging Nanea in ihrem perlenbesetzten Kleid. Hadden, der den Schluß bildete, bemerkte, daß das Mädchen unter der Vorahnung einer drohenden Gefahr zu leiden schien, denn von Zeit zu Zeit griff sie nach dem Arm ihres Liebsten und sprach heftig, fast leidenschaftlich auf ihn ein.

Erstaunlicherweise rührte Hadden dieser Anblick, und hin und wieder wurde er von so heftigen Gewissensbissen geplagt, wenn er an seine Rolle in dieser Tragödie dachte, daß er überlegte, auf welche Weise er das tödliche Netz, das er selbst gesponnen hatte, zerreißen könne. Doch die Stimme des Bösen flüsterte ihm wieder ins Ohr und erinnerte ihn daran, daß er, der weiße *Inkoos,* von der schwarzen Schönheit abgewiesen worden war, und falls er den schwarzen Krieger rettete, so würde das Mädchen an seiner Seite dessen Frau. Die Frau jenes Mannes, der ihn Schwarzes Herz getauft hatte, der ihn verachtete, den er zu töten getrachtet hatte und der diesen Verrat sofort damit heimgezahlt hatte, daß er ihn unter Gefahr seines Lebens aus den Pranken und Fängen des Leoparden gerettet hatte. Auch war es ein Gesetz in Haddens Leben, daß er sich nichts vorenthielt, was in seiner Reichweite lag, ein Gesetz, das ihn immer tiefer ins Unrecht getrieben hatte. Es hatte ihn tatsächlich nicht weit gebracht, denn in der Vergangenheit hatte er vieles gewünscht und wenig gewonnen. Aber diese besondere Blüte war nun fast in seiner Hand, und er würde sie pflücken. Wenn Nahoon zwischen ihm und der Blüte stand – um so schlimmer für Nahoon, und wenn sie sich in seiner Hand verwelken sollte – um so schlimmer für die Blüte, er konnte sie jederzeit fortwerfen. So kam es, nicht zum ersten Male in seinem Leben, daß Philip Hadden leise Zuckungen seines Gewissens verdrängte und auf die Stimme des Bösen hörte.

Gegen halb sechs Uhr nachmittags überquerten die vier Flüchtlinge den Fluß, der ein bis zwei Kilometer weiter unten über den Felsrand in den Todespfuhl stürzte, und, als sie am anderen Ufer einen kleinen Wald betraten, fanden sie sich plötzlich inmitten von zweiundzwanzig Soldaten, die die Wartezeit mit Schnupfen von *Dakka,* dem einheimischen Hanf, ausgefüllt hatten. Zwischen diesen Soldaten saß auf seinem Pferd Häuptling Maputa, der zum Laufen zu dick war.

Als sie sahen, daß die Erwarteten eingetroffen waren, klopften die Männer ihre *Dakka*-Pfeifen aus, steckten die Schnupfdosen wieder in die Schlitze ihrer Ohrläppchen und nahmen die vier fest.

»Was hat das zu bedeuten, Soldaten des Königs?« fragte Umgona mit schwankender Stimme. »Wir reisen zum Kraal von U'Cetywayo, warum belästigt ihr uns?«

»Tatsächlich! Und warum geht ihr dann südwärts? Lebt der Schwarze Elefant im Süden? Nun, jetzt jedenfalls werdet ihr zu einem anderen Kraal reisen«, antwortete der gemütlich aussehende Führer des Trupps mit einem kehligen Lachen.

»Ich verstehe dich nicht«, stotterte Umgona.

»Dann werde ich es dir erklären, während du dich ausruhst. Der Häuptling Maputa dort drüben hat eine Botschaft an den Schwarzen Elefanten in Ulundi gesandt, daß er von eurer geplanten Flucht nach Natal aus dem Munde des weißen Jägers hier erfuhr. Der König war ärgerlich und schickte uns, euch zu fangen und ein Ende zu bereiten. Das ist alles. Komm jetzt, friedlich, und laß uns die Angelegenheit erledigen. Der Todespfuhl ist nah, und euer Tod ist einfach.«

Nahoon hörte die Worte und sprang Hadden an die Kehle, doch die Soldaten hielten ihn zurück. Nanea hörte sie ebenfalls, wandte sich um und sah dem Verräter wortlos in die Augen. Sie sagte nichts, sie sah ihn nur an, und diesen Blick würde er nie vergessen. Der weiße Mann dagegen war voller Wut auf Maputa.

»Du elender Schuft«, keuchte er, worauf der Häuptling sich mit einem schiefen Lächeln abwandte.

Dann wurden sie am Fluß entlang geführt, bis sie den Wasserfall erreichten, der sich in den Todespfuhl ergoß.

Hadden war auf seine Weise ein tapferer Mann, doch als er in den Abgrund blickte, zog sich sein Magen zusammen.

»Werdet ihr mich dort hinunter werfen?« fragte er den Zulukapitän.

»Dich?« fragte der Krieger beiläufig. »Nein, wir haben den Befehl, dich vor den König zu bringen, doch was er mit dir vorhat, weiß ich nicht. Es ist Krieg zwischen deinem Volk und unserem, also hat er vielleicht vor, dich zu Medizin zerstampfen zu lassen, für den Gebrauch der Hexen, oder dich auf einen Ameisenhaufen zu binden, als Warnung für andere weiße Männer.«

Hadden nahm diese Nachricht schweigend auf, doch im stillen begann er fieberhaft nach einer Fluchtmöglichkeit zu suchen.

Inzwischen waren sie bei den beiden Mimosenbäumen angekommen, die über den Abgrund des Pfuhles ragten.

»Wer springt zuerst?« fragte der Truppführer den Häuptling Maputa.

»Der alte Hexer«, gab dieser zurück und wies mit dem Kopf auf Umgona, »dann seine Tochter und zum Schluß dieser hier«, und schlug Nahoon mit der flachen Hand ins Gesicht.

»Komm, Hexer«, sagte der Kapitän und packte Umgona am Arm. »Laß uns sehen, wie gut du schwimmen kannst.«

Umgona hatte, wie es für seine Rasse angesichts des Todes typisch war, seine Selbstbeherrschung wiedergefunden und schüttelte die Hand des Soldaten ab. »Es ist nicht nötig, mich zu führen, denn ich bin alt und bereit zu sterben.« Dann küßte er seine Tochter, drückte Nahoon die Hand, warf Hadden einen verachtungsvollen Blick zu und betrat die Plattform zwischen den beiden Bäumen. Einen Moment stand er und blickte auf die untergehende Sonne, und dann stürzte er sich ohne einen Laut in den Abgrund und verschwand.

»Das war ein tapferer Mann«, meinte der Kapitän bewundernd. »Kannst du auch springen, Mädchen? Oder müssen wir dich stoßen?«

»Ich folge dem Vorbild meines Vaters«, gab Nanea mit leiser Stimme zurück, »doch vorher möchte ich ein Wort sagen. Es ist wahr, daß wir vor dem König zu entkommen suchten und daß wir dafür sterben müssen. Doch es war Schwarzes Herz hier, der sich den Plan dachte, und es war er, der uns verriet. Wollt ihr wissen, warum? Er hat um meine Gunst gebuhlt, und ich habe ihn abgewiesen. Dies ist seine Rache, die Rache des weißen Mannes.«

»Wallah!« platzte da der Häuptling Maputa dazwischen, »die Schöne sagt die Wahrheit, denn er wollte, daß Umgona, der Hexer und Nahoon der Krieger an der Krokodilfurt getötet werden sollten, damit er mit dem Mädchen entkommen könne. Ich sagte ›ja‹ zu ihm und unterrichtete als treuer Untertan den König.«

»Ihr habt es gehört«, seufzte Nanea, »Nahoon, meinen letzten Gruß, wenn wir auch vielleicht gleich wieder zusammensein werden. Ich war es, die dich von deiner Pflicht ablenkte. Wegen mir hast du deine Ehre vergessen, und ich erhalte meinen Lohn dafür. Lebewohl, mein Gemahl, es ist besser, mit dir zu sterben, als im Harem des Königs zu leben. Damit betrat sie die Plattform.

Hier hielt sie sich an einem Ast der Mimosenbäume fest und wandte sich an Hadden:

»Schwarzes Herz, du scheinst der Sieger dieses Tages zu sein, doch mich zumindest hast du nicht gewonnen, und noch steht die Sonne am Himmel. Auf den Sonnenuntergang folgt die Nacht, Schwarzes Herz, und in der Nacht, darum bete ich, mögest du in Ewigkeit umherwandern und von meinem Blut trinken und von dem Blut Umgonas, meines Vaters, und von dem Blut Nahoons, meines Gatten, der dein Leben rettete und den du getötet hast. Vielleicht, Schwarzes Herz, treffen wir uns wieder – drüben, in der Heimat der Toten.«

Dann stieß sie einen leisen Schrei aus und sprang hoch und weit von der Plattform.

Die Zuschauer beugten ihre Köpfe über den Abgrund und sahen sie zwanzig Meter tiefer in die brodelnden Fluten tauchen. Ein paar Sekunden lang sah man ihr weißes Gewand auf den Wellen leuchten, dann war sie verschwunden.

»Nun, Gatte«, rief der Kapitän munter, »dort unten ist dein Hochzeitsbett, eil dich und folge deiner Braut, die so tapfer vorangegangen ist. Ho! Ihr seid gute Leute. Noch nie habe ich so wenig Mühe gehabt. Du . . .« Er hielt inne, denn vor seinen Augen verlor Nahoon den Verstand.

Mit einem Brüllen, das einem Löwen Ehre gemacht hätte, schüttelte der große Mann die beiden Krieger ab, die ihn festhielten, packte einen von ihnen an Taille und Schenkel und hob ihn hoch, als sei er ein kleines Kind, und schleuderte ihn in den Abgrund. Dann schrie er:

»Jetzt bist du an der Reihe, Schwarzes Herz. Schwarzes Herz – Verräter!« und sprang auf ihn zu. Seine Augen traten aus den Höhlen, und Schaum flog von seinen Lippen. Im Vorstürzen fegte er mit der Rückseite seiner Hand Maputa vom Pferd. Es wäre dem weißen Mann übel ergangen, hätte Nahoon ihn zu fassen bekommen, doch die Soldaten waren herbeigesprungen und hatten ihn trotz seines Strampelns und Tretens auf den Boden geworfen, wie die Zuluregimenter bei bestimmten Festen mit bloßen Händen einen Stier zu Füßen des Königs auf den Boden werfen.

»Werft ihn hinunter, ehe er noch mehr Unheil anrichten kann«, sagte eine Stimme. Doch der Kapitän rief aus: »Nein, nein, er ist geheiligt. Das Feuer des Himmels ist auf sein Hirn gefallen, und wir dürfen ihm nichts antun, sonst wird es uns allen übel ergehen. Bindet ihn an Händen und Füßen und behandelt ihn vorsichtig, bis wir ihn dorthin bringen, wo er versorgt werden kann. Ich hatte mir schon gedacht, daß diese Übeltäter uns eigentlich viel zu wenig Mühe machen, und so ist es gekommen.«

Also machten sie sich daran, Nahoon so sanft zu fesseln wie sie es vermochten, denn bei den Zulu ist ein Verrückter heilig. Es war keine leichte Aufgabe und brauchte einige Zeit.

Hadden sah sich um und erkannte seine Chance. Nicht weit von ihm lag sein Gewehr am Boden, wo einer der Krieger es abgelegt hatte, und ein paar Schritte entfernt graste Maputas Pferd. Mit flinken Bewegungen griff er das Gewehr und saß fünf Sekunden später auf dem Rücken des Pferdes und galoppierte in Richtung der Krokodilfurt. Seine Flucht ging so schnell, daß die Krieger, so beschäftigt sie mit dem Fesseln von Nahoon waren, sein Verschwinden eine halbe Minute oder länger nicht bemerkten. Es war Maputa, der es entdeckte, hinter ihm herwatschelte und schrie:

»Der weiße Dieb! Er hat mein Pferd gestohlen und das Gewehr auch, das er mir versprochen hatte.«

Hadden, er inzwischen schon hundert Meter entfernt war, hörte ihn deutlich, und ein wilder Zorn stieg in ihm auf. Dieser Mann hatte ihn als Mörder bloßgestellt, schlimmer noch, dafür gesorgt, daß ihm das Mädchen verlorenging, um dessentwillen er seine Hände mit Schuld befleckt hatte. Er blickte über die Schulter zurück. Maputa rannte noch immer. Er war allein. Ja, er hatte genug Zeit, er konnte es riskieren.

Mit einem Ruck wendete er das Pferd und sprang ab, wobei er seinen Arm durch die Zügel steckte. Wie er gehofft hatte, war das Tier entsprechend trainiert und stand still. Hadden stellte sich fest hin, holte tief Luft, legte das Gewehr an und zielte auf den Häuptling. Maputa erkannte seine Absicht und machte schreiend kehrt, um zu fliehen.

Hadden wartete, bis er ihn genau im Visier hatte, und gerade, als die Soldaten den Abhang heraufkamen, drückte er ab. Er war ein ausgezeichneter Schütze, und sein Können ließ ihn nicht im Stich. Noch bevor er die Kugel aufschlagen hörte, sah er, wie Maputa die Arme in die Luft riß und tot zu Boden sackte.

Drei Sekunden später saß er, einen wilden Fluch ausstoßend, wieder auf dem Pferd und galoppierte um sein Leben in Richtung auf den Fluß, den er einige Zeit später sicher überquerte.

VI

DIE GEISTER DER TOTEN

Als Nanea von der schwindelerregenden Plattform in den Todespfuhl sprang, war das Glück ihr hold. Direkt unter dem Wasserfall waren große Felsbrocken, auf die das Wasser donnerte und aufspritzte und in den tiefen Graben schäumte, der dahinter lag. Auf diesen Felsen fanden die Opfer, die von oben hinuntergestoßen wurden, den Tod. Nanea aber, wie man sich erinnern mag, hatte nicht abgewartet, bis man sie stieße, und der kräftige Schwung, mit dem sie in ihren Tod gesprungen war, hatte sie über die Felsen hinausgetragen. Sie fiel knapp daran vorbei kopfüber ins Wasser und sank tiefer und tiefer, bis sie dachte, sie käme nie wieder an die Oberfläche. Doch sie tauchte am Ende des Pfuhles wieder auf und wurde von der starken Strömung mitgerissen. Hier waren zum Glück keine Felsen mehr, und als gute Schwimmerin entging sie der Gefahr, gegen das Ufer geschleudert zu werden.

Eine lange Strecke wurde sie so fortgetragen, bis sie merkte, daß sie im Wald angekommen war, denn die Bäume überschatteten den Fluß, und ihre hängenden Äste berührten die Wasseroberfläche. Einen davon bekam Nanea zu fassen und zog sich daran ans Ufer des Todesflusses, dem noch niemand entkommen war. Keuchend stand sie am Ufer, doch sie war unverletzt. Sogar ihr weißes Kleid hing noch an ihren Schultern.

Zwar hatte sie von ihrer entsetzlichen Reise keine Wunden davongetragen, doch Nanea war so erschöpft, daß sie kaum stehen konnte. Es war düster und kalt hier, und hilflos sah sie sich nach einer Zuflucht um. Nahe am Ufer wuchs ein gewaltiger Gelbholzbaum, zu dem stolperte sie in der Hoffnung, in seinem Geäst ein Plätzchen zu finden, wo sie vor wilden Tieren sicher war. Wieder meinte das Schicksal es gut mit ihr, denn etwa einen Meter über dem Boden war ein großes Loch im Stamm, in das sie klettern konnte, auch auf die Gefahr hin, daß Schlangen oder andere scheußliche Kreaturen darin hausten, doch das Innere war warm und trocken. Holzspäne und Moos lagen darin, und da hinein kuschelte sie sich und fiel sofort in tiefen Schlaf.

Wie lange sie geschlafen hatte, vermochte Nanea nicht zu sagen, doch irgendwann erwachte sie von dem Klang menschlicher Stimmen, die in einer Sprache redeten, die sie nicht verstand. Kniend lugte sie aus ihrer Baumhöhle. Draußen war es Nacht, doch die Sterne leuchteten hell, und in ihrem Schein sah sie auf einer Lichtung in der Nähe des Ufers ein großes Feuer, um das herum acht oder zehn grauenerregende Wesen versammelt waren, die sich über etwas, das am Boden lag, zu freuen schienen. Sie waren von kleiner Statur, Männer und Frauen, aber keine Kinder. Sie waren mehr oder weniger nackt und hatten langes, dünnes Haar, das ihnen bis über die Augen wuchs, und ihre Kiefer und Zähne standen weit vor. Sie trugen Stöcke in den Händen, an denen spitze Steine befestigt waren, oder beilähnliche Werkzeuge aus dem gleichen Material.

Nanea stockte der Atem, und fast fiel sie in Ohnmacht vor Angst, denn sie wußte sich im Geisterwald. Zweifellos waren dies die *Esemkofu*, die bösen Geister, die hier hausten. Ja, das mußten sie sein, und auch wenn sie ihre Augen nicht von ihnen wenden konnte, so war es eher Entsetzen als Neugierde, das sie fesselte. Nur, wenn es Geister waren, warum sangen und tanzten sie wie Menschen? Warum fuchtelten sie mit ihren Stöcken herum und schienen zu streiten und sich zu bedrohen? Und warum machten sie ein Feuer wie Menschen, die Nahrung garen wollen? Und was war das überhaupt, das da an Boden lag, lang und dünn und still, worüber sie so zufrieden schienen? Es sah nicht nach Wild aus, obwohl es offenbar Nahrung war, und ein Krokodil konnte es wohl kaum sein.

Während sie dies alles überlegte, ging eine der kleinen, grotesken Gestalten zum Feuer und nahm einen brennenden Ast, um ihn über das Ding zu halten und zu beleuchten, denn einer seiner Gefährten machte sich mit einem Steinmesser daran zu schaffen. Im nächsten Moment zog Nanea ihren Kopf zurück und verschluckte den Schrei, der ihr fast entfahren wäre. Sie hatte erkannt, was es war – der Körper eines Menschen! Ja, und dies waren keine Geister, sondern Kannibalen, von denen ihr ihre Mutter erzählt hatte, als sie klein war, um sie daran zu hindern, sich zu weit von Zuhause zu entfernen.

Aber wer war der Mensch, den sie jetzt verzehren wollten? Einer der ihren konnte es nicht sein, dazu war er zu groß. Oh! Jetzt begriff sie. Es mußte Nahoon sein, der getötet worden war und dessen Leiche vom Wasser hierhergetragen worden war in den Geisterwald, so wie sie selbst. Ja, es mußte Nahoon sein, und sie würde gezwungen sein, mitanzusehen, wie ihr Mann von den Kannibalen verzehrt würde. Der Gedanke war ihr unerträglich. Daß er auf den Befehl des Königs den Tod fand, schien natürlich, doch daß sein Leichnam so enden sollte! Und wie konnte sie es verhindern? Auch wenn es ihr Leben kostete, sie mußte es verhindern. Im schlimmsten Falle konnten sie sie nur ebenfalls töten und verzehren, und nun, da ihr Vater und Nahoon tot waren und unbehelligt von spirituellen Hoffnungen oder Ängsten, war ihr ihr eigenes Leben nicht mehr so wichtig.

Sie kletterte aus ihrer Baumhöhle und näherte sich leise den Kannibalen – auch wenn sie nicht die geringste Vorstellung hatte, was sie tun würde, wenn sie dort angelangt war. Als sie in der Höhe des Feuers angekommen war, blieb sie erst einmal stehen und überlegte. Da blickte einer der Kannibalen auf und sah eine große, statuenhafte Gestalt in einem weißen Gewand, und im flackernden Schein der Flammen schien sie aus dem Schatten aufgetaucht zu sein. Der arme Kerl hielt sein Steinmesser zwischen den Zähnen, als er Nanea entdeckte, doch es fiel zu Boden, als er den schrillsten, entsetzlichsten Schreckensschrei ausstieß, den Nanea je gehört hatte. Da entdeckten sie auch die anderen, und plötzlich hallte der Wald von ihrem Angstgeschrei wider. Die Kannibalen blieben einige Sekunden lang von Angst gelähmt wie angewurzelt stehen, und dann stoben sie in wilder Panik auseinander und brachen durchs Unterholz wie aufgeschreckte Schakale. Die *Esemkofu* der Zulu-Überlieferung waren in ihrem eigenen Geisterreich von einem Geist in wilde Flucht gejagt worden.

Arme *Esemkofu!* Sie waren nur eine elende, halb verhungerte Gruppe von Buschmännern, jenem Volk, das vor vielen Jahren in diese Gegend zurückgedrängt worden war und sich mit dem Wenigen, das hier zu finden war, am Leben hielt. Hier waren sie unbehelligt, doch es gab wenig Nahrung in dem finsteren Wald, und so nahmen sie, was der Fluß ihnen brachte. Wenn die Exekutionen am Todespfuhl selten waren, herrschte Hunger, und sie waren gezwungen, sich gegenseitig zu verspeisen.

Als ihr Geschrei in der Ferne verklungen war, rannte Nanea zur Feuerstelle und besah sich den Leichnam. Mit einem Seufzer der Erleichterung schwankte sie zurück. Es war nicht Nahoon, doch sie erkannte das Gesicht eines der Krieger, die sie gefangengenommen hatten. Wie war der hierhergelangt? Hatte Nahoon ihn getötet? War Nahoon entkommen? Sie wußte es nicht, doch es war höchst unwahrscheinlich. Dennoch entfachte der Anblick des toten Kriegers einen winzigen Hoffnungsfunken in ihrem Herzen, denn wie sollte er zu Tode gekommen sein, wenn nicht Nahoon seine Hand im Spiel gehabt hatte? Sie konnte es nicht ertragen, den Leichnam so nahe bei ihrer Baumhöhle zu wissen, und mit einer gewaltigen Anstrengung rollte sie ihn zum Ufer und ins Wasser, das ihn schnell davontrug. Dann schürte sie das Feuer und ging zu ihrem Baum zurück, um das Tageslicht abzuwarten.

Als es endlich dämmerte, mehr als dämmrig wurde es hier in diesem dichten Wald nie, spürte Nanea ihren Hunger und machte sich auf die Suche nach Nahrung. Sie suchte den ganzen Tag, doch sie fand nichts. Gegen Abend schließlich fiel ihr ein, daß es am Rande des Waldes einen flachen Felsen gab, auf dem jene, die in irgendeiner Weise in Schwierigkeiten waren oder die sich oder ihre Habe für verhext hielten, Nahrungsopfer darbrachten, an denen sich die *Esemkofu* und *Amalhosi* laben sollten. Von ihrem brennenden Hunger getrieben, eilte Nanea zu diesem Ort und fand zu ihrem großen Jubel, daß ein Nachbarkraal offenbar vor kurzem in Schwierigkeiten gewesen war, denn der Opferfelsen war beladen mit Maiskolben, Flaschenkürbissen voll Milch, gebratenem Fleisch und Brei. Soviel sie tragen konnte, schleppte sie zu ihrem Versteck, wo sie am Feuer der Kannibalen die Milch trank und das Fleisch verzehrte. Dann koch sie wieder in ihren Baum und schlief.

Fast zwei Monate lebte Nanea so, denn sie wagte es nicht, den Wald zu verlassen, um nicht ein zweites Mal ergriffen und dem Urteil des Königs unterworfen zu werden. Im Wald war sie zumindest in Sicherheit, denn niemand traute sich, ihn zu betreten. Auch machten die *Esemkofu* ihr keine Sorge. Hin und wieder sah sie sie, doch jedesmal flüchteten sie vor ihr. Auch an Nahrung mangelte es ihr nicht, denn die frommen Spender brachten neue Opfer, wenn sie entdeckten, daß ihre Gaben verschwunden, also angenommen, waren.

Doch ach! Dieses Leben war entsetzlich. Die Düsternis und die Einsamkeit, gepaart mit ihren Sorgen trieben sie manchmal an die Grenze des Wahnsinns. Dennoch hielt sie durch, auch wenn sie manches Mal wünschte, sie sei tot. Auch wenn ihr Vater tot war, die Leiche, die sie gefunden hatte, war nicht die Nahoons, und in ihrem Herzen flackerte noch immer jener winzige Hoffnungsfunke. Was sie erhoffte, wußte sie allerdings nicht zu sagen.

Als Philip Hadden zivilisierte Gegenden erreichte, erfuhr er, daß der Krieg zwischen der Königin und Cetywayo, dem König der Amazuli, jeden Moment ausbrechen konnte, und auch, daß in der herrschenden Aufregung sein kleines Abenteuer mit dem Händler aus Utrecht in Vergessenheit geraten war. Er war Besitzer von zwei guten Ochsenkarren mitsamt Ochsengespann, und Fahrzeuge für den Transport von militärischen Gütern waren sehr gefragt, um die Außenposten im Zulugebiet zu versorgen. Wirklich boten ihm die Behörden neunzig Pfund monatlich pro Wagen an und versicherten ihn zudem gegen jeden Verlust. Obwohl er wenig Lust verspürte, ins Zulugebiet zurückzukehren, war dieses Angebot zu verlockend, und er vermietete seine Karren und sich selbst als Fahrer und als Dolmetscher an das Militärkommissariat.

Er wurde der dritten Kolonne der Invasionsstreitkräfte zugeteilt, die dem direkten Kommando von Lord Chelmsford unterstand, und am 20. Januar 1879 zog er mit ihnen die Straße entlang, die von der Rorkefurt in den Indeniwald führte. In dieser Nacht wurde das Lager im Schatten des steilen, öden Isandhlwana-Gebirges aufgeschlagen.

Am gleichen Tage bewegte sich König Cetywayos riesige Armee aus mehr als zwanzigtausend Kriegern von den Upindo-Hügeln herunter und kampierte auf der steinigen Ebene, die ungefähr zwei Kilometer östlich des Isandhlwana liegt. Feuer wurden keine entfacht und es herrschte völlige Stille, denn die Krieger »schliefen auf ihren Speeren«.

Unter diesem *Impi** befand sich auch das dreitausend Mann starke Umcityu-Regiment. Beim ersten Schimmer des anbrechenden Tages lugte der Induna, der die Umcityu kommandierte, unter seinem Schild hervor, mit dem er seinen Körper bedeckt hatte, und sah einen großen Mann, der vor ihm stand. Er war nur mit einer *Moocha* bekleidet, hatte wild blickende Augen und trug einen groben Knüppel bei sich. Als er ihn ansprach, gab der Mann keine Antwort, sondern ließ seinen Blick über die endlosen Reihen von Schilden und Speeren wandern.

»Wer ist dieser *Silwana?«*** fragte der Induna seine Kapitäne.

Einer von ihnen antwortete schließlich: »Es ist Nahoon-ka-Zomba, der Sohn des Zomba, der vor nicht allzulanger Zeit Kapitän in diesem Regiment war. Seine Verlobte, Nanea, Tochter des Umgona, wurde zusammen mit ihrem Vater auf Befehl des Schwarzen Elefanten getötet, und Nahoon wurde bei dem Anblick wahnsinnig, denn die Himmelsfeuer trafen seinen Geist, und seither wandert er in diesem Zustand umher.«

»Was willst du hier, Nahoon-ka-Zomba?« fragte der Kapitän.

Und mit schleppender Stimme gab Nahoon zur Antwort: »Mein Regiment zieht in den Krieg gegen den weißen Mann. Gib mir ein Schild und einen Speer, o Kapitän des Königs, auf daß ich mit meinem Regiment kämpfen kann, denn ich suche ein Gesicht in dieser Schlacht.« So gaben sie ihm ein Schild und einen Speer, denn sie wagten nicht, einem, in dessen Geist das Himmelsfeuer brannte, einen Wunsch abzuschlagen.

Als die Sonne schon hoch stand an diesem Tag, begannen die Kugeln in die Reihen der Umcityu zu regnen. Die schwarzbeschildeten, schwarzbefiederten Umcityu erhoben sich, Kompanie auf Kompanie, und hinter ihnen die ganze, gewaltige Zuluarmee, Brust an Brust, und schwemmte schweigend, wie eine glitzernde Woge aus Speeren, auf das dem Untergang geweihte britische Lager zu. Kugeln prasselten gegen die Schilde, schlugen große Lücken in ihre Reihen, doch sie schwankten nicht und verzögerten ihre Schritte nicht. Von allen Seiten erschollen Hornsignale, und sie umzingelten das feindliche Lager mit eiserner Fessel. Als sie sich zu schließen begann, brach der Kriegsschrei der Zulu hervor, und mit dem Dröhnen eines Sturzbaches, dem Wüten eines Sturmes, mit einem Summen wie von Milliarden Bienen, überrollte Welle um Welle von *Impis*

* Heer
** Wilder Mann

den Weißen Mann. Unter ihnen waren die schwarzbeschildeten Umcityu, und unter diesen Nahoon, Zombas Sohn. Eine Kugel streifte seine Brust, doch er achtete nicht darauf; ein weißer Mann stürzte vor ihm vom Pferd, doch er stach nicht zu, denn er suchte ein ganz bestimmtes Gesicht im Schlachtgetümmel.

Er suchte – und er fand. Dort, bei den Karren, wo die Speere am wildesten fuchtelten, dort stand neben seinem Karren Schwarzes Herz und schoß um sich, Schwarzes Herz, der seiner Verlobten Nanea den Tod gebracht hatte. Drei Soldaten standen zwischen ihnen, den einen erstach er, die beiden anderen fegte er beiseite. Dann eilte er direkt auf Hadden zu.

Doch der weiße Mann sah ihn kommen und erkannte Nahoon unter der Maske des Wahnsinns, und Entsetzen packte ihn. Er warf sein leeres Gewehr fort, denn die Munition war ihm ausgegangen, sprang auf ein Pferd und schlug ihm die Sporen in die Flanken. Er flüchtete durch das Gemetzel, sprang über Leichen und brach durch die Reihen von Schilden. Nahoon folgte mit langen Schritten, den Kopf vorgestreckt mit gezücktem Speer, rannte wie ein Jagdhund, wenn das Wild in Sicht ist.

Hadden hatte zunächst zur Rorke-Furt reiten wollen, doch ein Blick nach links zeigte ihm, daß der Weg von den Undi-Massen versperrt war. So flüchtete er geradeaus weiter und überließ den Weg seinem Glück. Nach fünf Minuten hatte er eine Böschung überquert, und hier waren keine Spuren des Kampfes zu sehen, nicht einmal zu hören, denn es wurde wenig geschossen, und die Speere machten kein Geräusch. Sogar in diesem Augenblick berührte ihn der Kontrast zwischen dem entsetzlichen Blutbad, das dort angerichtet wurde, und der völlig friedlichen Landschaft, in der Vögel zwitscherten und Vieh graste. Nur hoch oben am blauen Himmel kreisten die Geier über der Ebene des Isandhlwana.

Der Boden war sehr uneben, und Haddens Pferd begann zu ermüden. Er blickte zurück. Dort, etwa zweihundert Meter hinter ihm, kam der Zulu, grimmig wie der Tod und entschlossen wie das Schicksal selbst. Hadden prüfte die Pistole an seinem Gürtel. Nur eine Patrone war übrig, alle anderen waren verschossen, und die Patronentasche war leer. Eine Kugel mußte genug sein für einen Wilden. Die Frage war, sollte er sie gleich benutzen? Nein, er könnte vorbeischießen. Er war auf einem Pferd und sein Verfolger zu Fuß. Er würde ihn gewiß überdauern.

Ein Weilchen später durchquerten sie ein Flüßchen. Es kam Hadden bekannt vor. Ja, das war der Fluß, in dem er gebadet hatte, als er Umgonas Gast gewesen war. Und dort auf dem Hügel zu seiner Rechten waren die Hütten oder wenigstens die Überreste, denn sie waren niedergebrannt worden. Welcher Zufall hatte ihn hierher zurückgebracht? fragte er sich. Dann sah er sich wieder nach Nahoon um, der seine Gedanken erraten haben mußte, denn er fuchtelte wild mit dem Speer und zeigte auf den zerstörten Kraal.

Schnell ritt er weiter, denn hier war das Gelände eben, und zu seiner Erleichterung war sein Verfolger außer Sicht. Doch dann kam ein Stück felsigen Bodens, und als er sich umsah, hatte Nahoon wieder aufgeholt. Das Pferd wurde zusehends müder, doch Hadden trieb es voran, ohne zu wissen wohin. Er erreichte eine Grasebene, und er hörte in der Nähe das Rauschen eines Flusses. Zu seiner Rechten erhob sich eine Felswand. Jetzt führte die Wiese um einen Felsvorsprung herum und dort, kaum zwanzig Meter vor ihm, stand eine Kaffernhütte am Flußufer. Er sah sie an. Ja, es war die Hütte der verfluchten *Inyaga,* der Biene, und dort am Zaun stand sie! Das erschöpfte Pferd schwankte, stolperte und stürzte zu Boden, wo es heftig atmend liegen blieb. Hadden wurde aus dem Sattel geschleudert, doch sprang er unverletzt auf die Füße.

»Ach! Schwarzes Herz, bist du es? Wie steht der Kampf, Schwarzes Herz?« rief die Biene voller Spott.

»Hilf mir, Mutter, ich werde verfolgt!« keuchte er.

»Was denn, Schwarzes Herz, es ist doch nur ein müder Mann. Bleib und stell dich ihm, denn nun sind Schwarzes Herz und Weißes Herz wieder vereint. Du willst nicht? Dann schnell in den Wald mit dir, dort kannst du Schutz suchen bei den Toten, die dich erwarten. Sag mir, sag mir, war es Naneas Antlitz, das ich unter den Wassern vor einem Weilchen sah? Gut! Bringe ihr meinen Gruß, wenn ihr euch im Haus der Toten begegnet.«

Hadden sah auf den Fluß. Es war Hochwasser, und er konnte ihn nicht schwimmend überqueren. Also eilte er, verfolgt von dem höhnischen Lachen der Prophetin, dem Wald zu. Nahoon folgte ihm, und seine Zunge hing ihm aus dem Mund wie einem Wolf.

Hadden hatte den Waldschatten erreicht, doch er rannte weiter am Ufer entlang, bis er völlig außer Atem war. Er hielt jenseits einer kleinen Lichtung in der Nähe eines großen Baumes. Nahoon war noch immer mehr als einen Speerwurf entfernt. Er hatte genug Zeit, seine Pistole schußbereit zu machen.

»Halt, Nahoon«, brülle er. »Ich will mit dir reden.«

Der Zulu hörte seine Stimme und hielt.

»Hör zu«, sagte Hadden. »Wir haben eine lange Jagd gejagt, wir haben einen langen Kampf gefochten, du und ich, und wir sind beide noch am Leben. Sehr bald, wenn du näherkommst, wird einer von uns sterben, und das wirst du sein, Nahoon, denn ich bin bewaffnet, und wie du weißt, ziele ich gut. Was sagst du?«

Nahoon gab keine Antwort. Er stand am Rande der Lichtung und starrte dem weißen Mann ins Gesicht. Sein Atem ging schnell.

»Wirst du mich gehen lassen, wenn ich dich gehen lasse?« fragte Hadden noch einmal. »Ich weiß, warum du mich haßt, doch Vergangenes kann nicht ungeschehen gemacht werden, noch kann man die Toten zum Leben erwecken.«

Noch immer gab Nahoon keine Antwort, und sein Schweigen schien erdrückender und drohender als irgendwelche Worte. Keine Beschuldigung hätte in Haddens Ohr so entsetzlich geklungen. Er gab keine Antwort, doch er packte seinen *Assegai* und stampfte grimmig auf seinen Gegner zu.

Als er auf fünf Schritte herangekommen war, legte Hadden an und schoß. Nahoon sprang zur Seite, doch die Kugel hatte ihn gestreift, und sein rechter Arm hing ihm schlaff an der Seite herunter. Der Speer, den er gehalten hatte, flog über den Kopf des weißen Mannes hinweg. Doch noch immer näherte sich der Zulu wortlos und packte Hadden mit der linken Hand an der Kehle. Eine Weile rangen sie wild miteinander, doch Hadden war unverletzt und kämpfte mit der Kraft der Verzweiflung, während Nahoon zweimal verwundet worden war und nur einen gesunden Arm hatte. Schließlich hatte ihn der weiße Mann zu Boden geworfen und hielt ihn dort mit eiserner Gewalt.

»Nun werden wir dem ein Ende machen«, murmelte Hadden und sah sich nach dem Speer um. Dann stolperte er plötzlich mit weit aufgerissenen Augen rückwärts. Denn vor ihm, gekleidet in ihr weißes Gewand, stand der Geist Naneas mit einem Speer in der Hand.

»Denke daran«, klangen in seinem Kopf die Worte der *Inyaga,* »wenn du von Angesicht zu Angesicht vor dem Geist der Toten in der Heimat der Toten stehst.«

Ein Schrei erscholl, Stahl blitzte auf, und der Speer bohrte sich tief in seine Brust. Er schwankte, stürzte, und Schwarzes Herz erhielt die Belohnung, die die Biene ihm versprochen hatte.

»Nahoon! Nahoon!« rief eine leise Stimme. »Wach auf, es ist kein Geist. Ich bin es, Nanea. Ich, deine lebendige Braut, die mit Hilfe ihres *Ehlose** gekommen ist, um dich zu retten.«

Nahoon öffnete langsam die Augen, und der Wahnsinn fiel von ihm.

»Nanea, meine Braut!« sagte er schwach. »Nun werde ich leben, da der Tod dich aus der Heimat der Toten zurückgegeben hat.«

Nahoon ist heute einer der Indunas der englischen Regierung im Zululand, und in seinem Kraal gibt es viele Kinder. Und es war keine andere als Nanea, die dem Erzähler dieser Geschichte die Ereignisse berichtet hat.

Auch die Biene lebt noch und praktiziert so viel Magie, wie sie unter der Herrschaft des weißen Mannes wagen darf. An ihrer schwarzen Hand glänzt ein goldener Ring, der eine Schlange mit Rubinaugen darstellt, und die Biene ist sehr stolz darauf.

ENDE

* Schutzgeist

Quellen-Nachweis

»Introduction: Wizards and Witches« by Isaac Asimov. Copyright © 1983, 1984 by Nightfall, Inc.

»Mazirian the Magician« by Jack Vance. Copyright © 1950 by Jack Vance; copyright renewed. Reprinted by permission of Kirby McCauley, Ltd.

»My Mother Was a Witch« by William Tenn. Copyright © 1966 by William Tenn. Reprinted by permission of the author and his agent, Virginia Kidd.

»Please Stand By« by Ron Goulart. Copyright © 1961 by Mercury Press, Inc. From *The Magazine of Fantasy and Science Fiction*. Reprinted by permission of the author.

»A Message From Charity« by William Lee. Copyright © 1967 by Mercury Press, Inc. From *The Magazine of Fantasy and Science Fiction*. Reprinted by permission of the agents for the author's estate, the Scott Meredith Literary Agency, Inc., 845 Third Avenue, New York, N. Y. 10022.

»What Good Is a Glass Dagger?« by Larry Niven Copyright © 1972 by Mercury Press, Inc. From *The Magazine of Fantasy and Science Fiction*. Reprinted by permission of the author.

»The Witch« by A. E. van Vogt. Copyright © 1942 by Street & Smith Publications, Inc., renewed 1970 by A. E. van Vogt. Reprinted by permission of Forrest J. Ackermann, 2495 Glendower Avenue, Hollywood, CA 90027.

»The White House Child« by Greg Bear. Copyright © 1979 by Terry Carr. Reprinted by permission of the author.

»The Witches of Karres« by James H. Schmitz. Copyright © 1949 by Street & Smith Publications, Inc. Reprinted by permission of the agents for the author's estate, the Scott Meredith Literary Agency, Inc., 845 Third Avenue, New York, N. Y. 10022.

»Semeley's Necklace« by Ursula K. Le Guin. Copyright © 1964, 1975 by Ursula K. Le Guin. Reprinted by permission of the author and the author's agent, Virginia Kidd.

»Spree« by Barry N. Malzberg. Copyright © 1984 by Barry N. Malzberg. By permission of the author.

»And the Monsters Walk« by John Jakes. Copyright © 1952 by Ziff-Davis Publishing Co.; originally published in *Fantastic Adventures*, July 1952; © renewed 1980 by John Jakes. Reprinted by permission of the author.

»Devil's Henchman« by Murray Leinster (writing as Will F. Jenkins). Copyright © 1952 by Will F. Jenkins. Reprinted by permission of the agents for the author's estate, the Scott Meredith Literary Agency, Inc., 845 Third Avenue, New York, N. Y. 10022.

»The Seeker in the Fortress« by Manley Wade Wellman. Copyright © 1979 by Gerald W. Page and Hank Reinhardt. Reprinted by permission of Kirby Mc Cauley, Ltd.

Die Programm-Alternative: Bastei-Lübbe-Paperback

Band 28 102

Das große Buch der FANTASY

Das Schönste aus dem Reich der Phantasie

Herausgegeben von Michael Görden

Jonathan Swift
Lewis Carroll
William Morris
Lord Dunsany
Edgar Rice Burroughs
H. P. Lovecraft
J. R. R. Tolkien
Mervyn Peake
Robert E. Howard
Poul Anderson
Fritz Leiber
und viele andere

BASTEI LÜBBE

Sie erhalten diesen Band im Buchhandel, bei Ihrem Zeitschriftenhändler sowie im Bahnhofsbuchhandel.

Die Programm-Alternative: Bastei-Lübbe-Paperback

Band 28 131
Wolfgang Hohlbein
Die Heldenmutter
Originalausgabe

Durch sein phantastisches Jugendbuch »Märchenmond« wurde Hohlbein zu einem der meistgelesenen deutschen Fantasy-Autoren, den die Kritik an die Seite von Michael Ende stellt. Mit »Heldenmutter« stellt er seinen ersten großen Roman vor. Im Mittelpunkt steht ein Bauernmädchen, das zur Heerführerin wird, um ihrem Findelkind ein Leben als Krieger zu ersparen.

BASTEI LÜBBE

Sie erhalten diesen Band im Buchhandel, bei Ihrem Zeitschriftenhändler sowie im Bahnhofsbuchhandel.